FRANCE HUSER / BERNARD GÉNIÈS

DIE NACHT DES EISBERGS

MORGAN ROBERTSON

TITAN

Zwei große Titanic-Romane

PAVILLON VERLAG
MÜNCHEN

PAVILLON TASCHENBUCH
NR. 02/0006

Titel der Originalausgabe
LA NUIT DE L'ICEBERG
Aus dem Französischen von Eliane Hagedorn
und Bettina Runge
Copyright © by Librairie Arthème Fayard, 1995

Titel der Originalausgabe
FUTILITY
Aus dem Englischen von Nina Siems

Umwelthinweis:
Dieses Buch wurde auf
chlor- und säurefreiem Papier gedruckt.

Copyright © der deutschsprachigen Ausgaben 1997 by
Wilhelm Heyne Verlag GmbH & Co. KG, München
Der Pavillon Verlag ist ein Unternehmen der
Heyne Verlagsgruppe, München
http://www.heyne.de
Printed in Germany 1999
Umschlagillustration: Bildagentur Mauritius/SST,
Mittenwald
Umschlaggestaltung: Atelier Ingrid Schütz, München
Gesamtherstellung: Elsnerdruck, Berlin

ISBN: 3-453-15758-3

FRANCE HUSER / BERNARD GÉNIÈS

DIE NACHT DES EISBERGS

Erster Teil

Lightoller: »Sir? Sir! Haben Sie nichts gehört?«
Kapitän: »Nein.«
Lightoller: »Eine Art Grollen.«
Kapitän: »Hm.«
Lightoller: »Sir?«
Kapitän: »Ja …«
Lightoller: »Ein Seeungeheuer oder aber …«
Kapitän: »Sie lesen zu viele Romane.«
Lightoller: »Sir? Wissen Sie …«
Kapitän: »Ich habe nichts gehört.«
Lightoller: »Meine Mutter hat immer gesagt, die Schreie der Nacht …«
Kapitän: »Nachts hört man immer eigenartige Geräusche.«
Lightoller: »Ja, vielleicht. Sie haben sicher recht, Sir. Meine Mutter hat immer gesagt, daß Pferde, die nachts laufen, nicht wiehern. Sie sagte, sie würden vom Teufel gelenkt.«
Kapitän: »Ihre Mutter hatte offenbar viel Fantasie.«
Lightoller: »Haben Sie denn keine, Sir?«
Kapitän: »Keine was?«
Lightoller: »Keine Fantasie?«
Kapitän: »Doch, früher eine ganze Menge.«
Lightoller: »Heute nicht mehr?«
Kapitän: »Doch. Immer noch.«
Lightoller: »Und was stellen Sie sich vor?«
Kapitän: »Unsere Ankunft in New York.«
Lightoller: »Die Sirenen und all das?«
Kapitän: »Ja.«
Lightoller: »Und dann?«
Kapitän: »Und dann weiß ich nicht.«
Lightoller: »Sie wissen es nicht?«
Kapitän: »Daß ich die *Titanic* und all die anderen verlassen werde. Die *Olympic*. Die *Cedric*. Das Meer.«
Lightoller: »Es ist vielleicht nicht Ihre letzte Überfahrt. Ha-

ben Sie die Erste-Klasse-Kabinen gesehen? Stellen Sie sich vor, Sie liegen mit Ihrer Frau in einem breiten Bett, während auf der Kommandobrücke ...«

Kapitän: »Nein.«

Lightoller: »Na, das ist Ihnen die White Star Line doch wohl schuldig!«

Kapitän: »Ich werde nie einen Fuß auf ein Schiff setzen, das nicht unter meinem Kommando steht.«

Lightoller: »Warum?«

Kapitän: »Ich weiß nicht.«

Lightoller: »Haben Sie gesehen? Kein Mond heute nacht, und doch ist der Himmel ganz klar. Und es ist plötzlich so kalt.«

Kapitän: »Eisberge?«

Lightoller: »Ja, vielleicht.«

Kapitän: »Rufen Sie den Ausguck an.«

Lightoller: »Sehr wohl, Sir. Sofort.«

Kapitän: »Was sagen sie?«

Lightoller: »Ja ... sehr gut ... ja.«

Kapitän: »Was sagen sie?«

Lightoller: »Eisschollen, nichts weiter.«

Kapitän: »Sie sollen besonders aufmerksam sein.«

Lightoller: »Ja, Sir.«

Kapitän: »Ich gehe jetzt in meine Kabine. Es ist merkwürdig, aber seit ich zur See fahre, fühle ich mich jedesmal, wenn wir uns der nördlichen Breite nähern, eigenartig, wie benommen.«

Lightoller: »Vielleicht wollen Sie Winterschlaf halten ...«

Kapitän: »Ich glaube, es gibt eine einfachere Erklärung. Als der Forschungsreisende Ernest Shackleton einige hundert Seemeilen vom Südpol entfernt auf der Insel Scott landete, berichtete er, daß seine Leute und er ein eigenartiges Gefühl von Mattigkeit empfanden, je tiefer sie ins Eismeer eindrangen. Mein Sohn behauptet, es handele sich dabei um ein Phänomen des Magnetismus, das den Stoffwechsel des Körpers verändert. Wenn man dem Glauben schenken wollte, müßte ich befürchten, sobald ich den Fuß auf eine Schiffsbrücke setze, von irgendwelchen Katastrophen heimgesucht zu werden ...«

Lightoller: »Und, haben Sie ihn beruhigt?«
Kapitän: »Ich habe ihm lediglich geantwortet, daß es meine letzte Reise ist.«
Lightoller: »Das sagen wir alle. Jedes Mal.«
Kapitän: »Vielleicht. Aber jetzt bin ich zu alt. Ich bin in gewisser Weise wie Sie. Ich fürchte die Kälte.«
Lightoller: »Und was fürchten Sie sonst noch?«
Kapitän: »Sie morgen wieder zu sehen und mir Ihre dummen Fragen anzuhören!«
Lightoller: »Gute Nacht, Sir.«
Kapitän: »Gute Nacht. Und rufen Sie mich, wenn der Mond plötzlich anfängt zu scheinen. Ha, ha!«

1. Kapitel

An einem Herbsttag hatte er an die Tür geklopft und um Arbeit oder Brot gebeten. Molly wollte ihn schon fortjagen, als Leopold, der die Stimmen gehört hatte, hinzukam und den Eindringling einlud, das Frühstück mit ihm zu teilen. Bei der Vorstellung, daß dieser Vagabund mit dem dreckverkrusteten Gesicht auch nur ein einziges Stück ihres Teeservices, das ihr ihr Bruder aus Indien mitgebracht hatte, anrühren könnte, runzelte Molly die Stirn. Doch ohne ihre Zustimmung abzuwarten, legte Leopold die Hand auf die Schulter des Jungen und schob ihn bestimmt ins Anrichtezimmer.

»Seit wann hast du nichts mehr gegessen? Bist du allein? Wo sind deine Eltern?«

Doch der Junge, der jetzt Leopold gegenüber am Tisch saß, auf den die Haushälterin verschiedene Marmeladesorten, Milch, Tee und Toast gestellt hatte, hütete sich, auf seine Fragen zu antworten. Ehe er sich erneut bediente, warf er seinem Gegenüber einen fragenden Blick zu. Dieser nickte und schob seinem Gast hin und wieder sogar ein gefülltes Tellerchen zu. Der Junge griff ungeschickt und mit zitternden Händen danach. Doch jede seiner Bewegungen drückte Selbstbeherrschung aus. Obgleich er alles, was man vor ihn hinstellte, am liebsten sofort verschlungen hätte, war er bemüht, das Essen nicht in sich hineinzustopfen. Sein Gesicht zeigte keinerlei Nervosität, und man ahnte hinter der Haarsträhne, die ihm in die Stirn fiel, Augen, die auch lachen konnten.

Molly und Mildred, die Haushälterin, standen reglos an der Tür und beobachteten das Schauspiel argwöhnisch. Seit einigen Monaten wurde London von einer Vagabundenbande heimgesucht. Wie aus dem Nichts tauchten sie plötzlich an den bestgeschützten Orten auf: an den Ausgängen der Geschäfte oder an Straßenecken, wo sie gutgekleidete Menschen anbettelten. Die Kühnsten unter ihnen klopften sogar an den Haustüren an, und man munkelte, daß es sich dabei um die

Späher des Bettelpacks handelte, die auskundschaften wollten, bei wem es etwas zu holen gab. Mildred hatte schon die schlimmsten Geschichten von Einbrüchen, Morden und Plünderungen gehört, die diese gesetzlosen Wölfe in abgelegenen Vierteln verübt haben sollten. So ließ sie den ausgehungerten Jungen, der ihrem Herrn gegenübersaß, keine Sekunde aus den Augen. Dessen Leichtgläubigkeit verwunderte sie. Gewiß, er galt als guter und großzügiger Mensch. Aber hatten es diese Ausgeburten des Teufels etwa verdient, daß man sich für ihr Los interessierte? Mrs. Keats brauchte sie in diesem Punkt nicht nach ihrer Meinung zu befragen: Mildred wußte, daß sie ihre Auffassung teilte. Und die brachte sie auch durch ein leises, unwilliges Brummen zum Ausdruck.

In kürzester Zeit waren nichts als das Tischtuch, die leeren Teller und Tassen und einige Krümel übrig. Nur zwei halbleere Marmeladegläser waren dem unstillbaren Heißhunger des Jungen entgangen. Genüßlich, in kleinen Schlucken, schlürfte Leopold den heißen Tee, den er sich eingeschenkt hatte.

»Nun, woher kommst du? Hast du etwa die Sprache verloren?«

Er erhob sich und schob seinen Stuhl zurück. Doch als er die Hand auf die Schulter des Jungen legen wollte, sprang dieser wie von der Tarantel gestochen hoch, stürzte aus dem Zimmer und warf dabei eine Keramikfigur – ein Fuchs, der auf den Hinterbeinen saß und sich die Lefzen leckte – zu Boden, die den Sturz jedoch unversehrt überstand.

»Das ist also der Dank!«

Wütend wollte sich Molly bücken, um die Figur aufzuheben. Doch Leopold hielt sie zurück. Er kniete sich hin, ergriff den Fuchs und stellte ihn zurück an seinen Platz im Regal, in dem seine Frau die Gewürzgläser aufbewahrte. Dann sagte er leise: »Mildred, schließen Sie bitte die Tür, die unser Gast offengelassen hat.«

Der Zwischenfall wäre sicherlich in Vergessenheit geraten, wäre es einige Wochen später nicht zu Diebstählen in den umliegenden Häusern gekommen. So wurden bei den Nachbarn der Keats' beispielsweise Schmuck und eine kleine silberne Wanduhr entwendet. Zeugen behaupteten, einen Jugendlichen gesehen zu haben, dessen Beschreibung mit der des Jungen, den Leopold aufgenommen hatte, genau übereinstimmte: etwa dreizehn Jahre alt, schlank und behende, und als hervorstechendstes Merkmal: eine lange, schwarze Haarsträhne, die ihm in die Stirn fiel. Die Polizei nahm Zeugenaussagen auf: Die einen behaupteten, er habe einen dunklen Mantel getragen, die anderen sprachen von einem abgewetzten grauen Mantel.

Auch Leopold wurde befragt. Obwohl er nicht glauben mochte, daß der Dieb und das Kind, das für kurze Zeit seine Gastfreundschaft genossen hatte, identisch waren, ließ er sich schließlich von den Argumenten des Polizisten überzeugen.

»Das sind ganz ausgekochte Burschen. Erst versuchen sie, Ihr Vertrauen zu gewinnen, und wenn sie sich ihrer Sache sicher sind, rauben sie Sie aus. Letzte Woche wurde in Holland Park die Leiche einer alten Frau aufgefunden, die einem dieser Burschen Quartier gewährt hatte. Erst hat er einige Wochen bei ihr gewohnt, um sich den Bauch vollzuschlagen, dann hat er ihr die Kehle durchgeschnitten und ihre Ersparnisse mitgenommen. Es war nicht viel, nur zwanzig, dreißig Pfund. Die Nachbarn haben sich nichts dabei gedacht, als sie die alte Frau einige Tage nicht sahen. Doch als dann einer von ihnen bei ihr anklopfte und keine Antwort bekam, hat er die Tür aufgebrochen. Die Alte lag mit gespreizten Beinen auf ihrem Bett, und die Ratten hatten bereits begonnen, ihren Leib zu zerfressen. Man muß sich schon in acht nehmen, Sir.«

Der Polizist war wieder gegangen, und Leopold hatte Mildreds und Mollys stumme Vorwürfe ertragen müssen. Sicher war es unvorsichtig gewesen, diesen Strolch aufzunehmen ... Aber andererseits – wie hätte er ihn wegschicken können?

Seit seiner frühesten Jugend hatte Leopold fast alle Meere der Welt durchkreuzt. »Und dabei«, so sagte er, »habe ich gelernt, was ein Mensch wert ist.« Er hatte als Heizer, Zimmermann, Koch, Mechaniker und Matrose gearbeitet. An den Küsten von Arabien, Indien und Afrika hatte er immer wieder den gleichen Ausdruck auf den Gesichtern der Menschen gesehen. Dabei spielte die Hautfarbe ebensowenig eine Rolle wie die Farbe ihrer Kleidung, ob sie nun weiß, bunt, safrangelb oder schwarz war: All diese Menschen streckten erwartungsvoll die Hand aus, und was immer man hineinlegte, erschien ihnen wie ein Wunder.

Als der Klipper, auf dem er einmal angeheuert hatte, auf dem Weg in den Orient in Aden Zwischenstation machte, hatte sich Leopold von einem Jugendlichen durch das Labyrinth der Gäßchen führen lassen, auf denen die sengende Sonne lastete. Sein Führer schlängelte sich geschickt zwischen den Ständen der Kaufleute durch. Die Tatsache, daß er von einem Fremden begleitet wurde, verlieh ihm eine unantastbare Autorität. Mehrmals stieß er mit einer energischen Bewegung Bettler zurück, die ihnen zu folgen versuchten. Bald aber lichtete sich die Menschenmenge.

Hinter einem Häuserblock wurde der ockergelbe Sand von einer Sturmböe aufgewirbelt. Durch den Schleier der Staubkörnchen irritiert, glaubte Leopold für einen Augenblick, in einen Hinterhalt geraten zu sein. Doch der Junge blieb vor einer weißen Mauer stehen, die mit einer halbmondförmigen Öffnung versehen war. Sie führte in einen Hof, der an einer Seite von einer Art fensterlosem Backsteinwürfel abgeschlossen wurde. Der Junge glitt an dem Gebäude entlang und war plötzlich verschwunden. Leopold wartete eine Weile in der glühenden Sonne und wollte gerade den Rückweg antreten, als plötzlich ein Mann in weißer Djellabah an eben der Stelle auftauchte, an der sein Führer in der Mauer verschwunden war.

Sein stolzer Gang glich dem eines Herrn, und die tiefen Falten in seinem braunen Gesicht unterstrichen sein edles Gebaren noch. Nur in seinen Augen, zwei schmalen, schwarzen Schlitzen, stand ein Ausdruck von Leid. Als Leopold näher trat, bemerkte er, daß sie ihm wohl ausgestochen worden waren. Hatte man ihn gefoltert? War er einem jener gefürchteten Wüstenstämme zum Opfer gefallen, die ihre Gefangenen verstümmelten? Der Mann machte ihm ein Zeichen.

»Willst du? Willst du?« fragte er und deutete dabei auf eine Öffnung im unteren Teil des Baus.

Leopold zögerte. Diesmal, dessen war er sich sicher, würde

man ihn überfallen und ihm die paar Pfund Sterling abnehmen, die seine ganzen Ersparnisse ausmachten.

Doch seine Neugier war geweckt, und so beschloß er, dem Unbekannten zu folgen. Um in den eigentümlichen Bau zu treten, mußte er den Nacken beugen. Und dann war er von vollständiger Dunkelheit umgeben. Ein säuerlicher, fast pestartiger Geruch schlug ihm entgegen. Als er den Blick hob, entdeckte er ein Kellerfenster, die einzige Lichtquelle eines großen Raums, den man für leer hätte halten können. Doch aus einer Ecke hörte Leopold ein Wimmern. Als sich seine Augen an die Dunkelheit gewöhnt hatten, erkannte er einen Haufen Lumpen, dann Hände, Arme und Gesichter.

»Willst du?« wiederholte der Mann, der jetzt neben ihn getreten war.

Er griff nach einem Holzstock und schlug wahllos auf einen der Körper. Ein Kind erhob sich. Mit unglaublicher Schnelligkeit gelang es dem Mann, es beim Arm zu fassen, um es ans Tageslicht zu zerren. Doch Leopold verstellte ihm den Weg. Er hatte begriffen, daß all diese Gefangenen nur auf einen neuen Herrn warteten. Wie viele mochten es sein? Mindestens zwanzig. Aneinandergedrängt wie verängstigte Tiere, hofften sie nur auf Befreiung. Wie konnten sie ahnen, daß jene Sonne, auf die sie so ungeduldig warteten, nur neues Leid für sie erhellen würde. In den Straßen und auf den Kais am Hafen gab es schon so viele ihresgleichen, Sklaven, dazu verdammt, den Willen ihrer Herren zu erfüllen.

Leopold wollte sich zurückziehen, als sich eines der Kinder mühsam erhob und auf ihn zutrat. Der Blinde, der die Bewegung bemerkt hatte, versuchte, ihn mit seinem Stock zu treffen, doch der Junge konnte dem Schlag ausweichen. Eine Narbe verlief schräg über seine Wange, so als hätte die Klinge eines Säbels oder eines Messers sie gespalten. Mit rauher, abgehackter Stimme wandte er sich in einer Sprache an Leopold, die dieser nicht verstand. Was wollte er ihm sagen? Versuchte er, seine Freiheit zu erlangen? Für einen Augenblick spreizte er seine Lippen mit den Fingern und entblößte seine Zähne. Ein eigentümlicher Schimmer erhellte sein Gesicht, auf dem sich Sorge und Hoffnung mischten. Die Hand des Wächters bereitete seinem kurzen Flehen ein abruptes Ende. Sie schloß sich um den Hals seines Opfers und schleuderte das Kind mit erstaunlicher Kraft zu Boden. Leopold hörte ein Schluchzen, und als er den Raum verließ, das Schaben eines rauhen Stoffes auf dem Boden.

Wieder an Bord seines Klippers, berichtete er dem Koch, einem altgedienten Veteranen aus Liverpool, von seinem Abenteuer. Dieser schien nicht weiter verwundert und erklärte ihm, daß dieses Geschäft unveränderlichen Regeln unterlag, die niemand in Frage stellen würde.

»Die gesündesten unter diesen Kindern werden zumeist in die orientalischen Paläste geschickt. Die anderen müssen hier arbeiten oder stehen im Dienst der großen Händler. Eine wahre Hölle ... Die meisten überleben die Krankheiten und die schlechte Behandlung nicht lange.«

Leopold blieb stumm. Vor seinen Augen tauchte wieder das Gesicht des Kindes auf, das ihn um Hilfe angefleht hatte. Was würde aus ihm werden? Würde er es morgen auf den Kais sehen, wie ein Zugpferd vor die Deichsel eines schwer beladenen Karrens gespannt? Jahrelang verfolgte ihn das Bild dieses Jungen. Manchmal sah er ihn noch in seinen Träumen, als abgezehrtes Gespenst, das ihm die Hand entgegenstreckte, eine Hand, die ins Leere griff.

Als er Molly auf einem kirchlichen Wohlfahrtsbazar im West End kennenlernte, hatte er ihr diese Geschichte erzählt. Von seiner eigenen Kühnheit überrascht – bisher hatte er es nur selten gewagt, solche Erinnerungen preiszugeben, hatte er zur Antwort bekommen: »Vielleicht hat er ja überlebt. Man muß Vertrauen zum Leben haben ...«

Der Ausdruck auf dem Gesicht dieser Frau, der er eben erst begegnet war, war so strahlend und von Glauben erfüllt gewesen, daß er dankbar und zugleich fasziniert war. Einige Monate später hatte er Molly dann geheiratet.

Das Leben war nicht eben leicht für die beiden gewesen. Mehrmals hatte Leopold kein Schiff zum Anmustern gefunden. Molly hatte glücklicherweise eine Stelle als Zimmermädchen in einem großen Londoner Hotel gehabt, und immer wenn ihr Mann allzu entmutigt war, hatte sie ihm lachend gesagt: »Mach dir keine Gedanken! Eines Tages werden auch wir bei Simpson's zu Abend essen!«

Die Keats' hatten so fest an ihren guten Stern geglaubt, daß sie ihn schließlich auch fanden, und zwar als Mollys Bruder James im Jahr 1901, an eben dem Tag, an dem Königin Victoria verstarb, eine Anstellung als Schreiber bei der White Star Line bekam. Der Chef dieser Schiffahrtsgesellschaft, ein gewisser Bruce Ismay, schloß den diensteifrigen jungen Mann schnell ins Herz. Schon bald bot er ihm an, als Privatsekretär für ihn zu arbeiten. Die schweren Jahre waren vorbei! Denn so konnten Leopold und Molly von 1901 bis 1907 auf allen großen Ozeandampfern der White Star Line anheuern.

»Amerika braucht Arbeitskräfte. Unsere Überseedampfer bringen sie hin«, sagte James gerne, um dann hinzuzufügen, daß noch größere Wunder bevorstünden. Mit verschwörerischer Miene berichtete er in der ihm eigenen Art von einem erstaunlichen Abendessen, an dem er im Downshire House im Belgrave-Viertel teilgenommen hatte:

»Mr. Ismay hatte mir mitgeteilt, daß wichtige Dinge im Gang seien. Übrigens hatte er während der Woche mehrere Kabel von John Pierpont Morgan, dem amerikanischen Geschäftsmann, erhalten, der vor fünf Jahren die White Star Line gekauft hat. Als ich dann Mr. Ismay ohne Hut und Überzieher aus seinem Mercedes steigen sah, hatte ich nicht mehr den geringsten Zweifel an der Wichtigkeit der Angelegenheit. Nebenbei bemerkt war ich es, der seiner Gattin Florence, die mit ihrem langen schwarzen Abendkleid zu kämpfen hatte, aus der Limousine helfen mußte. Lord James Pirrie und seine Frau erwarteten uns. Wir ließen uns sofort am Eßtisch nieder, ohne uns vorher auch nur Zeit für eine Erfrischung zu nehmen. An der einen Seite des Tisches beschwerte sich Lord Pirrie, es sei zu kalt. An der anderen beklagte sich seine Frau, daß es – im Gegenteil – zu heiß sei. Sie fächelte sich mit ihrer Serviette Luft zu und versicherte, man müsse daran denken, eines der großen Glasfenster des Eßzimmers zu öffnen. Was für ein Abend! Hätte ich nicht gewußt, daß wir uns bei einem der Hauptgesellschafter der Werft Harland and Wolff in Belfast befanden, hätte ich mich in einer Irrenanstalt geglaubt. Also gut ... Im

Verlauf des Essens besserte sich die Stimmung, und man brachte unserem Gastgeber ein Plaid. Das Gespräch kam sogleich auf die *Lusitania*, den neuen Überseedampfer der Cunard Line, der bald seine Jungfernfahrt antreten soll. ›Man kann denen von der Cunard doch nicht tatenlos zusehen!‹ rief Mr. Ismay aus und schlug mit der Faust auf den Tisch. ›Wir haben schon mit der Konkurrenz der Norddeutschen Lloyd und der Hamburg America Line zu kämpfen. Seit zwanzig Jahren! Machen Sie sich das doch bitte mal bewußt, seit zwanzig Jahren! Sie haben mit ihrer *Deutschland*, ihrer *Kronprinz Wilhelm* und ihrer *Kaiser Wilhelm II.* das Blaue Band für die schnellste Atlantiküberquerung bekommen. Als ich 1891, ein Jahr bevor mein Vater in Rente ging, in die White Star Line eingetreten bin, hatte unsere Gesellschaft dieses Band. Zweimal innerhalb eines Monats haben wir es errungen – einmal mit der *Majestic* und einige Tage später mit der *Teutonic*. Ich weiß noch heute, in welcher Zeit sie die Überfahrt von Queenstown bis Sandy Hook zurückgelegt hat: fünf Tage, sechzehn Stunden und einunddreißig Minuten! Innerhalb von sechzehn Jahren sind uns die Deutschen nur um knapp zehn Stunden voraus! Das ist nichts! Noch dazu beklagen sich die Passagiere über die Vibrationen, denen sie ausgesetzt sind, sobald die *Kaiser Wilhelm II.* und wie sie nicht alle heißen mehr Tempo vorlegen. Wir müssen stärkere Maschinen und ein größeres Schiff entwickeln. Ist Ihre Werft in der Lage, so etwas zu bauen?‹ Lord Pirrie zuckte nur die Schultern und sagte lächelnd: ›Giganten machen uns keine Angst. Unsere Ingenieure haben schon ein neues Projekt für einen Ozeandampfer entwickelt. Wie Sie wissen, hat die *Lusitania*, die die Cunard Line nächsten Monat in See schicken wird, eine Tonnage von dreißigtausend Tonnen. Unser Schiff hingegen wird fünfundvierzigtausend Tonnen haben!‹

›Oh‹, rief Mrs. Ismay aus, aber nicht etwa vor Begeisterung über den künftigen Meereskoloß, sondern weil sie sich abmühte, einen Flecken zu entfernen; als sie nämlich zum zweitenmal von der Rehkeule nahm, war ein wenig von der Morchelsauce auf ihr Kleid getropft. Ah, was für ein Abend! Ich dachte schon, Mr. Ismay würde sie ohrfeigen. Lady Pirrie erhob sich und bot an, einen Krug mit warmem Wasser zu holen, doch Mr. Ismay meinte: ›Das ist nicht weiter schlimm, ich werde dir ein neues Kleid kaufen.‹ Lord Pirrie lachte: ›Sie haben recht! Was sind schon ein paar Zentimeter Stoff im Vergleich zu unserem Projekt. Wenn uns der Bau gelingt, werden Sie Mrs. Ismay Hunderte von Kleidern kaufen können …‹

Den Rest will ich euch lieber ersparen. Kurz, ehe das Dessert aufgetragen wurde, rief Lord Pirrie aus: ›Es wird der Titan der Meere sein! Absolut unsinkbar.‹ Ah, ihr könnt euch nicht vorstellen, was für ein Gesicht Mr. Ismay gemacht hat! Zunächst schien er erstaunt, dann murmelte er: ›Unsinkbar, unsinkbar …‹ ›Absolut!‹ rief Lord Pirrie aus. ›Ab jetzt können wir unseren Passagieren garantieren, daß sie heil und sicher ihr Ziel erreichen werden. Und das alles zum selben Preis! Kein Riff, kein Eisberg und kein anderes Schiff wird es leck schlagen können. Dank eines Systems von mehreren wasserdichten Kammern wird es jede Kollision überstehen.‹ Lady Pirrie rief Mrs. Ismay als Zeugin dafür an, daß es noch immer zu heiß sei, und erklärte, sie hoffe, daß dieses neue Schiff mit einer Lüftung ausgestattet sei, die den Passagieren jenen Komfort garantiere, den die Reeder ihren Familien anscheinend nicht einmal auf dem Festland zu bieten vermöchten.«

James unterbrach seinen Bericht für einen Augenblick. Molly hatte eine Karaffe mit Sherry gebracht und auf den kleinen runden Tisch neben dem Sessel gestellt, in dem James Platz genommen hatte.

»Sie sind wie Mr. Ismay, Leopold, Sie scheinen nicht an die Sache zu glauben.«

Dieser stopfte die Pfeife fertig, die er aus seiner Tasche gezogen hatte, und brummte: »Ich weiß nicht. Das möchte ich erst einmal sehen. Ich weiß noch, als ich zum ersten Mal zur See fuhr …«

»Leopold«, murmelte Molly sanft, »das hast du James schon so oft erzählt.«

Leopold zündete seine Pfeife an, und eine bläuliche Rauchwolke schwebte durch das Zimmer.

»Das ist richtig«, gab er zu, »manchmal rede ich, als wäre ich ein alter Seebär. Dabei bin ich noch nie über das Kap Hoorn hinausgekommen!«

Als er sah, daß James bei diesen Worten lächelte, meinte Leopold, die Pfeife zwischen den Zähnen: »Na und?«

Doch James versicherte ihm: »Deshalb habe ich nicht gelacht. Ich dachte gerade an das Ende des Abendessens bei Lord Pirrie. Als wir uns verabschieden wollten, entdeckte Mrs. Ismay eine Porzellanvase, die auf einer hölzernen Säule thronte, und rief aus: ›Oh, aber das ist ja eine chinesische Antiquität. Wie kostbar, wie elegant! Sagen Sie, Lady Pirrie, hat diese Vase einen Boden?‹ Und angesichts der verwunderten Miene der Hausherrin fügte sie hinzu: ›Wissen Sie, im alten China hatten solche Porzellanvasen einen ganz besonderen Zweck. Man entfernte den Boden und den Deckel und steckte ein etwa zweijähriges Kind hinein. Tagsüber ließ man es stehen, nachts legte man es hin. Wenn man nach einer gewissen Zeit der Auffassung war, daß das Kind jetzt die ganze Vase ausgefüllt haben müßte, zerschlug man sie, und das Kind hatte die Form der Vase angenommen.‹ Lady Pirrie fächelte sich erneut Luft zu und bemerkte: ›Oh, wie qualvoll, es muß doch fürchterlich heiß darin gewesen sein. Die armen Kleinen!‹«

Als sie diese Schlußfolgerung hörten, die James in dem gespreizten Ton der Dame zum besten gab, brachen Molly und Leopold in schallendes Gelächter aus. Eine solche Geschichte verdiente eine Belohnung, und auf der Stelle wurde James für den nächsten Sonntag zum Mittagessen eingeladen. Sofern sie nicht zu arbeiten hatten, war dieser Tag für die Keats' von besonderer Bedeutung. Seit sie das East End verlassen hatten, wo sie lange in einer dunklen Wohnung, ganz in der Nähe der Shoredith High Street und der Bethnal Green Road, gelebt hatten, genossen sie es, über die Petticoat Lane zu flanieren. Dort drängte sich eine bunte Menschenmenge: Musiker, Straßenhändler und *Hokey*-*Pokey*-Verkäufer (jenes Eis mit dem eigenartigen Geschmack, das Molly so sehr liebte). Plakatträger liefen die Gehsteige auf und ab und luden zu erholsamen Wochenenden am Meer in Brighton oder Hastings ein. Andere priesen Wundermittel an, die Talente eines Barbiers, bei dem »nicht ein Härchen aus der Reihe tanzt«, oder aber die eines Schneiders, der, um seine Modelle nach dem letzten Schrei zu entwerfen, auf »wissenschaftliche Methoden« zurückgriff.

Ein Geschäft aber zog Leopold und Molly besonders an: Untergehakt steuerten sie auf einen Krämerladen zu, dessen Aufmachung freilich alles andere als einladend erschien. In diesem dunklen Loch, in dem sich Konservenbüchsen, Keksdosen und Salzfässer stapelten, schlug einem der säuerliche Geruch von Salzlake und Kohl entgegen. Man mußte weiter in den Laden vordringen, über den ein beleibtes Paar herrschte – sie mit aufgedunsenem Gesicht, er mit glasigen Augen –, um ganz am Ende zu einer Leiter zu gelangen, über die man den ersten Stock erreichte, der den pompösen Namen Palais der Harmonie trug.

Im Schein von Gaslampen hingen Hunderte von Käfigen von den Deckenbalken. Hinter den Stäben aus Weidenruten, Holz oder Eisen saßen Dompfaffen, Distelfinken, Kanarienvögel, Buchfinken, Amseln und Rotkehlchen, die zirpten und piepsten, ganz so, als würden sie durch den Lichtschein getäuscht, den sie für den Schimmer eines ewig andauernden Morgengrauens hielten. Ein wenig abseits standen größere Käfige, die mit Schildern versehen waren, auf denen in Schönschrift die Namen ihrer Pensionäre geschrieben standen: japanische Nachtigall, afrikanische Papageien, malaysische schwarze Sperlingsvögel und eigenartigerweise sogar koreanische Eichhörnchen. Leopold war fasziniert von dem Anblick und Gesang dieser Tiere. Die Hände hinter dem Rücken verschränkt, beugte er sich zu den bunten Federbündeln vor, versuchte, ihren Blick zu erheischen, betrachtete die Form ihres Schnabels oder die Zeichnung ihres Gefieders. Molly folgte ihm und schob bisweilen mit dem Fuß Strohhalme oder Federn beiseite, die den Boden übersäten.

Pfiff einer dieser Sänger eine unerwartete Melodie, beobachtete Leopold fasziniert die Brust des Vogels, die sich aufplusterte, pochte und zitterte, als sähe man ihr Herz unter der Haut schlagen. Unterdessen erzählte er Molly von den Vögeln, die er zum Teil gar nicht selbst gesehen hatte, die ihm aber von anderen Seeleuten beschrieben worden waren, – sagenhafte Wesen, deren Flügel, Schwanz, Gefieder oder Gesang ein fernes Eldorado zu verkörpern schienen.

»Warum kaufst du nicht ein Pärchen?« fragte ihn Molly.

»Das weißt du ebensogut wie ich. Ich bin viel zu oft von zu Hause fort.«

Und tatsächlich war Leopold mehr und mehr unterwegs, während Molly lieber an Land blieb. Er war jetzt Steward auf der Linie Southampton–New York und hatte nacheinander auf allen Ozeandampfern gearbeitet, die man damals als ›die vier Großen‹ bezeichnete – die *Celtic,* die *Cedric,* die *Baltic* und die *Adriatic* –, da sie alle eine Länge von über siebenhundert Fuß hatten. Er war auch auf kleineren Schiffen gefahren, etwa auf der *Republic.* Die aber hatte Leopold nicht sonderlich gefallen: Sie war langsamer und vor allem wesentlich unbequemer. Durch einen wundersamen Zufall war er vor kurzem dem Schiffbruch entgangen, den die *Republic* am 23. Januar 1909 auf dem offenen Meer vor Nantucket erlitten hatte. Er war zwar auf der Besatzungsliste eingetragen gewesen, hatte aber die Reise nicht antreten können, da er am Morgen der Abfahrt auf dem nassen Kai ausgerutscht war und sich den Arm gebrochen hatte.

Sicher, der Schiffbruch war nicht verheerend gewesen, hatte das Schiff doch zum ersten Mal in der Geschichte der Marine S.O.S. funken können, und so waren nur vier Opfer zu beklagen. Leopold aber, der mit einem Schiff der Cunard Line – dem Konkurrenzunternehmen der White Star Line – nach Southampton hatte zurückkehren müssen, hatte gegenüber seinen Reisegefährten nicht an Kritik an jenen Reedern gespart, die »bereit waren, das Leben der Mannschaft und der Passagiere aufs Spiel zu setzen, nur um das Blaue Band zu erringen«.

Doch sein Zorn dauerte nicht lange an. In London erwartete ihn eine Überraschung. Als das Taxi ihn vor dem Haus absetzte, stellte er erstaunt fest, daß ihn seine Frau nicht auf der Schwelle erwartete, und auch Mildred nicht, die ihm gewöhnlich beim Koffertragen half. Von einer unguten Vorahnung erfüllt, eilte Leopold in das Häuschen. Kaum war er eingetreten, verstellte ihm auch schon die Haushälterin den Weg: »Pst!« flüsterte sie, »Sie müssen leise sein, er schläft noch.«

»Er schläft noch?« Verblüfft ließ sich Leopold in das kleine Zimmer am Ende des Ganges ziehen, in dem normalerweise

Verwandte, die zu Besuch kamen, übernachteten. Dort sah er Molly am Fußende des Bettes knien, in dem eine regungslose Gestalt lag. Als sie Leopolds Schritt erkannte, erhob sie sich, um ihn zu küssen, und deutete, ohne ihn weiter zu fragen, wie es ihm ergangen sei, auf ein schwarzes Haarbüschel, das unter dem weißen Laken hervorsah.

»Wir haben ihn gestern Abend gefunden...«
»Wir haben... Aber von wem sprichst du?«
»Von Fagin... Du weißt doch, von dem Jungen, den du eines Morgens zum Frühstück eingeladen hast. Nun, er ist zurückgekommen. Mildred hat ihn im Morgengrauen bewußtlos vor unserer Haustür gefunden. Sein Gesicht war blutverkrustet, und sein Körper war mit Kratzspuren übersät. Ich habe Doktor Collins geholt, und er hat uns Arznei für ihn verschrieben. Er hat Fieber und fantasiert.«

»Also so was!« explodierte Leopold. »Ich hatte ihm nur etwas zu essen angeboten, sonst nichts!«

»Leopold, Leopold«, sagte Molly sanft. »Man muß gut zu seinem Nächsten sein. Das hast du mich selbst gelehrt. Weißt du noch, als wir uns kennenlernten? Das war eines der ersten Dinge, die du mir gesagt hast, als du mir die Geschichte von dem Kind in Aden erzählt hast.«

Leopold schien zu zögern. Dann trat er auf das Bett zu und zog ein wenig die Decke von dem geschwollenen Gesicht des Jungen.

»Du hast ganz richtig gehandelt, Molly, ganz richtig. Und auch Sie, Mildred. Wir werden dieses Kind gesundpflegen. Aber bitte, Mildred, helfen Sie mir doch zunächst, die Koffer ins Haus zu tragen. Sie stehen noch immer auf der Straße. Ich habe einen Bärenhunger...«

Erst jetzt bemerkte Molly, daß er den Arm in einer Schlinge trug. Sie stieß einen leisen Schrei aus: »Leopold, bist du verletzt?«

»Nichts Schlimmes. Ich habe mir im Hafen von New York den Arm gebrochen, das ist auch der Grund für meine Verspätung. Aber das werde ich dir später erzählen.«

Leopolds Unfall brachte natürlich Probleme mit sich. Ohne Arbeit würde er auch kein Geld nach Hause bringen. Doch

Molly beruhigte ihn. Sie würden von den Ersparnissen, die sie seit Jahren beiseite gelegt hatte, ohne Schwierigkeiten mehrere Monate leben können.

In den ersten Tagen lief Leopold durch das Haus wie ein Löwe im Käfig. Er ging vom Salon in die Bibliothek, blätterte in einigen ornithologischen Werken, an denen er jedoch schnell das Interesse verlor, stellte Möbelstücke um, öffnete die Schubladen oder drängte Mildred, die Zutaten zu einem bestimmten Küchenrezept zu besorgen.

Molly hielt sich ganz zurück. Sie nahm seinen nervösen Blick wahr, der zu der Zimmertür wanderte, hinter der das Kind lag, ohne daß er gewagt hätte hineinzugehen. Sie konnte ihn verstehen. Wie oft hatte er ihr nicht abends vor dem Einschlafen gesagt: »Ich muß immer wieder an Aden denken«? Um ihn nicht noch mehr zu beunruhigen, erzählte sie in seiner Gegenwart von Fagin, indem sie sich an Mildred wandte: »Haben Sie gesehen? Heute ist das Fieber schon ganz erheblich gesunken, er fantasiert nicht mehr. Ich denke, er wird eine ruhige Nacht verbringen.«

Und am nächsten Tag: »Er hat zum ersten Mal einige Schlucke von der Brühe getrunken, die Sie ihm gekocht haben. Das wurde auch Zeit! Seit einer Woche hat er, außer dem Zuckerwasser, das wir ihm eingeflößt haben, nichts mehr zu sich genommen.«

Das verbesserte Leopolds Stimmung mehr und mehr. Langsam entspannten sich seine Züge, und bald sah Molly in seinen Augen erneut jenen schalkhaften Schimmer aufblitzen, den sie so sehr an ihm liebte und der sie zugleich beruhigte. Und als Mildred ihnen eines Nachmittags ankündigte: »Er möchte aufstehen«, waren sie wieder, wie früher, von Sonnenlicht erfüllt.

Leopold lief zu dem Zimmer, blieb auf der Schwelle stehen und rief: »Nun, Fagin!«

Der Junge saß in einem von Leopolds langen, weißen Nachthemden, das ihm bis zum Knöchel reichte, auf der Bettkante und antwortete nicht. Leopold wiederholte: »Nun, Fagin?«

Während das Kind weiter hartnäckig schwieg und den

Blick auf seine baumelnden Füße gesenkt hatte, trat Leopold ins Zimmer.

»Du wirst doch wohl nicht wieder so tun, als hättest du deine Zunge verschluckt. Ich habe gehört, daß du so gut wie nichts gegessen hast, seit du unter unserem Dach bist.«

Das Kind hob langsam den Kopf. Seine Lippen waren fast ebenso bleich wie die Wangen.

»Ich heiße nicht Fagin«, flüsterte er.

»Wie das?« fragte Leopold und wandte sich zu Molly und Mildred um, die noch immer auf der Türschwelle standen.

»Ich heiße nicht Fagin«, wiederholte das Kind. »Mein Name ist Blacky.«

Die drei Erwachsenen brachen in schallendes Gelächter aus.

»Na sag mal«, rief Mildred, »für einen, der so käsebleich ist wie du, hätte man aber einen besseren Namen finden können!«

Mit einer mechanischen Geste strich sich der Junge die Haarsträhne aus dem Gesicht.

»Ich bin ein Blacky«, beharrte er schmollend.

Des Rätsels Lösung erfuhren sie dann beim Abendessen, bei dem sich der Genesende allerdings auch nicht gerade als gesprächig erwies. Weder Mildreds gute Küche, von der er kaum kostete, noch Mollys kleine Aufmerksamkeiten vermochten ihn aufzuheitern. Leopold aber war fest entschlossen, sich diesmal nicht darauf einzulassen. Als Mildred die Schälchen mit rotem, gelbem und grünem *Jelly* auf den Tisch stellte, begann er mit seiner Befragung:

»Sag mal, arbeitet dein Vater im Bergwerk?«

»Nein.«

»Wo ist er?«

»Ich weiß nicht.«

»Und hast du im Bergwerk gearbeitet?«

»Nein.«

»Warum nennst du dich dann Blacky?«

»Ich weiß nicht.«

Plötzlich hatte Leopold eine Eingebung.

»Hast du dich vielleicht zufällig in der Nähe von Blackriars Bridge herumgetrieben?«

Bei dieser Frage rötete sich das Gesicht des Jungen.

»Nein.«

»Weißt du nicht, was ich meine? Es ist jener Teil der Themse, an dem die Lastkähne anlegen. Es soll Kinder geben, die spätabends auf die Kähne klettern und die Kohlen auf den Kai werfen, die dann von ihren Komplizen aufgesammelt, in Säcke gepackt und für einige Pennies in den Armenvierteln verkauft werden.«

Das Schweigen des Kindes kam einem Geständnis gleich.

»Also vergessen wir Blacky«, sagte Leopold. »Vergessen wir ihn für immer. Du bist Fagin und wirst Fagin bleiben, denn so haben dich Molly und Mildred getauft.«

Leopold schien begriffen zu haben, wie sehr ihr Gast auf sich selbst gestellt war. In den folgenden Tagen begab er sich zu mehreren Adressen im East End und sogar bis nach Islington, um eine Spur von einem Bruder oder Verwandten des Jungen auszumachen, an die Fagin sich zu erinnern glaubte. Doch all seine Bemühungen waren vergebens. Nein, man kannte hier niemanden dieses Namens. Oder aber man sagte ihm: »Vielleicht sind sie umgezogen, fragen Sie doch nebenan.«

Leopold wußte keinen Rat. Fagin konnte nicht bei ihnen bleiben. Nicht daß er eine große finanzielle Belastung dargestellt hätte. Aber vielleicht war er ausgerissen, und seine Familie suchte ihn? Leopold beschloß, zur Polizei zu gehen. Doch dem Beamten, der ihn empfing, lag keine Vermißtenanzeige vor.

»Heutzutage gibt es Hunderte solcher Kinder auf den Straßen«, fügte er hinzu. »Was sollen wir machen? Am besten übergeben Sie ihn einer religiösen Institution.«

Molly kannte verschiedene solcher Organisationen, doch überall bekamen sie dieselbe Antwort zu hören: zu viele Kinder, kein Geld, kein Platz. Was sollten sie also tun? Sie wagte es nicht, sich noch einmal an ihren Bruder zu wenden. Er hatte ihnen schon so oft geholfen. Doch Leopold drängte sie, ihn zu fragen.

»Mein Arm ist fast wiederhergestellt, und ich kann bald wieder anheuern«, sagte er. »Unsere Ersparnisse sind beinahe verbraucht, und du weißt, daß auch du sicherlich wieder eine Arbeit als Zimmermädchen auf einem Schiff wirst annehmen müssen. Zumindest für einige Monate. Was soll Fagin dann hier allein mit Mildred? Auch sie hat uns seit dem Tod deiner Eltern viel geholfen. Und dabei geben wir ihr so wenig Geld ...«

Es waren keine zwei Tage vergangen, als James an die Tür klopfte. Mildred und Fagin waren ausgegangen, und so legte Leopold seinem Schwager in wenigen Sätzen die Situation dar. Sowie er ausgeredet hatte, sagte James: »Er ist vierzehn Jahre alt! Er kann arbeiten. Und an Arbeit mangelt es bei uns zur Zeit wirklich nicht. Erinnert ihr euch an das Essen bei Lord Pirrie, von dem ich euch letztes Jahr erzählt habe? Nun, Mrs. Ismay wird sich bald die schönsten Kleider kaufen können! In wenigen Wochen beginnt die Werft Harland and Wolff in Belfast mit dem Bau der *Olympic*. Der größte Ozeandampfer der Welt! Und im nächsten März kommt die *Titanic* an die Reihe: 46 300 Tonnen, 882 Fuß Länge und 92 Fuß Breite. Sie ist noch größer und wird zweitausendsechshundert Passagiere aufnehmen können. Man spricht sogar von einem dritten Leviathan der Meere, der *Gigantic*. Arbeit gibt es also genug ...«

Molly und Leopold schwiegen. James' Begeisterung und Großzügigkeit rührten sie. Doch beide hegten im stillen dieselben Bedenken: Würde Fagin, wenn er nach Belfast ginge, nicht erneut den Versuchungen eines schlechten Lebenswandels unterliegen? Schließlich brach Molly das Schweigen.

»Dein Angebot ist sehr freundlich, James. Unsere Mutter wäre glücklich, wenn sie dich hören könnte. Sie hat deine Großzügigkeit immer gelobt. Aber weißt du, Fagin ist noch wie ein kleines wildes Tier. Er kann nicht schreiben, nicht lesen und betet zu keinem Gott. Ich möchte, daß er all das lernt, ehe er in die große, weite Welt hinausgeht. Die Menschen sind manchmal wie Wölfe. Er darf nicht werden wie sie.«

James nickte nachdenklich.

»Er soll noch einige Monate hier bleiben«, ließ sich Leopold vernehmen. »Mildred und Molly werden ihn alles lehren, was er wissen muß, um diesen Versuchungen zu widerstehen. Wenn du einverstanden bist, James, könnte er in ein paar Monaten beim Bau der *Titanic* mitarbeiten.«

»Einverstanden, was die *Titanic* betrifft«, rief James und schlug in Leopolds ausgestreckte Hand ein. »Aus eurem kleinen Wolf machen wir einen richtigen Mann.«

2. Kapitel

So erschien in den ersten Frühlingstagen des Jahres 1909 ein stolzer junger Mann auf der Werft Harland and Wolff. Mit einem Empfehlungsschreiben von James in der Tasche ging er zum Büro des Vorarbeiters. Doch dieser schenkte ihm keine besondere Aufmerksamkeit und bot ihm nicht einmal einen Stuhl an. Seinen Koffer in der Hand, stand Fagin mitten im Raum und hörte aufmerksam zu.

»Hier arbeiten jeden Tag fünfzehntausend Arbeiter. Wenn ich recht verstanden habe, wirst du der *Titanic* zugeteilt. Die Arbeiten beginnen in sechs Tagen, also am 31. März. Wenn du neugierig bist, kannst du dir die *Olympic* auf der Reede ansehen, der Bau ist schon recht weit fortgeschritten. Kennst du die Bedingungen? Wir fangen morgens um zehn vor acht an und hören abends um halb sechs auf – sommers wie winters. Um zehn Uhr stehen dir zehn Minuten Pause zu, und zum Mittagessen eine halbe Stunde. Samstags wird kürzer gearbeitet: von zehn vor acht bis um halb eins. Du bekommst denselben Lohn wie die anderen: zwei Pfund pro Woche, aber du kannst auch fünf Pfund verdienen, wenn du die Nacht von Freitag auf Sonnabend und den ganzen Sonnabend durcharbeitest. Der Urlaub ist unbezahlt: zwei Tage zu Weihnachten, zwei zu Ostern und eine Woche im Juli. Ich rate dir, es so zu machen wie die Frauen der Arbeiter hier, leg einen Shilling pro Woche zur Seite, damit du dir Urlaub leisten kannst. So, jetzt kannst du in deine Unterkunft gehen. Ian wird dir dein Bett zeigen und dir erklären, was du zu tun hast.«

Dann rief er laut: »Ian!«

Vom benachbarten Gang hörte Fagin das Klappern eines Stockes, das näher kam. Als sich die Tür öffnete, sah er einen blonden Riesen mit struppiger Mähne und rotem Gesicht, der an Krücken ging. Das linke Bein seiner Drillich-Hose war kurz unterhalb der Hüfte hochgesteckt.

»Komm mit!«

Ohne sich umzuwenden, sagte Ian zu Fagin, der Mühe hatte, auf dem Hof mit ihm Schritt zu halten: »Du siehst auf mein Bein, auf das, das mir noch bleibt – hoffe ich. Das andere habe ich vor fünf Jahren beim Stapellauf der *Baltic* verloren – ein Keil ist weggerutscht, ich habe das Gleichgewicht verloren, und schon war's passiert. Man muß aufpassen wie ein Luchs, hier ist alles gefährlich. Achte auf die Kräne, auf die Keile, auf die Löcher, du mußt die Augen rechts und links, oben und unten gleichzeitig haben. Diejenigen, die hierherkommen, um die schönen Ozeanriesen zu bewundern, denken nie daran, wie sehr wir dafür gelitten haben. So, wir sind da. Unterkunft Nummer fünf. Du bist bei einer Truppe von unseren Jungs, diese hier sind aus Dublin. Lustige Kerle, da wirst du dich nicht langweilen!«

Fagin stieg drei hölzerne Stufen hinauf und betrat einen großen Raum, in dessen Mitte ein Ofen thronte, dessen Rohr direkt aus dem Dach ragte. An den fensterlosen Wänden standen jeweils drei Betten. An der Tür gegenüber gab es ein Fenster, durch das Licht in die Stube drang, in der außer den Betten mehrere Truhen und ein Schrank standen. Die Bewohner, die auf ihren Pritschen hockten, musterten Fagin.

»Bist du Engländer?« fragte ein großer Rotschopf.

»Weiß ich nicht«, gab Fagin zurück und legte seinen Koffer auf das einzig freie Bett.

»Ist auch besser so«, bemerkte ein zweiter und stellte sich vor: »Ich heiße Brendan. Die anderen – dabei deutete er auf den jeweiligen Kameraden – sind Flann, Ulick, Sean, Brian und Kevin. Du wirst uns deine Geschichte auf dem Weg zur Werft erzählen. Der dauert ungefähr eine Viertelstunde. Morgen müssen wir Blech abladen.«

Seit jenem Tag kannte Fagin keine Langeweile mehr.

Inmitten von Schreien und Flüchen, von Maschinenlärm, vom Quietschen der Winden, vom Knarren der Seile und Kabel ging, rannte und kroch er hin und her.

»Fagin, komm hierher!«

Und er lief los.

»Fagin, bring mir den Schraubenschlüssel, den ich unten vergessen habe!«

Und schon kletterte er die Leitern hinauf.

Im sprühenden Funkenregen, im Geruch von erhitztem Metall, von Werg, Teer und Öl war er pausenlos auf den Beinen. Manchmal, wenn er auf einen der riesigen Überladekräne klettern mußte, die um den Rumpf des Schiffes herum aufgebaut waren, hatte er den Eindruck, auf eine Armee von Pygmäen hinabzublicken, die sich geschäftig in dem Bauch eines Riesen zu schaffen machte. Er spürte seine geschundenen Hände nicht mehr, die voll Holz- und Metallsplitter steckten und von Blasen und Schnittwunden übersät waren. Abends sank er in sein Bett, außerstande, sich an den langen, hitzigen Gesprächen seiner Gefährten über die irische Revolution zu beteiligen.

Doch auch wenn seine Lider noch schwer und sein Körper schläfrig waren, unterlag Fagin jeden Morgen derselben Faszination, sobald er die Umrisse des entstehenden Schiffskörpers betrachtete. Eingezwängt in seine Wiege aus Hunderten von Eisenträgern, erinnerte er an eine riesige Eierschale, die aus der Erde ragte und deren zackige Wände sich unbestimmt und noch zerbrechlich in den Himmel erhoben. Brendan, der ihn eines Tages dabei überraschte, wie er den metallenen Rumpf betrachtete, klopfte ihm auf die Schulter und lachte.

»Siehst du, Fagin, wir sind dabei, dieses Schiff zu bauen. Und wir werden es fertigstellen. Es wird der Abend kommen, an dem die Leute auf dem Deck tanzen, das wir bald in Angriff nehmen. Und ich verspreche dir, daß auch wir an diesem Tag die Gigue tanzen werden. Aber auf unserem Boden. Ohne die Engländer oder sonst irgend jemanden!«

Eines Sonntags bekam Fagin Besuch von James, der aus London gekommen war. Eine schüchterne Frühlingssonne schien auf die von unzähligen Möwen bevölkerten Kais. Er brachte Nachricht von Leopold und Molly: In wenigen Tagen würden sie beide auf der *Adriatic* anheuern.

»Sie werden sich bestimmt nicht langweilen«, bemerkte James lachend. »Es gibt ein Schwimmbad und ein türkisches Bad auf dem Ozeanriesen!«

Dann fügte er hinzu: »Und du, Fagin? Ist das Leben hier nicht zu hart? Ah, beinahe hätte ich es vergessen, hier ist ein Geschenk für dich.«

James zog ein in ockergelbes Papier gewickeltes Päckchen aus seiner Manteltasche und reichte es dem Jungen.

»Komm, setzen wir uns auf die Baumstämme, dann kannst du es in Ruhe auspacken«, sagte er.

Fagin zögerte. Er spürte, wie ihm die Röte in die Wangen stieg. Noch nie hatte ihm irgend jemand ein Geschenk gemacht. Wie bedankte man sich? Verwirrt stotterte er einige höfliche Worte, ehe er sich auf einen der riesigen Baumstämme setzte, die vor der Tür eines Schuppens aufgestapelt waren. Drei Möwen ließen sich ein paar Schritte von ihm entfernt neben einer Pfütze nieder. Eine von ihnen neigte den Kopf zur Seite, reckte den Hals vor und schien ebenfalls neugierig auf die Überraschung. James setzte sich neben Fagin.

»Na los«, sagte er, während er den Vogel beobachtete, »mach es schon auf!«

Mit zitternden Händen zerriß Fagin das Einwickelpapier. Es war ein kleines, ledergebundenes Buch, das mit goldenen Lettern geziert war.

»Die Bibel«, flüsterte er und blätterte darin.

Molly hatte eine Widmung hineingeschrieben, die sie und Leopold unterzeichnet hatten:

Ar nathair ata ar neamh
Noamhthar bainm
Tigeadh do rioghachd
Deuntar do thoil ar an Ilhalàmb.

Als er Fagins Verwirrung bemerkte, erklärte James: »Das ist Gälisch und bedeutet: »Unser Vater, der du bist im Himmel, geheiligt werde dein Name, dein Reich komme, dein Wille geschehe.«

Fagin schwieg. Eine Mischung aus Freude und Befremdung erfüllte ihn. Als er abends, nachdem James gegangen war, ins Bett schlüpfte, schob er das Buch unter das Kopfkissen, und seine Hand strich über den Ledereinband. Er schlief unruhig und hatte das Gefühl, unter seiner Hand brenne ein Licht. Im Morgengrauen fanden ihn seine irischen Kameraden mit der geöffneten Bibel auf den Knien auf der Schwelle der Unterkunft.

Brendan schlug ihm kräftig auf den Rücken.

»Kannst du denn alle Worte lesen?« fragte er.

»Nein«, entgegnete Fagin.

»Macht nichts. Gott wird dir verzeihen!«

Zum ersten Mal in seinem Leben fühlte sich Fagin in Sicherheit. Schon seine Begegnung mit Leopold und Molly hatte ihn von den Erinnerungen an sein früheres Leben entfernt: von Hunger, Kälte, Gewalt und Verzweiflung. Doch dieses Buch stellte einen unsichtbaren Schutzwall gegen alle Dämonen seines Elends dar.

»Du brauchst nicht an Gott zu glauben«, hatte Molly ihm anvertraut. »Es reicht, wenn du weißt, daß Er an dich glaubt.« Und in seinen Augen bedeutete diese Bibel nichts anderes.

Einige Tage später, als man die Ankunft eines außergewöhnlichen Gefährts ankündigte, wurde die Werft von einem Fieber ergriffen. Fagin befand sich gerade auf dem D-Deck, als er die anderen rufen hörte: »Da sind sie!«

Er näherte sich dem Bullauge und entdeckte in der Ferne ein Gespann von zwanzig Pferden, das einen eindrucksvollen Wagen zog. Zu beiden Seiten der Pferde gingen Männer mit blauen Schirmmützen und großen Schürzen.

»Das ist der Hauptanker!« rief einer von Fagins Gefährten aus. »Was für ein Monstrum! Er soll über fünfzehn Tonnen wiegen, und die Kette soll hundertfünfundsiebzig Ellen lang sein. Und es kommen noch zwei weitere!«

Die meisten Männer hatten ihre Arbeit unterbrochen, um das Schauspiel zu beobachten, das das bevorstehende Ende ihrer Arbeit verhieß: Andere Zünfte, die sich um die Innenausstattung kümmerten, würden sie ablösen. Während sie zusahen, wie die Arbeiter den riesigen gußeisernen Haken abluden, dachte Fagin daran, daß er Belfast bald verlassen müßte.

Daran hatte ihn schon der Stapellauf der *Olympic* im letzten Oktober erinnert. Als der Ozeandampfer in das Hafenbecken geglitten war, wirkte die *Titanic* plötzlich wie ein Waisenkind, dazu verdammt, noch weitere sechs Monate im Trockendock zu liegen. Bedauerte er seine Abreise? Das glaubte Fagin trotz des harten Lebens auf der Baustelle schon sicher zu wissen. Die irische Bande, wie sich seine Freunde selbst gern vorstellten, hatte ihn gelehrt, die Entmutigung und Traurigkeit zu ertragen, die er empfand, wenn er an Molly und Leopold und ihr Haus in London dachte. So weit von ihnen entfernt, hatte er sich oft verlassen gefühlt.

»Warum hast du uns bei deiner Ankunft gesagt, du weißt nicht, ob du Engländer bist?« fragte ihn Brian an einem Gewitterabend, als in der Unterkunft Dunkelheit herrschte.

»Weil ich nicht weiß, wo ich geboren bin«, antwortete Fagin.

Von diesem Augenblick an nahmen ihn seine Gefährten unter ihre Fittiche. Als gute Katholiken besuchten sie natürlich die Messe, die der Pfarrer sonntags in einer kleinen Kapelle las. Dann bekamen ihre sonst so schelmischen Gesichter einen feierlichen, ernsthaften Ausdruck. Mit zusammengepreßten Lippen und gesenkten Augen wurden sie plötzlich zu Aposteln eines Glaubens, der ihnen Trost spendete. Doch sobald die Messe vorüber war, zogen sie Fagin in die Pubs von Belfast. Vor einem Glas Bier, mit dem sie möglichst lange auszukommen versuchten, lauschten sie den Männern mit den derben Stimmen. In der verrauchten Atmosphäre, inmitten der Schreie und des Gedränges, sangen sie oder erzählten sie Geschichten. Das war eine ganz neue Welt für Fagin, und er fühlte sich wie ein Passagier auf einem Zauberschiff, das ihn in die weite Ferne davontrug.

»He, wach auf, wach auf!«

Sie standen alle im Sonntagsstaat – dunkler Anzug, Krawatte und Schirmmütze – um sein Bett herum: Flann, Ulick, Sean, Brian, Kevin und Brendan.

»Du hast Besuch!«

Angesichts der verdutzten Miene, die Fagin aufsetzte, als er am anderen Ende des Zimmers Leopold, Molly und James sah, brachen sie in schallendes Gelächter aus. Als wolle er sich schützen, zog er die Bettdecke über die Schultern und richtete sich halb auf.

James tat den ersten Schritt: »Ja, wir wollten dir eine kleine Überraschung bereiten! Leopold und Molly möchten dein Schiff sehen!«

Molly, die ebenso eingeschüchtert war wie Fagin, murmelte lächelnd: »Er ist groß geworden ...«

Und Leopold, der ihr in nichts nachstehen wollte, glaubte ebenfalls, hinzufügen zu müssen: »Er ist groß geworden ...«

Die Iren konnten sich vor Lachen kaum noch halten. Mit rotem Gesicht und Tränen in den Augen brachte Kevin einen Satz auf Gälisch hervor, den Sean sogleich übersetzte: »Er ist groß geworden!«

Noch immer lachend standen sie bald alle vor der Tür. Doch die Iren sonderten sich schnell ab. Sie gingen voraus und riefen den anderen zu, sie würden »schon mal einige Guinness trinken«. Vor den Toren der Werft drängten sich bereits die Schaulustigen, und Pferdegespanne mußten sich ihren Weg zwischen Fußgängern bahnen. Von Zeit zu Zeit vernahm man die Glocke einer Straßenbahn, die für einen Augenblick die begeisterte Menge teilte. Auf ihrem Oberdeck standen Frauen in langen Kleidern und Männer mit Strohhüten auf dem Kopf. Fagin, der zwischen Rührung und Nervosität schwankte, hatte Mühe, Leopold und Molly ihre Fragen zu beantworten. Dabei war er ihnen, und auch James, wirklich dankbar, daß sie gekommen waren, um den Stapellauf des Ozeandampfers mitzuerleben. Doch er fand nicht die richtigen Worte, um auszudrücken, wie stolz er war, die abenteuerliche Entstehung dieses Giganten der Meere miterlebt zu haben. Außerdem fühlte er sich von einer geheimen, ungewissen Sorge erfüllt. Was sollte aus ihm werden? Würde er nach London zurückkehren? Seine Beschützer schienen davon auszugehen, das hatte Molly gerade bekräftigt. Andererseits hatte ihm Brendan vorgeschlagen, in Irland zu bleiben.

»Du wirst hier Arbeit finden, daran mangelt es auf den Werften nicht. Und zwei Arme mehr, um die Engländer zu verjagen, das ist auch kein Schaden!«

Die anderen hatten zugestimmt, und Flann hatte feierlich hinzugefügt, daß Irland ihn brauche. Fagin hatte gezögert. Die wiederholten Ausführungen seiner Gefährten hatten ihn, der keine Wurzeln hatte, schließlich überzeugt, daß Irland seine Heimat war. Seine Heimat, sein Hafen, sein Königreich. Er kannte jetzt die Geschichte der Gaedhils und der Erainn, die Proklamationen von Shane O'Neill, Wolfe Tone, O'Connell und Parnell. Er wußte alles über die Massaker, die vom Blut der Patrioten geröteten Flüsse, die niedergemetzelten, verbrannten Körper. Natürlich erschien ihm der Kampf ungleich: Unschuld und Tugend standen gegen Habgier und Gewalt. Doch das machte die Herausforderung noch anziehender.

»Du kannst stolz auf dich sein!«

Leopolds freudige Stimme riß ihn aus seinen Träumereien. Dabei deutete er auf die eindrucksvolle Silhouette der *Titanic*, die ganz mit bunten Wimpeln geschmückt war. Die Menge drängte sich auf den Kais und versuchte, so dicht wie möglich an die Überladekräne zu gelangen, die den stählernen Leviathan umgaben. Fagin erschauderte. Nie zuvor war er derart überwältigt gewesen.

Der Bug des Ozeanriesen überragte die Dächer der umliegenden Gebäude und zeichnete sich wie ein schwarzer, regungsloser Riesenschnabel gegen den Himmel ab. Die Schaulustigen längsseits des Schiffes hoben die Köpfe, einige streckten den Arm aus und versuchten die stählerne Wand zu berühren, die sich vor ihnen erhob wie der Schutzwall einer befestigten Stadt. Fagin kannte all seine Geheimnisse, von den Laderäumen bis zum Deck, die Brücken, Treppen, Gänge und unterirdischen Verbindungen. Wenn er durch einen dieser Schläuche lief, fühlte er sich oft wie im Gewirr der Londoner Gassen. Im Dunkeln hatte er auf das Hämmern der Preßluftnietmaschinen und den Aufschlag der Stahlträger gelauscht. Doch ähnlich jenen Einsiedlern, die im Augenblick, da sie sich aus ihrem Refugium bewegen, dort, wo sie beim Verlassen der Welt nur einen Steinhaufen erblickten, plötzlich ein grünes Tal sich ausbreiten sehen, so entdeckte Fagin auf dem Vorderdeck nun Geschmeide, Perlen und schimmernde Stoffe.

Als habe Leopold seine Gedanken erraten, legte er die Hand auf seine Schulter und sagte: »Wenn du eines Tages reich bist, kannst du dir dort auch eine Kabine leisten!«

Molly, die mit dem Sonnenschirm einer Nachbarin zu kämpfen hatte, um einen Blick auf das Schiff zu erheischen, rief: »Reich? Warum soll er reich werden? Es heißt zwar, der Reichtum komme im Schlaf, aber alle, die reich geworden sind, tun aus Angst um ihr Geld kein Auge mehr zu. Mir ist es lieber, Fagin kann nachts ruhig schlafen.«

Ihre Worte wurden von tosendem Applaus übertönt. Am Heck der *Titanic* hatte man soeben eine rote Fahne gehißt, das Signal für den bevorstehenden Stapellauf. Fagin, Leopold und Molly konnten sich bis hinter den Lattenzaun vorkämpfen, wo Plätze für die Werftarbeiter reserviert waren, abseits vom Gedränge der Zuschauer – »mindestens Hunderttausend«, wie ein Unbekannter mit einem Strohhut bemerkt hatte. Die Kühnsten unter ihnen waren sogar auf die umstehenden Kräne geklettert, andere hatten sich ein Billett auf einem der Schiffe geleistet, die vor dem Hafenbecken auf und ab fuhren und – wie es in den Prospekten hieß – »einen unvergeßlichen Blick auf ein unvergeßliches Ereignis« boten.

Man hörte einen explosionsartigen Knall. Gefolgt vom Knarren der berstenden Holzkeile, die mit Vorschlaghämmern zertrümmert wurden. Unbeholfen drückte Fagin Mollys Hand, während Leopold, der ebenso bewegt war, dem Jungen einen verschwörerischen Blick zuwarf. Fagin hatte den Eindruck, der ganze Schiffsrumpf vibriere. Ganz langsam und ohne auch nur einmal anzustoßen, glitt dann die *Titanic* auf den geschmierten Schienen ins Wasser. Kein Wort, kein Schrei, kein Atemzug war zu vernehmen. Die Menge starrte gebannt auf dieses faszinierende Schauspiel. In dem Augenblick aber, als der Schiffsrumpf das Wasser berührte, erhob sich ein Sturm von Hurra- und Vivat-Rufen über den Hafen. Man warf Hüte, Tücher, Schals, Schirme und sogar Zeitungen in die Luft, und die Brise, die jetzt aufgekommen war, wirbelte die Seiten durch die Luft.

Auch Fagin schrie mit und vollführte Freudensprünge. Molly fegte den Schirm, der sie so sehr gestört hatte, zu Boden, während Leopold pathetisch ausrief: »Fagin, du hast soeben der Geburt eines neuen Zeitalters beigewohnt!«

Dieser Satz klang zu ausgefeilt, als daß er nicht vorbereitet gewesen wäre. Leopold schien so stolz, daß er ihn, an die Umstehenden gewandt, noch einmal wiederholte. Und diese konnten ihm nur zustimmen. Fagin lächelte.

Und für Fagin brach tatsächlich ein neues Zeitalter an, denn als die Lampions erloschen, das Fest beendet war und die *Titanic* auf dem Wasser schwamm, mußte er in Begleitung derer, die er jetzt ›Vater‹ und ›Mutter‹ nannte, zurück nach London reisen. Während der nächsten Monate, die ihm unendlich lang schienen, hatte er verschiedene Posten in den Londoner Büros der White Star Line inne, zunächst als Laufbursche, dann als Etagenboy und Gehilfe in der Schreibstube. Doch es verging kein Tag, an dem er sich nicht an das Bild des Ozeandampfers erinnert hätte, er nicht den Jubel der Menge beim Stapellauf gehört hätte. Manchmal sah er sich abends vor dem Einschlafen auf der Kommandobrücke stehen: In einer weißen Uniform mit dem Wappen der White Star Line studierte er die Karten, zeichnete die Fahrtroute ein und erteilte Befehle. Auf dem Schiff nannte man ihn »Kapitän. Kapitän Fagin«.

An einem Aprilabend, den er nie vergessen würde, trat Leopold, ohne anzuklopfen, in sein Zimmer. Molly folgte ihm mit hochroten Wangen. Leopold baute sich vor Fagins Bett auf, tat so, als würde er eine Pergamentrolle aus der Tasche ziehen und entrollen, und verkündete mit lauter Stimme: »Sir Fagin, auf Beschluß der obersten Entscheidungsträger der White Star Line und nach Bestätigung durch die königliche Schiffahrtsbehörde dieses Landes, teilen wir Ihnen mit, daß Sie ab dem 5. April 1912 als Matrose an Bord des Royal Mail Steamers *Titanic* eingesetzt sind. Der Obengenannte hat seine Entscheidung innerhalb der nächsten Minute kundzutun.«

Sollte das ein Scherz sein? Unfähig, auch nur ein Wort hervorzubringen, begnügte er sich damit, erst Leopold und dann Molly ungläubig anzustarren. Schelmisch fügte sie hinzu: »Er hat gesagt: ›Innerhalb der nächsten Minute …‹«

Da flüsterte Fagin: »Ja. *Titanic*. Ja. *Titanic*.«

3. Kapitel

Das Glas fiel zu Boden und zersprang mit einem dumpfen Klirren.

»Vorsicht!« rief eine Frauenstimme.

Der Mann hörte nichts. Er schlug sich auf die gespreizten Schenkel und hämmerte dabei mit dem Fuß auf den Boden. Bisweilen holte er tief Luft, richtete den Oberkörper auf, sackte dann aber, wie von einem Windstoß umgeblasen, wieder vorn über. Er rang nach Luft, er zitterte, seine Hände fuchtelten in der Luft. Um ihn herum herrschte Schweigen. Alle warteten, daß der Riese wieder zu Sinnen kam. Dann setzte er erneut an: »Und dann hat er ihr gesagt ... Er hat gesagt ...«

Tränen liefen über sein hochrotes Gesicht. Wie er so mit geschlossenen Augen und geöffnetem Mund dasaß, hätte man meinen können, er hinge an der Fangschnur eines Dämons, der ihn in einen Abgrund ziehen wollte.

Ein schmächtiges Männlein schien die Geduld zu verlieren und erbot sich: »Ich kenne die Geschichte. Ich kann sie euch erzählen.«

Wie von der Tarantel gestochen, fuhr der andere herum und sagte schneidend: »Nein, ich erzähle!«

Nachdem er sich wieder beruhigt hatte, schob er die Gläser zurück, die vor ihm aufgereiht waren, glättete mit dem Handrücken das mit Sauce und Wein befleckte Tischtuch und begann: »Also, eines Tages verlangt eine Reisende den Kapitän zu sprechen. Sie will nicht mit dem Zahlmeister sprechen, sie will mit niemandem sonst sprechen, sie will den Kapitän, Punktum! Und sie sagt, es sei dringend. Sie ist eine wohlsituierte Dame, die aus geschäftlichen Gründen nach New York reist, das zumindest behauptet sie. Ihre Kabine ist mit allem möglichen Krempel vollgestopft – Schmuck, Bücher und überall Pelze. Eigentlich scheint sie ganz normal, und so führt man sie zur Kabine des Kapitäns. Kaum eingetreten, fängt sie an loszuschreien, man habe ihren Mann ins Meer geworfen. Der

Kapitän bittet sie, das zu wiederholen. ›Man hat meinen Mann ins Meer geworfen‹, kreischt sie, wobei sich ihre Stimme förmlich überschlägt. Der Kapitän bietet ihr eine kleine Stärkung an, aber sie lehnt ab, sie will ihren Mann!«

Als der Erzähler sicher war, die Zuhörer in seinen Bann gezogen zu haben, machte er ein Zeichen, man möge ihm ein Glas Brandy einschenken. In aller Ruhe trank er zwei, drei Schluck, ehe er fortfuhr: »Kein Mensch verstand, was es mit diesem verschwundenen Ehemann auf sich hatte. Der Zweite Offizier, ein bärtiger, etwas giftiger Zeitgenosse, schlug vor, den Schiffsarzt zu holen, da die Dame vielleicht eine Arznei brauche, um wieder zu sich zu kommen. Er habe eine Schwägerin, und sobald die anfange, dummes Zeug zu faseln, bekäme sie ein paar Pillen verpaßt, und hopp, sei alles wieder in Ordnung. Der Kapitän runzelte die Stirn, strich sich nachdenklich übers Kinn und befahl nach kurzem Zögern, man solle den Steward holen, der für die Kabine der Verzweifelten zuständig sei. ›B54, Mr. und Mrs. Denver‹, stieß sie unter Schluchzen hervor.

Für B54 war ein Typ aus Liverpool verantwortlich. Ein gewisser Boyd. Immer in Eile, immer zerstreut. Ein richtiger Springinsfeld. Eines Tages, als er mit der Boston-Linie fuhr, hat er doch tatsächlich seinen Seesack am Kai vergessen. Kurz, er kam auf die Brücke, und der Kapitän befragte ihn, ob er wisse, wo der Mann der Dame verblieben sei. Boyd zuckte die Schultern und erklärte, er habe diese Frau immer nur allein gesehen. O weh! Wenn ihr den Schrei gehört hättet, den sie da ausgestoßen hat! ›Allein? Ich? Allein?‹ Sie sank auf den Stuhl, den ihr der Zweite Offizier gerade noch unters Hinterteil schieben konnte, und brach in Tränen aus. Boyd stand vor ihr, und der Kapitän ließ ihn nicht aus den Augen: ›Ist Ihnen heute morgen bei Ihrem Dienst nichts aufgefallen?‹

Boyd sah ihn mit großen Augen an, kratzte sich den Kopf und meinte: ›Ich habe die Aschenbecher geleert, es waren viele, und sie waren alle voll.‹

Und dann hat er ihm gesagt, also er hat dem Kapitän gesagt ...«

Der Anflug eines Lachens erschütterte abermals die Stimme

des Kolosses, aber diesmal spannte er seine Zuhörer nicht länger auf die Folter und fuhr – nicht ohne zuvor einen kräftigen Schluck genommen zu haben – fort: »Also, er hat zum Kapitän gesagt: ›Ich habe auch die Asche aus einer eigenartigen Dose geleert. Sie war ziemlich schwer, diese Dose, und auf dem Deckel, der daneben lag, waren zwei Buchstaben eingraviert, ein M und ein D, glaube ich.‹

Da sprang Mrs. Denver auf und stürzte sich wie eine Furie auf ihn. Der Kapitän versuchte, sie daran zu hindern, Boyd zu zerfleischen, und der Zweite Offizier hielt sie an den Schultern zurück, doch sie brüllte: ›Michael, Michael, Michael, er hat Michael über Bord geworfen, er war es!‹

Der arme Boyd war nicht gerade der Hellste. Zwischen zwei Verwünschungen begriff er dann endlich, was er angerichtet hatte: Er hatte die Graburne geleert, die die Asche des Ehemannes enthielt! Der Kapitän wußte nicht, was er tun sollte. Und der Zweite Offizier stammelte, die Gesellschaft entschuldige sich bei der Witwe, sie bedaure den Vorfall zutiefst und werde natürlich angesichts eines so bedeutenden Verlustes einen angemessenen Schadenersatz leisten. Und Boyd, wißt ihr, was Boyd daraufhin sagte? ›Aber die Dose habe ich doch gar nicht weggeworfen!‹ Wirklich ein Schlaumeier!«

Während der ganzen Erzählung hatte sich Fagin nicht vom Fleck gerührt. Er saß zwischen Leopold und Molly am Ende des Tisches und lachte mit den anderen. Sie prusteten, kicherten und brüllten vor Lachen in einer Umgebung, die plötzlich unwirklich erschien. Denn der Speisesaal der dritten Klasse, den man der Mannschaft an diesem Abend ausnahmsweise zur Verfügung gestellt hatte, war von Kandelabern erleuchtet, und die übergroßen Schatten der Gäste, die an die Wände und an die Decke geworfen wurden, wirkten wie teuflische Gestalten, die sich in einer Lichtung zu einem geheimnisvollen Hexensabbat zusammengefunden hatten.

Matrosen, Stewards, Kellner, Zimmermädchen und Lagerverwalter – die meisten von ihnen kannten sich seit Jahren. Sie waren auf denselben Schiffen gefahren oder hatten sich in ferneren Häfen kennengelernt. Drei- bis viermal im Jahr, manchmal auch öfter, führte sie der Ozean zusammen. Doch dieser

Abend war von besonderer Bedeutung. Am nächsten Tag würde die *Titanic* ihre Jungfernfahrt antreten.

»Es ist, als würde man heiraten«, hatte Jack erklärt, der seit fast zehn Jahren als Steward für die White Star Line arbeitete.

»Und ob man will oder nicht, spürt man diesen leichten Stich im Herzen. Wenn man an all die Passagiere denkt, die auf einem solchen Schiff versammelt sind: Die einen trennen sich, die anderen sind auf der Flucht, wieder andere brechen gemeinsam auf, um sich ein neues Leben aufzubauen, und dann gibt es auch die, die vom Paradies träumen! Ob reich, ob arm, letztlich sind sie alle gleich.«

Die Kerzen waren fast heruntergebrannt. Doch niemand dachte ans Schlafengehen. Selbst einer der wachhabenden Offiziere hatte sich zu ihnen gesellt, während der Matrose von dem Mißgeschick berichtete, das der Asche des armen Michael Denver widerfahren war. Als das Gelächter verklang, wandte er sich an den Helden des Abends.

»Fergus, ich frage mich manchmal, wo du solchen Unsinn hernimmst. Wenn du nicht der Cousin meiner Frau wärst, könnte ich glauben, du wärst nicht ganz richtig im Kopf. Ich erinnere mich an einen Matrosen, der so war wie du: Er gab ohne Unterlaß irgendwelche Geschichten über Geister zum besten, die angeblich die Schiffe heimsuchen. Und eines Tages, als wir auf einem Dampfer unterwegs nach Australien waren, war er hokuspokus über Nacht verschwunden. Sein Gepäck hat man unberührt in seiner Koje gefunden, und sonst nichts. Keine Spur, kein Wort. Der Kapitän war der Meinung, er sei über Bord gegangen, doch seine Kabinengenossen hatten gesehen, daß er eingeschlafen war, und keiner der wachhabenden Matrosen hat ihn an Deck kommen sehen.«

Fergus zuckte die Schultern.

»Alles dummes Zeug! Ich fahre seit über dreißig Jahren zur See, aber so was habe ich noch nie erlebt. Das könnte man nicht mal einem Kind weismachen.«

Als sein Blick auf Fagin fiel, der sich zwischen Leopold und Molly in eine dunkle Ecke zurückgezogen hatte, rief er ihm zu: »He, du zum Beispiel, Bürschchen, machen dir solche Sachen angst?«

Eingeschüchtert stotterte Fagin: »Ich weiß nicht.«

Als der Matrose seine Chance witterte, sich auf Kosten des verwirrten Jungen zu amüsieren, runzelte er die Stirn.

»Aber wer bist du überhaupt? Ich habe dich weder auf einem Schiff noch im Hafen gesehen. Der Herr will wohl als Tourist hier mitfahren? Wo hat er denn seinen hübschen Hut, seinen Gehrock und die Lackschuhe gelassen?«

Fagin war außerstande zu antworten. Alle Blicke waren auf ihn gerichtet, und man hörte sogar vereinzeltes Gelächter.

»Das ist mein Sohn!«

Leopold war aufgesprungen und hatte seinen Stuhl heftig zurückgestoßen.

»Ruhig Blut, Leopold«, sagte der wachhabende Offizier, der gerade wieder auf seinen Posten auf der Brücke zurückkehren wollte.

»Du kennst doch Fergus, er bellt gern ...«

Der hatte sich erhoben und begann zu jaulen, legte dabei die Hände auf den Tisch wie ein Hund, der um einen Leckerbissen bettelt. Nachdem er sich so die Unterstützung der Lacher gesichert hatte, nutzte er die Gelegenheit, um ein letztes Glas zu verlangen.

»Denn morgen«, sagte er, ohne Fagin aus den Augen zu lassen, »morgen wird gearbeitet, und zwar hart!«

Fagin war froh, als er mit Leopold allein an Deck stand. Molly war schon gegangen, denn es war spät, und sie mußte ihre Kabinen vorbereiten. Der Himmel war fast sternenklar, nur fast transparente Wolken zogen vereinzelt vorüber. Die Wellen, die gegen den Bug plätscherten, kündigten die Flut an. Die Luft schien plötzlich kälter, ganz so, als dringe mit der Flut auch eine kühle Brise in den Hafen.

Am Kai der White Star Line wurden noch Truhen und Kisten von Pferdegespannen und offenen Lastwagen abgeladen. Man hörte Rufe: »He! Hierher! Tiefer! Vorsicht! Vorsicht!«

Geschäftige Gestalten liefen auf und ab, und für eine Sekunde glaubte Fagin, Brendan zu erkennen. Er erinnerte sich jetzt an die Bemerkung des Iren, als dieser ihn bei der Betrachtung des Schiffsrumpfes überrascht hatte: »Eines Tages wird man auf dem Deck tanzen, das wir bald in Angriff nehmen. Und ich verspreche dir, an diesem Tag werden auch wir die Gigue tanzen.«

Vorsichtig stützte sich Fagin mit dem ganzen Gewicht auf die Reling und ließ die Füße baumeln. Dann begann er, in der Luft Tanzschritte zu vollführen, und von Zeit zu Zeit berührten seine Zehenspitzen den Deckboden, so als würde er daraus neue Energie schöpfen. Ah, Brendan wäre stolz auf ihn gewesen!

In der Ferne ertönte ein Nebelhorn.

»Um diese Zeit werden sie keinen Lotsen mehr finden!« murmelte Leopold.

Fagin setzte die Füße wieder auf den Boden. Sein Blick wanderte zu den Docks, und er sagte leise zu sich: »Die Erde schläft ein«, denn er wagte es nicht, den Satz laut auszusprechen. Er hatte ein eigenartiges Gefühl: Obwohl der Ozeandampfer fest verankert war, schien er von kaum wahrnehmbaren Schwingungen durchlaufen zu werden, die jedes Blechteil, jeden Balken und jede Planke vibrieren ließen. Und jeden einzelnen Nietbolzen. Fagin wußte von einem Kolonnenführer, daß es insgesamt fast drei Millionen waren. Er sah noch das beeindruckende Bild der Nieter auf der Werft in Belfast vor sich, eine Menschenkette, die sich im ständig gleichen Rhythmus bewegte.

Der erste erhitzte die Metallniete über einem Kohlebecken; sobald sie weißglühend war, ergriff sie ein zweiter mit einer langen Zange. Ein dritter schob den glühenden Stachel in ein Loch im Schiffsrumpf, und ein vierter beendete die Arbeit, indem er mit einem Hammer den Kopf des Niets plattschlug. Um mit dem Herzen bei der Sache zu bleiben, stimmten die Männer oft ›Shanties‹ an, jene Seemannslieder, die von Generation zu Generation überliefert wurden. Fagin erinnerte sich beispielsweise an eines, das so begann: »Wir sind die Kalfaterer-faterer-faterer, wir sind keine Faulpelze-pelze-pelze, wir sind die Kalfaterer-faterer-faterer, wir sind kräftige Mannsbilder-bilder-bilder«, und zu den sich wiederholenden letzten Silben schlugen sie rhythmisch mit dem Hammer gegen die Schiffswand.

Leopold, der den Docks den Rücken kehrte, bemerkte einen

belustigten Ausdruck auf Fagins Gesicht. Er hatte seine Pfeife aus der Tasche gezogen und angezündet. Sein suchender Blick wanderte über die Brücke.

»Komm, wir gehen auf die andere Seite, von dort aus sehen wir das Meer ...«

Sie stiegen über das Tauwerk, das sich auf dem Back türmte, schoben sich unter dem Ausleger eines Deckkrans hindurch und kletterten die kleine Leiter hinauf, die auf das Promenadendeck der ersten Klasse führte. Die Rettungsboote, die an ihren Trossen hingen, bewegten sich kaum merklich hin und her. Leopold blieb stehen und klopfte seine Pfeife am äußeren Rand der Reling aus, so daß ein Funkenregen aufstob, der jedoch bald von der Dunkelheit verschluckt wurde.

»Fergus hat dir vorhin angst gemacht, stimmt's?« meinte er.

Aber Fagin verneinte. In der Londoner Unterwelt war er schon öfter auf solche Großmäuler gestoßen. Was hätte er zu befürchten gehabt? Er besaß nichts, und er hatte nichts zu erwarten. Manchmal, wenn er damals an den Fenstern eines erleuchteten Hauses vorbeigegangen war, aus dem Lachen oder Stimmen drangen, hatte er von einem weichen Bett, einer Schale heißer Suppe und einem großen Teller Bohnen geträumt. Dann aber hatte er sich resigniert fortgeschlichen.

Seine Begegnung mit Leopold und Molly hatte ihm die Türen zu einer anderen Welt geöffnet. Heute konnte er lesen, schreiben und beten. Jeden Abend vor dem Einschlafen dankte er jenem Gott, dessen Existenz man ihm enthüllt hatte. Als Molly ihm zum ersten Mal von diesem mysteriösen Wesen erzählt hatte, war er enttäuscht gewesen, daß es keine reale Gestalt annahm. Doch als er eines Abends kurz nach seiner Rückkehr aus Belfast an den Ufern der Themse spazierenging, hatte er eine Weile das Schauspiel der großen Schiffe beobachtet, die an Pollern festgemacht hatten. Mit quietschenden Kränen und kreischenden Winden wurden große Ballen aufgestapelt, Säcke gehoben und schwere Tonnen gerollt.

Ein rauchiger Dunst umhüllte den Wald von Schiffsmasten, die in feierlicher Prozession vor den Lagerhäusern aus Backstein aufgereiht waren. Über das Brackwasser huschten eigenartige Lichtreflexe. Dann riß der Nebelschleier auf, und man sah die untergehende Sonne. Plötzlich setzte die glühendrote Scheibe den ganzen Himmel in Flammen. Fagin wandte sich um. Das Gestirn erstrahlte, und die Glut, die langsam dem Horizont entgegensank, sandte ihre goldenen Strahlen aus. Er nahm weder die Schreie noch das Quietschen, noch den Lärm der Wagen wahr. Die glühende Scheibe zog ihn ganz in ihren Bann. Er hatte das Gefühl, eine wogende Membrane vor sich zu sehen. Obwohl ihn das Licht blendete, fühlte er sich geborgen durch diese kosmische Präsenz. Eine Welle von Wärme durchströmte seinen Körper, und für einen Augenblick fühlte er sich ins Innere dieser rotglühenden Sphäre versetzt. Er war von einer unendlichen Ruhe erfüllt und hatte das Gefühl, im Raum zu schweben. Alle Angst fiel von ihm ab.

Dieses Bild sollte ihn nie verlassen. Und wenn er jetzt zu Mollys Gott betete, sah er jedesmal wieder jene Sonne vor sich, deren sanftes und doch kräftiges Licht ihn leitete und ihm Trost spendete. Wenn er nachts von Alpträumen geplagt wurde, beschwor er dieses Bild herauf, um wieder Schlaf zu finden. Er wagte es nicht, mit ihm zu sprechen, denn das wäre ihm grotesk erschienen, doch er flüsterte ganz leise, so leise, daß man es für einen Atemzug hätte halten können, Worte, die für ihn bestimmt waren.

Die Arme auf dem Rücken verschränkt, blickte Leopold aufs Meer. Seine dunkle, hochgeschlossene Jacke verlieh ihm ein fast kämpferisches Aussehen. Doch sein Gesichtsausdruck war, ganz so wie der der anderen Mannschaftsmitglieder, ernst und gesammelt.

»Die Nacht vor dem Auslaufen ist immer die längste. Und dabei ist diese weiß Gott nicht die erste, die ich erlebe.« Er hatte die Stimme gehoben, und Fagin sah ihn erstaunt an.

»Ab morgen kommen wir nicht mehr zum Nachdenken oder Träumen, die Arbeit wird uns keine Zeit dazu lassen. Und so denken wir in den wenigen Stunden, die uns bleiben, alle an dasselbe: an den Ozean, der uns erwartet.«

Fagin unterbrach ihn: »Jack, der Steward, hat mir gesagt, daß man die Matrosen tauft, indem man sie ins Wasser wirft.«

»Keine Sorge, dieser Brauch ist schon lange vergessen. Es ist übrigens nicht der einzige! Das erste Schiff, auf dem ich angeheuert habe, war ein Dreimaster. Wir liefen von Liverpool nach Adelaide in Australien aus. Als ich an Bord kam, verstand ich von der Seemannssprache kaum ein Wort. Sie redeten von Wanten, Reuelsegeln, Focksegeln, Spill, man mußte die Segel aufgeien, die Schoten lockern, das Reff-Takel freilassen. Und als es hieß, ich solle helfen, das Großbramsegel einzuholen, wußte ich nicht, was ich tun sollte ...

Der Zweite Offizier des Schiffs – er hieß Wells – konnte mich von Anfang an nicht leiden. Ständig wies er mich zurecht, befahl mir, die Rah einzuholen oder Instrumente und Tauwerk aus dem Kielraum zu bringen, die ich nie finden konnte. Eines Nachts kam er und holte mich aus meiner Koje. Er hatte offenbar getrunken, denn er torkelte. Wortlos packte er mich mit festem Griff im Nacken und schleifte mich an Deck. Wir fuhren gerade durch eine Bö, und das Schiff wurde hin und her geworfen. Wir waren kaum draußen, da fing Wells auch schon an, mit Fäusten auf mich einzuschlagen. Ich verstand nicht, was los war, und fiel zu Boden. Wells befahl mir, wieder aufzustehen.

Sowie ich mich aber hochgerappelt hatte, schleuderte er mich wieder zu Boden. Er knurrte, beschimpfte mich als Nichtsnutz und begann dann, mit allem, was ihm gerade unter die Finger kam, auf mich einzuschlagen: Tauwerk und Eisenstangen. Als ich versuchte, meinen Kopf mit den Händen zu schützen, schlug er mir zuerst auf die Finger und dann ins Gesicht. Ich dachte wirklich, ich müßte sterben. Da ein starker Wind ging, wußte ich, daß es nichts nutzte, um Hilfe zu rufen. Schließlich wurde ich ohnmächtig. Erst im Morgengrauen kam ich wieder zu mir. Ich hatte das Gefühl, Wells hätte mir sämtliche Glieder ausgerissen, mein Gesicht war geschwollen, meine Hände blau angelaufen. Als ich mich aufzurichten versuchte, stieß ich einen Schmerzensschrei aus.

Und dann entdeckte ich den Steuermann. Er sah mit ausdruckslosem Blick durch mich hindurch. Ich begriff, daß ich allein klarkommen mußte. Auf die Ellenbogen gestützt, konnte ich bis zu der Treppe robben, die zu meiner Kabine führte. Doch der Schmerz war unerträglich, und meine Arme bluteten. Nach einer Weile, die mir vorkam wie Stunden, brachten mich zwei Matrosen in meine Koje. Ein alter Rudergast rieb meinen Körper mit einer Salbe ein. Ich glaubte, daß meine Qualen nun vorbei wären. Doch sobald Wells etwas zu viel getrunken hatte, kam er, um mich zu prügeln. Niemand sagte etwas, und ich wagte nicht, mich beim Kapitän zu beschweren; er wußte ja ohnehin, was vorging.

Eines Nachts hatte ich solche Angst, daß ich über Bord springen wollte. Wells hat mich gerade noch zurückgehalten, und an diesem Tag entging ich seinen Schlägen. Als wir Adelaide erreichten, dachte ich nur noch daran, mich schleunigst aus dem Staub zu machen. Wells muß meine Absicht erraten haben, denn sobald wir angelegt hatten, kam er zu mir. Und stell dir vor, er lächelte. Und er sagte: ›Du bist in Ordnung, mein Sohn, du hast das Zeug zum Seemann!‹ Plötzlich waren wir von der ganzen Mannschaft umringt, und ich begriff, daß dies das Aufnahmeritual gewesen war. Dabei hatte mein Vater mich immer gewarnt und mir auf seine Art zu verstehen gegeben, daß man nicht von heute auf morgen Seemann wird: ›Du wirst sehen, die erste Überfahrt ist die schlimmste. Wenn du die überstehst, wirst du ein richtiger Seebär. Wie ich!‹ Ach, mein Vater ...«

»Ist er tot?« fragte Fagin.

»Ja, er ist tot.«

»Schon lange?«

»Ich war etwa fünfzehn.«

Fagin betrachtete Leopolds hochgewachsene Gestalt. Nie war er ihm so entschlossen erschienen. Er schien von einer geheimnisvollen Kraft erfüllt. Trotz der Dunkelheit erriet Fagin seinen Blick, der durchdringlich und zugleich sanft war.

»Ich war etwa fünfzehn Jahre alt, als ein Mann an unserer Tür erschien und meiner Mutter die Nachricht überbrachte. Ich sah, wie sie den Brief nahm, den er ihr reichte. Sie wurde bleich, und ich spürte, daß es sie eine übermenschliche Anstrengung kostete, dem Mann zu danken. Nachdem sie die Tür geschlossen hatte, rief sie mich zu sich. Dann las sie den Brief. Sie war keine überschwengliche Frau und verbarg stets ihre Gefühle. Doch an diesem Tag schloß sie mich in die Arme und murmelte: ›Mein armer Kleiner, mein armer Kleiner.‹ Ich war meilenweit davon entfernt zu erraten, was geschehen war. Da sagte sie – und ich höre noch heute ihre Stimme: ›Dein Vater ist tot. Sein Schiff ist vor den Kerguelen-Inseln gesunken.‹ Sanft schob sie mich zurück, und wir nahmen zu beiden Seiten des Eichentischs Platz, den mein Vater selbst geschreinert hatte.

So saßen wir uns schweigend gegenüber, bis es dunkel wurde. Die Tränen trübten meinen Blick. Meine Mutter weinte nicht. Doch ihr bleiches, regungsloses Gesicht drückte ihren Kummer aus. Der Schmerz hatte sie niedergeschmettert. Auf einmal murmelte sie: ›Wenn das Meer einen Mann nimmt, muß das Land ihm einen Mann geben.‹ Und sie sah mich an. Ich verstand sie nicht gleich, ich dachte, es wäre ein Gedicht oder ein Liedertext. Am nächsten Tag sagte sie mir, ich müsse ein Schiff zum Anmustern finden. Und sie wiederholte: ›Wenn das Meer einen Mann nimmt, muß das Land ihm einen Mann geben.‹ Ich nickte, und ihr Gesicht hellte sich auf wie der Himmel nach einem Gewitter.«

Fagin hatte Leopold mit einer Mischung aus Aufmerksamkeit und Entsetzen zugehört. Kaum vorzustellen, daß sein Beschützer Opfer solcher Mißhandlungen geworden war. Es war übrigens das erste Mal, daß Leopold mit ihm über den Tod seines Vaters sprach. Fagin dachte an seinen eigenen Vater. Wo war er? Was trieb er? Vielleicht saß er gerade in einer Taverne und stimmte trunken ein Lied an. Oder er tanzte fein gekleidet durch einen hellerleuchteten Salon. Fagin beschwor oft dieses Bild herauf. Und eben weil es so unsinnig war, gefiel ihm die Vorstellung, daß sein Vater ein Aristokrat sein könnte, der sich von ihm abgewandt hatte.

»In gewisser Hinsicht hast du Glück, daß du heute zur See fährst«, fuhr Leopold fort. »Die Seeleute haben sich verändert und auch ihre Arbeit. Von den Schiffen ganz zu schweigen. Sieh dir nur dieses hier an. Es hat eineinhalb Millionen Pfund Sterling gekostet und verfügt über die neueste Technik. Die Konkurrenz der deutschen Gesellschaften, die auf den Übersee-Linien fahren, hat die Engländer gezwungen, nachzuziehen. Und das ist auch gut so.«

Leopold ging einige Schritte auf Fagin zu und legte die Hand auf seine Schulter.

»Wir werden die Welt heute abend nicht ändern können, aber ich möchte dir trotzdem etwas sagen, Fagin. Du bist ein mutiger Junge, und ich möchte, daß du so bleibst. Du hast Molly und mir bewiesen, daß du durchaus in der Lage bist, dein Schicksal in die Hand zu nehmen. Mach weiter so. Achte die anderen. Sei gut, großzügig und ehrlich. Morgen, wenn die *Titanic* die Anker hebt, wirst du eine neue Welt entdecken. Das Gesetz des Meeres ist unveränderlich. Wenn du zur See fährst, mußt du dich ihm anvertrauen.«

»Und Gott!«

Lautlos, so als wollte sie sie überraschen, war Molly zu ihnen getreten. Fagin bemerkte, daß sie ein großes, grünes Tuch um die Schultern gelegt hatte. Auch sie war ungewöhnlich ernst.

»Ich fühle mich sonderbar heute abend«, sagte sie. »Ich kann einfach nicht glauben, daß wir nicht mehr zu Hause sind. Vielleicht weil ich dich hier sehe, Fagin. Ich hoffe, du bereust deinen Entschluß, mit uns zu fahren, nicht?«

»Nein, aber ...«

»Aber was?«

»Auch ich habe ein eigenartiges Gefühl. Als ich die *Titanic* in Belfast verließ, glaubte ich, sie nie wiederzusehen. Und jetzt ist mir, als wäre ich auf einem anderen Schiff.«

»Da hast du nicht ganz unrecht«, bemerkte Leopold. »Du hast an einer großen leeren Muschel gearbeitet, und jetzt befindest du dich plötzlich in einer Stadt. Im Moment mag sie dir noch ausgestorben erscheinen. Aber du wirst sehen, wenn morgen erst die Passagiere an Bord kommen ...«

Molly unterbrach Leopold. Es war Zeit zum Schlafengehen. Fagin warf einen letzten Blick auf das schwarze Wasser, in dem sich die Lichter des Hafens spiegelten. Die feuchte Luft verlieh dem Schiffsrumpf einen eigenartigen Glanz. Als hätten sie seine Befürchtungen erraten, begleiteten Molly und Leopold ihn bis zu dem Gang, der zu seiner Kabine führte. Die Mannschaft hatte diesem langen Gang bereits einen Namen gegeben: ›Schottenstraße‹. Als er allein war, zögerte Fagin einen Augenblick, ehe er seine Kabine betrat. Seine Kabinengenossen schüchterten ihn ein: Sie waren erfahrener und älter als er und erzählten ständig Geschichten, von denen er kein Wort verstand.

Kaum hatte Fagin die Hand auf die Klinke gelegt, wurde die Tür auch schon von innen aufgerissen.

»Da bist du ja, Kleiner!«

Es war Thomas, einer der Köche in der zweiten Klasse, der mit struppigem Haar und funkelnden Augen vor ihm stand.

»Stell dir vor, wir haben schon auf dich gewartet, weil wir nämlich das Licht ausmachen wollen! Der Kapitän hat gesagt, wenn du um Mitternacht nicht im Bett bist, müssen wir alle nach Amerika schwimmen. Stimmt's, Burni?«

»Ja, und er hat sogar hinzugefügt, das würde uns Beine machen!«

Die beiden Männer brachen in schallendes Gelächter aus, und Thomas warf eine leere Flasche um, die auf einer zum Tisch umfunktionierten Kiste thronte. Es gab zehn Kojen, in denen sechs Köche, ein Metzger, zwei Kellner und Fagin schliefen. »Wir sind ja ein bunt zusammengewürfelter Haufen«, hatte Burni gemeint, als sie sich zwei Tage zuvor kennengelernt hatten. Fagin hatte schnell begriffen, daß Burni ein Spitzname war, den der Mann seiner Zerstreutheit verdankte: Er hatte die unangenehme Angewohnheit, die Butter in der Pfanne verbrennen zu lassen ...

Die anderen Kabinengenossen waren zum Glück etwas friedlicher, und mit einem von ihnen – François, der im À-la-carte-Restaurant kellnerte – hatte sich Fagin sogar schon angefreundet. Er war wortkarg und schien immer ein wenig bedrückt. Aus irgendeinem Grund, den er geheim hielt, hatte er Paris verlassen und auf der *Titanic* angeheuert. Er hatte einen furchtbaren Akzent, verstand nur die Hälfte dessen, was man ihm sagte, und ließ sich die Anweisungen von Jean, dem anderen Kellner, der ebenfalls französischer Abstammung war, übersetzen. Das schien Burni nicht gerade zu erfreuen.

»Na, der Service auf der *Titanic* mag ja nett werden! Meine Saucen müssen heiß serviert werden, hm!«

»Und verbrannt!« lachte Thomas, »stimmt's nicht, Metzger?«

In der mittleren Koje, über Fagin und unter Thomas, zuckte ein kleiner sommersprossiger Rotschopf die Schultern. Am Vortag, als Fagin ihn gefragt hatte, warum ihm an der linken Hand zwei Finger fehlten, hatte er finster geantwortet: »Daran ist der Kapitän der *Intrépide* schuld. Mitten in der Biscaya gerieten wir in einen wahnsinnigen Sturm. Um Mitternacht ließ der Kapitän mir ausrichten, er wolle zwei gut durchgebratene Lammkoteletts, und zwar ›ohne Knochen‹. In der Küche flog alles durcheinander: Pfannen, Töpfe, Geschirr. Trotzdem konnte ich mir das Lammfleisch schnappen. Als ich den Knochen auslösen wollte, neigte sich das Schiff nach Backbord. Ich dachte wirklich, unser letztes Stündlein hätte geschlagen. Und gerade in diesem Augenblick habe ich mit dem Beil auf das verfluchte Lamm geschlagen, die Klinge ist abgerutscht, und zack! – meine beiden Finger waren weg. Aber ob du's mir glaubst oder nicht, Kleiner, ich habe mein Schneidebrett abgespült, die Koteletts gebraten, mir ein Tuch um die Hand gewickelt und dem Kapitän das Fleisch serviert. Die Wellen waren noch immer haushoch, und an Deck wäre ich zwei-, dreimal beinahe ausgerutscht. In der Kabine des Kapitäns angekommen, stellte ich das Tablett auf den Tisch. Er warf einen Blick auf meine blutende Hand, stach mit der Gabelspitze in das Fleisch und sagte: ›Sie sollten den Knochen vom Fleisch abtrennen!‹ In dem ganzen Durcheinander hatte ich vergessen, den Knochen der verfluchten Lammkoteletts auszulösen! Ich hätte den unseligen Kapitän erwürgen können. Zwei Tage später mußte ich an Land gehen, denn der Brand drohte meinen ganzen Arm zu zerfressen. Seither rühre ich kein Lammfleisch mehr an und will auch nichts mehr davon hören. Jetzt kümmere ich mich um die Vorspeisen, da geht es ruhiger zu.«

Fagin ging zu dem Schrank, in dem ihm zwei Fächer zugeteilt worden waren. Zwischen den Kleidungsstücken fand er seine Bibel. Unauffällig schob er sie unter sein Kopfkissen. Dann legte er sich hin, die anderen folgten seinem Beispiel, und bald herrschte Stille in der Kabine. Fagin lag mit offenen Augen da. Unter der Tür drang ein schmaler Lichtstreifen hindurch. Wenige Minuten später betraten die noch fehlenden vier Köche die Kabine. Sie hatten sich sicherlich noch in den Hafenkneipen herumgetrieben. Lautlos legten sie sich in ihre Kojen. In Fagins Kopf jagten sich die Bilder: die rauchigen Straßen von London, die Winterabende mit ihrem schneidenden Wind, Mollys und Leopolds Haus, ihre erste Begegnung. Als er dann einschlief, hatte er das Gefühl, von einer ungeheuren warmen Welle davongetragen zu werden. Und wie im Traum hörte er eine Stimme rufen: »Leinen los!«

4. Kapitel

Er wogte sanft über den breitkrempigen Damenhüten und den Melonen. Schien zu zögern, setzte sich dann wieder in Bewegung. Rot, grün, gelb und malvenfarben. Ein junger Mann trug diesen riesigen Blumenstrauß mit hoch ausgestrecktem Arm über die Köpfe hinweg. Als er auf Idas Höhe ankam, nahm sie einen betörenden, fast berauschenden Duft wahr. Auf der Brust des jungen Mannes prangte in goldenen Lettern der Name des bekannten Londoner Kaufhauses Harrod's. Er schien unschlüssig, versuchte, einen Blick oder irgendeinen Hinweis zu erheischen. Doch die Menge der Passagiere schenkte ihm keinerlei Aufmerksamkeit. Hartnäckig kämpfte er sich weiter vor und bahnte sich einen Weg durch die Grüppchen von Reisenden. An der Pforte zur Gangway angelangt, hielt das Riesenbukett einen Augenblick inne, schwankte und war schließlich ganz verschwunden, wie von einer unsichtbaren Hand ergriffen.

Ida wandte sich zu ihrem Mann um, noch immer ganz geblendet von all den Farben.

»Ich habe den Eindruck, du wirst in guter Gesellschaft sein«, murmelte Harold. »Der Kupfer-König, der Straßenbahn-König, der Eisenbahn-König ... Man könnte meinen, sie alle hätten sich hier ein Stelldichein gegeben!«

Doch Ida interessierte sich kaum für all diese Industriemagnaten. Die Schreie der Gepäckträger und Diener, das Gedränge, all das machte sie benommen. Durch die Fenster der Einschiffungshalle war von der *Titanic* nichts weiter zu sehen als schwere, schwarze zusammengeschweißte Platten. Ida beobachtete Harold. Mit zerstreuter Miene stützte er sich auf den Silberknauf seines Stockes. Ein leichtes Lächeln, das wohl ermutigend wirken sollte, umspielte seine Lippen. Für diese Aufmerksamkeit war sie ihm dankbar. Die Leute ringsum schienen so sorglos! Das Lachen einer jungen Frau ließ sie fast zusammenzucken: Sie trug ein blaues Kostüm mit Nerzbesatz und einen Hut mit einer langen, buschigen Feder. Kokett machte die Unbekannte ihrem Gefährten, einem Mann mit grauem Schnauzer, schöne Augen. Beim Sprechen neigte sie von Zeit zu Zeit den Kopf zu ihm herüber. Dabei wogte und zitterte der Federhut jedesmal, und Ida spürte, wie sich ihr Herz zusammenzog.

Harold, der seine Gattin bei ihren Träumereien überraschte, richtete das Wort an sie. Doch Ida hörte ihm kaum zu. Zu dieser Stunde hätte sie neben ihm am Kaminfeuer sitzen können. Sie stellte sich vor, wie sie sich mit ihrem wollenen Umhängetuch in den roten Sessel schmiegte. Und Mooky, der kastanienbraune Setter? Er würde jetzt wahrscheinlich bellen, denn er haßte es, wenn sie verreiste.

Die keuchende Stimme einer korpulenten, farbenprächtig gekleideten Dame übertönte Harolds Worte. Sie erzählte zwei Männern in dunklen Mänteln von den unvorhergesehenen Zwischenfällen, die ihrer Reise vorausgegangen waren, und beklagte, daß sie nun allein, ohne ihre Schwester, reisen müsse. Ida hörte zu.

»Wir wollten uns letzten Freitag auf der *Empress of Ireland* einschiffen. Ich bin zwar nicht abergläubisch, aber trotzdem! An einem Freitag abzureisen ... Also haben wir unsere Passagen auf der *Titanic* reserviert. Doch dann hat Jane es sich anders überlegt. Sie wollte früher in Kanada eintreffen. Ich habe ihr gesagt: ›Mach, was du willst!‹ Und ob Sie es nun glauben oder nicht, sie ist ohne mich auf der *Empress* gefahren und müßte jetzt fast schon in New York sein. Dabei hätte Kanada ruhig fünf Tage länger warten können. Auf mich muß Kanada schließlich auch warten!« rief sie mit gespielter Entrüstung aus.

Jetzt kam Bewegung in die Menge, und Ida wurde dichter an Harold gedrängt. Ihre Nachbarin, die dauernd ihre Pelzstola zurechtzog, die ihr von den Schultern glitt, schwadronierte weiter. Voller Enthusiasmus beschrieb sie das Land, in dem sich bereits ihre ganze Familie niedergelassen hatte. Sie sprach von den Ahornwäldern, den riesigen Seen, der grenzenlosen Wildnis und posaunte Städtenamen heraus: Winnipeg, Edmonton, Vancouver, Yellowknife. Ida sorgte sich plötzlich um ihr Gepäck. Wie immer erriet Harold ihre Gedanken: »Mach dir keine Gedanken, deine Sachen sind schon in deiner Kabine, das hat mir Suzanne versichert. Im übrigen hast du nichts zu befürchten, wenn man bedenkt, welche Berge von Koffern manche Passagiere mit an Bord nehmen. Einige reisen sogar mit drei, vier Dienstboten. Aber du fährst ja auch nicht allein, du hast ja Suzanne ...«

Ida verabscheute seine dünkelhafte Miene und seine selbstgefälligen Ausführungen. Auch wenn sich Harold ein wenig ironisch ausdrückte, wußte sie doch genau, was er sich darauf einbildete, sie in Gesellschaft der Reichsten und Angesehensten reisen zu sehen. Sie verabscheute diese Eitelkeit, diesen Snobismus, der ihn dazu trieb, sich willfährig mondänes Geschwätz anzuhören, das ihm im Grunde zuwider war. Harold drückte ihre Hand, um ihre Aufmerksamkeit zu erregen.

»Sieh mal, da rechts«, sagte er, »das ist Karl Behr, der berühmte Tennisspieler.«

Ida hatte kaum Zeit, ihn mit den Augen zu suchen. Ein Mitglied der Mannschaft machte eine Durchsage mit einem Megaphon. Die Menge geriet in Bewegung. Die Stunde des Abschieds war gekommen. Gelächter und Geschrei um Ida herum erstarben.

Harold schloß sie in die Arme. Die zehn Jahre, die sie mit ihm verbracht hatte, schienen ihr in dieser Situation fern und irreal. Würde sie sich an Harolds Lächeln erinnern können, an seinen geheimnisvollen Gesichtsausdruck, wenn er die Lider gesenkt hielt? Würde sie die schnelle Geste vergessen, mit der er das Laken zurückzog, um ihren Körper im Licht zu betrachten? Würde sie sich an das Geräusch seiner Schritte erinnern können, wenn er abends aus der Klinik nach Hause kam, oder die kurze, heftige Handbewegung, mit der er die Karten zusammenschob, wenn sie Sonntag nachmittags mit Freunden spielten ...

Ida konnte sich nicht beherrschen und begann zu weinen. Die Tränen entschuldigten ihr Schweigen. Harold murmelte zärtlich: »Nun, Ida, du wolltest doch fahren? Bald bist du in New York und siehst deine Cousine, deine Familie wieder. Erinnerst du dich? Als du mir Fotos von ihnen zeigtest, hast du mir erzählt, sie hätten alle rotblondes Haar, so wie du ... Nun, nun, Ida, denk an die herrliche Reise! Wenn mich diese verflixte Arbeit nicht zurückhalten würde, hätte ich dich gern begleitet.«

Weder Harolds aufmunternder Ton noch die Küsse, die er ihr auf die Schläfe drückte, vermochten Idas Traurigkeit zu lindern.

»Warum plötzlich dieser große Kummer? Alles wird gutgehen. Und wenn du zurückkommst, hast du mir unendlich viel zu erzählen …«

Ida weinte weiter, das Gesicht in Harolds Mantelkragen vergraben. Sie dachte an das erste Mal, als sie sich so an ihn geschmiegt hatte. Es gefiel ihr, den Kopf an dieselbe Stelle zu legen und wie damals seine rauhe und zugleich weiche Haut zu spüren. Sie empfand dasselbe Glücksgefühl, das sie in jenen Jahren erfüllt hatte.

Wenige Schritte von ihnen entfernt schien ein Paar ebenfalls Abschied zu nehmen. Der Mann strich über das Haar seiner Gefährtin, und da Ida einen Koffer zu seinen Füßen stehen sah, nahm sie an, daß er derjenige war, der abreiste. Für einen Augenblick löste sich die Frau aus der Umarmung, doch ihre Hand, die weiter seinen Nacken umklammert hielt, und die Zerbrechlichkeit ihres noch zitternden Körpers verrieten Ida, daß sie schluchzte. Die Verzweiflung der Frau machte ihr bewußt, daß sie selbst zu weinen aufgehört hatte. Plötzlich hatte sie das Gefühl, daß Harolds und ihre Gesten und Gefühle nur gespielt waren. Der gelockte Pelz, den sie an ihrer Wange spürte, vermochte ihr keine Sicherheit mehr zu geben. Der herbe Geruch, den er verströmte, erinnerte sie daran, daß sie sich nicht ohne Grund zu dieser Reise nach Amerika entschlossen hatte. Es gelang ihr, ihre Unruhe zu bezähmen, und nun wurde sie von einem Fieber ergriffen: Mit einemmal konnte sie den langersehnten Augenblick des Aufbruchs kaum mehr erwarten. Als sie sich auf die Zehenspitzen reckte, um Harold ein letztes Mal zu küssen, spürte sie an ihrem Knöchel die weichen Falten im Leder ihrer neuen weißen Knopfstiefeletten.

Das Gedränge nahm zu. Weiter vorn, an der Gangway, tauchte erneut der Blumenstrauß auf, diesmal in den Armen einer Frau, die einen schlichten grauen Mantel trug. Ida war wie gelähmt. Eine glühende Last legte sich auf ihre Brust. Und wenn sie auf diesen Wahnsinn verzichten würde? Diese Laune? Harold hätte nur ein Wort sagen müssen, und sie wäre nicht gefahren.

Nur ein Wort: »Bleib!«

Und sie wäre geblieben. Sicherlich aus Schwäche. Doch er verstand ihren stillen Hilferuf nicht.

Nein, im Gegenteil, mit feierlicher Stimme gab er ihr einen letzten Rat mit auf den Weg: »Paß auf dein Geld auf, vergiß nicht, es im Safe zu deponieren.«

Sein Blick verriet keinerlei Empfindung, und dafür war sie ihm dankbar. Leise sagte er: »Du wirst mir fehlen.«

Sie hätte antworten müssen: »Du mir auch«, doch sie hatte weder die Kraft noch das Verlangen. Als Harold sie auf die Stirn küßte, murmelte sie: »Auf Wiedersehen, paß gut auf dich auf. Ich schreibe, sobald ich in New York angekommen bin. Auf Wiedersehen.«

Ein Schwindel erfaßte sie. Als wollte er sie ermutigen, legte Harold ihr die Hand auf die Schulter und schob sie auf die Gangway zu. Wie im Traum setzte Ida einen Fuß vor den anderen. Ihr Körper stand in Flammen, sie hatte Angst, doch sie ging weiter. Wann würde er sich von ihr trennen? Als der Angestellte der Schiffahrtsgesellschaft sie um ihr Ticket bat, bemerkte sie, daß Suzanne hinter ihr war. Aus Taktgefühl hatte sie sich während der Abschiedsszene abseits gehalten. Ida wandte sich um. Harold war unbeweglich mitten in der Menge stehengeblieben. Mit einer zögernden Geste grüßte sie ihn aus der Ferne. Harold antwortete ihr, indem er seinen Stock durch die Luft schwang. Ida hätte gern noch ein wenig dort verweilt, doch angesichts der langen Schlange von Passagieren verzichtete sie darauf. Die letzten Meter der Gangway waren nicht mehr überdacht. Als Ida den Kopf hob, sah sie die Bordwand der *Titanic:* eine hohe, dunkle Mauer, wie die Festungsmauer einer Stadt, die Harold ihr in einer Winternacht versprochen hatte. Draußen hatte es geschneit. In der Dunkelheit ihres Schlafzimmers hatte Harold, den sie schlafend glaubte, gesagt: »Ida, wenn du nach Amerika fährst, möchte ich, daß du auf dem schönsten Schiff der Welt reist. Es soll ein Palast, eine Stadt, ein Traum sein.«

Nach kurzem Schweigen hatte er hinzugefügt: »Ich möchte auch, daß du wieder zurückkommst, nicht wahr?«

»Ja«, hatte sie geantwortet.

Am Ende der schmalen Gangway bat sie ein Mitglied der Mannschaft, noch einmal ihr Ticket vorzuzeigen. Er hielt eine Liste in der Hand, auf der er die Namen abhakte und jedem Passagier die Nummer der ihm zugewiesenen Kabine nannte.

»Mrs. Ida Wilkinson in Begleitung von Suzanne Mounier. Moment, Moment ... ja, genau.«

Er hob den Kopf. »Willkommen an Bord der *Titanic*«, sagte er mit einem breiten Lächeln und wandte sich dann an den Steward: »Bitte führen Sie die Damen zu ihren Kabinen, B78 und B80.«

Die Beflissenheit des Jungen und seine schelmische Miene erinnerten Ida an den Sohn des Gärtners, der ihnen im Winter Holz für den Kamin im Salon brachte. Beim Anblick dieses Gesichtes kamen ihr flüchtige Gewissensbisse. Warum war sie abgereist? Würde sie nicht vermissen, was sie zurückließ?

Suzanne folgte ihr. Sie hielt den Pelzmantel über dem Arm, den Harold um Idas Schultern gelegt hatte, nachdem sie im Wagen Platz genommen hatte, der sie zur Victoria Station bringen sollte. Ihr Führer eilte mit schnellem Schritt durch die Gänge voraus. An den Türen waren kleine Messingschildchen mit den Kabinennummern angebracht. Einige standen einen Spaltbreit offen, und ein Lichtstrahl fiel auf den dicken blauen Teppich. Ida dachte an das Hotel in Wien, in dem sie ihre Flitterwochen mit Harold verbracht hatte: Hier empfand sie denselben Eindruck von unaufdringlichem Komfort und Sicherheit. Aber hier begann auch ein neues Leben. Ida war froh, daß Harold darauf bestanden hatte, wenigstens Suzanne mitzunehmen; die sonst so temperamentvolle Kammerfrau war allerdings im Augenblick – sei es aus Müdigkeit oder Schüchternheit – eher still und schien geistesabwesend.

Der Steward blieb vor der Tür mit Idas Kabinennummer stehen und zog einen Schlüsselbund aus der Tasche. Er schloß auf, und sie erblickte das Dekor, das sie so oft in den Werbeschriften der White Star Line betrachtet hatte. Sie erkannte das Bett, die Satinvorhänge, den Mahagonitisch, den Sessel im Louis-seize-

Stil. Und doch schien alles anders. Das lag sicher an dem intensiven Licht, das durch das Bullauge drang und dessen Schein dem dunklen Holz einen rötlich-braunen Ton verlieh.

Der Steward sagte feierlich: »In diesem Buch hier wird das Leben an Bord beschrieben. Die Mahlzeiten können Sie in drei verschiedenen Speisesälen einnehmen. Im À-la-carte-Restaurant müssen Sie einen Zuschlag zahlen. Ich werde Ihrem Zimmermädchen jetzt zeigen, wo sich die Badezimmer befinden, sie sind nicht weit.«

Das gedämpfte Geräusch, mit dem die Kabinentür ins Schloß fiel, hatte etwas Beruhigendes für Ida. Sie trat ans Bullauge: Stengen, Kräne und lange Gebäude mit schmalen Fenstern reihten sich aneinander. Das gleißende Licht blendete sie. Einen Augenblick lang fühlte sie sich verloren und hatte das Bedürfnis, dem Raum eine persönliche Note zu verleihen. Sie öffnete einen der Koffer und nahm ein kleines Döschen mit Elfenbeinintarsien heraus, in das sie vor dem Schlafengehen immer ihre Ringe legte. Und einen Fächer, an dem sie sehr hing – ein Geschenk, das ihr ihre Mutter kurz vor ihrem Tod gemacht hatte. Mit ihrer Lockenperücke und ihrem Reifrock schien die Tänzerin, die den Fächer zierte, sich hier in dem ihr angemessenen Rahmen zu befinden. Ida legte ihn auf die Frisierkommode neben einen Block und einen Bleistift. Dann zog sie die Briefe, die ihr ihre Cousine Katia aus Amerika geschrieben hatte, aus ihrer Tasche. Für einen Augenblick schob sich das Bild der übervölkerten Schlafsäle, die ihr Katia nach ihrer eigenen Überfahrt beschrieben hatte, vor das der kostbaren Holzpaneele, der eleganten Möbel und der Satinbettdecke.

Sieben Jahre später trat auch Ida jene Reise an, von der sie gemeinsam geträumt hatten. Das Bündel Briefe wurde von einem roten Band zusammengehalten, das geschickt verknotet war – auch eine von Katias Erfindungen. Immer zu Scherzen aufgelegt, hatte sie alle mögliche Streiche ersonnen: Plötzlich waren die Türklinken abgeschraubt, Stricknadeln versteckt, Öl- und Essigflasche vertauscht. Immer war sie es gewesen. Wie sehr Ida sich freute, sie wiederzusehen! Sie hörte schon ihr kristallklares Lachen. Eine Fotografie glitt aus dem Briefbündel und fiel zu Boden. Harold hatte sie ihr zugesteckt, ehe sie das Haus verließen. Sie war am Tag ihrer Hochzeit gemacht worden. Da sie schlecht aufgenommen war, sah man nur ihre Köpfe und Schultern, doch man konnte sich vorstellen, daß ihre Hände zärtlich verschlungen waren. Was hatte sie mit ihrem Glück gemacht? Ein Frösteln rieselte über Idas Rücken, und sie legte die Fotografie umgedreht neben das Briefbündel. Harolds Blick verfolgte sie. Er schien ihr wie ein rätselhaftes Omen.

Auf dem Gang waren Schritte zu hören. Es klopfte. Suzanne trat mit leuchtenden Augen ein.

»O Madame, hier ist alles so schön. Fast wie in einem Palast«, rief sie aus. »Das Schiff legt bald ab, wollen Sie nicht an Deck gehen? Ich werde inzwischen die Koffer auspacken.«

Ida warf einen kurzen Blick in den Spiegel, um ihr Äußeres zu überprüfen: Zu ihrem Erstaunen stellte sie fest, daß sich ihr Haar gewellt hatte.

»Madame, Sie dürfen auch nicht vergessen, das Geld in den Safe zu legen, wie es Ihnen Monsieur geraten hat. Der Steward hat mir gesagt, man müsse sich an den Zahlmeister wenden.«

»Keine Sorge, ich werde es nicht vergessen«, gab Ida zurück, setzte ihren Hut auf und verließ die Kabine.

Doch kaum hatte sie sich drei Schritte entfernt, fiel ihr ein, daß sie den kleinen Lederbeutel in der Kabine gelassen hatte, von dem sie sich nie trennte. Als sie in die Kabine zurückkehrte, überraschte sie Suzanne dabei, wie sie eine bemalte Holzfigur aus ihrer eigenen Reisetruhe nahm.

»Suzanne, haben Sie meinen Beutel nicht gesehen?«

Das Zimmermädchen war feuerrot geworden und deutete auf den Tisch. Nachdem Ida ihren Beutel an sich genommen hatte, konnte sie sich die Frage nicht verkneifen: »Sagen Sie mal, Suzanne, was ist denn das?«

»Nun, Madame ...«

»Ein Erinnerungsstück?«

»Wenn man so will.«

Dann stieß sie atemlos hervor: »Es ist die Heilige Jungfrau, erkennen Sie sie nicht? Sie trägt doch ein blaues Gewand. Diese Figur ist seit Generationen im Besitz meiner Familie, und wenn ich auf Reisen gehe, nehme ich sie mit.«

»Glauben Sie, daß sie uns Glück bringen wird?«
»Ich hoffe, Madame.«

Wenngleich sie neugierig war, gab sich Ida zunächst mit dieser Antwort zufrieden. Als sie an Deck kam, war sie erstaunt, wie viele Menschen sich dort versammelt hatten. Nur mit Mühe konnte sie sich einen Weg zur Reling bahnen. Wie sollte sie Harold ausmachen inmitten dieser lärmenden Menge, über der bunte Bänder, Schals und Taschentücher flatterten? Die Luft schwirrte von Schreien und Rufen, und auf dem Schiff war das Gedränge ebensogroß wie an Land. Es herrschte eine eigenartige, freudig erregte und zugleich ernsthafte Stimmung. Neue Schicksale wurden besiegelt, andere lösten sich: Die *Titanic* würde die Anker lichten. Endlich entdeckte Ida Harolds hochgewachsene Gestalt. Reglos, beide Hände auf den Knauf seines Stocks gestützt, betrachtete er das Schiff.

Ein dumpfer Ton zerriß die Luft. Die Sirene! Das wiederholte Tuten schien schon über den Ozean zu hallen, vom Deck der *Titanic* bis hinüber zu den lärmerfüllten, hektischen Straßen von New York. New York! Der Name strahlte wie ein Leuchtfeuer in der Nacht. Das Land der unbegrenzten Möglichkeiten, der unerfüllten Träume. Wolkenkratzer, die dem Reichtum entsprachen, den sie symbolisierten, forderten den Himmel heraus. Manch einer stellte sich sogar Gold- und Silberflüsse unter den Straßen vor. »Auf Wiedersehen, auf Wiedersehen, gute Reise!« Frauen liefen am Kai entlang, einige riefen Namen: »Marianne, warte drüben auf mich. Versprochen?« Eine andere schrie: »Martin, Martin! Weihnachten sehen wir uns in Chicago wieder, hörst du?« Ein Unbekannter lachte. Die Menge, die sich um sie herum drängte, hüllte Ida in wechselnde Duftwolken ein.

Sie versuchte vergeblich, einzelne Gestalten am Ufer zu unterscheiden. Aber man sah nur noch eine Menschenmasse, über der ein Ballett von Taschentüchern und bunten Stoffen tanzte, das an den hektischen Flügelschlag eines wundersamen Vogels erinnerte. Die Sirene verstummte jetzt, doch Ida nahm noch lange das Echo ihres dumpfen Tones wahr. Auch Katia mußte dieses durchdringende Signal gehört haben.

Einige Tage vor ihrer Abreise hatte Ida Blumen auf das

Grab ihrer Mutter gebracht. Die Äste der umstehenden Bäume wurden von heftigen Windböen gerüttelt, ein Sturm stand bevor. Ida war kurz versucht gewesen, darin ein Vorzeichen zu erblicken. Doch heute war das Wetter frühlingshaft mild, und sie stellte sich vor, wie friedlich die Natur war, die den Granitstein umwuchs. Ihre Mutter hätte verstanden, daß sie zu Katia fuhr. Hatte diese ihr nicht geschrieben: »Wir sind so glücklich in Amerika. Endlich sind wir zu Hause.«

War Harold noch da? Ida streckte den Arm aus, um ihm zuzuwinken. Doch bald erschien ihr diese Geste lächerlich. Kurze Bilder tauchten vor ihren Augen auf: das bleiche Gesicht ihrer Mutter, ein grünes Smaragdkollier, Alexandras zusammengepreßte Lippen. Felder und Bäume und dann wieder Harold: Sie waren jung verheiratet, er hatte den Arm um ihre Taille gelegt und nannte sie »Cherie«, gemeinsam unternahmen sie Spaziergänge, und sie liebte ihn. Ida konnte ihn jetzt nicht mehr am Ufer erkennen. Dabei war er sicherlich noch nicht gegangen. Er war ein pflichtbewußter Mann. Sie unterdrückte nur mühsam eine mißmutige Geste. »Ein pflichtbewußter Mann«, das sagte jeder über ihn.

Die *Titanic* entfernte sich langsam vom Kai. Das Land schien zurückzuweichen. Vom Pier erklang Beifall für den auslaufenden neuen Leviathan der Meere. Wie ein stählerner Fels teilte sein Bug die Fluten. Die Schornsteine stießen schwarze Rauchvoluten aus. Wie Kinder, die ihre Bleisoldaten in die Schlacht schicken, vernahm Ida in ihrem Inneren eine ungestüme Stimme: »Vorwärts!« Ihre Reaktion erstaunte sie. Dieser Augenblick, vor dem sie sich so sehr gefürchtet hatte, versetzte sie jetzt in einen rauschhaften Zustand, dessen sie sich nicht fähig geglaubt hätte. Sie war ungeduldig und hatte den Wunsch, von der anderen Seite des Decks aus den unendlichen Horizont zu betrachten. Neben ihr wandte sich ein Mann mit spitzem Kinn in belehrendem Ton an seine Nachbarin: »Ajax, Hektor, Neptun, Herkules, Vulkan«, rief er stolz aus.

»Oh, was für hübsche Namen«, bemerkte die Dame. »Sind das Ihre Hunde? Das müssen ja wilde Tiere sein!«

Ein mißmutiger Ausdruck glitt über das Gesicht des Dandys, doch er faßte sich sogleich und deutete wie ein Schulmeister mit einem unsichtbaren Zeigestock auf Bug und Seiten der *Titanic*.

»Meine Liebe, ich habe soeben die Schleppschiffe aufgezählt, die unseren Ozeanriesen hinaus aufs offene Meer ziehen. Lesen Sie denn keine Zeitung? Sie reisen schließlich nicht auf einer Nußschale, meine Beste! Sie befinden sich auf der schönsten Karosse, die je den Ozean überquert hat.«

»Auf einer Karosse?« fragte die Angesprochene ungläubig.

»Das ist nur ein Bild!«

»Ein Bild?«

Obgleich die Unterhaltung Ida amüsierte, überließ sie das Paar sich selbst. Die Brise war jetzt etwas stärker und frischer geworden und milderte die Parfumdüfte, die sie zuvor so gestört hatten. Sie sah auf ihre Uhr: Mittag. Normalerweise fragte sie Suzanne um diese Zeit, was auf dem Speiseplan stand. Was würde Harold tun? Würde er im Restaurant essen? Das Schiff schien plötzlich stillzustehen.

»Das ist doch wirklich unglaublich«, rief eine Frau mit dick gepudertem Gesicht aus. »Kaum sind wir losgefahren, haben wir schon eine Panne! Das kann man wirklich nicht gerade als schneidiges Tempo bezeichnen!«

Sie setzte ihre Schmährede fort und schimpfte, daß man nicht einmal eine Flasche Champagner am Schiffsrumpf zerschlagen habe. Erst als man ihr mitteilte, daß sie zum Mittagessen so viel Champagner trinken könne wie sie wolle, beruhigte sie sich schließlich.

»Eine Magnumflasche am Bug eines Ozeandampfers zu zerschlagen, welch eine Verschwendung!« seufzte ein wohlbeleibter Passagier und zwinkerte dabei einer hübschen Blondine zu.

Das Gespräch erinnerte Ida daran, daß sie Hunger hatte. Sie ging also in ihre Kabine zurück, wo sich Suzanne noch immer zu schaffen machte.

»Es dauert nicht mehr lange«, sagte sie, »ich muß nur noch Ihre Papiere einräumen.«

Ida streckte sich auf dem Bett aus. Seit dem Morgengrauen hatte sie zum ersten Mal Gelegenheit, sich auszuruhen. Die Zugreise von Waterloo Station nach Southampton hatte zwar nur zwei Stunden gedauert, war ihr aber unendlich lang vorgekommen. Sie griff nach dem berühmten Büchlein, in dem mögliche Zerstreuungen für die Passagiere beschrieben wurden – allerdings nur für Reisende der ersten Klasse, versteht sich. Nachdem sie es kurz durchgeblättert hatte, schloß sie die Augen und schlug willkürlich eine Seite auf. Dann sah sie nach, was sie blind ausgewählt hatte: der Gymnastikraum. Was dann folgte, war ebenso verlockend: Schwimmbad, Türkisches Bad, Squash und vieles mehr.

»Sagen Sie, Suzanne, habe ich meinen Badeanzug mitgenommen?«

»Ja, Madame, sogar zwei.«

»Verrückte Idee! Wo mir doch das Wasser ein Greul ist ...«

Es klopfte an der Tür. Der Steward verkündete, es sei Zeit zum Mittagessen.

Ida richtete sich halb auf: »Suzanne, was haben Sie mit Ihrer Statue gemacht?«

»Ich habe sie gegenüber von meinem Bett aufgestellt.«

»Damit Sie sie ansehen können?«

»Ja, dann denke ich noch mehr an sie.«

»Sie haben vorhin gesagt, es handele sich um ein Erbstück ...«

»Meine Mutter hat sie von meiner Großmutter bekommen.«

»Und beide hatten sie ebenfalls in ihrem Schlafzimmer aufgestellt?«

»Um die Wahrheit zu sagen, hat mein Großvater sie von einem Seemann gekauft. Wenn er zum Fischen aufs Meer hinaus fuhr, stellte er sie im Bug auf, unter einem Brett, um sie vor dem Meerwasser zu schützen. Das taten damals alle Fischer. Wenn das Wetter schlecht war und es wenig Fische gab, fuhren sie nachts hinaus. Die Frauen zündeten an der Küste ein Feuer an, um die Schiffe anzulocken, die dann an den Klippen zerschellten, und die Männer plünderten die Wracks. Doch da sie nicht wollten, daß die Jungfrau – sie nannten sie auch Unsere Liebe Frau der Meere – sie beim Stehlen beobachtete, verhüllten sie sie mit einem Stück Stoff. Das wenigstens hat mir mein Großvater erzählt ...«

»Und, waren Sie bei diesen Plünderungen dabei?«

»Oh, Madame! Ich doch nicht!« rief Suzanne entrüstet aus.

Ida hatte Lust, sie ein wenig zu necken: »Und, haben Sie das Feuer mit getrockneten Algen gemacht?«

»O nein, Madame, mit Holz!« Suzanne, die sich plötzlich ertappt fühlte, biß sich auf die Lippe. »Aber ich war noch klein, wissen Sie …«

Sie blickte mitleiderregend drein, und so fügte Ida rasch hinzu, während sie sich erhob, um sich zum Essen fertigzumachen: »Als Kind habe ich auch manchmal Eier aus dem Hühnerstall oder Obst aus dem Nachbargarten gestohlen. Aber vergessen wir all das. Ich bin furchtbar hungrig.«

Obgleich ihr Suzanne den Weg erklärt hatte, verlief sie sich im Gewirr der Gänge. Da sie fest davon überzeugt war, sich auf ein höheres Deck begeben zu müssen, nahm sie die nächstbeste Treppe. Die Wände waren mit Eichenpaneelen verkleidet, die Balustraden, ebenfalls aus Eiche und vergoldetem Schmiedeeisen, waren mit Blumenmotiven verziert. Die Hallen, in die die Treppe auf jedem Zwischengeschoß mündete, waren mit dicken Teppichen und einladenden Sitzgruppen ausgestattet. An der Decke hingen kristallene Beleuchtungskörper mit vergoldetem Rand, die ein gedämpftes Licht verbreiteten, in dessen Schein die Rahmen der Ölgemälde an den Wänden schimmerten. Ida erinnerte sich an eine Werbung, die sie in einer Nummer der *London Illustrated News* gesehen hatte. Auf der ganzseitigen Anzeige, die die Vorzüge von Vinola-Seife pries, war die *Titanic* abgebildet, die durch die Fluten glitt. Die sanften Wellen, der Schaum, der am schwarzen Bug des Schiffes aufspritzte, suggerierten das angenehme Gefühl, das der feine Schaum der Seife auf der Haut erzeugte. Die Bildunterschrift erinnerte daran, daß die White Star Line diese Marke für ihre Erste-Klasse-Passagiere bereithielt, und hob hervor: »Die *Titanic* ist nicht nur der größte Überseedampfer, sondern auch der luxuriöseste.« Vor ihrer Abreise hatte Harold ihr diesen magischen Satz mit einem breiten Lächeln wiederholt.

Bei der Vorstellung, eine Woche an Bord dieses schwimmenden Palastes zu verbringen, war sie plötzlich ganz benommen. Am oberen Treppenabsatz angelangt, stand sie unter einer imposanten Eisen-Glaskuppel, durch die das Tageslicht hereinfiel. Welche Richtung sollte sie einschlagen? Sie hatte sich verlaufen. Ein Paar, das ihre Verwirrung bemerkte, kam ihr zu Hilfe. Um zum Speisesaal zu gelangen, der sich auf dem B-Deck, wenige Schritte von ihrer Kabine entfernt, befand, mußte sie mit dem Aufzug wieder nach unten fahren ...

Die Bangigkeit, die sie empfand, seit sie an Bord des Schiffes war, flammte plötzlich wieder in ihr auf. Und diesem unbekannten Gefühl widmete sie jetzt mehr Aufmerksamkeit als dem außergewöhnlichen Dekor, das die Passagiere so sehr begeisterte: eine dumpfe, hartnäckige Mattigkeit, die sie daran hinderte, auf die anderen zuzugehen.

Sie speiste also allein an einem kleinen Tisch in der Nähe der Glastür. Der Oberkellner räumte das zweite Gedeck ab. Offensichtlich hatten die meisten Passagiere den Schiffsköchen die Ehre erweisen wollen, denn es gab kaum noch freie Plätze an den weiß gedeckten Tischen.

Ihr erstes Essen als Reisende in die Neue Welt ... Gedankenverloren strich sie mit dem Finger über die Spitze ihres Messers.

»Vorsicht, sie sind sehr scharf!« Die Stimme des Kellners, der ihr die Karte vorlegte, ließ sie zusammenzucken.

»Sie sind erst gestern geliefert worden. Direkt von Goldsmith and Silversmith.«

Die Erinnerung an dieses bekannte Geschäft in der Regent Street versetzte ihr einen Stich ins Herz. London ...

Während sie noch schwankte, ob sie Fleisch oder Fisch wählen sollte, hörte sie ein Gespräch an dem mit sechs Personen besetzten Nachbartisch mit an. Eine Frau erzählte, daß es beim Auslaufen der *Titanic* beinahe zu einem Unfall gekommen sei. Durch ihren Sog habe sich die *New York*, ein kleinerer Überseedampfer, um Haaresbreite in die Seite des Schiffsrumpfes gebohrt. Seine schweren Taue seien »mit einem peitschenden Knall wie ein Gewehrschuß« zerrissen, und man habe nur mit knapper Not eine Kollision vermeiden können. Einer der Gäste, ein kleines schmächtiges Männlein, dessen Oberlippe ein Schnauzer zierte, bemerkte, daß solche Unfälle gar nicht so selten seien.

»Im letzten September ist ein Ozeandampfer der White Star

Line, die *Olympic*, mit der *Hawke*, einem Kreuzer der Royal Navy, zusammengestoßen. Beide Schiffe konnten jedoch aus eigener Kraft in den Hafen zurückkehren. Doch das erstaunlichste ist, daß die *Olympic* unter dem Kommando von Edward John Smith stand, dem Kapitän, dem auch wir unser Schicksal anvertraut haben.«

Ein überraschter Aufschrei erhob sich am Tisch. Da er sich seines Effekts sicher war, fügte der schmächtige Herr rasch hinzu: »Darin dürfen Sie kein schlechtes Omen sehen. Immerhin wurde die Kollision ja vermieden. Jetzt sind wir auf dem offenen Meer und laufen nicht mehr Gefahr, gegen den Pier zu schlagen. Und bei den nächsten Zwischenstopps in Cherbourg und Queenstown in Irland ankern wir draußen vor dem Hafenbecken. Die Passagiere werden mit Tendern an Bord gebracht. In Cherbourg werden offenbar noch viele Reisende erwartet. Wahrscheinlich haben sie den Winter an der Südküste Frankreichs oder Italiens verbracht. Das ist die neue Mode. Keiner will mehr frieren!«

»Und auch nicht hungern!« trumpfte einer der Mitreisenden auf, da sich jetzt der Wagen mit den Desserts näherte.

Die Tischrunde lachte.

Die Passagiere der *Titanic* verwunderten Ida. Ihre Ungezwungenheit, ja Arroganz schüchterten sie ein. War das ihre Art, ihre Freude zum Ausdruck zu bringen, auf einem so prächtigen Schiff reisen zu dürfen? Als sie vom Tisch aufstand, schwor sie sich, vom nächsten Tag an etwas fröhlicher zu erscheinen. War ein Ozeandampfer nicht der geeignete Ort, um neue Bekanntschaften zu knüpfen? Niemand kannte sie, niemand würde sie verdammen, dachte sie. Diese Vorstellung gefiel ihr so gut, daß sie sie bis zu ihrer Kabinentür halblaut vor sich hin murmelte.

Suzanne erwartete sie offensichtlich schon. Ohne ihr Zeit zum Verschnaufen zu lassen, hielt sie ihr ein kleines, mit einem Seidenband verschnürtes Päckchen entgegen.

»Monsieur hat mir aufgetragen, Ihnen dies zu überreichen, sobald wir auf dem offenen Meer sind.«

Ida entfernte schnell das goldene Geschenkpapier. Als sie den Deckel der kleinen Schachtel öffnete, stieß sie einen Schrei aus.

5. Kapitel

Feuer! Das fürchtete er mehr als alles andere. Er erinnerte sich vage an ein brennendes Haus. Wie alt mochte er gewesen sein? Vielleicht vier oder fünf Jahre, er hätte es nicht genau sagen können.

Schreie, Rufe und das markerschütternde Brüllen eines Mannes, der in den Flammen eingeschlossen war; einstürzende Balken, die einen Funkenregen in die Nacht aufsteigen ließen und dem Feuer weitere Nahrung gaben. Fagin fragte sich manchmal, ob er diese Szene geträumt oder wirklich erlebt hatte. Doch er wußte noch genau, daß ihn zwei kräftige Hände, gegen die er sich zur Wehr setzte, von der Brandstelle weggezerrt hatten. Seither hatte er panische Angst vor Flammen und Rauch.

Als er von Jack, dem Steward, erfuhr, daß an Bord ein Feuer ausgebrochen sei, wurde er bleich und begann zu zittern. Die *Titanic* brannte? Dabei schien alles ganz ruhig. Er hätte gern Leopold und Molly gewarnt, doch er wußte, daß sie zu dieser Zeit im Dienst waren. Er überwand seine Furcht und erkundigte sich bei Jack nach näheren Einzelheiten. Fagin hatte bereits bemerkt, daß dieser über jedes Gerücht, das auf dem Schiff kursierte, Bescheid wußte und daß ihm nichts vom Leben an Bord entging.

»Ist der Kapitän informiert?« fragte er tonlos.

»Aber ja! Anscheinend erwägt er sogar, die New Yorker Feuerwehr einzuschalten.«

»Die von Cherbourg«, korrigierte ihn Fagin.

»Nein, die New Yorker!«

Ungläubig starrte Fagin den Mann an, den man auch ›Union Jack‹ nannte, denn neben seinen Fähigkeiten als Klatschbase war er auch dafür bekannt, ohne Zögern die Größe des British Empires mit den Fäusten zu verteidigen.

»Es ist der Kohlenbunker zehn, neben dem Kesselraum Nummer sechs. Er brennt seit dem ersten Probelauf der *Titanic* vor Belfast. So was kommt oft vor, ein Funke oder eine Gasschwade reichen aus, um die Kohle in Brand zu setzen.«

»Sind es richtige Flammen?«

»Nein, es ist ein Schwelbrand. Es gibt zwar Rauch, aber der wird durch die Ventilatoren abgeleitet. Wenn sich der Brand nicht weiter ausbreitet, besteht keine wirkliche Gefahr.«

»Und wie wird er gelöscht?«

»Die Kohle wird mit Wasserschläuchen besprizt, und man versucht, so viel wie möglich aus dem Bunker zu schaffen.«

»Und der Brand kann bis New York andauern, ohne das Schiff zu gefährden?«

Jack zog Fagin zum Aufzug, so als wolle er ihn hineindrängen. Im Halbdunkel glänzten die Knöpfe seiner Uniform, die mit dem Wappen der White Star Line geziert waren – eine Flagge mit einem Stern. Jack räusperte sich und nahm die Haltung eines Redners ein, der im Begriff ist, etwas Bedeutungsvolles von sich zu geben.

»Vor einigen Jahren hatte ich auf einem Dreimaster angeheuert, der Weizen zu den Neuen Hebriden brachte. Als ich morgens meine Wache antrat, war mir, als wären wir von einem leichten Dunst eingehüllt. Mittags hatte er sich noch nicht gelichtet, und der Kapitän rief die Mannschaft zusammen, um uns mitzuteilen, daß der Laderaum in Flammen stand. Er wollte einen Schiffbruch auf offenem Meer vermeiden, um den Rumpf, der aus Metall war, zu retten, und beschloß, das Schiff in der erstbesten Lagune auf Grund zu setzen. Über zwei Wochen lang irrten wir von einem Atoll zum anderen, ohne eine Sandbank zu finden. Das Deck war glühend heiß, und der Schiffzimmermann kalfaterte es von früh bis spät, damit keine Luft in den Laderaum drang. Um Verbrennungen zu vermeiden und dem Rauch zu entkommen, flüchteten sich die meisten Männer in die Rahe. Es war wie auf einem Scheiterhaufen!«

»Und wie seid ihr entkommen?«

»Wir fanden schließlich, was wir suchten, und kaum waren wir in dem Rettungsbooten, explodierte auch schon der Dreimaster! Das Feuerwerk hättest du sehen müssen!«

»Hattet ihr Angst?«

»Im ersten Moment nicht so sehr. Wir waren so erleichtert, dieser schwimmenden Hölle zu entkommen, daß wir uns beherrschen mußten, um nicht laut hurra zu schreien. Der Kapitän hat also ganz schön dumm aus der Wäsche geschaut. Das war mir eine Lektion. Ich beschloß, meine Matrosenuniform an den Nagel zu hängen und Steward zu werden. Man hat weniger Risiko auf den ... Psst!«

Mit einer bestimmten Geste drückte er Fagin an die Trennwand. Ganz in der Nähe hörte man Schritte auf der Treppe. Fürchtete Jack, entdeckt zu werden? Zugegeben, beide hatten um diese Zeit nichts auf dem E-Deck zu suchen. Denn vor dem Zwischenstopp in Cherbourg hatte die gesamte Mannschaft auf ihrem Posten zu sein.

»Das ist er«, flüsterte Jack.

Ein Mann in einem dicken schwarzen Mantel und mit einer Tweed-Schirmmütze auf dem Kopf hastete atemlos auf sie zu. Der Anblick der beiden Besatzungsmitglieder schien ihn zu beruhigen.

»Sie sind meine Rettung!«

»Können wir Ihnen behilflich sein?« fragte Jack mit honigsüßem Lächeln.

»Ich suche das E-Deck.«

»Sie sind schon da!«

»Stellen Sie sich vor, ich habe ein Problem. Ich suche jemanden, weiß aber nicht, ob sie die Kabinennummer E41 oder E61 hat. Vielleicht haben Sie sie ja gesehen, sie hat ein sehr feines Gesicht und langes, lockiges Haar. Man erkennt sie sofort, sie sieht aus wie ein Engel ...«

Jack meinte, eine verschwörerische Miene aufsetzen zu müssen, und sagte vertraulich:

»Oh, ich verstehe ... Sicher eine Engländerin. Das sind die besten! Verträumt und wild, vom Rest ganz zu schweigen!«

Fagin sah, wie die Züge des Mannes sich entstellten.

»Mein Herr, ich ...« Er rang nach Luft. »Mein Herr, Sie sprechen von meiner Tochter!« Mit erstaunlicher Dreistigkeit gab Jack, der wohl schon andere Stürme überstanden hatte, zurück: »Mein Herr, die Vorzüge, die ich Ihrer Tochter zuspreche, sind die gleichen, die ich auch England zuspreche, und wenn ich sage: ›Vom Rest ganz zu schweigen‹, so müssen Sie wissen, daß ich mich dabei auf die Größe unseres Empires beziehe!«

Der Vater glaubte ihm offensichtlich nicht ganz: »Sie sagten ›verträumt und wild‹ …«

»Ja, mein Herr, denn unsere Nation könnte sich ohne die wilden Träume ihrer Bürger gar nicht entfalten.«

Jack schien seiner Sache so sicher, daß der andere zustimmend nickte. Fagin nutzte die Gelegenheit, um einzugreifen: »Mein Herr, Sie suchen sicherlich die Kabine E41, denn die andere ist nicht belegt.«

Als der Passagier gegangen war, atmete Jack erleichtert auf: »Was für ein Spießer! Seinetwegen hätte ich fast meine Verabredung verpaßt! Ah, da ist er ja. Komm näher, Jim.«

Fagin hatte den Mann, an den sich Jack jetzt wandte, nicht kommen hören. Er drehte sich um und wich erschrocken einen Schritt zurück. In einer blauen Heizermontur, in die problemlos noch ein zweiter Matrose gepaßt hätte, stand ein Gespenst vor ihm. Seine Hände waren riesig, und das Gesicht mit den tiefliegenden Augen war rußverschmiert.

»Er ist ein Mick, aber ich hab' ihn gern, meinen Jim«, rief Jack. »Er sieht zwar nicht so aus, aber er ist ein ganz schön kräftiger Kerl und hat mir schon mehr als einmal aus der Patsche geholfen.«

Der andere begann zu kichern, und in seinem Mund erinnerte nicht einmal ein Stumpf daran, daß er einmal Zähne besessen hatte. Schließlich deutete er auf Fagin und brummte: »Kommt der da mit?«

Jack nickte und fügte hinzu, sie müßten sich beeilen.

Neugierig und belustigt zugleich, folgte Fagin seinen beiden Führern. Sie gingen nach achtern und stiegen dort eine schmale Metalltreppe hinab. Fagin erriet bald das Ziel. Je tiefer sie kamen, desto mehr vibrierte der Boden unter ihren Füßen und desto lauter wurde das dumpfe Dröhnen. Die letzte Leiter führte zu einer schweren Tür, die Jim mühelos öffnete. Glühendheiße Luft und höllischer Lärm schlugen ihnen entgegen. Fagin blieb vor einer der Maschinen stehen und starrte wie gebannt auf die abrupte Bewegung der gewaltigen Kurbelwellen. Wie die Arme eines Riesen tauchten sie glänzend an der Oberfläche auf, um dann wieder im Bauch der Maschine zu verschwinden. Inmitten der Dampfwolken und des Zischens der Rohre schien von dem rhythmischen Stampfen eine blinde, ungezügelte Kraft auszugehen. Vor diesem stählernen Ungetüm, dessen Getöse die Stimmen übertönte, konnten sich die Männer nur durch Gesten verständigen. An den Kesselwänden und Rohren waren Messinggehäuse angebracht, die Temperatur und Druck anzeigten.

Jim bedeutete ihnen, ihm in den Turbinenraum zu folgen. Dort entdeckten sie die Schraubenwelle. Ihre Rotation war so regelmäßig, daß man sie kaum wahrnahm. Es roch nach verbranntem Öl. Fagin beobachtete Jack: Die Hände tief in den Taschen vergraben, beugte er sich leicht vor, um die Stelle auszumachen, wo die Metallachse in den Rumpf mündete. Als er sich wieder aufrichtete, streckte er bewundernd den Daumen in die Luft. Jim ging um die Turbine herum und deutete auf die Panzertüren, die an senkrechten Lochschienen befestigt waren und geschlossen werden konnten, so daß dieser Teil vom Rest des Kielraums abgetrennt werden konnte. Ein Schauer lief Fagin über den Rücken. Er fühlte sich in diesem stählernen Giganten, dessen Entstehung er beigewohnt hatte, in völliger Sicherheit.

Als sie Jim wieder seiner Arbeit überlassen und das Oberdeck erreicht hatten, fragte Fagin plötzlich: »Sie haben vorhin gesagt, Jim wäre ein Mick. Was bedeutet das?«

Jack feixte: »Wie, das weißt du nicht? Dabei hat mir Leopold erzählt, du hättest auf der Werft von Belfast an der *Titanic* mitgearbeitet! Deine Freunde dort hätten es dir erzählen können.«

Jack war auf der Höhe des Schlafsaals angelangt, der direkt neben Fagins Kabine lag und den er mit dreiundzwanzig anderen Stewards teilte. Er schien einen Augenblick zu zögern, doch als ihm einfiel, daß sein junger Freund bald seinen Dienst antreten mußte, erzählte er ihm rasch die traurige Geschichte von Michael Barrett. Im Dezember 1867 hatte dieser Michael die Mauer des Gefängnisses von Clerckenwell gesprengt, um den Kämpfern für die irische Sache die Flucht zu ermöglichen. Er war von der Londoner Polizei verhaftet und dann verurteilt worden. Trotz einer Protestwelle war er im Mai 1868 gehängt worden.

»Es war die letzte öffentliche Hinrichtung in England«, sagte Jack. »Und wegen dieses Michael Barretts nennt man die irischen Nationalisten seither Micks.«

Für Fagin war es Zeit. Fergus hatte ihn am Morgen gewarnt: Er würde die geringste Verspätung unverzüglich den Offizieren melden. Doch kaum war er auf seinem Posten auf den vorderen Aufbauten, fing Fergus schon an zu schimpfen: »Du hast hier nichts zu suchen. Geh runter zur Ladepforte auf dem E-Deck.«

Fagin eilte im Laufschritt davon. Die Motoren der *Titanic* standen still, jetzt würde man den Anker werfen. Cherbourg war in Sicht.

Ein Zahlmeister, Stewards und Matrosen erwarteten die Passagiere. Und bald tauchten zwei Tender auf, deren Schornsteine schwarze Rauchwolken spuckten. Die *Nomadic* legte seitlich an dem Ozeanriesen an. Man warf die Taue herüber und legte dann die Gangway aus; die meisten Reisenden, die an Bord kamen, wirkten müde. Fagin erfuhr später, daß ihr Zug für den Weg von Paris nach Cherbourg sechs Stunden benötigt hatte. Obendrein hatten sie noch zwei Stunden länger warten müssen, da die *Titanic* wegen des Zwischenfalls mit der *New York* verspätet im Hafen von Southampton eingelaufen war.

Dennoch legten die Neuankömmlinge, die ihr Ticket in der Hand hielten, Geduld an den Tag. Fagin fiel der Diensteifer eines braungelockten Matrosen auf. Er trug ein Fernglas um den Hals. Obwohl die oberste Stufe der Gangway und das Schiffsdeck quasi auf gleicher Höhe waren, eilte er den Frauen entgegen und streckte den Arm aus, um ihnen über die unsichtbare Hürde zu helfen, ja er hob sogar die Kinder herüber. Als dann die Matrosen, unter ihnen auch Fagin, das Gepäck an Bord holen mußten, zeigte er dieselbe Beflissenheit. Und das war keine leichte Angelegenheit, denn einige Passagiere reisten mit Unmengen von Koffern. So hatte eine gewisse Charlotte Drake Cardeza bei der Einschiffung tatsächlich vierzehn Überseekoffer, vier Reisetaschen und drei Kisten aufgegeben, die sich jetzt noch auf dem Deck der *Nomadic* stapelten. Dagegen mutete das Gepäck des Barons Alfred von Drachsted, zwei einfache Metallkisten, geradezu ärmlich an. Aber er reiste ja auch nur in der zweiten Klasse ...

Etwa zwanzig Passagiere warteten darauf, auf die *Nomadic* umsteigen zu können. Ihre Reise endete in Cherbourg. Unter ihnen befand sich auch eine Frau, die ohne Unterlaß säuselte: »Fifi, Fifi, mein kleiner Fifi, ist er nicht süß, mein kleiner Fifi? Vorsicht, meine Herren, drängeln Sie nicht, auch er hat sein Ticket bezahlt, oh, mein kleiner Fifi, fünf ganze Shilling habe ich für dich bezahlt, mein kleiner Fifi.«

Als Fagin der Dame über die Schulter sah, entdeckte er einen Käfig, in dem ein dicker Kanarienvogel saß, der mit skeptischem Blick den Federhut seiner Bewunderin beäugte.

Sobald Passagiere und Gepäck umgeschifft waren, machte die *Traffic* seitlich an der *Titanic* fest.

»Das sind die Dritte-Klasse-Passagiere«, sagte der Zahlmeister zu einem Steward. »Sie kommen von weit her. Ich habe auf der Liste gesehen, daß Syrer, Armenier und Kroaten darunter sind. Man fragt sich, was die in Amerika wollen.«

Der Angesprochene gab zurück: »Mit etwas Glück werden sie dort vielleicht weniger arm sein als in ihrem eigenen Land ...«

Obgleich es ungefähr hundert Personen waren, ging die Einschiffung schnell vonstatten. Da die meisten von ihnen kein Englisch sprachen, vermieden sie es, Fragen zu stellen, und folgten in Zehnergruppen ohne zu murren den Stewards, die sie durch das Gewirr der Gänge führten.

Der diensteifrige Matrose, der, wenn Fagin recht verstanden hatte, auf den Namen Henry hörte, war der erste, der sich auf die Gangway zur *Traffic* drängte. Fagin folgte ihm. Das Deck war mit Bergen von Bündeln bedeckt, die sich neben den Postsäcken stapelten. Einige dieser grob zusammengeschnürten Gepäckstücke enthielten die gesamte Habe ihrer Besitzer. Im Gegensatz zu dem, was er auf der *Nomadic* gesehen hatte, fand Fagin hier weder glänzendes Leder noch Überseekoffer mit vergoldeten Beschlägen. Aus einem schlecht verschnürten Sack ragten die rosafarbenen Beine einer Stoffpuppe.

Es war acht Uhr abends, als die *Nomadic* und die *Traffic* wieder den Hafen von Cherbourg ansteuerten. Fagin blieb für einen Augenblick an der Ladepforte stehen, sein Rücken brannte, und die Arme waren von der Anstrengung ganz steif. Als er sich vorbeugte, erblickte er die Sonne, die als glühende Scheibe am Horizont versank. Das warme Licht tröstete ihn, als würde es in seinem Inneren erstrahlen. Während er die Rauchfahnen der beiden Tender am tiefroten Himmel verschwinden sah, tauchte vor seinen Augen das Bild des Londoner Hafens auf.

Seine Tagträumereien waren nur von kurzer Dauer. Man würde die Ladepforte gleich schließen. Fagin hielt Ausschau nach Henry. In dem Augenblick, als er sich das letzte Bündel auf die Schulter geladen hatte, meinte er, ihn im Laderaum verschwinden zu sehen. Sollte er einen Offizier verständigen, ehe es zu spät war? Doch Fergus' grimmiges Gesicht stimmte ihn um. Schon hörte man das dumpfe Grollen der Ankerketten. Nach eineinhalbstündigem Aufenthalt auf der Reede von Cherbourg fuhr die *Titanic* wieder aufs offene Meer hinaus. Morgen würde sie Irland erreichen.

Nachdem Fagin seinen Dienst beendet hatte, erwog er, Leopold und Molly zu besuchen. Doch vorher wollte er sich einen Augenblick hinlegen. Die oberen Kojen seiner Kabine waren schon belegt: wahrscheinlich waren das Thomas und Burni. Sie schnarchten selig vor sich hin. So leise wie möglich schlich sich Fagin in sein Bett und wurde sofort von Müdigkeit übermannt.

Er hatte einen Alptraum: Ein Schimmel lief über eine Weide, und Fagin versuchte, ihn einzufangen. Er galoppierte, und seine Mähne wehte im Wind. Fagin war schon außer Atem und hatte keine Hoffnung, ihn einzufangen, als das Pferd plötzlich in einem Haus mit grünem Giebel verschwand. Doch das Haus hatte keinen Eingang. Er untersuchte die Mauern, nichts, kein Spalt. Der Boden war lehmig, und große Bäume spendeten Schatten. Er wandte dem Haus den Rücken zu, als er plötzlich von hinten gepackt wurde: Das Pferd hatte offenbar den Kopf durch ein Fenster gesteckt, das Fagin übersehen hatte, und hielt ihn mit seinem kräftigen Gebiß am Kragen fest, um ihn ins Innere zu ziehen. Er wehrte sich, er rang nach Atem, er wollte schreien, doch er brachte keinen Ton heraus.

»Los, schnell, aufstehen! Los, aufstehen!«

Fagin öffnete die Augen und sah Fergus' grimmiges Gesicht dicht über dem seinen.

»Der Kapitän will dich sehen. Was hast du wieder angestellt? Gleich am ersten Tag vorgeladen zu werden!«

Der Blick des Riesen war unerbittlich. Durch den Eindringling aufgeweckt, schimpften Thomas und Burni los: »Kannst du nicht etwas leiser sein? Ich habe gerade geträumt, daß Burni endlich eine Sauce gelingen würde!«

Die beiden schüttelten sich vor Lachen, während Fagin auf den Gang stürzte. Wenige Minuten später folgte er Fergus ins Ruderhaus. Fagin erkannte Kapitän Smith sogleich. Flankiert von zwei Offizieren, stand er in seiner weißen Uniform am Steuerrad. Nachdenklich strich der Kapitän über seinen weißen Bart. Sein gebräuntes Gesicht wirkte milde, zeigte aber dennoch eine gewisse Strenge.

»Nun ...«, sagte er.

Fagin war wie gelähmt. Hatte er einen Fehler gemacht? Er konnte sich nicht vorstellen welchen.

»Du warst also bei der Einschiffung der Passagiere der *Nomadic* und der *Traffic* dabei ...?«

»Ja, Mister.«

»Man sagt: Ja Sir.«

»Ja, Sir.«

»Sehr gut. War der Matrose Henry Croth auch anwesend?«

»Ja, Sir.«

Fagin unterdrückte sein Zittern.

»Hast du irgend etwas Verdächtiges an seinem Verhalten bemerkt?«

»Nein, Sir.«

»Hast du ihn wieder an Bord der *Titanic* kommen sehen?«

»Ich glaube nicht.«

»Was heißt das?«

»Ich habe ihn im Laderaum der *Traffic* verschwinden sehen, ich dachte, er hätte etwas vergessen oder würde ein letztes Gepäckstück holen.«

»Hatte er irgend etwas in der Hand?«

»Nein, ich denke nicht. Er hatte nur ein Fernglas um den Hals.«

Fergus, dem kein Wort entgangen war, trat auf den Kapitän zu: »Was ist los, Kapitän, hat der Kleine irgendwas verbrochen?«

»Nein«, antwortete Smith. »Aber Henry ist desertiert. In diesem Augenblick spaziert er wahrscheinlich durch die Straßen von Cherbourg.«

»Nun, dann wird Fagin seinen Posten übernehmen«, rief Fergus, »schließlich ist es seine Schuld. Er hätte ihn eben nicht abhauen lassen dürfen.«

»Ja«, meinte der Kapitän nicht eben überzeugt. »Aber die ganze Geschichte ist ziemlich ärgerlich. Er hat das einzige Fernglas mitgenommen, das dem Ausguck zur Verfügung stand ...«

6. Kapitel

Das Geschenk in der Hand, war Ida regungslos sitzengeblieben. Erstaunt über die Reaktion, hatte Suzanne einen neugierigen Blick auf den Inhalt der Schatulle geworfen, der ihre Herrin so sehr verwirrte. Auf einem kleinen weißen Samtkissen funkelten zwei tropfenförmige, goldgefaßte Rubine.

»Aber das sind ja die Ohrringe von Madame Alexandra!« rief Suzanne aus. »Sie trug sie so gern, daß sie sie nie ablegte.«

Bei den letzten Worten veränderte sich ihr warmer, fröhlicher Tonfall, ganz so als schienen sie ihr unpassend, ja gar anstößig. Verlegen kehrte sie Ida den Rücken zu und machte sich an einer Schublade zu schaffen, um die Schals zu falten, die sie gerade erst eingeräumt hatte.

Ida schien sie nicht gehört zu haben. Bleich starrte sie auf die Schmuckstücke, ohne sie zu berühren. Suzannes Worte waren durch die Erinnerung an eine andere, hastige, zitternde Stimme gleichsam übertönt worden: die Stimme von Alexandra, die unmerklich den Kopf schüttelte, um sich zu vergewissern, daß sich die Steine an ihren Ohren bewegten.

»Für mich sind sie von unschätzbarem Wert«, hatte sie damals gesagt. »Meine Mutter hat sie mir kurz vor ihrem Tod gegeben.«

Ida sah wieder den verärgerten Blick, den Harold ihr zugeworfen hatte, als sie diesen Zwischenfall erwähnt hatte. Dabei liebte er diesen Schmuck, schließlich hatte er seiner Mutter gehört. Ida wußte, was dieses Geschenk zu bedeuten hatte: »Du bist meine Frau und kommst zu mir zurück.« Doch ein Schatten tauchte in ihrer Erinnerung auf, ein Schatten, der ihr die Freude daran nahm. »Ich werde mich nie von ihnen trennen«, pflegte Alexandra zu sagen. Doch an einem bestimmten Tag hatte sie sie nicht getragen. Und Ida erinnerte sich an jede Stunde dieses Tages ...

Um Suzannes Aufmerksamkeit zu entgehen, setzte sie sich an die Frisierkommode und legte die Ohrringe an. Wie Alexandra bewegte sie leicht den Kopf hin und her, um sich zu versichern, daß sie richtig befestigt waren. Der Schimmer der Rubine zeichnete eine rote Spur auf den Spiegel.

»Aber nein, Alexandra, nein. Trag doch die Ohrringe nicht bei einem Ausflug. Du könntest sie verlieren!«

Sie hörte Harolds Stimme. Er hatte hinzugefügt: »Auch mir bedeuten sie viel.«

Wie um seine Worte auszulöschen, schüttelte Ida den Kopf. Es war nicht so sehr der Satz als solches, der Ida unerträglich war, als vielmehr der Tonfall, mit dem er ausgesprochen wurde. Sie sah wieder die Wolken in der Ferne sich auftürmen, den Bauern, der ihnen abriet, aufzubrechen, und sie hörte wieder denselben Befehl: »Trag doch die Ohrringe nicht bei einem Ausflug!«

Warum hatte Harold so hartnäckig darauf bestanden? Ida spürte, wie sie von einem Schwindel ergriffen wurde. Ihr war, als breite sich der rote Schimmer der Rubine über den ganzen Spiegel aus.

»Ich gehe heute abend nicht zum Essen«, sagte sie zu Suzanne, »ich bin müde. Bestellen Sie mir ein Tablett mit Obst und einem Dessert. Sie können dann an Deck gehen. Man sieht sicherlich noch Cherbourg. Frankreich ist schließlich Ihre Heimat! Schade, daß wir nicht aussteigen und die Stadt besichtigen konnten.«

Als Suzanne die Kabine verlassen hatte, trat Ida ans Bullauge. Die Küste entfernte sich langsam. Die Lichter am Ufer wirkten wie eine Traube von Glühwürmchen. Sie lehnte die Stirn an die Scheibe. Ihre Kühle beruhigte sie. Auch der sanfte Schein der Lampe, die neben dem Tisch stand, gab ihr Sicherheit. Sie fühlte sich beschützt.

Ida nahm die Ohrringe ab und legte sie in die Schublade. Sie setzte sich an einen kleinen Tisch, auf dem ein Schreibblock mit dem rot-weißen Wappen der White Star Line lag. Die Beleuchtung verlieh ihrem Teint eine eigenartige, fast gespenstische Blässe. Was wollte sie schreiben? Ihr Kopf war bisher nur von Bildern, Gefühlen und Geräuschen erfüllt, doch sie spürte den zwanghaften Drang, sie in Worte zu kleiden. Die Feder kratzte über das Papier:

An Bord des Royal Mail Steamers Titanic, den 10. April 1912
Lieber Harold,
Ich habe lange geglaubt, England nie zu verlassen. Die Not im Osten kannte ich nur allzu gut, und vom Westen erwartete ich mir nichts. Meine Kindheit war geprägt von Geschichten über das Exil und das ewige Herumirren. Als ich Dich traf, glaubte ich, meine Familie würde nun in London endlich seßhaft werden. Wir lernten uns kennen, als meine Mutter bei Dir in Behandlung war, und es hat Dich immer erstaunt, daß sie sich mit dem Laufen so schwer tat. Du führtest das auf ihr Alter zurück. Doch ich wußte, daß sie sich nicht mehr bewegen wollte. Sie sagte oft mit einem kleinen Lächeln: »Ich habe einen so langen Weg hinter mir! Ich habe das Paradies gesucht und doch nur England gefunden.«
Unsere Hochzeit hat für sie wie für meinen Vater einen gewissen Trost bedeutet. Das hatte weder mit deiner Position noch mit deinem Reichtum zu tun. Sie wußten, daß ich glücklich mit Dir war. So glücklich, Harold! Ich bewunderte Dich, ich umsorgte Dich, ich verwöhnte Dich. Dafür verlangte ich nichts als Schutz und Geborgenheit. So viele Dinge ängstigten mich. Der Blick der anderen, die Furcht, bloßgestellt zu werden. Du warst meine einzige Sicherheit.

Es klopfte. Der Steward brachte ein mit Früchten beladenes Tablett. Er hatte ein langes, schmales Gesicht und einen forschenden Blick. Mit übertrieben ehrerbietiger Miene trat er ein. Ida fühlte sich unbehaglich, als hätte man sie bei etwas ertappt. War der Brief nicht an ihren Ehemann gerichtet? Trotzdem verdeckte sie ihn mit einem Löschblatt. Um sich vor dem Steward, der wie angewurzelt dastand, keine Blöße zu geben, warf sie einen kritischen Blick auf das Tablett und fragte kurz angebunden: »Sind das englische Äpfel?«

»Gewiß, Madam.«

»Und die Orangen?«

»Ebenfalls, Madam ...«

»Es sind englische?«

»Selbstverständlich, Madam.«

»Woher wissen Sie das? Wachsen sie etwa im Buckingham Palace?«

»Nein, Madam, aber sie kommen aus England.«

»Sie wollen sagen, daß sie in England gekauft wurden?«
»Genau, Madam. Es sind also englische.«

Sie fragte sich, ob diese Bemerkung nicht unverschämt gemeint war. Doch das Gesicht des Stewards zeugte von vollkommener Ehrerbietung. Ehe er die Tür hinter sich schloß, nahm sie erneut seinen forschenden Blick wahr. Und sogleich empfand sie wieder jene Auflehnung, jene Wut gegen die Heuchelei des Landes, in dem sie gelebt hatte. Sie beugte sich über das Blatt und schrieb:

Vielleicht ohne es zu wissen, hast Du in mir eine unbekannte Kraft geweckt. Von meinem Vater kannte ich nur Zweifel und Bitterkeit. Von meiner Mutter ständige Sorgen. Bei uns wurde das Leben als eine Bürde angesehen. Mein Vater wiederholte gern, daß er an keinen Gott glaube. Doch ich wußte, daß seine Religion die des Unglücks war. Er hüllte sich in das Banner von Kummer und Leid. In seinen Augen waren Freude, Lachen und Begeisterung den Andersgläubigen vorbehalten. Denen, die nichts vom Leben wußten.
Lange habe auch ich geglaubt, es gebe keinen anderen Weg als den des ständigen Verzichts. Und dann traf ich Dich. Deine Unbefangenheit, Deine Eloquenz beeindruckten mich. Plötzlich schien alles so einfach. Wir spazierten durch London, Du erzähltest mir von berühmten Männern: von Generälen, Wissenschaftlern, Schriftstellern, Erfindern, und ich weiß nicht, wovon noch. Ich begann zu glauben, daß Du mit Deinen schwärmerischen Elogen dem Kult des längst vergangenen Goldenen Zeitalters huldigen wolltest: dem der großen Eroberungen, an denen sich die Nostalgiker so gern berauschen, um dann über die Gegenwart zu klagen. Doch so warst Du nicht. Dich leitete Hoffnung. Und Vertrauen.
Du sprachst vom Glück der Menschen, von großen Entdeckungen, die bald Elend, Schmerz und Fortschrittsfeindlichkeit vertreiben würden. »Zu den Schätzen der Erde«, so sagtest Du, »muß man noch die hinzuzählen, die jeder von uns in sich trägt. Kein göttlicher Wille kann mit dem Reichtum unserer Seele und unseres Willens konkurrieren. Der Fortschritt liegt nicht in der Natur, es ist an uns, ihn zu erfinden. Wir müssen lernen, forschen, entdecken. Immer und immer wieder. Wir dürfen nie aufgeben, nie uns entmutigen lassen. Denn das, Ida, ist das Glück: mit offenen Augen durch die Welt zu gehen.«

Ich habe nie gewagt, es Dir zu sagen, Harold, vielleicht weil ich Angst hatte, mich lächerlich zu machen. Doch es waren diese Worte, die meine Liebe zu dir erweckt haben. Mehr als deine Augen, deine Hände oder deine Lippen.

Ida war des Schreibens überdrüssig und erhob sich. Durch das Bullauge sah sie den roten Schimmer der untergehenden Sonne. Auf dem Meer, das jetzt schon schwarz wirkte, zeichnete sich in der Ferne eine dunkle Masse ab: Frankreich, jenes Land, in das ihre Mutter so gern zurückgekehrt wäre. Ida strich über den Vorhang des Himmelbetts und trat näher an die Heizung, die Suzanne, bevor sie gegangen war, eingeschaltet hatte. Als sie ihr Bild im Spiegel erblickte, blieb sie stehen. Wie sehr sie sich verändert hatte seit jenem Tag, an dem sie Harold kennenlernte! Sie sah wieder den großen Speisesaal des französischen Restaurants vor sich, das ihre Eltern bewirtschafteten. Der Name, den sie ihm gegeben hatten – *Le Faisan doré* –, schien ihnen Glück gebracht zu haben. Es war schnell zu einem Moderestaurant geworden.

Ein Treffpunkt für Intellektuelle, Künstler und Ärzte. Ida ging nur selten hinab. Nur wenn der Andrang außergewöhnlich groß war, bat ihre Mutter sie um Hilfe. Dann nahm sie die Bestellungen auf oder überwachte die Kellner. Doch fiel es Ida schwer, immer freundlich und fröhlich zu sein, die charmante oder verlockende Bemerkung zu machen, die den Gast zu einer raschen Entscheidung bewegte. Für ihre Mutter war es wie ein Spiel, doch Ida verlor rasch die Geduld. Eines Tages hatte sie sich um einen Tisch zu kümmern, dessen zahlreiche Gäste sie zur Verzweiflung trieben. Ganz in ihr Gespräch vertieft, schien es diesen arroganten und hochmütigen Herrschaften Vergnügen zu bereiten, ihre Bestellung hinauszuzögern. Ida kniff die Lippen zusammen und ballte die Faust. Da hatte Harold die Stimme erhoben: »Bitte, bitte, meine Herren, wir wollen unsere schöne Gastgeberin doch nicht länger warten lassen. Was nehmen Sie, Mr. Bings? Ich empfehle Ihnen Reh mit Blaubeeren; das ist eine der Spezialitäten des Hauses.«

Dann hatte er enthusiastisch andere Gerichte angepriesen,

einen nach dem anderen befragt und zu einer schnellen Entscheidung gedrängt. Mit Charme und Geschick hatte er somit die Aufgabe übernommen, die eigentlich Ida zugekommen wäre. Sie war ihm dankbar für seine Hilfe. Von diesem Augenblick an entstand eine Art Komplizenschaft zwischen den beiden. Ida fand alle möglichen Vorwände, um ihrer Mutter zu helfen, und wenn Harold kam, bediente sie den Tisch, an dem er mit seinen Freunden saß. Sie beobachtete ihn heimlich und wunderte sich über seine distanzierte Miene, die Art, wie er sich zugleich zu begeistern und doch nie ganz zu verausgaben schien. Diese Reserviertheit gefiel ihr: Er unterschied sich darin von den anderen. Vorsichtig zog sie bei ihrer Mutter Erkundigungen über ihn ein.

»Er ist ein bekannter Arzt«, sagte diese. »Er bringt immer seine Kollegen und Assistenten mit. Er kommt jeden Dienstag.«

Doch bald sah man ihn zwei- oder gar dreimal die Woche kommen und zumeist allein. Da ihre Mutter fürchtete, er könne sich langweilen, unterhielt sie sich mit ihm.

»Kümmert sich meine Tochter auch gut um Sie?« fragte sie. »Wissen Sie, eigentlich ist sie eher in ihrem Element, wenn sie am Klavier sitzt oder liest ...«

Ida war an jenem Tag errötet, denn es war ihr unangenehm, daß ihre Mutter ihre Vorzüge anpries wie die eines Zanders in weißer Buttersauce oder einer Hasenrücken-Terrine. Als würden sie ein zusätzliches Prestige für ihr Restaurant bedeuten. Welche Finesse durfte man nicht von einem überbackenen Lamm mit Verbene erwarten, wenn die Tochter der Wirtin Mozart spielen konnte und eine Schule für höhere Töchter besucht hatte? Und wieder kam Harold Ida zu Hilfe, indem er sich erkundigte, was sie denn lese.

Am nächsten Tag brachte er ihr Bücher mit, deren Autoren ihr unbekannt waren. Kurz darauf schenkte er den beiden Damen Konzertkarten. Ein andermal schrieb er die Adresse einer Ausstellung auf einen Zettel, deren Besuch er ihnen empfahl. Aus Paris, wo er einen Vortrag gehalten hatte, brachte er ihnen Modezeitschriften mit. So hatte er Ida die Schlüssel für eine Welt gegeben, die sie nicht kannte. Selbst wenn sie ihn nicht sah, mußte sie an Harold denken, da jetzt jeder ihrer Schritte, jeder Kauf und jede Entscheidung von Harolds Empfehlungen bestimmt waren.

Suzanne riß sie aus ihren Träumereien mit dem Vorschlag, ein Abendkleid anzuziehen.

»Nein«, sagte Ida, »ich ziehe nur einen warmen Mantel über. Geben Sie mir den weinroten Samtmantel, Sie wissen schon, den mit dem großen Fuchspelzkragen. Ich will ein wenig an die frische Luft gehen.«

Als sie das A-Deck erreichte, das durch große Scheiben gegen Wind und Gischt geschützt war, war sie erstaunt über die Atmosphäre, die hier herrschte. Die Frauen trugen Pelzmützen mit Federbüschen und Kleider aus wertvollen Stoffen, oft sogar mit Schleppe. Die Passagiere in den Liegestühlen hatten sich mit einem Plaid gegen die nächtliche Kühle geschützt. Überall wurden angeregte Gespräche geführt; kurz, man hätte sich an einem Sommerabend auf der Regent Street glauben können. Wenn man aus dem Fenster sah, hob sich das Meer nur noch durch das silbrige Glitzern, das der Widerschein des Mondlichts auf die Wasseroberfläche zauberte, vom Himmel ab. Ida bewegte sich rasch durch die Menge, in der Hoffnung, auf diese Weise etwas Haltung zu zeigen. Plötzlich stieß sie mit dem Fuß an einen Gegenstand, der mit einem metallenen Geräusch zur Seite rollte.

Ein Mann bückte sich und hielt Ida lächelnd das kleine Schmuckstück entgegen, das er aufgehoben hatte. Es war eine Brosche, die aus zwei Teilen bestand, der eine war grün, der andere purpurrot.

»Das gehört mir nicht«, sagte Ida.

Der Mann, der die Brosche noch in der ausgestreckten Hand hielt, schien erstaunt. Seine Frau untersuchte das Schmuckstück neugierig.

»Sehen Sie nur«, sagte sie zu Ida, »man könnte meinen, das seien Initialen: WSPU. Was bedeutet das? Was hältst du davon, mein Lieber?« fragte sie, an ihren Gemahl gewandt.

Der zuckte die Schultern: »Ich werde sie dem Zahlmeister geben.«

Ida kannte die Bedeutung dieser Großbuchstaben, doch die vielen Passagiere schüchterten sie ein, und sie hatte keine

Lust, sich in ein Gespräch verwickeln zu lassen. So wartete sie ab, bis die Leute weitergegangen waren, und sah, wie der Mann das Schmuckstück in seine Manteltasche schob. Es verwunderte Ida, hier auf eine solche Brosche zu treffen. Letzten Monat hatte sie in Begleitung zweier Freundinnen an einer Versammlung der WSPU – The Women's Social and Politic Union – teilgenommen. Mehrere Rednerinnen hatten das Wort ergriffen, und ein Paar, Mr. und Mrs. Lawrence, das gerade eben von einem Londoner Gericht von der Anklage wegen Aufwiegelung zu feministischem Aufruhr freigesprochen worden war, wurde reichlich mit Beifall bedacht. Am Ende der Versammlung war ein Solidaritätsschreiben von Mrs. Pankhurst, einer der leidenschaftlichsten Anführerinnen der Suffragetten, verlesen worden.

Aus dem Gefängnis Holloway, wo sie mit anderen Kämpferinnen für die Sache der Frauen einsaß, hatte sie geschrieben: »Dies ist mein letztes Wort: Habt Mut. Die Härte, mit der der Feind uns angreift, ist ein Zeichen für unseren bevorstehenden Sieg.« Der Saal hatte getobt, und Ida hatte sich mitreißen lassen und mit den anderen gerufen: »Wahlrecht für die Frauen! Wahlrecht für die Frauen!« Es war das erste Mal, daß sie an einer Versammlung der Suffragetten teilgenommen hatte. Als sie nach Hause kam, wurde sie von Harold voller Sarkasmus empfangen. Er hatte beschlossen, mit Mr. Tuttle und Mr. Bloom, zwei seiner engsten Mitarbeiter, den ganzen Abend Karten zu spielen.

»Du interessierst dich für die Kindereien dieser Damen der guten Gesellschaft?« fragte er sie. »Tun die Frauen nicht ohnehin, was sie wollen? Sieh dir nur diese Mrs. Trehawke Davies an. Sie hat soeben den Ärmelkanal mit dem Flugzeug überquert!«

»Aber sie hat das Flugzeug nicht selbst gesteuert«, spöttelte Mr. Tuttle über seine Karten hinweg.

Ida hatte nicht geantwortet. Warum auch? Harold ließ keine andere Meinung als die seine gelten. Am nächsten Tag hatte ihr Suzanne die *Times* gegeben, um ihr einen kleinen Artikel über das Erdbeben in Saint-Solve in der Corrèze zu zeigen. Die Bewohner lagen unter den Trümmern ihrer Häuser begraben, und die anschließenden Rettungsarbeiten waren durch den anhaltenden Regen behindert worden. Als Ida die Tageszeitung durchblätterte, hatte sie eine Zusammenfassung des Abends in der Albert Hall entdeckt. Der Aufruf von Mrs. Pankhurst war abgedruckt, und es wurde bekanntgegeben, daß die Sammlung, die während dieser Veranstaltung durchgeführt worden war, fast zehntausend Pfund Sterling eingebracht hatte; auch Mrs. Pankhurst und ihre Mitgefangenen hatten sich jeweils mit einhundert und zehn Pfund beteiligt.

Wie weit all das jetzt zurücklag! Ida verspürte nicht länger die Furcht, die sie bei der Abreise so gelähmt hatte. Im Gegenteil, jetzt vermittelte ihr das Schiff ein Gefühl der Geborgenheit. Wolken hatten sich vor die Sterne geschoben, und die Dunkelheit schien das Schiff vom Rest der Welt zu isolieren. Obgleich die *Titanic* erst eine geringe Entfernung zurückgelegt hatte, schien ihr London schon Tausende von Meilen entfernt. Kein Blick würde Ida je wieder verurteilen, kein Vorwurf sie zwingen, die Augen zu senken. Von einer wohligen Ruhe erfüllt, hatte sie das sonderbare Gefühl, sich außerhalb der Zeit zu bewegen.

Ein Paar ging an ihr vorbei. Beide lachten. Ida spürte, wie sich ihr Herz zusammenkrampfte. Die Luft schien ihr plötzlich frisch und feucht. Zwar hatte sie eine Pelzkappe gewählt, die den Nacken bedeckte, doch warum hatte sie nicht auf Suzanne gehört und einen Muff mitgenommen? Sie beschloß, in ihre Kabine zurückzukehren, und wandte sich zum Gehen. Schon seit einer Weile fühlte sie sich beobachtet. An der Reling stand ein Unbekannter mit einer schwarzen Schirmmütze, der ganz in die Betrachtung der Nacht vertieft schien. Doch seine Haltung hatte etwas Unnatürliches. Als sie hinter ihm vorbei zum Aufzug ging, hatte sie den Eindruck, als würde er sie unmerklich beobachten. War er einer jener Verführer, von denen es hieß, sie würden die reichen Frauen auf Luxuslinern ausnehmen? Ida war mißtrauisch. Sie hatte auch von jenen Falschspielern gehört, die ihre Kasse damit aufbesserten, indem sie alleinreisende Damen, deren Zuneigung sie sich gesichert hatten, um ihren Schmuck erleichterten.

Als Ida ihre Kabine betrat, erschien sie ihr wie ein Hafen des Friedens: Hier fühlte sie sich befreit von den Zweifeln und

Seelenqualen der letzten Monate. Behaglich schlüpfte sie in ihr seidenes Negligé. Als Suzanne, dem abendlichen Ritual entsprechend, ihr Haar bürstete, kam es ihr plötzlich eigenartig vor, daß sie sich auf einem Ozeandampfer mitten auf dem Meer befand.

»Man spürt nicht die geringsten Vibrationen«, meinte sie. Wenn die Möbel nicht anders wären, würde ich mich noch in London glauben. Dabei hatte ich solche Angst, seekrank zu werden!«

»Trotzdem kam vorhin, als ich gerade Ihre Koffer verstaute, ein Matrose, um Schwimmwesten zu bringen. ›Wie‹, habe ich ihm gesagt, ›man hat uns doch versichert, die *Titanic* sei unsinkbar!‹ Und er hat geantwortet: ›Das ist reine Routinesache, machen Sie sich keine Gedanken, Sie brauchen sie sicher nicht anzulegen. Man sagt, daß selbst Gott, wenn er wollte, die *Titanic* nicht versenken könne.‹«

Ida lächelte. »Haben Sie die Küste Frankreichs gesehen? Das muß Sie doch sehr bewegt haben. Ist es schon lange her, daß Sie Ihr Land verlassen haben?«

»Über vier Jahre. Vier Jahre und zwei Monate genau. Es ist mir sehr schwer gefallen, mich in London einzuleben, mich an den grauen Himmel und an die distanzierte Art der Engländer zu gewöhnen. Am Anfang weinte ich jeden Abend vor dem Einschlafen und dachte nur daran, genug Geld zu verdienen, um wieder nach Hause fahren zu können. Sie wissen gar nicht, wie glücklich ich war, als Sie mich angestellt haben!«

»Darum habe ich Sie ja auch ausgewählt. Weil Sie Französin sind! Ich kenne das Land zwar nicht gut, aber in meiner Kindheit war alles französisch – meine Mutter, ihr Restaurant, die Geschichten, die sie mir erzählte ... ja selbst die Gerüche. Der gute Ruf ihrer Küche hat ihr Restaurant im Herzen von London so erfolgreich gemacht.«

Ein kurzer Blick in den Spiegel genügte, um Ida erneut zu beweisen, wie sehr sie sich von ihrer Mutter unterschied. Ihre breite, gewölbte Stirn war eindeutig von ihrem Vater. Selbst ihr rötlich-blondes Haar war das der polnischen Tanten. »Mein kleiner Kosake, du bist mein kleiner Kosake«, pflegte ihre Mutter zu ihrem Mann zu sagen. Ihr Vater sah in dem Restaurant eine Falle, die sie in London festhielt. Er wollte nach Amerika. »Später, später«, sagte seine Frau. Und der Erfolg des *Le Faisan doré* gab ihr recht.

Um ihre Wehmut zu vertreiben und sich auf andere Gedanken zu bringen, fragte Ida: »Sind in Cherbourg viele Passagiere zugestiegen?«

»In der ersten Klasse etwa hundert, glaube ich, aber einige sind auch ausgestiegen. Es ist eigentlich schade, nur so kurze Zeit auf einem so schönen Schiff zu bleiben! Natürlich kostet es auch weniger!« sagte Suzanne lachend. »Es soll auf dem Schiff Salon-Suiten mit mehreren Räumen und einer Privatpromenade geben. Ich habe unglaubliche Beschreibungen gehört. Viele der Passagiere scheinen sich schon zu kennen: Man könnte meinen, sie verbrächten ihre ganze Zeit damit, den Atlantik zu überqueren.«

»Und wie ist Ihre Kabine, Suzanne?«

»Etwas klein. Es gibt kein Bullauge, und ich muß den ganzen Tag über das elektrische Licht brennen lassen.«

Suzanne verstummte für einen Augenblick und konzentrierte sich ganz darauf, einen Knoten in Idas blondem Haar zu entwirren. Dann fuhr sie fort: »Einer der Musiker soll ein Franzose sein, aus Lille. Der Cellist. Er war vorher auf der *Mauritania.* Man hat für die *Titanic* überall die besten Instrumentalisten abgeworben. Schade, daß Sie nicht zum Abendessen gegangen sind. Das Orchester soll ausgezeichnet sein.«

»Wie alles auf der *Titanic*«, bemerkte Ida ironisch. »Man hätte sogar schwören können, daß der Sonnenuntergang heute abend von der Schiffahrtsgesellschaft organisiert war. Er war so schön ...«

Suzanne war offensichtlich sehr stolz, an dieser Überfahrt teilnehmen zu dürfen. »Ich habe ein Zimmermädchen aus Paris kennengelernt«, erzählte sie weiter. »Sie hätte beinahe den Zug am Gare Saint-Lazard verpaßt, weil sie auf die Lieferung der Schuhe warten mußte, die ihre Herrin am Boulevard Haussman bestellt hat, wissen Sie, bei dem Schuhmacher, den Sie so sehr mögen. Ich erinnere mich sogar an die Hausnummer – es war die Nummer fünfundfünfzig. Aber den Namen habe ich vergessen ... Ah! Rougerat!«

Ida war Suzanne dankbar für ihr Geplapper, das sie daran hinderte, wieder an die Ohrringe zu denken und an die rote Spur, die sie über den Spiegel gezogen hatten.

Wenn ihr Suzanne abends in London das Haar bürstete und sie mit ihren Worten einlullte, tauchte bisweilen Harolds hochgewachsene Gestalt im Spiegel auf. Er öffnete dann die Zimmertür und blieb regungslos hinter ihnen stehen. Er wartete. Manchmal, wenn Ida ein Buch las oder mit ihren Ringen spielte, sah sie ihn nicht, doch die beschleunigten Bürstenstriche verrieten ihr, daß Harold eingetreten war.

Er brauchte nichts zu sagen, aber Suzanne verstand, daß er mit seiner Frau allein sein wollte, und beeilte sich. In diesen Augenblicken kam Ida die Spitze, die sie umhüllte, noch zarter vor. Bald stand sie vor ihm, die Augen gesenkt, und spürte die Hand, die die Bänder ihres Negligés löste. Mit derselben besitzergreifenden Geste streifte er den Stoff von ihrer Schulter. Ein leichtes Frösteln, vermischt mit der Furcht, die ihr schon den Atem nahm, ließ Ida erschaudern. Doch wußte sie, daß sie den Tag, an dem er ihre Tür nicht mehr mit dieser selbstgefälligen, besitzergreifenden Miene öffnen würde, noch mehr zu fürchten hatte. Das bestätigte ihr die Trauer, die den Blick ihrer Freundin, Mrs. Hastings, verschleierte. »Meine Kleine«, vertraute sie ihr einmal an, »Sie haben Glück, daß Ihr Mann noch verliebt in Sie ist. Wenn die Männer ihr Vergnügen anderswo suchen, beginnt ein neues Leben. Ein Leben, das nichts als Kummer kennt.«

Dann folgte eine lange Auflistung all der Unglücklichen in ihrem Bekanntenkreis: Mrs. Smith, zum Gespött gemacht; Mrs. Dibson, mit ihren Kindern sitzengelassen, ihr persönliches Vermögen hatte ihr Mann langsam mit einer Schauspielerin durchgebracht: »All ihr Geld wird für Feste, Schmuck und Kleidung verpraßt.« Wollte sie ihrer Freundin Glauben schenken, so wußte sie ihr Glück nicht zu würdigen.

Aber warum versuchte Harold immer wieder, ihr Schamgefühl zu verletzen? Dabei wußte er ganz genau, daß man ihr in dem Pensionat, in dem sie erzogen worden war, beigebracht hatte, ihren Körper zu verstecken. Sie hatte ihm auch von den lächerlichen Verrenkungen erzählt, die die Gouvernante beim Ausziehen machte, damit die kleinen Mädchen auch nicht einen Zentimeter ihrer Haut sehen konnten. Warum fand er also ein solches Vergnügen daran, sie zu schockieren? Er wußte auch, daß man ihr beigebracht hatte, daß nur Frauen von schlechtem Lebenswandel sich ihres Körpers nicht schämen. Idas Mutter hatte ihr sogar das Radfahren verboten. Harold machte sich über all das lustig. In Frankreich hatte er sie mit in eine Vorstellung von Isadora Duncan genommen. Und er hatte sich einen Spaß daraus gemacht, ihr den Roman *Lady Chatterleys Liebhaber* von D. H. Lawrence zu lesen zu geben.

»Sieh dich an, sieh dich nur an«, hatte er eines Abends gesagt, sie zum Spiegel herumgedreht und sich hinter sie gestellt.

Suzanne ließ sich Zeit. Langsam bürstete sie Idas Haar und erzählte ihr haarklein all das Geschwätz, das sie den Tag über aufgeschnappt hatte: »Einige Passagiere haben unglaublich viel Gepäck. Eine Dame hat siebzig Kleider, zehn Pelzmäntel und unzählige Hutfedern, dreißig glaube ich! Dazu einundneunzig Paar Handschuhe – die Zahl habe ich mir genau gemerkt, weil sie mich so sehr beeindruckt hat!«

»Aber woher wissen Sie das alles, Suzanne?«

»Ihr Zimmermädchen hat vor einem anderen Angestellten, der wie sie aus Philadelphia kommt, damit geprahlt. Er hat übrigens entgegnet, er habe gerade sechzig Hemden, fünfzehn Paar Schuhe und sechzig Polohemden in den Schrank seines Herrn geräumt. Und der soll sogar seinen Wagen, einen roten Renault, im Lagerraum der *Titanic* mitgenommen haben. Sie können sich gar nicht vorstellen, wie arrogant und anmaßend die beiden sind. Um ihnen in nichts nachzustehen, habe ich gesagt, Sie hätten zwanzig Pelzmäntel und ein Schloß in Sussex ...«

»Suzanne, das hätten Sie nicht tun sollen. Man wird bei mir einbrechen!«

Doch dabei lachte sie, und Suzanne sagte entschuldigend: »Ich könnte mir vorstellen, daß sich morgen an Deck die Passagiere an Eleganz übertrumpfen werden. Wenn das Wetter gut ist, könnten Sie Ihr schwarzweißes Kostüm aus Cheviotwolle anziehen, das Ihnen so gut steht.«

Ida dachte an Katias Überfahrt mit den Auswanderern, die

ihre gesamte bescheidene Habe in ihren Koffern bei sich trugen. Und das war bei weitem weniger, als Ida in einen einzigen ihrer Schrankkoffer gepackt hatte. Und dazu begleiteten sie noch eine ganze Reihe von Hutschachteln nach Amerika. Suzanne hatte ihre Abendkleider sorgfältig zusammengefaltet: das über und über mit Perlen und Spitzen bestickte von Worth, das hautenge Kleid aus schwarzem Samt, das Bolerojäckchen mit den ägyptischen Motiven von Poiret ... Welch ein Gegensatz zu dem armseligen Plunder in Katias Koffer, der mit ihren kleinen Schätzen vollgestopft war. Um ihn schließen zu können, hatte sie im letzten Augenblick eine weiße Baumwollbluse herausnehmen müssen, die sie dann Ida anvertraut hatte. Die Spitze am Ausschnitt war unbeschädigt, der Kragen hingegen ein wenig abgetragen. Ida bewahrte sie sorgsam auf, und wenn Suzanne sie fragte: »Soll ich diese Bluse bei den anderen lassen?«, antwortete Ida unbeteiligt: »Ja, legen Sie sie unter den linken Stapel.«

Wenn sie dann einen Brief von Katia bekam, zog sie sie oft hervor, strich über die Spitzenkrause, und ihre Finger verweilten ein wenig auf den Falten, so als wollte sie versuchen, sie zu glätten. Dann war es, als höre sie das Lachen ihrer Cousine, wenn sie die Bluse zu ihrem pflaumenfarbenen Rock mit dem hohen Taillenbund trug und sich im Kreis drehte. Dieses Kleidungsstück war das Unterpfand ihres Wiedersehens. »Du bringst sie mit, wenn du nach New York kommst«, hatte sie damals gesagt.

Katia hatte ihr diese Stadt und ihre Bewohner wie eine riesige Arche Noah beschrieben, auf der sich die ganze Erde ein Stelldichein gegeben hatte: »Hier hörst du in den Straßen alle Sprachen der Welt. Zu Anfang hat mich das verunsichert, doch dann habe ich gelernt, es zu meinem Vorteil zu nutzen. In dem Haus, in dem wir wohnen, sind unsere Flurnachbarn Italiener, über uns wohnen Iren und unter uns Russen und Deutsche.«

Idas Augenlider wurden schwer. Sie glaubte, in der Ferne eine undeutliche Stimme zu hören. Sie murmelte, gleichsam als Antwort, die letzten Worte ihres Briefes: »Mehr als deine Hände, mehr als Deine Lippen ...«

7. Kapitel

Hatte er ihn überrascht? Was hatte dieser Mann hier auf den ausgestorbenen Gängen des B-Decks zu suchen? Fagin sah deutlich sein scharf geschnittenes, markantes Gesicht, die gerade Nase, den blassen Teint. Mit seinem schwarzen Hut sah er vollends wie ein Gangster der Londoner Unterwelt aus. Er rempelte Fagin im Vorbeigehen an, ohne sich zu entschuldigen. Dabei fiel ihm ein Päckchen aus der Tasche seines dunklen Mantels. Fagin hob es auf. Es waren türkische Zigaretten der Marke Matinee. Als er eine davon aus der Metallschachtel zog, sah er, daß sie einen goldenen Filter hatte und mit einem roten Streifen verziert war. Sie verströmte einen starken Moschusduft. Wie er es bei den anderen Matrosen gesehen hatte, steckte er die Schachtel unter seinen Gürtel. Bei Gelegenheit würde er sie dem Besitzer zurückgeben. Trotzdem merkte er sich die Nummer der Kabine, vor der er den Unbekannten gesehen hatte. Sicherlich eine völlig sinnlose Vorsichtsmaßnahme, vielleicht wohnte er ja selbst in dieser Erste-Klasse-Kabine.

Fagin beschleunigte den Schritt. Er hatte soeben erfahren, daß er nicht, wie vorgesehen, Henry Croths Posten übernehmen würde. Man brauchte ihn in der Küche. Eigentlich durfte er dort nicht arbeiten – auch nicht als Matrose –, doch er wurde dringend gebraucht, nachdem sich am Vorabend ein Küchengehilfe mit einem Kessel voll siedendem Öl beide Arme verbrüht hatte. Man hatte ihn auf die Krankenstation gebracht, wo er von den beiden Schiffsärzten versorgt wurde.

Der Chefkoch empfing ihn mürrisch. Er wollte ihm eben Anweisungen geben, als er sich Burni näherte, der gerade einen Topf von einem riesigen Herd zog, aus dem eine kleine graue Wolke aufstieg.

»Du Idiot! Wie oft habe ich dir schon gesagt, du sollst diese Sauce mit einem Schneebesen rühren! Los, schmeiß das in den Müll und fang von vorne an. Mein Gott, wer hat mir nur diese Flaschen geschickt!«

Als er Burnis betretenes Gesicht sah, hätte Fagin am liebsten losgelacht. Die Küchenjungen liefen geschäftig hin und her und schwiegen, doch es war nicht schwer zu erraten, daß auch sie nur mühsam ihr Gelächter unterdrückten. Auf einem Tisch lagen große Fleischstücke, die darauf warteten, zerteilt zu werden. Etwas weiter türmte sich in einer Schüssel mit schimmernden Kupfergriffen ein Berg von Gemüse.

»Gut, nun zu dir ...«

Der Chefkoch griff nach einem Lachs und trennte schnell den Kopf ab, um dann die Filets auszulösen.

»Du gehst ins Kartoffellager, packst die Kartoffeln in Körbe und gehst damit zur Schälmaschine. Anschließend schickst du die Körbe nacheinander im Lastenaufzug hoch. Ich sage dir, wenn es reicht.«

Fagin wollte gerade gehen, als der Chefkoch hinzufügte: »Und schäl bloß nicht alle, es sind vierzig Tonnen!«

Diese Bemerkung löste bei den Köchen allgemeine Heiterkeit aus. Einer von ihnen erlaubte sich sogar zu bemerken: »Und vertu dich nicht in der Tür. Geh nicht aus Versehen in den Zigarrenkeller. Der Kellermeister hat sie letzte Nacht gerade gezählt, das hat er mir selbst gesagt. Es sind noch fast achttausend!«

Fagin gehorchte, ohne zu murren. Leopold hatte ihm schließlich gesagt, daß er von seiner ersten Seereise keine Wunder erwarten dürfe. »Die Schule der Matrosen ist die härteste überhaupt«, hatte er ihm anvertraut. »Aber wenn du durchhältst, wirst du vielleicht eines Tages eine Kapitänsmütze tragen, wer weiß?«

Einstweilen mußte er Berge von Kartoffeln herumkarren. Auf dem G-Deck herrschte Trubel. Zu dieser Morgenstunde machten sich die Lagerverwalter in den Vorratskellern und Kühlkammern zu schaffen. Rinderviertel, Geflügel, Kästen voller Speck, Salat, Spargel, Pampelmusen und eimerweise Crème fraîche wurden auf Karren zum Lastenaufzug gebracht. Das Telefon läutete ohne Unterlaß, der Hauptlagerverwalter nahm die Bestellungen entgegen und rief: »Dreißig Kisten Tomaten, dreißig! Zwanzig Schinken, zwanzig! Zwei Kisten Zitronen, zwei!«

Und wie ein Echo antworteten ihm gedämpfte Stimmen, die die Bestellung wiederholten.

Die Qual schien kein Ende nehmen zu wollen. Die Maschine, ein großer metallischer Zylinder, über dem sich ein Trichter befand, machte einen Höllenlärm. Regelmäßig leerte er die Kartoffelschalen aus dem Bullauge. Seine Hände waren schwarz verfärbt. Als ein Küchenjunge kam, um ihn nach oben zu holen, stieß er einen Seufzer der Erleichterung aus. In der Küche ging es zu wie in einem Bienenstock. Aus den Töpfen, Kasserollen und Sauciéren stieg ein Geruch nach Fritierfett, Fischbrühe und Braten auf.

»Und wo bleibt meine Mehlschwitze? Mein Püree! Schneller! Ich brauche noch Mayonnaise, das reicht nicht! Vorsicht! Heiß! Heiß!«

Der Chefkoch hatte sich mit einigen Köchen in einer Ecke an einen Tisch zurückgezogen. Er machte Fagin ein Zeichen, sich zu ihnen zu setzen und auch etwas zu essen: Heringe in Sahnesauce, gegrillte Koteletts mit grünen Bohnen. Bei der Käseplatte geriet der Küchenchef ins Schwärmen: »Ah, Camembert! Guter Camembert! Seht nur, wie weich und cremig er ist! Meine Frau sagt immer: ›Du gehst uns auf die Nerven mit deinem Camembert!‹ Sie behauptet, daß ich selbst im Schlaf davon spreche. Und ich antworte ihr: ›Solange du ihn nicht riechen mußt, brauchst du dich nicht zu beklagen!‹«

Eine Glocke erklang und unterbrach das Gespräch. In weniger als zwei Stunden würden sich die Passagiere der ersten und zweiten Klasse in den jeweiligen Speisesälen einfinden. Fagin bemerkte, daß er seine Zigarettenschachtel neben der Kartoffelschälmaschine vergessen hatte, und bat um die Erlaubnis, sie holen zu dürfen.

»Aber beeil dich, hinterher brauche ich dich«, rief ihm der Chefkoch nach.

Die Lagerräume waren wie ausgestorben, die Verwalter waren gegangen, und in den Gängen herrschte jetzt eine eigenartige Ruhe. Fagin erreichte das Unterdeck über eine schmale Treppe. Hier war es kühler, und der Lärm der naheliegenden Maschinen drang gedämpft durch die Trennwände. An den Türen waren Schilder mit dem Inhalt der Lager angebracht: Champagner, Tabak und Zigarren, Obst und Gemüse, Mineralwasser. Auf Holzbrettern an der Wand waren Listen befestigt, auf denen der Stand der Vorräte eingetragen wurde.

Fagin versuchte, das Schiff wiederzuerkennen, dessen Entstehung er in Belfast miterlebt hatte. Aber alles war verändert. Er strich mit der Hand über den Metallrumpf. Ein Schauer lief ihm über den Rücken.

»Was hast du hier zu suchen?«

Fagin hatte den Eindringling, der ihn offenbar überraschen wollte, nicht kommen hören. Sein riesiger Bauch nahm fast die ganze Breite des Ganges ein, und sein winziger Kopf, der dem eines Spatzen glich, schien im Vergleich um so eigenartiger. Der Ausdruck seiner schwarzen Augen war stechend wie eine glühende Speerspitze. Fagin war so eingeschüchtert, daß er log, er habe sein Messer verloren. Doch der Mann wollte nichts hören und gab ihm durch ein Handzeichen zu verstehen, er solle verschwinden.

»Wo arbeitest du überhaupt?« fragte er.

»In der Küche«, antwortete Fagin mit tonloser Stimme.

»Dort wirst du nicht lange bleiben, das garantiere ich dir«, meinte der Lagerverwalter drohend.

Nach einem kurzen Abstecher in den Raum mit der Kartoffelschälmaschine, wo er die Zigarettenschachtel in einem Eimer fand, kehrte Fagin eilig auf seinen Posten zurück.

In der Küche ging es nun emsiger zu als je zuvor. Während sich jetzt die zweite Schicht von Köchen an einem Tisch zum Mittagessen niederließ, hatte die erste wieder ihren Platz an den Herden eingenommen. Kaum hatte er die Küche betreten, rief der Chefkoch Fagin zu sich: »Gib mir die Kasserolle, die dort über dem Backofen hängt. Hol mir Milch aus dem Metallkanister da drüben und bring auch Weißwein, eine Zwiebel, eine Stange Sellerie, Salz und Pfeffer mit. Die Gewürze stehen rechts, das Gemüse liegt neben dem Schneidebrett. Los, los, beeil dich, das ist das Essen für den Kapitän. Er will es in seine Kabine gebracht bekommen, und er wartet nicht gern. Ich weiß nicht, was er heute hat, aber er hat etwas Leichtes verlangt.«

Obwohl sich Fagin in der Küche nicht auskannte, führte er

alle Befehle, die ihm gegeben wurden, blitzschnell aus. Ebenso schnell wurden die Zutaten in eine Kasserolle gegeben und zum Kochen gebracht. Kaum begann die Flüssigkeit zu schäumen, wurden zwei schöne Lachsfilets und zehn Wacholderbeeren hineingegeben.

»Verstehst du«, sagte der Chefkoch, der schon dabei war, in einem anderen Topf Butter zu schmelzen, in der er eine gute Handvoll Mehl verrührte, »damit ein solches Rezept gelingt, muß man eine gute Hand haben. Dreißig Sekunden zu wenig – und alles ist verdorben, dreißig Sekunden zu viel – und das Soufflé fällt zusammen. Du hast noch nie in der Küche gearbeitet, was? Das merkt man! Hier, gib einen Schuß Milch dazu. Vorsicht, nicht zu viel! Und jetzt nimm einen Löffel und verdünn mir die Mehlschwitze, ich muß meine Lachsfilets vom Feuer nehmen. Ganz sachte, du mußt gleichmäßig rühren!«

Eifrig bewegte Fagin den Holzlöffel. Trotz des lärmenden Geklappers von Töpfen, Platten und Tellern arbeiteten die anderen Köche ringsum mit derselben Konzentration. Jede Bewegung war schnell und präzise. Von Zeit zu Zeit wurde ein Küchenjunge mit lautem Geschrei getadelt.

Fagin bemerkte bald voller Unruhe, daß die Flüssigkeit immer dicker wurde und Blasen zu schlagen begann. Sollte er den Topf vom Feuer nehmen? Doch schon klopfte ihm der Chefkoch anerkennend auf den Rücken.

»Sehr gut«, sagte er, »sehr gut. Jetzt geben wir fünf Eigelb, die pürierten Lachsfilets und etwas von der Fischbrühe dazu. Rühr weiter – und vor allem gleichmäßig.«

Einige Minuten später hob der Chefkoch steif geschlagenes Eiweiß unter diesen ›Potage‹, wie er die Masse nannte. Jetzt nahm er die Sache selbst in die Hand und trug Fagin auf, die Souffléform einzufetten. Dann wurde die Mischung hineingegeben und für eine Viertelstunde in den Ofen geschoben. Eigentlich hätte der für den Kapitän zuständige Steward schon da sein müssen. Der Chefkoch beschloß, nicht auf ihn zu warten, stellte das Soufflé auf das vorbereitete Tablett und stülpte eine Silberglocke darüber. Dann trug er Fagin auf, es zum Kapitän zu bringen. »Und beeil dich! Wenn ich höre, daß mein

Soufflé zusammengefallen ist, teile ich dich bis New York zum Geschirrspülen ein!«

Der Weg war kein Kinderspiel. Fagin mußte sich zwei Decks höher bis zum Bug des Schiffes begeben. Doch er erreichte die Kabine des Kapitäns ohne weitere Zwischenfälle. Dieser stand, die Hände auf dem Rücken verschränkt, vor dem Bullauge. Mit gespielter Verwunderung zog er angesichts dieses ungewohnten Stewards die Augenbrauen hoch. Als das Tablett auf einem kleinen Mahagonitisch stand, direkt neben dem großen, auf dem die Karten ausgebreitet waren, lüftete der Herr über das Schiff die Silberglocke. Ein Lächeln erhellte sein Gesicht: »Unser Chefkoch ist heute aber mutig! Sag ihm, daß ich ihn zu seiner Kühnheit beglückwünsche.«

Fagin wollte sich gerade zurückziehen, als Kapitän Smith hinzufügte: »Sag ihm auch, daß er Glück hat, denn ein solches Gericht an einem so stürmischen Tag …«

Dann machte er eine eigenartige Geste: Er hob die rechte Handinnenfläche vor seinen Mund, pustete und gab dabei ein »Ffff!« von sich, das ironisch und witzig klingen sollte.

Die Anekdote gefiel dem Küchenchef, und er versicherte, daß sein Püree bei stürmischem Wetter immer besonders gut gelinge. »Das hält auf dem Teller ebenso gut wie im Magen.«

Und da seine beiden Gehilfen schon genug Arbeit hatten, rief er Fagin gleich wieder zu sich, um ihm zur Hand zu gehen. Gemüse blanchieren, das Fleisch beim Braten oder Schmoren überwachen, auf die Saucen, die Vorspeisen und Süßspeisen achten – er hatte keine Sekunde Ruhe. Der Chefkoch war seinen Mitarbeitern gegenüber streng, ja manchmal schroff, doch nie boshaft oder geringschätzig.

Als er sich bückte, um die klemmende Backofentür zu öffnen, fiel ein Geldstück aus seiner Tasche. Fagin hob es sogleich auf und gab es ihm zurück.

»Du rettest mir das Leben, mein Sohn! Das ist mein Glücksbringer. Ich habe ihn von dem Künstler bekommen, der mich mein Metier gelehrt hat! O ja, ich nenne ihn einen Künstler! Er hieß Denny, und er war noch nie auf einem Schiff gewesen, ein oder zwei Überfahrten ausgenommen, doch er behauptete, die Küchen aller Gasthäuser Europas zu kennen. Er wiederholte ständig: ›Kochen ist eine Sache des Gefühls. Wenn du ein Hähnchen in einen Topf wirfst, mußt du das gleiche Brennen auf der Haut spüren wie der Gockel, und wenn du ein Stück Rindfleisch schmorst, ist es nicht anders. Wenn der Schmerz unerträglich wird, mußt du dein Fleisch vom Feuer nehmen, dann ist es gar!‹ Als ich ihn kennenlernte, stand er in den Diensten von Isambard Kingdom Brunel. Ein außergewöhnlicher Erfinder, der Brücken und gepanzerte Schiffe gezeichnet und sogar ein Krankenhaus mit fünfzehnhundert vorgefertigten Betten entworfen hat.«

Das Gesicht hochrot von der Hitze, die jetzt in der Küche herrschte, setzte der Küchenchef seine Erzählung fort, wobei er sich ständig unterbrach, um Fagin anzuweisen, ihm dieses oder jenes Gerät, Gemüse oder Fleischstück zu reichen. »Dieser Brunel hatte eine Vorliebe für Zaubertricks. Eines Tages kam er zu Denny in die Küche, um ihm ein neues Kunststück vorzuführen, das er gerade gelernt hatte. Er versicherte, er könne ein Geldstück von seinem Ohr in den Mund wandern lassen. Also zog er einen halben Sovereign aus der Tasche und begann, den Kopf in alle Richtungen zu drehen, von rechts nach links, von vorne nach hinten, ›um seine Muskeln zu lockern‹, wie er sagte. Dann hielt er das Geldstück an sein rechtes Ohr und verkündete: ›Sie werden sehen, Sie werden sehen!‹

Der alte Denny ist kein Spielverderber. Also wünschte er ihm, daß der Trick gelingen würde, und beunruhigte sich nicht weiter, als das Gesicht seines Herrn zu zucken und sich zu verzerren begann. Doch als dieser mit den Armen schlug und seine Wangen rot anliefen, wagte er doch zu fragen, ob alles in Ordnung sei. Der andere rang nach Luft und zeigte auf seine Kehle. Denny verstand: Das Geldstück war dort steckengeblieben. Also schlug er dem hustenden Brunel, der gegen einen Brechreiz ankämpfte, auf den Rücken. Doch es half nichts. Der halbe Sovereign rührte sich nicht vom Fleck.

Durch den ungewöhnlichen Lärm angezogen, tauchte die Frau des Zauberlehrlings in der Küche auf, und Denny erklärte ihr alles. Ohne sich aus der Ruhe bringen zu lassen, riet sie ihrem Mann, sich im Salon in einen Sessel zu setzen, und schickte einen der Bediensteten los, um ihren Bruder Sir Benjamin Brodie zu holen. Der gute Mann, ein bekannter Chirurg, tat alles, was in seinen Kräften stand, und schob die verschiedensten Instrumente – eines so barbarisch wie das andere – in den Rachen des Unglückseligen. Doch alle Versuche vermochten dem Patienten nur ein grauenvolles Röcheln zu entreißen.«

Der Küchenchef rückte seine Mütze zurecht und griff nach einem Spieß, den er in den Backofen schob. »Der Stahl muß heiß sein, wenn ich das Lamm später daraufschiebe.« Dann wischte er sich den Schweiß von der Stirn.

»Wo war ich stehengeblieben? Ach Fagin, gib mir mal dieses Gewürz ... Ah ja! Da es niemandem gelang, ihn von dem Geldstück zu befreien, machte sich Brunel selbst daran, einen beweglichen Rahmen herzustellen, so wie ihn die Glaser verwenden. Dann verlangte er, daß man ihn darauf festband und in alle Richtungen drehte. Sogar mit dem Kopf nach unten! Die Sache begann von sich reden zu machen, und die Zeitungen widmeten ihm mehrere Artikel.

Brunel war verzweifelt. Ein Arzt schlug ihm vor, einen Schnitt an der Stelle vorzunehmen, wo das Geldstück festsaß. Diese Vorstellung behagte ihm zwar nicht sonderlich, doch schließlich nahm er den Vorschlag an, nicht ohne Denny zuvor mitzuteilen, er werde selbst verschiedene Zangen entwickeln, um den Fremdkörper zu entfernen. Der erste Versuch schlug fehl. Daraufhin gab Brunel der Zangenspitze eine flachere, länglichere Form. Doch auch der zweite Versuch blieb erfolglos. Jedesmal schob der Erfinder selbst das von ihm entwickelte Instrument zwischen die Wundränder, die Denny mit einer von ihm zusammengestellten Alkoholmischung großzügig desinfizierte. Am dritten Tag wurden Brunels Bemühungen endlich von Erfolg gekrönt!

Um Denny für seine Rettung zu danken, machte er ihm den halben Sovereign zum Geschenk. Und der wiederum hat ihn mir geschenkt, als ich mich auf der *Titanic* einschiffte. Vor der Abreise sagte er mir: »Ich bin zu alt, um noch mitzufahren. Aber ich bin sicher, daß dir dies Geldstück Glück bringt. Und ich hoffe, daß es dich immer an das erinnern wird, was ich dir beigebracht habe: ›Wenn du ein Hähnchen in den Topf wirfst ...‹«

8. Kapitel

Den Strohhut auf dem Kopf, trat sie würdevoll und mit geradem Rücken in die Pedale. Auf einem zweiten Fahrrad hinter ihr strampelte sich ein stämmiger Mann mit solcher Verbissenheit ab, daß ihm Schweißperlen auf der Stirn standen. Man hätte glauben können, daß sich beide auf derselben Straße befanden und er sie einzuholen versuchte. Doch die Frau blieb ungerührt und schien sich kaum um das Schicksal ihres Gefährten, der lautstark vor sich hin schimpfte und brummte, zu kümmern.

Als Ida den Gymnastikraum betrat, hatte sie den Eindruck, sich in einen Ameisenhaufen vorzuwagen. In der Nähe der Radfahrer ertüchtigte sich ein Paar an rot-blauen Rudern, die sie im selben Rhythmus zu bewegen versuchten. Der Sportlehrer in seinem schwarz-orangefarbenen Trainingsanzug ermutigte sie, indem er auf dem Linoleumboden mit dem Fuß den Takt schlug: »Eins-zwei, richten Sie sich etwas mehr auf, eins-zwei, etwas mehr Armarbeit. In diesem Tempo werden Sie New York vor Weihnachten nicht mehr erreichen!«

Die Frau ließ plötzlich die Ruder los, warf den Kopf zurück und brach in schallendes Gelächter aus. »O Mr. McCawley, Sie werden uns noch umbringen! Mein Mann sagt zwar nichts, aber ich bin sicher, daß er meiner Meinung ist. Nicht wahr, George?«

Der Angesprochene setzte zwar seine Bemühungen fort, doch er war aus dem Rhythmus gekommen.

»Vorsicht! Das Boot kentert!«

Diese Bemerkung des Gymnastiklehrers löste erneute Heiterkeit aus. Als er Ida entdeckte, überließ er die beiden Ruderer ihrem Schicksal und eilte auf sie zu.

»Einen schönen guten Tag, Ma'am, ich habe Sie hier noch nie gesehen. Wenn Sie die Absicht haben, sich körperlich zu ertüchtigen, haben Sie die freie Wahl: Möchten Sie die Hanteln, wie der Herr, den Sie dort drüben schwitzen sehen, eines der Fahrräder, oder aber möchten Sie – und ich glaube, das würde Ihnen am ehesten liegen – sich im Reitsport üben?«

Dabei deutete er mit ausgestrecktem Arm auf ein Kamel und ein Pferd mit prachtvollem Geschirr.

»Ein halbstündiger Ausritt kostet zwei Shilling. Sehen Sie nur, wie schön sie sind! Und ganz fügsam! Meine kleinen Pferdchen brauchen nichts zu fressen, sie scheuen nicht und sie werden elektrisch betrieben. Wollen Sie es versuchen? Geben Sie mir Ihren Mantel, wenn die Tiere erst mal im Galopp dahinsausen, wird Ihnen warm werden.«

Ida ließ sich überzeugen. Hatte ihr Harold nicht geraten, die Reise zu genießen? Kaum war sie aufgesessen, setzte sich das Pferd geschmeidig in Bewegung. Mit Hilfe eines Hebels konnte man vom Schritt zum Galopp wechseln. Zunächst machte es Ida Spaß, die Gangart zu wechseln und sich dabei vorzustellen, sie reite durch dichtes Unterholz oder am Waldrand entlang. Doch nach einer Weile kam sie sich albern vor. Das einfältige Lächeln auf den leicht geöffneten Lippen einer anderen Reiterin, die sich auf das Kamel geschwungen hatte, warf ihr ihr eigenes Bild zurück.

»Eine Möwe!« rief plötzlich einer der Passagiere aus, der gerade sein Muskeltraining unterbrochen hatte. »Wir nähern uns offenbar Queenstown.«

Ida stieg von ihrem Pferd, nahm ihren Mantel und ging an Deck. Kleine Grüppchen von Reisenden drängten sich schon an der Reling. Am Horizont erkannte man die zerklüftete Küste und die sonnenbeschienenen grünen Hügel mit Schafherden und weißen Häuserfassaden. Die *Titanic* hatte jetzt die Maschinen gestoppt. Ein Passagier, der den Zwischenstopp gut zu kennen schien, verkündete, daß der Ozeanriese nun einen Lotsen an Bord nehmen müsse: »Die Durchfahrt durch die Heads ist recht schwierig, denn das Meer ist hier nicht mehr sehr tief.«

Es war zwanzig Minuten nach elf Uhr, fast Zeit zum Mittagessen.

Nachdem die *Titanic* mit gedrosseltem Tempo die schwierige Strecke durchfahren und Anker geworfen hatte, näherten sich zwei Tender. Ida erkannte den Namen am Rumpf des einen Schiffs: *America*. Als sie sich vorbeugte, sah sie auf der

Gangway zwischen den beiden Schiffen nur wenige Passagiere. »Sicherlich Reisende der ersten und zweiten Klasse, dachte Ida. Sie wußte, daß es in der dritten Klasse wesentlich mehr sein mußten. Wie oft hatte sie nicht von Tausenden von Iren gehört, die Hunger und Elend nach Amerika trieben!

»Sie sind in ihrem Land arm und werden es in der Neuen Welt auch bleiben«, hatte Harold ihr eines Tages erklärt. »Doch immerhin können sie die Reichen beobachten. Wenn sie schon einen leeren Magen haben, wird ihnen dieses Schauspiel zumindest den Kopf füllen.«

Ida hatte die Bemerkung verächtlich gefunden. Diesen Harold, der so selbstsicher und großtuerisch war, liebte sie wirklich nicht mehr. Ja, vielleicht verachtete sie ihn sogar.

Den Tendern folgten mehrere Boote, die jetzt an der Seite des Ozeanriesen festmachten. Männer kletterten behende an Strickleitern hinauf, die ihnen die Matrosen zuwarfen. Sobald sie an Deck waren, knieten sie sich hin und öffneten ihre riesigen Bündel, die Spitzen, Tweed und Strickwaren enthielten. Vom Anblick dieser Stoffe angezogen, umringten die Passagiere die improvisierten Verkaufsstände. Die rauhen Hände der Kaufleute tauchten in die Körbe und förderten gewebte Stoffe zutage, deren Weichheit und Flauschigkeit man sich schon beim Hinsehen vorstellen konnte. Ida beobachtete, wie eine hübsche, schwangere Brünette ein leuchtend rotes Umhängetuch probierte. Mit verschmitztem Lächeln streckte sie die Brust heraus, um zu sehen, wie sie der Stoff kleidete, und warf ihrem eleganten Begleiter einen fragenden Blick zu. Dieser lächelte, als der Händler den Preis verkündete.

»Einhundertfünfundsechzig Pfund!« wiederholte eine Frau in der Menge, »das ist Diebstahl, selbst wenn das Tuch wundervoll ist!«

Diese Bemerkung schien den Reisenden keineswegs zu beeindrucken, denn er zog ein braunes Lederportemonnaie aus der Manteltasche. Bestimmt sagte er zu dem Händler: »Beim gestrigen Wechselkurs macht das also achthundert Dollar!«

Der Angesprochene schien zu zögern. Mit ratsuchender Miene wandte er sich an seinen Nachbarn, der vor seinen ausgebreiteten Spitzenkragen hockte. Dessen Gesicht strahlte so sehr, daß kein Zweifel möglich war. Eilig streckte er also die Hand aus, um nach dem Bündel grüner Dollarnoten zu greifen.

Idas Blick suchte nach der Frau, die es gewagt hatte, den Wert des Brusttuches in Frage zu stellen. Sie hatte mehrere Mieder und Spitzen über dem Arm und schien zu zögern. Als sie bemerkte, daß Ida sie beobachtete, wandte sie sich an sie: »Haben Sie schon einmal so feine Rüschen gesehen? Fassen Sie sie nur an, wie Schmetterlingsflügel. Das ist absolut unglaublich!«

Dabei lag die Betonung auf der ersten Silbe, während sie die anderen so abgehackt aussprach, als würde ihr die Verwunderung den Atem nehmen.

Neugierig trat Ida näher, um die Spitzen zu begutachten. Sie bestanden aus Blumen und geometrischen Mustern, deren Linien sich einander annäherten, um sich dann wieder zu entfernen. Wie hatte sich die Spitzenklöpplerin nur in diesem Labyrinth zurechtfinden können? Ida wandte sich von den Blusen ab, deren Schnitte ihr nicht gefielen, und kaufte lieber einige Mieder, die sie unter ihren Kostümen tragen könnte, sowie eine Auswahl an Spitzen vom Meter, die sie einer Schneiderin anvertrauen würde.

»Wie hübsch, die Blumenmuster an den Ecken! Kapuzinerkresse und Iris! Ich hoffe, wir werden im Park unseres Hauses in Amerika ebenso hübsche Blumen haben!«

Jetzt stand die Dame, die Ida nun insgeheim Mrs. Unglaublich nannte, vor einem Stapel von Deckchen und Taschentüchern und deutete auf die Stickereien, die nach ihrem Geschmack waren. Angesichts der Wollwaren geriet sie in überschwengliche Begeisterung. »Haben Sie die Maschen gesehen? Eine wahre Filigranarbeit! Auf den Aran-Inseln stricken die Frauen für ihre Männer Pullover in leuchtenden Farben, damit man im Falle eines Schiffbruchs die Körper leichter wiederfindet. Ist das nicht rührend? Aber hier muß man unbedingt Tweedstoff kaufen, er ist so flauschig ...«

Ida mochte Tweed besonders gern. Als sie begonnen hatte, diese Stoffe zu tragen, war ihr bewußt geworden, daß ein neuer Abschnitt in ihrem Leben begann. So kaufte sie sich ein streng wirkendes Kostüm, eines jener Kleidungsstücke, die ihre Mutter verdammte, weil sie es für gar zu maskulin befand.

Harold hingegen hatte, als er sie in diesem Aufzug sah, ausgerufen: »So, nun bist du endlich eine moderne Frau geworden!« Tweedstoff ließ sich zu kürzeren Röcken verarbeiten, die sich für Sportarten eigneten, die zuvor verboten waren.

»Ich wollte etwas für meine Tochter kaufen«, beklagte sich die Dame. »Aber das interessiert sie nicht. Haben Sie gesehen, eben besah sie sich noch die Plaids mit mir, und – hopp! – schon hat sie sich aus dem Staub gemacht.«

Die Frau wühlte weiter in den Stoffen, befühlte sie und hielt sie an ihr Gesicht. Ida mochte diese Marktatmosphäre, das Spiel der Kolporteure, die ihre Waren anpriesen, das fröhliche Intermezzo, das ganz im Gegensatz zu der feierlichen Aufbruchsstimmung und dem Luxus der *Titanic* stand. Plötzlich heulte die Sirene des Ozeanriesen dreimal auf. Der Klang schien Ida jetzt dumpfer und tiefer als zuvor. Lag es daran, daß die Hügel das Echo zurückwarfen, oder war es die Gewißheit, daß sie Europa jetzt für immer verlassen würde? Als er eilig sein Bündel schnürte, streifte einer der Iren Ida mit der Hand. Sie erschauderte. Es war wie ein endgültiger Abschied vom Festland.

Um ihr Angstgefühl zu überwinden, wandte sie sich zu Mrs. Unglaublich um, die noch immer hinter ihr stand, und begutachtete höflich ihre Einkäufe. Ihre Tochter hatte sich inzwischen wieder zu ihnen gesellt. Sie war groß und mager, hatte kantige, fast harte Züge, aber schöne blaue Augen, die aufmerksam alles beobachteten, ohne zu verraten, was sie dachte.

»Margaret hat gerade das College abgeschlossen«, erklärte ihre Mutter und holte zu einer Abhandlung über die Erziehung junger Mädchen aus. Margarets Blick verfinsterte sich. Wie oft hatte sie wohl die Litanei der Eigenschaften, die man von ihr erwartete, schon über sich ergehen lassen müssen?

Doch da wurde ihre Aufmerksamkeit von der lauten Stimme eines Mannes abgelenkt, der sich nun an die Allgemeinheit wandte. Seine Begleiterin, eine schmächtige, grauhaarige Frau, beobachtete ihn, während er auf einen der Schornsteine des Luxusliners deutete, und erklärte: »Im Gegensatz zu den drei anderen hat dieser keine Funktion. Die Reeder waren der Ansicht, daß vier Schornsteine den Eindruck von mehr Kraft und

Sicherheit vermitteln. Stellen Sie sich nur vor: Bei unserem Zwischenstopp hatte ein Mitglied der Besatzung nichts Besseres zu tun, als dort hineinzuklettern. Er wollte vielleicht die Landschaft bewundern oder einen Witz machen, ich weiß es nicht ...

Auf alle Fälle fingen die abergläubischen Iren auf einem der Tender an zu schreien, als sie seinen Kopf aus dem Schornstein ragen sahen; sie glaubten, es sei der Leibhaftige, und wollten um nichts auf der Welt an Bord kommen. Schließlich konnte man sie davon überzeugen, daß der Beelzebub nur ein Witzbold war. Sicher war es einer aus der schwarzen Gang – so nennt man die Heizer. Die haben vielleicht einen Bammel gehabt, diese Iren! Sie behaupteten, das bringe Unglück. Unglück ... Was man nicht alles hören muß! Das einzige Unglück ist, daß kultivierte Menschen in unserer Zeit noch solchen Aberglauben nähren!«

Einer der Passagiere, der sich Idas Gefährten näherte, stimmte dem Monolog zu, indem er diskret in die Hände klatschte.

»Das ist mein Mann«, sagte Mrs. Unglaublich. »Charles, auch wenn man fortschrittlich ist, kann man durchaus Haltung bewahren. Du mußt ja nicht alle Welt auf uns aufmerksam machen ...« Dann nahm sie ihn beim Arm und sagte: »Ida, darf ich Ihnen meinen Mann Charles Thompson vorstellen.«

Dieser grüßte zerstreut, so als habe er nicht wirklich zugehört.

»Charles, Ida kommt aus London ... Möchtest du sie nicht einladen, mit uns zu Mittag zu essen? Sie fährt auch nach New York.«

»Nach New York? Wie scharfsinnig, meine Liebe ... Wie hast du das nur erraten?«

Mit gespielter Verärgerung wandte sich Mrs. Thompson ab. Dann schlug sie Ida vor, die Einkäufe in die Kabinen zu bringen, ehe man sich im À-la-carte-Restaurant träfe. Wenige Minuten später saßen die vier an einem Tisch im Speisesaal, zu dem nur Passagiere der ersten Klasse Zugang hatten. Das helle Holz der Wandvertäfelung paßte hervorragend zu dem Altrosa des Teppichs und verlieh dem Raum, zusammen mit den Tapeten und dem Louis-seize-Mobiliar, eine behagliche Note. Hier fühlte sich Ida wohl. Hier konnte ihr nichts geschehen. Der Augenblick kam ihr außergewöhnlich vor: Ihr Leben schien ruhig dahinzugleiten wie der Ozeanriese durch die Fluten; sie wiegte sich in einer nie gekannten Sicherheit. Und unvermittelt tauchte in ihrer Erinnerung ein Bild auf: Sie saß als Kind mit mehreren plaudernden Damen in einem Salon. Eine von ihnen hatte ihre Hand ergriffen. Plötzlich hörte man einen Schrei, und die erschrockene Ida nahm einen eigenartigen Geruch wahr; es roch ein wenig wie nach frisch gemähtem Gras. Jetzt, als die Musiker mit den weißen Sakkos und den dunklen Hosen leise einen langsamen Walzer anstimmten, schien es ihr, als nehme sie jenen Duft wieder wahr. Ida erkannte eine Melodie, die zur Zeit sehr in Mode war.

»Wo wohnen Sie in New York?«

Mr. Thompsons Stimme riß sie aus ihren Träumen. Sie wußte, was diese Frage zu bedeuten hatte: Der Name einer Straße oder eines Viertels reichten aus, um die soziale Stellung anzugeben. Das hatte ihr auch Katia schon berichtet: »Ich werde nie ins Dakota ziehen«, hatte sie geschrieben. »Das ist das vornehmste Bauwerk der Stadt, aber ich finde es ziemlich häßlich, wie eine Art Festung mit zwei spitzen Türmen. Es liegt direkt am Central Park, der mich, obwohl er viel größer ist, ein wenig an den Londoner Hyde Park erinnert. Es heißt, jeder Bewohner des Dakota könne sich eine ganze Stadt leisten.« Ida machte sich also einen Spaß daraus, ihre Tischgenossen im Ungewissen zu lassen, und erklärte, sie habe sich noch nicht entschieden, ob sie in einem Hotel oder bei ihrer Familie wohnen werde. Dann brachte sie das Thema auf das köstliche Gericht, das sie gewählt hatten: ein Hühnerragout nach Lyoner Art.

»Das ist nicht weiter verwunderlich, denn anscheinend sind die Küchenchefs des À-la-carte-Restaurants Franzosen oder Italiener«, erklärte Mr. Thompson.

»Eine sorgfältige Vorbereitung ist die Grundlage jeder guten Küche ...«

»Ich halte es nicht gerade für geschmackvoll, unsere Freundin mit den Rezepten aus deiner neuen Bibel zu quälen.« An

Ida gewandt, fügte Mr. Thompson spöttisch hinzu: »Meine Frau hat soeben das Buch von Lady Clark of Tilliprony entdeckt.«

»Das ist ein sehr wichtiges Werk«, ereiferte sich Mrs. Thompson. »Ein Muß!«

»Ein Muß wie die Lammkeule, die du uns vor unserer Abreise aufgetischt hast. Drei Tage mariniert, eine Unmenge von Zutaten, ewig auf kleiner Flamme geschmort, und das Ergebnis ...«

»Aber dem Hund hat es geschmeckt! Ich kann dir gleich sagen, daß ich, sobald wir in Amerika sind, eine Schildkröte zubereiten werde. Lady Clark of Tilliprony beschreibt ganz genau, wie man dabei vorgehen muß. Man bewahrt sie in einem kühlen Keller auf, tagsüber wird sie am Kopf aufgehängt, nachts mit dem Kopf nach unten.«

»Also das, meine Liebe, verdirbt mir nun wirklich den Appetit!«

»Natürlich, mein Mann ist ja nur daran gewöhnt, mit sauberen Utensilien wie Ziffern und Gleichungen zu arbeiten. Dabei handelt es sich doch bei der Herstellung deiner kleinen Pillen auch um komplizierte Rezepte. Ein bißchen mehr von dem, um die Kopfschmerzen besser zu bekämpfen, ein Viertel oder ein Milligramm weniger von jenem, und sie helfen bei Verdauungsstörungen und Blähungen.«

So erfuhr Ida, daß Mr. Thompson einer der Hersteller der berühmten Pillen war, die in ganz London von sich reden machten.

»Nicht nur in London, sondern auch auf dem Festland«, erklärte Mrs. Thompson voller Stolz.

Die Thompsons mußten sehr reich sein. Das belegte auch die Beschreibung, die Mrs. Thompson von ihrem Anwesen in der Nähe von London gab, und die Art, in der sie den Park hatte anlegen lassen: »Ich habe all die lächerlichen Statuen, die dort herumstanden, entfernen lassen. Jetzt gibt es zu jeder Seite der Freitreppe eine geflügelte Sphinx. Eine weitere steht als Springbrunnen in der Mitte des Wasserbeckens. Außerdem haben wir einen Obelisken, eine Statue der Isis und eine von Kleopatra. Sie ist halb liegend dargestellt, einen Korb mit Feigen neben sich, und die Aspisviper schlängelt sich um ihr Handgelenk. Ich habe sogar den Kamin mit einem Lotus-Fries schmücken lassen und die Klavierbeine durch Osiris-Statuen ersetzen lassen. Ägypten, welch ein Traum! Dieses magische Volk, das mit dem Jenseits in Verbindung stand, ein göttliches Volk! Im Jenseits liegt die alleinige Wahrheit. An die Tür der Toten zu klopfen ist das einzige, was im Leben einen Sinn hat. Wenn ich unser Haus ganz im ägyptischen Stil eingerichtet habe, dann sicher nicht, um einer Mode zu folgen. Ich wollte nur, daß dieses mystische Volk nicht in Vergessenheit gerät.«

Ida entdeckte einen ironischen Schimmer in Margarets Augen, doch dann senkte diese den Blick sogleich wieder auf die goldenen Motive, die den Rand ihres Tellers zierten.

»Charles könnte sich ein wenig empfänglicher für all diese Dinge zeigen«, fuhr ihre Mutter fort, »aber nein, er ist so sehr in seine Zahlen vertieft, daß er allenfalls die Länge der Alleen bemerkt und die Zeit, die eine Taube braucht, um von einem Ast zum nächsten zu fliegen. Sehen Sie ihn nur an! Glauben Sie etwa, er hört uns zu? Nein, er berechnet gerade ich weiß nicht was ... die Geschwindigkeit einer Wolke, die man am Himmel sieht, oder wieviel Strom der riesige Kronleuchter verbraucht, der die große Treppe erhellt.«

»Ameisen«, murmelte Margaret.

»Was sagst du? Warum Ameisen? Wo hast du denn hier welche gesehen?«

»Ameisen. Manchmal, wenn Vater so sehr in seine Gedanken versunken ist, stelle ich mir vor, daß Tausende von kleinen Ameisen sein Gehirn bevölkern, die fressen, Linien ziehen und Gleichungen aufstellen ...«

Mrs. Thompson hob die Augen zur Decke. Man spürte, daß ihre Tochter sie ebenso zur Verzweiflung trieb wie ihr Mann.

»Können Sie sich das vorstellen? Charles hat die Formel für diese Pillen entwickelt. Er wußte genau, welche Wirkung sie haben. Aber er ist so verträumt. Wenn ich nicht gewesen wäre, hätte er sie nur für seine eigenen Verdauungsprobleme und für meine Migränen eingesetzt. Ich habe ihn dazu gedrängt, sie auf den Markt zu bringen. Sonst hätte er sich anderen Forschungen zugewandt, ohne diese Entdeckung auszuwerten.

Noch heute muß ich mich um die Auswahl der kleinen Döschen kümmern. Die müssen doch zumindest hübsch sein! Man muß sie gern zur Hand nehmen.«

Sie suchte in ihrer Tasche und zog ein kleines rundes Exemplar hervor.

»Sehen Sie sich mal das neueste Modell an. Ist es nicht hübsch mit den frohen, frischen Farben und dem lächelnden Profil dieser Frau mit dem anmutig geneigten Kopf? Man muß sie nur ansehen, und schon fühlt man sich besser.«

Ida unterdrückte ein Lächeln. In London galten diese Pillen als ›das‹ Wundermittel. Es gab kein Unwohlsein, keine Krankheit, die sie nicht heilten. Man behauptete, sie helfen ebenso bei verdorbenem Magen wie bei einer einfachen Erkältung oder bei Schwellungen. Manche Frauen präsentierten stolz ein ganzes Arsenal. Ihre Wirkung wurde nie in Frage gestellt. Gestritten wurde lediglich bei der Marke: Waren Holloway's oder Beecham's vorzuziehen? Ida hatte das neueste Produkt auf dem Markt – Carter's Pillen gegen Übelkeit – mitgenommen.

»Und welcher Marke gibt Ihr Mann als Arzt den Vorzug?«

»Ich habe ihn nie solche Pillen einnehmen sehen ...«

»Wie?« rief Mrs. Thompson aus. »Dabei sind doch die Döschen so hübsch!«

Ida zog es vor, nicht zu antworten.

»Wenn man dich so reden hört«, bemerkte Mr. Thompson spöttisch, »könnte man meinen, die Verpackung sei wichtiger als der Inhalt!«

»Genau! Und das weißt du ebensogut wie ich!« gab sie verärgert zurück.

Man spürte, daß es sich um einen alten Streitpunkt handelte, und dieser Eindruck wurde durch Margarets Haltung bestätigt, die mit gesenkten Augen nervös ein Brotstück knetete, das neben ihrem Teller lag. Dann setzte das Orchester mit einer Ragtime-Melodie ein. Die heiteren Rhythmen entspannten die Stimmung, und Mrs. Thompson begann von den letzten Aufführungen zu erzählen, die sie in London besucht hatte. Margaret wagte es, sie zu unterbrechen, und murmelte: »Wir waren auch im Gaumont Palace, Mama ...«

»Du hast ganz recht, mich daran zu erinnern, wir fanden es alle drei wundervoll. Charles hat uns zu dieser Reise nach Paris eingeladen. Kennen Sie den Gaumont Palace?«

Ida schüttelte den Kopf.

»Es ist ein riesiges Lichtspieltheater mit mehr als dreitausendzweihundert Plätzen ...«

»Dreitausendvierhundert«, unterbrach sie ihr Mann.

Offensichtlich verärgert, antwortete Mrs. Thompson: »Dreitausendvierhundert? Wenn du es sagst, wird es wohl stimmen. Ich habe sicher vergessen, die hinteren Ränge mitzuzählen. Kurz, wir haben dort einen unvergeßlichen Abend verbracht. Zwischen den einzelnen Filmvorführungen gab es Musikeinlagen, Auftritte von Akrobaten, und die Zuschauer wurden von Platzanweisern in blauen Gehröcken zu ihren Tischen geführt. Es war unglaublich chic. An der Tür begrüßte uns ein Herr namens Benazin, von dem es heißt, er sei der Sohn des Königs von Dahome ...«

»Aber ich bitte dich, Liebes, du wirst doch so etwas nicht glauben ...«

»Aber man hat es uns schließlich gesagt!«

»Und wenn man dir sagen würde, daß wir heute abend auf dem Mond schlafen?«

Ida glaubte, Mutter und Tochter würden vor Lachen ersticken. Der Kellner, der ihnen die Desserts bringen wollte, zuckte leicht zurück.

»Oh, mein Freund, auf dem Mond ... auf dem Mond ... aber ...« Die Gäste an den Nachbartischen wandten die Köpfe zu ihnen herum. Mrs. Thompson zog ein Taschentuch aus ihrer Tasche und tupfte sich verstohlen die Augen trocken. »Aber auf dem Mond, mein Lieber, verbringst du doch schon den hellichten Tag, wenn du mir jetzt sagst, daß du dich auch noch nach Sonnenuntergang dort aufhalten willst ...«

Ida wußte nicht, wie sie sich verhalten sollte. An die Stelle des Humors, der anfänglich die Unterhaltung bestimmt hatte, schien jetzt eine unterschwellige Spannung getreten zu sein. Sollte sie ein Unwohlsein vorschieben, um sich zurückziehen zu können? Doch dann zeigte Mrs. Thompson eine erstaunliche Reaktion. Sie faßte sich wieder, schob die Hand über den

Tisch, strich mit dem Zeigefinger leicht über das Handgelenk ihres Gatten und erklärte mit schmeichelnder Stimme: »Margaret hat mir gesagt, daß sie früh zu Bett gehen möchte. Wenn du willst, könnten wir nach dem Essen ein wenig an Deck spazierengehen. Seit unserer Abreise sind die Nächte so klar.«

Mr. Thompsons Miene hellte sich plötzlich auf, und er schlug vor, sich sogleich auf den Weg zur Entdeckung eines kleinen Juwels zu machen: »Ein Bild von Wilkinson mit dem Titel *Der Hafen von Plymouth*. Dieser Wilkinson scheint der Hausmaler der White Star Line zu sein, denn sein Gemälde *Ankunft in der Neuen Welt* schmückt schon einen der Salons der *Olympic* – das Schwesterschiff der *Titanic*. Sein *Hafen von Plymouth* hängt im Rauchsalon der ersten Klasse. Am besten nehmen wir den Weg über das Deck, das genau über uns liegt.«

Ein starker Zigarrengeruch erfüllte den Raum. Im Gegensatz zu Idas Befürchtungen schenkte ihnen niemand Beachtung. Die Tatsache, daß auch einige Frauen dort saßen, ermutigte sie. Doch keine von ihnen war allein. Mr. Thompson deutete auf das Gemälde, von dem er gesprochen hatte. Es hing über einem riesigen Kamin, in dem ein Feuer prasselte, und zeigte Boote, die am Kai des Hafens von Plymouth festgemacht hatten. Andere Bilder, die aufgetakelte Schiffe zeigten, deren Bug durch wütende Wellen glitt, zierten die farbigen Glasfenster, die das Tageslicht dämpften. Die mit Mahagoni getäfelten Wände und das Mobiliar im georgischen Stil verliehen dem Rauchsalon eine komfortable und intime Note. Ida stellte sich vor, daß die Privatclubs, die Harold in London besuchte, denselben Charme besaßen.

Einige der Passagiere saßen in tiefen Sesseln und lasen. Andere tranken genüßlich ein Gläschen und diskutierten. An den Tischen, an denen es am lebhaftesten zuging und an denen am meisten geraucht wurde, frönte man dem Kartenspiel. Ida bemerkte, daß einer der Spieler sie musterte. Ganz automatisch griff sie sich an den Hals. Doch sogleich warf sie sich ihre Nervosität vor; der Spieler hatte die Augen wieder auf seine Karten gesenkt. Es war derselbe Mann, der sie am Abend der Abreise auf der Brücke beobachtet hatte.

Wie durch einen Nebel drang Mrs. Thompsons Stimme zu

ihr: »Mein Mann behauptet, er sei auf der Suche nach einem Tisch für uns, aber ich weiß genau, daß er nur einen Platz für sich selbst finden wird, wenn Sie verstehen, was ich meine«, sagte sie und deutete dabei mit dem Kinn auf die Spieler. »Hier drin ist es mir sowieso zu warm. Ich wäre eher dafür, im Veranda-Café eine Tasse Tee zu trinken. Margaret, du begleitest uns. Gehen wir!«

Ohne einen Gedanken an Widerspruch folgte Ida den beiden Frauen. Doch als sie bei der Drehtür angekommen war, wandte sie sich noch einmal um. Der Mann beobachtete sie noch immer mit herausforderndem Blick.

Im Veranda-Café angelangt, war Idas Unwohlsein schlagartig verflogen. Durch die großen Bogenfenster drang helles Licht in den Raum. Man fühlte sich wie in einer Gartenlaube. Das hölzerne Spalier, das an den Wänden befestigt war, war von Blättern und Grünpflanzen überrankt. Der Boden war ein Imitat von rosé-beigefarbenen und weißen Fliesen, die einen Eindruck von Frische erweckten. Mrs. Thompson ging auf einen runden Tisch zu, um den herum weiß lackierte Weidensessel standen.

Sie wollten gerade Platz nehmen, als einer der Reisenden die Schiebetür zum Deck öffnete und frische Meeresluft in den Raum strömte.

»Wie wäre es, wenn wir nach draußen gehen würden«, schlug Ida vor. Mrs. Thompson war einverstanden, und so ließen sie sich auf zwei weißen, gegenüberstehenden Bänken nieder.

In der Ferne zeichneten sich noch vage die Felsen der irischen Küste ab, bis sie langsam am Horizont verschwanden. Die riesigen rot-schwarzen Schornsteine der *Titanic* stießen dunkle Rauchwolken aus, die alsbald vom blauen Himmel verschluckt wurden. Die Sonne schien auf die spiegelglatte Wasseroberfläche. Der Widerschein blendete Ida mit einer Kraft, die sie in die Realität zurückrief. Was würde sie jetzt mit ihrem Leben anfangen? Würde sie nach London zurückkehren? Ihre Liebe zu Harold schien wie ein Nebelschleier, der alle Bilder, die sie von ihm hatte, verhüllte. Um auf andere Gedanken zu kommen, wandte sich Ida zu Margaret um und bemerkte, daß deren Augen feucht waren, so als müsse sie die Tränen zurückhalten.

Ein Mann in einem pelzgefütterten Mantel lehnte an dem Großmast ihnen gegenüber. Offensichtlich wartete er nur darauf, ein Gespräch anzufangen. Ida erkannte sein Gesicht unter der Schirmmütze. Sie erzählte Mrs. Thompson die Geschichte von dem Abzeichen der englischen Suffragetten, das er vor ihren Füßen gefunden hatte.

»Nun«, rief Mrs. Thompson aus, »wenn wir eine von ihnen an Bord haben, dann wird unsere Reise sicher keine Erholung! Was da alles zu Bruch gehen wird! Und dann die Zugluft! Keine Fensterscheibe ist vor ihnen sicher! Haben Sie gehört, was sie letzten März in London angerichtet haben?«

Ida erinnerte sich, in der Zeitung einen Bericht über diese Demonstration gelesen zu haben: Die Suffragetten hatten das Parlament und die Schaufenster mit Steinen beworfen. Die Gehsteige des Piccadilly, der Regent und der Oxford Street waren mit Glassplittern übersät gewesen. Am Ende der Kundgebung waren zwei Frauen verhaftet worden.

»Ich habe mich immer gefragt«, fuhr Mrs. Thompson fort, »woher sie diese Wurfgeschosse hatten. Angeblich haben sie in ihren Gärten mit Wurfscheiben geübt und die Steine im Schutz der Nacht selbst mit nach London gebracht. Und das alles nur, um das Wahlrecht zu erlangen!«

»Das Recht, alles zu zertrümmern, meinen Sie!« Unaufgefordert hatte sich der Mann mit der Schirmmütze dem Trio genähert.

»Wenn alle Frauen so wären wie die, wäre es gefährlich, ihnen die Erziehung ihrer eigenen Kinder anzuvertrauen! Und was den Haushalt betrifft, so können Sie sich das Ergebnis ja vorstellen! Sie würden ihre Zeit damit verbringen, die Schaufensterscheiben mit Töpfen einzuschlagen! Wenn man bedenkt, daß sich eine von ihnen mit einem Ledergürtel am Gitterzaun des Parlamentsgebäudes hat festbinden lassen …! Ich hoffe nur, daß sie zu Hause nichts auf dem Herd vergessen hatte …«

Der Mann hielt inne, um an seiner Pfeife zu ziehen, und stieß eine dicke Rauchwolke aus.

»Wenn es ihr Ziel war, von sich reden zu machen, dann ist ihnen das allerdings gelungen. Sowie man eine Zeitung aufschlägt, stößt man auf einen polemischen Artikel oder einen Bericht über die schlechte Behandlung, der sie angeblich im Gefängnis ausgesetzt waren. Eine von ihnen behauptet sogar, ein Polizist habe seine Zigarette auf ihrem Handgelenk ausgedrückt ...«

Er unterbrach sich erneut und senkte den Kopf, um die Asche zu betrachten, die aus seiner Pfeife auf den Mantelkragen gefallen war.

»Vor vierzehn Tagen habe ich in der *Times* den Abdruck eines Solidaritäts-Telegramms der Women's Social and Political Union an die chinesischen Frauen von Shanghai gelesen. Nichts und keine Grenze vermag sie aufzuhalten ... dies Abzeichen beweist, daß sich eine von ihnen mit uns an Bord befindet, um die Mission nach Amerika zu tragen.«

»Vielleicht ist es ja die liebe Mrs. Pankhurst selbst«, bemerkte hämisch die Frau des Mannes mit der Schirmmütze, die jetzt ebenfalls an Deck gekommen war und das Ende des Gesprächs mit angehört hatte. Sie suchte in ihrer Tasche nach dem Abzeichen und reichte es einer anderen Reisenden, die einen Mantel mit weiten Fledermausärmeln trug, dazu eine große Baskenmütze aus Samt und eine Nerzstola. Mit den behandschuhten Fingerspitzen, ganz so als könne sie sich daran verletzen, griff sie vorsichtig nach dem Abzeichen und fragte: »Haben die drei Farben eigentlich etwas zu bedeuten?«

Die sonst so schweigsame Margaret beantwortete die Frage: »Weiß steht für die Reinheit. Purpur für das königliche Blut, das heißt für die Würde. Und Grün ist die Farbe der Hoffnung.«

»Und man muß sich vorstellen«, bemerkte ihre Mutter, »daß es schon viele Geschäftsleute gibt, die sich für diese Sache hergeben. Einige Goldschmiede ordnen ihre Steine sogar in den drei Farben an. Bei Mappin and Webb in der Oxford Street habe ich zum Beispiel eine Kette gesehen, die mir unglaublich gut gefallen hat, aber ich habe sie natürlich nicht gekauft! Was sollen denn die Leute denken?«

»Erinnern Sie sich an die Demonstration letzten Sommer bei

den Krönungsfeierlichkeiten von George V.? Sechzigtausend Frauen in Weiß, Rot und Grün gekleidet ...«

»Das war doch wundervoll«, unterbrach Margaret sie.

Alle sahen sie erstaunt an. Ihre Mutter warf ihr einen zornigen Blick zu, und als sie mit Ida auf das überdachte Deck zurückgekehrt waren, zischte sie erbost: »Du solltest deinen Vater bitten, eine Pille gegen die Dummheit zu erfinden. Vielleicht würdest du dann endlich aufhören, dauernd solchen Unsinn zu reden.«

»Aber Mama, diese Bewegung wird von sehr bedeutenden Frauen angeführt. Mrs. Pankhursts Tochter hat Rechtswissenschaften studiert.«

»Nun, du siehst ja, wohin das führt! Ins Gefängnis! Wenn das dein Ziel ist! Entschuldigen Sie, Ida, aber das ist ein alter Streitpunkt zwischen uns. Statt sich über diese Reise zu freuen, hätte Margaret nämlich lieber studiert.«

»Wie mein Bruder«, entgegnete Margaret und errötete angesichts ihrer Kühnheit.

»Red keinen Unsinn. Er ist ein Junge. Was könntest du schon mit solchen Diplomen anfangen!«

Ihre Mutter hörte ihr schon nicht mehr weiter zu, denn sie hatte soeben festgestellt, daß die irische Küste außer Sichtweite war.

»Jetzt fängt endlich die richtige Reise an!« rief sie aus. »Meine liebe Ida, sollten wir nicht zur Feier des Tages das Türkische Bad aufsuchen? Durch das maurische Dekor soll man sich dort wie im Orient fühlen. Exotik pur, meine Liebe ...«

Ida schob Müdigkeit vor und wollte sich lieber in ihre Kabine zurückziehen. Margaret erbot sich, sie zu begleiten, und gemeinsam nahmen sie einen der drei Aufzüge, die zu den Kabinen hinab führten.

»Auch ich schätze die Suffragetten«, sagte Ida. »Warum sollten nur Witwen und ledige Frauen das Recht haben zu wählen?«

Glücklich, eine Verbündete gefunden zu haben, wurde Margaret lebhaft wie nie zuvor: »Diese Frauen sind so mutig! Erinnern Sie sich an den Hungerstreik und alles, was sie erdulden mußten? Die brutale und niederträchtige Art, wie man sie zwangsernährt hat, indem man sie zwang, Nahrung durch einen Tubus zu sich zu nehmen, den man ihnen in die Speiseröhre geschoben hatte. Damit sie sich nicht zur Wehr setzen konnten, hielt man sie an Armen und Beinen fest.«

Ida dachte an die Fotos von Mrs. Pankhurst und ihrer Tochter. Ihre Kleider waren mit Pfeilen gekennzeichnet gewesen, um darauf hinzuweisen, daß sie im Gefängnis gewesen waren. Sie dachte auch an jene Karren, mit denen die Suffragetten durch die Straßen von London fuhren, um ihre Zeitungen zu verkaufen. Diese Kämpferinnen senkten nie die Augen. Vor allem deshalb hatte Ida eines Tages aus Neugier ihre Zeitung gekauft. Ein Blick, ein richtiger Blick. Ida seufzte.

»Madame, Madame!« rief Suzanne, als sie die Tür öffnete. »Madame, ich bin sicher, daß man während Ihrer Abwesenheit die Tür aufgebrochen hat. Ich war auch beim Essen, und als ich zurückkam, stellte ich fest, daß die Tür nicht wie gewöhnlich zweimal verschlossen war. Dabei achte ich immer sehr darauf. Und die Sachen waren nicht mehr am selben Platz, da bin ich ganz sicher! Irgend jemand hat hier alles durchsucht!«

Sie war bleich und rang nach Atem. Ida dachte sofort an die Handbewegung, mit der sie vorhin ihren Hals geschützt hatte. Der Mann hatte gesehen, wie sie den Rauchsalon verlassen hatte. War er ihr in das Veranda-Café gefolgt? Hatte er die Gelegenheit genutzt, um in ihre Kabine zu gehen? Aber woher hätte er die Nummer wissen sollen? Sie zuckte die Schultern.

»Haben Sie nachgesehen, ob meine Schmuckschatulle noch da ist? Und Alexandras Ohrringe?«

»Ja, Madame, es fehlt nichts. Genau das verstehe ich ja nicht. Dabei war jemand hier, der alles durchsucht hat.«

»Nun, dann war es kein Dieb«, sagte Ida ärgerlich. »Vielleicht war es nur das Zimmermädchen, das die Bettwäsche wechseln wollte. Regen Sie sich doch nicht so auf. Wer sollte schon in meiner Kabine herumspionieren?«

Doch bei diesem letzten Satz klang ihre Stimme schon merklich nervöser. Sie öffnete eilig eine Schublade und schob die Hand unter die Schals. Offenbar hatte sie gefunden, was sie suchte, denn ihre Züge entspannten sich wieder.

9. Kapitel

Die großen Herde waren kalt, und in der Küche hing ein schwerer Fettgeruch. Der Küchenchef hatte das gesamte Personal zusammengerufen. Seine mürrische Miene verhieß nichts Gutes.

»So habe ich ihn noch nie gesehen«, flüsterte ein Lehrling, »es muß etwas Schlimmes passiert sein ...«

Es herrschte bedrückende Stille.

»Meine Herren, ich habe Sie hergebeten, um Ihnen einen äußerst ärgerlichen Vorfall mitzuteilen. Sie sind ausgewählt worden, auf dem größten Ozeanriesen der Welt zu arbeiten. Und auf dem luxuriösesten. Wir sind hier, um den Passagieren zu Diensten zu sein, die in gewisser Weise, vor allem die der ersten Klasse, Gäste der White Star Line sind. Unsere Arbeit muß also mustergültig sein. Ebenso natürlich unser Auftreten. Man hat es uns vor der Abreise gesagt: Wir sind eine Elite, und das müssen wir uns ständig vor Augen führen.«

Fagins Nachbar zwinkerte dem Jungen verschwörerisch zu und fing an zu husten. Der Chefkoch wartete, bis wieder Ruhe eingekehrt war, und fuhr dann fort: »Soeben habe ich erfahren, daß in den Lagerräumen Diebstähle vorgekommen sind: Champagner und Kisten mit Schinken und Obst sind verschwunden. Das können wir nicht hinnehmen. Ich fordere also den Schuldigen auf, sich zu erkennen zu geben und die entwendeten Waren zurückzuerstatten.«

Ein Blitzschlag hätte keine größere Erschütterung auslösen können. Die etwa dreißig versammelten Männer schienen plötzlich wie versteinert. Jeder wußte, welche Strafe den Schuldigen erwartete: Man würde ihn entlassen, und er müßte in New York von Bord gehen. Da die Handelsmarine im Grunde ein kleiner Kreis war, konnte er fast sicher sein, nie wieder Arbeit auf einem Schiff zu finden.

»Ich warte noch immer, daß sich der Schuldige freiwillig meldet!« wiederholte der Chefkoch.

Keiner rührte sich. Die Jüngsten hielten den Blick auf ihre Fußspitzen gerichtet. Man hörte das Quietschen der Türklinke, und zwei Gestalten huschten hinter einen der Herde, dort wo die Kupferpfannen hingen.

»Nun gut, in diesem Fall werde ich ihn selbst benennen. Du da, komm her ...«

Fagin sah, wie der Finger des Küchenchefs auf einen jungen Bäckerlehrling deutete, der direkt vor ihm stand. Dieser trat einen Schritt vor, doch sogleich erklang die anklagende Stimme:

»Nein, nicht du ... der andere ... der hinter dir, der mit der Haarsträhne in der Stirn.«

Er? Er war es also, auf den der anklagende Finger gerichtet war? Seine Nachbarn wichen zur Seite.

»Man hat dich vorhin in den Lagerräumen überrascht, wo du nichts zu suchen hattest. Wo hast du die Diebesbeute versteckt? Hast du Komplizen?«

Vor Entsetzen war er wie gelähmt. Er verstand nicht. Er hörte nichts mehr und wurde von einem Schwindel erfaßt. Unfähig, ein Wort herauszubringen, starrte er benommen auf die beiden Gestalten, die er vorhin kaum wahrgenommen hatte. Leopold und Molly.

»Was hast du zu deiner Verteidigung vorzubringen?«

Er hätte nicht sagen können, wer ihm diese Frage gestellt hatte. Tränen stiegen ihm in die Augen, als er spürte, wie man ihn ergriff. Seine Beine wollten ihn nicht mehr tragen. Was folgte, war ein von höhnischem Gelächter begleiteter Alptraum. Weiße Kochmützen und glänzendes Kupfer blendeten seine Augen.

Als er wieder zu sich kam, saß Molly auf einer Kiste neben seiner Koje. Völlig aufgelöst murmelte sie: »Du mußt zurückgeben, was du gestohlen hast.«

Als sie keine Antwort bekam, fuhr sie fort: »Warum hast du das getan? Leopold will dich nicht mehr sehen, er sagt, du hast Schande über uns gebracht.«

Da konnte er nicht mehr an sich halten. Er richtete sich halb auf und schrie: »Ich habe nichts gestohlen, ich habe nichts gestohlen, nichts, nichts, nichts!«

Molly zuckte leicht zurück.

»Ich habe nichts gestohlen, nichts, nichts!«

Der Zorn machte ihn blind. Warum beschuldigte man ihn? Hatte der Mann mit dem Spatzenkopf ihn bezichtigt? Was hätte er erzählen können? Sein hartnäckiges Leugnen entmutigte Molly, und nachdem sie ihm gesagt hatte, daß einer der Metzger ihn morgen am Hundezwinger erwarten würde, zog sie sich zurück.

»Ganz in der Nahe der Backstube auf dem F-Deck. Du weißt wo?«

Bald darauf betraten Thomas, Burni und die anderen die Kabine, ganz so, als hätten sie sich verabredet. Sie legten sich in ihre Kojen. Nur François, der Franzose, kam heimlich zu ihm.

»Warst du es?« fragte er.

Fagin schüttelte den Kopf.

»Ganz sicher nicht?«

»Nein.«

»Ich glaube dir. Und ich schwöre dir, daß wir diesen Dreckskerl erwischen werden!«

Wie tröstlich die Worte des Kellners auch waren, sie konnten ihm doch nicht das Schamgefühl nehmen, das ihn jetzt erfüllte. Er wäre am liebsten verschwunden, um die Blicke nicht länger ertragen zu müssen. Als François seine Verzweiflung bemerkte, setzte er sich neben ihn. Er schlang die Arme um die Knie und schwieg. Ein Satz, den Leopold gesagt hatte, kam Fagin in den Sinn, nämlich, daß der Reichtum eines Menschen nicht in Banknoten zu messen ist. Leopold! Der Name seines Wohltäters weckte ein dumpfes Angstgefühl in ihm. Er wolle ihn nicht mehr sehen, hatte Molly gesagt. Instinktiv schob er die Hand unter sein Kopfkissen und umklammerte die Bibel, die ihn ständig begleitete. Fagin der Dieb, so würde man ihn fortan nennen. Er hatte sich benommen wie ein Idiot! Warum hatte er sich nicht verteidigt? Sein Schweigen hatte ihn überführt. Aber was hätte er beweisen können? Man würde ihn sicherlich in New York ins Gefängnis werfen.

Was könnte er tun, um diesem Los zu entkommen? Fagin spürte, wie sich sein Magen zusammenkrampfte. Sosehr er sich auch bemühte, die Welt der Erwachsenen zu verstehen, ihre Reaktionen waren ihm nach wie vor schleierhaft. Warum war er plötzlich so unglücklich? Er fröstelte. Stand ihm dasselbe Schicksal bevor wie der Frau, die sich die Krake nannte? Während seiner Jahre in der Londoner Unterwelt, als er in Begleitung einer Bande von Taugenichtsen, einer so zerlumpt wie der andere, durch das East End gezogen war, hatte er sie kennengelernt. Durch die Art und Weise, wie sie ihre Opfer angriff, hatte sie im Jago-Viertel traurige Berühmtheit erlangt.

Sobald es dunkel wurde, sprang sie das Opfer von hinten an, kniff und zerkratzte ihm das Gesicht. Wenn es dann am Boden lag, biß sie es mit aller Kraft in den Nacken, um es zu lähmen. Die meisten wurden ohnmächtig, und die Krake brauchte nur noch die Taschen zu leeren. Um ihre furchtbaren Taten zu rechtfertigen, sagte sie: »Das ist die Rache.«

Eines Tages war sie verschwunden. Es hieß, sie sei festgenommen worden. Es dauerte Monate, bis sie wieder auftauchte. Abgemagert und mit geschwollenem Gesicht kam sie aus dem Gefängnis und gab vor, die Wärter hätten sie auf schlimmste Weise mißhandelt. Wahrscheinlich gingen die Schläge eher auf das Konto ihrer Mitgefangenen, doch die Krake blieb bei ihrer Behauptung. Nach diesem Zwischenfall spielte sie nie wieder die Krake. Da sie nun mittellos war, verkümmerte sie allmählich. Als die Bande eines Nachts in einem Torbogen Schutz suchte, hörte Fagin neben sich ein Stöhnen. Die Luft war eiskalt, und Windböen trieben eisigen Regen in ihren Unterschlupf.

»Komm näher, Kleiner. Ich friere.«

Trotz einer dicken Schicht von Lumpen, mit der sich die Krake zugedeckt hatte, zitterte sie am ganzen Körper.

»Ah, diese Schweine!« keuchte sie. »Diese Schweine! Komm noch näher, Kleiner, ich spüre, daß ich hier verrecken werde. Verfluchtes Elend. Früher hatte ich ein ordentliches Leben ...«

Das Ende des Satzes verlor sich in einem Hustenanfall.

»Und dann haben sie mir John genommen«, fuhr sie fort. »Das war mein Mann, sie haben ihn in den Krieg geschickt. Nach Afrika, das muß man sich vorstellen! Die verdammten Buren waren uns doch scheißegal, sie hätten sie ja bloß in Ruhe lassen müssen. Er hat mir geschrieben, daß es ein wahres

Gemetzel war und daß die britische Regierung einen Waffenstillstand hatte anordnen müssen. Dann habe ich nichts mehr von ihm gehört. Schließlich haben sie mir mitgeteilt, daß er in einen Hinterhalt geraten und getötet worden ist. Diese Schweine! Ich weiß noch, daß ich an jenem Tag den Rahmen mitsamt dem Porträt Königin Victorias zerbrochen habe. All die Toten, die nur gestorben sind, um die Taschen der kolonialen Handelsgesellschaften zu füllen, die die Goldminen an sich reißen wollten. Und dafür ist mein John gestorben, für diese Reichen, die den Rachen nicht voll genug kriegen können!«

Die Krake streckte einen Arm in die Luft. In der Dämmerung wirkte er wie ein kahler Ast.

»Wir haben dahinten gewohnt«, fuhr sie fort und deutete in eine unbestimmte Richtung. »Ich mußte alles verkaufen. Zuerst die Möbel, dann den Schmuck, oh, es war nicht viel ... Und da ich keine Familie habe, saß ich bald auf der Straße. Dann bin ich die Krake geworden. Aber ich habe nicht irgendwen überfallen, sondern mich immer an die Reichen gehalten. Ich habe mich an diesen Schurken gerächt, die meinen John umgebracht haben. Ah, wenn mein John ...« Ihre Brust hob sich, und instinktiv suchte sie Fagins Hand. »Wenn mein John mich sehen könnte ...«

Dann schloß sie die Augen, um sie nie wieder zu öffnen. Und nun fürchtete Fagin, ein ähnliches Schicksal zu erleiden. Wenn man ihn den amerikanischen Behörden übergab, würde er sicherlich eingesperrt werden und so enden wie die Krake.

François beugte sich zu ihm vor und flüsterte: »Mach dir keine Sorgen. Du kennst die *Titanic* wie deine Westentasche. Du brauchst dich nur an einem ruhigen Ort zu verstecken. Du hast mir doch von dem Renault im Laderaum erzählt. Warum willst du nicht dort warten, bis das Gewitter vorbei ist? Inzwischen wird man den Champagnerdieb gefunden haben, das dürfte nicht allzu schwierig sein.«

Die Idee war nicht dumm. Und außerdem hatte Fagin keine andere Wahl. François schlüpfte in seine weiße Jacke. Doch ehe er ging, zog er unter seiner Matratze einen Zeichenkarton hervor, dem er einige Blätter entnahm. »Du hast deine Bibel unter dem Kopfkissen, nun, und ich habe das!« sagte er und hielt ihm mehrere Zeichnungen hin, die immer dieselbe Person zeigten: eine Frau mit melancholischem Gesicht; einmal spazierte sie durch eine Straße mit französischen Reklameschildern, ein andermal saß sie an einem geöffneten Fenster auf einem Sofa. Immer fiel ihr gelocktes Haar offen auf die Schultern. François hatte sie sogar mit verführerischem Blick in einer Kabine der *Titanic* gemalt. Auf dem Bild saß er neben ihr, einen Arm um ihre Taille geschlungen. Er seufzte: »Wenn ich einsam bin, male ich sie, das gibt mir das Gefühl, mit ihr reden zu können.«

»Ist sie tot?« fragte Fagin.

»Ja, ich glaube. Wir hatten uns eines Nachmittags verabredet, und sie ist nicht gekommen. Ich habe an ihrer Wohnungstür geläutet, doch es war niemand zu Hause. Als ich an ihre Eltern schrieb, haben sie mir mitgeteilt, daß sie sie auch nicht mehr gesehen hätten.«

»Vielleicht hat sie einen anderen kennengelernt ...«

»Schon möglich. Aber am Abend, ehe sie verschwand, haben wir noch über unsere Hochzeit gesprochen. Sie hatte sogar schon den Juwelier ausgesucht, bei dem wir die Ringe kaufen wollten.« Nach kurzem Zögern fügte er hinzu: »Du weißt ja, daß ich Franzose bin, das hört man an meinem Akzent. Ich bin sogar in Paris geboren. In meiner Kindheit hat man mir immer wieder die Geschichte meines Großvaters erzählt. Er hieß Eugène und war eines der aktivsten Mitglieder der Pariser Kommune von 1870. Als die Soldaten aus Versailles in die Hauptstadt kamen, um den Aufstand niederzuschlagen, wurde mein Großvater gefangengenommen. In den Straßen von Montmartre mußte er zwischen zwei Reihen von Revanchisten hindurchlaufen, die ihn mit Steinen bewarfen, ihn anspuckten und als Dieb beschimpften. Als er oben auf dem Hügel ankam, war sein Gesicht blutüberströmt, und auf einem Auge war er fast blind. Dann haben sie ihn durch Schläge mit dem Gewehrkolben völlig fertiggemacht. Mein Großvater, ein Dieb! Daß ich nicht lache! Zu Beginn des Aufstands hat er sogar die Revolutionäre davon abgebracht, die Tresore der Banque de France zu plündern. Er gehörte zur Finanzkommission und verzeichnete jeden Sou, der ausgegeben wurde, in seinen Rechnungsbüchern. Das war nun der Dank für seine Ehrlichkeit ...«

»Willst du mir helfen, weil dich meine Situation an deinen Großvater erinnert?«

»Ja.«

François' Rücken war gebeugt, so als hätte er eine unendlich schwere Last zu tragen.

»Ich muß jetzt meinen Dienst antreten. Und du mußt verschwinden. Paß auf, daß du nicht erwischt wirst. Lauf nicht, versuch so zu tun, als würdest du dich auf deinen Posten begeben. Schließlich bist du noch ein Matrose der *Titanic*.«

Fagin mußte die ganze Schottische Straße, jenen unendlichen, mindestens fünfzig Meter langen Gang entlanglaufen. Doch es war nicht sonderlich gefährlich, da die Türen nur zu den Toilettenräumen oder den Schlafsälen der Kellner und Stewards der zweiten Klasse führten. Leopold und Molly waren zwei Decks höher untergebracht, bei den Reisenden der ersten Klasse. Als Chefsteward hatte Leopold sogar eine bessere Kabine, ganz in der Nähe des Bordarztes und seines Assistenten, zwei Schritte vom Operationssaal entfernt. Als er das Ende des Ganges erreicht hatte, wandte er sich nach Steuerbord, von wo aus eine Wendeltreppe vom C-Deck zum Laderaum führte.

Auf der schmalen Stiege war es dunkel. Jedesmal, wenn Fagin den Fuß auf eine der Metallstufen setzte, hatte er das Gefühl, einen Höllenlärm zu verursachen. Was würde man ihm noch vorwerfen, wenn man ihn hier ertappte? Er zuckte die Schultern. Zumindest hatte er hier die besten Chancen, unbemerkt nach Amerika zu gelangen. Der Lagerraum wurde nur durch das Licht erhellt, das durch eine Reihe von Bullaugen drang. An den Außenwänden stapelten sich Kisten und Reisetruhen. Der Renault war ein wenig abseits auf einer freien Fläche abgestellt. Er stand auf einer hölzernen Plattform, die wohl das Ausladen erleichtern sollte. Fagin trat näher und strich über die schwarzrote Karosserie; die Größe des Wagens beeindruckte ihn. Nachdem er ihn einmal umrundet hatte, blieb er vor der Kühlerhaube stehen: Die beiden riesigen Scheinwerfer schimmerten im Halbdunkel wie die Augen eines verwundeten Tieres. Die Fahrerkabine, zu beiden Seiten offen, war durch eine Glasscheibe vom Fond abgetrennt, dessen Türen mit vergoldeten Klinken versehen waren.

Nachdem er sich versichert hatte, daß ihm niemand gefolgt war, setzte sich Fagin in den Fond des Wagens. Der mit beigefarbenem Stoff bezogenen Dreier-Sitzbank gegenüber befanden sich zwei Klappsitze. Er setzte sich hinter den Fahrersitz, beugte sich zu dem Messingsprachrohr vor, das eine Verständigung mit dem Chauffeur ermöglichte, und tat so, als würde er Befehle erteilen. Was für ein schönes Leben die Besitzer dieses Automobils doch führen mußten!

Neben ihm auf dem Sitz lag eine Ausgabe der *Times*. Er faltete die großen Seiten auseinander, doch seine Aufmerksamkeit beschränkte sich auf die Werbung, die er zu entziffern versuchte. Die eine pries die Qualitäten eines bestimmten Mineralwassers an, eine andere die Wirksamkeit eines neuen Mundwassers. In einer Tabakwerbung wurde sogar die *Titanic* erwähnt. Fagin erinnerte sich, mehrere Dosen dieser Marke im Geschäft des Schiffbarbiers gesehen zu haben: »Diese Craven-Mischung wird auch an Bord der *Titanic* zu kaufen sein, mit 45 000 Tonnen das größte Schiff der Welt, das am 10. April zu seiner Jungfernfahrt von Southampton nach New York ausläuft.«

Auf der letzten Seite, in der Rubrik ›Vermischtes‹, erregte eine Anzeige seine Aufmerksamkeit: »Der Bergarbeiterstreik führt zu einer Hungersnot. Wir brauchen zehntausend Pfund Sterling, um den in Not geratenen Frauen und Kindern zu helfen.« Dann folgte eine Kontaktadresse für die Spenden.

Fagin erinnerte sich genau an den Konflikt. Am 15. August letzten Jahres hatte das Militär auf Bergarbeiter geschossen, die acht statt sieben Pence Stundenlohn verlangten. Es hatte zwei Tote und etwa zehn Verletzte gegeben. In den meisten Häfen Englands wurde die Arbeit niedergelegt, etwa zwanzig Ozeandampfer saßen fest, und Leopold hatte nicht anmustern können. Die Eisenbahner hatten sich der Bewegung angeschlossen, und drei Wochen nach Weihnachten, am 19. Januar, hatte die Bergarbeitergewerkschaft zum Streik aufgerufen, um einen Mindestlohn von fünf Shilling für die Tagelöhner zu erkämpfen.

Beinahe wäre auch die *Titanic* von der Schließung der Minen betroffen gewesen, da die Kohleversorgung nicht mehr gesichert war. Um die fünftausend benötigten Tonnen an Bord bringen zu können, hatte man sie teilweise von den anderen Schiffen der Gesellschaft abziehen müssen, die nun am Kai lagen. Die Erinnerung an diese Ereignisse ließ Fagin auch an das Feuer im Kesselraum Nummer sechs denken. Wahrscheinlich schwelte die Glut dort noch immer, denn niemand hatte bestätigen können, daß sie gelöscht worden war. Die Seeleute waren schon eigenartige Menschen. Sobald sie auf einem Schiff waren, schienen sie keine Gefahr mehr zu fürchten.

Eine Tür quietschte, und in den Lagerraum fiel Licht. Fagin warf sich auf den Boden des Wagens, die Zeitung blieb auf dem Sitz ausgebreitet. Hatte François ihn verraten? Und wenn nun der Besitzer des Renaults, ein gewisser William Carter, verlangt hatte, daß man den Zustand seines Wagens gelegentlich überprüfte? Die Wartezeit schien ihm unendlich lang. Dann wurden Überseekoffer hin und her gerückt.

»Wie wär's mit einer kleinen Spritztour?«

»Da würde ich aber schon eher einen Rolls nehmen!«

»Du bist ja nicht gerade bescheiden!«

»Ja, es müßte schon der Silver Ghost sein, der gerade neu auf den Markt gekommen ist. Sechs Zylinder ...«

Die beiden Männer lachten, und bald darauf hörte Fagin, wie sie sich entfernten, nachdem sie einen letzten Überseekoffer hinausgetragen hatten. Sie mußten sicherlich irgendwelche Gepäckstücke holen, nach denen die Passagiere verlangt hatten.

Er spürte bald, wie ihm die Glieder schwer wurden, dann dämmerte er vor sich hin. Im Halbschlaf glaubte er ein Donnergrollen zu hören, doch er hatte sicher nur geträumt. Wie lange hatte er so gelegen? Plötzlich schreckte er hoch. Ohne nachzudenken, sprang er aus dem Wagen, schlug die Tür hinter sich zu und lief zu einem der Bullaugen. Das Licht blendete ihn: Die Sonne stand hoch am Himmel. Die Schaumkronen auf den hohen Wellen zeichneten sich scharf gegen den blauen Himmel ab. Die *Titanic* fuhr mit Volldampf voraus.

Schweren Herzens machte sich Fagin auf den Weg zu der Metalltreppe, die zum E-Deck führte. Er hatte keine Wahl:

Wenn er hier unten bliebe, würde er verhungern. Außerdem wollte er Leopold und Molly nicht noch mehr beunruhigen.

Für ein Vergehen, das er nicht begangen hatte, stand ihm eine Strafe bevor, die er noch nicht ermessen konnte. Würde man ihn an Bord einsperren? Die Vorstellung, die Hunde auszuführen, mißfiel ihm eigentlich nicht. Gestern morgen, auf dem Weg in die Küche, hatte er auf dem Achterdeck den Metzgergehilfen getroffen. Der hatte ihn gebeten, die Hundeleinen zu halten, während er sich eine wärmere Jacke holte. Dann war eine Dame erschienen, um sich nach ihrem Hund, einem Chow-Chow, zu erkundigen, dessen Halsband mit einer kleinen roten Satinschleife verziert war. Sie trug ein roséfarbenes Negligé, über welches sie nur einen Pelzmantel gestreift hatte. Als sie vor ihrem Hund hockte, hatte sie Fagins Blick bemerkt, der errötend ihr Dekolleté betrachtete.

»Na, na, der kleine Spitzbube!« hatte sie belustigt ausgerufen. »Es wäre mir lieber, wenn Sie ein wachsames Auge auf meinen kleinen Arthur hätten. Er kommt gerade aus Ägypten. Aber der Aufenthalt ist ihm nicht gut bekommen, sein Fell ist ganz stumpf.«

Mit diesen Worten hatte sie sich aufgerichtet, in ihre Manteltasche gegriffen und Fagin eine Fünf-Dollar-Note gereicht. Das entsprach einem Pfund Sterling: ein Vermögen!

Erleichtert stellte er fest, daß seine Kabine leer war. Was sollte er jetzt tun? Seine Unschuld laut herausposaunen? Dazu hatte er keine Lust, und er spürte eine furchtbare Wut in sich aufsteigen. Man verdächtigte ihn, nur weil er ein Straßenkind gewesen war. Doch die wahren Diebe waren diejenigen, die ihn beschuldigten. Ohne es zu wissen, hatten sie ihn seines kostbarsten Gutes beraubt: der Hoffnung auf ein Leben ohne Angst und Schatten.

10. Kapitel

Eine solche Pracht hätte sie sich nie träumen lassen. Die Kleider der Damen funkelten im Schein der Lüster: feiner Tüll, mit Goldpailletten übersät; Stolen, mit Kristalltropfen und Perlen bestickt; Mousseline, mit silberdurchwirkten Fransen und schwarzem Bernstein ... Auf den Dekolletés schimmerten die kostbarsten Geschmeide. Weißgekleidete Kellner bewegten sich bedächtig durch die Menge. Auf dem ausgestreckten Arm trugen sie mit Köstlichkeiten beladene Tabletts. Fast hätte man sich vorstellen können, jeden Augenblick die Karawane der Pharaonen zwischen den Säulen auftauchen zu sehen.

Ida sah den Kapitän vorübergehen. Er blieb hier und da stehen, um mit Gästen zu plaudern, ehe er würdevoll seinen Platz an einem Tisch einnahm, an dem ein Paar saß, das Ida schon kannte: Sie hatten bei einem der irischen Händler einen Spitzenschal gekauft. Die junge Frau trug ein enganliegendes Brokatkleid, mit einem raffinierten Ausschnitt, der eine rosafarbene Korsage erahnen ließ. Als ihr Begleiter die Hand hob, funkelten Diamanten an seinem Ringfinger.

Mrs. Thompson beugte sich zu Ida herüber: »Finden Sie nicht, daß sie in Wirklichkeit noch viel hübscher ist als auf den Fotos?«

»Wer ist das denn?«

»Haben Sie sie nicht erkannt? Es ist die Frau von Colonel John Astor, einem der reichsten Männer der Welt.«

»Hundert Millionen Dollar«, murmelte Mr. Thompson.

»Was sagst du?«

»Ich sage, daß er mindestens hundert Millionen Dollar besitzt ... Seine Hochzeit letztes Jahr hat einen Skandal ausgelöst. Nach seiner Scheidung wollte sich Astor mit diesem jungen Mädchen vermählen, das erst achtzehn Jahre alt ist, er selbst dagegen ist immerhin siebenundvierzig! In New York wollte sie niemand trauen. Schließlich hat Astor in Newport einen Pastor aufgetrieben, der bereit war, ihren Bund fürs Leben zu besiegeln. Übrigens wurde er hart dafür bestraft. Nach der Zeremonie enthob man ihn seines Amtes. Die Turteltauben sind nach Ägypten gereist, um die Pyramiden zu bewundern.«

»Dann wissen sie wohl auch noch nicht, welcher Empfang sie in New York erwartet ...«

»Mrs. Astor sen. liebt ihren Sohn abgöttisch. Sie ist eine der einflußreichsten Persönlichkeiten der New Yorker High Society. Es heißt, in ihrem Salon hätten vierhundert Personen Platz: Das entspricht genau der Mitgliederzahl dieses erlauchten Kreises. Völlig undenkbar, daß auch nur eine weitere Person dazukäme!«

Sie unterbrach sich, um eine Dame zu betrachten, die ein mit ägyptischen Motiven bedrucktes Kleid trug. Begeistert flüsterte sie Ida zu: »Schauen Sie nur; vielleicht eine Kreation von Poiret ... Oder eher von Jeanne Lanvin ... Auf alle Fälle sieht man, daß es ein französischer Couturier ist. Übrigens – Sie haben mir nicht erzählt, daß Ihre Mutter Französin war! Ich habe mich fast drei Wochen in Paris aufgehalten. Was für eine wundervolle Stadt! Und die Franzosen! Sie sind so ... so charmant ... Sie kennen einen kaum, und schon wollen sie einen heiraten. Meine einzige Enttäuschung war, daß ich die Mona Lisa nicht sehen konnte, denn sie wurde am Vorabend unseres Besuchs im Louvre gestohlen. Hat man das Bild inzwischen eigentlich wiedergefunden?«

»Nein«, antwortete Ida.

Zwei Monate zuvor hatte sie Harold nach Paris begleitet. Damals machte der Diebstahl noch Schlagzeilen. Verschiedene Hypothesen und Namen waren im Gespräch. Überall sah man Reproduktionen von Leonardo da Vincis berühmtem Gemälde, darunter auch recht humorvolle. So hatte ein Zeichner die Mona Lisa als liederliches Frauenzimmer dargestellt und sein Werk mit ›Die schöne Angeschwipste‹ betitelt. Harold hatte verärgert reagiert: »Da gibt es wirklich nichts, worüber man sich lustig machen könnte! Dies Bild ist ein Meisterwerk. Bestimmten Dingen muß man einfach Respekt entgegenbringen.«

»Paris ist immer für Überraschungen gut«, fuhr Mrs. Thompson fort. »Im Januar vor zwei Jahren kam es zu furchtbaren Überschwemmungen. Es hat tagelang geregnet, und weder Fiaker noch Automobile konnten fahren. Man fuhr in Kähnen über die Plätze, und die Straßen mußte man auf hölzernen Brücken überqueren. Ich habe zu meinem Mann gesagt: ›Du brauchst mir gar keine Reise nach Venedig zu bieten, das haben wir schon hier!‹ Und unsere letzte Parisreise vor etwas mehr als einem Monat, na, das war vielleicht was! Stellen Sie sich nur vor, am Morgen unserer Ankunft ist ein Mann bei einem Sprung vom Eiffelturm ums Leben gekommen. Er wollte einen Fallschirm ausprobieren, doch der Fallschirm öffnete sich nicht! Kurz, um weiteren Katastrophen zu entgehen, habe ich beschlossen, meine Aufenthalte in Paris auf eine minimale Dauer zu beschränken. Die guten Adressen kenne ich sowieso, und ich weiß genau, was ich will: die Körpermilch von Ninon und die Pâte des Prélats! Haben Sie die schon ausprobiert? Davon bekommt man eine herrlich weiche Haut ... Jetzt soll eine gewisse Helena Rubinstein einen Schönheitssalon eröffnet haben, den alle Damen besuchen. Aber im Grunde ziehe ich doch unser gutes altes London vor. Haben Sie die Absicht, bald zurückzufahren?«

»Ich weiß es noch nicht!« Als sie diese Worte aussprach, wurde Ida klar, daß sie wirklich noch keine Entscheidung getroffen hatte.

Nach dem Abendessen äußerte Mr. Thompson den Wunsch, sich in den Rauchsalon zu begeben. Ida schloß aus seiner heiteren Miene, daß er dort sicherlich Karten spielen wollte. Margaret wurde von ihrer Mutter aufgefordert, schlafen zu gehen: »Es ist schon spät für dich, mein Liebling, du mußt dich jetzt ausruhen!«

Dann zog Mrs. Thompson Ida an Deck. Die Luft war kühl und fast schneidend. Der Himmel wurde von einem Sternenmeer erhellt. Andere Passagiere schlenderten auf und ab, und ihre Schritte schienen gedämpft, die Stimmung war beschaulich.

Die beiden Frauen stützten sich auf die Reling. Als wäre ihr das Schweigen unerträglich, räusperte sich Mrs. Thompson und sagte: »Nun, den Kometen Halley werden wir heute abend wohl nicht zu Gesicht bekommen. Schade ... Erinnern Sie sich noch an die Panik, die er vor zwei Jahren ausgelöst hat? Man sagte eine Kollision mit der Erde vorher. Der Weltuntergang! Damals waren wir in New York, wo der geringste Zwischenfall sofort eine Hysterie auslöste. Eines Tages fiel ein Ziegelstein auf das Dach einer Straßenbahn, und die Fahrgäste stürzten schreiend heraus: ›Das ist der Komet, das ist der Komet!‹ Die Leute waren wirklich verrückt! Nachts wurden riesige Feste organisiert, um das drohende Schicksal abzuwenden, und manche Leute vernagelten sogar ihre Fenster mit Brettern, um sich zu schützen. Ich persönlich glaube nicht an solche Weltuntergangsgeschichten. Aber ich habe zu John gesagt: ›Warum entwickelst du nicht ein Antikometen-Heilmittel?‹ Also hat er eine Pille kreiert, die die Menschen gegen die giftigen Gase schützen soll, die der Schweif des Gestirns ausstrahlt. Ein Bombenerfolg, sage ich Ihnen! Je näher der Komet der Erde kam, desto höher stiegen die Verkaufszahlen!«

Ida konnte ein Lächeln nicht unterdrücken. Wenn Harold das gehört hätte, hätte er diese Leichtgläubigkeit gnadenlos verurteilt. Er warf Kirchenmänner und Wunderheiler ohne Unterschied in einen Topf: »Ihr Gezeter wird das Elend nicht abwenden. Das können nur Wissenschaft und Technik.« Sie sah sein Gesicht vor sich. Was tat er jetzt wohl ohne sie in London?

»Sie wirken oft so verträumt, Ida ...«

»Das hat mir mein Mann auch immer vorgeworfen. Er hätte es lieber, wenn ich ihm ähnlicher wäre.«

»Das wollen sie alle, vorausgesetzt wir bleiben brav in unserer Ecke! Übrigens, wenn Sie auf andere Gedanken kommen möchten, können Sie sich gerne heute abend unserem Kreis anschließen. Ich habe hier auf dem Schiff einen Freund gewonnen, einen gewissen William T. Stead. Er soll ein bekannter Journalist sein, der sich sehr für Literatur und Okkultismus interessiert. Er hat sich bereit erklärt, eine spiritistische Sitzung in unserem Salon zu leiten. Schließen Sie sich uns doch an, es wird bestimmt sehr unterhaltsam.« In London hätte Ida sicherlich abgelehnt, aber hier auf der *Titanic* unterlag das Leben anderen Regeln. Und das mißfiel ihr eigentlich nicht. Sie beschloß also, Mrs. Thompsons Einladung anzunehmen.

»Wir werden unsere Ruhe haben, mein Mann kommt so bald nicht zurück. Den Mondscheinspaziergang, den er mir versprochen hat, müssen wir wohl auf einen anderen Abend verschieben. Was Margaret angeht, so können Sie sicher sein, daß sie schon tief und fest schläft.«

Bald fanden sich Mrs. Thompsons Gäste in ihrer Kabine ein: ein älteres Paar, die Lewis', und eine schwarz gekleidete Frau, die sich ein wenig abseits hielt. Sie stellte sich mit einem gemurmelten »Mrs. Harper« vor. Dann erschien Mr. Stead. Ein großer, korpulenter Mann, dessen Gesicht Ehrlichkeit und Ruhe ausstrahlte, ein Eindruck, der durch den weißen Bart noch verstärkt wurde.

»Danke, daß Sie gekommen sind, Mr. Stead!« rief Mrs. Thompson. »Wenn es recht ist, wollen wir jetzt Platz nehmen.«

Nachdem er die Anwesenden begrüßt hatte, ging er durch den Raum, überzeugte sich, daß die Vorhänge und die beiden Türen – die eine ging zu Margarets, die andere zu Mr. und Mrs. Thompsons Schlafzimmer – richtig geschlossen waren. Dann verharrte er einen Augenblick unbeweglich vor dem Kreis der Gäste.

»Wollen Sie wirklich Verbindung zu den Geistern aufnehmen?« fragte er mit fester Stimme. »Man muß ihnen unendlichen Respekt und größte Aufmerksamkeit entgegenbringen. Wenn Sie nur gekommen sind, um Ihre Skepsis bestätigt zu sehen, oder einfach nur aus Neugier, werden sie Ihnen nicht antworten. Versuchen Sie auch nicht, den Geist berühmter Persönlichkeiten – wie etwa Kleopatra oder Shakespeare – anzurufen. Versuchen Sie nur, mit Ihnen nahestehenden Menschen zu kommunizieren, die vielleicht den Wunsch haben, den durch den Tod unterbrochenen Dialog fortzusetzen. Damit ein Geist bereit ist, mit Ihnen in Verbindung zu treten, darf er weder Vorbehalte noch Feindschaft spüren.«

Ohne die Gastgeberin zu fragen, löschte Mr. Stead das Deckenlicht. Nur eine kleine Lampe auf einem Beistelltischchen brannte noch, und im Raum herrschte Halbdunkel. Dann wies das Medium jedem der Anwesenden einen Platz an dem Tisch zu, der in der Mitte des Zimmers auf einem Teppich stand.

Ida hatte plötzlich ein beklemmendes Gefühl. Sie hätte gern das Bullauge etwas geöffnet, doch sie wagte nicht, sich zu erheben, da sie fürchtete, dadurch die Konzentration der Anwesenden zu stören. Mr. Steads Gesicht wurde ernst. Die kleine, magere Frau, die neben Ida saß, starrte ihn mit großen Augen an. Ida erinnerte sich, daß deren Hand, als sie sie zuvor geschüttelt hatte, sie spontan an die Krallen eines Adlers hatte denken lassen.

»Das erste, was man in einer spiritistischen Sitzung lernen muß«, sagte Mr. Stead, »ist Geduld. Wir können nicht über die Geister verfügen. Verschiedenste Aufgaben beschäftigen sie. Man muß warten, bis sie bereit sind, uns anzuhören, und Zeit haben, mit uns in Verbindung zu treten.«

Er schwieg und sah einen nach dem anderen an. Ida glaubte, daß er sie gleich auffordern würde, den Raum zu verlassen, da sie weder eingeweiht noch wirklich überzeugt war. Doch sobald seine Prüfung abgeschlossen war, fuhr er fort: »Entspannen Sie sich und vergessen Sie Ihren Körper. Er darf Sie nicht mehr beeinträchtigen, Sie sind nur noch Geist. Konzentrieren Sie sich bitte ganz auf die Person, mit der Sie in Verbindung treten möchten.«

Er wiederholte dieselben Sätze mehrmals, so als handelte es sich um eine magische Beschwörungsformel. Dann breitete er sorgfältig ein Blatt Papier auf dem Tisch aus, wobei er darauf achtete, es so zu legen, daß es nicht verrutschen konnte. Ohne die Hand oder den Ellenbogen auf den Tisch zu stützen, hielt er die Spitze eines Bleistifts über das Blatt. So verharrte er regungslos.

»Konzentrieren Sie sich bitte«, sagte er und schloß die Augen. »Auf Wunsch von Mrs. Harper werden wir versuchen, mit ihrem verstorbenen Sohn George Verbindung aufzunehmen.«

Er wartete einen Augenblick, ehe er mit sanfter und doch fester Stimme sagte: »Ich bitte den allmächtigen Herrn, George die Erlaubnis zu geben, mit uns Kontakt aufzunehmen.«

Diese Formel sprach er mit bewegter Stimme. Mrs. Lewis stieß versehentlich an Idas Knie, und als diese ihr einen kurzen Blick zuwarf, bemerkte Ida, daß sie nur mühsam das Lachen unterdrückte.

Mr. Steads Hand verkrampfte sich. Alle starrten auf den Bleistift, der sich noch immer nicht bewegte. Schließlich schien er leicht zu zögern, dann schnellte er vor und zog eine sehr dünne Linie über das Blatt. Er hielt erneut inne, um mit einem zittrigen Strich fortzufahren, ganz so, als unterläge er einer unsichtbaren Kraft. Nach und nach erkannte man einige Buchstaben, dann wurden es immer mehr. Die ersten waren groß und rund, die folgenden spitz und eckig. Ein Wort blieb unvollendet. Der Stift hielt inne.

Mr. Stead hielt die Augen noch eine Weile geschlossen.

»Er will nicht mehr sprechen«, flüsterte er.

Dann musterte er die in der Runde Versammelten: Sein Blick hatte einen eigenartigen Schimmer, ganz so, als stehe er im Bann eines Traums.

»Diese Nachricht ist für Sie«, sagte er zu Mrs. Harper und hielt ihr das Blatt hin. Als sie versuchte, das Geschriebene zu entziffern, bebte ihre Stimme wie die Flamme einer Kerze im Windhauch, und zitternd las sie die Nachricht vor, die ihr Sohn ihr aus dem Jenseits gesandt hatte: »Es geht mir gut. Ich lebe in der Klarheit. Der Körper ist bedeutungslos. Es geht mir gut, und ich wache in jedem Augenblick über dich. Hab Vertrauen.«

Nachdem sie zu Ende gelesen hatte, brach Mrs. Harper in Tränen aus: »Mein Sohn ist in Indien umgekommen. Sein Körper ist dort begraben, doch er spricht zu mir, er antwortet, er ist bei mir ...«

Drückendes Schweigen lastete auf der Runde. Schließlich wandte sich Mr. Stead an Ida: »Sie sind an der Reihe«, murmelte er.

Sie hatte zunächst erwogen, ihre Mutter anzurufen. Doch jetzt überkam sie ein Gefühl von Eiseskälte. Ein Schraubstock schien ihre Schläfen zusammenzupressen, und ein ungeheures Gewicht schien auf ihrer Brust zu liegen, das sie daran hinderte, auch nur ein Wort herauszubringen. Und wieder hörte sie Steads Aufforderung, ohne daß sie in der Lage gewesen wäre zu antworten.

»Sagen Sie etwas, sagen Sie etwas, sonst verschwindet der Geist.«

Sie hatte den Namen auf der Zunge. Ihr Kopf war leer, sie

glaubte zu ersticken. Die erwartungsvolle Haltung der anderen und Mrs. Thompsons verärgerter Blick ließen sie ihren Wunsch vergessen, und sie stieß hervor: »Alexandra.«

In dem Augenblick, als sie den Namen aussprach, flammte entgegen ihrem Willen ein roter Blitzstrahl in ihrem Gedächtnis auf: Es war die Spur, die Alexandras Ohrringe auf den Spiegel gezeichnet hatten. Sie erschrak so sehr, daß sie am ganzen Leib zu zittern begann. Schon bewegte sich der Bleistift. Sie starrte auf das Blatt und entzifferte die Worte, ohne auch nur zu versuchen, sie zu verstehen: »Erinnere dich! Erinnere dich an mich! Ich möchte nicht ...«

Der Bleistift schrieb noch einige Buchstaben. War es das plötzliche Unwohlsein, oder hatte sie Angst vor dem, was sie gleich lesen würde? Sie sprang so heftig auf, daß ihr Stuhl umfiel.

»Welch ein Wahnsinn!« rief Mrs. Thompson. »Eine Sitzung darf nie unterbrochen werden!«

Irgend jemand schaltete das Deckenlicht ein.

»Sie haben den Geist vertrieben!« rief Mrs. Thompson erbost. »Ab jetzt wird er sich weigern zu antworten, und unheilvolle Kräfte werden erweckt werden, um ihn zu rächen.«

Mrs. Harper begann zu schluchzen. Mr. Steads Wangen waren leichenblaß. Die Augen in den tiefen Höhlen waren stumpf und ausdruckslos.

»So etwas darf man nicht tun, es hätte ein tödlicher Schlag für ihn sein können«, murmelte Mrs. Thompson vorwurfsvoll und hielt Idas Handgelenk umschlossen, um sie wieder zur Selbstbeherrschung zu zwingen. »Gehen wir ein wenig an Deck, die frische Luft wird uns guttun.«

»Das wäre vielleicht nicht passiert«, erklärte Ida zu ihrer Entschuldigung, »wenn mich das, was ich gelesen habe, nicht so sehr überrascht hätte. Ich habe den Sinn der Worte nicht richtig verstanden. An so etwas werde ich nie wieder teilnehmen ...«

An Deck trennte sich die kleine Gruppe bald, da Mrs. Thompson selbst das Signal zum Aufbruch gab: »Ich werde meinen Mann aus dem Rauchsalon holen, sonst verbringt er noch die ganze Nacht beim Kartenspiel.«

Ida konnte sich noch nicht beruhigen. Die Sinne geschärft von der Angst, vernahm sie das gedämpfte Geräusch von Schritten und das Rascheln von Stoff an der Reling. Sie fuhr herum, doch sie sah nur die Silhouette einer Frau. War das nicht Margaret? Aber das junge Mädchen mußte doch längst schlafen.

Ida war neugierig geworden und beschloß, sich Gewißheit zu verschaffen. Oder war es vielleicht Mrs. Harper, die ihr auswich, weil sie ihr Verhalten nicht verzeihen konnte? Sie beschloß, sich nahe der Treppe zu verstecken, die zu den Kabinen hinabführte. Sie wartete nicht umsonst. Vorsichtig eilte die Unbekannte über die Promenade, wobei sie sich immer wieder umsah. Bevor sie im Gang verschwand, wandte sie sich noch einmal um, wohl um sich zu vergewissern, daß ihr niemand folgte. Für einen Augenblick erhellte Mondlicht ihr Gesicht. Margaret! Ida war verblüfft. Was hatte sie hier zu suchen? Woher kam sie? Auf der anderen Seite des Decks gab es nur einen Zugang zur zweiten Klasse, der jedoch immer verschlossen war.

Diese Frage beschäftigte sie noch, als sie ihre Kabine erreichte. Sie wäre gern allein gewesen. Doch Suzanne ließ ihr keine Zeit zum Luftholen. Während sie ihre Kleider aufräumte, erzählte sie ihr vom Leben an Bord. Besonders die Abenteuer einer Familie, die in der dritten Klasse reiste, amüsierten sie, und anscheinend war die ganze *Titanic* bereits darüber auf dem laufenden: Ein Steward hatte sich über das beachtliche Gepäck dieser Familie gewundert, doch der Vater hatte ihm erklärt, sie seien acht Personen, und für eine sechstägige Überfahrt sei ihr Gepäck doch nun wirklich nicht zu viel! Suzanne fügte hinzu, die armen Leute hatten angenommen, daß sie auch ihre Verpflegung hätten mitbringen müssen: »Ganze Truhen voll saurem Hering und eingesalzenem Kohl!« rief sie lachend.

Während sie ihr zuhörte, begann Ida, ihren Schmuck abzulegen, und bat Suzanne, ihr beim Aufhaken des Kleides zu helfen. Diese nutzte die Gelegenheit, um eine weitere Klatschgeschichte loszuwerden.

»Ein Zimmermädchen der zweiten Klasse hat sich beschwert, daß sie in einer Kabine nie putzen kann. Der Mann und das kleine Mädchen, die dort wohnen, folgen einem normalen Tagesablauf. Die Frau aber schläft tagsüber. Anne, das Zimmermädchen, hat zuerst geglaubt, daß sie krank sei. Aber nein, überhaupt nicht. Die ganze Nacht über sitzt die Frau angezogen in einem Sessel. Sie will sich nicht hinlegen, weil sie Angst hat, einzuschlafen. Und sie ist fest entschlossen, das während der ganzen Überfahrt durchzuhalten. ›Mama will nicht schlafengehen‹, hat das kleine Mädchen erklärt. ›Sie glaubt, daß uns eine Gefahr droht, also lauscht sie auf alle Geräusche.‹«

»Wie absurd!« Ida konnte nicht an sich halten. »Auf alle Fälle werde ich es ihr heute abend nicht gleichtun. Ich bin todmüde.«

Und tatsächlich schlief sie ein, kaum hatte sie sich hingelegt. Doch sie schlief unruhig und wurde von den schlimmsten Alpträumen gequält. Sie irrte in einem Wald zwischen Bäumen umher, die so hoch waren, daß sie ihre Gipfel nicht erkennen konnte. Als sie auf den Boden sah, war ihr, als würden zu ihren Füßen Dämonen zum Leben erwachen, die ihr auflauerten und sie anspringen wollten. Der Wald erbebte vom Schlag einer Axt. Sie versuchte, eine Böschung hinaufzuklettern, doch sie fiel und rutschte zurück. Mit aller Kraft klammerte sie sich an einem Baumstamm fest. Aber die bemooste Rinde zerbröckelte unter ihren Fingern, das Holz war verfault. Sie hatte Angst, bis nach unten ins Tal abzugleiten, von wo aus ihr der Mann folgte, vor dem sie zu fliehen versuchte.

Die Schläge der Axt wurden immer lauter. Ida wachte schweißgebadet auf und hatte fast vor Entsetzen laut geschrien. Mit der Glocke neben ihrem Bett hätte sie nach Suzanne läuten können. Doch sie wollte lieber allein sein. Was hatte dieser Alptraum zu bedeuten? Um die Verwirrung zu vertreiben, in die sie dieser böse Traum gestürzt hatte, beschloß sie, ihren Brief an Harold fortzusetzen.

Sie schlüpfte in ihren seidenen Morgenmantel und setzte sich an den kleinen Schreibtisch neben ihrem Bett. Aus einem der Schubfächer holte sie das Blatt, auf dem sie zu schreiben begonnen hatte.

Harold, habe ich eigentlich je verstanden, wer Du bist? Ein Mann mit unterschiedlichen Masken, die er den Umständen entsprechend auswechselt.

Es herrschte Stille, man hörte nichts als das leichte Kratzen der Feder auf dem Papier. Dann schlug auf dem Gang eine Tür, und Ida glaubte, einen leichten Luftzug zu spüren. Die meisten Passagiere schliefen wahrscheinlich friedlich, während die *Titanic* ihren Weg nach Amerika fortsetzte. Was hätte Harold wohl empfunden, wenn er mit ihr zusammen in dieser gemütlichen Kabine reisen würde? Auf jeden Fall hätte er nicht auf den Koffer verzichtet, der ihn auf jeder Reise begleitete und in dem eine beeindruckende Anzahl an Hüten verstaut war. Seine ganz persönlichen Masken.

Wenn er zum Fischen ging, trug er eine Schirmmütze aus Tweed, zur Jagd einen schmalkrempigen, gewölbten Hut aus Tuch. In London bestimmten Jahreszeit und Anlässe die Wahl: im Frühjahr ein Canotier, für die Oper ein schwarzer Zylinder, für das Pferderennen in Ascot, wo sich die Londoner High Society unter das Volk mischte, ein perlgraues Modell. Er würde nie mit einem ›coke‹ – jene vielgetragenen Hüte mit dem breiten, flachen Rand – auf die Straße gehen. Eines Abends, als sie in die Oper gingen, um sich Melba und Caruso anzuhören, hatte er Ida mit einem Chapeau claque überrascht!

Zerstreut versuchte sie, einen dieser Hüte aus der Erinnerung zu zeichnen. Dann setzte sie ihren Brief fort:

Lange habe ich geglaubt, Du hättest nur ein einziges Gesicht, das nämlich, das Du meiner Mutter und mir zeigtest, als Du noch in den Faisan doré *kamst: sensibel, lächelnd, großzügig. Damit wolltest Du mich verführen, denke ich, Du wolltest Dich aber auch dahinter verstecken. Nach unserer Hochzeit hat sich Deine Haltung verändert. Deine Stimme war oft scharf und schneidend, Dein Blick abwesend und zerstreut. Eines Tages, als Du mir vorwarfst, Suzanne einen freien Nachmittag zugestanden zu haben, hat Dich die kalte Wut gepackt.*

Ida legte den Federhalter beiseite. Ihr Vater neigte zum Jähzorn, doch er bemühte sich nicht, seine Ausbrüche zu kontrollieren, während Harold sich genötigt sah, seine Heftigkeit zu verbergen. Wollte er nicht zeigen, wie weit er gehen konnte? Dann war da auch jener Ausdruck von Gleichgültigkeit oder gespielter Zerstreutheit, den Harold anzunehmen verstand. Nachdem Ida mehrmals auf sein Spiel hereingefallen war, hatte sie schließlich begriffen, daß sich hinter dieser Miene irgendein Vorhaben verbarg. Sie beugte sich wieder vor und setzte ihren Brief fort:

Wohl um zu erfahren, wie Du wirklich bist, schloß ich mich in Deinem Arbeitszimmer ein, wenn Du fort warst. Was suchte ich dort, wenn ich mich in Deinen Sessel setzte? Ich denke, eine Art Bestätigung ... Ich spielte mit den Federhaltern, öffnete das Tintenfaß und bewunderte den ziselierten Silberdeckel. Alles war so ordentlich ... Bis hin zu den weißen Blättern! Die Schubladen waren immer verschlossen. Doch eines Morgens, als Du zu einem Notfall ins Krankenhaus gerufen wurdest, stellte ich fest, daß eine leicht geöffnet war. Zunächst fand ich nur Besitzurkunden darin: unsere Wohnung, unser Landhaus und die Landparzelle betreffend, die Du gerade gekauft hattest. Auch unsere Heiratsurkunde lag dort.
Unter diesem Stapel von Akten entdeckte ich eine blaue Hülle, die nur mit einem Buchstaben beschriftet war: A. Was hatte das zu bedeuten? War es der Anfangsbuchstabe eines Namens? Der Name einer Frau, deren Existenz Du mir verheimlicht hattest? Mir fiel ein, daß man mit diesem Buchstaben in Amerika früher Ehebrecherinnen brandmarkte. Und ich war zunächst erleichtert, als ich feststellte, daß sich in dieser Akte nur Papiere befanden, die das Erbe Deiner Schwester Alexandra betrafen. Kurz nach ihrem Tod hattest Du erklärt, sie habe den Hauptteil ihres Vermögens einem Waisenhaus vererbt und Dir nur eine bescheidene Summe hinterlassen.
Es hatte mir gefallen, daß Du angesichts des Testaments Deiner Schwester nicht den leisesten Tadel oder das mindeste Bedauern geäußert hast. Und warum hätte ich Dir nicht glauben sollen? Alexandra hatte mir so oft erklärt, wie sehr ihr die Liebe zu diesen benachteiligten Kindern half, den Tod ihrer eigenen Tochter zu überwinden. Ich wollte die Akte gerade schließen, als ein Blatt herausglitt. Ich hät-

te nicht im entferntesten daran gedacht, es näher zu betrachten, hätte nicht eine Summe meine Aufmerksamkeit erregt: 60 000. 60 000 Pfund Sterling hatte Alexandra dem Waisenhaus vermacht. Automatisch las ich weiter. Ein Schleier begann meinen Blick zu trüben, hinter dem alles verschwamm und der mich daran hinderte, irgend etwas zu begreifen. Der Name des Waisenhauses war nicht erwähnt. Nein, Harold, Du hattest diese Summe geerbt. Also hattest Du gelogen. Warum? Um eine Legende um Deine Schwester zu schaffen, um sie mit einem Heiligenschein zu versehen? Oder wolltest Du vielmehr allein in den Vorzug dieser ungeheuren Summe kommen? Warum hattest Du mich belogen? Ich war wie gelähmt, versteinert. Und dann drängte sich mir ein Bild auf, es durchzuckte mich wie die Klinge eines Messers: Ich sah das Boot vor mir, in dem wir drei an jenem nebligen Tag saßen, ich sah Dein Gesicht: eine metallene Maske, und ich sah wieder Alexandra, die im Wasser kämpfte und schrie.

11. Kapitel

Nach einer schlaflosen Nacht begab sich Fagin am nächsten Morgen mit rotgeränderten Augen zum Hundezwinger. Der Metzgergehilfe, hocherfreut, von dieser unliebsamen Aufgabe befreit zu werden, zeigte seinem Nachfolger die Haken, an denen die Leinen befestigt wurden. Jeder war mit dem Namen des Tieres und seines Besitzers versehen.

»Ehe du sie ausführst, mußt du die Käfige säubern«, erklärte der Junge. »Dann bereitest du ihr Futter vor, sie sind daran gewöhnt, es vorzufinden, wenn sie zurückkommen. Du mußt aufpassen, einige von ihnen bekommen Spezialkost: Der Airdaleterrier mit den langen Barthaaren zum Beispiel gehört Mrs. Astor. Er bekommt kein Schweinefleisch, denn sie fürchtet, er könne dadurch einen Bandwurm bekommen. Und für den grauen Pinscher mußt du die Karotten ganz fein schneiden, so hat es die Besitzerin angeordnet. Nimm dich auch vor der französischen Bulldogge in acht, sie ist anscheinend siebenhundert Dollar wert und hat ein kräftiges Gebiß. Mir will sie nie gehorchen. Sie ist schon verschwunden, ehe ich ihren Namen ganz ausgesprochen habe. Stimmt's, Gamon de Pycombe?«

Mit diesen Ratschlägen begab sich Fagin zum Achterdeck. Auf der Treppe begannen die Tiere zu laufen, die Großen trampelten ohne Mitleid die Kleinen nieder. Sie kläfften und jaulten, und Fagin hatte größte Mühe, die Leinen zu halten.

Glücklicherweise beruhigten sie sich an der frischen Luft. Am Fuß jedes elektrischen Krans, jeder Winsch und jeder Winde blieben sie stehen und schnupperten.

Der Horizont wurde von einem gelblichen Schimmer erhellt. Ein neuer Morgen graute. Im Kielwasser der *Titanic* zeichnete sich auf dem Rücken der runden Wellen eine breite Schaumspur ab. Auf der schmalen Metalltreppe hallten Schritten wider. Fagin sah einen hochgewachsenen Mann, der einen Wildledersack umhängen hatte, aus dem Bänder und Schläuche hingen. Ohne Fagin und die Hunde auch nur eines Blickes zu würdigen, baute er sich, den Blick nach Norden gewandt, vor der Reling auf. Er holte tief Luft, und Fagin begriff, daß das, was er für einen einfachen Lederbeutel gehalten hatte, ein Dudelsack war. Bald erhob sich der Klang des Instruments in die feuchte Morgenluft. Mit geschlossenen Augen schien der Mann einen monotonen Singsang vor sich hin zu murmeln, während der majestätische, schmerzliche Klang seines Dudelsacks die kühle Meeresluft zerriß. Es klang wie ein Schrei, ein Hauch von Schmerz, in dem die Nostalgie eines ganzen Landes lebendig wurde. Vom Klang seiner Musik stimuliert, vollführte der Musiker auf dem Deck einige Tanzschritte, die an einen Infanteristen erinnerten, der zum Sturm auf die feindliche Linie ansetzt.

Als das Stück beendet war, wischte er sich über den Mund und sagte statt eines Grußes: »Ich spiele jeden Morgen. Immer mit Blick aufs Meer.«

Trotz der melancholischen Weise hatte diese unerwartete Darbietung Fagin Mut gemacht. Er dachte an die Iren, die er in Belfast kennengelernt hatte, und an Brendans tröstende Worte, wenn er abends traurig war: »Der Kummer ist das Brot der Armen. Und der Mut die Butter, die man darauf streicht.«

Dann schlug er sich mit schöner Regelmäßigkeit auf die Schenkel und lachte laut los. Und Fagin stimmte ein.

Das Gebell der Hunde brachte ihn in die Wirklichkeit zurück. Er mußte sie zum Zwinger zurückbringen und füttern. Die Gänge waren vom Duft nach frischem Brot erfüllt. Der Bäcker sang aus voller Kehle, während seine Gehilfen goldgelbes Hefegebäck aus dem Ofen zogen. Als er Fagin an seiner Backstube vorbeikommen sah, rief er ihn zu sich und bat ihn, noch einmal vorbeizukommen, wenn er mit seiner Arbeit fertig sei.

»Ich habe ein Speckbrot für den Barbier der ersten Klasse gebacken. Das bin ich ihm schuldig, schließlich kommen wir beide aus Landsdowne Hill, einem Viertel in Southampton. Und er ist, wie ich, ein Frühaufsteher. Was haben wir während des Bergarbeiterstreiks zusammen Karten gespielt! Sag ihm, er soll dir einige Tricks zeigen, das ist seine große Spezialität.«

Aber der Barbier war nicht zu Scherzen aufgelegt. Er hatte sich soeben beim Rasieren geschnitten. Doch seine Laune besserte sich, als er Fagin mit dem warmen Brotlaib sah. Während er mit einem feuchten Handtuch den Schnitt betupfte, musterte er den Jungen durch seine Goldrandbrille. »Wenn sich ein Barbier schneidet, ist das kein gutes Omen. Bist du abergläubisch?« fragte er, während er die Flakons auf der breiten Ablage zur Seite schob. »So, leg den Brotlaib hierher, ich werde dir ein Stück zu kosten geben.«

Mit einer Handbewegung lud er Fagin ein, auf einem der beiden Friseursessel, vor denen Spiegel angebracht waren, Platz zu nehmen. »Ein kleines Andenken?« fragte er den Jungen.

Dabei deutete der Barbier auf eine Eckvitrine, hinter deren Glasscheibe hübsche Schmuckgegenstände aufgereiht waren: Teller, Briefbeschwerer, kleine Rettungsringe, Wimpel, die mit der majestätischen Silhouette der *Titanic* geziert waren oder einfach nur den Namenszug des Schiffes trugen, Portemonnaies, Postkarten, Pfeifen und Uhren. Eine Holzschatulle erregte Fagins besondere Aufmerksamkeit. Sie enthielt einen Federhalter, dessen Vorzüge auf einem Werbeschild gepriesen wurden: »Swan, die Nummer eins unter den Federhaltern«. Er dachte, daß nur wirklich reiche Leute sich solche Dinge leisten konnten.

Jetzt betrat ein Paar den Laden. Die Frau hielt einen in eine rosafarbene Wolldecke gehüllten Säugling in den Armen, auf dessen Köpfchen eine mit Satinbändern gezierte Mütze thronte. Der Mann, ein Rotschopf mit schwermütigem Blick, nahm in einem der Friseursessel Platz. Fagin verstand, daß es für ihn Zeit war zu gehen. Ohne Eile beschloß er, sich auf den Weg zum Bug des Schiffes zu machen. Aber kaum hatte er einen Fuß auf den Gang gesetzt, traf ihn eine Stimme, die er nur allzugut kannte, wie ein Peitschenhieb.

»Nun, wie läßt sich denn die kleine Kreuzfahrt an?« hörte er Fergus fragen. »Alles zum besten? Ist die Kabine des gnädigen Herrn bequem genug? Hat er gut gefrühstückt? Zum Abendessen würde ich dem Herrn unser Filet Mignon empfehlen. Und vor allem zögern Sie nicht, wenn Sie etwas brauchen, die

Mannschaft steht ganz zu Ihren Diensten. Der gnädige Herr ist ein wenig ausgerissen? Man hat ihn überall gesucht! Vielleicht war der Herr ja im Schwimmbad ...«

Dann wurde sein Ton barscher: »Taugenichts, Flegel! Los, komm her, die Winden schmieren, die Taukiste aufräumen, und wenn du damit fertig bist, gebe ich dir Putzzeug, damit du das Deck scheuern kannst ...«

Er faßte Fagin am Ohr und zwang ihn so, seinen Schritt zu beschleunigen. Der Schmerz war unerträglich. Er wollte schreien, aber er stolperte, und Fergus begann, ihn zu ohrfeigen. »Nichtsnutze deines Stils band man noch vor kurzem an den Fockmast und ließ sie in der Sonne krepieren«, schimpfte er. »Wäre ich an der Stelle des Kapitäns gewesen, hätte ich genau das getan. Unkraut wie dich muß man zertreten. Rums, so!«

Er schnellte herum, um Fagin auf den Fuß zu treten, doch dieser war ihm geschickt ausgewichen.

»Das lasse ich mir nicht gefallen!« Der Klang seiner eigenen Stimme erstaunte ihn. Die Fäuste in den Taschen geballt, rührte er sich nicht vom Fleck. Fergus wollte erneut zuschlagen, hielt dann aber inne. Doch gelang es ihm, dem Jungen ein Bein zu stellen, so daß dieser stürzte. Mit einem Fußtritt zwang er ihn, sich wieder zu erheben.

Solange er an Deck arbeitete, ließ ihn Fergus keine Sekunde in Ruhe. Sobald die anderen Matrosen auftauchten, tat er, als würde er ihn wegen eines imaginären Fehlers schelten. Dann wandte er sich an einen von ihnen: »Hast du das gesehen? Da war man so freundlich, diesen Herrn in der Küche einzusetzen, sicherlich weil ihm die morgendliche Feuchtigkeit nicht behagte! Und im Vorbeigehen nutzt der Herr die Gelegenheit, um sich in den Lagerräumen zu bedienen! Aber er stiehlt nicht irgendwas, nein, Champagner und Zigarren! Der Herr hat schließlich Geschmack ...«

Fagins Zorn war jetzt einem Gefühl der Scham gewichen. Er hatte keine Kraft mehr, sich gegen diese Anschuldigungen zu wehren. Wie ein Automat führte er Fergus' Befehle aus, schmierte die Winden, rollte Kabel oder Tauwerk auf, scheuerte das Deck. Fergus scheuchte ihn sogar ins Krähennest hinauf, um eine Schüssel herunterzuholen, die er oben natürlich nicht vorfand. Jeder Blick schien ihm eine Anklage. Also senkte er den Kopf. Wie lange dauerte diese Qual schon an? Er hätte es nicht sagen können. Fergus saß, die Pfeife zwischen den Zähnen, auf einer Winde und forderte ihn voller Verachtung heraus. Und als die Glocke anzeigte, daß sein Dienst beendet war, ließ er noch einige Minuten verstreichen, ehe er sein Opfer entließ. Da er nicht den Eindruck erwecken wollte, die Flucht zu ergreifen, schlenderte Fagin langsam zu seiner Koje, wo er den Klauen seines Peinigers entkam. Erschöpft und beschämt stellte er sich für einen Augenblick vor, er würde sich in seiner Kabine verbarrikadieren. Er wollte niemanden mehr sehen. Nicht einmal François. Doch in der Kabine erwartete ihn eine Überraschung. Auf seinem Bett lag ein zusammengefaltetes Blatt Papier: »Der Schuldige ist entlarvt. Sofort in die Küche kommen!« War das ein gehässiger Scherz? Wollte man ihn damit noch mehr demütigen? Oder bedeutete diese Nachricht, daß der wahre Dieb überführt war? Er schob die Hand unter sein Kopfkissen. Die Berührung der Bibel gab ihm Sicherheit. Hatte ihm nicht Molly kurz vor der Einschiffung gesagt, dieser Text sei ein Schatz, aus dem er auch in Zeiten der Verzweiflung Kraft schöpfen könne? Er ergriff das Buch und preßte es wie einen Talisman an seine Brust.

Fagin hatte sich auf eine endgültige Verurteilung gefaßt gemacht. Doch die Gesichter der Köche, die an den Herden standen, schienen freundlich, und der Küchenchef nahm ihm, noch ehe er sich entspannen konnte, die letzten Zweifel. In wenigen Worten teilte er ihm mit, daß der Schuldige entlarvt worden sei: »Es war einer der Spüler, ein Chinese; er brachte sein Diebesgut zu einem Landsmann, der sich als blinder Passagier an Bord befand. Man hat ihn unter der Plane in einem der Rettungsboote entdeckt. Ah! Der Kerl ließ es sich gutgehen: Champagner, italienischer Schinken und sogar ein, zwei Zigarren. Man hat die beiden in der Waschküche auf dem F-Deck eingesperrt, und ich kann Ihnen versichern, daß ihr Menü heute abend äußerst gepflegt sein wird: Kartoffeln für alle beide!«

Inmitten des Gelächters spürte Fagin, wie er in die Luft gehoben wurde: François, Burni und Thomas trugen ihn im Triumphzug durch die Küche. Er war so fassungslos, daß er nicht wagte, seine Freude zu zeigen. Außerdem mußte er ständig den Kopf einziehen, um nicht an die Eisenträger unter der Decke zu stoßen. Sobald er wieder Boden unter den Füßen hatte, wurde er von Leopold, Molly und Jack dem Steward umringt.

»Aber warum hast du uns denn nur nicht früher gesagt, daß du unschuldig bist?«

»Es hätte mir ja sowieso niemand geglaubt ...«

Das Protestgeschrei seiner Kabinengenossen ließ ihn erröten.

»Du warst tapfer, und wir haben uns dir gegenüber sehr ungerecht verhalten. Nicht wahr, Fergus?«

Molly wandte sich, die Hände in die Hüften gestemmt, an letzteren, der sich, vielleicht da er ein Gewitter aufziehen spürte, ein wenig abseits hielt.

»Mir ist zu Ohren gekommen, daß Sie diesen Vorfall genutzt haben, um sich näher für die Kreuzfahrt von Monsieur Fagin zu interessieren. Kapitän Smith, den einer der Offiziere über die ganze Angelegenheit informiert hat, war offenbar sehr gerührt von Ihrer Haltung. Und um Ihnen die Mühe, die Ihnen sicherlich durch Ihre wiederholten Aufmerksamkeiten gegenüber Monsieur Fagin entstanden ist, abzunehmen, hat er beschlossen, ihn den Zahlmeistern zuzuteilen.«

Jetzt trat auch Leopold auf den so Zurechtgewiesenen zu, doch ehe er noch ein Wort sagen konnte, brummte Fergus: »So erzieht man die Jungen zu Seeleuten, so macht man Männer aus ihnen.«

»Du irrst dich, Fergus. Du und ich, wir sind auf dem Meer groß geworden und haben die harte Schule durchgemacht, um unseren Beruf zu erlernen. Doch die Zeiten haben sich geändert. Du befindest dich auf der *Titanic*, das ist kein Schiff wie die anderen, das weißt du so gut wie ich.«

»Natürlich weiß ich das. Man kann ja hier keinen Schritt tun, ohne jemanden von Geld reden zu hören. Und der Schmuck der Damen, die Pelze der Herren ... Puuuh! Das ist kein Ozeandampfer mehr, sondern ein schwimmender Goldbarren.«

»Offenbar wirst du dich nie ändern, Fergus! Man könnte meinen, du wärst eifersüchtig ... Statte doch mal der dritten Klasse einen kleinen Besuch ab: Die Leute dort sind nicht reicher als du, im Gegenteil. Aber das wollte ich dir gar nicht sagen. Die *Titanic* ist mit allen Fortschritten der Technik gesegnet. Bisher hat kein Mensch eine so außerordentliche und perfekte Maschinerie ersonnen. Die *Titanic* ist ein Symbol des neuen Zeitalters.«

»Ein Symbol?«

»Ja, ein Symbol.«

Fergus runzelte die Stirn und strengte sich offensichtlich an, diesem Wort, das ihm zweifellos unbekannt war, einen Sinn zu geben. François begann zu lachen, und bald stimmte auch Jack ein. Doch der Küchenchef unterbrach sie mit der Bemerkung, man könne sich nicht ewig aufhalten, und die Arbeit müsse weitergehen.

12. Kapitel

»So, nicht mehr bewegen! Sieh her, gleich kommt das Vögelchen!«

Ein Knie auf den Boden gestützt, bemühte sich ein Mann, eine Aufnahme von einem kleinen Mädchen mit langen Locken zu machen.

Die Kleine mochte etwa vier Jahre alt sein, und sie hielt eine Porzellanpuppe im Arm. Beide waren mit der gleichen geschmackvollen Sorgfalt gekleidet: ein Organdykleid, ein mit rosafarbenen Bändern gezierter Hut und Lackschühchen. Und beide wirkten sie gleichermaßen zierlich und zart. Man hatte den Eindruck, als könnten sie beim geringsten Stoß zerbrechen.

»Dies ist in gewisser Weise der Spielplatz für die Kinder der zweiten Klasse«, bemerkte der Offizier, der die Passagiere der ersten Klasse, die das Schiff besichtigen wollten, herumführte.

Als wolle er seine Ausführungen belegen, deutete er auf ein Kind, das zu seiner Rechten mit einem buntgeringelten Holzkreisel spielte. Der kleine Junge widmete sich mit solcher Ernsthaftigkeit seinem Spiel, daß Ida ein Lächeln nicht unterdrücken konnte. Da er sich beobachtet fühlte, hob er nach kurzem Zögern den Kopf und winkte Margaret zu.

»Kennst du ihn?« wunderte sich Mrs. Thompson.

Das junge Mädchen errötete und stotterte, sie habe ihn mehrmals vom Promenadendeck der ersten Klasse aus gesehen.

Der Offizier schlug den Passagieren jetzt eine kleine Pause im Lesesalon der zweiten Klasse vor.

»Das wurde auch Zeit!« bemerkte scherzhaft eine Amerikanerin, an deren Wurstfingern auffällige Ringe steckten. Denn schon seit mehr als einer Stunde liefen Ida, Mrs. Thompson, ihre Tochter sowie fünf andere Passagiere über das Schiff. Der Maschinenraum, der Laderaum, das Ruderhaus, die Küchen, die Messe der Öler und Matrosen, der Aufenthaltsraum der Stewards und Zimmermädchen, nichts wurde ausgelassen.

Der Offizier kommentierte den Rundgang ausführlich, erklärte technische Details, gab Anekdoten zum besten. So erfuhr Ida, daß die Überseedampfer Mitte des letzten Jahrhunderts noch Kühe und Hühner an Bord hatten, um die Reisenden mit frischer Milch und Eiern versorgen zu können. Auf der Kommandobrücke begrüßte sie der Kapitän mit einer kleinen Ansprache: »So, Sie besichtigen also unser Wunderwerk der Technik? Wir haben wirklich Glück, das Wetter ist ausgezeichnet!« Ein Passagier fragte ihn, ob sich diese Jungfernfahrt von anderen unterscheide. Der Herr des Schiffes antwortete ihm, er habe vor einigen Monaten schon auf der *Olympic*, dem Schwesterschiff der *Titanic*, dieselbe Überfahrt miterlebt: »Und alles ist bestens verlaufen ...«

Als sie die Bibliothek der zweiten Klasse betraten, dachte Ida an diese Worte. Nicht so sehr ihre Bedeutung war ihr im Gedächtnis geblieben, als vielmehr das Gesicht des Mannes, der dem Kapitän die Frage gestellt hatte. Sein entschlossenes Auftreten beeindruckte sie. Auch das ausdrucksvolle Leuchten, das bisweilen seine dunkelbraunen Augen erhellte, war ihr sofort aufgefallen. Sie kannte nur seinen Vornamen. Vorhin hatte ihn jemand mit Stephen angesprochen.

Interessierte sich auch Mrs. Thompson für ihn? Mehrmals hatte sie ihn von der Seite gemustert, und Ida fragte sich, ob er aufgrund seines überlegten, distinguierten Verhaltens nicht als angemessener Schwiegersohn in Frage kam. Doch im Lesesalon schenkte er Margaret nicht die geringste Aufmerksamkeit, sondern interessierte sich nur für die Werke, die in dem verglasten Mahagonibücherschrank standen.

Der große Raum war mit Bergahornholz getäfelt und wurde von großen, mit seidigen Vorhängen geschmückten Fenstern erhellt. Polstersessel und dicke Teppiche vervollständigten den Eindruck von Behaglichkeit. Die Passagiere saßen an kleinen Tischchen und lasen oder schrieben. In einer Ecke bemerkte Ida drei Pastoren, die in eine lebhafte Diskussion verwickelt waren. Nicht weit entfernt beugte sich eine Frau in einem pflaumenfarbenen Kleid über ihre Patiencekarten, während ihr Mann sie voller Zärtlichkeit beobachtete. Er bemerkte nicht einmal die Besucher, die jetzt an ihnen vorübergingen.

Das junge Mädchen am Nachbartisch hingegen unterbrach seine Lektüre, hob den Kopf und musterte die Gruppe eingehend; Ida sah, daß sie ein Monokel trug.

Als sie sich niedergelassen hatten, setzte der Offizier stolz seine Ausführungen über die Stabilität der *Titanic* fort: »Früher waren die Überfahrten eine furchtbare Strapaze. Die Passagiere versuchten mit den unsinnigsten Mitteln die Seekrankheit zu bekämpfen – mit Marmelade, mit Cayennepfeffer, Portwein, Chutney oder verschiedenen Gewürzen. Einige empfahlen, Eiswürfel auf die Wirbelsäule zu legen, man verkaufte auch Gürtel, die sehr eng geschnallt werden mußten, angeblich um das Aufsteigen der Galle zu verhindern. Andere, wie etwa die Chinesen, hatten einfachere Mittel, sie warfen Papiergirlanden über Bord, um damit ihre Götter zu beruhigen ...«

Seine Erzählung wurde von einem mageren, gebeugten Mann unterbrochen, der ihnen seine Hilfe anbot.

»Nein, wir sind nicht gekommen, um Bücher auszuleihen, Herr Bibliothekar. Ich führe diese Passagiere über das Schiff«, antwortete ihm der Offizier.

Dann schlug er der Gruppe vor, sich nun auf das Deck der dritten Klasse zu begeben. Margaret bat, im Lesesalon bleiben zu dürfen. Nachdem ihre Mutter ihr die Erlaubnis erteilt hatte, vertraute diese Ida an: »Meine Tochter ist wirklich unberechenbar und so schwer zu verstehen. Dabei haben wir diese Reise nur ihretwegen unternommen!«

Dann erklärte sie, daß Margaret sich in einen nicht eben begüterten jungen Mann verliebt hatte. »Eine unmögliche Verbindung«, versicherte sie in verächtlichem Ton. »Im übrigen hat Charles ausnahmsweise einmal seine Autorität gelten gemacht. Er hat den Stadtplan von London genommen und mit einem Zirkel einen Kreis um unser Viertel geschlagen, und dann hat er ihr gesagt: ›Meine Tochter, es kommt nicht in Frage, daß du einen Mann heiratest, der außerhalb dieses Gebietes wohnt!‹ Darum nehmen wir Margaret mit nach Amerika; sie soll das alberne Abenteuer vergessen.«

Sobald sie das Deck der dritten Klasse erreicht hatten, wurden ihre Worte von Gesängen und Musik übertönt. Eine Frau tanzte allein, die anderen bildeten einen Kreis um sie. Sie wiegte sich zum Klang einer Geige und eines Akkordeons, während ein Chor einen nostalgischen Gesang anstimmte.

»Haben Sie diese Finnin gesehen?« fragte ein älterer Herr namens Mr. Gardner, der sich die ganze Besichtigung über schweigsam verhalten hatte.

»Woher wissen Sie, daß sie Finnin ist?« fragte Mrs. Thompson, die sicherlich verärgert war, weil ihre Tochter sie nicht mehr begleitete. »Doch wohl nicht, weil sie blond ist. Was das Akkordeon angeht ...«

»Man kann es an den Motiven erraten, mit denen ihre Weste bestickt ist. Und auch an ihrer Kleidung: Sie trägt mehrere Kleider übereinander. Diese Tänzerin ist viel schlanker, als man meinen könnte. Sie trägt alle ihre Kleider am Körper und wohl auch den Rest ihrer Habe. Ihr Rock ist so schwer, weil sie sicherlich die Silberstücke aus ihren Ersparnissen in den Saum genäht hat.«

Mr. Gardner hob das Kinn ein wenig. Ida hatte diesen eigenartigen Tick schon zuvor bemerkt. Man hätte meinen können, er wende den Blick ab, doch dieser wurde im Gegenteil noch lebendiger, noch schärfer. Nach einer Weile fügte er hinzu: »Sie fährt vielleicht nach Amerika zu ihrem Verlobten oder Ehemann, der schon seit Jahren drüben ist und erst jetzt das Geld zusammengespart hat, um ihre Überfahrt zu bezahlen.«

Ida wollte ihm gerade eine Frage stellen, doch ihre Aufmerksamkeit wurde von einigen Männern abgelenkt, die sich zu der Tänzerin gesellten. Als sie an der Amerikanerin und Mrs. Thompson vorbeigingen, musterten sie sie mit einer Mischung aus Verwunderung und Spott, und Ida wurde bewußt, wie unpassend ihre allzu luxuriöse Aufmachung hier wirken mußte. Doch jetzt begannen auch die Männer zu tanzen. Sie sprangen in die Luft, gingen dann in die Hocke und drehten sich, ein Bein ausgestreckt, um sich selbst. Die Umstehenden klatschten im Takt dazu. Der Refrain wurde zunächst in tiefen Tönen gesummt, dann aus voller Kehle gesungen, als wolle man damit die Tänzer anfeuern, die nun höher und höher sprangen.

Der Enthusiasmus der Singenden wirkte so ansteckend, daß

auch Ida mitzuklatschen begann. Jemand trat neben sie – es war Stephen. Um ihr zu zeigen, wie gut er ihre Anteilnahme verstand, lächelte er ihr zu, und das vermittelte ihr das Gefühl, ein Geheimnis mit ihm zu teilen. Der Tumult machte sie plötzlich benommen. Sie wandte sich ab.

Auf einem Hocker saß ein kräftiger rothaariger Bursche, der Zauberkunststücke mit einem Stück Schnur vollführte. Zwei andere Männer beugten sich über ein Blatt Papier. Ida hätte gern gewußt, was sie lasen und warum die anderen kicherten. Nirgendwo anders auf dem riesigen Schiff herrschte eine so ausgelassene Stimmung. Die Leute redeten in den verschiedensten Sprachen: Rumänisch, Italienisch, Deutsch, Polnisch, Russisch, Norwegisch, Jugoslawisch ... Sie liefen hintereinander her, amüsierten sich, zwei schoben mit dem Fuß einen Stein vor sich her, und die umstehende Menge feierte den Sieger mit lauten Hurra-Rufen.

»Was für ein Durcheinander«, beklagte sich Mrs. Thompson, und an der Art, wie sie ihre Tasche an sich preßte, konnte man ablesen, wie unwohl sie sich in diesem Gewühl fühlte. »Aber warum steht dieser Kerl die ganze Zeit da oben auf einer Leiter? Seit wir hier sind, hat er sich noch nicht vom Fleck gerührt ...«

Der Steward, der sich zu ihnen gesellt hatte, erklärte: »Er wartet auf seine Frau, für die er ein Ticket in der zweiten Klasse gekauft hat. In der dritten Klasse würden sie ohnehin nicht dieselbe Kabine teilen, da hier Männer und Frauen getrennt sind. Er wollte seine Frau lieber unter besseren Bedingungen reisen lassen. Dies ist ihr Treffpunkt, wo sie sich von einem Deck zum anderen unterhalten.«

Mr. Gardner und Stephen waren stehengeblieben, um sich mit einigen Emigranten zu unterhalten. Mrs. Thompson wurde ungeduldig und hatte offensichtlich den Wunsch, den Besuch abzukürzen. Als die beiden zurückkamen, schien Stephen betroffen.

»Sie haben uns im Stich gelassen!« rief Mrs. Thompson aus. »Was hatten Ihnen die Bärtigen denn so Wichtiges zu erzählen?«

Wortlos ging er an ihr vorbei zum äußersten Ende des

Decks und sah auf das Meer. Ida vermutete, daß er so seine Gefühle zu verbergen versuchte.

Mrs. Thompson reagierte verärgert: »Also so was! Und ich habe ihn für einen Gentleman gehalten, dabei hat er wirklich ungehobelte Manieren!«

»Diese Menschen haben uns furchtbare Dinge über die Verfolgungen erzählt, die sie erlitten haben. Man verläßt ja sein Land nicht einfach grundlos«, bemerkte Mr. Gardner leise. »Sehen Sie den Mann da hinten, der so steif mit seiner Umhängetasche dasteht? Seine älteste Tochter wurde gefoltert und geschlagen. Und den neben ihm? Er wollte nicht länger in dem Keller leben, in dem er sich versteckt hielt. Und den großen Blonden? Er mußte mit seiner Frau und seinen sieben Kindern aus seinem Dorf fliehen. Eines Nachts wurde ihr Haus angezündet und ihre Tiere abgestochen. Sein Cousin hat sich schon am Broadway als Schneider niedergelassen. Er fährt jetzt zu ihm und hat nur den einen Wunsch, genug Geld zu verdienen, um die Überfahrt für Frau und Kinder bezahlen zu können.«

Als er den Satz beendet hatte, trat Stephen zu ihnen. Sein Gesicht war ausdruckslos, doch der Zug um seinen Mund schien sich verhärtet zu haben. Ida bemerkte, daß die Sonne den goldenen Schimmer in seinen Augen noch mehr hervorhob.

»Braucht Amerika dieses Elendspack etwa?« beharrte Mrs. Thompson.

»Vielleicht sind sie in fünfzig Jahren die Vermögendsten auf dem ganzen Kontinent«, hielt ihr der alte Herr entgegen. »Mr. Guggenheim hat mir gestern im Rauchsalon die erstaunliche Geschichte seiner Familie erzählt. Es waren deutsche Juden, die sich, um den Verfolgungen zu entgehen, im Schweizer Kanton Bern niedergelassen hatten. Sein Großvater Shimon war Schneider und sparte das Geld zusammen, um ein Haus kaufen zu können. Aber nicht irgendeins, sondern ein Haus, für das sich kein christlicher Käufer gefunden hatte. Es hatte natürlich zwei Treppen, eine von beiden war der christlichen Kundschaft vorbehalten, um auszuschließen, daß sie mit Juden zusammentrafen. Eines Tages hatte Shimon Guggenheim genug von all den Ungerechtigkeiten und Demütigungen.

Und letztlich hat dann eine Liebesgeschichte den Ausschlag gegeben. Als Witwer hatte er den Wunsch, sich wieder zu vermählen. Doch der Stadtrat gewährte den Juden das Recht zu einer zweiten Ehe nur nach einer langen Wartezeit und gegen Entrichtung eines hohen ›Bußgeldes‹ ... Er hat es also vorgezogen, das Ghetto von Langnau zu verlassen und mit seinem Sohn und seiner Verlobten nach Amerika auszuwandern. Das war im Jahr 1848. Die Überfahrt von Hamburg nach New York dauerte zwei Monate! Shimons Sohn, Meyer, verdiente seinen Lebensunterhalt, indem er Seife, Schuhcreme, Nadel, Faden und Schuhbänder feilbot. Später wurde er Krämer, und als er feststellte, daß eine Creme zur Pflege von Öfen und Feuerstellen besonders beliebt war, beschloß er, sie selbst herzustellen. Bald kaufte er eine kleine Eisenbahngesellschaft, eine Spitzen- und eine Stickereifabrik ... Kurz, die Familie Meyer wechselte mit wachsendem Vermögen alle fünf Jahre das Haus und das Viertel. Eines Tages rief er seine sieben Söhne zu sich und gab jedem ein Holzstäbchen. »Brecht es durch!« befahl er. Das gelang jedem von ihnen ohne Schwierigkeiten. Sodann reichte er sieben zusammengebundene Holzstäbchen herum, doch keinem der Söhne wollte es gelingen, das so geschnürte Bündel zu zerbrechen. Daraus leitete der Vater folgende Lehre ab, die er ihnen mit auf den Weg gab: ›Seht ihr, meine Söhne, jeder von euch kann für sich allein scheitern, gemeinsam aber seid ihr unbesiegbar. Bleibt zusammen, und die Welt gehört euch.‹ Und daraus entstand der große Reichtum der Guggenheims. Als Meyer im Jahr 1905 starb, belief sich das Vermögen seiner sieben Söhne auf siebzig Millionen Dollar. Doch die beiden letzten unter ihnen, jener, der heute mit uns an Bord der *Titanic* reist, und sein Bruder William, interessieren sich nicht mehr für die Geschäfte und zogen es vor, ihr Vermögen in Europa zu genießen.

Es gäbe noch viele ähnliche Geschichten zu erzählen. Wenn Sie heute Colonel Astor mit seinem glitzernden Diamantring am Finger sehen, fällt es Ihnen sicherlich schwer, sich vorzustellen, daß einer seiner Vorfahren Metzger war. Vor etwas mehr als einem Jahrhundert hat er sich auf einem alten Kahn nach Amerika eingeschifft. Er hatte die Absicht, dort Musikinstrumente herzustellen, doch schnell kam er darauf, daß es wesentlich lukrativer war, den Indianern Pelze abzukaufen und damit zu handeln. Darum besitzt Colonel Astor heute ein unermeßliches Vermögen und nennt ganze Viertel von New York sein eigen ...«

»Ein Metzger«, seufzte Mrs. Thompson, »also in meiner Familie gab es keine solchen Abenteurer. Meine Vorfahren, sowie auch die meines Mannes, sind seit Generationen Engländer. Sie waren alle Professoren und Wissenschaftler ...«

Ihr Blick, der auf Stephen ruhte, schien zu fragen: »Und bei Ihnen?«, doch sie wagte nicht, die Frage auszusprechen. Ida schien es, als sehe sie den Zirkel in Mr. Thompsons Hand.

Stephen verbeugte sich spöttisch und antwortete: »Als Kind habe ich zusammen mit anderen Emigranten die gleiche Überfahrt wie heute unternommen. Meine Schwester – sie war damals zwölf Jahre alt – war sehr stolz auf ihren dicken blonden Zopf. Sie hatte so schönes Haar wie das kleine Mädchen da drüben. Aber als wir Ellis Island erreichten, war einer der Ärzte der Auffassung, daß in einem so üppigen, wundervollen Haarschopf durchaus Läuse verborgen sein könnten. Man hat sie kahl geschoren. Daran konnten weder die Proteste meiner Eltern noch das Flehen meiner Schwester etwas ändern.«

Ida bemerkte, daß mit einem Schlag Mrs. Thompsons Interesse an Stephen verflogen war. Nein, als Ehemann für Margaret kam er nicht in Frage.

Da Stephen sicher war, die anderen mit seiner Geschichte zu schockieren, hatte in seiner Stimme ein gehässiger, provozierender Unterton mitgeschwungen. Niemand antwortete ihm. Ida hätte gern ihre Zuneigung zum Ausdruck gebracht, doch sie war so bewegt, daß sie lediglich näher zu ihm trat. Die Besichtigung wurde fortgesetzt. Auf Gängen und Treppen der unteren Decks spielten überall Kinder.

»Wir haben ihnen schon so oft gesagt, daß sie sich nicht hier aufhalten, sondern in ihre Kabinen oder in die Gemeinschaftsräume gehen sollen, doch das hilft nichts«, bemerkte der Offizier. »Meistens verstehen sie ohnehin nicht, was man ihnen sagt. Viele von ihnen hören die englische Sprache zum ersten Mal in ihrem Leben.«

Er erklärte ihnen weiter, daß die *Titanic* im Gegensatz zu den meisten anderen Überseedampfern über helle, bequeme Räume verfüge, in denen sich die Frauen und Kinder aufhalten konnten, wenn es an Deck zu windig oder zu kalt war. Den Männern standen ein Rauchsalon und zwei Bars zur Verfügung. Als sie weitergingen, bemühte sich Ida, in Stephens Nähe zu bleiben. Sie wollte nicht den Eindruck erwecken, ihn wegen seiner Erklärung zu meiden. Zerstreut stolperte sie über eine Stufe und wäre beinahe gefallen. Sofort streckte er den Arm aus, um sie zu stützen. Sie fühlte sich vollkommen verwirrt, als seine Hand sie berührte. Sie war erschrocken, daß ihr Körper derart auf einen Fremden reagierte, und begriff plötzlich, was Harold von ihr erwartet und was sie ihm nicht zu geben vermocht hatte. Sie hatte das Gefühl, etwas sagen zu müssen, um sich von diesem Zauber zu befreien. »Geht es denn auf Ellis Island noch immer so grauenvoll zu?« fragte sie und empfand sich dabei unbeholfen und dumm.

»Man bezeichnet sie noch heute als die Insel der Angst oder der Tränen«, entgegnete er.

»Angst?«

»Angst, abgewiesen und mit dem nächsten Schiff zurückgeschickt zu werden.«

Gern hätte Ida ihm gesagt, daß ihr all das, der Ansturm der Immigranten und deren Angst, durch Katias Briefe ein wenig bekannt war, doch sie war zu aufgewühlt, um weiter zu sprechen.

Als sie auf das Erste-Klasse-Deck zurückkamen, hielt sich Ida ein wenig abseits. Sie blieb allein und betrachtete den Ozean. In der leichten Brise glaubte sie, das Schluchzen des kleinen Mädchens, dem man das Haar abgeschnitten hatte, wahrzunehmen. Plötzlich spürte sie, daß jemand neben ihr stand. Margaret sah sie voller Stolz an.

»Das Kind, das Ihnen vorhin zugelächelt hat, war wirklich reizend. Kennen Sie es?«

Margaret errötete. Aber Ida beruhigte sie sogleich: »Von mir haben Sie nichts zu befürchten. Ich habe Sie neulich aus der zweiten Klasse zurückkommen sehen. Natürlich habe ich nichts gesagt, und ich werde auch nichts sagen.« Sie zögerte einen Augenblick, dann fuhr sie fort: »Ihre Mutter hat mir die Gründe für diese Reise und die Geschichte mit dem Zirkel erklärt ...«

Margaret murmelte: »Es ist trotzdem eine schöne Reise. Die schönste, die ich mir vorstellen kann ...«

»Ja, die *Titanic* ...«

»Das meine ich nicht.«

Sie flüsterte beinahe und sah Ida direkt in die Augen: »Mein Verlobter ist an Bord. Er reist in der zweiten Klasse. Er hat alles für mich aufgegeben und alles verkauft, was er besaß, um die Überfahrt bezahlen zu können. In Amerika werden wir gemeinsam fliehen und heiraten.«

13. Kapitel

Fagin hatte sich leise aus seiner Koje erhoben und war hinauf zum Promenadendeck der ersten Klasse gegangen. Er hatte das Bedürfnis, allein zu sein und die kühle Meerluft einzuatmen. Als er an den Rettungsbooten vorbeiging, dachte er an den unglückseligen blinden Passagier, der zwei oder drei Tage hier verbracht hatte. Das Schicksal, das ihn erwartete, war nicht gerade beneidenswert: Man würde ihn den amerikanischen Behörden übergeben, und die würden ihn vielleicht sogar ins Gefängnis stecken. Wie viele Menschen versuchten ihr Glück wohl auf diese Art? Und wie vielen gelang es? Leopold hatte ihm erzählt, daß in New York die meisten Schuhputzer junge Italiener oder Griechen waren, die sich in der Hoffnung, ein Schiff nach Amerika zu finden, aus ihren Dörfern in die großen Hafenstädte begeben hatten.

Ein leichter Nebel verhüllte den Horizont, ein Schleier, der sich bald lüften und eine neue Welt enthüllen würde. Fagin richtete den Blick zum Heck des Schiffes: Irgendwo dort, weit hinter ihnen, lag England. Jenes Land, in dem er seine Elendsjahre verbracht hatte und aus dem auch Molly und Leopold kamen. Durch welches Wunder war er ihnen begegnet? Er erinnerte sich noch an den Tag, an dem er verloren und verzweifelt an ihre Tür geklopft hatte. Warum an ihre und nicht an irgendeine andere? Er wußte es nicht. Doch hatte er sich hinterher noch wochenlang an das Frühstück erinnert, zu dem sie ihn eingeladen hatten. Wiederholt hatte er bei Einbruch der Dunkelheit ihr Haus umschlichen. Doch hatte er erst die schlimmste Verzweiflung erleben müssen, ehe er es wagte, wieder bei ihnen anzuklopfen.

Was wäre ohne sie aus ihm geworden? Eigentlich stellte er sich diese Frage gar nicht mehr. Das Leben, das er durch sie kennengelernt hatte, kannte keine Zweifel. Fagin ließ den Blick über den Ozean schweifen. Nie zuvor war ihm seine unermeßliche Weite so bewußt geworden. Die Bewegung der riesigen, hohen Wellen verlieh den Fluten eine majestätische Erhabenheit. Feine Schaumkronen tauchten hier und dort auf, ehe sie sich auf der grauen Wasseroberfläche verloren. Aus den Erzählungen von Leopold und Jack wußte Fagin, daß das Meer nur im Morgengrauen diese Farbe annahm. Bald würde sie sich, je nach dem wechselnden Tageslicht, verändern.

»Manchmal ist das Meer scharlachrot oder gelb, manchmal aber auch glitzernd wie ein Spiegel«, hatte ihm Leopold eines Abends anvertraut. »Doch das Schlimmste, was ich erlebt habe, war während eines Taifuns vor der malaysischen Küste; das Meer war so dunkel wie Tinte, und man hatte den Eindruck, Himmel und Wasser würden jeden Augenblick verschmelzen. Ich habe wirklich geglaubt, mein letztes Stündlein hätte geschlagen. Dieses Schwarz, dieses tiefe Schwarz ...«

Fagin fröstelte. In wenigen Augenblicken würde er sich im Büro des Ersten Zahlmeisters vorstellen. Um sich dorthin zu begeben, brauchte er nur über die große Treppe der ersten Klasse zum C-Deck hinab zu gehen. Er wäre gerne, wie es manchmal die Kinder tun, das imposante Geländer heruntergerutscht, doch da er befürchtete, in dieser nicht gerade vorteilhaften Haltung überrascht zu werden, unterließ er es lieber. Würde er nicht schließlich in seiner neuen Funktion mit den bedeutendsten Persönlichkeiten des Schiffes zu tun haben?

Martin Fowles war ein liebenswürdiger Mensch. Er versuchte nicht, seinen neuen Untergebenen zu beeindrucken. In wenigen Worten erklärte er ihm, daß es seine Aufgabe sei, ebenso wie die seiner anderen Untergebenen, den Aufenthalt der Passagiere so angenehm wie möglich zu gestalten, indem man versuche, all ihre Wünsche zu erfüllen, ja manchmal gar zu erraten. Doch das war nicht immer leicht.

»Gestern zum Beispiel bat mich eine Frau, den Tresor zu öffnen, in dem die Passagiere ihr Geld und ihre Wertgegenstände deponieren. Sie wollte sich davon überzeugen, daß ihre Perlenkette noch da war. Als ich sie dann auf diesen Schreibtisch legte, stieß sie einen spitzen Schrei aus und wäre beinahe ohnmächtig geworden. Eine Perlenreihe fehlte! Ich erklärte ihr, daß dies ganz unmöglich sei und niemand außer mir Zugang zu dem Tresor habe. Doch sie wollte nicht auf mich hören und jammerte weiter, sie sei bestohlen worden und werde die Schiffahrtsgesellschaft verklagen. In diesem Augenblick kam ein Mann herein, offensichtlich ihr Gemahl, und zog ein schwarzes Seidentuch aus der Tasche. ›Liebling, du hast die Kette in der Kabine liegen lassen, nachdem du sie gestern Abend zum Dinner getragen hast. Wie unvorsichtig! Es ist besser, sie hier im Tresor zu deponieren.‹ Als er das Tuch öffnete, lag das angeblich verschwundene Collier in seiner ganzen Schönheit vor uns ... Und weißt du, was diese Dame zu ihrer Entschuldigung vorbrachte? ›Mein Gott, ich habe so viele Perlen, daß ich mich manchmal gar nicht mehr richtig erinnern kann. Ich sollte sie verkaufen und mir statt dessen Ringe kaufen.‹

Und gestern hat mir ein Engländer eine Szene gemacht, weil seine Taschenuhr, die er hier deponiert hatte, nicht mehr funktionierte. ›Ein wundervolles Stück, von einem schottischen Uhrmacher entworfen, es gibt nur wenige Exemplare davon. Ich verstehe das nicht, ich verstehe das nicht‹, klagte er ohne Unterlaß. ›Ihr Tresor ist nicht wasserdicht, die Feuchtigkeit muß das Uhrwerk angegriffen haben. Ich verstehe das nicht, ich verstehe das nicht.‹ Er drehte und wendete sie und ging sogar so weit, sie heftig zu schütteln. Dadurch hätte er sie wirklich beschädigen können! Ich bot ihm an, mir die Uhr anzusehen, und nach einigem Hin und Her erklärte er sich damit einverstanden. Es war ein schönes Stück aus schwerem Gold. In die Innenseite des Deckels war ein Löwenkopf graviert und darüber zwei Initialen. Ich erriet, daß dieser Kopf den Passagier symbolisieren sollte! Geistesabwesend drehte ich ein wenig an dem Aufziehrädchen. Und schon hörte man ein regelmäßiges Tick-Tack. Ah, da hat unser Raubtier große Augen gemacht. Wie ein reumütiger Sünder schlich er sich aus dem Büro und murmelte dabei unablässig: ›Ich verstehe das nicht, ich verstehe das nicht ...‹ Aber keine Sorge, Fagin, mit dieser Art von Problemen hast du nichts zu tun. Jetzt werde ich dir das Auskunftsbüro zeigen, es liegt gleich nebenan.«

Der Raum war winzig und enthielt nur elementares Mobiliar: zwei Stühle und unmittelbar vor dem Passagierschalter einen kleinen Schreibtisch, einige Regale, Ablagen und Fächer mit verschiedenen Formularen.

»Hier werden die Tickets für das Türkische Bad verkauft«, begann Fowles. »Sie kosten einen Dollar, das heißt vier Shilling. Die mechanischen Pferde im Gymnastikraum kosten zwei Shilling pro halbe Stunde. Derselbe Tarif ist für den Zugang zum Squash-Platz zu entrichten. Dabei wird dem Passagier jedesmal eines der Tickets aus den kleinen Stammabschnitts-Heftchen ausgehändigt, die hier in den Fächern liegen.«

Die Vorstellung, Stunden hinter dem Schalter zu verbringen, begeisterte Fagin nicht sonderlich. Fowles schien seine Enttäuschung zu bemerken, denn er klopfte ihm aufmunternd auf den Rücken und schob ihn zu einem kleinen Tisch, der im hinteren Teil des Raumes stand. Abermals ein ganzer Stapel von Formularen, diesmal gelbe.

»Dies ist die Telegrammannahme«, sagte der Zahlmeister lächelnd, »diese Aufgabe hat man dir zugeteilt.«

Fagin runzelte die Stirn.

»Die Formulare, die du vor dir siehst, wurden von Passagieren ausgefüllt, die eine Nachricht übermitteln möchten. Du mußt sie zum Funkraum auf dem Oberdeck bringen. Die eingegangenen Nachrichten werden uns von dort per Rohrpost geschickt. Dann beginnt deine Arbeit: Du mußt sie an die jeweiligen Empfänger verteilen, sei es der Kapitän auf der Kommandobrücke oder ein Passagier, dessen Kabine du herausfinden mußt. Hier hast du ein Verzeichnis mit den Namen der Passagiere und den dazugehörigen Kabinennummern. Und eins ist wichtig: Die Nachrichten müssen bezahlt werden. Für die ersten zehn Worte mußt du zwölf Shilling, sechs Pence berechnen, für jedes weitere Wort neun Pence. Offenbar funktioniert der Sender des Funkraums seit gestern abend nicht, aber das macht nichts, wir nehmen die Nachrichten weiterhin auf, und über den Empfänger kommen auch ständig neue herein.«

Fagin nahm einen Stapel Formulare, um sie sich genauer anzusehen. Sie sahen aus wie kleine Geldscheine. Jedes war mit dem Aufdruck »The Marconi International Marine Communication Company Ltd.« versehen, und darunter stand die Londoner Anschrift der Firma.

»Na, willst du eine Nachricht übermitteln?« fragte Fowles lächelnd.

»Ja, das würde ich gerne tun.«

»Aber vergiß nicht, die zehn ersten Worte ...«

»Zwölf Shilling, sechs Pence!«

Fowles überließ Fagin seinem Schicksal, nicht ohne ihm vorher empfohlen zu haben, sich im Funkraum vorzustellen. Das tat er sogleich. Für einen Augenblick dachte er daran, einen der Aufzüge zu nehmen, doch dann besann er sich anders, denn er wußte, daß ihre Benutzung den Mannschaftsmitgliedern – Kapitän und Offiziere ausgenommen – untersagt war. Er mußte also zu Fuß die drei Stockwerke hinauflaufen. Der Funkraum lag im vorderen Teil des Schiffes, nur wenige Schritte von den Offizierskabinen und der Kommandobrücke entfernt. Den Passagieren war es nicht erlaubt, in dieses neuralgische Zentrum vorzudringen.

Als Fagin an die Tür des Funkraums klopfte, bekam er keine Antwort. Also nahm er seinen ganzen Mut zusammen und trat ein. Über seinen Schreibtisch gebeugt, saß ein Mann in einer blauen Tuchuniform mit dem Rücken zur Tür. Auf dem Kopf trug er einen metallenen Kopfhörer, von dem ein beständiges Rauschen ausging. Mit seinem Stift kritzelte er Worte, manchmal auch Zeichen und Punkte auf ein Stück Papier. Die gleichen Formulare wie die, die Fowles ihm gezeigt hatte, stapelten sich zu beiden Seiten von zwei schwarzen Apparaten. Der eine glich einem langen, auf einem Holzsockel angebrachten Zylinder, der andere einem Parallelepiped, auf dem drei dicke Knöpfe befestigt waren. Auf der Vorderseite dieses letzten Apparats waren zwei Scheiben angebracht, die dazu dienten, Messingplättchen zu bewegen, deren äußeres Ende runde Stahlköpfe berührte.

»Was hast du hier zu suchen?«

Fasziniert vom Anblick der eigenartigen Apparate, hatte Fagin nicht bemerkt, daß neben dem Raum, in dem er sich befand, ein winziges Büro lag, in dem ebenfalls mehrere Apparate standen. Der Mann, der ihn angesprochen hatte, ebenfalls in einer blauen Uniform, schien noch sehr jung zu sein – er war höchstens zwanzig Jahre alt. Sein Gesicht war so bleich, als habe es nie das Sonnenlicht gesehen. Nachdem sich Fagin vorgestellt und den Grund seines Besuches erklärt hatte, antwortete ihm der Mann: »Ich heiße Harold Bride und bin der Assistent von Jack Phillips, der nebenan sitzt. Er nimmt gerade Funksprüche auf. Ich versuche seit gestern abend, den Sender zu reparieren. An der Stromversorgung liegt es nicht, außerdem haben wir auch Notbatterien. Vielleicht ist es nur ein Wackelkontakt, aber man muß ihn eben finden. So, Jack ist fertig. Warte, bis er seine Notizen in Reinschrift übertragen hat, es scheinen ziemlich viele zu sein. Seit wir abgelegt haben, arbeiten wir ohne Unterlaß. Bei all den Nachrichten der Schiffseigner, den Grußbotschaften der anderen Schiffe, die uns viel Glück für die Jungfernfahrt wünschen, und den Passagieren, die wegen jeder Kleinigkeit telegrafieren, sind wir völlig überlastet. Ich habe das Gefühl, eine ganze Kompanie von Grillen in den Ohren zu haben, und beim Einschlafen höre ich imaginäre Morsezeichen.«

»Harold, nun erzähl doch nicht dein ganzes Leben, tritt lieber deinen Dienst an, es wird Zeit. Ich werde mich einen Augenblick hinlegen und dann weiter nach dem Fehler suchen. Meiner Ansicht nach dürfte es nicht allzu kompliziert sein.«

Phillips schien zu zögern. Aber als er auf die links vom Eingang gelegene Tür zu der Kabine zusteuerte, in der die beiden Männer ihre Kojen hatten, überlegte er es sich plötzlich anders.

»Dieser Fehler läßt mir keine Ruhe. Wenn wir nun plötzlich eine dringende Nachricht durchzugeben haben ...«

»Was soll es schon Dringendes geben?« fragte Harold. »Einen Brand an Bord? Das Feuer, das seit unserer Abreise im Kesselraum schwelt, ist anscheinend gelöscht. Und der Rest ...«

»Eben der Rest interessiert mich. Wir werden von der Marconi dafür bezahlt, daß die Apparate die Dienste leisten, die man von ihnen erwartet. Ich werde zunächst versuchen, den Fehler im Sender zu finden, schlafen kann ich auch später.«

Als er Fagin bemerkte, deutete er lediglich auf zwei Papierstapel. »Der obere ist für die Kommandobrücke, der untere für die Passagiere. Sag ihnen auf keinen Fall, daß der Sender kaputt ist, sonst bricht womöglich noch Panik aus ...«

Nachdem Fagin die Papiere an sich genommen hatte, empfand er ein eigentümliches Gefühl von Macht. Doch der aufflammende Stolz war nur von kurzer Dauer. Schnell erinnerte er sich daran, daß er schließlich nur ein Hilfsmatrose war ... Eilig machte er sich auf den Weg zur Kommandobrücke. Die Funksprüche für den Kapitän hatten Vorrang. Der oberste auf dem Stapel war sehr lakonisch gehalten und stammte von einem französischen Schiff, der *Touraine*, die sich auf dem Weg von Le Havre nach New York befand. Nachdem sein Kapitän die Position des Schiffes angegeben hatte, wünschte er Kapitän Smith viel Glück und teilte mit, das Wetter sei klar.

Fagin begab sich also auf die Kommandobrücke. Der wachhabende Offizier, der am Steuerrad stand, teilte ihm mit, der Kapitän befinde sich in Gesellschaft des Chefingenieurs, des Ersten Zahlmeisters, des Chirurgen und des Chef-Stewards in seiner Kabine. Wie jeden Morgen um zehn Uhr dreißig schickten sie sich zu einem Kontrollrundgang über das Schiff an. Diese Inspektion führte, wie er von Leopold wußte, von den Gepäckräumen bis zu den Speisesälen des Ozeanriesen. Die Küchen, die Bäckerei, das Passagier- und Mannschaftskrankenhaus, der Maschinenraum, der Rasiersalon, nichts entging ihrem wachsamen Auge. An Deck inspizierten sie sogar die Winden, die elektrischen Kräne und die Lüftungsschächte. Nach Beendigung des Rundgangs verfaßte jeder der Beteiligten seinen Bericht, um notwendige Veränderungen oder Reparaturen anzuweisen.

Eingeschüchtert von dieser Versammlung, überreichte Fagin dem Kapitän die Nachrichten. Dieser trug eine beeindruckende weiße Uniform, und an seine Brust waren zwei Orden geheftet. Nachdem er die Schreiben überflogen hatte, meinte Smith: »Alle Schiffe, die sich in unserer Nähe befinden, wünschen uns eine gute Fahrt.«

Leopold, der neben dem Chirurgen stand, zwinkerte Fagin zu.

»Sehr gut, also gehen wir, meine Herren ...«

Als sein Blick auf Fagin fiel, unterbrach sich der Kapitän: »Ach, du bist das. Das sind ja schöne Geschichten, die man von dir hört!«

Fagin errötete.

»Der Erste Offizier hat mir von deinem Mißgeschick erzählt. Die Seeleute sind ein harter Menschenschlag, das hast du jetzt am eigenen Leib erfahren. Aber sie sind auch großzügig. Das Leben an Bord eines Schiffes unterliegt strengen Gesetzen. Und alle wissen, daß sie, wenn sie gegen diese verstoßen, ihr eigenes Leben und das der anderen gefährden. Wenn man Matrose ist, übt man nicht nur seinen Beruf aus, sondern muß auch eine gewisse Würde haben.«

Der Erste Zahlmeister stand mit auf dem Rücken verschränkten Armen da und nickte zustimmend. Draußen läutete eine Glocke. Schichtwechsel. Ein Sonnenstrahl fiel auf den Mahagonitisch, auf dem der Kapitän seine Seekarten ausgebreitet hatte. Die vorgesehene Route war schwarz eingezeichnet, eine rote Linie markierte den bisher zurückgelegten Weg. Fagin bemerkte, daß die beiden Linien nicht immer identisch waren. Das war sicherlich auf den Einfluß der Strömung zurückzuführen. Der Kapitän gab das Zeichen zum Aufbruch, und Fagin begab sich eilig in das Passagierbüro.

Vor dem Schalter hatte sich bereits eine kleine Schlange gebildet. Ein Assistent des Zahlmeisters gab die Tickets aus. Nachdem Fagin ihn begrüßt hatte, nahm er an dem Tisch im hinteren Teil des Büros Platz. Er legte die Nachrichten, die er noch zu verteilen hatte, neben das Passagierverzeichnis. Hatte er den Namen des Empfängers gefunden, schob er das Formular in einen Umschlag, auf den er Namen und Kabinennummer des Passagiers schrieb. Diese Arbeit war wesentlich langwieriger, als er angenommen hatte, vor allem, da die Zahl der zu verteilenden Nachrichten mit über fünfzig doch recht hoch war.

Als er damit fertig war, ordnete Fagin die Umschläge. Keiner war für die dritte Klasse bestimmt, nur vier für die zweite und der Rest für die erste. Obgleich er nicht indiskret sein wollte, konnte Fagin dem Verlangen nicht widerstehen, einige der Telegramme zu überfliegen. Die meisten waren sehr knapp formuliert, freundschaftliche Worte oder Liebeserklärungen. Doch eine Frau empfahl ihrem Mann auch, darauf zu achten, daß Dora täglich spazierengeführt und die Fleischration verringert würde. War dieser ›Dora-Liebling‹ nun ihre Tochter oder ein Haustier? Ein anderer Herr teilte seiner Gemahlin, Eva Baxter, mit, nun müsse auch er aufbrechen, sein Regiment erwarte ihn in Indien. Vier der Nachrichten waren für einen einzigen Passagier bestimmt. Er reiste natürlich in der ersten Klasse und hieß Robin Gould. Das erste Telegramm war nur eine Frage: »Was tun?« Das zweite versicherte: »Papa sehr interessiert. Hat versprochen, uns zu helfen. Bin sehr glücklich. Umarme dich. Sylvia.« Das dritte gab den Beginn einer Serie von geheimnisvollen Operationen bekannt: »Auf deinen Rat hin Gummi, Kupfer und Eisenbahn gekauft!« Und das letzte verhieß nichts Gutes: »Tiefstand der Börse. Kurs bricht zusammen. Vater rät, alles in Gold zu konvertieren. Was tun?«

Fagin fühlte sich plötzlich unwohl, da er das Gefühl hatte, das Briefgeheimnis verletzt zu haben. Was würde Fowles sagen, wenn er ihn beim Lesen der Nachrichten ertappen würde? Und der Mann am Schalter? Hatte er ihn nicht beobachtet? So leise wie möglich verließ Fagin das Büro, um seine Runde anzutreten. Er hatte zwar geglaubt, den Ozeanriesen, dessen Entstehung er Tag für Tag verfolgt hatte, in- und auswendig zu kennen, aber dennoch entdeckte Fagin ständig neue Details: die geschnitzte Holzverkleidung, die dicken Teppiche, die glitzernden Beleuchtungskörper, das erlesene Mobiliar und die riesigen Spiegel; hinter diesem Schmuck verbarg sich jetzt die Metallstruktur des Schiffes. Und auch die Passagiere erstaunten ihn; ihre Anwesenheit schien ihm irgendwie unpassend. Er hatte vielmehr das Gefühl, jeden Augenblick könne die irische Gang mit ihren schmutzigen Händen und ölverschmierten Gesichtern um eine Ecke kommen. Fagin dachte oft an sie. Wenn er nicht das Glück gehabt hätte, auf der *Titanic* anheuern zu können, wäre er sicher nach Belfast zurückgekehrt, um mit ihnen bei Harland and Wolff zu arbeiten. Sonntags wäre er zur Messe und anschließend in den Pub gegangen und vielleicht ein militanter Verfechter der republikanischen Sache geworden.

Manchmal fehlten ihm die richtigen Worte, um seine Gefühle zum Ausdruck zu bringen. Wenn er daran dachte, wie sein Leben bisher verlaufen war, empfand Fagin eine Verwirrung, die ihn beunruhigte und zugleich anregte. Lange Zeit hatte er, während er durch London irrte, geglaubt, sein Leben sei wie eine gerade Linie vorgezeichnet. Sein Los war nicht gerade beneidenswert. Er hatte gelernt, sich in sein Schicksal zu fügen. Die Geschichte der Krake hatte zu jener Zeit Beispielcharakter für ihn: Das Glück, das sie an der Seite ihres Mannes erlebt hatte, hatte ihren späteren Untergang nicht verhindert. Unterlag nicht die ganze Welt diesem unerbittlichen Gesetz? Doch seine Begegnung mit Leopold und Molly hatte es widerlegt. Und ebenso seine Einschiffung auf der *Titanic*. In diesem Augenblick hatte er begriffen, daß sein Leben keine vorgezeichnete Linie war. Der Zufall hielt vielleicht noch so manche Überraschung für ihn bereit.

Nachdem er seine Telegramme verteilt hatte, begab sich Fagin wieder zum Funkraum. Bride saß allein vor den Apparaten.

»Phillips hat den Fehler gefunden«, sagte er, »wir können wieder senden. Um so besser.«

Und nach einer Weile fügte er hinzu: »Hier ist ein Funkspruch für Andrews, den technischen Leiter der Werft Harland and Wolff. Es scheint dringend zu sein. Bring ihn gleich in sein Büro auf das F-Deck.«

Da er ihn mehrmals in Belfast getroffen hatte, erinnerte sich Fagin genau an das Gesicht dieses herausragenden Technikers. Er hatte den gesamten Bau des Ozeanriesen überwacht. Unermüdlich und regelmäßig erschien er um vier Uhr morgens auf der Werft, die Pläne, über denen er zu Hause die halbe Nacht gesessen hatte, unter dem Arm. Nicht nur seine engsten Mitarbeiter waren ihm treu ergeben, sondern er genoß auch den Respekt aller Angestellten. Zwar war er der Neffe von Lord Pirrie, einem der Hauptgesellschafter der Werft Harland and Wolff, doch seinen Beruf hatte er von der Pike auf gelernt. Von den Malerwerkstätten war er in den Maschinenraum übergewechselt, von der Gießerei ins Ingenieurbüro, wo die technischen Zeichner arbeiteten. Und er hatte, ebenso wie im vorigen Jahr auf der *Olympic*, auch die Jungfernfahrt der *Titanic* miterleben wollen.

Seine Arbeit bestand vor allem darin, das Leben auf dem Schiff zu beobachten, um für die nächsten Reisen eventuelle

Verbesserungen vornehmen zu können. So hatte er festgestellt, daß das Schiff sich nach Backbord neigte, da mehrere Passagiere der ersten Klasse ihn darauf hingewiesen hatten, daß sie von ihren Kabinen aus mehr vom Himmel sahen als durch die großen verglasten Fenster steuerbords. Andrews hatte daraus geschlossen, daß die Kohleladung ungleichmäßig verteilt war. Die Passagiere der zweiten Klasse hatten sich über die Heizung beklagt: In die Kabinen der einen wurde eisige Luft geblasen, während die anderen einen glühendheißen Luftstrom bekamen. Also mußte das Ventilationssystem überholt werden. So kamen jeden Tag neue, zum großen Teil geringfügige, technische Probleme auf ihn zu.

Als Fagin sein Büro betrat, saß Andrews an einem Tisch, der mit Plänen, hastig hingeworfenen Skizzen und mit Zahlenkolonnen beschriebenen Heften überladen war. Neben ihm saß einer seiner Assistenten. Wortlos nahm er das Telegramm entgegen, das Fagin ihm reichte. Fagin wollte sich gerade zurückziehen, als Andrews sagte: »Ich möchte dem Kapitän einige Vorschläge unterbreiten. Per Telefon kann ich ihn nicht erreichen – dabei funktioniert es! –, er hebt weder auf der Kommandobrücke noch in seiner Kabine ab. Du könntest ihm den Brief übergeben, den ich meinem Assistenten gleich diktiere. Warte so lange im Nebenzimmer, und laß die Tür offen – hier herrscht ja eine furchtbare Hitze.«

In dem anderen Büro herrschte ein ebenso beeindruckendes Durcheinander. Auf den Regalen häuften sich technische Nachschlagewerke, Broschüren und Notizen. Im Nebenzimmer sahen Andrews und sein Assistent Akten durch. Es klopfte, und man vernahm Andrews' Stimme: »Was ist denn das für eine Geschichte mit dem Eimer?«

»Laut Vorschrift müssen wir alle zwei Stunden die Wassertemperatur prüfen. Eine Routinemaßnahme, die sich jedoch als sehr sinnvoll erweisen kann, wenn wir in die Eiszone gelangen.«

»Ja und, wird das nicht gemacht?«

»Eine Passagierin behauptet, einen Matrosen dabei beobachtet zu haben, wie er den Eimer am Wasserhahn eines Waschbeckens füllte und dann die Temperatur maß.«

»Und haben Sie den Matrosen zur Rede gestellt?«

»Ja, Sir.

»Und was hat er geantwortet?«

»Daß das Seil zu kurz sei, um den Eimer ins Wasser tauchen zu können.«

»Dann braucht er doch nur ein längeres zu nehmen.«

»Wir haben keins.«

»Wie, wir haben keins?«

»Nein, Sir. Das einzige, was sich eignen würde, sind die Leinen, doch wir können sie nicht nehmen, um einen Wassereimer daran festzubinden.«

»Mein Gott.« Dieser Ausruf verriet Andrews' Wut und Verdruß. »Sonst noch etwas?«

»Ja, Sir. Der Badewannenabfluß in der Suite B56 ist verstopft.«

»Was noch?«

»Der elektrische Heizkörper in der Kabine C82 funktioniert nicht.«

»Gut. Brig, schicken Sie Milner in die Suite B56 und Russell in die Kabine C82. An die Arbeit, meine Herren!«

Als er sich gerade anschickte, selbst das Büro zu verlassen, erinnerte sich Andrews plötzlich daran, daß er seine Nachricht an den Kapitän noch nicht diktiert hatte. Er betrat das Zimmer, wo Fagin wartete, und bat ihn, sie aufzunehmen. Als er den Jungen betrachtete, unterbrach er sich plötzlich nachdenklich: »Eigenartig, ich habe irgendwie den Eindruck, dich schon einmal gesehen zu haben ...«

»Ja, Sir.«

»In London?«

»Nein, Sir, in Belfast bei Harland and Wolff.«

»Genau. Hast du die Werft besichtigt?«

»Nein, Sir, ich habe beim Bau der *Titanic* mitgearbeitet.«

Andrews' Miene erhellte sich. Obwohl er von Technikern umgeben war, die ebenfalls in Belfast gearbeitet hatten, schien er verwundert, jemanden wie Fagin hier an Bord des Ozeanriesen zu treffen. Er stellte ihm zahlreiche Fragen, wollte wissen, wie er hierherkam. Da ihm der Enthusiasmus des jungen Mannes gefiel, begann Andrews von seiner Arbeit zu erzählen. Die kleinste Panne, der geringste Zwischenfall, so unbedeutend oder beiläufig er auch sein mochte, nichts entging ihm. Nach seiner Auffassung mußte die *Titanic* ein perfektes Schiff werden.

»Bis jetzt hat sie ihre volle Kapazität noch nicht ausgeschöpft. Im Augenblick laufen nur vierundzwanzig der neunundzwanzig Kessel. Nach und nach werden wir auch die letzten fünf anheizen, um die volle Fahrtgeschwindigkeit zu erreichen.«

»Um das Blaue Band zu erringen?«

»Das kommt gar nicht in Frage!«

»Aber bei der Mannschaft geht das Gerücht um ...«

»Daß das unmöglich ist. Ich will dir auch erklären, warum. Die *Mauretania*, die im Moment den Rekord bei der Atlantiküberquerung aufgestellt hat, hat die Entfernung in vier Tagen und achtzehn Stunden zurückgelegt, das heißt mit einer mittleren Geschwindigkeit von siebzehn Knoten. Die *Titanic* kann höchstens dreiundzwanzig oder vierundzwanzig Knoten erreichen. Also ...«

Fagin verzog enttäuscht das Gesicht.

»Das Blaue Band interessiert die Reeder kaum mehr. Das kostet viel zuviel Brennstoff. Ab einer gewissen Geschwindigkeit ist Kohle teurer als Kaviar, wie es ein Verantwortlicher der General Transatlantic Company ausgedrückt hat!«

14. Kapitel

»Jack hat ihn anscheinend zur Rede gestellt.«
»Wen?«
»Fergus.«
»Wo?«
»Im Bug, auf dem C-Deck, ganz in der Nähe der Küche. Burni kam gerade vorbei und hat alles mitangesehen. Jack hat sich vor ihm aufgebaut und hat ihm rechts und links eine runtergehauen. Und Fergus, der gebaut ist wie ein Kleiderschrank, hat keinen Ton gesagt. Jack hat erklärt: ›Nach allem, was du dem Kleinen angetan hast, bist du es nicht mehr wert, ein Engländer zu sein! Stimmt's, Burni?‹

Ja, und ich dachte sogar einen Augenblick lang, er würde noch mal zuschlagen! Aber er hat wahrscheinlich gemerkt, daß sich Fergus das kein zweites Mal gefallen läßt.«

Im Halbkreis hockten sie auf Truhen, Kisten und Bündeln um Fagins Koje: François, Thomas, Burni, der Metzger William und zwei der Köche; die vier anderen hatten Dienst.

»Mit dieser Geschichte kann er endlich mal prahlen, ohne rot zu werden«, meinte Thomas.

»Warum?« fragte Fagin.

»Jack ist ein toller Typ, aber er hat einen kleinen Fehler, er fantasiert gerne.«

»Was meinst du damit?«

»Na, erfinden. Ich bin sicher, daß er dir auch schon die Geschichte mit dem brennenden Schiff erzählt hat.«

»Ja. Stimmt sie denn nicht?«

»Doch, aber er hat sie nicht selbst erlebt. Wie du vielleicht weißt, liest Burni gern. Nebenbei bemerkt ist das auch der Grund dafür, daß er seine Saucen verbrennen läßt! Eines Tages hat er aus San Francisco ein Buch von einem gewissen Jack London mitgebracht. Als Jack das sah, stürzte er sich wie von der Tarantel gestochen darauf. Ist ja klar! Ein Typ, der denselben Vornamen hat und noch dazu London heißt ... Und wenn man bedenkt, daß er jede Nacht von London träumt ... Er war außer sich. ›Das mußt du mir geben!‹ sagte er zu Burni. Aber der wollte es ihm nicht leihen, und wenn er Dienst hatte, versteckte er es unter seiner Matratze. Eines Abends war das Buch verschwunden. Er begab sich auf der Stelle zu Jack, doch der schwor bei allen Heiligen, daß er so etwas nie tun würde. Er ließ durchblicken, er habe einen irischen Matrosen in der Nähe der Kabine herumlungern sehen, und da diese Jungs ›Taugenichtse und Nichtsnutze‹ seien, könne man nie wissen – vielleicht habe ja er das Buch gestohlen. Natürlich hat ihm niemand geglaubt. Und zwei Tage später lag das Buch wieder unter Burnis Matratze. Etwa zwanzig Seiten, die Burni jedoch schon gelesen hatte, waren herausgerissen. Auf diesen Seiten wurde genau die Geschichte erzählt, als deren Held sich Jack heute ausgibt.«

Der Koch, dem ständig die Saucen mißlangen, war der einzige, der nicht in das Gelächter einstimmte. Er bemerkte sogar: »Jack erzählt vielleicht erfundene Geschichten, aber er ist eigentlich kein Prahlhans. Er hat sich nie mit seinem Verhalten vor drei Jahren auf der *Republic* gebrüstet.«

»Was, auf dem Schiff der White Star Line, das auf dem offenen Meer vor Nantucket gesunken ist?«

»Ja, und ich kann euch sagen, daß damals die totale Panik ausbrach, als das italienische Dampfschiff *Florida* sie gerammt hat. Glücklicherweise waren sie mit Funk ausgestattet, und sie waren die ersten, die das neue Signal S. O. S. benutzten. Da sie nicht allzu weit von der Küste entfernt waren, kam schnell Hilfe. Aber Jack hat allen Passagieren geholfen und war dann zusammen mit dem Kapitän der letzte, der das Schiff verließ.«

»Na, das ist ja ein schönes Verdienst! Das Schiff ist schließlich erst am nächsten Tag gesunken«, unterbrach ihn William, der Metzger.

»Ich hätte dich ja gerne an seiner Stelle gesehen«, sagte François herausfordernd.

»Vielleicht kannst du das auch. Es scheint so, als ob Ismay ...«

»Ismay? Der Direktor der White Star Line? Er bewohnt auf dem B-Deck ganz alleine eine Suite mit drei Zimmern, Badezimmer und Privatpromenade, bitte sehr! Er könnte sich die ganze Überfahrt über dort aufhalten, ohne jemandem zu begegnen«, bemerkte Thomas voller Bewunderung.

»Da ist er nicht der einzige«, erzählte Burni. »Ich bin einmal die Strecke Southampton–New York hin und zurück gefahren. Vierzehn Tage. Es war mir gelungen, meine Frau als Lagerverwalterin anheuern zu lassen, aber während der Überfahrten sahen wir uns wegen der Arbeit nicht ein einziges Mal. Als wir wieder in Southampton waren, richtete sie es so ein, daß sie eine Viertelstunde vor mir zu Hause war. Und wißt ihr, was sie gesagt hat, als ich ankam? ›Na, wo hattest du dich denn versteckt?‹«

Fagin fühlte sich leicht und unbekümmert. Am Morgen hatte Molly ihm einen kleinen, von Leopold und ihr unterzeichneten Brief zwischen die Seiten seiner Bibel geschoben, in dem stand: »Wir sehen dich nicht mehr oft, aber wir denken an dich. Leopold hat sich erkältet. Zieh dich in den nächsten Tagen warm an. Aber hier noch eine gute Neuigkeit: Leopold hat versprochen, uns am Ankunftsabend in New York zum Essen ins Restaurant einzuladen. Gott schütze dich. Wir umarmen dich. Molly und Leopold.«

Er hatte es nett gefunden, selbst eine Nachricht zu bekommen, wo er doch den ganzen Tag damit beschäftigt war, welche zu verteilen. Den Vormittag über war er ohne Pause zwischen Funkraum, Kommandobrücke und den Kabinen der Passagiere hin- und hergeeilt. Mehrere von ihnen hatten ihm, was äußerst angenehm war, ein Trinkgeld zugesteckt. Eine Amerikanerin hatte ihr Telegramm gelesen, einen Freudenschrei ausgestoßen und ihm gleich eine Fünf-Dollar-Note überreicht. Ein anderer Passagier hatte ihm Kekse angeboten. Und Robin Gould, der am Vortag vier Telegramme bekommen hatte, hatte sich diesmal mit einem einzigen zufriedengeben müssen: »Habe deinen Rat befolgt. Haben alles verloren. Papa will dich sprechen.«

Ungeduldig hatte Gould das Formular gleich auf der Schwelle seiner Kabine gelesen. Er war bleich geworden und hatte mit tonloser Stimme gefragt, ob es keine andere Nachricht für ihn gebe. Doch an diesem Tag war es bei einer einzigen geblieben. Fagin hatte begriffen, daß Gummi oder Kupfer ihm übel zugesetzt haben mußten.

»Was wolltest du vorhin von Bruce Ismay erzählen?« fragte François William.

»Es heißt, daß er die Maschinen auf voller Kraft laufen lassen will.«

»Na und?«

»Na, morgen kommen wir in die Polarzone.«

»Es ist ja schließlich nicht das erste Mal, daß ein Ozeandampfer durch diese Zone fährt, und da wir südlichen Kurs eingeschlagen haben, stellt sie wirklich keine besondere Gefahr dar.«

Burni, der in einer Ecke des Zimmers in seinem Seesack wühlte, nieste zweimal.

»Siehst du! Er hat sich schon erkältet«, rief William aus.

»Das wird schon nicht so schlimm werden. In vier Tagen liegt er warm im Bett seiner Frau.«

»O ja! Und dort werde ich auch bleiben! Ich bleibe in Amerika«, erklärte Burni. »Wir haben vor, uns dort niederzulassen. Die Familie meiner Frau hat schon ein Restaurant eröffnet.«

»Ein Restaurant!« rief François aus. »Glaubst du, sie könnten mich einstellen?«

»Keine Ahnung, aber wenn du willst, kann ich ja mal fragen. Ich habe die Nase voll von England. In diesem Land erstickt man ja.«

»Wenn das Jack hören würde ....«

»Jack, der so gerne meine Bücher ausleiht, hätte sich mal lieber für das interessieren sollen, das ich letzte Woche gelesen habe. Es ist ein Roman, den Disraeli geschrieben hat, ehe er Premierminister der Königin Victoria wurde.«

»Oh, oh, was sind denn das für Sachen!« unterbrach ihn William, der Metzger. »Ich habe Papier nur zum Einwickeln von Fleisch benutzt, als ich noch in London gearbeitet habe.«

Burni ließ sich durch diesen Scherz nicht weiter beirren, sondern fuhr fort: »Bitte, wenn du dumm sterben willst ...«

»Ich will überhaupt nicht sterben ... Hahaha!«

Nun griff Thomas ein: »Nun hör schon auf, William, laß Burni doch zu Ende erzählen ...«

»Also, wo war ich stehengeblieben ... Jetzt habe ich den Faden verloren ... Ah ja! Disraeli hat also das Buch *Sybille oder die Geschichte von zwei Nationen* geschrieben, und eine der Hauptpersonen namens Egremont versichert einem Fremden gegenüber: ›Unsere Königin Victoria herrscht über die größte Nation, die es je gegeben hat.‹ Diese Behauptung weist der andere zurück. Seiner Ansicht nach herrscht Königin Victoria nur über zwei Länder, deren Bewohner von zwei verschiedenen Sternen zu kommen scheinen: sie essen nicht dasselbe, haben nicht dieselben Gewohnheiten, unterliegen nicht denselben Gesetzen.«

»Na, da braucht man ja kein großer Geist zu sein, um zu begreifen, daß er England und sein Königreich meint«, rief William selbstsicher aus.

»Ganz und gar nicht. Als Egremont sich nach den Namen der beiden Länder erkundigt, antwortet der andere: ›Es ist die Nation der Reichen und die der Armen.‹«

»Und davor willst du fliehen? Das scheint aber nicht so einfach.«

»Du befindest dich immerhin auf einem englischen Schiff ...«

»Entschuldigung, es fährt zwar unter englischer Flagge, aber die Besitzer sind Amerikaner. Genauer gesagt gehört es einer der Gesellschaften des Finanziers J. Pierpont Morgan.«

»Na eben, du befindest dich also sowohl in England als auch in Amerika. Dann nutz doch die Gelegenheit und sieh dich einmal um!«

»Was soll ich mir ansehen?«

»Wenn du weniger lesen würdest, hättest du vielleicht Zeit, dich für das zu interessieren, was um dich herum vorgeht«, rief William in entschiedenem Ton aus. Dann deutete er auf Fagin und meinte: »Frag mal den Kleinen, der kommt auf dem Ozeanriesen herum und sieht bestimmt so einiges. Aber eigentlich braucht man nicht durch die Gänge zu laufen, um zu erraten, wie die Sache läuft. Auf dem Oberdeck heißt es ›Sir‹ hier, ›Madam‹ da, man stellt seine Pelze und Juwelen zur Schau, ein höfliches Lächeln, darf es vielleicht noch ein Scheibchen Lachs sein?«

»Ich habe ihn neulich probiert, er ist wirklich ausgezeichnet«, bemerkte François.

Doch William tat, als habe er nichts gehört. »Das Vermögen all dieser Passagiere zusammengenommen beläuft sich bestimmt auf über eine Milliarde Dollar! Eine Milliarde Dollar auf der *Titanic!* Aber in der dritten Klasse gibt es Familien, die ihre bescheidene Habe verkaufen mußten, um ihr Ticket bezahlen zu können. Und wenn sie dann in Amerika sind, müssen sie sehen, wie sie klarkommen.«

»In Amerika ist jeder seines eigenen Glückes Schmied!« warf Burni ein.

»So, jeder ist seines eigenen Glückes Schmied? Und das glaubst du? In deinen Büchern erzählt man vielleicht von denjenigen, die dort reich geworden sind. Aber man vergißt immer die anderen, die, wenn sie zurückkommen, noch ärmer sind als zuvor. Vor sechs Monaten zum Beispiel bin ich auf der *Olympic* nach Southampton zurückgefahren. Ein Vater und sein Sohn hatten dort als Spüler angemustert. Sie hatten beschlossen, in ihre Heimat Italien zurückzukehren. Eines Abends erzählten sie mir ihre Geschichte. Sie waren zu fünft nach Amerika ausgewandert, Vater, Mutter, zwei Töchter und ein Sohn. In New York fanden die Mutter und die beiden Töchter Arbeit in einer Schneiderwerkstatt. Vater und Sohn konnten zu dem Geld, das sie verdienten, noch etwas ausleihen und damit zwei Nähmaschinen kaufen. In einer kleinen Zwei-Zimmer-Wohnung arbeiteten sie praktisch Tag und Nacht. Aber dann brannte die Werkstatt, in der die Muter und die beiden Töchter beschäftigt waren, aus, und die drei kamen bei dem Brand ums Leben. Da sie nun auf ihren Verdienst verzichten mußten, zogen Vater und Sohn in ein Zimmer, das gerade groß genug war, um die beiden Nähmaschinen aufzustellen. Abends hängte der Vater die Eingangstür aus, legte sie auf zwei Böcke und schlief darauf. Der Sohn richtete sein Lager darunter am Boden ein. Aber da sie nach einem Monat nicht genug von den Kleidungsstücken, die sie geschneidert hatten, verkaufen konnten, hat man ihnen die Maschinen wieder weggenommen und sie rausgeworfen.« William unterbrach sich kurz, um Atem zu holen. »Das ist dein Amerika! Und das nennst du einen Traum? Ich nenne das einen Dschungel!«

Den letzten Satz hatte er so heftig hervorgestoßen, daß niemand zu widersprechen wagte. Thomas versuchte, William zu beruhigen. Die Stimmung war äußerst gereizt. Und genau in diesem Moment platzte Jack der Steward herein. Er trug keine Uniform, und man hätte ihn beinahe für einen Passagier der zweiten Klasse halten können. Die Hände in den Taschen vergraben, pfiff er vor sich hin. So fröhlich hatte Fagin ihn noch nie erlebt.

»Was ist denn mit dir los, Jack?« fragte Thomas.

»Mit mir ist ...«

»Hast du jemanden kennengelernt?«

»Noch viel besser ...«

»Nun sag schon!«

»Meine Frau ...«

»Erwartet sie ein Baby?«

»Nein.«

»Nun spann uns nicht länger auf die Folter!«

»Nun ja ... also ... Sie wird heiraten!«

Wäre plötzlich ein Troll in der Kabine aufgetaucht, hätte die Verblüffung nicht größer sein können. Alle schwankten zwischen Heiterkeit und Betroffenheit. Wie durch ein Wunder gelang es William, sein schielendes linkes Auge zu beherrschen, und er sah den Steward fest an: »Willst du damit sagen, ihr laßt euch scheiden, und sie heiratet einen anderen?«

»Ganz und gar nicht!«

»Aber ...«

»Wir kennen uns über zehn Jahre und leben in benachbarten Wohnungen. Ihre Mutter, die letztes Jahr gestorben ist, war gegen unsere Heirat. Ich glaube, sie hatte Angst, ihre Tochter zu verlieren. Sie wollte nicht allein bleiben. Nach ihrem Tod hat Mary Ann mir gesagt, sie brauche noch etwas Bedenkzeit.«

»Und jetzt hast du ein Telegramm bekommen?«

»Ein Telegramm? Sie hat ganz recht, keinen Shilling dafür auszugeben. Als ich vorhin etwas in meinem Seesack suchte, fand ich einen Brief, den sie mir vor der Abreise geschrieben hat. Sie hat ihn unter meine Schirmmütze gelegt. Nun, ich erzähle euch nicht alles, was drinsteht ... Aber sie will mich heiraten!

»Der Dritte!« rief einer der Köche aus.

»Wie meinst du das?« fragte Burni.

»Anscheinend machen schon zwei Paare ihre Hochzeitsreise auf der *Titanic*, mit Jack wären es also drei.«

Thomas erhob sich, um den frischgebackenen Bräutigam zu umarmen, und die anderen folgten seinem Beispiel. Burni versprach, eine Sauce, an der er sich schon seit Southampton versuchte, nach ihm zu benennen, und François wollte Jack in der Uniform eines Kapitäns auf der Brücke der *Titanic* zeichnen. Fagin, der sich ebenso freute wie die anderen, drückte ihm fest die Hand.

»Was habt ihr denn nun vor?« fragte Thomas. »Wollt ihr eine Schiffahrtsgesellschaft kaufen?«

»Oder ein Handelskontor in Indien eröffnen«, übertrumpfte ihn Burni.

»Nein, es ist viel einfacher. Mary Ann möchte, daß wir uns in Amerika niederlassen.«

Alle Blicke richteten sich auf William, von dem man einen erneuten Wutausbruch befürchtete.

»In Amerika?« staunte dieser.

»In Amerika!« rief François aus.

Und alle riefen angesichts der verblüfften Miene, mit der Jack seine Gefährten musterte, im Chor: »In Amerika!« und brachen in schallendes Gelächter aus.

15. Kapitel

In jenem Sommer war ich glücklich, Harold. Du hattest uns, Alexandra und mich, im Haus Eurer Kindheit aufgesucht. Ich genoß den Frieden und die Geruhsamkeit dieser Tage, die Bootsfahrten auf dem See zur kleinen Insel, wo wir in einer verlassenen Hütte picknickten. Am Vortag unserer Abreise wolltest Du unbedingt noch einen Ausflug machen. Dichter Nebel lag über dem Wasser, so daß man die Konturen der Insel kaum erkennen konnte. Auf halbem Weg schlugst Du Alexandra vor, die Ruder zu übernehmen. Ihr erhobt Euch gleichzeitig. Du strauchheltest, und Alexandra verlor das Gleichgewicht. In dem Augenblick, als sie sich wieder aufrichten wollte, verlorst Du erneut den Halt. Und Alexandra stürzte ins Wasser. Voller Panik griffst Du wieder nach den Rudern. Du schienst größte Schwierigkeiten zu haben, das Boot zu lenken. Als Du endlich bei ihr warst, konnte sie nicht einmal mehr schreien. Man hörte nur noch ein Röcheln. Je mehr sie strampelte, desto tiefer versank sie. Als Du ihr ein Ruder hinhieltst, an dem sie sich festhalten sollte, war sie bereits zu erschöpft. Ihre Hand glitt über das Holz, doch ihr fehlte die Kraft, es zu umklammern.

Ganze Nächte hindurch hörte ich das Klatschen der Ruder und Alexandras Schreie. Immer wieder durchlebte ich diese grauenvollen Augenblicke, sah Dich den Kopf schütteln: »Hätte ich doch nur schwimmen gelernt, hätte ich doch ...« Und in Gedanken versuchte ich Dich zu trösten. Ein Unfall. Es war nur ein Unfall, Harold ... Und dann diese Bemerkung von Deinem Jugendfreund Anthony. Nach einem mehrjährigen Indienaufenthalt war er nach London zurückgekommen und bei uns zum Essen eingeladen. Ich weiß nicht mehr, worum es in Eurer Unterhaltung gerade ging, doch Anthony sagte plötzlich: »Trotzdem warst Du der beste Schwimmer des ganzen Semesters! Rasch wechseltest Du das Thema, wohl in der Hoffnung, daß ich nichts bemerkt hatte ...
Das Sonderbare ist, daß ich mir lange erfolgreich einredete, ich hätte diese Bemerkung nur erfunden. Als ich dann das Testament in Deiner Schreibtischschublade entdeckte, wurde mir plötzlich alles klar.

Um Dein Ziel zu erreichen, hattest Du mich zu Deiner Komplizin gemacht. Alle Welt wußte, wie sehr ich Alexandra liebte ... Ich machte mir Deine Version des Geschehens zu eigen. Wahrscheinlich Blindheit, und weil ich, trotz Deines ständigen Sarkasmus, glauben wollte, daß ich Dich noch immer liebte. Dabei hattest Du Dich sehr verändert. Du warst kühl geworden, distanziert, und an manchen Tagen war mir Deine Bosheit unerträglich. Dich verlassen? Ich hätte nicht einmal gewagt, daran zu denken. Während ich die Frauen in meinem Umkreis betrachtete, kam ich zu dem Schluß, ich müsse mich in mein Schicksal fügen. Mich so verhalten wie die anderen: Fünf-Uhr-Tee, kleine Törtchen, Einkaufsbummel in der Regent Street, Bridge-Abende, Gesellschaften ...

Aber auch ich habe mich verändert. Der Tod Alexandras hat mir die Augen geöffnet. Ich hatte plötzlich – aus Angst vielleicht, ich weiß es nicht – einen ungeheuren Lebenshunger. Ich hätte Dich entlarven können, aber ich habe es nicht getan. Ich zog es vor, Dich zu verlassen. Amerika ist für mich kein Traum. Noch nicht. Aber in diesem Land werde ich weit genug von Dir entfernt sein.

Tage-, wochen-, monatelang waren Ida diese Worte durch den Kopf gegangen. Indem sie sie niederschrieb, hatte sie das Gefühl, sich aus ihrem Gefängnis zu befreien. Fortan würde sie ihr Leben so gestalten, wie sie es wollte. Behutsam faltete sie den Brief zusammen und schob ihn unter einen Prospekt in der Schublade. Als sie die Lade wieder schließen wollte, entdeckte sie eine an sie adressierte Einladungskarte mit dem Wappen der White Star Line: Der Kapitän bat sie, am heutigen Abend an seinem Tisch im Erste-Klasse-Speisesaal zu dinieren. Ida runzelte die Stirn. Welches Kleid sollte sie anziehen? Wo war Suzanne? Unentschlossen legte sie sich auf ihr Bett. War es richtig gewesen, diesen Brief zu schreiben? Sie streckte den rechten Arm aus und ließ die Hand über die Wandverkleidung gleiten. Der Kontakt mit dem warmen Holz beruhigte sie ... Das Geräusch eines Schlüssels im Türschloß ließ sie hochfahren.

»Pardon, Madame ...«

»Macht nichts, ich war nur kurz eingenickt. Hier ist alles so friedlich.«

Suzanne konnte es gar nicht abwarten, ihr die Geschichte von dem neuen Maskottchen der *Titanic* zu erzählen: »Ein Straßenjunge, der von einem der Stewards gleichsam adoptiert wurde. Man hat ihn des Diebstahls in den Schiffsküchen bezichtigt, dabei war er völlig unschuldig. Sie können sich nicht vorstellen, wie man ihn drangsaliert hat! Dann wurde der wahre Schuldige entlarvt, und jetzt wird der Junge von allen geliebt. Ich bin ihm vorhin begegnet; er heißt Fagin. Er sieht putzig aus mit der langen Haarsträhne, die ihm immer wieder in die Stirn fällt. Er verteilt jetzt die Telegramme auf dem Schiff und ist ständig unterwegs. Er pfeift immer diese Melodie, Sie wissen schon, die Mr. Faxson auf Ihrem Cembalo gespielt hat.«

»*Planxy Irwin?*«

»Ja, genau!«

Und Suzanne begann diese irische Weise zu trällern, die Ida sogleich melancholisch stimmte.

Ida wäre gern einen Augenblick allein gewesen, doch ihre Kammerfrau eilte geschäftig in der Kabine hin und her. Um ihrem Geplapper ein Ende zu setzen, bat Ida sie, ihr bei der Wahl ihrer Garderobe behilflich zu sein. Sie wollte einen Spaziergang an Deck machen.

»Ziehen Sie sich warm an; es soll empfindlich abkühlen, heißt es.«

Suzanne hatte recht. Als sie das Promenadendeck betrat, schlug ihr ein kalter Wind entgegen. Trotzdem beschloß sie, sich in einem der Liegestühle niederzulassen. Da alle besetzt waren, erbot sich ein Steward, ihr einen zu holen. Ida spürte die bewundernden Blicke, die ihrer eleganten Garderobe galten. Ihr gestreiftes Kostüm entsprach der neuesten Mode: der helle Stoff hatte schon etwas Frühlingshaftes, der Pelzbesatz an Ärmeln und Kragen aber erinnerte noch an den Winter. Der Rock wirkte sehr eng, bestand jedoch aus Stoffbahnen, die sich überlappten, so daß der Gang nicht behindert wurde. Suzanne hatte eine Samtkappe aus tiefem Purpurrot für sie gewählt.

Als sie schließlich Platz genommen hatte, legte ihr der Steward eine Decke über die Beine. Die Hände in ihrem warmen

Pelzmuff verborgen, genoß Ida das Schauspiel um sie herum. Sie hatte den Eindruck, im Herzen einer kleinen Stadt zu leben, deren Einwohner sie, wenigstens vom Sehen, zum großen Teil kannte. Mr. Thompson, heute ganz aufgekratzt, gesellte sich kurz zu ihr.

»Einundzwanzig«, rief er ihr zu.

Ida sah ihn verständnislos an.

»Wir fahren mit einer Geschwindigkeit von einundzwanzig Knoten. Einer der Zahlmeister hat es mir eben gesagt. Es steht übrigens angeschlagen.«

Eiligen Schrittes setzte er seinen Weg fort und stieß dabei fast mit dem älteren Herrn zusammen, der die Schiffsbesichtigung mit ihnen gemeinsam unternommen hatte.

Jetzt fiel ihr Blick auf eine auffällige Gestalt, ein sportlich gekleideter Mann, der lässig an einem Pfeiler lehnte. Er schien zu träumen. Ohne zu wissen warum, begann ihr Herz wie wild zu schlagen, und ihre Hände zitterten. Sie war so verwirrt, daß sie gar nicht bemerkte, wie der Mann zu ihr herübergeschlendert kam, und sie wurde sich erst, als er das Wort an sie richtete, seiner Anwesenheit vollkommen bewußt. Doch in ihrer Benommenheit hatte sie seine Worte nicht verstanden, und erst nach einem Schweigen wurde ihr klar, daß er sie wohl etwas gefragt hatte.

»Ja natürlich, natürlich«, stammelte sie.

»Sind Sie sicher?«

Er lachte, und seine Augen blitzen auf.

»Sind Sie sicher, daß wir uns morgen der afrikanischen Küste nähern? Sagen Sie bloß nicht, Sie haben meinen Scherz ernstgenommen.«

»Natürlich nicht.«

Jetzt brach Ida in Lachen aus.

»Meine Mutter sagte immer: ›Stephen, wenn du nicht brav bist, schicken wir dich nach Afrika.‹ Ich weiß nicht, wie sie darauf kam. Vielleicht wegen der Forscherberichte, die man überall in den Magazinen lesen konnte ... Auf jeden Fall habe ich an dem Abend, als sie verkündete, daß wir nach Amerika übersiedeln würden, furchtbar angefangen zu weinen, weil ich glaubte, das sei eine noch schlimmere Strafe ...«

»Leben Sie dort?«

»Ja und nein, das heißt ...«

Der Liegestuhl neben Ida wurde eben frei, und Stephen fragte, ob er sich zu ihr setzen dürfe. Ida nickte nur.

»Ja und nein, weil ich regelmäßig zwischen Europa und Amerika pendele. Ich arbeite für einen Londoner Kunsthändler, der in Paris und New York Filialen hat.«

Ida ließ ihn nicht aus den Augen. Stephen schwieg eine Weile. Schließlich fragte Ida, den Blick noch immer auf ihn geheftet: »Sie verkaufen also Gemälde alter Meister?«

»Unter anderem! Dieses Mal aber organisieren wir eine große Ausstellung, um das amerikanische Publikum mit der europäischen Moderne vertraut zu machen.«

»In New York?«

»Ja, und die Eröffnung ist im nächsten Februar. Wir haben bereits die Räumlichkeiten gefunden, im Armory House, einer ehemaligen Waffenfabrik in der neunundsechzigsten Straße. Ich habe auch schon einen Namen für die Ausstellung vorgeschlagen: ›Armory Show‹. Wenn alles so läuft, wie wir es uns vorstellen, dürfte sie ein Bombenerfolg werden!«

Stephen setzte sich in seinem Liegestuhl auf und erzählte ihr begeistert von seinem letzten Paris-Aufenthalt. Dort hatte er die Bekanntschaft zweier Amerikaner gemacht, Gertrude und Leo Stein. »Bei ihnen sieht man die Wände vor lauter Bildern nicht mehr«, erzählte er. »Leo plaudert ununterbrochen, seine Schwester dagegen, eine sehr starke Persönlichkeit, ist zurückhaltend. Sie trägt immer Sandalen, was in Paris eher unpassend ist. Doch sie sagt, es sei ihre Art, ihre Bewunderung für die große Tänzerin Isadora Duncan zum Ausdruck zu bringen, die sich für die Befreiung des Körpers einsetzt. Ein Besuch bei den Steins ist fast so inspirierend wie der gewisser Galerien! Man trifft dort auf so viele Künstler! Einer von ihnen hat mich besonders beeindruckt. Er hat feurige Augen und spricht meist nur Spanisch. Verschiedene Kritiker behaupten, er habe die größte Revolution in der Kunst seit der Renaissance ausgelöst. In seinen Gemälden begnügt er sich nicht damit, einen Gegenstand darzustellen, sondern er umkreist ihn, indem er alle Facetten hinzufügt.«

»Wie heißt dieser Maler?«

»Picasso.«

»Ein sonderbarer Name! Glauben Sie, man wird sich in einem Jahr noch an ihn erinnern? Heutzutage vergehen die Moden so rasch ...«

»Meiner Meinung nach paßt der Begriff ›Mode‹ zu diesem Picasso nicht. Er ist ein ganz eigener Mensch, und das sieht man seinen Bildern an.«

Stephen erzählte noch von anderen Künstlern, von denen Ida noch nie gehört hatte: von Matisse und Duchamps, den Anführern einer Revolution, die die moderne Kunstlandschaft erschüttern würde. Ida hatte nicht den Mut, ihm zu gestehen, daß sie in Sachen Malerei nur die Werke von Turner kannte. Stephen aber war so mitreißend in seiner Begeisterung, daß Ida ihm gerne zuhörte.

Dabei mußte sie freilich immer wieder an Harold denken. Auch er rühmte sich, ein Verfechter des Fortschritts zu sein. Andererseits aber trat er für die Aufrechterhaltung der traditionellen Werte der Gesellschaft ein. Stephen dagegen vertrat die Ansicht, die Kunst – wie alles andere auch – dürfe sich nicht damit begnügen, Vergangenes zu kopieren. Und er fügte hinzu: »Können Sie sich vorstellen, heutzutage den Atlantik mit einem Segelschiff zu überqueren?«

Ida antwortete, daß sie nicht die geringste Lust dazu verspüre.

»Nun, dann werden Sie Picasso lieben!«

Ein Lächeln huschte über Idas Gesicht. Stephen konnte sehr überzeugend sein. Er setzte großes Vertrauen in die Zukunft, und das weckte in Ida ein bisher nie gekanntes Gefühl. Denn wenn Harold oder einer seiner Freunde das Wort an sie richteten, fühlte sie sich stets als ein Nichts. Jetzt, an der Seite von Stephen, hatte sie den Eindruck, plötzlich wieder frei atmen zu können. Dieses Bild war ihr zunächst unsinnig vorgekommen, dann aber hatte sie sich ganz davon mitreißen lassen; die Luft füllte ihre Lungen, und es schien die ganze Luft des Atlantiks zu sein.

Abends, am Tisch des Kapitäns, mußte Ida immer wieder an jenen Augenblick denken, da sie diese neue Kraft zum ersten Mal in sich wahrgenommen hatte. Sie hatte eines ihrer Lieblingskleider angezogen, das taubengraue mit der Spitze, durch die ein rosafarbener Stoff hindurchschimmerte. Sie hatte sich schön machen wollen. Stephen hatte versprochen, sich einen Platz an einem der Nachbartische zu suchen. Als er den Speisesaal betrat, begrüßte sie ihn mit einem diskreten Nicken. Durch seine Anwesenheit beflügelt, hatte sie lebhaft an dem Tischgespräch teilgenommen.

Der Kapitän hatte noch vier weitere Passagiere an seinen Tisch geladen: einen Engländer mit seiner amerikanischen Gattin, die Osbornes, und ein französisches Paar, die de Villiers'. Ida wurde sehr schnell klar, warum so viele Erste-Klasse-Passagiere nur auf einem Überseedampfer reisen wollten, das unter dem Kommando von Kapitän Smith stand: Sein weißer Bart, sein braungebranntes Gesicht, seine stechend blauen Augen erweckten Vertrauen. Um die Atmosphäre zu lockern, erkundigte er sich bei jedem, ob er mit der Überfahrt zufrieden sei. Die Amerikanerin bemerkte, daß eine der Glühbirnen im Gang zu ihrer Kabine nicht mehr funktioniere.

»Ich werde veranlassen, daß sie ersetzt wird, Madam. Aber seien Sie versichert, daß noch genug da sind, um das ganze Schiff zu erleuchten. Wenn ich mich recht entsinne, haben wir etwa zehntausend an Bord.«

»Zehntausend Glühbirnen!«

Deutlich beeindruckt, begann Mrs. Osborne, den Kapitän mit Fragen zur *Titanic* zu bombardieren.

»Mit ihren zweihundertsechzig Metern Länge ist sie derzeit das größte Schiff der Welt. Doch das wird sie nicht lange bleiben. Die White Star Line hat schon Pläne für einen noch gewaltigeren Dampfer, die *Gigantic*.«

»Werden Sie dort auch der Kommandant sein?« wollte Monsieur de Villiers wissen.

Ein Schatten huschte über das Gesicht des Kapitäns.

»Diese Überseefahrt hier mit Ihnen wird die letzte in meiner Laufbahn sein. Es ist Zeit, daß ich mich zurückziehe ...«

»Bedauern Sie es?«

»Das Leben geht weiter.«

»Sie können doch reisen! Machen Sie es wie wir«, meinte

Madame de Villiers und erzählte von ihrer letzten Riviera-Reise und den Hotels in Cannes und in Nizza, in denen sie mit ihrem Mann abgestiegen war.

Um ihr in nichts nachzustehen, ließ sich daraufhin Mrs. Osborne vernehmen: »Also mein Mann und ich ziehen Biarritz vor! Wir lassen keine Gelegenheit aus, um im Hotel du Palais zu wohnen! Das ist eine alte Villa direkt am Meer; sie gehörte Napoleon III., wenn ich mich nicht irre. Auch Edward VII. hielt sich hier gerne auf. Wenn wir dort sind, leben wir wie Edward. Die gleichen, einfachen Freuden. Wir picknicken in kleinen Dörfern, und auf der Rückreise nach London machen wir jedesmal in Paris Station, und auch dort folgen wir den Spuren des guten alten Edward. George kennt seine Gewohnheiten genau, die Orte, die er bevorzugt aufsuchte, die Varietés, die Kabaretts, die Pferderennbahn von Longchamp und natürlich das Hotel Bristol an der Place Vendôme. Nicht wahr, George?«

Überglücklich, endlich aktiv an dem Gespräch teilnehmen zu können, erklärte der kleine Mann, während er das köstliche Rinderfilet auf seinem Teller zerschnitt: »Ich weiß nicht, was Ihre Meinung ist, Kapitän, aber ich finde, daß dieser König, auch wenn er nicht lange regiert hat, einer der brillantesten britischen Herrscher war. Und er liebte das gute Leben! Am Derby Day im Mai 1909 war ich dabei, als sein Pferd das Rennen gewonnen hat. Wenn Sie die Begeisterung der Menge gesehen hätten, während sie *God save the King* sang! Anschließend gab es laute Hurra-Rufe für den ›guten alten Teddy‹. Der reine Wahnsinn!«

In seinem Eifer machte Mr. Osborne eine abrupte Handbewegung und stieß das Wasserglas seiner Nachbarin um. Madame de Villiers schrie leise auf, und der Oberkellner eilte sofort herbei, um das Tischtuch trockenzutupfen. In diesem Augenblick überkam Ida ein sonderbares Gefühl. Während der Kellner noch mit der Tischdecke beschäftigt war, spürte sie einen Blick auf sich ruhen. Es war jedoch nicht Stephens. An einem Tisch hinter dem seinen entdeckte sie den Mann, der ihr schon mehrmals gefolgt war. Sein Gesichtsausdruck flößte ihr Angst ein. Was wollte er von ihr? Ein schrecklicher

Gedanke schoß ihr durch den Kopf. Wenn Harold fähig war zu töten, könnte er dann nicht beschlossen haben, auch sie zu beseitigen? Vielleicht hatte er sie abreisen lassen, weil er begriffen hatte, daß sie alles ahnte, und wollte sich jetzt ihrer entledigen. Suzanne war sich sicher gewesen, daß sich jemand in ihre Kabine geschlichen und ihre Sachen durchwühlt hatte. Hatte Harold diesen Fremden beauftragt herauszufinden, ob sie keine kompromittierenden Papiere bei sich hatte, wie zum Beispiel diesen Brief, den sie einem Richter hätte vorlegen können?

Verzweifelt suchte sie Stephens Blick. Der aber war gerade in ein Gespräch mit dem alten Herrn verwickelt, der mit ihm zusammen das Schiff besichtigt hatte. Der Kapitän kam ihr schließlich zu Hilfe. Mit liebenswürdiger Stimme fragte er sie, ob dies ihre erste Überseereise sei.

»Ja«, sagte sie, »und was mich am meisten überrascht, ist die Tatsache, daß ich bisweilen vergesse, daß ich mich mitten auf dem Meer befinde. Als wir gestern bei der Schiffsbesichtigung mit dem Aufzug fuhren, kam ich mir vor wie in einem Hotel.«

»Sie haben einen leichten Akzent. Sind Sie keine Engländerin?«

»Meine Mutter war Französin, mein Vater Pole. Er kam zur Zeit der Kommune nach Paris. Er wurde nach Neukaledonien deportiert und kehrte 1875 nach einer vierjährigen Strafe zurück. Dann lernte er meine Mutter kennen, die aus der Gegend von Morvan stammt. Ich selbst habe nur kurze Zeit in Frankreich gelebt, da meine Eltern nach England übergesiedelt sind.«

»Wußten Sie, daß einer der Musiker im Orchester der *Titanic* Franzose ist?« fragte der Kapitän. »Ich könnte Ihnen nicht sagen, welcher von ihnen es ist, aber er soll aus der Nähe von Lille kommen.«

Eine Weile sah Ida den Musikern auf ihrem kleinen Podest zu. Dann dachte sie wieder an den Mann, der sie verfolgt hatte. Er war verschwunden. Ihr Blick wanderte zu Stephen, der ihr ein Lächeln schenkte. Madame de Villiers nahm ihren vielsagenden Blickwechsel wahr, und Ida errötete.

»Stimmt es, Kapitän, daß wir früher als vorgesehen in New York eintreffen werden?« fragte Mr. Osborne.

»Das würde uns nicht viel nutzen. Im Gegenteil. Ich glaube, Sie hätten wenig Lust, im Morgengrauen geweckt zu werden oder mitten in der Nacht von Bord zu gehen, was außerdem auch gar nicht möglich wäre, da die New Yorker Hafenbehörden nachts geschlossen haben. Wir von der White Star Line ziehen es vor, unseren Passagieren Komfort und Sicherheit zu bieten, anstatt Geschwindigkeitsrekorde aufzustellen.«

»Ist die *Titanic* wirklich hundertprozentig unsinkbar?« erkundigte sich Madame de Villiers.

»Würde ich Ihre Frage mit Ja beantworten, so würde ich lügen. Sagen wir lieber ›fast unsinkbar‹«, entgegnete der Kapitän lachend.

Mit dieser scherzhaften Bemerkung löste er die Tafel auf und verabschiedete sich von seinen Gästen. Auch Stephen erhob sich von seinem Tisch, und kurz darauf stand er an Idas Seite auf dem Promenadendeck. Die Nacht war kühl, und Ida war froh, ihren Pelzmantel mitgenommen zu haben. Stephen berichtete ihr von seinem Gespräch mit dem älteren Tischnachbarn, der ihm eine sonderbare Geschichte anvertraut hatte.

»Er behauptet steif und fest, wir hätten einen Mörder an Bord! Genauer gesagt, eine Mörderin. Eine Frau, die wegen Mordes an ihrem eigenen Säugling verurteilt worden sei. Und jetzt soll sie als Kinderfrau arbeiten, das muß man sich mal vorstellen. Die Eltern scheinen nichts von der Vergangenheit dieser Person zu wissen. Wenn es sie jetzt überkommt, noch einmal …«

Ida wandte Stephen das Gesicht zu. Unmerklich hatten sie sich einander genähert, und ihre Arme berührten sich jetzt.

»Haben Sie all diese Sterne gesehen?«

»Ja, es sind viele.«

Bei Idas Antwort prusteten beide los wie die Kinder. Nach einer Weile fuhr Stephen fort: »Meine Mutter sagte immer, die Sterne seien die Seelen der Verstorbenen. Und daß wir nie traurig sein sollen, wenn wir einen geliebten Menschen verlie-

ren, weil wir ihn beim Betrachten des Himmels wiederfinden können.«
»Dann haben Sie also niemals Kummer gehabt?«
»Doch.«
»Ich möchte nicht ...«
»Ich hatte großen Kummer, als ich das erste Mal einen bestimmten Stern am Himmel suchte.«
»War es Ihre Mutter?«
»Jetzt ist sie ein Stern.«

16. Kapitel

»Als Kind, da hat man mich Admiral genannt ...«

»Wollten Sie denn wirklich Admiral werden?« fragte Fagin.

»Ich hätte damals nicht einmal sagen können, was ein Admiral tut.«

»Vielleicht wollten Sie vor allem eine hübsche Uniform tragen.«

»Und reisen. Das haben meine Eltern übrigens gut verstanden und mir mit elf Jahren ein Pony geschenkt! Damit kam ich natürlich nicht weit. Aber ich weiß noch, daß ich viel las – Abenteuergeschichten und eines Tages sogar eine Nelson-Biographie. Ich hatte sie mir aus der Bibliothek meines Vaters ausgeliehen. Dies Buch faszinierte mich, weil es einen so schönen roten Ledereinband hatte, rot mit goldenen Lettern.«

Thomas Andrews zog seine Uhr aus der Westentasche. Er zögerte einen Augenblick, sie zu öffnen, und drehte sie in der Hand. »Ein Geschenk«, erklärte er. »Von den Ingenieuren der Werft Harland and Wolff – beim Stapellauf der *Celtic* vor elf Jahren. Ich habe seither immer geglaubt, daß mir diese Uhr Glück bringt. Und du, bist du abergläubisch?«

»Nein.«

»Wenn du Matrose bleiben willst, mußt du aber schon ein bißchen abergläubisch sein ... Weißt du, die Seeleute sind ein ganz eigener Schlag. Gestern hat mir der Zweite Offizier Lightoller, du kennst ihn sicher, von seiner ersten Anmusterung erzählt. Auch er hatte schon als Kind davon geträumt, zur See zu fahren. Sein Vater besaß eine Spinnerei in Lancashire und hatte nur einen Wunsch: daß sein Sohn seine Nachfolge antreten würde. Dickköpfig wie er war, lehnte der junge Lightoller ab. Und er fand einen Posten auf der *Primrose Hill*. Sein Vater war ein guter Verlierer und erklärte sich bereit, die vierzig Pfund für seine Lehrzeit zu bezahlen; und Lightoller mußte sich vertraglich verpflichten, vier Jahre ohne Lohn zu arbeiten. Ich habe Lightoller gefragt, ob er es heute nicht bereut, die Spinnerei nicht übernommen zu haben. Und weißt du, was er geantwortet hat? ›Ich schaue mir lieber die Wellen an.‹ Die Wellen! Seitdem er zur See fährt, hat er die wohl zur Genüge gesehen, und was für welche! Trotzdem glaube ich, daß sein Vater stolz auf ihn gewesen wäre. Er ist ein sehr guter Offizier ... Siehst du mal nach? Ich glaube, es hat geklopft.«

Ein Steward kam mit dem Frühstückstablett. Andrews bot Fagin eine Tasse Tee an. Der machte Anstalten abzulehnen.

»Komm, sei nicht so schüchtern. Außerdem wirst du sie heute noch gebrauchen können. Es wird merklich kälter; wir kreuzen Treibeisfelder.«

»Ist das gefährlich?«

»Früher schon. Aber heute mit dem Funk tauschen sich die Schiffe, die sich kreuzen, gegenseitig über die möglichen Gefahren aus. Übrigens ...« Er hielt inne, um einen Schluck Tee zu nehmen. »Übrigens besteht die viel größere Gefahr darin, daß diese Schiffe miteinander kollidieren. Beim Auslaufen in Southampton hätten wir um Haaresbreite die *New York* gerammt! Nun gut ... Ich lasse dich wieder an deinen Posten. Und vergiß nicht, dem Kapitän jeden an ihn gerichteten Funkspruch sofort auszuhändigen.«

Fagin verabschiedete sich von Andrews, überglücklich, einen Augenblick in der Gesellschaft dieses ›Admirals‹ verbracht zu haben, der ihm eines frühen Morgens, ein Bündel Pläne und Skizzen unterm Arm, auf den Gängen des F-Decks begegnet war. »Immer vor Morgengrauen auf den Beinen, wie in Belfast«, dachte Fagin. Es blieben ihm noch zwanzig Minuten, bis er seinen Dienst antreten mußte. Auch wenn ihm fast alle Ecken und Winkel des Schiffes vertraut waren, so gab es doch wenigstens eine Kabine, die er noch nicht kannte. Als er an ihre Tür klopfte, kam zunächst keine Antwort. Dann, nach einer Weile, eine Stimme, die er nicht gleich wiedererkannte:

»Ja, bitte?«

Hatte er sich mit der Nummer vertan? Er kannte sie doch auswendig.

»Ich bin's.«

Da öffnete Molly. Sie stieß einen kleinen Überraschungsschrei aus und bat ihn einzutreten.

»Erst Molly, dann Fagin ... Das scheint der Tag der Besuche zu sein!« rief Leopold. »Wir haben eben erst von dir gesprochen. Bist du gerade aufgestanden?«

»Nein, ich konnte nicht mehr schlafen, und an Deck bin ich Mr. Andrews begegnet. Er hat mich zu einem Gespräch in sein Büro eingeladen.«

Als Fagin in allen Einzelheiten von ihrer Unterhaltung berichtet hatte, vertraute Molly ihm an, daß sie inzwischen nur Gutes über Fagin vernommen habe.

»Mr. Fowles sagt, du wärst voll guten Willens. Übrigens, hast du meine Nachricht erhalten? Leopold hat mir schon die Speisekarte beschrieben! Das New Yorker Restaurant, in das er uns einladen will, ist wirklich sehr gut. Aber da wir vor der Ankunft keine Zeit haben, uns zu treffen, wollte Leopold dir etwas sagen.«

Fagin spürte ein nervöses Kribbeln in der Magengrube. Auch wenn er stets Vertrauen in seine Beschützer gehabt hatte, so hatte ihn die Angelegenheit mit dem Diebstahl in den Lagerräumen doch sehr verwirrt. Im Morgengrauen hatte er sich aus der Kabine geschlichen, wo Burni, Thomas und die anderen noch fest schliefen. Ein Traum hatte ihn geweckt. Darin lief er durch eine Straße in London, eine Straße, die er nicht kannte, als er von einem Unbekannten angesprochen wurde. »Die Pferde sind dort«, murmelte der Mann und deutete mit dem Finger auf eine Reihe roter Backsteinhäuser, deren Bogenfenster von weißen und ockerfarbenen Steinen eingefaßt waren. Er wollte antworten, daß er ihm nicht glaube, doch er brachte keinen Laut heraus. Während er seine nackten Füße auf dem Pflaster betrachtete, vernahm er Hufegeklapper. Wie ein fernes Rauschen zunächst, dann wie eine Flut – kamen Schimmel auf ihn zu. Leopold saß auf einem von ihnen und ritt an ihm vorbei, ohne ihn eines Blickes zu würdigen. Als die Pferde verschwunden waren, rief er: »Molly, Molly!«, und der Fremde kehrte zurück und murmelte: »Eins muß noch da sein. Komm.« Mit diesen Worten nahm er ihn bei der Hand und zerrte ihn zum Eingang einer Sackgasse. Fagin wollte sich zur Wehr setzen, doch der andere zog fester und zwang ihn schließlich, die Hufe eines Pferdes zu betrachten, die zwischen zwei Mauern eingeklemmt waren. Die Fesseln des Tieres waren blutüberströmt.

Was hatten diese Bilder zu bedeuten? Obwohl er ihren Sinn nicht verstand, bedrückten sie ihn sehr. Es war, als wollte man ihm eine Botschaft übermitteln, die er vergeblich zu entziffern suchte. Würde Leopold ihm den Schlüssel zu diesem Traum geben?

»Hör zu, Fagin. Du weißt, wie sehr wir dich lieben. Dank James, Mollys Bruder, hast du einen Posten auf der *Titanic* gefunden. Aber das war eine Ausnahme, bei der so manche Regel umgangen wurde. Wenn wir nach Southampton zurückkommen, wirst du eine Entscheidung treffen müssen. Die White Star Line wird dich gewiß nicht ein zweites Mal unter diesen Umständen einstellen. Du mußt dich entscheiden. Entweder beschließt du, zur See zu fahren, und in dem Fall mußt du dich für mehrere Jahre verpflichten. Oder aber ...«

»Aber ich möchte gern weiter zur See fahren!«

»Überleg dir das gut, Fagin. Das ist kein Beruf wie die anderen. Glaub nicht, daß es immer so aufregend ist, wie es scheint, wenn man die Matrosen ihr Seemannsgarn spinnen hört. Sieh dir das Leben an, das wir führen, Molly und ich. Wir verbringen manchmal Wochen, ohne unter demselben Dach zu schlafen.«

»Aber ich komme euch besuchen!«

Angesichts dieses leidenschaftlichen Ausrufs konnten seine beiden Beschützer nicht umhin zu lächeln.

»Nun gut, Herr Matrose, wir sehen uns in New York wieder«, rief Leopold und drückte ihn fest an sich.

»Und jetzt raus mit dir!« lachte Molly und küßte ihn auf beide Wangen. »Mr. Fowles wird schon auf dich warten.«

Und sie hatte recht. Doch der Zahlmeister machte ihm keine Vorwürfe, sondern schickte ihn sofort in die Funkzentrale. Dort erwarteten ihn schon mehrere Funktelegramme. Eines davon, die Nummer einhundertelf, erregte sofort Fagins Aufmerksamkeit. Es war an Kapitän Smith gerichtet und kam von der *Caronia*, einem Überseedampfer der Cunard Line, der die Route New York–Liverpool fuhr: »Schiffe mit westlichem Kurs melden Eisberge und Eisschollen bei 42.49 Grad nördlicher Breite und 51 Grad westlicher Länge. Hochachtungsvoll, Kapitän Barr.«

Fagin rannte sofort zur Kommandobrücke. Kapitän Smith hatte gerade Wache. Er las das Papier und steckte es in die Tasche seiner Uniform. »Wie ist die Temperatur?« fragte er den Offizier, der neben ihm stand.

»Zehn Grad«, antwortete der Mann.

»Und das Wasser?«

»Dreizehn Grad.«

»Wir erreichen bald die Zone, die uns die *Caronia* gemeldet hat. Ziehen Sie sich warm an, die Temperaturen werden rasch sinken«, murmelte der Kapitän und strich sich über den Bart.

Als er dann bemerkte, daß Fagin noch immer unverwandt auf das Steuerrad starrte, trat er zu ihm.

»Ich weiß, woran du denkst, doch das ist nicht der rechte Augenblick. Vielleicht stehst du in ein paar Jahren selbst am Steuer; doch unterdessen hast du mir unverzüglich alle Telegramme zu bringen, die die Navigation betreffen. Sollte ich aus irgendeinem Grund abwesend sein, wendest du dich an den diensthabenden Offizier; der weiß, wo ich zu finden bin.«

Fagin lief auf kürzestem Weg zur Funkzentrale zurück. Phillips saß mit Kopfhörer vor seiner Funktastatur. Eisberge in Sicht? Fagin fühlte Unruhe in sich aufsteigen. War dieses Treibeis gefährlich? Phillips hob den Kopf und wies, als er Fagin erblickte, auf einen Stapel Telegramme, die für die Passagiere bereit lagen.

Auf der Treppe zum Büro des Zahlmeisters überflog er sie rasch. Keines schien von besonderer Bedeutung, und er fragte sich, warum all diese Leute, die sich in zwei Tagen wiedersehen würden, einander solche Banalitäten schrieben: »Ich hoffe, Du bist gesund und das Wetter ist schön.« Oder aber: »Bei den Vorwahlen in Pennsylvania hat Roosevelt über Taft gesiegt.« Konnten sie nicht bis zu ihrem Wiedersehen warten? Schneller, alles sollte immer noch schneller gehen.

Und das galt auch für Fagin! Nachdem er alle Kabinennummern aufgeschrieben und die Telegramme geordnet hatte, begann er seinen Rundgang auf dem B-Deck. Kabine 88 war die erste auf seiner Liste. Eine blonde Frau öffnete ihm die Tür. Sie trug ein langes Kleid aus besticktem Krepp, ihr Gesicht strahlte sanft.

»Für mich?«

Sie schien überrascht. Dann, nachdem sie den Umschlag studiert hatte, meinte sie: »Irrtum, dies ist B 78.«

Verwirrt wollte Fagin schon gehen, als er eine Stimme rufen hörte: »Das ist er, Madame.«

»Er?« Die Dame drehte sich zu einer fülligen Frau um, die hinter ihr stand.

»Ja, Madame, das ist Fagin. Ich habe Ihnen neulich von ihm erzählt.«

Ein amüsiertes Lächeln huschte über das Gesicht der blonden Dame. »Ach, das Maskottchen ...« Dann fügte sie hinzu: »Das liegt an Ihrer Haarsträhne. Sie fällt Ihnen über das Auge. Wie wollen Sie damit klar sehen!«

Fagin glaubte, sie mache sich über ihn lustig, und wollte sich schon abwenden, als sie ihm die Hand auf den Arm legte: »Suzanne, holen Sie mir mein grünes Täschchen!«

Eine Fünf-Pfund-Note in der Tasche und eine heitere Melodie vor sich hinpfeifend, setzte Fagin kurz darauf seinen Rundgang fort. Alles in allem, so dachte er, war dieser Telegrammdienst gar nicht so übel.

17. Kapitel

Sie waren im Speisesaal der ersten Klasse zusammengekommen und lauschten andächtig dem Kapitän, der Psalmen aus der Bibel vorlas: »Beim Anblick eines Himmels, dem Werk deiner Hände, des Mondes und der Sterne, die du dort schufest – was ist da der Sterbliche, daß du dich seiner erinnerst, was ist der Sohn Adams, daß du ihn aufsuchst?«

Kein Laut, keine Stimme störte den Vortrag. Ida, die sich unter den Versammelten befand, war tief beeindruckt von der Andacht der Passagiere. Ihre Gedanken schweiften zurück zur St. George Church in London, eine Kirche, die sie bisweilen aufgesucht hatte, um sich innerlich zu sammeln. Wenn sie sich auf den Heimweg machte, war sie – wohl aus Furcht vor Harolds tyrannischem Gebaren – oft noch durch einen kleinen Park, den Bloomsbury Square, geschlendert. Nur wer einen Schlüssel für das Eingangstor besaß, hatte Zugang zu dieser Oase des Friedens. Unwillkürlich glitt ihre Hand in die Tasche ihres Kleides, als suchte sie nach dem kleinen Metallgegenstand.

Wenige Schritte von ihr entfernt stand eine Frau mit einem riesigen breitkrempigen Hut, der durch seinen Straußenfederschmuck noch größer wirkte. Als die Dame den Kopf zu ihren gefalteten Händen neigte, erkannte Ida die braunen Locken von Margaret. Diese fühlte sich beobachtet, schaute zu Ida herüber und warf ihr ein so strahlendes Lächeln zu, daß sie fast schön wirkte. Die Hoffnung, die das junge Mädchen beflügelte, bestärkte Ida in ihrem Entschluß, noch heute zum Postbüro zu gehen und den Brief aufzugeben, den sie an Harold geschrieben hatte. Die letzten Sätze hallten noch immer in ihren Gedanken wider: »Ich komme nicht zurück, Harold. Du wirst mich nie wiedersehen.«

Nach Ende der Andacht begab sich Ida zur Bibliothek, wo Stephen den Vormittag verbringen wollte. Unterwegs begegnete sie Mrs. Thompson, die ihr mit der gewohnten Geschwätzigkeit in allen Einzelheiten beschrieb, wie sie den Morgen zugebracht hatte. Nach dem Frühstück sei ihr Mann ins Schwimmbad gegangen, doch sie habe es vorgezogen, eine Runde Squash zu spielen. Immer noch mit der gleichen Begeisterung erzählte sie ihr den Inhalt eines Buches, das sie letzte Nacht verschlungen hatte, den Roman einer gewissen Elinor Glyn. Darin gab es eine außergewöhnliche Liebesszene, in der sich der Held und eine orientalische Königin auf einem Tigerfell vereinten.

»Wußten Sie, daß dieses Buch einen furchtbaren Skandal ausgelöst hat? Was zur Folge hatte, daß zwei Millionen Exemplare davon verkauft worden sind ...«

Und mit einem neckischen Augenzwinkern begann sie den frivolen Schlager zu trällern, der vom Liebesleben der Elinor Glyn inspiriert war. Dann beugte sie sich zu Ida vor und flüsterte ihr komplizenhaft ins Ohr. »Wenn das unsere Suffragetten hören könnten, würden sie bestimmt ein Verkaufsverbot für Pelze fordern!«

Die beiden Frauen lachten noch immer, als sie den Lesesalon betraten. Idas Blick fiel sofort auf Stephen. Mr. Gardner, der ältere Herr, der sie bei der Schiffsbesichtigung begleitet hatte, hielt seinen Arm umfaßt, als wollte er ihm einen Befehl erteilen. Ida hörte, wie Stephen energisch ausrief: »Nein, nicht Marie Laurencin!«

Zum ersten Mal sah sie Stephen verärgert. Doch als er sie bemerkte, erhellte sich sein Gesicht. »Setzen Sie sich zu uns«, rief er.

Kaum hatte sie ihnen gegenüber Platz genommen, erklärte er: »Wir waren nicht ganz einer Meinung. Unser Freund, Mr. Gardner, schlug mir vor, bei unserer Armory Show eine Künstlerin zuzulassen, von der ich nicht sicher bin ...«

»Sie täuschen sich.«

»Ich bin mir nicht so sicher ...«

»Nicht so sicher ...«, lachte Ida, wobei sie Mr. Gardner zuzwinkerte.

»Nicht so sicher ...«, wiederholte dieser.

»Dafür bin ich mir einer Sache ganz sicher ...«

Eine schrille Stimme ließ sie zusammenzucken. Ida drehte

sich um und erblickte Mrs. Thompson, die ganz aufgelöst schien.

»Sie gestatten doch«, sagte sie, griff energisch nach einem Sessel und setzte sich neben Ida. »Stellen Sie sich vor, meine liebe Ida, während Sie mit diesen Herren plauderten, hat mir Charles eine unglaubliche Neuigkeit mitgeteilt. Sie wissen doch, daß er jeden Abend Karten spielt. Er ist der festen Überzeugung, die Mathematik könne ihm zum Gewinn verhelfen. Deswegen sorge ich stets dafür, daß er kaum Geld dabei hat, wenn er zum Spielen geht. Hier übrigens noch mehr als anderswo. Man hatte uns vor der Abreise nämlich gewarnt, daß solche Luxusliner das bevorzugte Revier von Betrügern und Falschspielern sind. Ich wollte das zunächst nicht glauben. Nun ja! Jetzt hat man soeben einen von Charles' Partnern überführt, sozusagen auf frischer Tat ertappt. Und als man seine Kabine durchsucht hat, fand man ein Bund mit falschen Schlüsseln und alle möglichen gestohlenen Wertgegenstände. Das Schiffspersonal hat ihn festgenommen. Angeblich soll er bei unserer Ankunft der amerikanischen Polizei übergeben werden.«

»Mir ist wirklich die Lust am Bridge-Spielen vergangen«, brummte Charles Thompson, der sich nun auch zu ihnen gesellt hatte. Mit wenigen Worten beschrieb er den Mann. Kein Zweifel, es war Idas Verfolger. Allerdings hatte er sie wohl nicht umbringen wollen, wie sie zunächst geglaubt hatte, sondern lediglich ihr Kommen und Gehen beobachtet, um nach dem ersten gescheiterten Versuch ihre Kabine durchsuchen zu können.

Erleichtert bat sie Mr. Gardner, einen Blick in das Buch werfen zu dürfen, das vor ihm lag.

»Mit Vergnügen, meine Liebe. Ich habe es soeben ausgeliehen. Es ist ein illustrierter Bericht von verschiedenen Reisen in die Antarktis. Ich nehme an, die Temperaturen an Bord haben mich zu dieser Wahl getrieben.«

Die Stiche stellten unberührte Schneelandschaften dar mit Robben, Pinguinen und schroffen Eisformationen. Stephen trat neben ihren Sessel und sagte: »Diese Landschaften sind wirklich seltsam. Man fragt sich, wie es in solchen Breiten noch Leben geben kann.«

Stephens Finger glitten über das Papier. Ida betrachtete sie und hätte sie gern berührt, liebkost.

»Schauen Sie«, sagte sie belustigt. »Sie sehen aus wie Kinder!«

Auf einer Zeichnung liefen vier Pinguine nebeneinander her; die äußeren Enden ihrer Flügel berührten sich, so als hielten sie sich bei der Hand. Weit hinten am Horizont erkannte man Eisberge.

»Ob es auf unserer Strecke auch Eisberge gibt, was glauben Sie?« fragte Mrs. Thompson. »Das muß ein herrlicher Anblick sein, so ein riesiges Eisgebirge mitten im Ozean. Hoffentlich bekommen wir welche zu sehen.«

»Das ist kaum anzunehmen«, entgegnete ihr Mann. »Wir befinden uns auf der Südroute. Zu dieser Jahreszeit und in diesen Breiten sind Eisberge selten und sicher nur klein. So ein Stahlkoloß wie die *Titanic* würde sie zermalmen.«

»Wissen Sie, was die Seeleute sagen?« fragte Mr. Gardner. »Sie behaupten, man könne Eisberge riechen, bevor man sie sieht. Ein eigentümlicher Geruch soll von ihnen ausgehen – wie in einem feuchten, modrigen Keller.«

»Vielleicht liegt es an ihrer Zusammensetzung«, meinte Mr. Thompson. »Schließlich führen sie Felsbrocken, Sand und Erde mit sich.«

Ida wechselte einen raschen Blick mit Stephen; dann entschuldigte sie sich und ging. Wenige Minuten später folgte ihr Stephen auf das Promenadendeck. Der Himmel war von tiefem Blau, die kalte Luft aber hatte die Passagiere vertrieben, und die Liegestühle waren leer. In ihren Pelzmantel gehüllt, die Hände in den Pelzmuff geschoben, lauschte sie Stephen, der sie an die Reling geführt hatte.

»Diese strahlende Helle erinnert mich an gewisse Wintermorgen in New York. Wir nähern uns dem Ziel. Was werden Sie bei Ihrer Ankunft tun?«

»Eine Kusine erwartet mich.«

»Wie lange haben Sie sie nicht mehr gesehen?«

»Manchmal kommt es mir vor, als sei es Jahrhunderte her.«

»Sie lieben sie sehr?«

»Wir haben unsere ganze Kindheit zusammen verbracht.

Für mich ist sie fast wie eine große Schwester. Sie hat mich überredet, zu ihr zu kommen. Aber ich wäre so oder so weggegangen.«

»Haben Sie vor, bald nach London zurückzukehren?«

»Ich glaube, ich will nie mehr zurück.«

Begriff Stephen ihr Geständnis? Sie wünschte es von ganzem Herzen.

»Sehen Sie diese Frau dort!« Mit einer diskreten Kopfbewegung wies er auf eine Passagierin, die sich mit zwei Kindern näherte. »Das muß die Person sein, von der Mr. Gardner gestern erzählt hat. Er behauptet steif und fest, sie wiedererkannt zu haben. Sie soll ihr eigenes Kind aus der Tür eines fahrenden Zuges geworfen und damit getötet haben. Sie wurde vor drei Jahren zu einer milden Haftstrafe verurteilt. Ihr Verteidiger konnte die Geschworenen überzeugen, daß es eine Verzweiflungstat war, weil der Vater des Babys, mit dem sie nicht verheiratet war, sie verlassen hatte. Aber wer weiß, ob sie's wirklich ist?«

»Das ist ja eine schreckliche Geschichte!«

»Sollte es wirklich diese Person sein, werden die Eltern ihre wahre Identität sicher nicht kennen. Wenn ich mir vorstelle, daß sie ihr einen Säugling und ein kleines Mädchen von zwei Jahren anvertraut haben.«

»Glauben Sie nicht, man sollte die Eltern warnen?«

»Mr. Gardner will das im Laufe des Tages, spätestens morgen, tun. Aber vorher will er mit dem Kapitän darüber reden, was mir im übrigen das Beste zu sein scheint.«

Als die Frau auf ihrer Höhe angelangt war, musterte Ida sie verstohlen: Sie war überrascht über die Arroganz in ihren Augen und die unglaubliche Härte ihrer Gesichtszüge. Unwillkürlich wich sie einen Schritt zurück. Stephen legte ihr beruhigend die Hand auf den Arm.

»Keine Angst, bald ist alles geregelt«, flüsterte er, als die Kinderfrau außer Hörweite war.

»Bald …« Bei diesem Wort verspürte sie einen kleinen Stich im Herzen. Es erinnerte sie daran, daß sie nur noch anderthalb Tage zusammen verbringen würden. Als wollte er ihre Wehmut vertreiben, setzte Stephen eine heitere Miene auf.

»Vergessen wir das alles! Was halten Sie davon ...« Er holte tief Luft, als müßte er seine Schüchternheit überwinden, und fügte dann mit lachenden Augen hinzu: »Was halten Sie davon, mit mir zu Abend zu speisen?«

Mit einem Kopfnicken stimmte Ida zu. Eine größere Freude hätte er ihr nicht machen können.

18. Kapitel

Er mußte sich beeilen. Soeben war eine weitere Funkmeldung für den Kapitän eingetroffen. Diese kam von der *Baltic* und war um dreizehn Uhr zweiundvierzig durchgegeben worden. Fagin hatte bereits von diesem Überseedampfer gehört. Er zählte auch zur White Star Line und hatte zusammen mit der *Celtic*, der *Cedric* und der *Adriatic* zu den sogenannten ›vier Großen‹ gehört, bevor die *Titanic* vom Stapel lief. Der Text der Nachricht war ungewöhnlich lang: »Haben seit unserer Abfahrt schönes, klares Wetter bei mäßigen wechselnden Winden. Griechischer Dampfer *Athinai* hat heute bei 41,51 Grad nördlicher Breite und 49,52 westlicher Länge Eisberge und ausgedehnte Treibeisfelder gesichtet. Haben gestern abend mit dem Öltanker *Deutschland* (Stettin–Philadelphia) Kontakt aufgenommen. Schiff ist wegen Kohlenmangel manövrierunfähig und bittet, New York und andere Dampfer zu benachrichtigen. Wünsche Ihnen und der *Titanic* viel Erfolg. Der Kapitän.«

Auf der Kommandobrücke herrschte eine sonderbare Atmosphäre. Während sich die wachhabenden Offiziere gewöhnlich mehr oder weniger angeregt unterhielten, waren sie diesmal recht schweigsam. Der Kapitän stand vor dem Kompaß und neben ihm ein hochgewachsener Mann, den Fagin noch nie gesehen hatte. Er steckte in einem dicken Mantel mit Pelzkragen und strich immer wieder über seinen schwarzen Schnauzbart. Er richtete sich in einem Ton an den Kapitän, der keinen Widerspruch duldete. Und doch verriet irgend etwas an ihm – vielleicht waren es sein Blick, seine Züge? – eine Schwäche.

Ohne länger zu warten, reichte Fagin dem Kapitän den Funkspruch. Nachdem dieser ihn rasch überflogen hatte, gab er ihn an den großen Schnauzbärtigen weiter.

»Aha, Packeisfelder!«

»Ja, Mr. Ismay.«

»Welche Vorkehrungen gedenken Sie zu treffen?«

»Anhand der Nachricht von der *Baltic* können wir den Zeitpunkt errechnen, wann wir diese Gefahrenzone erreichen.«

»Und wann wird das Ihrer Meinung nach sein?«

»Das kann ich nicht genau sagen; wir haben die Daten ja noch nicht ausgewertet.«

»Trotzdem – ungefähr ...«

»Ich denke, wir müßten die Treibeisfelder im Laufe der Nacht erreichen.«

»Und die Eisberge?«

»Sie befinden sich in der Mitte dieser Eisfelder.«

»Mehr können Sie nicht sagen?«

»Nein, Sir.«

»Und welche Maßnahmen werden Sie treffen?«

»Wir haben Späher im Ausguck oben am Vormast. Sie sind die Augen des Schiffs. Sie warnen uns, wenn Gefahr droht. Wie Sie wissen, verfügen sie über eine Alarmglocke und ein Telefon, um mit dem wachhabenden Offizier in Verbindung zu bleiben.«

»Glauben Sie, die meteorologischen Bedingungen könnten sich ändern?«

»Ich denke nicht, Sir. Wir rechnen weiter mit ruhigem Seegang und klarer Sicht.«

»Erlauben Sie?«

Mr. Ismay faltete das Telegramm und ließ es in seine Manteltasche gleiten.

Wieder im Büro des Zahlmeisters, berichtete Fagin Fowles sofort von der eben beobachteten Szene. Natürlich wußte er, daß Bruce Ismay der Präsident der White Star Line war. Aber er hatte ihn noch nie gesehen. Und irgendwie hatte er ihn verunsichert.

»Ich kenne ihn gut, er kommt oft her«, erklärte Fowles. »Er ist unheimlich neugierig und interessiert sich für alle möglichen Details. Du kennst doch den Passagierschalter? Vorgestern hat er mich gefragt, ob wir ihn nicht erhöhen könnten. Als ich ihn erstaunt ansah, sagte er mir, daß hochgewachsene Passagiere sich hinabbeugen müßten, was sehr unbequem sei. Ich wies ihn darauf hin, daß sich die Kleinen dann auf die Zehenspitzen stellen müßten. Daraufhin strich er sich über den Schnurrbart und sagte mit dieser traurigen Miene, die er oft aufsetzt: ›Man muß trotzdem eine Lösung finden. Ich werde mit Andrews reden.‹ Eines aber ist sicher – gegen ein luxuriöses Leben hat er nichts einzuwenden. Seit er die White Star Line von seinem Vater übernommen hat, hat er sich keine einzige Jungfernfahrt entgehen lassen!«

Fagin blieb keine Zeit, sich weitere Einzelheiten anzuhören. Soeben war eine Hülse in die Rohrpost gefallen. Eine Mitteilung, sagte Phillips, die jedoch nicht für die *Titanic* bestimmt sei. »Ein deutscher Dampfer, die *Amerika*, bittet uns, eine Nachricht weiterzuleiten. Sein Sender ist nicht stark genug. Da wir schon mit der amerikanischen Station Cape Race in Verbindung sind, können wir sie für ihn funken; sie ist an das Hydrographische Institut in Washington gerichtet. Schau, ich habe sie aufgeschrieben. Sie melden zwei riesige Eisberge im Bereich 41,27 Grad nördlicher Breite und 49,8 Grad westlicher Länge. Ich denke, das dürfte Kapitän Smith interessieren.«

Fagin wollte schon nach dem Blatt greifen, als Bride in den Funkraum kam. Er wollte sicherlich Phillips ablösen. Die beiden Männer wechselten ein paar Worte, und Bride fragte seinen Kollegen, ob die Nachricht an Mr. Ismay weitergeleitet worden sei. Phillips schlug sich vor die Stirn.

»Mein Gott, stimmt, ich hatte sie zur Seite gelegt. Hier«, sagte er zu Fagin, »bring sie ihm sofort. Anschließend gehst du auf die Kommandobrücke.«

Es war nicht schwer, den Präsidenten der White Star Line zu finden. An ein Fenster der A-Deck-Promenade gelehnt, spielte er mit dem Knauf seines Spazierstocks und plauderte mit zwei Damen. Beide waren warm vermummt und lauschten ihm aufmerksam.

»Diese Nachricht wurde mir vor wenigen Augenblicken übersandt«, erzählte er. »Es heißt, daß wir bald ein Packeisfeld durchqueren.«

Fagin, der sich höflich ein wenig abseits hielt, erkannte das gelbe Blatt.

»Natürlich habe ich bei der Besatzung alles Nötige veranlaßt.«

»Werden wir unser Tempo drosseln?« fragte eine der beiden Damen, die einen auffälligen Pelzhut trug, von dem ihr ein gestreifter Tierschwanz in den Nacken hing.

»Warum sollten wir? Wissen Sie, daß Kapitän Smith vor seiner langen Karriere bei der White Star Linie auch schon bei der Postmarine war? Damals kam es darauf an, den Zeitplan einzuhalten, und das ist heute noch genauso – ob bei Sturm, Nebel oder hohem Seegang.«

»Aber wir sind doch keine Postsäcke, Mr. Ismay«, platzte die Frau mit dem extravaganten Hut heraus.

»Gewiß, Verehrteste, Sie sind die privilegierten Gäste der White Star Line. Mehr als Gäste, ich würde sagen: Freunde. Das hindert uns allerdings nicht daran, auch zweihundert Postsäcke in unseren Frachträumen nach Amerika mitzuführen. Die müssen rechtzeitig ankommen. Und wir auch. Wenn wir am Morgen des 16. April nicht in New York eintreffen, müssen wir die Ausschiffung der Passagiere um einen Tag verschieben. Sie wissen vielleicht nicht, wie kompliziert das Anlegemanöver ist; es erstreckt sich über mehrere Stunden. Außerdem brauchen wir einen Lotsen bis zum Kai. Und schließlich sind dann noch die Formalitäten beim Zoll und bei den Einreisebehörden hinzuzurechnen. Deshalb wollen wir unser Tempo nicht drosseln ... Im Gegenteil, wir wollen es sogar beschleunigen.«

»Sie machen uns angst, Mr. Ismay.«

»Wir wollen nur die Kraft der Maschinen testen.«

»Ist das der geeignete Ort dafür?« fragte die Dame mit dem Pelzhut.

»Es gibt keinen ›geeigneten Ort‹, wie Sie es nennen, um den Fortschritt voranzutreiben. Und die *Titanic* ist eines seiner glänzendsten Symbole. Ich weiß nicht, ob Sie diesen Ausspruch von Prinzgemahl Edward kennen, der kurz vor der Eröffnung der Weltausstellung sagte: ›Wir leben in einer außergewöhnlichen Übergangszeit, die uns schnell dazu führt, das zu erreichen, worauf die Geschichte zusteuert: die Verwirklichung der Einheit des Menschengeschlechts.‹ Nun, meine Damen, Sie befinden sich auf einem Schiff, das ein Vorbote dieser Zukunft ist.«

»Oh, Mr. Ismay, wie schön Sie das gesagt haben! Findest du nicht auch, meine Liebe? Ihnen haben wir es zu verdanken, daß wir heute nacht wie Engel schlafen werden.«

Die beiden Damen entfernten sich eilig, um sich in ihren Kabinen aufzuwärmen. Es war Fagin zunächst unangenehm gewesen, der Unterhaltung beizuwohnen. Aber er hatte schnell verstanden, daß Ismay sogar Wert darauf legte, einen Zeugen zu haben, wohl in der Annahme, daß dieser den anderen Mannschaftsmitgliedern von dem Gespräch berichten würde.

Nachdem er die für den Kapitän bestimmte Nachricht bei dem diensthabenden, eher mürrischen Offizier auf der Kommandobrücke abgegeben hatte, kehrte er in seine Kabine zurück. Thomas und Burni lagen ausgestreckt in ihren Kojen.

»He, Fagin, du kommst uns wie gerufen! Wir suchen gerade nach dem dritten Mann für das Fliegenspiel.«

»Was muß ich denn machen?« fragte Fagin und setzte sich auf sein Bett. Automatisch ließ er die Hand unter sein Kopfkissen gleiten, um nach seiner Bibel zu tasten.

»Ganz einfach«, sagte Burni. »Sobald man irgendwo eine Fliege landen sieht, wettet man, wie lange sie braucht, um wieder loszufliegen. Ich sage zum Beispiel fünfundzwanzig, und Thomas sagt dreißig. Und du, du zählst. Gleichmäßig, verstanden?«

»Aber es gibt hier keine Fliegen«, sagte Fagin.

»Genau das hat mir Burni gerade erklärt«, gab Thomas feixend zurück. »Und deshalb langweilen wir uns ...«

»Und ich kann euch sagen, daß ich mich nicht gelangweilt habe«, entgegnete Fagin. »Ich habe nämlich heute erfahren, daß wir vielleicht auf Eisberge treffen.«

»Wir haben schon welche gesehen, Thomas und ich. Sind wunderschön, aber ich sehe sie lieber aus der Ferne.«

»Na ja, wir haben ja die Späher.«

»Gut, aber sie haben kein Fernglas mehr. Es wurde in Cherbourg gestohlen.«

»Mach dir keine Sorgen. Die haben Augen wie Luchse. Und überhaupt verstehen die sich auf ihr Geschäft. Selbst ich weiß, woran man Eisberge schon in der Ferne erkennt. Wenn sie dem Schiff zugewandt sind, strahlen sie ein klares, bläuliches Licht aus. Außerdem erkennt man sie am weißen Schaum der Wellen, die sich an ihren Rändern brechen.«

»He«, meinte Burni, »du hast doch wohl keine Angst! Einmal war ich auf einem Schiff, wo die Späher zwar ihr Fernglas dabei hatten. Dafür aber hatte man vergessen, Salz zu laden! Stell dir eine Küche ohne Salz vor – und dann erst die Gesichter der Passagiere!«

»Aber ohne Fernglas ...«

»Ach, laß uns in Ruhe mit deinem Fernglas!« rief Burni gereizt. »Die Nacht ist sternenklar. Hörst du? Die Nacht ist klar!«

19. Kapitel

Ein Sonntag auf der *Titanic!* Alle Passagiere schienen es als Ehrensache zu betrachten, ihn festlich zu begehen, und Ida stand ihnen in nichts nach. Vor dem Abendessen hatte sie Suzanne gebeten, ihr die schönsten Schmuckstücke zu bringen. Doch ihr Glanz schien ihr plötzlich irgendwie matt. Sie dachte an die Ohrringe von Alexandra. Würden sie nicht wunderbar zu ihrem Musselinkleid passen?

»Madame, meinen Sie wirklich ...«

Ida bemerkte, wie Suzanne das Gesicht verzog. Nahm sie Anstoß daran, daß sie die Ohrringe so bald nach Alexandras Tod tragen wollte? Oder fürchtete sie, dieser Schmuck könne ihr Unglück bringen? Ida zuckte die Schultern. Nichts würde sie in Zukunft erschüttern können. Bald würde Harold ihren Brief erhalten, und dann wäre alles vorbei. Sie steckte die Rubine an ihre Ohren. Und sofort kamen ihr ihre Augen noch strahlender vor. Suzanne kämmte sie und befestigte zum Abschluß die Aigrette in ihrem Haar.

Beim Diner war Ida so heiter wie lange nicht mehr. Der Alptraum, der seit Monaten auf ihr lastete, schien langsam von ihr zu weichen. Alle sprachen schon von der Ankunft in New York. Zwei Nächte nur noch, dann war man am Ziel! Das Essen war vorzüglich. Auf die verschiedenen Vorspeisen folgten Austern, eine Consommé, Lachs in Gurkensauce, Hähnchenragout, Entenbraten ... Ida schmeckten die Gänseleberpastete und die Desserts am besten. Um eine Erinnerung an diesen Abend zu haben, ließ Mrs. Thompson jeden der Tischgäste seinen Namen auf die leere Rückseite der Speisekarte schreiben. Ida konnte beobachten, wie Stephen seinen Namenszug dicht neben den ihren setzte.

Anschließend begaben sich alle ins Café Parisien, und Stephen stellte belustigt fest, man könne glauben, man befände sich an der Place de l'Opéra; hier waren selbst die Kellner Franzosen.

Der Kapitän, der mit den Wideners gespeist hatte, ging zigarrerauchend an ihnen vorüber.

Ida aber hatte Lust, das Orchester zu hören, das im großen Salon spielte. Die Sessel nahe beim Kamin waren schon besetzt. Ein Steward holte eilig weitere Polsterstühle herbei, und bald saßen sie im Halbkreis um das Feuer. Lag es an der ungewöhnlichen Kälte? Ein Herr mit Monokel begann von den neuesten Polarexpeditionen zu erzählen. Er führte die Unterhaltung fast allein und ließ seine Zuhörer, die zugleich fasziniert und verärgert waren, kaum zu Wort kommen. Dem Norweger Amundsen, der im vorigen Winter, noch vor dem Engländer Scott, den Südpol erreicht hatte, galt seine besondere Bewunderung. Auf einen Mann von üppigem Körperumfang deutend, der Mühe hatte, die Arme auf die Sessellehne zu legen, rief er: »Dieser tapfere Amundsen hat uns außer seinem Mut noch etwas anderes bewiesen. Und zwar, daß dieser Fortschritt, mit dem man uns in den Ohren liegt, oft gar kein so wunderbares Allheilmittel ist, wie man es uns immer weismachen will. Denken Sie an seine Worte bei seiner Rückkehr: ›Wir haben einen schönen Spaziergang gemacht.‹ Gewisse Leute hielten ihn für einen Narren, als sie ihn und seine Begleiter mit Schlitten und Hunden losziehen sahen. Scott und seine Männer hingegen flößten größere Zuversicht ein. Mit seinen Ponys aus der Mandschurei und seinen Motorschlitten räumte man ihm größere Chancen ein. Sie müßten schon lange zurückgekehrt sein, doch bis heute hat man kein Lebenszeichen von ihnen bekommen. Es ist nicht schwer, sich vorzustellen, was ihnen passiert sein könnte. Maschinenschaden, Kälte, Hunger …«

»Sie sind sehr pessimistisch«, bemerkte Stephen.

»Pessimistisch? Aber so ist das Gesetz der Natur, mein Lieber. Und das hat Amundsen voll und ganz begriffen.«

»Falls Scott und seine Leute umgekommen sind, ist nicht zwangsläufig die Technik dafür verantwortlich«, entgegnete Stephen.

»Das behaupten Sie! Bedenken Sie, was letzten Mai in der Nähe von Paris passiert ist. Der französische Kriegsminister, Berteaux hieß er, glaube ich, wurde bei einer Flugzeugschau getötet – ein Propeller hat ihm den Arm abgetrennt. Ein schöner Fortschritt!«

»Ohne diesen Fortschritt, Sir, führen Sie heute nicht mit dem schönsten Passagierschiff der Welt über den Atlantik«, warf der kleine, korpulente Mann ein, dem es endlich gelungen war, sich in seinem Sessel aufzurichten.

»Mit den Schiffen ist das was anderes! Denken Sie an Moses; der trieb schon in seinem Weidenkorb auf dem Nil.«

Alle brachen in Gelächter aus, und dem Redner fiel das Monokel von den Augen.

»Auch die Natur kann sehr grausam sein«, beharrte Stephen. »Denken Sie an die Hitzewelle im letzten Sommer, die Tausende von Engländern das Leben gekostet hat.«

»Sehr guter Einwurf«, meldete sich Mr. Stead zu Wort, der sich in einer Ecke niedergelassen hatte. »Vielleicht sollten wir das Thema wechseln und von warmen Ländern sprechen.«

»Von Ägypten!« rief Mrs. Thompson.

»Die Gefahren dort sind nicht minder groß«, erwiderte der Verteidiger der Natur. »Man kann dort auch dem Wahnsinn verfallen. Soeben wurde der Sarkophag einer Priesterin des Amun-Re ins British Museum von London überführt. Das darauf abgebildete Gesicht hat Augen, die so von Angst erfüllt sind, daß es jedem, der einen Blick darauf wagt, wahres Grauen einflößt. Übrigens sollen die Archäologen, die ihre Grabkammer geöffnet haben, kurz darauf auf schreckliche und unerwartete Weise ums Leben gekommen sein ...«

Ida, die keine Lust verspürte, sich noch einmal auf spiritistische Themen einzulassen, wandte sich ab. Den Befragungen des Jenseits und der Geister zog sie das Leben und die fröhlichen Weisen aus *Hoffmanns Erzählungen* vor, die das Orchester soeben angestimmt hatte. Mrs. Astor schwebte in einem ›nilwasser-grünen‹ Abendkleid vorüber, dessen Stickereien an ägyptische Friese erinnerten. Ihre Miene ließ indes darauf schließen, daß sie sich kaum um die Religionen Ägyptens scherte und daß sie an diesem Land nur die schönen Dinge interessierten, mit denen sie sich schmücken konnte. Und was ihren Mann betraf, so ließ er sie keine Sekunde aus den Augen.

Ida bemerkte, daß man ihr selbst ähnliche Aufmerksamkeit

widmete. Stephen beobachtete sie und, als könnte er ihre Gedanken lesen, flüsterte er ihr zu: »Möchten Sie, daß ich Sie nach Ägypten einlade?«

Und mit ebenso sanfter Stimme antwortete sie: »Das müßte schön sein ...«

Um sie herum war die Unterhaltung deutlich lebhafter geworden, da es dem Herrn mit dem Monokel gelungen war, alle anderen gegen sich aufzubringen.

Mr. Thompson nutzte die Gunst der Stunde, um zu verkünden, daß er in den Rauchsalon zu gehen gedenke.

»Nach den letzten Erfahrungen wirst du hoffentlich aufs Kartenspielen verzichten«, meinte seine Gattin. Und sie erzählte einem befreundeten, eben erst dazugekommenen Ehepaar die Geschichte von dem entlarvten Betrüger.

»Da gibt es noch weit Schlimmere«, sagte Stephen. »In Amerika benutzen die Dreistesten unter ihnen Apparaturen, die sie in ihren Ärmeln verstecken. Indem sie den Arm ausstrecken, setzen sie eine Feder in Aktion, und, hopp, ist die richtige Karte da! Trotzdem: viel Glück!« fügte er hinzu, als er sah, daß Mr. Thompson nicht auf seine Partie verzichten wollte. Dann wandte er sich Ida zu und schlug ihr vor, an Deck zu gehen.

Niemand außer ihnen hielt sich dort auf. Es herrschte vollkommene Windstille, und die Sterne funkelten am Himmel. Diese Ruhe und Heiterkeit stimmte so ganz mit Idas Seelenverfassung überein. Sie fühlte, daß das Glück nahe war, zum Greifen nahe, und daß sie es zum ersten Mal in ihrem Leben vollständig genießen könnte. Der Druck, der seit Monaten auf ihr gelastet hatte, war verschwunden. Die beiden schlenderten eine Weile hin und her. Schweigend. Wie um die Harmonie, die sie miteinander verband, nicht zu stören. Aber die Kälte war so durchdringend, daß sie ihren Spaziergang abbrechen mußten.

Auch im großen Salon war es sehr kalt. Nur an einigen Tischen saßen noch ein paar Spieler.

»Ich glaube, es ist Zeit, in unsere Kabinen zurückzugehen«, sagte Stephen.

Die Uhr im Treppenhaus der ersten Klasse schlug elf, als sie sich trennten.

»Sehen wir uns morgen?« fragte er lächelnd.
Sie hätte ihn am liebsten geküßt ...
Die eisige Luft war auch in Idas Kabine eingedrungen. Suzanne hatte eben den Heizkörper angestellt. Der spendete einen rötlichen, tröstlichen Schimmer, als die Lichter erloschen waren. Ida lächelte bei seinem Anblick. Sie glaubte schon Katias Stimme zu hören. Und sie sah im Geiste schon die riesige Brücke, die man kürzlich in New York fertiggestellt hatte. Sie war sich sicher, daß sie bald mit Stephen darüberlaufen würde. Das Glücksgefühl, das sie seit diesem Abend empfand, verstärkte sich noch; ihr war, als würde sie bald einen Teil der Erde entdecken, wo es weder Zorn noch Gewalt gab.
Die Kälte hinderte sie jedoch am Einschlafen. Sie wälzte sich hin und her. Außerdem nahm sie einen unangenehmen, modrigen Geruch wahr. Im Halbschlaf vermischten sich verschiedene Bilder hinter ihren geschlossenen Lidern, immer wieder kehrte Stephens Gesicht zurück. Seine Augen durchdrangen sie. Und wie im Traum dachte sie: morgen ...

Zweiter Teil

»Frierst du?«
»Ja.«
»Ich auch.«
»Glaubst du, wir bekommen Bären zu sehen?«
»Bären?«
»Ja! Wie sie auf dem Packeis tanzen!«
»Moment! Sieh mal dort ...«
»Da ist nichts. Nur ein Stern, der sich im Wasser spiegelt.«
»Nein, eher ein Schimmer.«
»Du hast recht.«
»Siehst du's auch?«
»Jetzt ist es weg.«
»Was hast du da eben von Bären erzählt?«
»Weiß ich nicht mehr. Das Packeis ...«
»Du hast gesagt, sie würden darauf tanzen.«
»Mir ist kalt.«
»Glaubst du wirklich, daß sie darauf tanzen?«
»Wer?«
»Na, die Bären.«
»Als ich klein war, konnte ich oft nicht einschlafen. Dann hat mir meine Großmutter die Geschichte von einem großen Eisbären erzählt, der, wie ich, seine Eltern verloren hatte. Jeden Abend betrachtete er den Mond und schlief ein, während er die Wolken zählte. Und dann habe auch ich die Augen zugemacht und gezählt.«
»Hast du gesehen – da drüben?«
»Was?«
»Sah aus wie ein Blitz.«
»Bist du sicher?«
»Ja, ein Blitz oder ein Licht.«
»So spät abends ...«
»Wieviel Uhr ist es?«
»Halb zwölf.«

»Ich bin zehn Minuten vor Mitternacht geboren.«

»Es heißt, Kinder, die nachts geboren werden, wachen jede Nacht zur Stunde ihrer Geburt auf. Glaubst du das?«

»Klar! In einer halben Stunde bin ich immer noch wach.«

»Vielleicht, aber dann sind wir nicht mehr hier. Bald werden wir abgelöst.«

»Jetzt sei mal still, ich kann nichts sehen, wenn du dauernd redest.«

»Stimmt, ich auch nicht.«

(John und Martyn lehnen sich jeder zu einer Seite des Ausgucks heraus. Der Mastkorb, das sogenannte Krähennest, fünfzehn Meter über dem Vorderdeck, ist mit einer Glocke und einem Telefon ausgerüstet, das sie mit der Kommandobrücke verbindet. Die Nacht ist sternenreich. Das Meer ist ruhig. Das Schiff scheint wie ausgestorben.)

»Der Kapitän hatte recht mit seiner Mahnung, wir sollten besonders wachsam sein.«

»Wegen der Eisberge?«

»Wir kommen jetzt in die gefährliche Zone.«

»Woher willst du das wissen? Wegen der Temperatur?«

»Nein, aufgrund des Geruchs.«

»Vanille? Himbeere?«

»Idiot.«

»Ich friere.«

»Geschieht dir recht!« (John steckt die Hände in die Taschen. Martyn beugt sich zu ihm.)

»Scheiße!«

»Scheiße – wieso?«

»Da vorne.«

»Vorne, wo?«

»Nach steuerbord.«

»Ein Schimmer.«

»Verdammt! Ein Eisberg!«

»Bist du sicher?«

»Ein Eisberg!«

»Ein Eisberg!«

»Die Glocke, los! Zieh dreimal dran! Schnell! Ich rufe die Kommandobrücke an.« (Martyn nimmt den Hörer ab.)

»Hallo, Kommandobrücke? Hier der Ausguck. Eisberg voraus. Direkt vor uns.«

(Martyn legt auf.)

»Was haben sie gesagt?«

»Danke.«

»Das ist alles?«

»Ja. Danke, mehr nicht.«

»Kennst du den wachhabenden Offizier?«

»Nein.«

»Wir kommen immer näher.«

»Keine Bange, wir bringen ihn nur ein bißchen zum Schaukeln.«

»Sicher?«

»Ein kleiner Schlenker nach Backbord und hopp!«

»Mir ist gar nicht wohl dabei.«

»Verflixt noch mal! Man sollte solche Grünschnäbel wie dich nicht mit aufs Schiff nehmen. Die geraten immer gleich in Panik.«

»Wir fahren auf ihn zu!«

»Dummkopf! Sieh doch, wir drehen ab ...«

»Wir haben ihn gestreift! Wir haben ihn gestreift!«

»Na und? Hast du es gesehen?«

»Nein! Aber ich habe was gehört. Ruf die Brücke an!«

»Wir sind doch schon vorbei!«

»Ruf die Brücke an!«

(Martyn nimmt den Hörer ab. Hängt wieder ein.) »Wozu? Wir sind doch schon vorbei.«

1. Kapitel

»Habt ihr gehört?«
»Ja.«
»Was war das?«
»Ich weiß nicht.«
»Ein Knirschen, würde ich sagen.«
»Ein Kratzen …«
»Thomas, mach das Bullauge auf.«
»Warte, ich knipse erst das Licht an.«
»Beeil dich!«

François kam dem Koch zuvor und riß das Bullauge auf.
»Ich sehe nichts.«
»Bist du sicher? Laß mich mal.«

Thomas steckte den Kopf hinaus.
»Du hast recht. Man sieht nichts als die Sterne.«

Alle Männer in der Kabine waren wach. Fagin, der auf einem Koffer hockte, sah den kleinen rothaarigen Metzger aus seiner Koje springen.

»Ich weiß, was das war«, rief er. »Wir haben einen Fels gerammt!«
»Mitten im Atlantik?«
»Oder ein treibendes Wrack; das soll vorkommen.«
»Es ist saukalt hier. Mach das Bullauge wieder zu, François«, rief Thomas.
»Komm, laßt uns wieder schlafen«, brummte einer der Köche. »Ich muß morgen um sechs meinen Dienst antreten.«
»Du hast recht. Los, macht das Licht aus.«

Fagin wollte schon aufstehen, um den Schalter zu drehen, als Burni rief: »Warte!«

Mit einem Satz war er hochgesprungen und stand jetzt mitten in der Kabine.

»Sagt mal, findet ihr das nicht komisch?«
»Was?«
»Die Maschinen. Es hört sich so an, als würden sie …«

»Stimmt«, sagte François, »hört sich an, als liefen sie nicht mehr.«

»Hört doch.«

Instinktiv hoben sie die Augen zur Decke. Ein Rauschen war in der Kanalisation zu hören. Der kleine Metzger legte die Hand auf das Rohr.

»Es vibriert nicht mehr wie vorhin.«

»Dann müssen sie die Maschinen gestoppt haben.«

»Vielleicht sitzen wir im Packeis fest«, meinte François.

»Glaubst du vielleicht, wir wären am Nordpol?« spöttelte Burni. »Nein, es muß etwas anderes passiert sein. Laßt uns nachsehen.«

»Willst du etwa in die Küchen gehen? Da ist doch niemand um diese Zeit.«

»Wie spät ist es denn?«

»Fast Viertel vor zwölf.«

»Wir müssen trotzdem nachsehen«, beharrte Thomas.

»Und wo?«

Thomas trat einen Schritt auf Fagin zu.

»Du bist der einzige, der hingehen kann. Wenn wir uns auf der Brücke blicken lassen, kriegen wir eins auf den Deckel. Dich aber sieht man überall, und niemand wird sich wundern, wenn du dort auftauchst.«

»Aber ich habe nichts auf der Kommandobrücke zu suchen«, entgegnete Fagin.

»Du brauchst doch nur zu den Funkern zu gehen; die sind gleich nebenan. Mit etwas Glück siehst du vielleicht den Kapitän.«

»Ich weiß, daß er seine Wache heute um zehn beendet hat. Er schläft bestimmt schon.«

»Geh trotzdem hin!«

Fagin zog sich warm an und trat auf den Gang. Er sah, daß die Tür der Nachbarkabine, in der die Kellner untergebracht waren, halb offen stand. Eine Stimme fragte ihn: »Warum haben sie die Maschinen gestoppt?«

»Ich will mich gerade oben erkundigen«, erwiderte Fagin.

Die Schottenstraße, dieser unendlich lange Gang, der sich fast über das ganze E-Deck erstreckte, war menschenleer. Auf dem Oberdeck angelangt, überlegte Fagin einen Augenblick, welchen Weg er nehmen sollte. Er mußte sich beeilen. Deshalb entschied er sich für die große Treppe der ersten Klasse. Was riskierte er schon? Mitten in der Nacht lief er kaum Gefahr, daß ihm jemand begegnete.

Nie war ihm diese Treppe so majestätisch vorgekommen. Die großen Eichenpaneele, die schmiedeeisernen Geländer, die vornehme Beleuchtung schienen die Gäste eines glänzenden Festes zu erwarten. Auf dem C-Deck begegnete er drei Passagieren, zwei Männern begleitet von einer Dame. Diese hatten offenbar ihre Mäntel über ihre Schlafanzüge gezogen, denn Fagin bemerkte, daß die Frau und einer der Männer Pantoffeln trugen. Sie kamen vermutlich vom A-Deck. Hatten sie etwas in Erfahrung gebracht? Aus Angst, zurechtgewiesen zu werden, wagte er nicht, sie anzusprechen. Doch ihre Mienen drückten keine sonderliche Besorgnis aus. Und so setzte er seinen Weg pfeifend fort.

Als Fagin in den Funkraum trat und die gewaltige Menge an gelben Blättern auf dem Schreibtisch sah, wußte er, daß Bride und Phillips alle Hände voll zu tun hatten. Übrigens hatte Fowles sie schon gewarnt, daß ihnen ein arbeitsreicher Tag bevorstand.

»Es ist immer dasselbe. Sobald die Ankunft bevorsteht, bombardieren uns die Passagiere mit Telegrammen. Das kann man ihnen schließlich auch nicht übelnehmen!«

Bride, der Fagins Anwesenheit bemerkt hatte, drehte sich um und nahm seinen Kopfhörer ab.

»Mir dröhnen die Ohren! Phillips sagte eben, daß wir seit Reisebeginn über zweihundertfünfzig Funksprüche ausgesandt und über hundert empfangen haben. Schon heute nachmittag und auch heute abend haben uns die *Antillian* und die *Massaba* Treibeisfelder gemeldet.«

»Wißt ihr, warum sie die Maschinen gestoppt haben?«

»Die Maschinen gestoppt? Ist mir gar nicht aufgefallen. Ich glaube, Murdoch schiebt gerade Wache. Geh mal hin. Der beißt nicht.«

Bride täuschte sich, denn als Fagin auf die völlig im Dunkeln liegende Kommandobrücke kam, stand er plötzlich dem Kapitän gegenüber, der sich gerade den Mantel zuknöpfte.

»Was machst du hier? Du hast hier nichts zu suchen.«

Starr vor Schrecken, wollte Fagin schon den Rückzug antreten, als sich der Kapitän eines anderen besann. »Aber wo du schon mal hier bist, kannst du dich auch nützlich machen. Lauf auf schnellstem Wege zu Andrews' Kabine – um diese Zeit wird er nicht mehr in seinem Büro sein – und sag ihm, er müsse dringend kommen.«

Ein eiskalter Schauer rieselte Fagin über den Rücken. Ohne einen Augenblick zu verlieren, eilte er zur Treppe der ersten Klasse, um zum A-Deck zu gelangen, und rannte die überdeckte Promenade hinunter. Eine Minute später klopfte er an die Tür von Kabine A36. Die Ärmel hochgekrempelt, die Haare zerzaust, öffnete Andrews. Er schaute verdutzt drein, als Fagin ihm atemlos den Befehl des Kapitäns vortrug.

»Was will er von mir?«

»Das hat er nicht gesagt.«

»Ich bin noch bei der Arbeit. Ich sitze gerade über den Plänen für den neuen Lesesalon; ich denke, man sollte ihn verkleinern, er wird nicht genügend benutzt. Der so gewonnene Platz kann in zusätzliche Kabinen umgewandelt werden.«

»Man hat die Maschinen gestoppt.«

Fagin sah, daß Andrews' Gesicht einen betroffenen Ausdruck annahm.

»Wann?«

»Vor etwa zehn Minuten.«

»Dann gibt es keine Zeit zu verlieren. Ich hole nur rasch meinen Mantel. Nimm du inzwischen zwei oder drei Notizblöcke von meinem Schreibtisch und ein paar Stifte.«

Andrews ging mit Riesenschritten voraus, so daß Fagin Mühe hatte zu folgen. Zwei schwarzen Schatten gleich eilten sie die menschenleere Promenade hinunter. Es herrschte Totenstille, nur ihre eigenen Schritte hallten auf den Planken wider. Ängstlich blickte Fagin zum Himmel hinauf, der mit Sternen übersät war. Am Horizont glaubte er einen weißen Schimmer auszumachen.

»Guten Abend, Mr. Andrews.«

Die Stimme von Kapitän Smith klang feierlich. Eine Hand auf dem Steuerrad, sagte er: »Wir haben einen Eisberg gerammt.«

In diesem Augenblick kam ein weiterer Mann auf die Brücke gestürzt und rempelte dabei einen Offizier an. Es war Bruce Ismay. In Morgenmantel und Pantoffeln.

»Was ist los?«

»Wir haben einen Eisberg gerammt, Sir«, wiederholte der Kapitän.

»Sind ernsthafte Schäden entstanden?«

»Das wissen wir noch nicht.«

»Wer war der wachhabende Offizier?«

»Der Erste Offizier Murdoch, Sir.«

»Was hat er getan?«

»Er hat dem Schiff hart Steuerbord gegeben und die Maschinen voll zurückfahren lassen.«

»Außerdem habe ich die vorderen Schotten geschlossen«, fügte Murdoch hinzu.

»Was sagt der Neigungsanzeiger?«

»Fünf Grad Schlagseite steuerbords.«

»Wurde schon eine Inspektion des Schiffes vorgenommen?« fragte Ismay.

»Der Vierte Offizier Boxhall hat sich auf den unteren Decks umgesehen. Er hat nichts Außergewöhnliches feststellen können. Aber ich habe Mr. Andrews hergebeten, damit wir uns eine genauere Vorstellung von den eventuellen Schäden machen können. Unser Schiffszimmermann wird ihn begleiten. Da ist er ja schon. Und für den Fall, daß sie Hilfe brauchen, geht Fagin noch mit. Er soll eine von den Laternen hier mitnehmen. Das könnte von Nutzen sein.«

Sie mußten nicht weit gehen. Schon auf dem F-Deck, am Fuß der Metalltreppe, kam ihnen eine Gruppe von Postangestellten entgegen. Einer von ihnen, ein hochgewachsener Glatzkopf, wandte sich direkt an Andrews, den er zu kennen schien.

»Wir haben den Sortierraum leerräumen müssen. Er steht unter Wasser. Wir haben versucht, die Säcke auf das obere Deck zu schaffen. Doch das Wasser stand schon zu hoch.«

»Die Säcke schwimmen durch den Raum. Viele Briefe werden ihr Ziel nie erreichen, das ist sicher«, meinte ein anderer sarkastisch.

Andrews warf ihm einen vernichtenden Blick zu.

»Wie hoch steht das Wasser Ihrer Meinung nach?«

»Ungefähr zwei Meter. Aber es steigt schnell. Man sollte sofort die Pumpen einschalten.«

Andrews stieg die Treppe hinab, die direkt zum Sortierraum führte. »Mach die Laterne an und komm mit«, sagte er zu Fagin.

Schon bald vernahmen sie ein verdächtiges Rauschen. Dann sahen sie das Wasser, schwarz und wirbelnd. Andrews drehte sich zu Fagin um. Im Schein der Lampe war sein Gesicht totenbleich. »Wir wollen uns die Kesselräume ansehen«, sagte er leise.

Knapp eine Viertelstunde später erstattete Andrews Kapitän Smith Bericht. Fast im Flüsterton – wohl um zu vermeiden, daß die anwesenden Besatzungsmitglieder mithören konnten, meldete er, daß die drei vorderen Abteilungen, vielleicht auch die vierte, schwer beschädigt seien. Auch in den Kesselraum Nummer sechs sei schon Wasser eingedrungen.

»Glauben Sie, wir können die Räume leerpumpen?«

Andrews hob unmerklich die Schultern.

»Können wir unter vier Augen sprechen, Sir?«

»Gehen wir in meine Kabine.«

Fagin beschloß, nicht auf das Ergebnis dieser Begegnung zu warten. Er hatte genug gesehen. Die *Titanic* war schwer beschädigt. Sofort dachte er an Leopold und Molly, aber er konnte sie nicht finden. Wo mochten sie sein? Hatten sie ihn vielleicht in seiner Kabine gesucht? Also machte er sich eilig auf den Rückweg, doch er versuchte, den Passagieren auszuweichen, die jetzt unruhig auf den Gängen auf und ab liefen. Ein Mann, der sah, daß er zur Besatzung gehörte, packte ihn am Ärmel. »Keiner sagt uns was«, rief er. »Was ist los?«

»Keine Sorge. Reine Routinesache. Wir fahren bald weiter«, beruhigte ihn Fagin.

Er eilte die Treppen hinunter und war bald auf dem F-Deck angelangt. Die anderen erwarteten ihn schon ungeduldig.

»Sind Molly und Leopold hier gewesen?«

»Nein«, antwortete Burni. »Aber sag uns lieber, was passiert ist!«

»Wir haben einen Eisberg gerammt.«

»Einen Eisberg!« rief François aus.

Bedrückte Stille breitete sich in der Kabine aus. Thomas schlug die Hand vor den Mund und nagte an seinem Daumen. François senkte den Kopf.

»Ist das Schiff schlimm beschädigt?« fragte einer der Köche.

»Ja, ziemlich«, antwortete Fagin.

»Ach, was weißt du denn schon?« knurrte Burni.

»Ich war mit Andrews und dem Zimmermann auf den unteren Decks.«

»Ja, und?«

»Der Sortierraum steht unter Wasser, außerdem zwei der Kesselräume.«

Andrews hatte ihm auf dem Rückweg zur Brücke empfohlen, das Ausmaß des Schadens möglichst herunterzuspielen.

»Nicht nötig, alles zu erzählen, was du gesehen hast«, hatte er gesagt. »Sonst bricht noch Panik aus. Kann ich mich auf dich verlassen?« Fagin hatte stumm genickt.

»Was sagt der Kapitän?«

»Er spricht gerade mit Andrews.«

»O weh, das hat nichts Gutes zu bedeuten.«

»Keiner kennt das Schiff besser als Andrews«, erwiderte Fagin. »Er ist der einzige, der sagen kann, was zu tun ist.«

»Außer pumpen ...«

»He, Burni, so schnell läßt du dich doch sonst nicht unterkriegen!«

»Außerdem haben wir ja die Rettungsboote«, meinte François.

»Ich kann nicht rudern«, brummte Burni.

Fagin ließ sich auf sein Bett sinken. Die Kälte kam ihm plötzlich sehr viel schneidender vor. Er mußte an den weißen Schimmer denken, den er vorhin am Horizont zu sehen geglaubt hatte. War es eine Insel gewesen? Oder ein Schiff? Die anderen schwiegen. Thomas hatte sich wieder auf seiner Pritsche ausgestreckt; François kritzelte eine Zeichnung auf ein

Blatt Papier. Jetzt drangen Stimmen von draußen herein. Ganz deutlich hörten sie einen Mann berichten: »Als er sein Bullauge öffnete, sah er einen weißen Schatten vorübergleiten, wie ein Phantom. Er konnte ihn mit den Fingerspitzen berühren; es war eine Eiswand. Er kam zu mir und fragte, was passiert sei. Ich schlief noch halb und antwortete, wir hätten wohl einen Eisberg gerammt, doch der Kapitän sei ein Meister der Navigation und wisse schon, was er tue. Hat er doch schon in Southampton einen Zusammenstoß mit der *New York* vermeiden können!«

Der Unbekannte fing an zu husten, und sie hörten das Reiben eines Streichholzes. Thomas erhob sich von seiner Pritsche.

»Fagin, du mußt noch einmal raufgehen. Wir können doch hier nicht untätig warten.«

»Ich hab' keine Lust, morgen zum Frühstück Sand zu essen«, meinte der rothaarige Koch.

»Was soll das heißen?«

»Wo, glaubst du, gibt es hier in der Nähe wohl Sand?«

»Idiot!« rief einer der Köche.

Fagin schob seine Bibel noch tiefer unters Kopfkissen. Bevor er zum Funkraum zurückging, wollte er noch einmal nach Leopold und Molly suchen. Und diesmal hatte er mehr Glück. Molly war in ihrer Kabine.

»Leopold hat die Stewards zusammengerufen. Sie sind völlig überlastet durch die Anfragen der Passagiere. Und dir, Fagin, wie geht's dir?«

Sie trat auf ihn zu und strich ihm zärtlich die Strähne aus der Stirn. »Wie kannst du damit überhaupt sehen?« fragte sie ihn liebevoll.

Ein schüchternes Lächeln huschte über Fagins Gesicht. »Ich war vorhin auf der Kommandobrücke ...«

»Leopold meint, wir müßten einen Schraubenflügel verloren haben. Er würde das Geräusch kennen. Großer Gott! Vielleicht müssen wir nach Belfast zurückkehren. Das könnte ein paar Ferientage bedeuten ...«

»Das glaube ich nicht«, sagte Fagin. »Wir sind mit einem Eisblock zusammengestoßen.«

»Du meinst – mit einem Eisberg?«

»Ja, aber ... Es scheint nicht allzu schlimm zu sein.«

Mollys Lippen begannen unmerklich zu zittern.

»Ich hatte heute abend keine Zeit zum Essen. Gehst du schon?«

»Vielleicht werde ich im Funkraum gebraucht«, antwortete er, die Hand schon auf dem Türgriff.

»Komm her, Fagin.« Mit einer langsamen Geste strich sie ihm erneut die Haarsträhne aus dem Gesicht. »Wenn wir wieder in London sind, mußt du die endlich schneiden lassen.« Dann schaute sie ihn an und fügte nach einem kurzen Schweigen hinzu: »Paß gut auf dich auf, Fagin.«

»Ja, Molly. Bestell Leopold Grüße von mir.«

Als er in die Funkzentrale zurückkam, war Bride verschwunden. Nur Phillips saß noch am Funkgerät. Fagin wollte sich schon zurückziehen, als Kapitän Smith eintrat.

»Du bist noch da?«

»Ich dachte ...«

»Bleib, du kannst dich sicher nützlich machen.«

Phillips sah von seiner Tastatur auf.

»Funken Sie ein CQD an alle Schiffe. Hier ist unsere Position: 41,46 Grad nördliche Breite, 50,14 Grad westliche Länge.«

Der Kapitän hielt ihm ein Blatt Papier hin.

»Ein CQD? In Ordnung, Sir.«

»Fagin soll mir alle Nachrichten bringen.«

»In Ordnung, Sir.«

»Wo ist Bride?«

»Er hat keinen Dienst mehr, Sir.«

»Das sollte er aber. Lassen Sie ihn rufen.«

Als der Kapitän gegangen war, fragte Fagin Phillips: »Was ist ein CQD?«

»Das ist die Abkürzung für ›Come quickly danger‹ – ›schnell kommen, sind in Gefahr‹. Aber seit kurzem gibt es ein neues Signal: SOS, ›Save our souls‹ – ›rettet unsere Seelen‹. Es ist leichter zu morsen. Am besten funke ich beide Signale.«

»Glauben Sie, andere Schiffe werden uns zu Hilfe kommen?«

»Woher soll ich das wissen? Ich werde von der Gesellschaft

Marconi bezahlt, um das Funkgerät zu bedienen. Ich mache meine Arbeit – und fertig. Und jetzt geh und hol mir Bride.«

Fagin war von Phillips' Ton überrascht. Gewöhnlich war er eher leutselig und zu Scherzen aufgelegt. Hatte er Angst? Oder war er einfach nur erschöpft? Schließlich mußte es schon kurz nach Mitternacht sein. Den Zeigefinger auf der Morsetaste, begann er seinen Hilferuf zu funken.

Bride schlief auf der Pritsche in einer winzigen benachbarten Kabine. Um ihn wach zu bekommen, mußte Fagin ihn mehrmals kräftig rütteln. Er teilte ihm den Befehl des Kapitäns mit. Auf die Ellenbogen gestützt, brummte Bride: »Okay, ich komme. Warte, ich bringe dir was bei. Hör gut zu: DA-DIT-DA-DIT DA-DA-DI-DA DA-DIT-DIT. Und dann: DIT-DIT-DIT DA-DA-DA DIT-DIT-DIT. Hast du den Unterschied gehört?«

»Ja, aber ...«

»Das erste ist für CQD. Das zweite für SOS. Könntest du mir bitte meine Schuhe herbringen?«

Fagin fand Brides Ruhe höchst befremdlich. Er hatte eben erfahren, daß die *Titanic* Notsignale aufgeben mußte, und reagierte so, als ginge es um irgend etwas ganz Banales. Den gleichen Eindruck hatte er vorhin, als er mit Andrews die Treppe vom Sortierraum hochgekommen war, bei den Postangestellten gehabt. Und auch einige Passagiere, die hinabgeschaut und das wirbelnde Wasser gesehen hatten, schienen sich nicht sonderlich aufgeregt zu haben. War seine Angst übertrieben? War Andrews' Ermahnung, nicht alles zu erzählen, was er gesehen hatte, überflüssig gewesen? Und der Befehl des Kapitäns an Phillips? CQD, SOS. Der Sinn dieser beiden Kürzel war dennoch klar: Die *Titanic* sandte einen Notruf aus.

Die letzten möglichen Zweifel nahm ihm der Kapitän. Er war kaum wieder bei Phillips, als Smith erneut in den Funkraum trat. Er wurde von Murdoch begleitet.

»Etwas Neues, Phillips?«

»Nichts, Sir. Kein Funkkontakt im Augenblick.«

»Versuchen Sie es weiter. Was ist mit Bride?«

»Der kommt gleich, Sir.«

»Sehr gut. Da er Sie unterstützt, kann Fagin mit an Deck gehen. Wir werden ihn gebrauchen können.«

Fagin folgte den beiden Männern nach draußen. Kurz bevor sie die Kommandobrücke erreichten, drehte sich Murdoch zu ihm um: »Der Kapitän hat befohlen, die Rettungsboote startklar zu machen. Du hilfst den Matrosen. Zunächst müssen die Segeltuchhüllen abgenommen werden. Dann wird überprüft, daß in keinem Boot Ruder, Süßwasserkanister und Keksdosen fehlen. Boxhall und ich überwachen das Unternehmen. Vierzehn Boote haben wir insgesamt. Wir müssen uns beeilen. Ich weise dich deiner Mannschaft zu. Du arbeitest an Backbord.«

Als er sich bei den Rettungsbooten einfand, ging Fagin ein Bild durch den Kopf: seine irischen Freunde auf der Belfaster Werft. Dort mußte es jetzt acht Uhr abends sein. Die Pubs waren noch geöffnet.

»Ich glaube, du bist in unserer Mannschaft ...«, hörte er plötzlich Fergus sagen. Instinktiv zuckte Fagin zurück. »Wir haben keine Zeit zu verlieren. Wir können jeden Mann gebrauchen.«

Die Stimme des Matrosen hatte sich geändert. Keine Spur mehr von Haß oder Aggression. Selbst sein Gesicht schien seltsam entspannt, hatte all seine Härte verloren. Er rieb sich die Hände.

»Nicht gerade warm, was? Drei Grad minus, hat eben jemand gesagt! Brrr ...«

Fagin deutete ein Lächeln an. Nur das Schleifen der Taue, das Klicken der Metallverschlüsse waren an Deck zu hören. Der Himmel war sternenklar, keiner der Männer sprach ein Wort.

2. Kapitel

Ida knipste die Nachttischlampe an. Eine Tür war geräuschvoll ins Schloß gefallen, Stimmen hallten auf dem Gang. »Diese Kartenspieler sind wirklich unverschämt«, dachte sie. »Man sollte den Rauchsalon früher schließen.« Die Pendeluhr neben ihrem Bett zeigte zehn vor zwölf. Ida läutete nach Suzanne, die schlaftrunken, mit schleppenden Schritten erschien.

»Madame ...«

»Was ist denn das für ein Lärm auf dem Gang?«

»Lärm?«

»Ja, man könnte meinen, die Leute unterhielten sich genau vor unserer Tür.«

»Wahrscheinlich die letzten Barbesucher. Bei all dem Whisky, der hier an Bord ausgeschenkt wird ...«

»Schauen Sie trotzdem nach. Und wenn Sie einen Steward sehen, bestellen Sie mir einen Kräutertee. Es ist so kalt ... Ich habe schon nach dem Zimmermädchen geläutet, aber sie meldet sich nicht. Ziehen Sie meinen Mantel über ...«

Sie kroch noch tiefer unter die Bettdecke, und als Suzanne zurückkam, schlief sie schon halb.

»Nun?«

»Es sind Passagiere, die aus ihren Kabinen gekommen sind. Mindestens ein Dutzend. Sie sagen, sie hätten ein Geräusch gehört.«

»Das ist doch kein Grund, solchen ....«

»Andere behaupten, sie hätten eine Erschütterung gespürt.«

»Ich habe nichts gemerkt.«

»Ein Steward sagte mir, es handele sich lediglich um ein Manöver.«

»Haben Sie meinen Kräutertee bestellt?«

»Gewiß, Madame.«

»Jetzt bin ich plötzlich gar nicht mehr müde.«

Ida wollte schon nach ihrem Buch greifen, als Suzanne, die

ans Bullauge getreten war, plötzlich aufschrie: »Madame, das Schiff scheint sich nicht mehr vorwärts zu bewegen!«

»Woran wollen Sie das erkennen?«

»An den Sternen.«

Suzanne war plötzlich ganz blaß geworden. Ida legte ihre Hand auf die Wand und stellte fest, daß die Vibrationen des Schiffes aufgehört hatten. Doch das beunruhigte sie vorerst nicht.

»Wenn man Ihnen doch gesagt hat, daß es nur ein Manöver ist! Fürchten Sie, daß sich unsere Ankunft in New York verzögert, Suzanne? Verschweigen Sie mir etwas? Werden Sie erwartet?«

Idas Scherz war kaum geeignet, Suzanne zu beruhigen. Um ihre Unruhe zu verbergen, öffnete sie eine Schublade, nahm Schals und Tücher heraus und faltete sie erneut. Ein Zimmermädchen erschien. »Es ist alles in Ordnung, gleich geht's weiter«, sagte sie mit gelassener Stimme und stellte ihr Tablett auf dem Tisch ab. »Hier ist Ihr Kräutertee. Ich habe Ihnen auch ein paar Früchte mitgebracht. Äpfel sind gut zum Einschlafen.«

Sie war kaum gegangen, als es erneut klopfte. Suzanne eilte zur Tür. Es war Mrs. Thompson, sie war kreidebleich. Ida sprang sofort aus dem Bett und schlüpfte rasch in einen Morgenmantel.

»Entschuldigen Sie, daß ich so spät noch störe. Ist Margaret hier?« fragte Mrs. Thompson mit besorgter, fast tonloser Stimme. Sie suchte den Raum mit den Augen ab, wohl in der verzweifelten Hoffnung, ihre Tochter irgendwo zu entdecken.

»Margaret?« sagte Ida erstaunt. »Warum sollte sie hier sein?«

»Sie ist verschwunden. Sie ist nicht in ihrer Kabine. Sie muß entführt worden sein!«

»Bitte beruhigen Sie sich doch. Setzen Sie sich und erzählen Sie mir, was vorgefallen ist. Kommen Sie, wir trinken eine Tasse Kräutertee.«

»Ich weiß nicht warum, aber ich glaube, ich hatte so etwas wie eine Vorahnung. Sie wissen ja, Margaret hat eine eigene

Kabine in unserer Suite. Ich wollte mich nur vergewissern, daß sie gut schläft. Ich habe die Tür ein wenig geöffnet, und da ich keine Atemzüge hörte, habe ich Licht gemacht; ihr Bett war leer. Ich habe sofort Charles gerufen. Da er spät zurückgekommen ist, hat er sie den ganzen Abend nicht gesehen. Ich habe nach dem Steward und dem Zimmermädchen geläutet. Die beiden hatten sie auch nicht gesehen. Wir haben überall nach ihr gesucht, und ihr Vater hat beim Zahlmeister nachgefragt. Ich hatte so sehr gehofft, daß sie vielleicht bei Ihnen vorbeigeschaut hat.«

Ida wollte Margaret nicht verraten. Andererseits wollte sie ihre Mutter nicht in dieser Ungewißheit lassen.

»Haben Sie schon mal an die zweite Klasse gedacht?«

Mrs. Thompson sah sie verständnislos an und fragte sich, worauf Ida hinauswollte.

»Ich weiß, daß der Pastor den Salon für den Abend hat reservieren lassen. Dort sollten Psalmen und Seemannslieder gesungen werden. Ein Passagier der zweiten Klasse wollte sie am Klavier begleiten. Margaret hatte große Lust hinzugehen.«

»Aber doch nicht, ohne uns etwas zu sagen ... Völlig unmöglich. Wie könnte sie so etwas tun!«

»In ihrem Alter ist es manchmal schwer, der Neugier zu widerstehen. Und auf so einem großen Schiff fühlt man sich überall zu Hause.«

»Diese Veranstaltung müßte aber doch längst zu Ende sein«, stöhnte Mrs. Thompson.

»Sicher wird irgendwo noch weitergefeiert und gesungen. Wir wollen einmal nachsehen«, sagte Ida entschlossen.

Sie schlüpfte in ihre Stiefeletten und zog einen langen Pelzmantel über ihr Nachthemd. Als sie auf den Gang traten, wunderte sie sich über das rege Treiben. Gewöhnlich waren um diese Zeit alle Passagiere längst schlafen gegangen. Einige Türen waren halb geöffnet. Passagiere, die ihre Kabinen verlassen hatten, standen in Gruppen beieinander und diskutierten lautstark. Manche waren in Hausschuhen und Morgenrock, andere trugen noch ihre Abendkleidung. Eine Frau in goldfarbenem Umhang trug einen riesigen Hut mit fliederfarbenen Federn, hatte aber nackte Füße. Ihre Zehe, auf der ein dickes

Pflaster klebte, stand in merkwürdigem Kontrast zu den schimmernden Smaragden, die ihren Hals schmückten. Ein Offizier eilte über den Gang. Ida hielt ihn an.

»Das Schiff fährt nicht mehr?« fragte sie ihn. »Gibt es irgendein Problem?« Und in fast spöttischem Ton fügte sie, weil die Frage so albern klang, hinzu: »Irgendeine Gefahr?«

»Aber nein, gewiß nicht«, antwortete der Offizier mit einem breiten Lachen. »Alles in Ordnung, es handelt sich nur um ein kleines Manöver. Wir werden rechtzeitig in New York ankommen.«

Sie wollte noch eine Frage stellen, doch Mrs. Thompson drängte sie: »Wir müssen uns beeilen.«

Dennoch wandte sich Ida noch einmal nach dem Offizier um. Er war soeben auf einen Steward getroffen und wechselte einige Worte mit ihm. So als hätte die Aufregung ihre Ohren geschärft, hörte Ida trotz der Entfernung ganz deutlich: »Es dürfte kein Problem sein, das Wasser abzupumpen.«

Mrs. Thompson, inzwischen den Tränen nahe, wurde langsam ungeduldig. Während Ida sie zu beruhigen suchte, mußte sie an den Satz des Offiziers denken. Suzanne hatte von einer Erschütterung gesprochen. Außerdem fragte sie sich, wo jetzt Stephen wohl sein mochte, falls auch er von dem Lärm aufgewacht war.

Aus einer Kabine, deren Tür sich plötzlich weit öffnete, kam Elizabeth W. Shuttes, eine Bekannte von Mrs. Thompson, wie ein Wirbelwind auf den Gang gefegt, wobei ihr schlichter grauer Umhang kaum ihr Nachthemd verbarg.

»Was hat dieser Höllenlärm zu bedeuten? Mitten in der Nacht! Da kann man ja kein Auge zutun«, rief sie empört.

Sie begleitete ein junges Mädchen, das auch Margaret hieß, nach New York. Die war ihr, als hätte sie Angst, allein zu bleiben, bis an die Schwelle ihrer Kabine gefolgt.

»Haben Sie meine Tochter nicht gesehen?« fragte Mrs. Thompson.

Ohne eine Antwort abzuwarten, lief sie weiter, hastete durch das Restaurant und dann, ein wenig langsamer, durch den Rauchsalon, wo sie ihren Mann zu sehen hoffte. Mehrere Spieler saßen noch an den Tischen. Einer von ihnen, ein Glas in der Hand, erklärte laut vernehmlich: »Das ist genau das, was ich für meinen Whisky brauche.«

Ida betrachtete den Mann, zu dem er geredet hatte. Der hielt, für alle sichtbar, ein großes Stück Eis hoch. »Das Deck ist voll davon!« rief er.

Ein anderer Passagier gesellte sich zu ihm und schwenkte ebenfalls ein Eisstück, groß wie eine Konfektdose. »Hier, ein hübsches Souvenir!« lachte er und hielt es seiner Frau hin.

Diese wich zurück.

»Keine Angst, tut nicht weh!«

»Nein, aber es ist kalt. Viel lieber«, sagte sie, »würde ich den Eisberg sehen.«

»Ein Eisberg?« flüsterte Mrs. Thompson.

»Fast wären wir mit ihm kollidiert«, erklärte Mr. Stead, der jetzt zu ihnen trat. »Um einen Zusammenprall zu verhindern, hat das Schiff gestoppt. Nichts Schlimmes. Ich für meinen Teil gehe jetzt in meine Kabine zurück und rate Ihnen, sich ebenfalls wieder zur Ruhe zu begeben.«

»Sie sehen«, sagte Ida zu ihrer Begleiterin, »die Salons sind noch geöffnet, und alles ist erleuchtet, weil heute Sonntag ist. Das wird in der zweiten Klasse nicht anders sein. Wir werden Margaret sicher beim Singen finden. Hat sie wenigstens eine hübsche Stimme?«

Mrs. Thompsons Antwort wurde vom Geräusch der Drehtür übertönt, durch die sie auf die Veranda gelangten. Durch die großen Glasfenster sah man mehrere Gestalten, die fröhlich auf dem Deck herumhüpften und sich mit Eisstücken bewarfen.

Kaum waren sie die Treppe zur zweiten Klasse hinabgestiegen, verliefen sie sich auch schon. Ida versuchte sich an ihren Besichtigungsrundgang zu erinnern, um sich zu orientieren. Im Rauchsalon wurde, wie in der ersten Klasse, Bridge gespielt. Ein Steward, der sich neben einem Servierwagen postiert hatte, wartete ungeduldig auf das Ende der Partie. Ida wandte sich an ihn: »Könnten Sie mir bitte sagen, wo der Singabend stattfindet?«

»Im Speisesaal, aber er ist lange schon zu Ende. Auch hier sollten die Lichter längst gelöscht sein, ganz abgesehen davon, daß das Kartenspiel an Sonntagen grundsätzlich verboten ist.«

Im Salon befand sich ein Mann, der sich in einem großen Heft Notizen machte. Als er zu ihnen herüberblickte, erkannte Ida den Bibliothekar. Wahrscheinlich überprüfte er die Liste der ausgeliehenen Bücher. Die beiden Frauen gingen weiter und gelangten in einen weißen Korridor. Dort hatten sich Passagiere in kleineren Gruppen versammelt und besprachen die Ereignisse.

»Wir wollen einen letzten Blick auf das Deck werfen«, schlug Ida vor. »Übrigens kann es gut sein, daß Margaret inzwischen in Ihrer Suite wartet und sich ihrerseits Sorgen macht ...«

Draußen beugte sich ein Paar weit über die Reling, um auf das Promenadendeck der dritten Klasse hinabzuschauen. Ida und Mrs. Thompson traten hinzu und sahen ein ungewöhnliches Schauspiel: Dort unten standen Männer und Frauen, Koffer und Bündel zu ihren Füßen. Neben Ida ertönte eine ironische Stimme: »Was machen die denn da? Bereiten sie sich schon aufs Ausschiffen vor?«

Kinder weinten. Ein kräftiger, breitschultriger Kerl kletterte mehrere Sprossen der Leiter hoch, die zur zweiten Klasse führte. Er warf den oben Versammelten einen verwirrten Blick zu und brüllte, als wollte er sie angreifen: »Wir können nicht in den Kabinen bleiben. Sie stehen schon unter Wasser.«

»So ein Blödsinn!« rief Idas Nachbarin und wandte sich ab. Der Mann aber schrie weiter, diesmal in einer fremden Sprache.

»Die haben zuviel getrunken, weiter nichts«, meinte ein anderer. Ida aber mußte an die Worte des Offiziers denken. Sie ergriff die Hand von Mrs. Thompson.

»Wir wollen schnell zurückgehen«, murmelte sie.

Seltsamerweise schienen die Treppenstufen diesmal viel höher, so als hätte sich das Schiff geneigt. Im Erste-Klasse-Salon kam ihnen Mr. Thompson entgegen und winkte ihnen schon von weitem zu: »Margaret ist wieder da«, rief er seiner Frau zu.

In seiner Eile wäre er beinahe mit Mr. Andrews zusammengestoßen. Dieser hatte die ihm sonst eigene Liebenswürdigkeit verloren und setzte seinen Weg mit todernster Miene fort, ohne sie richtig wahrzunehmen.

Verdutzt nahm Mr. Thompson seine Frau beim Arm, verabschiedete sich von Ida, dankte ihr für ihre Hilfe, und beide eilten zurück in ihre Suite, um ihre Tochter zur Rede zu stellen.

Ida wünschte sich nur eins – ins Bett zu sinken und zu schlafen –, doch Suzanne erwartete sie schon voller Ungeduld: »Madame, Madame, gerade war ein Steward hier und sagte, wir müßten unsere Schwimmwesten anlegen und an Deck gehen.«

»Warum?«

»Nur eine Sicherheitsmaßnahme, hat er gesagt. Wir könnten bald wieder zurück in unsere Kabinen. Wir sollen uns beeilen und nichts mitnehmen.«

Trotzdem hatte sie schon begonnen, Kleidungsstücke in einige Taschen zu stopfen.

»Ich dachte, wir sollten nichts mitnehmen?«

»Man kann nie wissen«, brummte Suzanne und wühlte weiter in einer Kommode.

»Lassen Sie das alles liegen. Wir wollen rasch hinaufgehen und hören, was das zu bedeuten hat. Und stellen Sie die Heizung auf die höchste Stufe, damit es warm ist, wenn wir zurückkommen.«

Dennoch wollte Suzanne ihr rasch noch die Schmuckschatulle in die Hand drücken.

»Aber nein«, sagte Ida ungehalten. »Hier ist sie viel sicherer. Legen Sie sie wieder in die Schublade.« Als sie jedoch an der Tür war, zögerte Ida, ging noch einmal zurück und steckte den Fächer, den sie von ihrer Mutter geschenkt bekommen hatte, in ihre Manteltasche.

Beim Hinausgehen wäre sie beinahe mit einem Mann zusammengestoßen, der, ein Kind im Arm, den Gang hinunterhastete. Zwei Frauen versuchten mit ihm Schritt zu halten, doch ihre hochhackigen Schuhe erwiesen sich als äußerst hinderlich. Etwas weiter drängten sich Menschen vor einer Kabinentür. Man hörte Schreie, dumpfe Schläge.

»Öffnen Sie, so öffnen Sie mir doch. Ich bin hier eingesperrt. Zu Hilfe!« Der Mann in der Kabine hämmerte weiter gegen die Tür und verlangte, daß der Kapitän benachrichtigt würde.

»So beruhigen Sie sich doch; ich bin doch schon dabei, die Tür zu öffnen.«

Über das Schloß gebeugt, machte sich ein Steward erfolglos mit seinem Hauptschlüssel daran zu schaffen. Der Eingeschlossene geriet inzwischen völlig in Panik und trat jetzt mit den Füßen gegen die Tür.

Ein junger Mann gesellte sich zu den Schaulustigen, bahnte sich einen Weg durch die Menge und fragte: »Was hat denn dieser Lärm zu bedeuten?«

Ida erkannte Norris Williams, den berühmten Tennisspieler, dessen Foto sie in den Illustrierten gesehen hatte.

»Das Schloß ist blockiert«, erklärte der Steward.

»Man kann ihn trotzdem nicht die ganze Nacht eingesperrt lassen! Haben Sie denn keinen anderen Schlüssel?« fragte er.

»Nein, nicht bei mir, aber ich hole schnell einen anderen Bund ...«

Mit einer gebieterischen Geste schob Norris Williams ihn zur Seite und trat zurück, um Anlauf zu nehmen.

»Aber, Sir!« entrüstete sich der Steward.

Ohne Rücksicht auf seinen Protest zu nehmen, warf sich Williams gegen die Tür. Durch den heftigen Aufprall barst das Holz. Beim zweiten Versuch gab die Tür nach. Der befreite Passagier kam herausgestürzt. Schweißperlen standen ihm auf der Stirn.

»Für den Schaden werden Sie aufzukommen haben, Sir«, verkündete der Steward mit würdevoller Miene. »Ich werde der Schiffsgesellschaft einen ausführlichen Bericht erstellen.«

Norris Williams zuckte mit den Schultern und eilte von dannen, als wollte er die Verzögerung, die ihm dieser Zwischenfall verursacht hatte, wieder aufholen.

3. Kapitel

»Burgess ist wütend.«

»Burgess?«

»Der Bäcker, du kennst ihn doch.«

Fagin sah den Matrosen zu, wie sie den Davit betätigten, um eines der Rettungsboote genau auf die Höhe des Decks zu manövrieren.

»Ja«, fuhr Fergus fort, »anscheinend ist ihm ein ganzes Blech mit Croissants runtergefallen. Er hatte es kurz auf einem Regal abgestellt und wollte es gerade in den Backofen schieben. Doch dann kam der Aufprall, und alles ist ihm runtergekippt. Das behauptet er wenigstens. Denn bei Burgess mit seiner Schwäche für den Whisky weiß man nie so recht.«

In diesem Moment erschien der Kapitän auf dem Deck. Mit unbewegter Miene wandte er sich an Lightoller, der zu Murdoch und Boxhall getreten war.

»Haben Sie die Ausrüstung überprüft?« fragte er und wies auf das Boot, das man auf der anderen Seite der Reling heruntergelassen hatte.

»Ja, Sir.«

»Mast, Segel, Kompaß, Kekse, Wasservorräte, Lampen, Ölkanister – alles da?«

»Ja, Sir.«

»Warum wurde von Boot Nummer sechs die Plane noch nicht entfernt?«

»Es sind noch nicht alle Matrosen auf ihrem Posten, Sir.«

»Und warum nicht?«

Boxhall räusperte sich. »Manche von ihnen wissen nicht, für welches Rettungsboot sie zuständig sind.«

»So weit ich weiß, waren doch Zuteilungslisten in der Messe angeschlagen?«

»Ja, Sir.«

»Boxhall, lassen Sie alle Männer suchen. Da die Mannschaft

von Boot Nummer vier schon fertig ist, soll sie mit Boot Nummer sechs weitermachen.«

Die Stimme von Kapitän Smith verriet keinerlei Emotionen. Die Hände hinter dem Rücken verschränkt, entfernte er sich zusammen mit Murdoch. Zur Funkzentrale, vermutete Fagin. Der hätte viel darum gegeben zu erfahren, ob andere Schiffe auf den Notruf der *Titanic* geantwortet hatten. Es genügte ja schon, wenn ein oder zwei Schiffe in der Nähe waren ... Wie vor drei Jahren beim Schiffbruch der *Republic*. Die zweitausend Passagiere und Besatzungsmitglieder konnten, bis auf vier, gerettet werden. Fagin schöpfte wieder ein wenig Hoffnung bei dem Gedanken, daß dieses Schiff der White Star Line ebenfalls auf der Werft Harland and Wolff in Belfast gebaut worden war. Ein Beweis von Qualität. Und außerdem war die *Titanic* hundert Meter länger als die *Republic* mit einer dreimal so hohen Tonnage. Ein solcher Riese konnte nicht einfach untergehen. Fagin dachte an all die Prüfungen und Tests der Ingenieure, an ihre unendlichen Diskussionen, die sie, die Pläne in der Hand, auf der Werft ausführten, während sich die Arbeiter am Schiffsrumpf zu schaffen machten.

Fergus und drei Matrosen waren bereits unterwegs zu dem Boot, das ihnen Kapitän Smith zugewiesen hatte. Einige Passagiere hatten sich schon an Deck versammelt. Manche schienen sich in aller Eile angezogen, sich nur einen warmen Mantel über Schlafanzug oder Nachthemd geworfen zu haben. Trotz der Eiseskälte standen sie reglos da und beobachteten stumm die Vorgänge auf Deck. Während er das Tauwerk löste, fühlte sich Fagin erstaunlich ruhig. Die Haltung der anderen Matrosen hatte ihn angesteckt: Unbeirrt befolgten sie die Anweisungen, als gingen sie ihrer üblichen Arbeit nach. Keiner sprach von einem möglichen Untergang des Schiffes; Fagin hörte sogar einen seiner Kameraden sagen: »Das ist doch gar kein Problem. Wenn wir ein Loch auf der einen Seite haben, müssen wir einfach ein zweites auf der anderen machen. So können wir das ganze Wasser abfließen lassen.«

Lightoller erschien, um das Boot zu inspizieren. Er ließ es sich nicht nehmen, sogar die Dose mit dem Kompaß zu öffnen und den Inhalt zu überprüfen. Mit steifgefrorenen Händen zog Fagin die Plane in eine Ecke, damit sie die einsteigenden Passagiere nicht behindern konnte. Weitere Matrosen waren in Zweier- oder Dreiergruppen erschienen. Boxhall schickte sie sogleich zu den Booten auf dem Achterdeck.

Inzwischen waren auch mehrere Heizer eingetroffen. Sie waren an ihren schwarzen Gesichtern und Händen zu erkennen und hielten sich etwas abseits. Als Lightoller sie entdeckte, ging er auf sie zu, vermutlich um sie wegzuschicken. Sie entfernten sich unverzüglich bis auf drei oder vier, die in einer Nische verschwanden, wo die Liegestühle für die Passagiere aufgestapelt waren.

»Die vierzehn Boote an der Backbord- und Steuerbordseite nehmen jeweils fünfundsechzig Passagiere auf. Dazu haben wir auf dem Vorderdeck noch zwei kleinere für jeweils vierzig Personen und die vier Faltboote, in denen jeweils siebenundvierzig Personen Platz finden.«

»Das ist alles?«

Bruce Ismay mußte diese Zahlen auswendig kennen. Dennoch hatte er offenbar das Bedürfnis, sie sich von Lightoller wiederholen zu lassen.

»Wir müssen zuerst die Frauen und Kinder evakuieren«, fügte der Präsident der White Star Line hinzu.

»Ich warte auf Order des Kapitäns«, entgegnete Lightoller knapp.

Ismay wandte sich um und ging.

Ohrenbetäubender Lärm zerriß plötzlich die nächtliche Luft. Die drei Sirenen der *Titanic*. Aus den Schornsteinen schossen Dampffontänen empor wie aus den Eingeweiden eines verwundeten Ungeheuers. Den Kopf in den Nacken gelegt, die Hände auf die Ohren gepreßt, hatte Fagin plötzlich einen sonderbaren Eindruck: Das Schiff schien sich deutlich zur Seite zu neigen. Weit mehr als die fünf Grad, von denen der Kapitän kurz nach der Kollision gesprochen hatte. Fagin hielt nach Fergus Ausschau. Zuerst konnte er ihn nicht finden, doch dann entdeckte er ihn direkt hinter sich.

»Was für ein Radau!« brüllte er. »Man hört uns bestimmt bis Kap Race! Da brauchen wir keinen Funk mehr!«

Wohl durch das markdurchdringende Signal angezogen,

erschienen weitere Passagiere an Deck. Lightoller, oder ›Lights‹, wie er genannt wurde, war inzwischen wieder auf der Brücke und flüsterte Boxhall etwas zu. Begleitet von einem sechsten Offizier namens Moody, ging dieser daraufhin zu den verschiedenen Grüppchen von Passagieren, und Fagin sah, wie die meisten sich zu den Treppen zurückzogen.

Alle Boote waren inzwischen von ihren Planen befreit, und die Matrosen machten sich an den Davits zu schaffen. Zwischen zwei Sirenentönen hörte man das Quietschen der Rollen und Winden. Als er die Kurbel betätigen wollte, rutschte Fagin aus. Fergus half ihm, wieder auf die Füße zu kommen.

»Du bist einfach noch nicht seefest«, sagte er in fast liebenswürdigem Ton. »Laß mich machen und hilf den anderen, das Boot zu halten, damit es schön gerade heruntergelassen werden kann. Wenn nötig, nimmst du einen Bootshaken zu Hilfe.«

Fagin fühlte sich beobachtet. Ein Mann und eine Frau hatten sich dem Boot genähert. Der Mann stellte sich auf die Zehenspitzen, um auf den Boden des Rettungsbootes zu sehen. Dann zog ihn seine Begleiterin, die einen Mantel mit einer Brosche in Form einer Sonne trug, an die Reling. Beide spähten hinab, und als die Frau sich wieder aufrichtete, sah Fagin, wie sie den Kopf schüttelte. Warum wohl?

Fagin hatte keine Zeit, sich darüber Gedanken zu machen. Er hatte soeben Andrews entdeckt. Sein Blick schien stechender denn je.

»Sir!« Fagin lief ihm entgegen.

Die Sirenen übertönten die ersten Worte, die ihm der Chefingenieur der Belfaster Werft zurief.

»... dritten Klasse.«

»Wie bitte?«

Jetzt brüllte ihm Andrews ins Ohr: »Ich geh' runter und seh' nach den Passagieren der dritten Klasse.«

Fagin drehte sich zu Fergus um und deutete auf Andrews, dann auf die Treppen. Der Matrose verstand die Frage und nickte.

Auf den Gängen hatte sich die Stimmung geändert. Die Beleuchtung schien gedämpfter. Vor den Türen der Erste-Klasse-

Kabinen hatten sich Gruppen gebildet: Mit Hilfe der Stewards legten die Passagiere ihre Schwimmwesten an. Manche scherzten und machten sich über die mangelnde Eleganz ihres Aufzugs lustig. Eine Dame bat ihren Ehemann sogar, ihr eine Pelzstola zu holen, »um dies häßliche Ding zu kaschieren«. Dann fügte sie noch hinzu: »Für die Kinder sind sie sowieso zu groß.«

Ein ganz anderes Schauspiel bot sich Andrews und Fagin, als sie das E-Deck erreichten. Sie vernahmen zunächst dumpfes Murmeln, bis sie am Ende des Gangs eine lange Kolonne von Passagieren erblickten. Männer, Frauen, Kinder: Sie trugen Bündel bei sich, Kisten, Körbe und Koffer. Ihr Verhalten verriet nicht die geringste Panik. Sie bewegten sich langsam voran, wohl um dem Wasser zu entkommen, das schon die vorderen Kabinen erreicht haben mußte, die direkt über dem Sortierraum lagen.

»Wohin gehen Sie?« fragte Andrews einen Mann in einem abgewetzten grauen Mantel.

Der deutete durch ein Kopfschütteln an, daß er nicht verstand.

»Spricht einer unter Ihnen Englisch?« fragte Andrews, nun an die ganze Gruppe gewandt. Eine Frau mit weißem Haar trat vor und antwortete: »Die meisten kommen aus Zentraleuropa. Sie verstehen kein einziges Wort Englisch. Die Stewards haben uns in den hinteren Teil des Schiffs geschickt, weil es dort angeblich sicherer ist. Fast alle unsere Kabinen stehen schon unter Wasser. Sagen Sie, ist das denn wirklich der richtige Weg zum hinteren Schiffsteil?«

Andrews erklärte ihr den Weg zum hinteren Promenadendeck der dritten Klasse. Daraufhin setzte sich die Kolonne wieder in Bewegung. Stumm wie ein Trauerzug verschwand sie am Ende der Schottenstraße. Fagin fiel ein, daß seine eigene Kabine ganz in der Nähe war. Er bat Andrews um Erlaubnis, einen raschen Blick hineinzuwerfen. Sie war leer. François hatte mehrere Zeichenblätter auf seiner Pritsche zurückgelassen. Wo waren Burni, Thomas und die anderen geblieben? Vielleicht waren sie schon auf der Brücke.

Andrews hatte nicht auf ihn gewartet. Im ersten Moment

verunsichert, rannte Fagin bis zur Metalltreppe, die zu den unteren Decks führte. Er glaubte das Rauschen eines Wasserfalls zu hören. Am Treppenabsatz des F-Decks drang das Wasser stellenweise schon durch die Dielen. In der Nähe des Squash-Platzes war eine Kabinentür angelehnt. Als er sie aufstieß, sah Fagin Andrews vor einer Reihe von Etagenbetten stehen und auf eine Frau mit zwei Kindern einreden: »Sie können nicht hierbleiben.«

»Der Kleinste schläft noch. Ich will ihn nicht wecken. Ich kenne ihn; er kann nachher nicht mehr einschlafen.«

Neben dem Säugling ausgestreckt lag ein Junge von etwa vier Jahren, der die Neuankömmlinge musterte. Ein Auge war kleiner als das andere, und er schmiegte sich fest an sein Brüderchen.

»Sie müssen Ihre Schwimmweste anlegen, der Größere auch«, beharrte Andrews.

»Und der Kleine?«

»Wickeln Sie ihn in Decken und tragen Sie ihn auf dem Arm.«

»Es kann uns doch hier nichts passieren.«

»Gewiß, aber oben ist es noch sicherer. Sind Sie allein?«

»Nein, ich habe meine Kinder.«

Fagin verstand so gut wie Andrews, was das zu bedeuten hatte.

»Nun kommen Sie schon.«

Andrews zog ein Blatt Papier und einen Stift aus der Tasche und zeichnete rasch einen Plan, anhand dessen die Frau ihren Weg bis zum A-Deck würde finden können.

»Ziehen Sie Ihre wärmsten Kleider an, und wenn Ihnen jemand Fragen stellt, dann sagen Sie, daß Mr. Andrews Sie angewiesen hat, zu den Rettungsbooten hinaufzugehen.«

Die Frau schien schließlich überzeugt, und während sie ihre Sachen zusammensammelte, zog Andrews Fagin auf den Gang. Inzwischen hatten sich richtige Pfützen auf den Planken gebildet, und an einem Rohraustritt spritzte eine kleine Fontäne empor.

»Gehen wir in den Maschinenraum«, sagte Andrews. »Hier gibt es wohl nichts mehr zu tun.«

»Sind wir noch weit vom Festland entfernt?« fragte Fagin.
»Ungefähr dreihundert Seemeilen.«
»Warum nehmen wir nicht Kurs auf die Küste?«
Eine Gruppe von Stewards und Passagieren versperrte ihnen den Weg. Sie machten alle einen verlorenen Eindruck. Fagin entdeckte ein bekanntes Gesicht.

»He, kleiner Schiffsjunge! Du hast deine Schwimmweste noch nicht angezogen? Wie ich höre, kann jeder, der Lust hat, eine Kahnpartie auf offener See unternehmen. Wenn ich noch jünger wäre, hätte ich gern so eine Spritztour gemacht. Doch ich werde seekrank auf solchen Nußschalen.«

Er kam näher und flüsterte Fagin ins Ohr: »Außerdem muß ich diese Damen und Herren aufs Dritte-Klasse-Achterndeck führen. Es soll da oben ziemlich frisch sein.« Dann fügte er scherzhaft und laut vernehmlich hinzu: »An deiner Stelle würde ich nicht zögern. Viel Spaß!«

Als sie außer Hörweite waren, fragte Andrews: »Was ist denn das für ein komischer Kauz?«

»Das ist Jack, ein Steward. Er war auf der *Republic*, als sie Schiffbruch erlitt.«

»Na, dann kennt er sich ja aus.«

»Ja, er war sogar einer der letzten, die das Schiff verlassen haben.«

»Er kann froh sein, daß er dazu noch Gelegenheit hatte ...«, sagte Andrews nachdenklich.

Fagin tat so, als hätte er diese letzte Bemerkung nicht gehört.

»Sie haben mir vorhin meine Frage nicht beantwortet. Warum nehmen wir nicht Kurs auf die Küste?«

»Der vordere Teil des Schiffsrumpfes ist auf eine Länge von hundert Metern aufgeschlitzt. Würden wir die Maschinen wieder anwerfen, würde der Wasserdruck die Schäden noch verschlimmern. Außerdem bräuchten wir noch mindestens vierzehn Stunden bis zur Küste, selbst wenn wir die Geschwindigkeit vor der Kollision beibehalten könnten. Warte, laß mich vorgehen.«

Fagin sah Andrews eine Tür öffnen, die ihm vorher noch nie aufgefallen war. Sie führte zu einer schmalen Wendeltreppe, die sich in die Tiefen des Schiffsbauches zu winden schien. Ein traniger und zugleich säuerlicher Geruch schlug ihnen entgegen. Nach einem endlosen Weg erreichten sie schließlich die Brücke über den Kesseln. Der Erste Ingenieur erklomm eine Leiter, um sie zu begrüßen. Sein Gesicht und seine Hände waren schwarz.

»Im Kesselraum Nummer fünf haben wir die Lage im Griff. Dank der Pumpen haben wir den Wasserstand erheblich senken können. Wir haben sogar die Schotten wieder geöffnet.«

»Und im Sechser?«

»Der steht völlig unter Wasser. Wir nehmen uns besser den Vierer vor.«

Angeführt vom Ersten Ingenieur, stiegen sie die Leiter hinab. Unten erwartete sie ein schwarzes Tintenmeer. Andrews' Beispiel folgend, setzte Fagin, ohne zu zögern, den Fuß hinein, und bald stand ihnen das Wasser bis zu den Knien. Vor dem Kessel Nummer fünf besprengten die Heizer die Brennkammern, wobei dichte Dampfwolken entstanden. Andere, die ihre Wache beendet hatten, saßen auf einem Kohlenhaufen und beobachteten eine Gruppe von Ingenieuren und Maschinisten. Entlang der schwach beleuchteten Schiffswand schlossen sie Schläuche an den Pumpen an.

»Wir haben einen Verletzten«, sagte der Ingenieur. »Als die automatischen Schotten runtergingen, wurde er eingeklemmt. Er hat sich ein Bein gebrochen.«

Nachdenklich betrachtete Andrews den gewaltigen Kessel.

»Das Wichtigste ist die Aufrechterhaltung der Stromversorgung ... Die vier großen Dynamomaschinen und die beiden kleineren Hilfsmaschinen befinden sich zum Glück oberhalb des Wasserspiegels. Da haben wir wohl nichts zu befürchten«, erklärte der Ingenieur.

Nachdem sie ihm viel Glück gewünscht hatten, machten sich Andrews und Fagin auf den Weg zum Maschinenraum. Die meisten Maschinisten waren auf ihrem Posten, doch die riesigen Kolben standen still. Fagin erinnerte sich noch an den Höllenlärm, der hier geherrscht hatte, als die *Titanic* in See gestochen war.

Inmitten des Gestanks nach Öl und verbranntem Schmierfett und dem ohrenbetäubenden Zischen der Ventile hatten sich die Männer nur schreiend verständigen können.

Nun aber herrschte bedrückende, nur vom Plätschern des Wassers unterbrochene Stille. Im oberen Teil eines Korridors blinkten rote Lichter. Während sich Andrews mit dem Chefmaschinisten unterhielt, ging Fagin in den Turbinenraum. Ein Maschinist saß auf einer Holzkiste vor einem Tisch und machte sich einen Kaffee.

»Willst du auch einen?« brummte er und hob seine Tasse. »Es ist wohl besser, heute nacht nicht zu schlafen. Man erzählt uns hier ja nichts, doch man braucht kein Hellseher sein, um zu erraten, was uns erwartet.«

»Was?«

»Ich bin sicher, in zwei oder drei Stunden, wenn die Kielräume trockengelegt sind, wird der Befehl gegeben, die Kessel wieder anzuwerfen ...«

Er schob seine Kappe zurück und wischte sich über die Stirn. Er schien sich nicht das Gehirn zu zermartern. Gleichgültig wartete er auf die nächsten Befehle.

»Also willst du nun einen?« fragte er erneut.

Fagin lehnte das Angebot ab und gab vor, zu tun zu haben. Hatte Andrews etwas Neues in Erfahrung gebracht? Er fand ihn am Ende des Maschinenraums beim Telefonieren. Eine Hand in der Hosentasche, lauschte er. Als er einhängte, war sein Gesicht aschfahl.

»Der Kapitän läßt die Notraketen abfeuern«, sagte er. »Die Passagiere werden auf die Rettungsboote verteilt.«

»Hat man Kontakt mit anderen Schiffen aufnehmen können?« fragte Fagin.

»Anscheinend haben mehrere Schiffe unseren Notruf empfangen. Fragt sich nur, wie weit sie von uns entfernt sind«, antwortete Andrews. Mit einer ungeschickten Geste legte er Fagin den Arm um die Schultern. »Wir können nur hoffen. Ja, wir können nur hoffen, mein kleiner Fagin.« Und dann fügte er murmelnd hinzu: »Denn in weniger als zwei Stunden ist die *Titanic* gesunken.«

4. Kapitel

»Frauen und Kinder zuerst!«

Die Sirenen waren verstummt, und man konnte sich wieder verständigen, ohne schreien oder gestikulieren zu müssen. Lightoller wiederholte seinen Aufruf.

»Frauen und Kinder in Boot Nummer vier.«

Doch niemand rührte sich. Ein Mann rief sogar: »Ich fühle mich hier sicherer als auf den kleinen Booten.«

Lightoller zuckte mit den Schultern. Nachdenklich richtete er ein paar Worte an Murdoch, bevor er einem Matrosen mit rotem Lockenschopf befahl: »Öffnen Sie die großen Fenster auf dem A-Deck; wir lassen die Passagiere von dort aussteigen. Das ist weniger hoch.«

Dann ging er zum Boot Nummer sechs. Etwa dreißig Passagiere hatten sich davor versammelt. Ohne ihre Schwimmwesten hätten sie genausogut Reisende sein können, die am Bahnsteig auf einen Zug warteten. Ein Mann beugte sich über die Reling und suchte das Dunkel achtern mit den Augen ab, als rechnete er jeden Augenblick damit, die Lokomotive von dort auftauchen zu sehen.

»Frauen und Kinder zuerst!«

Diesmal fand der Ruf Gehör. Eine der ersten, die vortrat, war die Dame, die Fagin fürs Ausführen ihres Hundes eine Ein-Pfund-Note zugesteckt hatte. Eingewickelt in eine Decke, trug sie das Tier jetzt auf dem Arm. Nur seine schwarz glänzende Nase schaute hervor. Manchmal beugte sich seine Besitzerin vor, um ihm zärtliche Worte zuzuflüstern: »Arthur, mein kleiner Arthur, er wird mit Mama in das Boot steigen. Mein kleiner Liebling ...«

Sie wollte schon über den Schandeckel steigen, als jemand rief: »Frauen und Kinder, hat er gesagt!«

Pikiert drehte sich die Hundebesitzerin zu dem Unverschämten um. »Manche Tiere sind weit wertvoller als gewisse Menschen«, entgegnete sie. »Sie haben wenigstens ein Herz!«

Der andere wiederholte eigensinnig: »Er hat aber ›Frauen und Kinder‹ gesagt ...«

Lightoller mußte eingreifen. Er reichte der Dame die Hand, um ihr beim Einsteigen zu helfen.

»Ich hab' meinen in der Kabine gelassen«, sagte eine andere Frau. »Da wir ja sowieso aufs Schiff zurückkommen ... Ich kann nur hoffen, daß er nicht zuviel bellt. Er mag einfach nicht allein sein.«

Fagin mußte niesen. Die Kälte erschien ihm noch beißender. Vorhin, als sie vom Dritte-Klasse-Deck hochgestiegen waren, hatte Andrews ihm vorgeschlagen, etwas Heißes in der Mannschaftsmesse zu trinken. Fagin hatte das Angebot gern angenommen, da er hoffte, Molly und Leopold dort anzutreffen. Statt ihrer entdeckte er Burni, Thomas und François. Sie hatten sich in eine Ecke des Raumes zurückgezogen, um mit zwei anderen Köchen Karten zu spielen. François saß mit Block und Stiften an einem Nachbartisch, und Fagin, der ihm über die Schulter blickte, sah, daß er eine von Büschen gesäumte Allee gezeichnet hatte. Im Vordergrund die Terrasse eines Restaurants – das Relais d'Orleans.

»Wir haben noch mal Glück gehabt!« rief Thomas, indem er eine Spielkarte auf den Tisch knallte. »Sie wollten uns nicht vom E-Deck weglassen. Anscheinend haben wir anderen nicht das Recht, uns frei auf dem Schiff zu bewegen. Das ist das Letzte.«

»Es ist doch wohl normal, daß zuerst die Passagiere evakuiert werden«, antwortete Andrews.

»Und warum evakuiert man sie überhaupt?« beharrte Burni. »Ist die Lage denn ...«

»Sehr ernst, ja«, unterbrach ihn Andrews.

Als erwache er aus einem Traum, hob François den Kopf. »Ich glaube, ich habe meinen Radiergummi verloren«, sagte er. Dann, nach einem kurzen Schweigen, fügte er hinzu: »Übrigens, Fagin, hast du an deine Bibel gedacht?«

»Ja, aber ich habe sie unter meinem Kopfkissen gelassen.«

»Soll ich sie dir holen?«

»Wenn du jetzt zum E-Deck gehst, François, dann lassen sie dich nicht wieder zurückgehen«, meinte Thomas. »Und was soll er jetzt auch mit einer Bibel anfangen?«

Als er Andrews zur Tür folgte, wandte sich Fagin noch einmal nach seinen Kabinengefährten um. Burni und Thomas stritten sich. François saß wieder über seine Zeichnung gebeugt. Einen Augenblick dachte Fagin, daß er sie alle vielleicht zum letzten Mal sah. Als sie wieder an Deck waren, meinte Andrews lächelnd: »Wir haben ganz vergessen, unseren Kaffee zu trinken.« Dann machte er sich auf den Weg zur Kommandobrücke und ließ Fagin bei den Booten zurück.

Boot Nummer sechs füllte sich nur langsam. Neben der Hundebesitzerin waren erst fünf weitere Frauen und drei Kinder eingestiegen. Schweigend und mit verständnislosen Mienen betrachteten sie die Passagiere, die es vorzogen, an Deck zu bleiben. War ihnen der Ernst der Lage nicht bewußt? Fagin sah einen kleinen Jungen, der sich an die Schulter seiner Mutter schmiegte und unverwandt auf einen Punkt starrte. Schließlich bemerkte Fagin, daß das Kind einen hochgewachsenen Mann in der Gruppe der Passagiere fixierte.

Der Mann versuchte sich dem Rettungsboot zu nähern. Lightoller glaubte, er wolle zusteigen, und hielt ihn zurück.

»Nein, Sir, ich habe doch deutlich gesagt ...«

»Darf ich mich nicht von meinem Sohn verabschieden?«

Niemals würde Fagin den Ausdruck auf den Gesichtern der beiden Männer vergessen. Lightoller hatte sicher selbst Kinder. Während er zusah, wie der Mann von seinem Sohn Abschied nahm, sah er sich wohl selbst und las auf dem Gesicht des anderen seine eigene Verzweiflung.

»Sei schön artig, mein kleiner Löwe ... Versprichst du mir, immer lieb zu Mama zu sein?«

Der Kleine nickte ernsthaft.

»Und wenn du zurückkommst, erzähle ich dir, wie die Geschichte vom Kleinen Prinzen ausgeht.« An seine Frau gewandt, fuhr er fort: »Sorg dafür, Marie, daß er sich nicht erkältet. Und gib auf dich acht.«

Der Mann wühlte in seinen Manteltaschen und zog eine rechteckige Metalldose hervor.

»Hier, kleiner Löwe. Du hast sie dir immer gewünscht, ich leihe sie dir. Hier, fang!«

Doch die Entfernung schien ihn zu verunsichern. Die Dose

konnte zu leicht ins Wasser fallen. Eine Frau trat zu ihm. »Wenn Sie gestatten, gebe ich sie ihm«, sagte sie. Nachdem sie ins Boot gestiegen war, reichte sie dem Jungen die Dose. Der neigte den Kopf ein wenig zur Seite und preßte sie an seine Wange. Dabei ließ er seinen Vater nicht aus den Augen. Schließlich hob er die linke Hand und rief: »Danke, Papa!«

Über das Gesicht seiner Mutter huschte ein flüchtiges Lächeln.

»Gute Nacht, Papa!«

Reglos und schweigend beobachteten Besatzungsmitglieder und Passagiere die Szene. Der Vater stand jetzt allein vor dem Rettungsboot, alle anderen waren zurückgetreten. Einen Augenblick lang schien er zu zögern. Warum sprang er nicht einfach ins Boot? Hatte ihn der ernste Blick von Lightoller, der jetzt an die Reling getreten war, daran gehindert? Also bewegte er sich mit langsamen Schritten zurück, bis er mit der Menge der Passagiere verschmolz. Im Rettungsboot hatte der kleine Junge, die Dose noch immer an die Wange gepreßt, den Kopf auf die Knie seiner Mutter gelegt.

»Und jetzt weiter!« befahl Lightoller.

In diesem Augenblick kam Andrews von der Kommandobrücke zurück.

»Stellen Sie sich vor, Lightoller«, sagte er. »Die Späher haben eben telefonisch ans Ruderhaus durchgegeben, sie hätten ein Rettungsboot auf dem Meer gesichtet! Sie könnten sich das nicht erklären ... Man hat doch tatsächlich vergessen, ihnen mitzuteilen, daß wir dabei sind, das Schiff zu evakuieren. Der Kapitän hat sie daraufhin aufgefordert, die Notraketen runterzubringen.«

»Haben andere Schiffe auf unseren Notruf geantwortet?« fragte Lightoller.

»Mehrere, wie ich gehört habe. Die *Carpathia* hat sogar zugesagt, uns mit Volldampf zu Hilfe zu eilen.«

»Ich kenne den Kapitän, ein gewisser Roston. Er wird alles Menschenmögliche tun. Kennen wir ihre Position?«

»Kapitän Smith hat sie mir nicht genannt. Aber ich denke, sie kann nicht sehr weit sein.«

Ein junges Paar hatte ihrem Gespräch aufmerksam gelauscht. In Windeseile verbreitete sich das Gerücht an Deck, ein Schiff – vielleicht sogar mehrere – hielten Kurs auf die *Titanic*, um ihr zu Hilfe zu kommen. Warum sollte man also das Risiko eingehen, sich mit den Rettungsbooten auf dem Meer zu verlieren?

Fagin hörte, wie ein Steward, der sich unter die Passagiere gemischt hatte, vom Mißgeschick einer Gruppe von Dritte-Klasse-Passagieren erzählte: »Sie fanden sich in dem Gewirr der Gänge nicht zurecht. Ich habe versucht, sie in kleineren Gruppen von zwanzig oder dreißig hierher zu führen, damit keine Panik aufkommt. Die erste Gruppe konnte ich in einem Boot unterbringen, doch als ich bald darauf zurückkam, war das Boot leer. Im ersten Augenblick dachte ich, sie wären alle ins Wasser gefallen. Dann aber habe ich sie im Gymnastikraum entdeckt. Wissen Sie, was sie mir gesagt haben? ›Es ist zu kalt im Boot. Hier müssen wir wenigstens nicht frieren!‹ Was soll ich da noch tun? Ich habe ihnen geraten, sich in Decken zu wickeln ...«

Ein junges Mädchen trat auf Fagin zu. »Und ich, kann ich einsteigen?«

»Natürlich«, antwortete er.

»Kann man mein Gepäck holen lassen?«

»Das dürfte wohl im Moment wenig angebracht sein«, entgegnete Lightoller. »Nehmen Sie so wenig wie möglich mit.«

»Aber ich habe meine Kabine offen gelassen!«

»Keine Sorge, die Stewards sind beauftragt, die Türen aller evakuierten Kabinen abzuschließen.«

»Aber Mama hat keinen Schlüssel ...«

»Was soll das heißen?« fragte Lightoller.

»Sie wollte mich nicht begleiten, sie ist im Bett geblieben. Sie hat letzte Nacht kein Auge zugetan ...«

Lightoller hob die Augen zum Himmel. Er fragte nach der Kabinennummer und wandte sich an Fagin.

»Geh zu der Dame und sag ihr, sie solle sich beeilen. Und wenn du unterwegs anderen Passagieren begegnest, dann befiehl ihnen, auf der Stelle an Deck zu kommen.«

Er wollte noch etwas hinzufügen, als ein explosionsartiges Geräusch die Luft zerriß. Schreie ertönten. Eine Rauchwolke stieg auf, dann entlud sich eine Funkengarbe am Himmel.

»Ein Feuerwerk!« rief ein Mädchen und zog ihre Mutter aufgeregt am Ärmel.

Diese Begeisterung wurde allerdings nicht von allen geteilt. Fagin sah, wie drei Frauen rasch ins Boot Nummer sechs stiegen.

»Sie fangen schon an, die Notraketen abzuschießen. Das verheißt nichts Gutes«, meinte ein Schnauzbärtiger mit Schirmmütze. Er eilte auf das Rettungsboot zu, wurde aber von Lightoller zurückgehalten.

Unterdessen rannte Fagin zum C-Deck. Die Kabine, die man ihm genannt hatte, befand sich in der Nähe des Rasiersalons. Er klopfte mehrmals. Keine Antwort. War die alte Dame eingeschlafen? Eine vertraute Stimme ertönte. »Na, willst du die Gelegenheit wahrnehmen ...«

Jack, der Steward! Er kam in seiner weißen Weste offensichtlich gerade vom Barbier.

»Er ist fort, ohne die Tür abzuschließen! Das ist nicht besonders schlau. Mit all den Reiseandenken und dem Nippes, den es da gibt ... Übrigens, was suchst du hier?«

»Lightoller hat mir aufgetragen, die Mutter eines jungen Mädchens zu holen.«

»C 94? Mrs. Weaver? Die habe ich eben mit einem Dutzend anderer Passagiere aufs Oberdeck geführt. War das ein Theater, bis sie endlich ihre Schwimmweste anhatte! Ich mußte sie selbst oben von ihrem Schrank holen. Ich kann diese Leute nicht verstehen: Man sagt ihnen, sie sollen sich bereithalten, um das Schiff zu verlassen, und sie streiten noch herum. Das sind keine Engländer, das ist einfach nicht möglich ...«

»Haben Sie Leopold und Molly gesehen?«

»Nur Molly. Sie hilft den Dritte-Klasse-Passagieren im vorderen Schiffsteil. Ihre Kabinen sollen schon ganz unter Wasser stehen. Viele haben sich im Speisesaal zum Beten versammelt.«

»Hat Ihnen Molly etwas gesagt?«

»Sie wollte wissen, ob ich dich gesehen habe.«

»Und Leopold?«

»Keine Spur von ihm. Er ist vielleicht da oben. Aber ich bleibe hier. Und du, was machst du?«

Fagin erklärte ihm, daß er bei den Rettungsbooten half.

»Sind schon viele im Wasser?«

»Bis ich fortging, hat Lightoller auf der Backbordseite erst fünfzehn Personen zum Verlassen des Schiffs überreden können ...«

»Mehr nicht?«

Fagin zuckte resigniert die Achseln. Dann verließ er Jack. Als er eben wieder an Deck war, wurde eine weitere Notrakete abgefeuert, und ihr Funkenregen rieselte ins Wasser. Die Atmosphäre an Deck hatte sich geändert. Mittlerweile drängten sich die Passagiere um die Rettungsboote. Auch die Zahl der Besatzungsmitglieder war gestiegen, doch sie hielten sich im Hintergrund. Manche hüpften auf der Stelle, um sich aufzuwärmen. Lightollers Stimme übertönte alle anderen.

»Los, wegfieren.«

Zwei Matrosen, die am Fuß des Davits kauerten, bedienten die Kurbeln, und Boot Nummer sechs schwebte langsam hinab.

»Stop!«

Lightoller hatte die Hand gehoben.

»Was ist?«

Murdoch beugte sich über die Reling. Unten im Rettungsboot brüllte jemand etwas zu ihm hoch.

»Es ist Fleet, der Späher«, erklärte er Lightoller. »Er sagt, er kann das Boot nicht allein rudern.«

»Und Hichens?«

»Er sitzt an der Ruderpinne.«

»Dann muß ein weiterer Mann an Bord.«

Mit einem Megaphon in der Hand kam Kapitän Smith dazu. Als er sich an Murdoch wenden wollte, trat ein Passagier vor ihn. »Major Arthur Peuchen!« sagte er und schlug die Hakken zusammen. »Ich kenne das Meer, ich bin Segler.«

»Woher kommen Sie?«

»Aus Toronto.«

Kapitän Smith schien zu zögern. Fagin hatte den Eindruck, daß er sehr bleich aussah. Hatte er soeben schlechte Nachrichten erhalten? War die *Carpathia*, die ihnen zu Hilfe kommen wollte, zu weit entfernt?

»Sehr gut«, entgegnete Smith. »Da sich das Boot bereits auf Höhe des Promenadendecks der ersten Klasse befindet, brauchen Sie nur ein Fenster zu öffnen und von dort aus ins Boot zu springen.«

»Ich weiß einen einfacheren Weg«, entgegnete der Major.

Und ehe jemand Einspruch erheben konnte, eilte der Major zum Davit, ergriff eines der Taue und hangelte sich in das wartende Boot.

»Wie viele Personen hat die Nummer sechs?« erkundigte sich der Kapitän bei Lightoller.

»Mit Major Peuchen sind es achtundzwanzig.«

»Achtundzwanzig nur?« brummte Smith. »Das Boot hat Platz für fünfundsechzig!«

»Ich habe Fleet beauftragt, möglichst nahe am Schiff zu bleiben. Sobald sie aufgesetzt haben, öffnen wir die Ladeklappen der unteren Decks, und mit Leitern können wir weitere Passagiere in die Boote hinablassen. Ich habe einige Männer beauftragt, die Pforten zu öffnen. Sie geben Bescheid, sobald sie so weit sind.«

Kapitän Smith schien plötzlich tief in Gedanken versunken. Fagin hatte ihn noch nie so gesehen. Seine Stimme war nicht mehr so kräftig wie sonst, und seine Augen hatten ihren Glanz verloren.

»Haben andere Schiffe auf unseren Notruf geantwortet, Sir?« fragte Murdoch.

»Gewiß«, antwortete Smith. »Mehrere nehmen Kurs auf uns. Und Offizier Boxhall hat soeben die Positionslichter eines Dampfers gesehen, der nur wenige Meilen von uns entfernt zu sein scheint. Wir versuchen, Funkkontakt aufzunehmen.«

Als der Kapitän gegangen war, wurde die dritte Notrakete abgefeuert.

»Ich weiß nicht, ob es gut war, das Ruder von Boot Nummer sechs Quartiermeister Hichens zu überlassen«, meinte Murdoch an Lightoller gewandt.

»Und warum nicht?«

»Weil er der diensthabende Offizier war, als wir den Eisberg gerammt haben.«

5. Kapitel

In ihre Schwimmwesten gezwängt, die ihre übliche Eleganz vergessen ließ, drängten sich die Passagiere im großen Salon. Kein Gelächter mehr, keine fröhlichen Rufe, die den Raum noch vor wenigen Stunden erfüllt hatten.

»Ist es wirklich nötig, diese gräßlichen weißen Dinger anzuziehen? Was für eine Komödie läßt man uns hier eigentlich spielen? Das ist doch einfach lächerlich«, schimpfte eine dicke Frau, nach Atem ringend.

Als hätte sie Angst, noch plumper zu wirken, wies sie einen Steward, der sich anbot, ihr beim Anlegen der Weste zu helfen, mit einer unwirschen Geste zurück. Der aber beugte sich, ohne auf ihre Proteste zu achten, über sie, legte ihr das verhaßte Ding fast gewaltsam an und verknotete die Bänder sorgfältig über ihrem Mantel.

Ida dachte an das Glücksgefühl, das sie hier in diesem Saal in Stephens Gesellschaft empfunden hatte, an sein Lächeln, während sie der Musik von *Hoffmanns Erzählungen* lauschten. Sie warf einen Blick zu dem Tisch, an dem sie gesessen hatten. War es Einbildung? Der Tisch kam ihr plötzlich leicht geneigt vor.

Auf Deck war die Luft eisig und schneidend. Ida bemerkte, daß sich die Matrosen mit den Ellenbogen anstießen. Sie schienen sich über die Ausstaffierung einiger Passagiere zu amüsieren. Die ausgefallenste Abendgarderobe mischte sich mit Nachthemd und Schlafanzug, nur dürftig mit einem Mantel bedeckt. Eine Frau, die sich in eine dicke Decke gehüllt hatte, trug dazu Pumps mit glitzerndem Straß. Ihr Begleiter hatte nur Socken an den Füßen. Eine andere Dame hatte ihren Hut mit einem großen Tuch umwickelt, unter dem lange schwarze Federn hervorschauten.

Ida atmete erleichtert auf. Stephen hatte sie entdeckt und trat auf sie zu. Er griff nach ihrer Hand.

»Machen Sie sich keine Sorgen, alles wird gut. Frauen und

Kinder werden aufgefordert, in die Boote zu steigen. Eine reine Vorsichtsmaßnahme, ein kleiner Ausflug. Mein Kabinennachbar hat mich gebeten, ihm beim Austeilen der Decken zu helfen. Das wird bestimmt nicht lange dauern.«

Diesen letzten Satz hatte er ohne Zweifel hinzugefügt, weil er in Idas Augen den sehnlichen Wunsch gelesen hatte, er möge sie nicht verlassen.

»Bleiben Sie nicht hier draußen«, fügte er hinzu. »Es ist viel zu kalt. Ich beschaffe Ihnen drinnen einen Platz und komme zurück, sobald Sie ins Boot steigen können.«

Die Gymnastikhalle war der wärmste Raum. Hier hatte sich schon eine größere Menschenmenge eingefunden. Jovial wie immer, bemühte sich der Sportlehrer McCawley, die sonst hier vorherrschende sorglose Atmosphäre aufrechtzuerhalten. Er ermunterte die Passagiere, sich an so ausgefallenen Geräten wie dem mechanischen Kamel und den Pferden zu erproben, gab Anweisungen und verbesserte die Haltung seiner waghalsigsten Schüler.

Mrs. Astor, die auf ein Pferd gestiegen war, ließ sich von ihrem Gatten ihre Schwimmweste reichen. Sie befühlte sie, drehte sie hin und her. Mr. Astor nahm sie ihr wieder ab und schnitt mit einem Taschenmesser in den Stoff. Dann prüften beide die Qualität des Innenteils der Weste.

Vergebens versuchte Ida, Stephen zum Bleiben zu bewegen. Als er sie verließ, versicherte er ihr noch einmal, schon bald zurück zu sein.

»Vergessen Sie unser Treffen im Schwimmbad morgen nicht«, rief ihm Mr. McCawley nach.

»Auf keinen Fall! Acht Uhr, wie verabredet. Ich bin pünktlich, selbst wenn es heute nacht etwas später werden sollte.«

Mrs. Thompson, die jetzt eintrat, war weniger unbeschwert. Übernervös versuchte sie, gleichzeitig ihren verrutschten Hut und ihre von ihrem Fuchsmantel rutschende Zobelstola festzuhalten. Vielleicht war sie auch bloß verärgert, weil sie nur diese beiden nicht zusammenpassenden Pelze hatte mitnehmen können.

»Ach, da sind Sie ja, meine liebe Ida«, rief sie. »Ich finde das alles hier unzumutbar! Die werden in New York was von mir zu hören kriegen! Stellen Sie sich vor: Ich wollte im Büro des Zahlmeisters meinen Schmuck abholen. Wir waren ungefähr zehn, die ihre Wertgegenstände zurückhaben wollten. Was, glauben Sie, hat der Angestellte getan? Er hat den Schalter vor unserer Nase geschlossen. Eine Unverschämtheit, so was! Das ist Diebstahl! Die White Star Line kommt mir so nicht davon. Wissen Sie, was der Zahlmeister als Grund angegeben hat? Wir sollten unsere Schwimmwesten anlegen und keine Zeit verlieren .... Das geht nun wirklich zu weit. Ich werde mich beschweren, sobald wir in Amerika sind.«

»Die Schwimmwesten könnten uns vielleicht nützlicher sein als unser Schmuck«, murmelte eine Frau, die mit gesenkten Augen einen Rosenkranz zwischen den Fingern bewegte.

Mit einem Seufzer ließ sich Mrs. Thompson in einen Korbsessel sinken. Margaret stand blaß und angespannt neben ihr. Mr. Thompson hatte die Stirn gerunzelt und sagte kein Wort.

Ein Passagier der ersten Klasse fragte, nachdem er sich dem Sportlehrer als Mr. Duncanson vorgestellt hatte, ob es für ihn einen Sitzplatz gebe. Er war in einen weiten Wollmantel gehüllt, trug Mütze und Handschuhe und hatte ein dickes Tuch um den Hals geschlungen. Mit seiner Ausstaffierung offensichtlich höchst zufrieden, musterte er spöttisch die Passagiere, bei denen unter den eilig übergeworfenen Mänteln die Pyjamahosen zu sehen waren. Eine kleine Frau folgte ihm wie ein Schatten.

»Du hast doch wohl die Metallkassette mitgenommen?« fragte sie.

»Natürlich«, erwiderte er, wobei er den Lederkoffer öffnete, den er bei sich trug. Er wurde bleich. »Ich hatte sie doch auf die Kommode gestellt!« rief er. »Ich muß ... ich muß sie vergessen haben ....«

Ida hörte deutlich, wie seine Begleiterin mit matter Stimme sagte: »Vierhunderttausend Dollar ... All unsere Aktien.«

Mit einer herrischen Geste wies er sie an, leiser zu sprechen. Sie deutete hoffnungsvoll auf den Mantel ihres Begleiters. »Hast du sie vielleicht in deine Manteltaschen gesteckt? Sie sind so ausgebeult.«

Erstaunt steckte Mr. Duncanson die Hand in eine Tasche und holte eine Orange hervor.

»Siehst du«, sagte er befriedigt, wie um sich zu rechtfertigen. »Ich habe die drei Orangen mitgenommen. Sie lagen auch auf der Kommode. Als ich sie einsteckte, muß ich die Kassette vergessen haben.«

Die Frau warf ihm einen wütenden Blick zu, während er seinen Mantel auszog und seine Mütze ablegte, wobei silbergraue Schläfen zum Vorschein kamen. Mit energischem Schritt ging er zu einem der Rudergeräte.

»Eins, zwei ... Eins, zwei ...«, rief McCawley. »Nein, das ist nicht der richtige Rhythmus. Ihr Boot kommt gar nicht von der Stelle. Noch einmal. Und kräftiger. Eins, zwei ... Im Takt, bitte! Kräftiger! Eins, zwei ....«

»Er glaubt, er ist auf der Themse«, seufzte Mrs. Thompson.

Ein älteres Paar hatte sich in ihrer Nähe niedergelassen. Ida betrachtete die beiden. Die Frau, ein wenig korpulent, hatte ein eigenwilliges Gesicht. Ida erinnerte sich, sie bei der Einschiffung gesehen zu haben, als der Page ihr den riesigen Blumenstrauß überreicht hatte.

»Das ist Mrs. Isidor Straus«, flüsterte Mrs. Thompson Ida zu, die sich auf einem Holzwürfel mit einem riesigen A darauf niedergelassen hatte. »Ihr Gatte und sie sind die Eigentümer von Macy's, dem Kaufhaus in New York, wo man die ausgefallensten Dinge finden kann. Im letzten Jahr haben wir dort für Margaret eine Kodak-Kamera gekauft, eine Brownie. Ein großartiges Ding. Sobald man den Film abgeknipst hat, schickt man ihnen den Apparat zu. Sie entwickeln den Film und schicken einem den Apparat mitsamt einem neuen Film darin zurück.«

Sie hielt einen Augenblick inne, um ihrem Mann einen zweifelnden Blick zuzuwerfen.

»Worüber grübelst du nach, Charles? Du solltest lieber ausrechnen, mit wieviel Verspätung wir ankommen. Wenn ich an all die Verabredungen denke, die wir absagen müssen ... Ich wollte Plätze für die Metropolitan Opera bestellen, aber das kann ich mir wohl aus dem Kopf schlagen. Und die Jones! Ihr Wagen, der uns erwartet, um uns zum Waldorf Astoria zu fahren!«

»Das ist gar nicht so tragisch, meine Liebe«, unterbrach sie ihr Mann. »Der Besitzer des Hotels, der Colonel John Astor, befindet sich an Bord. Übrigens würde ich ihn gern kennenlernen. Er ist eine sehr interessante Persönlichkeit, denn er ist nicht nur Chef der Hotelkette, sondern auch ein außergewöhnlicher Erfinder. Vor unserer Abreise las ich in einer Londoner Zeitschrift, daß er Patente für Fahrradbremsen, Autoreifen und Schiffsturbinen angemeldet hat. Falls ich ihn sehe, will ich aber nicht vergessen, ihn auf die Reservierung deines Zimmers anzusprechen ...«

Mrs. Thompson überging die Bemerkung ihres Mannes und fuhr fort: »Nie wieder nehme ich an einer Jungfernfahrt teil. Man bekommt goldene Berge versprochen, und dann steht man mitten im Atlantik mit Schwimmwesten auf Deck. Und was mich betrifft, so verabscheue ich den Atlantik!«

»Du regst dich völlig grundlos auf«, entgegnete Mr. Thompson. »Man hat mir soeben versichert, daß Kapitän Smith nach unserem Zusammenstoß mit dem Eisberg das Schiff gestoppt hat, damit die Kratzer am Rumpf überstrichen werden können. Er will, daß sein Schiff bei der Ankunft in New York tadellos aussieht.«

»Das ist wirklich der richtige Augenblick für dumme Scherze! Ich jedenfalls werde dir keine Umschläge machen, wenn du dir eine Bronchitis einfängst.«

»Die Schwimmwesten haben den Vorteil, daß sie uns ein wenig wärmen«, sagte Ida, um sie zu trösten.

»Madame, soll ich Ihnen nicht irgendwas Wärmeres holen?« mischte sich Suzanne ein. »Bei der Gelegenheit könnte ich noch ein paar Sachen zusammensuchen ...«

»Aber nein, in der Kabine ist alles in Sicherheit. Allerdings hätte ich gern meinen Pelzumhang, den ich über meinen Mantel legen könnte. Nehmen Sie sich auch einen. Es ist so kalt auf dem Deck.«

Ida fragte sich, ob Suzanne nicht vor allem einen Vorwand suchte, um ihre Marienstatue zu holen.

»Was machen sie wohl?«

Ein schnauzbärtiger Mann, der neben Ida auf einem Fahrrad saß, richtete diese Frage an sie wie an jemanden, den er schon immer kannte.

»Wie bitte?«

»Was sie wohl machen?«

»Wer? Die Besatzung?« fragte Ida zurück.

»Nein, ich spreche von meiner Frau und den Kindern. Mir ist schleierhaft, warum sie noch nicht hier sind. Ich wollte sie vorhin nicht zu sehr drängen, damit sie nicht in Panik geraten. Aber jetzt fürchte ich, daß sie wieder eingeschlafen sind.«

Beunruhigt stieg der Familienvater von seinem Fahrrad und stolperte, als er den Fuß auf den Boden setzte.

»Sie haben aber nicht besonders kräftig in die Pedale getreten!« rief ihm McCawley lachend zu. »Dabei ist es das beste Mittel, um sich aufzuwärmen. Der nächste bitte!«

Trotz wiederholter Aufforderung des Sportlehrers wollte niemand den Platz des kraftlosen Radlers einnehmen. Inzwischen war auch Mrs. Astor von ihrem mechanischen Pferd gestiegen. Die Passagiere diskutierten jetzt lebhaft, befragten jeden, der hinzukam, in der Hoffnung, etwas Neues in Erfahrung zu bringen. Ida erkannte George Widener, den Mann, den Harold den ›König der Straßenbahnen‹ nannte. Neben ihm unterhielten sich zwei weitere ›Könige‹ über Philadelphia. Ida konnte sich plötzlich an ihre Namen erinnern: Charles H. Hays, Präsident der kanadischen Eisenbahngesellschaft Grand Trunk Railroad, und John Thayer, einer der Leiter der Pennsylvania Railroad.

George Widener wandte sich an einen jungen Mann neben sich, der sich nicht an ihrem Gespräch beteiligte, sondern ein Buch betrachtete, das er andächtig in der Hand hielt.

»Du hast es also mitgenommen?«

»Ich kann mich einfach nicht davon trennen«, sagte der junge Mann.

Sein Vater lachte und klopfte ihm liebevoll auf die Schulter. »Mein Sohn Harry ist ein passionierter Bücherliebhaber«, erklärte er seinen Freunden. »Bei einem Londoner Antiquar haben wir eine Erstausgabe von John Gowners *Confessio Amantis* aufgetrieben.«

»Hat er denn keine Angst, daß es beschädigt wird? Das ist schließlich ein sehr kostbares Werk.«

»Völlig richtig, Mr. Thayer. Wir hatten es übrigens im Safe

des Schiffes deponiert. Mein Sohn hat es sich heute nachmittag aushändigen lassen, und als er es heute abend beim Zahlmeister wieder abgeben wollte, waren die Schalter geschlossen.«

Idas Aufmerksamkeit wurde durch Suzannes Erscheinen abgelenkt, die völlig verstört wirkte.

»Madame, Madame, auf dem Rückweg bin ich im großen Salon auf eine Gruppe von Dritte-Klasse-Passagieren gestoßen. Sie waren ganz verängstigt. Sie erzählten mir, sie wären auf ihr Deck gestiegen, und dort hätte man ihnen gesagt, sie sollten in ihre Kabinen zurückgehen und ihre Schwimmwesten holen. Sie könnten aber gar nicht mehr die Treppe hinabsteigen, weil sie schon unter Wasser steht.«

»Suzanne, glauben Sie doch nicht alles, was man Ihnen erzählt. Die Leute sind ganz durcheinander und reden alles mögliche. Außerdem sprechen die meisten Leute aus der dritten Klasse nur sehr schlecht Englisch und verstehen wahrscheinlich nicht richtig, was man ihnen erklärt.«

»Aber, Madame, ich habe doch selbst gesehen ....«

»Was? Das Wasser?«

»Nein, aber alles scheint verändert. Als würde sich die *Titanic* neigen. In der Kabine ist Ihr Morgenrock vom Bügel gerutscht und auf den Boden gefallen.«

Ida zuckte die Schultern.

»Vielleicht haben Sie ihn schief aufgehängt. Oder ich habe ihn beim Hinausgehen gestreift.«

Aber während sie das noch sagte, mußte sie wieder an das sonderbare Gefühl denken, das sie beim Treppensteigen gehabt hatte. Als hätte das Schiff bereits das Gleichgewicht verloren.

Suzanne war nicht die einzige, die völlig außer sich war. Eine korpulente Frau, die soeben schnaufend die Treppe heraufgestiegen war, fummelte immerzu an ihrem schwarzen Samttäschchen herum.

»Trag sie lieber am Körper«, meinte ihr Ehemann.

Sie öffnete ihr Täschchen und holte so viele Ringe zum Vorschein, daß sie an jeden Finger mehrere stecken mußte. Dann folgten verschiedene Kolliers, die sie sich alle um den Hals legte. Sie suchte weiter in ihrer Tasche, stülpte sie um – vergebens.

»Meine Ohrringe, meine Broschen!« rief sie. Sie zögerte einen Augenblick, dann fügte sie kleinlaut hinzu: »Ich weiß, wo sie sind ... In der zweiten Schublade ...«

Sie warf ihrem Mann einen flehenden Blick zu, doch der bemerkte nur trocken: »Meine Liebe, laß diese Lappalien. Jetzt geht es um ernstere Dinge.«

Quasi als Bestätigung öffnete sich plötzlich die Tür, und ein Offizier rief im Befehlston: »Sie werden gebeten, sich auf dem Deck einzufinden, vor den Rettungsbooten. Zuerst werden Frauen und Kinder evakuiert.«

Ida war eine der ersten an Deck. Sie suchte nach Stephen. Warum war er nicht zurückgekommen? Beim Herausgehen hatte sie beobachtet, mit welcher Vorsicht Harry Widener sein Buch in der Jackentasche verstaute. Mrs. Thompson hatte Margarets Hand ergriffen. Ein Unbekannter protestierte lauthals: »Uns von der *Titanic* zu schicken! Und dazu mitten in der Nacht! Die haben den Verstand verloren! Ich gehe erst in New York von Bord ...«

Doch niemand schenkte ihm Beachtung.

6. Kapitel

»Sie scheinen Funkkontakt mit der *Olympic* aufgenommen zu haben. Schau mal nach.«

Fergus zerrte Fagin wie ein Kind am Ärmel. Hatte er auch eine Familie, die in Southampton auf seine Rückkehr wartete? Was hatte diese plötzliche Vertraulichkeit zu bedeuten? Hatte er eine Vorahnung? Dabei konnte er, wie die meisten Offiziere, den Ernst der Lage nicht ermessen. Hatte einer von ihnen nicht erklärt: »Wenn sich das Boot nach Steuerbord neigt, brauchen sich alle Passagiere nur nach Backbord zu begeben, damit das Schiff wieder ins Gleichgewicht kommt«? Die Beschickung der Rettungsboote verlief ohne Lärm und ohne Gedränge. Die Luft war noch eisiger geworden und die Nacht noch dunkler, obwohl der Himmel sternenklar war.

Das Erscheinen der Kapelle sorgte für Ablenkung. Die Musiker ließen sich in einer Ecke unweit des Gymnastikraums nieder. In Matrosenjacken gekleidet, stellten sie ihre Notenständer auf. Nach jedem Stück nannte der Dirigent eine Zahl, und sie legten die entsprechende Partitur bereit. Keiner von ihnen trug eine Schwimmweste. Unerschütterlich spielten sie auf ihren Geigen und Celli Ragtime und andere rhythmische Melodien. Um sie herum – freilich in gebührendem Abstand – hatte sich ein Kreis von Passagieren gebildet.

»Los, geh schon!«

Während Fergus ihn so beharrlich drängte, warf Fagin einen flüchtigen Blick zu Lightoller hinüber. Der Offizier redete auf eine Gruppe von Frauen ein. Mit ausgestrecktem Arm deutete er zum Horizont. Wollte er ihnen zu verstehen geben, daß Hilfe unterwegs war? Fagin fröstelte beim Anblick des schwarzen Ozeans. Ein Bild von der Themse tauchte in seiner Erinnerung auf und von den Nächten, da er auf den Londoner Kais von prunkvollen Festen träumte. Und für einen kurzen Moment hatte er dasselbe Gefühl wie damals, als wären seine Knochen zu Eis erstarrt.

Eine Frau starrte ihn an. Sie schien eine Person zu suchen, an die sie sich wenden konnte. Nervös spielte sie mit ihrem Taschentuch. »Ich wünsche den Kapitän zu sprechen«, sagte sie mit tonloser Stimme.

»Ich denke, daß er im Augenblick Wichtigeres zu tun hat«, antwortete ihr ein Matrose.

Fagin aber erkannte die Gelegenheit, sich noch einmal auf die Kommandobrücke zu begeben. Vor allem, als die Frau hinzufügte: »Ich bin die Privatsekretärin von Major Butt, dem Adjutanten von William Howard Taft, Präsident der Vereinigten Staaten von Amerika.«

Die Aufzählung all dieser Titel schien ihr selbst Mut zu machen, und ihr schmales Gesicht leuchtete auf, als sie von ihrem jungen Gesprächspartner aufgefordert wurde, ihm zu folgen. Da er wußte, daß er Smith kaum am Ruderhaus finden würde, beschloß Fagin, die Dame direkt zur Funkzentrale zu führen. Als er in den Gang zum Funkraum einbiegen wollte, explodierte erneut eine Notrakete am Himmel. Auf die Detonation folgte ein nahes Zischen, welches anzeigte, daß sich der Quartiermeister, der mit dem Abschuß beauftragt war, in der Nähe der Brücke aufhalten mußte.

»Wo glauben Sie, sie gesehen zu haben?«

Es war die Stimme des Kapitäns. Begleitet von Offizier Boxhall, kam er soeben aus dem Funkraum und wäre fast mit Fagin zusammengestoßen. Der heftete sich nun an ihre Fersen, um die Anliegen der Sekretärin von Major Butt vorbringen zu können. Auf der Steuerbordseite der Brücke angelangt, blieb Boxhall stehen.

»Ich habe ganz deutlich das grüne Backbordlicht und das rote Steuerbordlicht gesehen. Man hätte meinen können, das Schiff steuere direkt auf uns zu.«

»Hatten Sie Ihr Fernglas dabei?«

»Nein.«

»Vielleicht war es nur der Widerschein eines Sterns ...«

»Grün und rot? Außerdem ist das noch nicht alles. Vor zwei Minuten hatte ich den Eindruck, daß es nach Backbord steuert.«

»Und dann?«

»Dann habe ich seine Topplichter gesehen. Nach dem Abstand zwischen ihnen zu urteilen, muß es ein Dampfer mit vier Masten sein. Da! Schauen Sie!«

Fagin sah, wie sich der Kapitän leicht vorneigte. Dann kratzte er sich am Ohr.

»Sonderbar, Lowe sagte mir ...«

»Lowe? Der Fünfte Offizier oder der Erste Zahlmeister?«

»Er ist noch keine dreißig.«

»Dann ist es unser Offizier.«

»Er erzählte mir, daß sie eines Tages auf einem Schoner vor der mauretanischen Küste Lichter sahen und daß die Männer glaubten, es seien die Lichter eines Hafens.«

»Oder die von Piraten?«

»Nein, es waren Fischer, die aufs Meer hinausfuhren, um ihre Toten zu ehren. Am Bug jedes ihrer Boote war eine Laterne befestigt.«

»Auch ich kenne die Küsten Afrikas, aber ich habe noch nie von diesem Brauch gehört.«

»Ich auch nicht.«

Die Sekretärin von Major Butt beugte sich zu Fagin, als wollte sie ihm etwas Vertrauliches ins Ohr flüstern. Die Stimme des Kapitäns aber hinderte sie daran.

»Deshalb sind solche Lichter in der Nacht stets mit Vorsicht zu genießen. Ich nehme an, Sie können morsen?«

»Ja, Sir.«

»Dann betätigen Sie diese Lampe. Wissen Sie, wie man damit umgeht?«

»Ja, Sir. Aber ...«

Boxhall zögerte.

»Welches Signal soll ich geben?«

Mit nüchterner Stimme gab Smith zur Antwort: »Wir sinken.« Gedankenverloren wiederholte er: »Wir sinken. Sofort kommen.«

Fagin warf der amerikanischen Sekretärin einen raschen Blick zu. Das Leuchten war aus ihren Augen verschwunden.

»Kapitän, Major Butt wünscht über die Situation informiert zu werden.«

Ohne sich auch nur umzudrehen, entgegnete Smith: »Sie

können wortwörtlich wiederholen, was Sie soeben gehört haben. Fügen Sie hinzu, daß wir auf die Hilfe anderer Schiffe hoffen.« Dann wandte er sich an Fagin: »Sag Phillips, er solle versuchen, Funkkontakt zu dem Dampfer aufzunehmen, den Boxhall gesichtet hat. Wenn er recht hat, dürfte das Schiff nicht weiter als zehn Meilen entfernt sein. Was mich betrifft, so sehe ich nur einen vagen Schimmer.«

Fagin riß die Augen auf. Auch er glaubte plötzlich in der Ferne einen Lichtschein zu erkennen, und er stellte sich einen Augenblick ein gewaltiges Schiff vor, das sich der *Titanic* näherte. Wie im Traum sah er Matrosen Seile auswerfen, und er hörte Freudenschreie. Zum ersten Mal in dieser Nacht fühlte er, wie der Schraubstock um seinen Brustkorb sich lockerte. Waren nicht schon andere Schiffe, die zu sinken drohten, gerettet worden? Die Geschichte von Jack dem Steward an Bord der *Republic* war ein Beweis dafür.

Seine Hoffnung schien sich zu bestätigen, als er in den Funkraum trat. Phillips war über sein Gerät gebeugt. Neben ihm kritzelte Bride die empfangenen Funksprüche auf ein Blatt Papier. Und an ihn wandte sich Fagin.

»Order von Kapitän Smith: Nehmen Sie Funkkontakt mit dem Schiff auf, dessen Lichter in der Ferne zu erkennen sind.«

»Wenn die ein Funkgerät haben und es einschalten würden, wäre das kein Problem!« rief Bride lachend.

»Sie haben die *Olympic* erreicht?«

»Ja, und weißt du, was sie uns gefragt haben?«

»Unsere Position?«

»Nein, welches Wetter wir hier haben!«

»Aber Sie haben ihnen doch trotzdem unsere Position durchgegeben?«

»Was denkst du? Ist doch klar!«

»Haben Sie mit anderen Schiffen Verbindung?«

»Ja, mit der *Frankfurt*, der *Mount Temple*, der *Prinz Friedrich Wilhelm*, der *Cincinnati* und der *Carpathia*. Und Phillips glaubt, bald Kontakt zu weiteren Schiffen zu bekommen. Aber jetzt geh. Wir haben zu tun ...«

Fagin war schon an der Tür, als Bride ihn zurückrief.

»Übrigens, wie ist die Lage auf dem Deck?«

»Die Passagiere werden auf die Rettungsboote verteilt.«
»Alles ruhig?«
»Ja. Manche Frauen weigern sich nur, in die Boote zu steigen, weil sie sich vor dem Abstieg fürchten.«
»Nun, schließlich liegen auch zwanzig Meter zwischen dem Deck und der Wasseroberfläche ...«

Phillips drehte sich um, wies sie mit einer Handbewegung an, still zu sein, und machte sich Notizen. Bride zwinkerte Fagin zu: Es ist wieder die *Olympic,* sie versprechen, uns zu Hilfe zu kommen.«

Fergus würde erleichtert sein! Man mußte ihm die gute Nachricht sofort weitergeben. Ohne sich von den beiden Funkern zu verabschieden, machte sich Fagin auf zum Bootsdeck. Er bemerkte, daß die Zahl der Heizer angestiegen war und daß sie sich jetzt nicht mehr abseits hielten, sondern unter die Passagiere mischten, als wollten auch sie versuchen, einen Platz auf einem der Rettungsboote zu ergattern. Bedeutete das, daß die Maschinenräume unter Wasser standen? Andererseits stießen die Schornsteine noch immer Rauchwolken aus. Vor dem Gymnastikraum spielte die Kapelle weiter. Aber niemand achtete auf diese Musiker, die nicht einmal ihre Schwimmwesten angelegt hatten.

Am Rettungsboot Nummer acht war Lightoller einer betagten Dame behilflich. Sie bewegte sich extrem langsam und stützte sich schwer auf den Arm des Offiziers. Vor dem Boot zögerte sie.

»Ich habe nicht die Kraft«, hauchte sie. »Ich bleibe lieber hier an Bord bei meinem Enkelsohn. Da er nicht mitkommen darf ...«

Und sie drehte sich zu einem jungen Mann um, der sich etwas abseits hielt. In einen langen Mantel gekleidet, stand er regungslos da. Sein Gesicht war von außergewöhnlicher Blässe. Lightoller winkte Fagin herbei.

»Hilf mir! Hak sie auf der anderen Seite unter.«
Die alte Dame weigerte sich und machte sich ganz steif.
»Keine Angst. Ihr Enkel kommt später nach.«
»Warum nicht gleich?«
Mit einer ungeduldigen Handbewegung schob Lightoller

die Widerspenstige in das Boot. Es war schon mit vierzig Personen besetzt – nur Frauen und Kinder außer den vier Besatzungsmitgliedern. Als das Rettungsboot langsam weggefiert wurde, trat der junge Mann plötzlich vor. Wollte er noch hineinspringen? Lightoller, der ihn argwöhnisch beobachtet hatte, packte ihn an der Schulter und herrschte ihn an: »Sie bleiben hübsch hier!«

Wie hypnotisiert von dem hinabschwebenden Boot, ging der andere noch einen Schritt vor.

»Zwingen Sie mich nicht, Gewalt anzuwenden!«

Lightoller baute sich vor ihm auf, sogleich unterstützt von zwei Matrosen. Als der junge Mann begriff, daß er gegen drei keine Chancen hatte, stellte er sich auf die Zehenspitzen, um dem Boot nachzuschauen, und murmelte: »Schon sonderbar, es so im Dunkel verschwinden zu sehen.«

Dann senkte er den Kopf wie ein bockiges Kind und blieb neben dem leeren Kran stehen. Fagin sah, wie Lightoller eilig in Richtung Kommandobrücke verschwand. Hatte er weitere Informationen? Oder wollte er von Kapitän Smith neue Befehle einholen?

Die Evakuierung des Schiffs ging nur äußerst langsam voran. Anderthalb Stunden nach der Kollision waren auf der Backbordseite erst zwei Rettungsboote mit insgesamt etwa sechzig Insassen zu Wasser gelassen worden. Fagin konnte zudem nicht verstehen, warum nur so wenig Matrosen an dem Rettungsmanöver beteiligt waren. Am Boot Nummer acht zum Beispiel waren es nur zwei. Was machten all die anderen? Hatten sie den Befehl erhalten, beim Auspumpen der Kammern zu helfen?

In diesem Augenblick erschien Andrews auf dem Deck. Er deutete mit dem Kinn auf den jungen Mann, der immer noch neben dem Kran stand, und fragte: »Was macht er dort?«

»Offizier Lightoller hat ihm verboten, in das Boot einzusteigen, in dem seine Großmutter sitzt.«

»Die Passagiere dürfen nicht allein gelassen werden. Wir müssen sie in Gruppen zusammenfassen.«

Damit ging Andrews auf den jungen Mann zu und redete auf ihn ein. Vergebens. Er starrte unverwandt aufs Meer hinaus, wohl in der Hoffnung, das Boot mit seiner Großmutter zu erblicken, und hörte Andrews gar nicht zu. Schließlich gab Andrews auf und kam zu Fagin zurück.

»Sind denn hier keine weiteren Offiziere?« fragte er.

»Ich glaube nicht.«

»Das ist der reine Wahnsinn. Wir dürfen keine Sekunde verlieren. Ich ...«

Der Rest des Satzes wurde von der Detonation einer weiteren Notrakete übertönt. Mehrere Sekunden später erleuchtete eine weiße Lichtergarbe den Himmel.

»... Trennwand zwischen Kammer fünf und sechs hat nachgegeben. Mehrere Maschinisten sitzen im Innern fest. Das Wasser steigt weiter an. Ist der Kapitän auf der Brücke?«

»Ja. Das heißt, wenn er nicht gerade in der Funkzentrale ist. Ich war vorhin dort, als sie gerade mit der *Olympic* Verbindung aufgenommen haben.«

»Ich weiß, ich weiß«, sagte Andrews mit matter Stimme. »Kümmere dich lieber um die Passagiere. Da sind ja Lightoller und Murdoch. Geh und hilf ihnen.«

»Gerne, Mr. Andrews. Aber bestimmt kommen uns andere Schiffe zu Hilfe. Bride hat es mir versichert.«

»Das glaube ich gern. Nur ist es leider so, daß uns nicht mehr als eine Stunde bleibt.«

»Soll das heißen ....«

»Das soll heißen, was man dir nicht gesagt hat: Das nächste Schiff ist mindestens vier Fahrstunden von uns entfernt.«

7. Kapitel

In eine Decke eingehüllt, war ein kleiner Junge in den Armen seines Vaters eingeschlafen. Die junge Mutter zerrte ein kleines weinendes Mädchen hinter sich her. Ida sah sie auf einen Offizier zugehen. Im Laufe ihres lebhaften Wortwechsels begann die Frau heftig zu gestikulieren, wohl als Ausdruck übergroßer Erregung, vielleicht sogar des Zorns. Dann schien sie sich zu beruhigen. Ihr Mann gab ihr behutsam den schlafenden Jungen, und sie gingen zu einem der Rettungsboote. Wie es so im Leeren hing, wirkte das kleine Boot zerbrechlich und instabil. Sein gewölbter Rumpf wurde nur zum Teil von den Lichtern der *Titanic* beleuchtet, der Rest gehörte schon dem Dunkel der Nacht.

»Ich habe Sie gesucht ...«

Ida zuckte zusammen. Es war Stephens Stimme. Er war hinter sie geschlüpft, als wollte er sie überraschen. Flüchtig strich er ihr über die Wange.

»Sie können hier nicht bleiben! Sie müssen das Schiff verlassen.«

Sie schüttelte den Kopf.

»Haben Sie Angst?«

»Darum geht es nicht.«

»Sagen Sie mir nicht, Sie seien wie gewisse Damen der ersten Klasse, die nicht einsteigen wollen, weil die Sitzbänke aus Holz sind. ›Wir sind doch keine Bauernmägde‹, soll sich eine beschwert haben.«

Ida deutete ein Lächeln an. Dann wurde sie wieder ernst. Der Gedanke, Stephen zu verlassen, war ihr unerträglich. Doch sie wagte nicht, es ihm zu gestehen, ob aus Schüchternheit oder aus Scham.

»Ihre Freundinnen sind vernünftiger. Ich habe Mrs. Thompson in einem Boot gesehen. Ich glaube, sie war allein. Schauen Sie, da ist ihr Gatte. Man könnte meinen, er sucht etwas oder jemanden ...«

»Mr. Thompson, Mr. Thompson!« rief Ida.

Erstaunt drehte sich der Gerufene um.

»Sie sind noch hier? Sie müssen sich beeilen. Was für ein Chaos! Emma saß bereits in einem Boot und bat den Offizier, auf Margaret zu warten, die sich natürlich wie immer verspätet hatte. Dieser Idiot aber wollte nichts davon wissen! Und so mußte meine Tochter ein anderes Boot nehmen. Ihre Mutter wird sich furchtbare Sorgen machen.«

»Und Sie sind nicht bei Ihrer Gattin im Boot?«

Mr. Thompsons Gesicht verfinsterte sich. Noch nie hatte er so einsam gewirkt.

»Man hat es mir nicht gestattet ... Dies ist das erste Mal, daß wir getrennt reisen.«

»Sie werden schon bald wieder bei Ihrer Frau und Ihrer Tochter sein«, versicherte ihm Stephen.

»Ich hoffe ...«, erwiderte Mr. Thompson, wobei er in seiner Manteltasche wühlte. Schließlich zog er ein rundes Döschen hervor. »Eine kleine Pille. Diese hier sind gut für die Bronchien. Nehmen Sie sich gleich mehrere, Ida. Ich gehe jetzt wieder in den Rauchsalon. Dort soll immer noch Karten gespielt werden.«

Während sie ihm nachblickten, meinte Stephen: »Er sieht aus wie eine Schildkröte.«

»Wir sehen alle wie Schildkröten aus mit unseren Schwimmwesten.«

Eine Frau begann zu schreien. Mehrere Passagiere eilten herbei.

»Ich will nicht einsteigen. Lassen Sie mich!«

Zwei Matrosen versuchten sie gewaltsam in ein Boot zu schieben.

»Ich habe gesagt, Sie sollen mich lassen!«

Ein Herr mit karierter Schirmmütze mischte sich ein.

»Lassen Sie sie los!«

Doch die Matrosen ließen sich nicht beirren.

»Wir haben unsere Befehle!« sagte der größere von beiden, ein Rotschopf mit vorstehenden Wangenknochen.

»Befehle von wem?« fiel ihm der mit der Schirmmütze ins Wort. »Ich habe seit einer halben Stunde keinen einzigen Offizier hier gesehen.«

»So ist es«, fügte ein anderer hinzu. »Man will uns weismachen, daß es sich nur um eine kleine Bootspartie handelt, und dann dürfen wir uns nicht mal zu unseren Frauen setzen.«

»Und warum zwingen Sie diese Frau, das Schiff zu verlassen? Dazu haben Sie überhaupt kein Recht.«

Erleichtert, daß man ihr helfen wollte, erklärte die Frau: »Ich kann nicht fort, ohne meine Dienstherren zu benachrichtigen. Als ich an Deck kam, schliefen sie noch. Man muß sie wecken – Mr. und Mrs. Allison. Zumal sie eine kleine Tochter, Lorraine, und ein Baby dabei haben.«

»Die Stewards sind in alle Kabinen gegangen.«

»Das weiß ich. Aber Mr. Allison war so wütend, gestört zu werden, daß er dem Steward die Tür vor der Nase zugeschlagen hat. Da bin ich hergekommen, um in Erfahrung zu bringen, was passiert ist.«

»Seien Sie unbesorgt und steigen Sie ein. Wir schicken jemanden, der die Herrschaften benachrichtigt.«

»Wen wollen Sie denn schicken? Außer Ihnen sehe ich niemanden von der Besatzung hier. Nicht einmal einen Offizier, wie dieser Herr hier ganz richtig bemerkt hat.«

»Sie täuschen sich, meine Dame«, sagte einer der Matrosen. »Dort drüben bei der Kapelle steht ein Offizier.«

»Ja, er unterhält sich …«

»Welches ist die Kabinennummer der Allisons?«

»C 30. Aber wer …«

»Ich!«

Ida war vorgetreten.

»Ich kann die Allisons benachrichtigen. Wie heißen Sie?«

»Sarah.«

Und um jedem möglichen Protest von Stephen zuvorzukommen, flüsterte sie ihm ins Ohr: »Ich komme sofort zurück. Warten Sie auf mich?«

Problemlos fand sie den Weg. Als sie an der Kabinentür klopfte, öffnete ein offensichtlich übel gelaunter Mann. Überrascht, einer Unbekannten gegenüberzustehen, wetterte er: »Nein! Sie haben sich in der Tür geirrt.«

Ohne zu fragen, trat Ida ein. »Ich komme im Auftrag Ihres Hausmädchens Sarah«, stellte sie sich vor.

»Was hat sie jetzt schon wieder angestellt? Seitdem uns dieser unverschämte Steward geweckt hat, ist sie verschwunden. Was gibt es?«

»Die *Titanic* hat einen Eisberg gerammt. Wir warten auf Hilfe. Frauen und Kinder müssen so schnell wie möglich in die Rettungsboote.«

Ungläubig starrte er diese Unbekannte an. Was sie da erzählte, war völlig undenkbar. Ganz offensichtlich hielt er sie für eine Verrückte. Um sie nicht zu brüskieren, versicherte er ihr, daß er sich selber gleich erkundigen wolle.

»Sie müssen sich anziehen«, drängte Ida, an Mrs. Allison gewandt, die hinzugetreten war.

»Aber ich warte auf Sarah«, stammelte die, verdutzt über das nächtliche Eindringen dieser wildfremden Person.

»Die Matrosen haben sie gewaltsam in ein Rettungsboot gesteckt«, entgegnete Ida ohne Umschweife. Die Umständlichkeit dieser Leute machte sie ganz nervös. »Sie müssen augenblicklich mit den Kindern auf Deck gehen.«

Mr. Allison warf seiner Frau einen verstörten Blick zu und stürzte auf den Gang.

»Das ist wirklich der rechte Augenblick, um zu verschwinden«, stöhnte seine Frau. Sie öffnete einen Schrank, nahm einen Morgenrock heraus, legte ihn wieder beiseite, griff nach einem Mantel, streifte ihn halb über, bevor sie ihn wieder auszog. Wie ein aufgescheuchtes Insekt lief sie hin und her, außerstande, sich anzukleiden. Immerzu rief sie nach Sarah. Ihre kleine Tochter wurde wach. In ihrem Bettchen sitzend, einen Hampelmann an sich gepreßt, begann sie zu wimmern.

»Nehmen Sie schnell einen warmen Mantel und kommen Sie«, wiederholte Ida, verzweifelt beim Anblick der Passivität dieser Frau.

Es klopfte.

»Sarah!« schrie Lorraine.

Sie sprang aus ihrem Bettchen, um die Tür zu öffnen. Aber da stand nur ein Steward: »Haben Sie Ihre Schwimmwesten gefunden? Nein? Sie sind oben auf dem Kleiderschrank. Jetzt beeilen Sie sich, und gehen Sie unverzüglich auf das Bootsdeck.«

Mrs. Allison, die mal nach Sarah, mal nach ihrem Mann rief, schien einem Nervenzusammenbruch nahe. Entschlossen, die Dinge selbst in die Hand zu nehmen, trat Ida zum Kleiderschrank, als sie im Nachbarzimmer das Kindermädchen erblickte, auf das Stephen sie aufmerksam gemacht hatte. Sie trug bereits ihre Schwimmweste, hielt den Säugling im Arm und wickelte ihn in eine Lammfelldecke.

»Alice!« schrie Mrs. Allison.

Das Kindermädchen legte den Säugling behutsam in seine Wiege und half ihrer Herrin, ihre Stiefeletten anzuziehen. Ida, die sie beobachtete, dachte bei sich, daß diese junge Frau wirklich nicht den Eindruck einer Kindesmörderin erweckte. Sie zögerte noch einen Augenblick, doch als sie sah, wie sie Mrs. Allison sorgsam die Schwimmweste anlegte, verließ sie beruhigt die Kabine.

Stephen! Stephen! murmelte sie vor sich hin, als sie das Treppenhaus der ersten Klasse hinaufeilte. Mit etwas Glück würden sie vielleicht im selben Boot Platz finden. Das wäre das Ende des Alptraums, vor dem sie sich so fürchtete. Stephen! Eine eiskalte Brise fegte über das Deck. Wo war er? Das Boot, in das Sarah widerwillig gestiegen war, war bereits zu Wasser gelassen worden. Die Fallen, an denen es gehangen hatte, wiegten sich jetzt schlaff im Wind.

Eine Ansammlung um einen anderen Kran erregte nun Idas Aufmerksamkeit. Aber Stephen befand sich nicht in dieser Gruppe, in der sich Passagiere und Mannschaftsmitglieder vermischten. Ida erkannte den Geschäftsführer des À-la-carte-Restaurants, einen Italiener namens Gatti. Er war auffällig elegant gekleidet, trug auf dem Kopf eine Art Zylinder und über dem Arm eine weiße Wollstola.

»Sie wollen doch wohl nicht, daß ich dort einsteige?« empörte sich eine Frau, deren Gesicht unter den verschiedenen Pelzschichten kaum sichtbar war.

Ihrem Tonfall war zu entnehmen, daß sie es kaum gewohnt war, Anweisungen oder Ratschlägen zu folgen. Sie wies darauf hin, daß sie ohne zu murren ihre warme Kabine verlassen habe – aber das da, dieses schreckliche Boot, nein, das sei denn doch zuviel.

»Ich habe für die erste Klasse bezahlt und nicht für die Fahrt in einer Nußschale. Was sage ich Nuß, eigentlich müßte ich Nüßchen sagen! Auf jeden Fall gehe ich jetzt wieder in den Gymnastikraum. Hier ist es mir zu kalt.«

Damit wandte sie sich brüsk um und rempelte eine junge Frau um, die sich an ihren Mann schmiegte.

»Wir verlieren kostbare Zeit!« rief ein Offizier gereizt. »Steigen Sie ein, meine Damen. Sie kommen wieder, sobald die Gefahr überstanden ist.«

»Da es sich nur um eine Bootspartie handelt, warte ich lieber auf die ersten Sonnenstrahlen; die wärmen uns wenigstens auf«, erklärte eine Dame mit hochmütiger Stimme, die sich ihrer Nachbarin als Lady Tartly vorgestellt hatte.

Ida drehte sich um und sah Stephen die Treppe der ersten Klasse hochkommen. Mit einer verstohlenen Handbewegung winkte sie ihn zu sich.

»Haben Sie die Allisons wecken können? Sehr gut. Ihr Hausmädchen hat sich schließlich den Anweisungen der Matrosen gebeugt. Ich hoffe, Sie haben sich keine Sorgen gemacht, nachdem ich Sie so lange hab' warten lassen. Ich bin noch einmal in meine Kabine gegangen, weil ich Ihnen das hier geben wollte.«

Er zog ein kleines Holzdöschen in der Form eines Würfels aus seiner Manteltasche.

»Öffnen Sie es«, sagte er und hielt es ihr hin.

Im Innern entdeckte sie eine farbige Glaskugel.

»Ich bin eigentlich nicht abergläubisch, aber ich habe sie immer in meinem Gepäck dabei. Sie ist eine Erinnerung an meine Kindheit, an meine Eltern und an meinen Bruder. Ich schäme mich fast, es einzugestehen, aber wir sind immer sehr glücklich zusammen gewesen.«

»Wir beide könnten es auch sein«, antwortete Ida, erstaunt über ihre eigene Kühnheit.

»Das glaube ich auch«, sagte Stephen. »Halten Sie Ihre Hand auf.« Er legte die Kugel auf ihre Handfläche und schloß zärtlich ihre Finger darüber.

»Und jetzt hindert Sie nichts mehr daran, dem Beispiel der anderen Damen zu folgen.«

Sie wollte schon protestieren, als Suzanne ihr Gespräch unterbrach. Ohne ein Wort der Entschuldigung reichte sie Ida einen Pelzmantel – schwarz mit weißem Kragen –, der von anderen Damen neidisch begutachtet wurde.

»Und für sich haben Sie nichts genommen?«

»Doch, Madame. Die Handschuhe hier und den Wollschal. Meine Statue habe ich dort gelassen. Vielleicht bringt sie denen Glück, die zurückbleiben.«

»Aber Suzanne! Wenn man Sie so hört, könnte man glauben, dies sei der Weltuntergang. Schauen Sie sich die Leute ringsum an. Sie scheinen nicht besonders beunruhigt zu sein.«

»Was würde es ihnen denn nützen zu schreien? Es hört uns doch sowieso niemand.«

Ida wollte eben protestieren, als sie Mr. und Mrs. Straus, die Besitzer des New Yorker Kaufhauses Macy's, erblickte. Ein Offizier forderte Mrs. Straus auf, in das Boot zu steigen.

»Kann mein Mann mich begleiten?«

»Das ist leider unmöglich, Ma'am.«

Die alte Dame warf ihrem Gatten einen Blick zu und antwortete: »Dann bleibe ich auch an Bord.«

»Aber, Ma'am ...«

»Ich habe immer an der Seite von Mr. Straus gelebt. Wir haben alles im Leben geteilt. Welchen Grund sollte ich haben, mich heute von ihm zu trennen?«

Zärtlich hakte sie ihren Gatten unter. Einer der umstehenden Passagiere glaubte, sich bei dem Offizier für ihn einsetzen zu müssen, und sagte: »Sie könnten vielleicht bei Mr. Straus eine Ausnahme machen. Ich bin überzeugt, daß längst jüngere Männer als er ...«

Mr. Straus richtete sich zu seiner vollen Größe auf und bedachte den übereifrigen Mann mit einem herablassenden Lächeln. »Kommt überhaupt nicht in Frage«, erwiderte er. »Ich will keine Sonderbehandlung.«

Seine Frau warf ihm einen stolzen, komplizenhaften Blick zu, und die beiden schlenderten davon, als gingen sie die Ereignisse nichts mehr an.

Ida wandte sich an Suzanne: »Hüllen Sie sich warm ein und steigen Sie schnell ins Boot.«

»Ohne Sie, Madame! Was würde Monsieur sagen, wenn ich Sie einfach so im Stich ließe?«

Bei Suzannes Worten stellte Ida fest, wie sehr ihr Mann schon aus ihrer Gedankenwelt verschwunden war. Und mit einer Bestimmtheit, die ihr bisher selbst fremd war, entgegnete sie: »Das ist ein Befehl, Suzanne. Schließlich bin ich für Sie verantwortlich. Wären Sie etwa auf diesem Schiff, wenn ich nicht beschlossen hätte, nach New York zu reisen?«

Erstaunt über diesen ungewohnten, fast herrischen Ton, gehorchte Suzanne. Als Ida sich von ihr verabschiedete, sah sie, daß auch das Ehepaar Straus ihr Hausmädchen aufforderte einzusteigen. Mrs. Straus veranlaßte sie sogar, einen Pelzmantel anzuziehen. Dann entfernte sie sich mit ihrem Mann in Richtung Treppenhaus. Jetzt entdeckte Ida auch das Kindermädchen der Allisons: Sie hielt ihren Säugling auf dem Arm. Aber warum waren weder Lorraine noch ihre Mutter dabei? Ida fragte sich, ob das Kindermädchen den Säugling nicht als Vorwand benutzte, um selbst in das Boot steigen zu können.

»Jetzt sind Sie an der Reihe«, flüsterte Stephen.

»Ich will nicht«, rief Ida.

»Seien Sie doch nicht töricht. Schauen Sie, das Boot ist schon fast voll. Noch vor einer Viertelstunde wollte niemand die *Titanic* verlassen.«

»Ich muß Ihnen etwas sagen.«

»Niemand hindert Sie daran.«

»Nicht hier. Auch nicht im Gymnastikraum oder im Rauchsalon. Da sind zu viele Menschen.«

Stephen lächelte schüchtern.

»Dann lade ich Sie also zum Essen ein.«

»Zum Essen?«

»War nur ein Scherz ... Aber als ich vorhin durch den Speisesaal kam, war er völlig leer. Ich führe Sie gern hin, allerdings nur unter einer Bedingung: Sie müssen mir versprechen, dann sofort ins nächste Boot zu steigen.«

»Gut, ich verspreche es Ihnen.«

Ida fühlte sich plötzlich erschöpft. Wie gerne hätte sie sich niedergelegt, um in Stephens Armen einzuschlafen.

Am Eingang zum Speisesaal wartete eine unangenehme

Überraschung auf sie. Eine lärmende Menschenmenge kam durch die hintere Tür hereingestürmt, angeführt von einem struppigen Rotschopf, der eine Axt schwang. Stephen las Ida die Angst vom Gesicht ab und erklärte: »Um hier hereinzukommen, müssen sie die Türen zertrümmert haben.«

Ohne sie auch nur eines Blickes zu würdigen, ließ der Anführer sein Werkzeug, das er jetzt nicht mehr brauchte, zu Boden fallen und befahl den anderen mit einer weit ausholenden Handbewegung, sich zu beeilen. Frauen und Kinder folgten der Schar, die sich in den Gang ergoß, der zum Oberdeck führte. Der Lärm ihrer Schritte hallte noch eine Weile von der Treppe her; dann folgte Stille.

Ein mit Gläsern bedeckter Servierwagen schwankte hin und her und rollte dann, wie von Zauberhand bewegt, quer durch den Saal. Idas Herz klopfte so heftig, als wollte es zerspringen. Der Tisch rollte noch ein wenig, ein Glas glitt langsam herab und zerschellte am Boden.

»Stephen, ich wollte Ihnen sagen, daß …«

»Daß die *Titanic* ernsthaft Schlagseite hat und daß wir uns beeilen müssen.«

»Ich wollte Ihnen sagen, daß ich verheiratet bin.«

»Das habe ich der Bemerkung Ihres Hausmädchens bereits entnommen.«

»Ich habe diese Reise unternommen, weil ich meinen Mann verlassen will. Ich möchte mich in Amerika niederlassen, ich habe dort Verwandte. Und dort möchte ich Sie gern wiedersehen.«

»Ich auch.«

Sie umarmten sich mit unendlicher Zärtlichkeit. Ida zog ihn noch fester an sich.

»Gehen wir«, flüsterte er. »Sie haben mir etwas versprochen.«

»Steigen Sie zusammen mit mir ins Boot; ich bin sicher, es ist möglich.«

»Scht!« hauchte er und küßte ihre Lippen. »Auf Wiedersehen in New York, Ida!«

Tränen stiegen ihr in die Augen, doch als er ihr den Arm um die Taille legte und sie nach draußen führte, dachte sie an das Glück, das sie noch immer mit ihm teilte.

8. Kapitel

»Was haben Sie hier zu suchen? Wenn Sie mir nicht im Wege ständen, könnte ich vielleicht weitermachen!«

Lowe beschimpfte einen Mann, der etwa einen Kopf größer war als er selbst. Der Fünfte Offizier hatte zwar den Eindruck, ihn schon einmal gesehen zu haben, doch wütend, wie er war, fuhr er fort: »Runterlassen! Runterlassen! Was anderes fällt Ihnen wohl nicht ein. Wollen Sie etwa, daß ich die Boote schnell runterlasse? Damit all diese Leute ertrinken! Überhaupt nehme ich nur von Kapitän Smith Befehle entgegen. So, und jetzt gehen Sie mir aus dem Weg!«

Als der Mann zur Seite trat, sah Fagin, wie ein Matrose seinem Nachbarn einen Rippenstoß versetzte. »Ich möchte nicht an Lowes Stelle sein, wenn wir in New York eintreffen,«, sagte er.

»Ich auch nicht.«

»Glaubst du, er weiß nicht, mit wem er's zu tun hat?«

»Keine Ahnung, aber eigentlich hätte er ihn erkennen müssen.«

»Bruce Ismay, den Direktor der White Star Line, so anzufahren, ist ein starkes Stück!«

»Gut, aber seit einer halben Stunde rennt der von einem Ende des Decks zum anderen, gestikuliert wild herum und sagt den Leuten, was sie zu tun haben. Der einzige Chef an Bord ist schließlich Kapitän Smith.«

»Sieh mal, wenn man vom Teufel spricht ...«

Smith hielt noch immer das Megaphon in der Hand. Nichts an seinem Auftreten verriet die geringste Emotion. Sein Gesichtsausdruck war verschlossen, fast hart, doch er versuchte, den Blicken der anderen auszuweichen. Er wußte, daß die *Titanic* verloren war. Hatte er Angst? Fühlte er sich schuldig? Ohnmächtig wohnte er dem Todeskampf seines Schiffes bei. »Der luxuriöseste Dampfer der Welt – und unsinkbar dazu«, hatte es noch vor wenigen Tagen in verschiedenen Zeitungen geheißen. Und hatte einer der Direktoren der Gesellschaft nicht verkündet: »Selbst wenn Gott es wollte, es gelänge ihm nicht, die *Titanic* zum Sinken zu bringen«?

Bruce Ismay war verschwunden, und Lowe fuhr mit der Evakuierung fort. Das Boot Nummer drei wurde langsam weggefiert. Weit über die Reling gebeugt, verfolgte der Offizier das Manöver und erteilte den beiden Matrosen an den Kurbeln Befehle. »Vorne, vorne! Hinten, hinten!« schrie er, um Bug und Heck des Bootes im Gleichgewicht zu halten.

Kapitän Smith trat auf Fagin zu, der eben dabei war, die Taue wieder aufzurollen.

»Wie viele Personen sind in dem Boot, das eben aufgesetzt hat?«

»Etwa fünfzig, Sir.«

»Nur Frauen und Kinder?«

»Viele, ja.«

»Soll das heißen, es sind auch Männer dabei?«

»Vier Matrosen und zwei oder drei männliche Passagiere, glaube ich.«

Fagin war rot geworden. Er hatte gelogen. Ein gutes Dutzend Heizer, Maschinisten und Stewards waren ins Boot geklettert. Lowe, weit jünger als die meisten von ihnen, hatte sich nicht gegen sie durchsetzen können. Zehn Männer aus der ersten Klasse – ihrer Kleidung nach zu urteilen – hatten das Durcheinander ausgenutzt, um auch mit einzusteigen. Und jetzt, hier an Steuerbord, war das Deck fast menschenleer, während an Backbord, nahe der großen Treppe, wo die Kapelle spielte, sich die Passagiere drängten.

»Kapitän! Kapitän!«

Eine Frau in einem langen weißen Pelzmantel kam völlig außer sich auf Smith zugestürzt.

»Sie müssen eingreifen, Kapitän! Einer Ihrer Offiziere will meinem Mann verbieten, mit in mein Boot zu steigen. Kapitän, ich flehe Sie an. Ich weiß, daß wir untergehen.«

»Und woher wollen Sie das wissen?«

»Ich weiß es; man hat es mir gesagt. Aber ich flehe Sie an. Wir sind erst seit einem Jahr verheiratet. Ich habe keine Familie mehr. Ohne John bin ich allein auf der Welt, ich habe nichts, ich besitze nichts. Komm her, John ...«

Ein junger Mann von etwa dreißig Jahren trat näher. An seinem lebhaften und strahlenden Gesichtsausdruck konnte man sehen, daß er gern lachte.

»Bitte helfen Sie uns, tun Sie etwas«, flehte die Frau.

Kapitän Smith aber blieb hart. Er hob sein Megaphon und verkündete: »Frauen und Kinder in die Rettungsboote! Frauen und Kinder, habe ich gesagt!«

Dann wandte er sich an Fagin und sagte: »Begleite diese Herrschaften nach Backbord. Ich glaube, Lightoller ist gerade dabei, die Zehn klarzumachen. Und sorg dafür, daß die Dame einsteigen kann. Ich zähle auf dich.«

Die junge Frau wollte protestieren, doch ihr Mann beschwichtigte sie.

»Scht!« sagte er und legte ihr den Finger auf die Lippen. »Wir folgen diesem Matrosen, und alles wird gut.« Dann schlang er, wie um sie zu trösten, den Arm um ihre Taille.

Fagin war überrascht, wie sehr sich die Situation auf der Backbordseite geändert hatte. Inzwischen drängten sich die Passagiere vor den Rettungsbooten, und statt des heiteren Stimmengewirrs der ersten Stunde waren bedrückende Gerüchte und verzweifelte Schreie zu hören. Jedesmal, bevor ein neues Boot weggefiert werden sollte, kam es zu dramatischen Szenen oder zu lautstarken Beschimpfungen. Fagin konnte beobachten, wie der Schiffsbäcker eine Mutter und ihre beiden Kinder ins Boot stieß, um nicht zu sagen, warf. Der Vater hatte versucht, sie zurückzuhalten. Jetzt stand er wie versteinert an der Reling, außerstande, das Winken seines Sohnes und seiner Tochter zu erwidern. In seinem Blick, wie in dem seiner Frau, lag ein seltsamer Schimmer des Entsetzens und der Trauer. Fagin spürte, wie ihm die Tränen in die Augen stiegen. Da hob er die Hand, um diesen Kindern, die noch immer lächelten, zum Abschied zu winken.

»Wenn du jedesmal dein Taschentuch zückst, hast du 'ne Menge zu tun.« Fergus hatte Fagin die Hand auf die Schulter gelegt.

»Sag mal, ich habe auf dich gewartet. Ich dachte, du wolltest mir die neuesten Nachrichten aus dem Funkraum mitteilen.«

»Ich mußte Offizier Lowe an Steuerbord helfen.«

»Ja, der ist schneller als wir. Er soll schon vier Boote zu Wasser gelassen haben. Und wir erst zwei ...«

»Man sollte Lightoller oder Murdoch drängen, das Rettungsmanöver zu beschleunigen.«

»Ach, wozu denn? Ich bin eben deinem Kumpel, dem Steward Jack, über den Weg gelaufen. Der hat mir Stein und Bein geschworen, daß mehrere Schiffe unterwegs sind, um uns zu Hilfe zu kommen. Bei der Nachricht bin ich ihm fast um den Hals gefallen. Denn wenn ich es richtig verstanden habe, hat es uns ziemlich übel erwischt ...«

Fagin hörte kaum zu. Er beobachtete das junge Paar, das er soeben auf Smiths Befehl hierhergeführt hatte. Nur wenige Schritte neben der Kapelle standen sie eng umschlungen da. John sprach eifrig auf seine Frau ein, liebkoste zärtlich ihren Rücken und strich ihr immer wieder eine widerspenstige Locke aus der Stirn. Er versuchte, sie zum Einsteigen zu bewegen, aber jedesmal wenn sie den Druck seiner Hand auf ihrer Schulter oder ihrem Arm spürte, warf sie sich verzweifelt schluchzend an seine Brust. Und um sie zu beruhigen, flüsterte ihr John dann etwas ins Ohr.

»Kapitän Smith hat mich beauftragt, dafür zu sorgen, daß die Frau dort einen Platz in der Zehn findet«, sagte Fagin plötzlich und deutete auf das Paar.

»Laß doch die beiden Turteltauben! Die sind hier viel besser aufgehoben.«

»Nein!«

»Warum nein? Schau doch, hier oben wird Musik gespielt, die Leute sind gut angezogen. Sie müßten nur ihre Schwimmwesten ablegen, dann könnten sie sogar tanzen.«

»Nein!«

»Was ist denn in dich gefahren? Sei doch nicht so ein Miesepeter! Ständig machst du ein Gesicht wie zehn Tage Regenwetter. Nur weil du in London auf der Straße ...«

Heftiger Zorn stieg plötzlich in Fagin auf.

»Die Schiffe kommen nicht!«

»Was?«

»Die Schiffe kommen nicht!«

»Du hast wohl nicht alle Tassen im Schrank, so einen Blödsinn zu erzählen!«

»Sie sind noch viel zu weit entfernt. Bis sie uns erreichen, ist die *Titanic* längst gesunken.«

Fergus schwieg einen Augenblick. Er wollte einfach nicht glauben, was er da gehört hatte.

»Bist du sicher? Wer hat das gesagt?«

»Andrews.«

Fagin sah Fergus totenblaß werden. Dieser Riese, der ihn geschlagen und beleidigt hatte, und der, hätte Jack nicht eingegriffen, sich bestimmt noch andere Gemeinheiten hätte einfallen lassen, dieser Riese zitterte jetzt am ganzen Leibe. Mit leerem Blick murmelte er: »Verdammt, o verdammt!«

Fagin glaubte schon, ihn stützen zu müssen, doch Fergus schien sich zu fangen und sagte: »Wenn Kapitän Smith es so angeordnet hat, wollen wir der Frau helfen, ein Boot zu finden.«

Das Schlimmste stand jedoch noch bevor. Würde sie sich von ihrem Mann trennen? Doch Fagin brauchte gar nichts zu sagen. Als die beiden ihn, gefolgt von Fergus, kommen sahen, gingen sie mit zum Boot Nummer zehn.

»John ...«

»Sei unbesorgt. Ich weiß, daß die Männer später evakuiert werden. Man hat mir versichert, daß alles bloß eine Vorsichtsmaßnahme ist.«

»Ich liebe dich, John.«

»Ich liebe dich, Annie May. Nun geh ...«

Er hatte ihr die Hände auf die Schultern gelegt. Sie sahen nichts, hörten nichts von dem, was ringsum vor sich ging. Ganz sanft trennte Fergus sie. Ohne ein Wort zu sagen, stieg Annie May über den Bootsrand und nahm, den Rücken zum Meer, zwischen zwei Frauen Platz. Im Rettungsboot herrschte bedrücktes Schweigen. Plötzlich aber erhob sich eine der Frauen.

»Gehören Sie zur Besatzung?« fragte sie Fergus.

Als dieser nickte, beugte sie sich gefährlich weit vor und reichte ihm ein großes silbernes Medaillon.

»Ich vertraue es Ihnen an. Wie heißen Sie?«

»Fergus.«

»Sie geben es mir zurück, wenn alles vorbei ist. Auf der *Titanic* ist es bestimmt sicherer als in dieser kleinen Nußschale. Ich hänge sehr daran; geben Sie gut darauf acht. Vielleicht können Sie es dem Kapitän übergeben ...«

Lightoller gab den Befehl, das Boot hinunterzulassen. Murdoch, der zu ihm getreten war, brüllte einen Matrosen an, weil er nicht im Takt mit dem anderen kurbelte.

»Er sollte sich etwas zusammenreißen«, murmelte Fergus. »Findest du nicht?«

Fagin aber beobachtete John. Er hatte sich in die Nische zurückgezogen, wo die Liegestühle aufgestapelt waren. Gedankenverloren ließ er die Finger über die oberste Liege gleiten. Dann lehnte er sich an eine Wand, hob den Kopf und schloß die Augen.

Plötzlich war ein Getrampel auf dem Deck zu hören, leise erst, dann immer lauter. Schreie erhoben sich. Und wie aus dem Nichts tauchten Frauen, Männer, Kinder auf, mit Paketen, Koffern und Kisten beladen.

»Wo kommen die denn her?« knurrte Lightoller.

»Das müssen welche aus der dritten Klasse sein«, erwiderte Murdoch.

»Murdoch, Fagin, sagen Sie den Männern, sie sollen etwas abseits warten. Dann geht runter auf die unteren Decks. Da unten scheint es Krawalle zu geben.«

Fagin zuckte zusammen. Mitten in der Gruppe der Neuankömmlinge hatte er Molly entdeckt. Sie trug einen Säugling auf dem Arm. Die Frau neben ihr, wahrscheinlich die Mutter, zog drei Kinder hinter sich her. Der Älteste lutschte am Daumen, die beiden anderen hatten das Gesicht in der Schürze ihrer Mutter vergraben.

Molly winkte eifrig, als sie Fagin erblickte. »Komm her!«, rief sie ihm zu.

Fagin bahnte sich schon einen Weg durch die Menge und entschuldigte sich bei denen, die er angerempelt hatte. Als er sich bis zu Molly vorgekämpft hatte, beugte sie sich vor und drückte ihm einen Kuß auf die Stirn.

»Ich habe deine Freunde gesehen, Thomas und den anderen ...«

»Burni?«

»Ja, ich glaube. Sie haben deine Bibel mitgenommen. Sie hatten Angst, sie könnte gestohlen werden, weil die Kabinen offen geblieben sind.«

»Und Leopold, wo ist der?«

»Auf dem Dritte-Klasse-Deck. Die Kabinen im Bug stehen schon völlig unter Wasser, und die Frauen, die dort untergebracht waren, sind jetzt im Heck bei ihren Männern. Es ist schrecklich ...«

»Das Wasser?«

»Nein. Die Menschen. Sie fliehen in alle Richtungen. Sie verlaufen sich in den Gängen. Und als wäre das nicht schon schlimm genug, hat man auch noch die Türen verriegelt, die nach oben auf das Bootsdeck führen. Du müßtest dir das ansehen. Man kann sie doch nicht so im Stich lassen.«

»Offizier Lightoller hat mir und Fergus befohlen ...«

»Die Leute sind völlig kopflos. Man kann sie nicht einfach ihrem Schicksal überlassen. Es gibt sicher Matrosen auf dem Deck, die für euch einspringen können.«

Ohne sich über die Richtung abzusprechen, machten sich Fergus und Fagin auf den Weg zum C-Deck, rannten den Gang der ersten Klasse entlang am Lesesalon der zweiten Klasse vorbei. Am Ende des Korridors aber mußten sie feststellen, daß die Tür zum Dritte-Klasse-Promenadendeck verriegelt war. Fergus beschloß, sie einzutreten. Von dem Lärm angezogen, eilte ein Steward herbei. Als er sah, daß er zwei Besatzungsmitglieder vor sich hatte, löste er die Situation auf seine Weise.

»Ich hab' Order, sie nicht alle raufgehen zu lassen. Die Männer sollen von den Frauen und Kindern getrennt werden, aber das ist unmöglich: Sie wollen einfach nicht!«

»Laß uns durch, aber schließ nicht hinter uns ab«, sagte Fergus.

Der Steward nickte zustimmend. Aber kaum waren sie über die Schwelle getreten, hörten sie schon, wie der Schlüssel im Schloß gedreht wurde.

»Dreckskerl!« schrie Fergus und trommelte mit der Faust an die Tür.

Die Situation auf dem Promenadendeck aber ließ sie den Zwischenfall schnell vergessen. Wie viele Menschen mochten es sein? Bestimmt mehrere Hundert. Sie warteten. Weit und breit war kein einziges Besatzungsmitglied zu sehen. Fagin stellte fest, daß kaum jemand Englisch sprach. Ein Mann neben Fergus machte heftige Kreisbewegungen mit den Armen, wie ein Ruderer. Dann deutete er aufs Meer hinaus, wohl auf die Rettungsboote, die sich bereits vom Schiff entfernten, und anschließend auf die Tür, die den Zugang zur zweiten Klasse versperrte. Dabei brüllte er etwas, die Hand zur Faust geballt.

»Laß uns lieber ins Raucherzimmer gehen«, meinte Fergus mit unsicherer Stimme. »Vielleicht treffen wir da einen von uns.«

Die Stimmung dort war noch sonderbarer. Am Klavier saß ein Rotschopf und spielte einen Walzer. Zwei Paare tanzten. Fagin erkannte einen der Tänzer: Es war der Dudelsackspieler, dem er eines Morgens an der Reling begegnet war. Den Rücken kerzengerade, den Kopf stolz erhoben, führte er ein blutjunges Mädchen über die improvisierte Tanzfläche.

An den Tischen ringsum spielten Männer Karten. Manche hatten sogar die Ärmel hochgekrempelt und nahmen immer wieder kräftige Schlucke von einem bernsteinfarbenen Getränk. Am Fuß eines Schemels schlief ein Kind auf einer dicken Wolldecke. Und auch hier war kein Besatzungsmitglied, nur ein Steward und ein Kellner, die trotz der fortgeschrittenen Stunde ihren Dienst wieder aufgenommen hatten.

»Hier jedenfalls brauchen wir niemanden zu trennen«, meinte Fergus lakonisch. »Hier sind fast nur Männer.«

Fagin wußte, wo sie die Frauen und Kinder finden würden. Er stieß die Tür auf, die das Raucherzimmer vom ›Dritte-Klasse-Salon‹ trennte, wie dieser hochtrabend genannt wurde. Alle Bänke waren besetzt. Ältere Frauen, in Schwarz gekleidet, junge Mädchen mit langen blonden Haaren, Mütter, umgeben von ihrer Kinderschar – und keine regte sich. Am hinteren Ende des Raumes spielte sich eine bemerkenswerte Szene ab. Ein Mann im dunkelgrauen Anzug, ein Buch in der Hand, stand vor einer Frau, die mit gefalteten Händen, den Kopf gesenkt, vor ihm kniete. Nur wenige Meter entfernt warteten noch andere Frauen. Eine von ihnen ließ einen Rosenkranz mit schwarzen Perlen so groß wie Nüsse durch die Finger gleiten. Jetzt begriff Fagin, daß der Priester – denn es mußte ein Priester sein – den Frauen die Absolution erteilte.

Bevor sie, da es hier nichts für sie zu tun gab, wieder hinausgingen, drehte Fagin sich noch einmal um. In einer Ecke, an einen großen Koffer gelehnt, sah er ein kleines Mädchen und einen Jungen. Wie zwei vom Sturm geknickte junge Bäume waren sie, aneinandergelehnt, vom Schlaf übermannt worden.

9. Kapitel

»Laßt uns durch, zum Teufel!«

»Laßt uns durch!«

»Kommt nicht in Frage. Befehl ist Befehl ...«

»Ihr könnt uns mal mit euren Befehlen!«

»Saukerle!«

»Erst dürfen wir für die Passage blechen, und jetzt wollt ihr uns wie die Ratten krepieren lassen! Drecksäcke!«

»Ruhe, verdammt noch mal, Ruhe! Wir haben doch gerade gesagt ...«

»Halt die Klappe. Jetzt sagen wir euch mal was – daß wir nämlich ein Recht haben, in die Boote zu steigen.«

»Jawohl, das haben wir. Schließlich haben wir bezahlt!«

»Laßt euch bloß nicht von denen einwickeln, Jungs. Schlagt ihnen eins in die Fresse. Wenn ich einen von denen erwische ... Los, an die Seite, ich komme!«

Aus der dichtgedrängten Menge auf den Treppenstufen warf sich ein riesiger Glatzkopf mit ausgebreiteten Armen über die Köpfe hinweg. Fergus ließ ihm kaum Zeit zur Landung: Er packte den Hitzkopf am Kragen und versetzte ihm einen so kräftigen Kinnhaken, daß er in den Armen der Passagiere der ersten Reihen zusammensackte.

Leopold machte sich diesen Zwischenfall zunutze und versicherte den Leuten: »Sie kommen alle in die Boote! Doch der Kapitän besteht darauf, daß die Frauen und Kinder zuerst evakuiert werden.«

»Geh auf deine Stange zurück, alter Gockel!«

Völlig unbeeindruckt fuhr Leopold fort: »Der Matrose Fagin hier an meiner Seite wird eine Gruppe von je dreißig Personen aufs Oberdeck begleiten. Er führt sie ...«

»Denkst du!«

»Er führt sie durch die Gänge und kommt dann zurück, um eine neue Gruppe abzuholen. Nur Frauen und Kinder.«

Die Antwort war lautes Stimmengewirr. Verschiedene Passagiere übersetzten ihren Landsleuten, was diese nicht verstanden hatten. Auf dem oberen Treppenabsatz bildeten Fergus, Leopold, Fagin, Jack der Steward und zwei Matrosen eine Sperre. Die heftige Reaktion der Passagiere hatte sie überrascht. Dennoch teilten sie ihre Verwirrung, auch wenn sie es sich nicht anmerken ließen. Einer der Matrosen hatte die Situation auf seine Weise zusammengefaßt: »Ich frage mich, wo wir alle sind, wenn die Sonne heute aufgeht.«

Bedrückendes Schweigen war auf seine Bemerkung gefolgt. Schließlich hatte Fergus gemurmelt: »Vielleicht geht sie gar nicht auf.«

Vereinzelte Frauen bahnten sich mühsam einen Weg durch die Menge. Bald waren es sieben, die sich bis hinter die Sperre der Besatzungsmitglieder vorgekämpft hatten.

»Weitere Frauen und Kinder bitte«, rief Leopold.

Mit zornigem, hochrotem Gesicht und weit aufgerissenen Augen warf eine junge Brünette die Hände gen Himmel und schrie in einer fremden Sprache Worte, die wie ein Ruf nach Rache klangen. Einer ihrer Nachbarn dolmetschte: Ihre vier Kinder brauchten ihren Vater, genauso wie sie ihren Mann brauche; sie kämen aus Polen und wünschten, dorthin zurückzukehren. Sie wollten nicht mehr nach Amerika. Und der Dolmetscher fügte hinzu:

»Sie sagt, sie wollten sich nicht trennen; man solle ihnen ein Boot geben, dann würden sie sich schon bis nach Polen durchschlagen.«

Wieder erhoben sich Schreie, und das Gedränge begann von vorn. Unter dem Druck der Menge wurden Leopold und die anderen ein Stück zurückgedrängt. Plötzlich verspürte Fagin einen stechenden Schmerz, dann ein Brennen, das seine Augen verschleierte. Er mußte einen Fausthieb abbekommen haben. Fergus zog ihn nach hinten: »Laß mich vor. Denen werde ich's zeigen!«

Er packte den Arm einer Frau und zerrte sie nicht eben zimperlich in die Reihe der sieben anderen. Wie ein Schwimmer, der sich durch die Wellen kämpft, konnte er aus der Masse mehrerer Frauen und ihre Kinder herausgreifen. Doch der Riese hatte sich zu weit in diese Menschenflut vorgewagt. Verschiedene Männer nutzten die Gelegenheit, um sich ebenso gewaltsam vorzukämpfen. Jack, Leopold und die Matrosen versuchten, eine Kette zu bilden, und Fagin stemmte sich von hinten mit aller Kraft gegen diese Barriere, die jedoch schon bald dem Druck nachgab.

»Komm zurück, Fergus, komm zurück!« brüllte Jack, der jetzt seinerseits in die Menge hinabtauchte.

Um zum oberen Treppenabsatz zu gelangen, erdrückten sich die Passagiere fast. Kinder weinten, rangen nach Luft und versuchten verzweifelt, sich an den Kleidern ihrer Eltern festzuklammern. Fergus und Jack konnten sich schließlich befreien – der Riese mit zerkratztem Gesicht, der Steward mit zwei oder drei Knöpfen weniger an seinem Jackett.

»Schließt das Gitter!« schrie Leopold.

Ein Matrose zog seitlich an der Metallsperre, die, wenn er sie würde schließen können, den Ansturm der Passagiere aufhalten würde – für eine kurze Weile wenigstens. Doch auf halben Weg blockierte das Eisengitter. Der polnische Dolmetscher und zwei seiner Begleiter wollten mit Gewalt hindurch. Der Kleinere boxte und trat wild um sich und diente den beiden anderen als Schild. Fergus zögerte keinen Augenblick. Er nahm Anlauf, warf sich auf die drei und riß, als er sie zurückgedrängt hatte, mit aller Gewalt das Eisengitter zu. Ein markerschütternder Schmerzensschrei zerriß die Luft. Fagin glaubte zunächst, es sei einer der Passagiere. Dann sah er den Matrosen, der das Gitter zuerst hatte schließen wollen, gekrümmt davorstehen.

»Mach auf, Fergus, mach auf, verdammt, meine Hand ist eingeklemmt!«

Mit einem kräftigen Ruck riß Leopold das Gitter einen Spaltbreit auf. Weiß wie ein Leintuch zog der Matrose die Hand zurück. Die Kuppe seines linken Zeigefingers hing nur noch an einem blutigen Fleischfetzen.

»Wir kriegen das schon hin, keine Angst«, sagte Leopold und zog ein Taschentuch hervor, um den verletzten Finger zu verbinden. »Und du, Fagin, führ die Leute nach oben und komm anschließend sofort zurück. Und vergiß nicht, den Weg über das C-Deck zu nehmen; die Türen dort sind geöffnet.«

Schockiert über den Zwischenfall, dem sie soeben beigewohnt hatten, und ohne ein Wort des Protestes folgten ihm die etwa dreißig Personen, die hinter dem Gitter gewartet hatten, ohne einen Blick zurückzuwerfen.

Die Gänge waren wie ausgestorben. Vor der Tür einer Kabine lag eine aufgeschlitzte Schwimmweste. Als Fagin sie mit dem Fuß aus dem Weg schob, entdeckte er ein Blatt Papier, das er aufhob. Eine fremde Hand hatte mit groben Strichen eine Häuserreihe gezeichnet, die sich an einen Hügel schmiegte. Fagin mußte an François, den ›traurigen Franzosen‹, denken, wie Thomas ihn eines Tages genannt hatte. Was er wohl machte? Ob er sich zu den anderen gesellt hatte? Vielleicht würde er ihm begegnen.

Als sie die große Freitreppe der ersten Klasse erreicht hatten, verlangsamte sich das Tempo der Gruppe etwas. Zunächst eingeschüchtert von der prächtigen Holztäfelung, von den kostbaren Möbeln und Teppichen, faßten sich mehrere ein Herz und strichen über die polierten Eichenvertäfelungen, die vergoldeten Balustraden, die kunstvoll geschnitzten Säulen. Aber als sich einer von ihnen über das Geländer beugte, stieß er einen Schrei aus. Fagin folgte seinem Blick: Wenige Meter unter ihnen plätscherte das Wasser wie an den Fuß eines Deiches. Ein heller Gegenstand trieb auf der Oberfläche, ein Kasten oder eine Tasche. Das E-Deck und mit ihm die Kabine, in der er geschlafen hatte, mußten schon unter Wasser stehen. Auch der rote Renault, in dem er sich versteckt hatte. Und der Andenkenladen des Barbiers, die Bäckerei, das Büro von Andrews, der Zwinger ... Er dachte an die Hunde. Ob sie noch in ihren Käfigen eingesperrt waren?

Fagin, der gedankenverloren stehengeblieben war, brauchte seine Gruppe nicht zur Eile anzutreiben. Sie hatte bereits das Bootsdeck erreicht.

»Hierher! Beeilt euch!«

Seine Frau und drei Kinder im Schlepptau, stürzte ein Mann auf ein Rettungsboot zu, das gerade startklar gemacht wurde. Dabei fiel ihm ein Bündel aus der Hand, das am Boden liegenblieb. Mit den Ellenbogen stieß er andere Wartende beiseite, doch als er sich bis ans Boot vorgekämpft hatte, wurde es gerade herabgelassen.

Ratlos stand er da, schien zu zögern, und einen Augenblick sah es so aus, als wollte er mit seiner ganzen Familie ins Meer springen. Wie um ihm Mut zu machen, legte ihm seine Frau die Hand auf die Schulter. Eines der Kinder hatte das Bündel am Boden aufgelesen und deutete jetzt auf ein anderes Rettungsboot. Es war noch leer, und bisher hatte kein Matrose davor Posten bezogen.

Nun begann der Ansturm. Die Angst im Nacken, hatten sie gewartet, daß man sie vom Zwischendeck ließ, und jetzt schien die Rettung zum Greifen nahe. Ein Boot! Ein Boot von fast blendendem Weiß. Mit einem roten Wimpel, auf dem der weiße Stern der White Star Line prangte! Gerettet! Sie waren gerettet! Einem Sturmbock gleich, der eine Festungsmauer durchbricht, stürzte sich Fagins Gruppe in die Menge. Blind und kopflos durch das Rettungsversprechen, stießen sie alles beiseite, was ihnen im Weg stand.

Passagiere der ersten Klasse, deutlich erkennbar an ihrer Kleidung, versuchten sie zur Vernunft zu bringen. Mehrere stellten sich Schulter an Schulter auf, um sie aufzuhalten. Doch dieser improvisierte Schutzwall war schnell gesprengt. Ohrfeigen und Boxhiebe wurden ausgeteilt. Einem Mann wurde die Jacke zerrissen, ein Matrose wurde zu Boden gestoßen.

»Aufhören! Seid ihr verrückt geworden!«

Eine Frau stieß einen gellenden Schrei aus. Fagin stand wie versteinert da. Er, das Kind der Straßen, hatte noch nie einem solchen Gewaltausbruch beigewohnt. Diese von Haß und Entsetzen verzerrten Gesichter, diese Zornesschreie, diese Fäuste, diese Krallen, diese Leiber, die sich auf andere warfen: Nein, so etwas hatte er noch nie gesehen. Als er erkannte, daß der Matrose Gefahr lief, niedergetrampelt zu werden, stürzte er zu ihm und half ihm auf die Beine.

»Wo sind die Offiziere?«

»Der Kapitän hat sie auf die Kommandobrücke gerufen«, antwortete der Matrose und strich seine Kleider glatt. »Es hat vorhin einen Mordskrawall gegeben; man mußte mehrere Männer gewaltsam von ihren Frauen trennen.«

»Was kann man tun?«

»Das weiß ich auch nicht. Wie willst du die zur Ruhe bringen? Es braucht nur einer Angst zu kriegen, und schon gerät die ganze Meute in Panik. Und sie werden völlig kopflos. Siehst du die Frau dort im grünen Mantel neben dem zweiten Schornstein? Weil in einem der Boote kein Platz mehr war, forderte man sie auf, ins nächste zu steigen. Da warf sie sich auf den Boden und heulte und kratzte jeden, der ihr zu nahe kam. Murdoch versuchte, sie zu beruhigen, mit dem Ergebnis, daß ihm fast die halbe Wange aufgerissen wurde! Irgendwie hat man sie wieder auf die Beine bekommen, doch seither ist sie wie erstarrt und stumm wie ein Fisch. Ich wollte sie unterhaken und ihr erklären, daß es jetzt einen Platz für sie gäbe, doch es war, als faßte ich einen Steinblock an. Aber sag mal, du scheinst ja auch ein kleines Problem gehabt zu haben! Dein Auge ist ganz schön übel zugerichtet. Wie ist das passiert?«

Fagin blieb keine Zeit zu antworten. Murdoch und Lightoller waren auf dem Deck erschienen. Hartnäckig behielt Murdoch seine rechte Hand in der Manteltasche, als fürchtete er, einen wertvollen Gegenstand zu verlieren. Vor dem Rettungsboot, das die Passagiere der dritten Klasse gestürmt hatten, erhob Lightoller die Stimme.

»Wer hat Ihnen erlaubt einzusteigen?«

Die Antwort war Schweigen.

»Die Männer müssen wieder aussteigen, sie haben nichts in dem Boot zu suchen.«

Die Insassen hielten die Köpfe gesenkt und rührten sich nicht.

»Die Männer aussteigen, habe ich gesagt!«

Ein Matrose packte einen hageren Jungen an der Schulter.

»Das ist mein Bruder!« schrie ein kleines Mädchen.

»Wie alt ist er?«

»Fünfzehn«, antwortete eine Frau, wohl die Mutter.

»Dann gehört er zu den Männern und steigt aus.«

Mit fester Hand zwang ihn der Matrose, aus dem Boot zu steigen. Seine Kumpels, ein knappes Dutzend, steckten die Köpfe zusammen und beratschlagten sich im Flüsterton. Eine Frau, die ihnen zuhörte, nickte mehrmals. Jetzt erhoben sie sich und folgten ihrem Kameraden. Warum verließen sie das Boot, ohne zu protestieren? Warum verabschiedeten sie sich nicht von ihren Familien? Allerdings blieben sie so nahe beim Boot stehen, daß Lightoller sie auffordern mußte, zur Seite zu treten, um drei junge Mädchen mit blonden Zöpfen vorbeizulassen. Während er einem von ihnen half, ins Boot zu steigen, bemerkte Fagin, daß Murdochs rechte Hand noch immer in der Manteltasche steckte.

Jetzt fiel ihm wieder ein, daß er Leopold versprochen hatte, möglichst schnell eine weitere Gruppe vom Dritte-Klasse-Deck abzuholen. Zu seiner Erleichterung aber entdeckte er den Matrosen, der sich den Finger in der Schiebetür eingeklemmt hatte, etwas weiter hinten auf dem Deck. Ein weißes, blutbeflecktes Tuch war um seine Hand gewickelt. Trotz der schweren Verletzung führte er eine Gruppe an, diesmal hauptsächlich Frauen und Kinder. Als er Fagin sah, kam er sofort herbeigeeilt.

»Jack hat mir geraten herzukommen. Er meint, hier hätte ich bessere Chancen, den Schiffsarzt zu treffen. Normalerweise müßte er hier irgendwo sein. Mein Arm ist ganz taub. Und da unten geht's weiter hoch her. Am besten läufst du runter und hilfst denen. Als ich ging, hatte irgend jemand gerade eine Axt aufgetrieben und gedroht, die Tür damit aufzubrechen. Hoffentlich dreht er nicht durch!«

In diesem Augenblick rief Lightoller Fagin herbei: »Hier, übernimm die Kurbel; wir wollen das Boot runterlassen.«

Nichts an der Stimme des Offiziers deutete auf die geringste Nervosität hin. Seine Sicherheit stand im krassen Gegensatz zu Murdochs Unruhe. Der lächelte zwar hin und wieder, doch seine Heiterkeit wirkte nicht echt. Die Menge, die hier und da in dichten Gruppen beieinanderstand, wartete jetzt still und geduldig, fast wie eine Versammlung von Gläubigen auf dem Vorplatz einer Kathedrale, wobei die Schornsteine der *Titanic* wie die Türme einer monumentalen Kirche in den Himmel ragten.

Das Boot befand sich jetzt einen Meter unterhalb des Decks. Plötzlich schoß aus der Gruppe, die von Lightoller gezwungen worden war, das Boot zu verlassen, ein Mann nach vorne. Mit einem Riesensatz sprang er ins Boot. Zwei andere folgten ihm. Frauen begannen zu schreien.

»Verdammt!« brüllte Lightoller. »Was fällt denen ein! Haltet sie fest!«

Ermutigt durch das geglückte Manöver, drängten ihre Gefährten nach vorn. Lightoller und Murdoch konnten nicht alle zurückhalten – etwa einem halben Dutzend gelang der Sprung ins Boot.

»Seid ihr wahnsinnig, das Boot wird kentern. Ihr bringt eure eigenen Frauen und Kinder in Gefahr!«

Doch die Männer wollten nichts davon hören. Fagin, der seine Kurbel nicht loslassen durfte, konnte nicht eingreifen. Lightoller und Murdoch liefen Gefahr, ins Wasser gestoßen zu werden. Eine Handvoll Passagiere aber, die erkannten, welches Drama sich anbahnte, reagierten blitzschnell. Drei Männer griffen nach einer langen Eisenstange und stellten sich neben die Mannschaftsmitglieder. Zwei weitere, jeder mit einem Bootshaken bewaffnet, folgten ihrem Beispiel.

Durch diese unerwartete Verstärkung konnte die wütende Meute zurückgedrängt werden. Murdoch trat zur Seite, als wollte er Luft holen.

»Laßt uns vorbei!«

Der Schrei löste ein neues Gedränge aus, noch heftiger als das vorherige. Murdoch wurde leichenblaß.

»Halt oder ich schieße!«

Er zog die Hand aus der Manteltasche, und Fagin sah einen schwarzen Gegenstand darin aufblitzen.

»Zurück, um Himmels willen!«

Doch die anderen ignorierten seinen Befehl und drängten weiter. Murdoch riß den Arm nach oben und gab einen ersten Schuß ab, und gleich darauf noch einen zweiten und einen dritten ... Sofort hörte das Gedränge auf. Alle erstarrten, wie vom Donner gerührt. Aber Murdoch war noch nicht fertig. Er stellte sich vor das Boot und brüllte: »Die Männer ausgestiegen, auf der Stelle!«

Keiner rührte sich, ob aus Trotz oder vor Schreck, war nicht zu erkennen.

»Haben Sie nicht verstanden, was ich sagte?«

Als er diesmal die Pistole auf das Boot richtete, raunte Lightoller ihm zu: »Machen Sie keinen Blödsinn, Murdoch!«

Ein Schuß löste sich, und instinktiv duckten sich mehrere Passagiere.

»Der ist übergeschnappt!« rief ein junges Mädchen.

Innerhalb von knapp einer Minute waren die widerspenstigen Männer wieder auf dem Deck. Das Boot setzte seinen Abstieg fort, nur mit Frauen, Kindern und vier Besatzungsmitgliedern an Bord. Als es im Wasser aufgesetzt hatte, verdrückte sich Fagin. Er mußte zu Leopold, Jack und Fergus!

Die Gänge und Treppen kamen ihm jetzt unheimlich vor; es war, als hätten alle Insassen das Schiff verlassen. Die Lampen erleuchteten immer noch die leeren Korridore. Viele Kabinentüren standen offen, gaben den Blick frei auf ungemachte Betten, auf Schubladen und Koffer, die in der Hektik nicht mehr geschlossen worden waren.

Am Fuß der Treppe angelangt, wo man ihm vorhin einen Schlag versetzt hatte, traute Fagin seinen Augen nicht. Nirgendwo eine Menschenseele! Die Metalltür war aus den Angeln gehoben, der Boden war mit zerrissenen Kleidungsstücken und mit Abfall übersät. Wo war Leopold? Und die anderen, was war mit ihnen geschehen? Fagin lehnte sich an den beschädigten Türrahmen. Er hätte heulen, er hätte schreien mögen.

10. Kapitel

»Warum weinst du? Wo sind deine Eltern?«
»Papa ist in Amerika, und Mama ist fort.«
»Fort?«
»Ja, mit meinen beiden kleinen Brüdern.«
»Und warum bist du nicht bei ihnen?«
»Ein Mann hat mir gesagt, daß ich nicht mit ins Boot steigen darf. Weil schon zu viele Leute drin sind ...«
»Und deine Mama hat nichts gesagt?«
»Doch, sie hat laut geschrien. Aber der Mann hat mich einfach weggeschoben.«

Das kleine Mädchen begann wieder zu schluchzen. Seine Hände zerrten an einem Wollschal.

»Hab keine Angst, du wirst deine Mutter und deine Brüder bald wiederfinden.«

Mr. Stead strich der Kleinen über die Wange. Er hatte sich vor sie hingekniet, nachdem er sie neben der Treppe zur Kommandobrücke entdeckt hatte. Kein Passagier, kein Besatzungsmitglied hatte sich um sie gekümmert.

Er führte sie zu einem Offizier, der sie, ohne zu zögern, auf die Bank eines der Boote setzte.

Trotz der Kälte standen ihm Schweißperlen auf der Stirn. Unter seinem Mantel trug er nur einen Pyjama. Sicher war er in großer Eile geweckt worden. Mit einer lebhaften Geste winkte er eine Gruppe von Matrosen herbei.

»Beeilen Sie sich!« rief er.

Einer von ihnen ergriff Idas Ellenbogen.

»Kommen Sie, Ma'am.«
»Ich bin mit meinem Mann hier.« Sie deutete auf Stephen.
»Er darf nicht einsteigen.«
»Es sind aber bereits Männer im Boot.«
»Das sind Matrosen, die es steuern sollen.«
»Und der mit der weißen Jacke – ist das etwa auch ein Matrose?«

»Das wird wohl ein Steward sein, der soll rudern.«

»Bitte, Ida, ich glaube, das ist jetzt nicht der rechte Augenblick. Die Passagiere drängen sich schon, und die Plätze sind bald besetzt. Haben Sie Vertrauen. Und vergessen Sie nicht, daß wir uns in New York wiedersehen.«

Stephen legte den Arm um sie, und Ida schmiegte den Kopf an seine Schulter. Die Kapelle, die das allgemeine Stimmengewirr übertönte, spielte eine Melodie, die Ida schon an jenem Abend gehört hatte, als sie am Tisch des Kapitäns gegessen hatte. Wie lange das nun her zu sein schien! Dann sah sie den rollenden Tisch im Speisesaal vor sich. Stephen streichelte ihr zärtlich die Wange.

»Ida, Sie müssen jetzt einsteigen.«

Sie hob den Kopf und murmelte: »Ich will nicht. Ich will Sie nicht verlassen.«

Wenige Schritte von ihnen entfernt nahm ein Paar Abschied voneinander. Der Mann schien fest entschlossen, sich bis zum letzten Augenblick wie ein Gentleman zu verhalten. Er küßte seiner Frau die Hand und führte sie zum Rettungsboot, als würde er sie zum Ball geleiten.

»Ich liebe Sie«, murmelte Stephen. »Ich liebe Sie. Und ich wäre beruhigt, Sie sicher in einem der Boote zu wissen. Tun Sie's für mich.«

Ida wollte noch einmal protestieren, doch eine Woge von Menschen riß sie von ihm fort. Sie wandte sich um, wollte zu ihm zurück. Vergebens. Er bat sie mit einer Geste einzusteigen. Resigniert ergriff sie die Hand eines Matrosen, der ihr behilflich war, ins Boot zu springen. Sie fand einen freien Platz neben einer Frau, deren Hut mit einer Fülle gebogener Federn geschmückt war. Den Oberkörper vorgeneigt, den Bootsrand mit beiden Händen umklammernd, glich sie einem erschreckten Vogel. Ihr gegenüber hatten drei junge Mädchen einen langen Schal über ihre Knie ausgebreitet. Eine von ihnen hob den Arm und winkte einem jungen Mann zu, worauf dieser mit einem Schwenken seiner Mütze antwortete. Dabei rief er etwas in einer Sprache, die Ida fremd war. Endlich entdeckte sie Stephen in der Menge und ließ ihn nicht mehr aus den Augen.

Um einer dicken blonden Frau zu helfen, die völlig verwirrt

schien, nahm ihr ein Matrose ein Bündel mit Decken ab. Kaum hatte sie Platz genommen, sprang sie wieder auf.

»Mein Baby! Wo ist mein Baby?« schrie sie und stieß alle beiseite, um wieder auszusteigen.

Plötzlich war ein klägliches Wimmern zu hören. Verdutzt hob der Matrose eine der Decken hoch und entdeckte einen Säugling darunter. Die Mutter ergriff ihn und drückte ihn fest an die Brust.

Dann streckte der Matrose die Hand aus, um einer anderen Frau zu helfen, die vor Angst am ganzen Leibe zitterte. In dem Augenblick, als sie die Kluft zwischen Bordwand und Boot überspringen wollte, strauchelte sie und fiel schreiend ins Leere. Wie durch ein Wunder bekam der Matrose die Frau noch am Fußgelenk zu fassen. So blieb sie kopfüber hängen, schrie um Hilfe und versuchte verzweifelt, das Seil, das man ihr zuwarf, zu fangen. Während der Matrose sie weiterhin festhalten konnte, packte sie jemand auf dem etwas tiefer gelegenen Promenadendeck bei den Schultern und zog sie vorsichtig an Bord zurück, wo man sie, aschfahl und einer Ohnmacht nahe, auf eine Bank legte.

Ida sah, daß Mr. Stead jetzt neben Stephen stand. Die beiden Männer unterhielten sich.

»Ist das Ihre Gattin?« fragte er, auf Ida deutend.

»Ja.«

»Er war vernünftig, sie zum Einsteigen zu überreden. Das Wasser steigt. Langsam, aber stetig. Es ist merkwürdig, finden Sie nicht, daß wir an Bord gar nicht merken, wie wir sinken. Vorhin habe ich einen der Offiziere beobachtet. Er ist in regelmäßigen Abständen zu einer Treppe hinter der Kommandobrücke gegangen. Ich wollte wissen, warum. Und als ich hinabschaute und das schwarze Wasser sah, das sich überallhin ergießt, da habe ich begriffen. Die Treppenstufen dienen ihm als Marken. Ich habe mich damit abgefunden. Ich gehe zurück in meine Kabine. Da kann ich wenigstens im Warmen lesen.«

Ida sah von ihrem Boot aus, wie Mr. Stead sich entfernte und Stephen in der Gruppe der Männer zurückblieb. Auf dem Deck hoben sich die schwarzen Silhouetten der Passagiere jetzt gegen den Hintergrund ab wie Figuren in einem Schattenspiel. Seilrollen quietschten. Das Boot zitterte und glitt langsam, leicht schwankend, nach unten. Einen Augenblick lang sackte es vornüber. Eines der jungen Mädchen neben Ida begann zu kreischen.

»Hinten runterlassen«, rief jemand zu den beiden Männern an den Kurbeln des Davits. Wieder quietschten die Seilrollen. Das Boot kam kurz in die Waagerechte, um sich dann hinten bedenklich zu senken. Die Insassen klammerten sich am Bootsrand und an den Bänken fest und starrten stumm in die schwarzen Wassermassen, in die das Boot zu stürzen schien.

»Vorne runterlassen!« brüllte der Mann.

Mit einem heftigen Ruck kam das Boot wieder ins Gleichgewicht. Idas Nachbarin brach in Schluchzen aus, und der Mann rief: »In Ordnung. Jetzt beide gleichzeitig.«

Das Boot schwebte seitlich am Rumpf des Schiffes nach unten. Mit seinem matten Schwarz wirkte es noch bedrohlicher als die Nacht. Bald mußte man den Kopf heben, um die letzten Lichter an Deck zu sehen. Man könnte meinen, wir versinken in einem Brunnen, dachte Ida mit bangem Herzen. Sie beugte sich über den Bootsrand und sah nichts als eine schwarze, schimmernde Fläche – das Meer.

Dann sah man plötzlich ein fast blendendes Licht. Sie befanden sich auf gleicher Höhe mit dem Speisesaal und den Salons. Nie war Ida das Licht der Kronleuchter so strahlend vorgekommen. Einen Augenblick verharrte das Boot, bevor es seinen Abstieg fortsetzte. Niemand wagte zu reden. Nur eine große hagere Frau stöhnte von Zeit zu Zeit auf. Die Orchestermusik drang bis zu ihnen herab und übertönte das Knarren der Seile.

Mit einemmal war ein sonderbares Dröhnen zu hören, als schlügen Tausende von Hämmern auf die Schiffsplanken. Das Rettungsboot war jetzt auf der Höhe des Dritte-Klasse-Decks angelangt, und man konnte die dichtgedrängten Menschen dort erkennen. Männer, Frauen und Kinder rannten kopflos hin und her.

Es war das Trampeln ihrer Füße, das man bis hierhin hörte. Alle trugen sie weiße Schwimmwesten. »Was wird aus ihnen?« fragte sich Ida entsetzt. »Gibt es genügend Rettungsboote für all diese Menschen?« Und plötzlich durchzuckte sie ein schrecklicher Gedanke: »Konnte sie sicher sein, daß Stephen die *Titanic* rechtzeitig verlassen würde? Hatte er ihr nicht etwas vorgemacht, als er ihr versicherte, die Männer würden später in die Boote eingewiesen?«

Ein Mann mit roten Haaren, der auf eine Bank gestiegen war, schrie und blickte sich nach allen Seiten um, als suchte er seine Familie. Gleichgültig gegenüber seinen Schreien, zog der Menschenstrom an ihm vorbei. Ida fiel ein, daß in der dritten Klasse Männer und Frauen in weit voneinander getrennten Kabinen untergebracht waren. Sicher versuchte dieser Mann, seine Angehörigen zu finden. Und wer mochte diese Frau sein, die an einer Säule lehnte, um nicht von der Flut der Menge fortgespült zu werden? Sie hatte schützend die Hand über den Kopf ihres Säuglings gelegt, den sie in einem um den Hals gebundenen Tuch trug.

Ein von Panik ergriffener Mann setzte einen Fuß auf die Reling, als wollte er ins Boot springen.

»He! He!« brüllte er. »Wartet!«

Die Arme ausgebreitet, schien er zu flehen: »So nehmt mich doch mit!« Wohl fürchtend, der Mann könnte auf sie stürzen, drängte sich Idas Nachbarin noch näher an sie heran. Der Abstand zwischen Reling und Boot mußte ihm dann aber doch zu große Angst gemacht haben, denn er zog sich im letzten Augenblick zurück.

Ida fühlte sich fast erleichtert, als sie – einen Meter tiefer – diese unglückseligen Menschen nicht mehr sehen konnte, obwohl es fast noch schrecklicher war, nur das weiter anschwellende Trappeln ihrer Schritte zu hören. Plötzlich, schon ein ganzes Stück tiefer, entdeckte sie noch einen Mann. Würde er springen? Er zögerte und schien den Abstand zum Boot abzuschätzen.

»Er ist wahnsinnig!« murmelte ein junges Mädchen.

Ein Matrose hob den Kopf: »Das wird er nicht schaffen ...«

Und er sprang doch. Idas Nachbarin schlug schützend die Arme vors Gesicht, und mehrere Frauen kreischten hysterisch.

Der Mann stieß einen markerschütternden Schrei aus. Einem Raubvogel gleich, der von der Kugel eines Jägers getroffen war, sah man ihn herabstürzen. Doch er hatte den Abstand zwischen Schiffsrumpf und Rettungsboot falsch eingeschätzt, und so verfehlte er sein Ziel um Haaresbreite. Ida sah ihn ganz nah vorbeischießen, so nah, daß sie glaubte, seinen Atem zu spüren. Er hatte im Fallen die Arme weit ausgebreitet, und seine Fingernägel kratzten über das Holz der Bootsplanken. Dann war nur noch das schreckliche Geräusch des Eintauchens zu hören, das den Schrei des Unglücklichen erstickte. Ida schloß entsetzt die Augen. Die Frau neben ihr begann zu zittern und mit den Füßen zu stampfen. »Ich will nicht runter, ich will nicht runter, ich will zurück auf die *Titanic*, ich will nicht runter«, wiederholte sie verzweifelt.

Obwohl sie Ida gar nicht kannte, ließ sie den Kopf an deren Schulter sinken. Eine Frau ihr gegenüber saß dagegen wie versteinert da, der Rücken kerzengerade, der Blick leer, als würde sie, abgesondert von der Welt, nichts mehr sehen und nichts mehr hören. Ein Bild aus der Vergangenheit tauchte vor Idas Augen auf: In London hatte sie einmal einen Bettler gesehen, der mit ähnlich starrem Gesichtsausdruck die Straße entlangging. Stets im gleichen Rhythmus machte er drei oder vier Schritte, drehte sich dann, den Blick völlig leer, um die eigene Achse und setzte seinen Weg unbeirrt wieder fort, ohne auf das höhnische Gelächter der Passanten zu achten. Tief bewegt von seiner Verlorenheit, war Ida stehengeblieben und hatte ihn eine Weile beobachtet. »Er ersinnt um sich herum eine andere Welt, um die zu vergessen, in der er leidet«, hatte sie gedacht.

»Der Abfluß, der Abfluß, schauen Sie am Boden nach, ob der Abfluß zugestöpselt ist«, schrie einer der Matrosen. »Wir müssen ihn finden, sonst kommt Wasser ins Boot …«

»Ist unser Boot beschädigt?« fragte eine Frau verständnislos.

Der Matrose erklärte ihr, daß das Loch im Bootsrumpf gemeint sei, durch welches das Regenwasser austreten könne. Eine Frau fand das Abflußloch schließlich, und der Matrose stöpselte es sorgfältig zu.

Doch kurz vor dem Aufsetzen bahnte sich eine weitere Gefahr an, denn das Boot wurde vom Strahl aus einem der Kondensatorenauslässe erfaßt. Man mußte rasch handeln, sonst würde das Boot mit diesem heißen Wasser vollaufen.

»Ein Messer! Ein Messer! Hat jemand ein Messer? Wir müssen die Taue durchschneiden! Sonst kentern wir mit all dem Wasser!«

Mit einemmal schien das Dunkel noch intensiver, als wären die Sterne plötzlich hinter einer Wolkendecke verschwunden.

»Vorsicht! Vorsicht!« schrie eine Frau auf der hintersten Bank.

Ida begriff nicht, was vor sich ging. Alle starrten nach oben. Wenige Meter über ihnen schwebte ein weiteres Boot herab und drohte sie zu zermalmen.

Die Insassen dieses Bootes erkannten die Gefahr und schrien zu den Matrosen hinauf, die an Deck die Davits bedienten. Doch die Männer oben hörten sie nicht, und das Boot kam unaufhaltsam näher. Jetzt schwebte sein Rumpf nur noch einen Meter über ihren Köpfen. Die beiden Matrosen und ein Heizer stellten sich auf die Bänke und versuchten, es mit den Händen beiseite zu drücken. Vergebens, das Boot war viel zu schwer. Das Unglück schien unvermeidlich. Wenn die Matrosen an Deck das Boot nicht stoppten, würden die Insassen von Idas Boot erdrückt werden. Niemand schrie mehr, niemand weinte, es schien, als wäre der Tod bereits da. Ida sah plötzlich das Gesicht von Harold vor sich. Sollte sie diese Nacht nicht überleben, würde er niemals erfahren, daß sie ihn entlarvt hatte ... Sie sah im Geiste die knappe Geste, mit der er seine Karten am Ende eines Spiels zusammenschob. Und jetzt dachte sie, daß es vielleicht die Karten ihres eigenen Lebens waren, die verschwinden würden.

Doch ein Heizer sprang, mit einem Messer bewaffnet, zu den Tauen am Heck. Ein Matrose im Bug folgte seinem Beispiel. Ihre Klingen bohrten sich in die Seile. Als diese zerrissen, klatschte das Boot unsanft auf die Wasseroberfläche – gerade noch rechtzeitig, denn schon setzte das zweite Boot dicht neben ihnen auf.

»An die Ruder und legt euch in die Riemen!« schrie einer der beiden Matrosen.

Und langsam entfernte sich das Rettungsboot von der *Titanic*.

11. Kapitel

Sie starrten gebannt auf die Lichter – auf die, welche die runden Bullaugen erleuchteten, und die auf den Decks, welche lange gelbe Reihen bildeten. Man konnte noch diffuse Gestalten erkennen, die sich dort bewegten, und ein weiteres Rettungsboot, das eben zu Wasser gelassen wurde. Ida dachte an Stephen. Hatte er noch Platz in einem der Boote gefunden? Sie meinte, eine der letzten Frauen gewesen zu sein, die von Bord gegangen waren. Von daher war anzunehmen, daß man jetzt die Männer in die restlichen Boote einsteigen ließ.

»Hören Sie?«

Ida glaubte, die Frau ihr gegenüber wollte sie auf das Geräusch der Ruder aufmerksam machen. Aber die Matrosen an den Riemen hatten eben eine Verschnaufpause eingelegt.

»Die Kapelle!«

Obwohl die Klänge nur schwach zu ihnen herüberhallten, hatten sie etwas Beruhigendes, genauso wie die vier riesigen Schornsteine und der Rauch, der noch immer aus ihnen emporstieg. Wie eine Stadt, umgeben vom Meer, lag der Ozeanriese da. Konnte ein solches Wunderwerk überhaupt untergehen? Ida fühlte, wie sich ihre Brust zusammenschnürte. Hin- und hergerissen zwischen Angst und Hoffnung, starrte sie unverwandt auf das Schiff. Nichts zählte fortan für sie – bis auf das Schicksal von Stephen. Einen Augenblick bildete sie sich sogar ein, seine Stimme zu hören, die nach ihr rief. Aber das mußte sie sich wohl eingebildet haben.

»Haben Sie das gesehen? Was werfen die da von Bord?« fragte eine Frau.

»Das muß der Witzbold von Bäcker sein, der seine dummen Streiche spielt«, bekam sie zur Antwort. »Ich habe ihn vorhin auf Deck beobachtet. Er schleppte Liegestühle an die Reling und warf sie ins Wasser – als Rettungsflöße, sagte er.«

Schweigen senkte sich über das Boot. In der Dunkelheit waren die Gesichter der Insassen kaum zu unterscheiden. Die

Luft schien plötzlich feuchter geworden zu sein. Ab und zu waren Rufe zu hören, fern und vage. Die Matrosen hatten die Ruder wieder ergriffen. Wußten sie, wohin sie fuhren? Niemand hatte ihnen diese Frage gestellt. Man sah nur, daß sie sich von der *Titanic* entfernen wollten. Und die schien sich nicht vom Fleck zu bewegen. Doch als wollte das Meer sie nicht länger tragen, begann sie langsam darin zu versinken.

»Warum bleiben wir nicht in der Nähe des Schiffes?« fragte Ida beunruhigt.

»Order vom Kapitän. Man hat in nördlicher Richtung die Lichter eines Dampfers gesichtet. Aber der scheint nicht auf unsere Funksignale zu antworten. Vielleicht haben sie ihr Funkgerät abgeschaltet. Deshalb nehmen wir Kurs darauf.«

»Sehen Sie diese Lichter denn?« fragte Ida, um ihn davon abzubringen.

»Ja, geradeaus.«

»Sind das nicht Sterne?«

»Sterne treiben nicht auf dem Wasser.«

»Ist es weit entfernt, dieses Schiff?«

»Schwer zu sagen.«

Ida beschloß, das Gespräch abzubrechen. Sie fror, und ihre Füße in den Lederstiefeletten waren schon ganz taub vor Kälte. Was Stephen jetzt wohl machte? Vielleicht war er in einem der Rettungsboote ganz in ihrer Nähe. Ihr Blick wanderte wieder zur *Titanic*. Eine Reihe von Bullaugen war verschwunden.

»Glauben Sie, unser Schiff wird sinken?« fragte die Frau, die Ida gegenüber saß.

Ida gab vor, nicht gehört zu haben, doch die Frau ließ nicht locker: »Kann es wohl noch lange so treiben?«

»Woher soll ich das wissen?«

Ida hatte keine Lust, mit dieser ängstlichen Frau zu reden. Alle möglichen Bilder gingen ihr durch den Kopf: Harold auf dem Kai in Southampton, Kapitän Smith in seiner weißen Uniform, der Mann, der sich vor ihren Augen ins Nichts gestürzt hatte. Dann Stephen. Wie sie sich auf dem Deck umarmt hatten. Und jetzt sah sie sich mit ihm durch das ihr noch unbekannte New York spazieren.

»Sie haben recht, man kann Lichter sehen!« rief eines der jungen Mädchen plötzlich.

Alle Bootsinsassen suchten den Horizont ab. Tatsächlich war in der Ferne ein schwacher Schimmer zu erkennen. Er flimmerte wie ein Glühwürmchen.

»Ob sie uns sehen können?«

»Wir sind zu weit weg. Und außerdem haben wir nichts, womit wir uns bemerkbar machen können«, knurrte einer der Ruderer.

»Haben wir Notraketen im Boot?«

»Wir müßten doch eigentlich welche haben.«

»Wir haben aber keine ...«, murmelte einer der Ruderer.

Vorne im Bug war das Knistern von Papier zu hören.

»Ich habe ein paar Orangen in altes Zeitungspapier gewickelt. Wenn jemand Streichhölzer dabei hat, könnte man es an einem Bootshaken anzünden.«

Der Steward übergab seinem Nachbarn das Ruder und kletterte nach vorn zu der Dame, die den Vorschlag gemacht hatte. Er hielt ein Feuerzeug an das Papier, das sogleich lichterloh brannte, und schwenkte das improvisierte Leuchtsignal an dem Haken hin und her. Die Flammen erleuchteten kurz den Bug des Bootes, bevor sie erloschen. Noch glühende Papierreste schwebten herab.

»Setzen Sie das Boot nicht in Brand!«

»Keine Angst, Ma'am, die Funken sind schon verglüht. Und mehr Papier haben wir nicht.«

Als der Steward seinen Platz wieder einnehmen wollte, saß dort eine Dame, die sich weigerte aufzustehen.

»Ich habe Sie vorhin beobachtet«, sagte sie. »Mit solch schwerfälligen Leuten wie Ihnen kommen wir niemals von der Stelle. Unglaublich! Wo haben Sie das Rudern gelernt?«

»Nirgendwo. Ich bin Steward, kein Seemann.«

»Mein Bruder gehörte zur Rudermannschaft in Oxford und hat mir das Rudern beigebracht. Ich stelle mich geschickter an als Sie.«

Tatsächlich ruderte sie äußerst fachkundig und kraftvoll. Aber das Schiff schien immer noch genauso weit entfernt.

»Das erreichen wir niemals«, meinte jemand.

»Was wissen Sie denn schon?« entgegnete die Frau am Ruder. »Vielleicht kommt es uns ja entgegen.«

»Dann käme es viel schneller voran als wir. Wozu also unsere Kräfte vergeuden?«

»Sie hat recht«, sagte Ida. »Wir könnten verlorengehen oder von einer Strömung erfaßt werden.«

Ein junges Mädchen stimmte ihr zu: »Und die Menschen, die noch auf der *Titanic* sind, brauchen vielleicht unsere Hilfe ...«

»Um in die Boote einzusteigen? Das haben wir auch alleine gekonnt!«

»Ja, aber ...«

»Kommt nicht in Frage. Ich habe auch Familienangehörige auf dem Schiff, wie sicher viele von Ihnen.«

»Ja, aber man kann sie doch nicht ihrem Schicksal überlassen«, beharrte das Mädchen.

»Ich glaube, es wäre vernünftiger, in der Nähe des Schiffes zu bleiben«, fügte Ida, in Gedanken an Stephen, hinzu. »Schauen Sie nur, man könnte meinen, es hätte sich noch weiter vornüber geneigt.«

»Aber was können wir tun? Wollen Sie näher heranrudern, damit Sie die Rettungsboote zählen können, die noch herabgelassen werden?«

Ida hätte die unverschämte Person am liebsten geohrfeigt. Einer der Matrosen hörte auf zu rudern und meinte mit niedergeschlagener Stimme: »Da gibt es nicht mehr viel zu zählen.«

»Was soll das heißen?«

»Alle Rettungsboote sind bereits zu Wasser gelassen worden.«

»Aber es sind doch längst nicht alle Passagiere evakuiert.«

»Stimmt. Es müßten noch etwa tausend an Bord sein.«

»Und?«

»Sie können sich jetzt nur noch in ihr Schicksal fügen.«

»Uns wurde doch versichert, die *Olympic* und andere Schiffe kämen uns zu Hilfe.«

»Gewiß«, murmelte der Matrose. »Nur kann ich leider keins von diesen Schiffen sehen.«

»Und das dort?« Die Frau deutete zum Horizont. Sie schien einen Orientierungspunkt zu suchen. Dann sank ihre Hand zurück. Die Lichter von eben waren verschwunden.

12. Kapitel

Die letzten vier Kartenspieler hatten sich soeben erhoben. Eine Stunde nach Bekanntwerden der Kollision hatten sich Major Butt, Arthur Ryerson, Francis D. Millet und Clarence Moore im Rauchsalon der ersten Klasse zusammengefunden. Von seiner Sekretärin informiert, hatte Major Butt rasch den Ernst der Lage erkannt und seine drei Freunde zu einer Partie Bridge eingeladen, nachdem er seine Mitarbeiterin zu einem der Rettungsboote begleitet hatte. Die Partie war ohne Zwischenfälle verlaufen, da Mr. Moore, entgegen seiner Gewohnheit, darauf verzichtet hatte, den Wert eines kleinen Schlemms anzufechten.

Ganz in ihr Spiel vertieft, hatten sie nicht auf den Mann geachtet, der, seine Schwimmweste in der Hand, eingetreten war. Nachdem er sie auf einem Tisch abgelegt hatte, war er zum Kamin gegangen. Und dort hatte Fagin ihn entdeckt, wie er mit hängenden Schultern am Sims lehnte. Er selbst war eben vom Zwischendeck hergekommen, in der Hoffnung, Leopold, Molly oder einen seiner Kameraden zu finden. Statt ihrer erblickte er nun Andrews, den technischen Direktor der Belfaster Werft Harland and Wolff. Den Mann, der dieses Schiff ersonnen, der Planung und Bau des Ozeanriesen von Anfang bis Ende überwacht hatte. Fagin sah ihn wieder vor sich, wie er damals auf dem Werftsgelände in Belfast mit den Technikern und Arbeitern debattierte.

Gedankenverloren starrte Andrews auf das riesige Gemälde über dem Kamin. Es stellte Segelschiffe dar, die in einem Hafen vor Anker lagen. Doch jetzt fühlte er sich beobachtet und wandte sich um: »Was machst du hier?« fragte er mit tonloser Stimme. »Du hast hier nichts zu suchen.«

»Sir ...«

»Los, geh ...«

Es war sinnlos zu bleiben. Aber als Fagin wieder an Deck war, hatte er plötzlich dieses Bild vor sich: Andrews, die Hände in den Hosentaschen, im Rauchsalon – und darüber die Lüster. Alles nach Steuerbord geneigt.

Lightoller hatte soeben angeordnet, das Boot Nummer vier hinunterzulassen, und das, obwohl es nur zu zwei Dritteln besetzt war. Etwa zwanzig Passagiere hätten noch darin Platz gefunden. Es war Fagin bereits aufgefallen, daß sich der Zweite Offizier weigerte, die Boote voll zu besetzen. Befürchtete er, sie könnten kentern?

Das Schicksal dieses Bootes schien ihm, wenigstens teilweise, recht zu geben. Ein Matrose und ein Heizer betätigten die Kurbeln, doch sie mußten ständig innehalten.

»Nehmt die Bootshaken und drückt die Seile vom Schiff weg!« schrie Lightoller.

Fagin legte mit Hand an. Als er sich über die Reling beugte, merkte er, daß das Schiff so stark Schlagseite hatte, daß ein senkrechtes Hinabgleiten des Bootes gar nicht möglich war: Seine eine Seite rieb sich an der *Titanic*, und deren Nieten drohten die Bootsplanken zu beschädigen. Mehrere Passagiere kamen Fagin und den beiden Mannschaftsmitgliedern zu Hilfe, die, mit Eisenstangen und Haken bewaffnet, die Lauftaue wegzuschieben suchten.

Als das Boot endlich aufsetzte, blieb Fagin und den anderen nur wenig Zeit zum Verschnaufen. Der Abstand zwischen Deck und Wasseroberfläche hatte sich bedenklich verringert. Gegen Mitternacht hatte er noch etwa zwanzig Meter betragen, jetzt, knapp zwei Stunden später, waren es nur noch etwa fünf Meter.

»Ist dies das letzte Rettungsboot?« fragte ein kleiner schnauzbärtiger Mann seinen Nachbarn.

»Es scheint so.«

»Glauben Sie, daß wir bald Hilfe von anderen Schiffen bekommen?«

»Irgend jemand soll Lichter in der Ferne gesichtet haben ...«

Lightoller hatte alle Besatzungsmitglieder, die in der Nähe waren, zusammengerufen: Matrosen, Heizer, Maschinisten, Stewards. Es waren nicht viele, höchstens ein Dutzend. Mit gedämpfter Stimme erklärte er, was er von ihnen erwartete: »Gehen Sie bis zur kleinen Treppe, die zur Brücke führt, aber nur in Zweier- oder Dreiergruppen, damit keine Panik ausbricht. Dort liegt ein Faltboot, das bringen Sie her und hängen es an die Davits. Dann stellen Sie sich im Halbkreis davor auf.«

Lightoller ging als erster. Innerhalb von knapp zehn Minuten war der Auftrag erledigt. Daraufhin faßten sich die Männer bei den Armen, um den Ansturm der Passagiere zu regeln. Lightoller schrie: »Frauen und Kinder!«

Etwa fünfzehn Frauen traten vor. Zwei Matrosen wichen zur Seite, um sie, eine nach der anderen, durchzulassen. Die Abschiedsszenen waren diesmal kurz. Das Abfeuern der Notraketen war eingestellt worden, doch die Mastlichter brannten noch – Sterne unter Sternen. Unter der Leitung ihres Dirigenten spielte die Kapelle immer noch ihre rhythmischen Weisen. Fagin hatte den Eindruck, als wären die Musiker näher zusammengerückt, wohl wegen der schneidenden Kälte.

»Noch irgendwo Frauen und Kinder?«

Lightoller wiederholte: »Frauen und Kinder?«

Als sich niemand mehr meldete, erlaubte der Zweite Offizier zum ersten Mal, daß auch Männer ins Boot stiegen, etwa zwanzig.

»Vorsichtig«, rief er, »ganz vorsichtig, sonst wird die Außenwand des Faltboots beschädigt.«

Mehrere Männer warfen sich in die Arme ihrer Frauen, küßten sie und drückten sie an sich wie nach einer langen Trennung. Fagin dachte an Leopold und Molly. Waren sie dort unten eingesperrt? Gefangen hinter einer verriegelten Tür? Einen Augenblick stellte er sie sich vor, wie sie gegen die steigenden Fluten ankämpften.

»Papa ... Mama ...«

Diese Worte, die er noch nie gesagt hatte, waren ihm plötzlich entschlüpft. Angst ergriff ihn. Er brauchte sich nun nicht mehr über die Reling zu beugen, um das Meer zu sehen: Das Meer war da, ganz nah. Das Schiff neigte sich nicht nur nach Steuerbord, auch sein Bug senkte sich bedenklich. Und zum ersten Mal durchfuhr ihn der Gedanke, daß er sterben könnte.

Zusammen mit Murdoch kam Kapitän Smith von der Kommandobrücke herunter. Fagin sah, wie sie auf Lightoller zugingen. Im Laufe ihres kurzen Gesprächs deutete der Zweite

Offizier mit dem Kinn hinauf zum Dach der Offizierskabinen. In diesem Augenblick entstand Unruhe in der Nähe. Ein Passagier verlangte, daß die beiden eleganten jungen Damen in seiner Begleitung in das Boot einsteigen durften. Warum meldete er sich erst so spät? Jetzt tauchte noch eine andere Gruppe von Frauen auf, wohl aus der dritten Klasse.

Murdoch zögerte nicht eine Sekunde. Er trat zum Boot, in dem mehrere Paare umschlungen saßen, und brüllte: »Alle Männer aussteigen!«

Dieses Mal brauchte er seine Waffe nicht zu ziehen. Ohne zu murren, überließen die Männer ihre Plätze den Neuankömmlingen.

Fagin war wie gelähmt. Alle Kraft hatte ihn verlassen. Und als Lightoller zwei Matrosen aufforderte, die Kurbeln des Davits zu übernehmen, rührte er sich nicht vom Fleck. Sein Körper war mit einemmal steif wie ein trockener Baum. Es war nun, als ob ein Stein auf seine Brust drückte; er begann zu keuchen und nach Atem zu ringen. Plötzlich sprangen zwei Männer in das Boot, doch weder der Kapitän noch die Offiziere versuchten, sie daran zu hindern.

»Das Leben ist Wirklichkeit, der Tod ist Illusion.« Von wem hatte er diesen Satz gehört? Von Molly, als sie ihm von ihrer Religion erzählt hatte? »Illusion ...« Dieses Wort war irgendwie tröstlich. Er glaubte, ein fernes Dröhnen zu vernehmen. Ein Schiff? Und da er sich erinnerte, daß ein Offizier die Lichter eines Dampfers gesichtet hatte, beschloß er, an Steuerbord zu gehen.

Eine Handvoll Passagiere irrte über diesen Teil des Decks. Offizier Lowe war verschwunden, und die Seile hingen schlaff von den Davits. Fagin suchte den Horizont ab und glaubte, einen undeutlichen Schimmer wahrzunehmen. Er schien sich nicht bewegt zu haben, seitdem er ihn vorhin entdeckt hatte.

»Die Ratten sind fort ...«

Er zuckte zusammen. Es war die Stimme von Fergus. Er warf sich ihm in die Arme.

»Immer sachte, Kleiner! Sonst werden die anderen noch eifersüchtig! François wollte eine Runde mit dem Fahrrad drehen ... Deshalb sind sie in den Gymnastikraum gegangen und wärmen sich auf.«

»Sind Leopold und Molly auch da?«

»Wirst schon sehen!« antwortete Fergus übertrieben geheimnisvoll.

»Warum nennst du sie Ratten?«

»Ach, du hättest dieses Schauspiel sehen müssen. Du kennst doch Ismay, den Chef der White Star Line. Er ist die ganze Zeit um die Boote geschlichen. Hat den Frauen den Arm gereicht, den Kindern die Hand, um ihnen in die Boote zu helfen. Der barmherzige Samariter! Allmählich aber wurde er ziemlich nervös und hat sich dauernd umgeschaut. Die Leute beobachteten ihn und dachten, er mache sich Sorgen um die Passagiere. Doch als das letzte Boot von Steuerbord runtergelassen wurde, ist er einfach noch reingesprungen, obwohl es schon zum Bersten voll war. Und, glaub mir, er sah nicht mehr besonders stolz aus ...«

Vor der Tür des Gymnastikraums angelangt, fragte Fagin wieder: »Hast du Leopold und Molly gesehen?«

Da sah er sie plötzlich! Zusammen mit Burni, Jack dem Steward, dem Koch mit den zwei fehlenden Fingern, François und Thomas. Und der kam gleich auf ihn zu.

»Ich habe deine Bibel verloren«, sagte er betrübt.

»Nicht schlimm«, meinte Molly, »wir schenken ihm eine neue. Stimmt's, Leopold?«

In diesem Augenblick wurde die Eingangstür mit unheimlichen Getöse aufgerissen.

»Beeilt euch!« brüllte ein Heizer. »Sie lassen das letzte Rettungsboot ins Wasser. Schnell, verdammt noch mal!«

Sie stürzten nach draußen. Fagin rannte den Gang zur Funkzentrale hinunter. Er wußte, daß dort eine Leiter an der Wand befestigt war. Bride und Phillips saßen noch immer an ihren Geräten. Er wollte schon rufen, sie sollten den Raum sofort verlassen, als er den Kapitän an ihrer Seite bemerkte. Mit ernster Stimme sagte dieser: »Meine Herren, Sie haben bis zuletzt Ihre Pflicht getan. Es ist aus; wir sinken. Jetzt muß jeder für sich selbst sorgen. Gehen Sie! Und viel Glück!«

Fagin ergriff die Leiter. Auf dem Deck half ihm Fergus, sie

so aufzustellen, daß sie aufs Dach der Offizierskabinen steigen konnten.

»Schnell, schnell!« brüllte Burni.

Fagin kletterte als letzter hoch. Kleine schwarze Wellen überspülten das Vorderdeck, die Spitze des Bugs war schon nicht mehr zu sehen.

»Wir sind erledigt!« stöhnte François.

Molly faltete die Hände wie zum Gebet.

»Matrosen! Hier werden Matrosen gebraucht!«

Es war Lightoller, der versuchte, ein anderes Faltboot aus seiner Verankerung freizumachen. Es war, mit dem Kiel nach oben, mit mehreren Seilen umwickelt.

»Äxte! Äxte her, verdammt!«

Fergus stieß Fagin an.

»Hier ist noch ein Boot, wir müssen es loskriegen. Das ist unsere letzte Chance. Zieht vorne dran; wir wollen versuchen, es unter den Seilen herzuziehen.«

»Schaut mal, das Wasser!«

»Wir scheißen auf das Wasser! Zieht, zum Teufel noch mal!«

Doch das Boot bewegte sich nicht von der Stelle.

»Dein Taschenmesser, Burni! Schnell!«

»Aussichtslos, es ist viel zu klein. Hast du gesehen, wie dick die Seile sind?«

»Egal, versuch's trotzdem!«

Von Jack unterstützt, versuchte Leopold noch einmal, das Boot nach vorn zu zerren. Plötzlich ein Krachen, ein Splittern von Glas. Auf dem Steuerhaus postiert, brüllte Kapitän Smith Befehle in sein Megaphon. »Verhaltet euch britisch«, glaubte Fagin zu verstehen.

Das Vorderdeck war schon überschwemmt. Das schwarze Wasser breitete sich aus wie ein Leichentuch. Das Schiff neigte sich steil nach unten. Fagin mußte sich an einem Metallgeländer festklammern. Der Boden schien unter seinen Füßen nachzugeben. Leopold konnte Molly im letzten Augenblick auffangen, als sie schon vornüber zu stürzen drohte. Weiter hinten – ein Dröhnen, Schreie, Gebrüll. Fagin sah Schatten sich ins Leere stürzen.

Und plötzlich schien die *Titanic* wie von einer Riesenhand

in die Tiefe gezogen zu werden. Ganz in der Nähe ertönte ein Geräusch wie ein Schuß. Als hätte sich im Ruderhaus eine Explosion ereignet.

»Achtung!«

Fagin sah eben noch, wie Thomas zu Boden stürzte. Dann Leopold und Jack. Das Schiff bebte. Das Wasser hatte die Brücke erreicht.

»Hierher! Ein letzter Versuch!«

Lightoller kämpfte immer noch. Er erteilte Befehle. Fagin fiel auf den Rücken. Er fühlte sich davongetragen, Finger strichen über sein Gesicht. Einen Augenblick sah er die Sterne am Himmel. Hatte Molly ihn gerufen? Alles schwankte. Ein Grollen erhob sich. Vor ihm türmte sich eine dunkle Mauer auf. Eine riesige Welle. Als sie über ihm zusammenbrach, hatte Fagin das Gefühl, als schnitte ihm eine Zange die Füße ab, als schlösse sich ein mächtiger Kiefer über seinen Beinen, seinem Bauch, seiner Brust.

Er wollte um Hilfe schreien, doch die Welle hatte ihn schon erfaßt. Seine Arme peitschten verzweifelt das Wasser. Er war wie trunken, sein Trommelfell dröhnte. Faustschläge hämmerten auf seine Muskeln. Einen Augenblick glaubte er, nach oben zu kommen. Doch dann zog es ihn nach unten. Völlig kraftlos gab er auf.

13. Kapitel

Bei dem Aufprall kam er wieder zu Bewußtsein. Einen Augenblick lang hatte er den Eindruck, aus einem Alptraum zu erwachen. Seine Sicht war durch das Wasser getrübt. Eine Hölle aus Feuer und Eis tobte in seinem Innern. Instinktiv streckte er den Arm aus. Seine Hand stieß gegen einen Zylinder, an dem sie sich sogleich festkrallte. War das der Gegenstand gewesen, auf den er mit dem Kopf geprallt war? Vorsichtig klammerte er sich an die Stahlsäule. Ein unbändiges Zittern ergriff seine Beine. Um es zu unterdrücken, versuchte er, sich aus dem Wasser zu ziehen, indem er sich an einem Korb festhielt, den er sogleich erkannte – das Krähennest des Vordermastes! An der Mastspitze leuchteten noch die Topplichter. Doch eine heftige Erschütterung zwang ihn loszulassen.

»Fagin!«

Man hatte ihn am Haarschopf gepackt. Der Schmerz ließ ihn aufschreien, und sein Mund füllte sich mit Wasser. Er hustete, rang nach Luft und glaubte, erneut das Bewußtsein zu verlieren, als sich etwas wie ein Schraubstock um seinen Hals legte.

»Halt die Luft an!«

Das Plätschern der Wellen sagte ihm, daß eine Wand in der Nähe sein mußte. Er wollte sich aufstellen.

»Hör auf, so zu zappeln, verdammt noch mal! Sonst saufen wir noch ab!«

Er versuchte nicht einmal, die Stimme, die ihn so anherrschte, zu erkennen.

»Vor dir das Gitter! Halt dich dran fest!«

Automatisch schloß Fagin die Finger um den Maschendraht vor dem Lüftungsschacht. Sie mußten sich auf der Kommandobrücke befinden.

»Kannst du nicht schwimmen?«

Er war außerstande zu antworten.

»Warum trägst du dann keine Schwimmweste?«

Fergus keuchte an seiner Seite.

»Ich friere!« rief er mit klappernden Zähnen. »Wir können hier nicht bleiben. Wir müssen uns bewegen. Laß uns versuchen, in eins der Rettungsboote zu kommen. Wir sind beide klitschnaß und holen uns den Tod. Los, halt dich an meinen Schultern fest.«

»Nein.«

Fagin verspürte einen heftigen Brechreiz und spieh eine bittere Flüssigkeit aus.

»Fagin, sieh mich an, zum Teufel noch mal!«

Nein, er wollte schlafen.

»Scheiße! Sieh mich an!« brüllte Fergus ihn nun an.

Um die schrille Stimme nicht länger hören zu müssen, öffnete Fagin die Augen. Er nahm nur einen Schatten wahr. Plötzlich waren Schreie zu hören.

»Hilfe!«

»Lucile!«

»Hilfe!«

Ein Paar suchte sich im Dunkel. Die Frau schien gegen die Fluten anzukämpfen.

»Lucile!«

Keine Antwort.

Fergus packte Fagin an den Armen und zwang ihn, die Hände auf seine Schultern zu legen.

»Klammer dich fest!«

In diesem Augenblick wurden sie von einem aufsteigenden Strom heißer Luft aus dem Lüftungsschacht weggedrückt. Ein Strudel trug sie davon wie zwei Föten. Kurz darauf ertönte ein dumpfes Grollen. Fergus, der sich der Gefahr bewußt war, beschrieb einen Halbkreis. Jetzt sah Fagin, wie der erste Schornstein nach rechts und links zu schwanken begann. Wie von einem Luftwirbel erfaßt, schien er sich noch einmal aufzurichten, bevor er mit einem Riesengetöse in Richtung Bug stürzte und die Kabel der Brücke mit sich riß.

Eine gewaltige Wolke von Funken und Ruß wurde hochgeschleudert. Sie war kaum erloschen, als auch schon eine zweite Funkengarbe – orange und weiß – den Himmel erleuchtete. Glühende Teilchen schossen in die Luft. Dann setzte ein entsetzliches Schreien und Wimmern ein. Der Schornstein hatte eine Gruppe von Menschen unter sich begraben, andere wurden von der heißen Schlacke verbrannt. Ein Funkenregen ergoß sich über das Wasser. Fergus stöhnte.

»Ich kann nichts mehr sehen.«

Der Riese schüttelte den Kopf, und seine Arme peitschten das Wasser. Fagin klammerte sich noch fester am Rücken seines Retters fest.

»Was ist das?«

Er stieß eine weiße Masse zurück, die jetzt gegen Fagin prallte. Der wollte ihr auch einen Stoß versetzen, doch dann hielt er entsetzt inne. Es war eine Leiche. Auf dem Rücken ausgestreckt, das Gesicht den Sternen zugewandt, trieb sie mit ihrer Schwimmweste auf dem Wasser.

»Ich höre Stimmen – da muß ein Rettungsboot sein«, sagte Fergus. »Kannst du dich noch halten? Ich versuche hinzuschwimmen.«

Fagin klapperte mit den Zähnen. Seine Beine waren schwer wie Eisblöcke. Eine dumpfe Detonation war zu hören. Dann eine zweite, noch heftigere. Fergus versuchte vergebens, sich dem Teil des Decks zu nähern, das noch nicht überspült war. Eine treibende Holzplanke bot ihnen ein provisorisches Floß. Seite an Seite klammerten sie sich daran. Die beißende Kälte ließ ihnen keine Zeit zum Ausruhen. Fagin sah etwas Schwarzes über die Stirn seines Kameraden rinnen: War das Schweiß oder Blut?

»Bist du verletzt?«

Der Matrose schüttelte den Kopf. Dann stieß er heftig auf.

»Alles in Ordnung, Fergus?«

Ein kollerndes Geräusch entwich dessen Kehle. Seine Fingernägel krallten sich in das Holz.

»Fergus!«

Ganz sanft, wie eine Welle, die über den Sand spült, glitten seine Finger über die Planke. Fagin wollte seinen Arm packen, doch der Körper des Mannes – viel zu schwer für ihn – versank schon im Meer. Entsetzt sah er, wie sich das Wasser über dem Haar seines Kameraden schloß.

»Fergus!«

Ungläubig sah Fagin auf das Wasser.

»Fergus, komm zurück! Fergus! Komm zurück, ich flehe dich an!« Und jetzt war es an Fagin zu brüllen: »Fergus!«

Er brach in Schluchzen aus – und seine Kehle fühlte sich an wie eine offene blutende Wunde.

»Fergus!«

Er schrie, seine Beine peitschten das Wasser, er zitterte. Um nicht die schwarzen Fluten sehen zu müssen, die Fergus verschlungen hatten, hob er die Augen zum Himmel. Warum ließ er sich nicht auch davontreiben? Da vernahm er Stimmen, ganz in der Nähe, glaubte sogar, die von Leopold zu erkennen. Im Halbdunkel konnte er aber nur die Schwimmwesten ausmachen.

In diesem Augenblick erhob sich ein grauenerregender Chor von Weinen, Schreien und Wimmern, der kein Ende zu nehmen schien. Und es war, als käme dieses Wehklagen aus den Tiefen des Meeres. Eine Welle erfaßte Fagin, und er versuchte nicht mehr, dagegen anzukämpfen. Unter seinen Fingern spürte er noch immer sein Behelfsfloß. Dann schlug ihm ein Brecher hart ins Gesicht. Durch die Gewalt des Aufpralls entglitt ihm die Holzplanke. Er glaubte, eine Hand zu erkennen, die sich ihm entgegenstreckte. Aber sie verschwand.

Bildete er sich das nur ein? Sein Körper kam ihm plötzlich ganz leicht vor. Er verspürte überhaupt keinen Schmerz mehr. Weiter vorn schimmerte ein gelbliches Licht. Sollte er versuchen, bis dorthin zu gelangen? Arme und Beine heftig bewegend, bekam er das Holzbrett wieder zu fassen.

Wie im Traum vernahm er ein Stimmengewirr. Männer riefen einander zu. »Hierher! Wir kommen! Ich bin da, kommen Sie!« Er war überzeugt, daß die Worte an ihn gerichtet waren. In der Dunkelheit konnte er schließlich Schatten erkennen, die sich auf eine weiße Kuppel zubewegten. War es die Kuppel der *Titanic*? Ein Teil des Schiffes ragte vielleicht noch aus dem Wasser ...

Plötzlich schöpfte Fagin wieder Hoffnung. Er konnte nicht hier bleiben, er mußte diese makellose kleine Insel erreichen. Er schob die Holzplanke vor sich her und begann, wild mit den Füßen zu strampeln. Es waren nicht enden wollende Minuten. Er wußte sehr gut, daß es seine letzte Chance war. Jeden Augenblick konnten ihn seine Kräfte verlassen.

Er sah zunächst nichts als Schaumkronen. Dann das Boot. Es schien umgekippt zu sein, der Kiel war dem Himmel zugewandt. Etwa zwanzig Männer hatten darauf Zuflucht gefunden. Ringsum versuchten andere, sich darauf zu retten, sie drängten sich, stießen sich mit den Ellenbogen zur Seite. An einem Ende des Bootes erkannte Fagin Lightoller. Auf dem Kiel hockend, streckte er einem Mann die Hand hin.

»Los, Phillips, ein letzter Versuch!«

Lightoller bat einen anderen um Hilfe, und der Funker wurde auf den Bootsrumpf gezogen. Fagin ließ sein Holzbrett los und klammerte sich am Boot fest. Und ebenso wie Phillips, versuchte auch er sich hochzuziehen, doch er rutschte immer wieder ab.

»Helfen Sie mir!« rief er mit flehender Stimme.

Niemand hörte ihn. Und er begriff, daß hier jeder sich selbst der Nächste war. Ein Heizer, an seinem rußbedeckten Hemd zu erkennen, schoß aus dem Wasser hoch und landete der Länge nach auf dem Bootsrumpf. Wie ein Fisch, der auf einer Sandbank gestrandet war, blieb er eine Weile so liegen. Einer seiner Kameraden wollte es ihm gleichtun. Er stützte sich auf dem Bootsrand ab und versuchte, sich mit einem Ruck hochzuziehen. Doch er hatte nicht genug Schwung, glitt aus und fiel ins Wasser zurück.

»Phillips!« rief Fagin dem Funker zu. Noch zu erschöpft, machte der eine bedauernde Geste.

»Helfen Sie mir!«

Die Kräftigsten und Geschicktesten hatten sich hinauf retten können. Sie waren jetzt etwa dreißig auf dem Bootsrumpf.

»Wir sind schon mehr als genug. Versucht es auf einem anderen Boot!« schrie Lightoller. Sein Befehl wurde mit einem Schwall von Flüchen beantwortet.

Mit Zorn in der Stimme brüllte er zurück: »Ihr bringt uns noch zum Kentern.«

»Sie können uns doch nicht hier im Wasser lassen ...«

»Es gibt noch andere Boote!«

Fagin spürte ein heftiges Brennen in den Fingern. Ein Mann,

der an den Bootsrand gerutscht war, versuchte mit seinen Hacken die Hände der Rettungssuchenden wegzutreten. Schmerz- und Zornesschreie vermischten sich.

»Lightoller! So hör doch, Lightoller!«

Diese Stimme hätte Fagin unter Tausenden erkannt. Es war Leopold. Wo war er?

»Lightoller, du kannst doch den Jungen nicht ertrinken lassen. Es ist Fagin! Laß ihn rauf, oder ich kippe dein Boot um.«

Es folgte ein längeres Schweigen. Lightoller schien zu zögern. Dann wandte er sich an einen Mann, der neben Phillips kauerte.

»Fagin, hierher.«

Als er die Hand ausstreckte, erkannte er das Gesicht von Bride.

14. Kapitel

Da waren nur noch Himmel und Meer – ein dunkler Abgrund. Idas Augen suchten noch immer die Umrisse des Dampfers, als könnten sie ihn wieder auftauchen lassen. Beim Einsturz des ersten Schornsteins hätte man meinen können, ein Vulkan erhöbe sich unter dem Meer. Nach zwei oder drei Explosionen waren schreckliche Schreie vom Schiff her zu hören gewesen. Ida hatte gesehen, wie sein Bug vom Wasser verschlungen wurde, während das Heck sich langsam, fast senkrecht gen Himmel emporrichtete. Ein Bullauge nach dem anderen waren verschwunden. Und schließlich hatte sich das Meer über der *Titanic* geschlossen.

Die Stille, die nun folgte, war gespenstisch. Dann drangen Hilferufe durch die Nacht. Männer, Frauen, Kinder schrien. Ida stöhnte. Stephen! Er mußte sich irgendwo durch dieses eisige Wasser kämpfen. Vielleicht schrie er auch. Blankes Entsetzen herrschte im Boot. Alle hatten geglaubt, die *Titanic* könne sich über Wasser halten, bis Hilfe von anderen Schiffen käme.

»Man kann doch nicht zulassen, daß sie ...«

»Unser Boot ist fast voll«, fuhr ihr der Matrose ins Wort. »Was wollen Sie denn tun? Wenn wir uns nähern, werden sie versuchen, an Bord zu klettern, und dann kentern wir. In solchen Situationen werden die Menschen verrückt. Wenn es nur eine Handvoll wären, aber es sind vielleicht tausend.«

»Sie sind es, der verrückt ist«, rief Ida erregt und blickte sich hilfesuchend im Boot um.

Doch sie erhielt keine Unterstützung von den anderen. Alle waren wie vor den Kopf geschlagen.

»Aber diese Menschen sterben. Hören Sie doch. Sie schreien um Hilfe!«

Das Meer war nur noch ein einziges Wehklagen.

»Und selbst wenn wir nur einen einzigen retten ...«, flehte Ida.

Der Matrose hatte sich erhoben und starrte aufs Meer. Er

schien zu zögern. Dann wandte er sich an die drei Besatzungsmitglieder an den Rudern.

»Also los, aber ganz langsam ...«

Als er seinen Platz am Ruder wieder einnehmen wollte, stürzte sich eine Frau auf ihn.

»Nein, tun Sie das nicht! Die klammern sich an unser Boot und kippen es um. Die wollen doch alle reinklettern. Das können Sie nicht verantworten. Nein! Das ist unverantwortlich! Und Sie alle hier, warum sagen Sie nichts?«

Die Frau, die eben noch ihre Ruderkünste unter Beweis gestellt hatte, geriet völlig außer sich. Wie um sie zu zwingen, für sie Partei zu ergreifen, packte sie ihre Nachbarin an den Schultern und schüttelte sie. Die aber stieß sie ebenso heftig zurück und fuhr sie an: »Mein Mann und meine beiden Söhne waren an Bord ....«

Ein junges Mädchen begann zu schluchzen. Die Matrosen griffen wieder zu ihren Rudern.

»Mama, glaubst du, wir finden Papa wieder?« fragte ein Junge.

Seine Mutter zog ihn an sich und legte, wie um ihn zu schützen, seinen Kopf an ihre Brust. Ida erinnerte sich an den schlanken, eleganten Mann, der Frau und Sohn zum Rettungsboot begleitet hatte. Sie hörte noch den hochmütigen Tonfall, den seine Stimme angenommen hatte, als er sich beschwerte, daß man seinen Sohn nicht einsteigen lassen wollte: »Aber er ist doch noch ein Kind; er ist erst dreizehn!«

Ida schloß die Augen. Markerschütternde Schreie hallten durch das nächtliche Dunkel. Starr vor Entsetzen griff ihre Nachbarin nach ihrem Arm und grub ihr die Fingernägel tief ins Fleisch. Ida war fast dankbar für diesen Schmerz.

In der Finsternis konnte sie kaum die Gesichter der übrigen Insassen erkennen. Der Matrose forderte alle auf, noch einmal unter den Bänken nach einer Lampe zu suchen. Vergebens. Das Boot war wohl allzu eilig klargemacht worden.

Die Hände an die Ohren gepreßt, stammelte eine Frau: »Ich kann das nicht länger mit anhören!« Und sie begann sich vor und zurück zu wiegen wie ein Kind, das durch nichts mehr zu trösten ist.

»Etwas mehr Haltung, wenn ich bitten darf«, rief die Mutter des Jungen mit schneidender Stimme.

Kein Licht, kein Schiff war am Horizont zu erkennen. Die Hilferufe und das Weinen wurden allmählich schwächer – das unmißverständliche Zeichen dafür, daß viele schon ertrunken oder an Unterkühlung gestorben waren. Die noch Lebenden hatten keine Kraft mehr zu schreien. Das eisige Wasser schnürte ihnen die Kehle zusammen, und auf die Schreie folgte nur mehr ein Röcheln.

Ida wagte kaum zu atmen; sie lauschte auf jede Stimme, als wollte sie jedes dieser schwindenden Leben zurückhalten.

»Schneller, schneller«, flehte sie. »Man kann sie doch nicht einfach ...«

Sie fand nur bei wenigen Frauen Unterstützung. Je näher sie dem Ort der Katastrophe kamen, desto mehr verdrängte die Angst das Mitleid.

Ein leichter Stoß erschütterte das Boot. Der Matrose beugte sich herab. »Nur ein Liegestuhl«, verkündete er gleichgültig.

Dann vernahmen sie ein Keuchen. Ein weißer Gegenstand trieb auf dem Wasser.

»Sieht wie eine Schwimmweste aus«, murmelte Ida.

Als sie näher kamen, sahen sie vier Männer dicht beieinander reglos dahintreiben. Plötzlich hob einer den Arm zum Boot und schnappte nach Luft, als wollte er sprechen.

Die Matrosen legten die Ruder beiseite, beugten sich herab und versuchten, die Schiffbrüchigen zu ergreifen und ins Boot zu ziehen. Lebten sie noch? Unbeweglich wie sie waren, konnte man es bezweifeln. Ida versuchte, einen der Männer aufzuwärmen, indem sie ihm Gesicht und Arme kräftig rieb. Als sie fühlte, wie die Finger des Mannes ihre Hand drückten, wurde ihr ganz warm ums Herz.

»Lieber Gott, laß ihn nicht sterben«, flüsterte sie.

Die drei anderen Männer hatte man auf den Boden des Boots gelegt. Ihnen schien es weit schlechter zu gehen als ihrem Gefährten. Ida trennte sich von einer Decke und bat, daß man ihr dabei half, den Unbekannten, der ein Lebenszeichen von sich gegeben hatte, darin einzuwickeln. Sein Atem ging weniger mühsam. Langsam öffnete er die Augen und versuchte sogar, sich aufzurichten.

»Ganz ruhig liegenbleiben. Jetzt wird alles gut«, sagte Ida mit eindringlicher Stimme.

»Haben Sie gehört?«

»Was?«

Die Matrosen hoben die Ruder. Doch es herrschte völlige Stille.

»Es klang wie eine Sirene ...«

»Oder wie ein Nebelhorn.«

»Vielleicht ist es ein Fischkutter ...«

Plötzlich erhob sich ein Hoffnungsschrei: »Raketen! Schauen Sie! Dort! Das sind Raketen! Man kommt uns zu Hilfe!«

Ein Matrose erwiderte niedergeschlagen: »Nein, die Raketen sind grün.« Dann fügte er hinzu: »Sie geben ein Notsignal aus. Das ist einer von uns.«

Ida begann wieder zu hoffen. Und wenn Stephen nun auf diesem Boot war? Sie wollte nicht daran denken, daß ihn dasselbe Schicksal ereilt haben könnte wie diese vielen Unglückseligen, die im eisigen Wasser unter den Sternen den Tod gefunden hatten.

»Auch die anderen Boote können nicht weit sein.«

»Wir wollen sie suchen. Es ist besser zusammenzubleiben.«

»Leicht gesagt. Wie soll man sie in dieser Dunkelheit ausmachen.«

»Wir bräuchten eine Lampe, eine Pfeife, irgend etwas, um auf uns aufmerksam zu machen«, bemerkte der Matrose.

»Wie lange kann es noch dauern, bis die Schiffe eintreffen, die auf unsere Funksignale geantwortet haben?«

»Die *Olympic* wird kommen. Aber als wir unseren Notruf ausgesandt haben, war sie noch weit entfernt! Selbst wenn sie mit Höchstgeschwindigkeit fährt, wird es wohl noch zehn Stunden dauern. Also nicht vor zwei Uhr nachmittags.«

Ida versuchte, das Gesicht des Mannes zu erkennen, dessen Kopf jetzt auf ihren Knien ruhte. Würde er die Kälte in seinen nassen Kleidern noch lange durchstehen? Krämpfe schüttelten seinen Körper.

»Ich werde ihn retten, ihn daran hindern zu sterben. Er

wird nicht sterben«, wiederholte sie sich immer wieder, ganz sicher, daß sie so Stephens Tod würde beiseite schieben können.

Ida sah, wie seine Lippen zitterten: »Laureen ...«
»Ganz ruhig, pscht ...«
»Laureen, bist du's?«
Da strich ihm Ida sanft übers Haar.
»Ja, ich bin's. Und nun schlaf ...«

15. Kapitel

»Es ist der Bäcker!«

»Wir sind schon mehr als genug.«

»Aber es ist Burgess, der Bäcker!«

»Noch mehr an Bord, und wir saufen alle ab!« antwortete Lightoller dem Koch unwirsch.

»Mensch, Leute, mir wird kalt. Ich bin andere Temperaturen gewöhnt!«

»Dann komm her!«

»Ich verbiete Ihnen aufzusteigen. Ich habe auf diesem Boot das Kommando!«

»Ist mir doch egal! Los, komm, Burgess!«

Der Schiffbrüchige wurde vom Koch und von einem Heizer auf den Rumpf des umgestürzten Faltboots gezogen.

»Danke, Leute, ich hab' schon gedacht ...«

»Vorsicht, verdammt noch mal! Können Sie nicht ruhig stehen! Sie bringen uns noch zum Kentern!«

»Ich dachte schon ...«

»Jetzt halten Sie endlich die Klappe! Und reihen Sie sich ganz hinten ein!«

Der Offizier hatte die Überlebenden zu beiden Seiten des Rumpfes plaziert, so daß sie zwei Reihen von jeweils etwa fünfzehn Männern bildeten. Da sie über kein einziges Ruder verfügten, waren sie dazu verdammt, die ganze Nacht untätig stehend auf dem Boot zu verharren.

Fagin stand auf dem hinteren Bootsteil zwischen Phillips und Bride. Um sich zu wärmen, hielt er die Arme vor der Brust verschränkt. Doch seine nassen Kleider klebten ihm am Körper, und seine Füße standen im Wasser. Kälteschauer durchrieselten ihn, und er mußte sich immer wieder auf Phillips Arm stützen, um nicht zusammenzubrechen. Er war nicht der einzige, der solche Qualen durchmachte. Den Befehl von Lightoller mißachtend, der verlangt hatte, daß alle stehen sollten, um die Stabilität des Bootes nicht zu gefährden, hatte sich ein Mann auf dem Bootsrumpf zu einer Kugel zusammengerollt. Er zitterte am ganzen Leib, und damit er aufhörte, mit den Zähnen zu klappern, schrie ihn ein Matrose an: »Beiß dir in den Arm!«

Einer der Männer hockte sich neben ihn und massierte ihm Rücken und Schultern.

»Wartet, ich habe was für ihn!«
Ein Heizer reichte eine Flasche herum.
»Was ist das?«
»Ein Muntermacher! Und ein guter dazu!« lachte der Heizer.

Seine Kameraden fielen lauthals in sein Gelächter ein. Diese Heizer, etwa zwanzig an der Zahl, bildeten eine lärmende Gruppe. Manche von ihnen fluchten ununterbrochen. Oder sie deuteten mit dem Finger auf imaginäre Lichter und schrien: »He, Leute da kommt eine ganze Flotte!«

Lightoller hatte eingreifen müssen, um sie zur Ruhe zu bringen. Fagin ließ das alles gleichgültig. Trotz der Finsternis konnte er die Silhouette des Mannes ausmachen, der am Boden lag. Er hörte das Geräusch des Korkens, der aus der Flasche gezogen wurde. Der Mann, der neben dem Fremden kauerte, versuchte, ihm einen Schluck von dem Alkohol einzuflößen.

»Sie können so nicht bleiben. Es ist viel zu naß hier unten. Versuchen Sie sich aufzurichten. Stützen Sie sich auf mich. Kann mir bitte jemand helfen?«

Aber während sich der Mann noch suchend umdrehte, glitt der Sterbende langsam vom Bootsrumpf. Als seine Füße, dann seine Brust, ins Wasser eintauchten, hörte Fagin ein gurgelndes Geräusch. Das Kinn des Fremden schlug auf den Rand des Bootes. Dann kippte er nach hinten, die Hände dem Himmel entgegengestreckt. Fagin hatte nicht einmal die Kraft zum Schreien. Er merkte, daß auch Phillips vor ihm schwankte. Auch er schien am Ende seiner Kräfte.

»Da er jetzt fort ist, muß einer ein Gebet sprechen. Wer von euch kennt eins?« Niemand antwortete auf die Frage des Heizers. In der Reihe Fagin gegenüber bekreuzigte sich jemand:

»Vater unser, der du bist im Himmel ...«

Alle wiederholten den Satz. Der Vorsprecher fuhr fort: »Geheiligt werde dein Name ...«

Phillips taumelte, und Fagin mußte ihn am Kragen packen, damit er nicht zusammenbrach. Seine steifen Finger aber konnten ihn nicht lange so halten. Ihm war, als steckten glühende Nadeln unter seinen Nägeln. Bride mußte seine Not bemerkt haben, denn am Ende des Gebets flüsterte er ihm zu: »Laß uns die Plätze tauschen. Ich stelle mich vor dich und kümmere mich um Phillips. Versuch durchzuhalten! Das Schlimmste haben wir hinter uns. Die *Carpathia* muß bald eintreffen.«

Fagin begann zu zittern. Er konnte sich nicht bewegen, es war ihm, als wären seine Füße auf dem Kiel festgenagelt. Der war inzwischen noch weiter abgesackt, so daß die Männer jetzt knöcheltief im Wasser standen. Trotz mehrerer Versuche gelang es Bride nicht, an Fagin vorbeizukommen.

»Wir halten das niemals durch«, sagte eine Stimme ganz vorn.

»Halten Sie den Mund!« schrie Lightoller. »Und hören Sie auf zu wackeln.«

Phillips sackte geräuschlos in sich zusammen. Fagin glaubte, Halluzinationen zu haben. Hatte er vor sich nicht immer noch den Rücken eines Mannes? Bride aber ahnte, was passiert war.

»Halt ihn fest, zum Teufel, er rutscht ab.«

Fagin verstand, daß er gemeint war. Seine letzten Kraftreserven zusammennehmend, beugte er die Knie, und während Bride ihn an der Taille festhielt, versuchte Fagin, nach dem Arm des Funkers zu greifen. Man hörte ein Platschen. Fagin tauchte die Hand ins Wasser.

»Er ist nicht da«, keuchte er.

»Was ist los?« fragte Lightoller vom anderen Ende des Bootes.

»Phillips ist ins Wasser gefallen.«

Schweigen breitete sich aus.

»Ist er tot?« fragte schließlich jemand.

Aber niemand antwortete. Für den Bruchteil einer Sekunde sah Fagin den Funker an seinem Gerät sitzen. Dann ließ er den

Blick über den Horizont schweifen. Der Himmel erschien ihm nicht mehr so schwarz wie vorher, eher dunkelblau.

»Schaut mal da hinten!« rief einer der Heizer. »Sieht aus wie Lichter!«

»Am Horizont?« fragte einer seiner Kameraden. »Das scheint nur so. Das ist das Morgengrauen.«

»Aber nein, es sind grüne Lichter.«

»Das sind vielleicht unsere eigenen Boote«, meinte Lightoller.

»Laßt uns rufen, um uns bemerkbar zu machen.«

»Sie sind zu weit entfernt ...«

»Aber irgendwas müssen wir tun. Ich hab' keine Lust, hier zu krepieren!«

»Halten Sie den Mund!« bellte Lightoller.

Fagin hatte plötzlich den Eindruck, von einer Riesenwelle emporgehoben zu werden. Ein heftiger Schmerz schoß durch seine Schläfen, und sein Körper wurde so hart wie Stein. Er dachte an Leopold und Molly. Hatten sie sich rechtzeitig von der *Titanic* retten können? Trieben sie, wie er, auf einem Floß in der eisigen Nacht dahin? Und der Chefkoch? Hatte ihm seine Goldmünze Glück gebracht?

»Wach auf!«

Es war die Stimme von Bride. Ohne es zu merken, war Fagin nach hinten an die Brust des Funkers gesunken.

»Geht's wieder?«

Er brachte kein Wort hervor. Bride schüttelte ihn.

»Bloß nicht einschlafen! Versuch, die Arme oder Beine zu bewegen.«

Doch er konnte sich nicht rühren und spürte, wie ihm die Knie weich wurden.

»He, Heizer! Reich mal die Flasche mit deinem Muntermacher rüber.«

Man flößte ihm einen Schluck ein, und ein heftiges Brennen rann seine Kehle hinab. Er mußte husten. Tränen schossen ihm in die Augen.

»Geht's besser?«

Er nickte kaum merklich. Die grünen Lichter schienen sich zu nähern. Trümmer schabten am Bootsrumpf entlang. In der

Dämmerung entspann sich ein sonderbarer Dialog zwischen Bug und Heck.

»Bride!« rief Lightoller. »Wie lange braucht die *Carpathia* bis zu uns?«

»Nach der Position, die sie durchgegeben hat – noch knapp zwei Stunden.«

»Wer ist der Kapitän?«

»Arthur Rostron.«

»Rostron? Den kenne ich! Er hat lange als Chefoffizier auf der *Lusitania* gedient. Wissen Sie, wie seine Mannschaft ihn nannte? Elektrischer Funke!«

»Warum?«

»Weil er so schnell ist! Er fährt bestimmt mit Volldampf!«

»Wenn er kann ...«

»Wieso?«

»Weil Rostron genausogut wie wir auf einen Eisberg stoßen könnte.«

»Und die *Olympic* – wie weit ist die entfernt?«

»Mindestens fünfhundert Meilen ...«

Lightoller verstummte. Wie alle wußte er, daß ihr Schicksal allein von der *Carpathia* abhing. Er wußte auch, daß sie nicht mehr lange durchhalten würden: Das Boot lag immer tiefer im Wasser, und die Kälte raubte ihnen die letzten Kräfte. Fagin glaubte, Stimmen zu hören. Eine leichte Brise hatte sich erhoben, verbunden mit kleinen Wellen, die das Boot mit seinen dreißig zitternden, erschöpften, auf Rettung wartenden Überlebenden noch instabiler machten.

»Das sind sie! Ganz sicher!« rief einer der Heizer.

»Es sind die Unseren. Wir müssen schreien!«

Und sogleich begannen sie zu rufen:

»Hallo ... Hierher ... zu Hilfe ... Hallo ...«

Bride schrie so laut, daß Fagin glaubte, das Trommelfell würde ihm platzen.

»Sie haben uns gesehen! Es sind zwei! Sie kommen uns entgegen!«

»Ruhe! Ruhe, verdammt noch mal!«

Da hörten sie in der Ferne ein Lied: »Wir lagen vor Madagaskar und hatten die Pest an Bord ...«

16. Kapitel

Die drei Leichen waren im vorderen Bootsteil auf den Boden gelegt worden. Man hatte ihre Gesichter mit ihren Schwimmwesten zugedeckt. Das Meer war so ruhig, daß das Boot kaum schaukelte. Ida betrachtete den Mann, dessen Kopf immer noch auf ihren Knien ruhte. Von Zeit zu Zeit flüsterte er unverständliche Sätze. Ein Kind weinte. Da seine Mutter es nicht beruhigen konnte, öffnete eine Nachbarin in einem weißen Pelzmantel ihre Handtasche.

»Beinahe hätte ich es in meiner Kabine vergessen«, sagte sie und holte ein kleines Porzellanschwein hervor.

Sicher war Ida nicht die einzige, die sich fragte, ob diese exzentrische Person nicht vielleicht übergeschnappt war. Sie sah, wie sie den Schwanz des Tieres drehte, woraufhin ein hübsches Wiegenlied ertönte: Das kleine Schwein war eine Spieldose.

»Meine Mutter hat es mir abends immer aufs Kopfkissen gelegt. Vielleicht könnte der Kleine damit auch ...«

»Was erlauben Sie sich?« fuhr ihr eine Frau unwirsch ins Wort.

»Ich wollte dem Kleinen doch nur zum Schlaf verhelfen.«

»Denken Sie lieber an all diejenigen, die ihn für immer gefunden haben.«

Ida griff automatisch in ihre Manteltasche und schloß die Hand um das Döschen, das Stephen ihr geschenkt hatte. Würde es ihr Glück bringen? Die meisten Frauen im Boot saßen stumm und teilnahmslos da. Auf der Bank ihr gegenüber zitterten die drei jungen Mädchen vor Kälte und kauerten sich, um sich zu wärmen, ganz eng aneinander. Die Matrosen hatten das Tempo des Boots gedrosselt; zwei von ihnen hatten sogar die Ruder niedergelegt und sich vorne im Bug aufgestellt. Als ein Stoß das Boot erschütterte, wiesen sie ihre Kameraden mit einem Handzeichen an, das Rudern einzustellen. Dann beugten sie sich über den Bootsrand: »Da ist nichts! Weitermachen ...«

Ida wußte, was die Matrosen vor den anderen Bootsinsassen zu verheimlichen suchten – die vielen Leichen, die auf der Wasseroberfläche trieben. Als es immer häufiger zu solchen Zusammenstößen kam, verließen die Seeleute ihren Beobachtungsposten und kehrten zu den Rudern zurück. Sie sprachen leise miteinander, und das Boot machte kehrt.

»Was geht hier vor?« fragte jemand beunruhigt.

»Es sind hier zu viele Wrackteile im Wasser; die könnten den Bootsrumpf beschädigen«, kam die Antwort.

»Und warum flüstern Sie dann untereinander?«

»Ich hab' ihnen nur vorgeschlagen, ein Lied zu singen«, entgegnete der Matrose, ohne sich aus der Fassung bringen zu lassen. »Das muntert uns auf, und außerdem hört man uns so vielleicht in den anderen Booten. Wir glauben, dort hinten eines gesichtet zu haben«, fügte er hinzu, indem er vage in eine Richtung deutete.

Und bald sangen die Matrosen im Chor: »Wir lagen vor Madagaskar ....«

Sie wollten gerade die zweite Strophe anstimmen, als eine Frau rief: »Still, ich glaube, ich habe ein Pfeifen gehört ...«

Alles verstummte. Kurz darauf ein erneutes Pfeifen.

»Sie haben recht. Ich glaube, es kommt von Backbord, von dort, wo vorhin die grünen Raketen aufgestiegen sind. Auf, Jungs, nichts wie hin!«

Wenig später vernahmen sie Rufe. Dann wurden Lichter sichtbar. Ida stellte sich Stephens Gesicht vor. Würde sie ihn wiederfinden?

»Schiff ahoi!«

Ein Ruf kam zurück wie ein Echo. Sollte dies das Ende ihres Alptraums sein? Der Unbekannte, der zu Idas Füßen saß, begann zu zittern und zu stöhnen. Ida rieb seinen Rücken, um ihn zu wärmen. Die Stimmen kamen näher. Dann tauchte ein erstes Boot in der Nacht auf.

»Hier Leutnant Lowe. Wir wollen die Boote zusammenbinden. Wie viele seid ihr?«

»Wir waren dreiundfünfzig.« Dann fügte der Matrose hinzu: »Aber wir haben vier Männer aufgefischt.«

»Wie ist ihr Zustand?«

»Nur einer hat überlebt.«

Bald tauchten drei weitere Boote auf. Die Matrosen riefen sich zu: »Wie viele seid ihr?«

»Wir? Fünfundsechzig. Wir können keinen mehr aufnehmen.«

»Und ihr dort?«

»Wir sind nur vierundzwanzig. Als unser Boot zu Wasser gelassen wurde, haben wir vor den Frachtluken angehalten, um weitere Menschen aufzunehmen. Aber die Luken haben sich nicht geöffnet.«

»Habt ihr Notraketen dabei?«

»Nein.«

»Wir auch nicht. Wir haben nicht mal einen Kompaß. Nur das Boot von Lowe und noch ein weiteres hat Raketen.«

»Aber ihr habt wenigstens ein Licht am Heck ...«

»Eine Frau hier im Boot hat einen Stock mit elektrischem Knauf. Besonders weit sieht man damit allerdings nicht.«

Lowe übernahm das Kommando über die kleine Flotte. Zunächst einmal ordnete er an, seine Mitinsassen auf die übrigen Boote zu verteilen, um dann nach weiteren Überlebenden Ausschau zu halten. Dies war der Augenblick, dachte Ida, um nachzufragen, ob sich Stephen unter den Geretteten befand. Andere Passagiere hatten die gleiche Absicht, und die Matrosen übernahmen es, die Namen von einem Boot zum anderen auszurufen. Aber es gab nirgends ein Wiedersehen.

Um die Frauen zu beruhigen, versicherte ihnen Lowe, daß noch ein Dutzend weiterer Boote auf dem Meer herumtrieben. Dann fügte er hinzu: »Diese drei Boote werden zusammengebunden. Wir lassen euch eine Laterne hier, damit wir euch wiederfinden, wenn wir unsere Suche beendet haben.«

Das Warten schien endlos lang. Immer öfter wurde die Befürchtung geäußert, daß jede Hilfe zu spät kommen würde. Daß sie vielleicht tagelang auf dem Meer umhertreiben würden. Daß die Vorräte an Trinkwasser und Keksen nicht ausreichen würden. Und was, wenn ein Sturm aufkommen würde? Die Boote seien überladen. Ein einziger Brecher, und sie könnten in Sekundenschnelle untergehen. Ein Steward, der die Zweifler beruhigen wollte, wurde beschimpft.

Als Lowe zurückkehrte, ließ die Gereiztheit etwas nach. Er hatte etwa dreißig Männer aus dem Wasser gefischt. Er wies mit seiner Laterne auf Idas Boot.

»Ihr seid zu viele. Fünfzehn Freiwillige bitte in unser Boot.«

Ida deutete mit einer Geste an, daß sie aufstehen wollte. Aber sie konnte den geretteten Mann, der neben ihr stöhnte, nicht im Stich lassen.

»Noch fünf!« rief Lightoller.

»Gehen Sie«, flüsterte Idas Nachbarin. »Ich habe vorhin gehört, daß Sie nach jemandem Ausschau halten. Vielleicht ist er ja im Nachbarboot. Ich kümmere mich schon um Ihren Schützling.«

Ida bedankte sich und stand auf, um in Lowes Boot zu steigen. Sie glaubte, eine andere Welt zu betreten. Die Männer sprachen kein Wort. Sie schienen alle wie versteinert. Mit einer einzigen Ausnahme: ein Offizier, der Ida schon an Deck aufgefallen war und der jetzt lebhaft auf Lowe einredete. Ida hörte, wie er berichtete, daß sie lange Zeit auf dem Kiel eines umgestürzten Bootes dahingetrieben seien und daß sie zwei Männer verloren hätten, die vor Erschöpfung und Unterkühlung gestorben seien.

»Entschuldigen Sie, Sir«, sagte Ida, die zu ihm getreten war. »Darf ich Sie etwas fragen: Befand sich auf Ihrem Boot ein gewisser Stephen Jenkins?«

»Ist das ein Passagier?«

»Ja, ein Passagier der ersten Klasse.«

»Ich fürchte, ich muß Sie enttäuschen; den Namen habe ich nicht gehört. Aber keine Sorge, noch sind nicht alle Boote hier versammelt. Ich rate Ihnen, sich wieder zu setzen. Ich bin sicher, wir müssen nicht mehr lange auf Hilfe warten.«

Ida überfiel ein Frösteln. Sie fühlte sich plötzlich völlig kraftlos. Widerstandslos befolgte sie die Anweisung des Offiziers und setzte sich zwischen zwei Besatzungsmitglieder. Der eine von ihnen, ein strammer Bursche mit Schirmmütze, bemerkte, daß eine Frau bloße Füße hatte. Er bot ihr seine Socken an. Sie lehnte ab.

»Sie sind sauber«, sagte er. »Ich hab' sie erst heute morgen gewaschen.«

»So war das nicht gemeint«, entgegnete die Frau. »Aber, wissen Sie, ich kann meine Füße gar nicht mehr bewegen. Ich glaube, sie sind erfroren und vertragen nicht die geringste Berührung.«

Der Matrose aber ließ nicht locker, und schließlich gelang es ihr unter Qualen, sich die Socken über die Füße zu streifen. Ida beobachtete das Gesicht der Frau, die ihr gegenübersaß. Sie hatte die Hände zusammengelegt und schien zu beten. Lautlos bewegte sie die Lippen, schien immer die gleichen Worte zu wiederholen, wohl um ihren Schmerz zu betäuben. Ida wandte den Blick ab und hielt nach weiteren Booten Ausschau, in der Hoffnung, Stephens Silhouette auftauchen zu sehen.

Langsam erhellte sich die Dunkelheit; rosa- und goldfarbene Streifen zeichneten sich am Himmel ab. Der Tag brach an.

»Schaut nur!«

Ein Heizer zeigte aufs Meer hinaus. Vor ihnen trieben makellos weiße Berge dahin. Die Menschen in den Booten standen auf, fasziniert und ängstlich zugleich. Im frühen Morgenlicht wirkte der weiße Glanz noch bedrohlicher.

»Eisberge«, flüsterte eine Frau. »Sieht aus, als warteten sie auf uns.«

Das Meer schob die Eisblöcke vor sich her, die an die Bootsflanken zu prallen drohten. Eine Frau begann zu stöhnen. Die Matrosen wußten nicht recht, was sie tun sollten. Die Strömung trieb die Boote auf diese schroffen Eisgebilde zu, die in den ersten Sonnenstrahlen glitzerten. Wie hypnotisiert starrten die Passagiere darauf, so daß sie zunächst die am Horizont aufsteigenden Rauchwolken gar nicht bemerkten. Aber Ida hatte sie gesehen.

Diesmal war kein Zweifel möglich: Ein Dampfer nahm Kurs auf sie. Ein Steward holte sein Ruder ein und rief: »Da sind sie!«

Sogleich stießen die Besatzungsmitglieder Freudenschreie aus. Die Passagiere sahen sie schweigend an. Die meisten waren noch wie erstarrt, als hätten sie jegliche Hoffnung auf Rettung aufgegeben. Sie achteten kaum auf das Schiff, dessen Bug jetzt schon deutlich zu erkennen war.

»So freut euch doch«, rief einer der Ruderer. »Das ist die

Rettung. In einer Stunde sitzt ihr im Warmen. Und sie werden noch weitere Überlebende finden!«

»Überlebende? Die im Wasser geblieben sind? Ihr braucht uns keine Märchen zu erzählen. Wir wissen, was aus denen geworden ist.«

Zum ersten Mal nahm Ida die anderen Frauen im Boot bewußt wahr. Mit ihren ausdruckslosen Gesichtern schienen sie nicht einmal mehr die Kraft zum Weinen zu haben.

Ein leichter Wind kam auf, und die Wellen schlugen an das überfüllte Boot. Unter den Männern an Bord erkannte Ida den Jungen wieder, der ihr irrtümlicherweise ein Telegramm überbracht hatte. Sie erinnerte sich an seinen Namen: Fagin. Er lag ausgestreckt auf dem Boden, das Gesicht zum Himmel gewandt, und auf seiner Stirn klebte eine Haarsträhne. Immer wieder beugte sich ein Mann über ihn, als wollte er sich vergewissern, daß er noch lebte.

Die Boote bewegten sich vorsichtig zwischen dem Treibeis vorwärts. Die Matrosen verständigten sich durch Rufe. Sie hatten an Backbord eine weiße Masse gesichtet. Das konnte, so weit von der Küste entfernt, keine Vogelbank sein. Der Offizier in Idas Boot gab den Befehl, näher heranzurudern.

Und jetzt machten sie eine schreckliche Entdeckung. Etwa fünfzig Leichen trieben dort dicht nebeneinander. Ihre Köpfe waren nach hinten oder zur Seite gesackt. Die verzerrten Münder ließen erahnen, welche Qualen sie hatten durchleiden müssen. Sonderbarerweise schienen alle ähnliche graue Helme zu tragen – das eiskalte Wasser hatte ihr Haar gefrieren lassen und ihre Gesichter wie mit einer fahlen Maske überzogen. War Stephen unter diesen Unglücklichen? Plötzlich erkannte Ida an seinem dichten rötlichen Bart und seinem Schnauzer den Prahlhans und Witzbold, der auf dem Dritte-Klasse-Deck seine Scherze getrieben hatte.

»Da ist nichts mehr zu machen«, murmelte der Offizier.

Langsam drehte das Boot bei und nahm wieder Kurs auf das Schiff. Doch neue Zweifel ergriffen die Passagiere, als sie bemerkten, daß der Dampfer sich nicht mehr vorwärtsbewegte. Würde er kehrtmachen und verschwinden wie das Geisterschiff, das sie letzte Nacht gesichtet hatten?

»Wegen der Eisschollen kommen sie nicht voran. Wir müssen ihnen entgegenfahren. Aber sie warten auf uns. Ihr seht doch, daß der Schiffsbug auf uns gerichtet bleibt.«

Die Männer ruderten mit aller Kraft, und bald konnte man den Namen des Schiffes entziffern: *Carpathia*. Dann ging alles blitzschnell. Die Matrosen beugten sich über die Reling und gaben Handzeichen. Das Boot war jetzt dicht an der Längsseite des Schiffes, doch die Wellen erschwerten das Manöver. Den Heizern gelang es schließlich, zwei Strickleitern zu ergreifen.

»Wir wollen zuerst die Schwächsten evakuieren«, befahl der Offizier.

Als hätten sie seine Absicht erraten, ließen die Männer von der *Carpathia* eine Art Netz herunter, das am Boden des Bootes ausgebreitet wurde. Als erster wurde Fagin hineingelegt, wobei die Männer darauf achteten, daß seine Arme vor der Brust gekreuzt waren. Als er sicher verstaut war, wurde ein Zeichen gegeben, und das Netz schwebte nach oben. Zwei weitere Überlebende wurden auf die gleiche Weise an Deck gezogen.

Dann, nach den Kindern, wurden die Frauen aufgefordert, sich vor den Strickleitern aufzustellen. Mehrere protestierten, daß sie niemals bis zur Ladepforte klettern könnten. Die Matrosen aber machten ihnen klar, daß dies die einzige Möglichkeit sei, das Boot zu verlassen. Also stieg eine nach der anderen mühsam empor. Ida hatte alle nur erdenkliche Mühe, die Seile zu ergreifen, so starr waren ihre Finger. Bei jeder Sprosse mußte sie innehalten, so heftig war der Schmerz in ihren Händen.

»Festhalten! Bald haben Sie's geschafft«, ermunterte sie eine Stimme.

Da tat sich unter ihren Füßen ein schwarzes Loch auf.

17. Kapitel

In einem großen, von Tageslicht durchfluteten Saal war Ida aus ihrer Ohnmacht erwacht. Die Tische waren an die Wände gerückt, die Sessel und Stühle zusammengeschoben und zu Behelfsbetten umfunktioniert worden. Als sie die Augen aufschlug, wußte sie zunächst nicht, wo sie war.

»Sie müssen völlig erschöpft gewesen sein.«

Ida erkannte das Gesicht, das über sie gebeugt war. Es war Suzanne.

»Soll ich Ihnen helfen, sich aufzusetzen, Madame? Ich habe dafür gesorgt, daß Sie immer schön warm zugedeckt waren. Aber es ist trotzdem nicht gut, daß Sie am Boden liegen bleiben. Soll ich Ihnen eine heiße Bouillon oder eine Tasse Tee holen? Es steht beides für uns bereit.«

»Ich fühle mich ganz benommen ... Habe ich lange geschlafen?«

»Ein Matrose hat mir gesagt, daß Sie beim Hochklettern der Strickleiter einen Schwächeanfall hatten und daß man Sie am frühen Morgen in diesen Speisesaal getragen hat; jetzt ist es drei Uhr nachmittags.«

Ida richtete sich auf und lehnte sich mit dem Rücken an die Wand. Suzannes Worte verwirrten sie, und sie hatte die größte Mühe, ihre Gedanken zu ordnen. Um einen Augenblick allein zu sein, bat sie ihre Kammerfrau, ihr eine heiße Bouillon zu holen. Eine unendliche Mattigkeit überkam sie.

Den anderen Geretteten ringsum schien es nicht besser zu ergehen. Die meisten Kinder husteten, und die Stewards brachten ihnen zusätzliche Decken. Aber was Ida in dieser bunt zusammengewürfelten Menge am meisten erstaunte, waren die Gesichter der Frauen, die niemanden an ihrer Seite hatten. So als wollten sie sich jedem möglichen Kontakt entziehen, hatten sich viele von ihnen an den großen Fenstern aufgestellt und starrten unverwandt auf den Horizont. Hofften sie auf die Ankunft weiterer Rettungsboote?

Schließlich erschien Suzanne mit Suppe und Zwieback auf einem Metalltablett.

»Das ist alles für den Augenblick, aber die Küche hat versprochen, daß wir um vier Uhr Tee bekommen. Die Besatzung tut wirklich ihr möglichstes. Während Sie schliefen, war der Kapitän hier, um nachzuschauen, wie wir untergebracht sind. Fast hätte er sich für den mangelnden Komfort noch entschuldigt. Oh, Madame ...« Suzanne, die neben Ida Platz genommen hatte, biß sich auf die Lippen. »Wenn Sie wüßten, was ich gehört habe ... Schreckliche Geschichten ... All diese armen Leute .... Warum hat ihnen der liebe Gott das angetan ...« Die junge Frau begann zu schluchzen. Ida legte ihr die Hand auf den Arm, um sie zu beruhigen.

»Warum hat er ihnen das angetan ... Ich kann es nicht verstehen. Es ist eine Irländerin an Bord, die ihren Mann und ihre fünf Kinder verloren hat, und eine andere, die umherirrt und ihre beiden Töchter sucht. Immer wenn sie auf einen Matrosen trifft, fragt sie: ›Haben Sie sie nicht gesehen? Sie sind beide blond und tragen das gleiche rote Kleid. Sie trennen sich nie.‹«

»Ach, Suzanne«, murmelte Ida, selbst den Tränen nahe.

»Ja, ich weiß, Madame, ich weine, dabei bin ich noch gut dran ... Aber trotzdem ... Trotzdem, Madame ... Das ist doch alles nicht gerecht. Zum Beispiel dieser kleine Fagin, Sie wissen schon, der Junge, den sie das ›Maskottchen‹ der *Titanic* nannten. Ich bin einem seiner Kameraden begegnet, er heißt François; er hat mir erzählt, daß sie die beiden einzigen Überlebenden ihrer Kabine sind und daß dieser Fagin noch nicht weiß, daß Leopold und Molly, das Ehepaar, das ihn sozusagen adoptiert hat, wohl unter den Vermißten ist.«

»Wer kümmert sich um ihn?«

»Im Augenblick noch der Schiffsarzt, denn der Junge hat Fieber und fantasiert. Denken Sie, er ist ins Wasser gefallen und hat einen Teil der Nacht stehend auf einem umgekippten Boot zugebracht. Ich habe angeboten, mich um ihn zu kümmern; man hat ihn in einen kleinen Raum direkt neben der Krankenstation gebracht. Wenn Sie erlauben, Madame, wache ich an seinem Bett, solange Sie mich nicht brauchen.«

Ida war ganz erschüttert von Suzannes Bericht.

»Sind Sie sicher, daß man Sie zu ihm lassen wird?«

»Man hat schon mehreren Frauen erlaubt, sich um die Verletzten zu kümmern. Wie zuvorkommend die Besatzung auch ist, sie kann nicht alles tun. Schließlich sind siebenhundert Menschen zusätzlich an Bord ...«

»Siebenhundert, sagen Sie? Aber hier sind kaum mehr als hundert.«

»Die anderen sind auf Deck oder in Kabinen von Passagieren, die sich bereit erklärt haben, sie mit den Geretteten zu teilen.«

»Glauben Sie, daß man schon Listen mit den Namen der Überlebenden angeschlagen hat?« fragte Ida und warf ihre Decke zurück, um an Deck frische Luft zu schnappen.

»Ich glaube wohl, denn ich wurde von einem Offizier nach meinem und Ihrem Namen gefragt.«

»Könnten Sie sich erkundigen, ob ein gewisser Stephen Jenkins darauf vermerkt ist?«

»Gut, Madame, ich frage nach diesem Stephen Jenkins, und dann sehe ich nach Fagin.«

Als Suzanne gegangen war, stand auch Ida auf und machte zunächst eine Runde durch den Speisesaal, wobei sie alle Gesichter eingehend studierte. Vergebens.

Draußen auf dem Deck fiel ihr Blick sofort auf Mrs. Thompson, die, in Decken eingehüllt, auf einem Liegestuhl lag. Neben ihr saßen Margaret und ein junger Mann, wahrscheinlich der Verlobte, von dem das junge Mädchen ihr erzählt hatte.

Mrs. Thompson begrüßte Ida mit einem müden Lächeln.

»Sie werden uns also bis nach New York begleiten«, sagte sie mit matter Stimme. »Es heißt, wir würden in zwei Tagen ankommen. Aber das alles ist nun so unwichtig ...«

»So dürfen Sie nicht reden. Margaret ...«

»Sie haben recht, Margaret ist mir geblieben. Meine kleine Margaret. Charles liebte sie so sehr. Vielleicht hat sie das nicht immer so sehen können, aber ...«

»Mama!«

»Dein Vater hat dich geradezu vergöttert. Am Tage deiner Geburt ...«

Mrs. Thompson konnte nicht weitersprechen. Margaret

kauerte sich neben ihre Mutter und legte den Kopf auf ihre Knie. Ida sah wieder das hilflose Gesicht von Mr. Thompson vor den Rettungsbooten der *Titanic*. Und dann Stephen ...

Die Sonne blieb hinter einer grauen Wolkendecke verborgen, und die Luft war noch immer sehr kalt. Plötzlich stoppten die Maschinen der *Carpathia*, und die Passagiere horchten erschrocken auf.

»Wir haben schon wieder einen Eisberg gerammt!« schrie eine alte Dame.

Ratlos beugten sich mehrere der Geretteten über die Reling.

»Man sieht nichts – nicht einmal einen Eisblock am Horizont ...«

Weitere Schreie erhoben sich, und mehrere Frauen rannten zu den Rettungsbooten.

»Nicht an die Taue rühren«, schrie einer der Matrosen. »Zurück, zurück! Alles ist normal. Wir haben die Maschinen auf Befehl des Kapitäns gestoppt. In wenigen Minuten nehmen wir die Fahrt wieder auf.«

In diesem Moment entdeckte Ida ihre Kammerfrau, die auf dem Deck umherirrte. Sie ging zu ihr hinüber und fragte: »Haben Sie schon mit einem der Offiziere sprechen können?«

Suzanne wich ihrem Blick aus.

»Ja, Madame.«

»Gibt es eine Liste?«

»Ja, Madame, mit allen Überlebenden.«

»Mr. Jenkins ...«

»Er hat seinen Namen nicht gefunden.«

Idas Hand glitt in ihre Manteltasche und legte sich um die kleine Holzdose.

»Sind Sie sicher?«

»Ja, Madame. Aber ...«

»Aber was?«

»Drei Personen konnten noch nicht identifiziert werden: zwei Frauen und ein Mann.«

»Haben Sie sie gesehen?«

»Nein, Madame, das ist nicht möglich. Der Arzt hat jeden Besuch strengstens untersagt. Er meint, es wäre ein Wunder, wenn der Mann überlebt. Man vermutet, daß es ein Steward ist; er ist mit einem Rettungsboot gekommen, auf dem nur Besatzungsmitglieder waren. Es ist ähnlich wie bei Fagin ... Man hat mich nicht zu ihm gelassen. Nur François durfte ihn für wenige Minuten sehen.«

»Aber dieser Mann, von dem Sie sprechen – ist man sich sicher, daß er ein Steward ist?«

»Der Offizier hat es mir versichert.«

Ida flüchtete sich in den Speisesaal. Sie wollte allein sein. Als sie an den Platz kam, wo sie geschlafen hatte, mußte sie feststellen, daß ihre Decken verschwunden waren. Daraufhin tat sie das, was sie vorhin bei den anderen Frauen beobachtet hatte. Mit müden Schritten trat sie an eines der großen Fenster. Zwei Frauen rückten beiseite, um ihr Platz zu machen. Sie unterhielten sich darüber, daß die *Carpathia* ihre Maschinen gestoppt hatte.

»Sie haben vier Matrosen der *Titanic* im Meer bestattet«, sagte die eine. »Das scheint ein Seemannsbrauch zu sein.«

Ida preßte die Stirn an die Scheibe. Suzanne kam und schlug ihr vor, Tee zu trinken und einen Imbiß einzunehmen. Ida aber schüttelte stumm den Kopf.

In der Nacht, als sie sich alle zum Schlafen auf den Boden gelegt hatten, hörte Ida ein Flüstern.

»Suzanne, ich bin's, François ...«

»Was gibt's?«

»Es ist wegen Fagin ...«

»Kann ich ihn morgen besuchen?«

Schweigen. Schließlich murmelte François: »Das ist leider nicht mehr nötig ...«

Da begann Ida still zu weinen.

18. Kapitel

New York, diese Stadt, von der Ida geträumt hatte, blieb unsichtbar. Sie hatte erwartet, riesige Gebäude, gewaltige Brücken zu sehen, doch ein Schleier aus Nebel und Regen verbarg die Ufer von Manhattan. Immer wieder ertönten Nebelhörner. Durch die Fenster des Speisesaals sahen die Passagiere die Schlepper vorüberziehen. Ob Katia wohl da war? Ihre Cousine war von nun an ihre einzige Zuflucht. Ida dachte auch an Harold, an diesen Brief, den sie ihm geschrieben hatte und der jetzt am Grunde des Meeres lag. Vielleicht war es besser so ... Sie würde einfach nur die Scheidung beantragen. Ohne weitere Gründe anzugeben.

Sie beobachtete Mrs. Thompson, die mit ihrer Tochter auf einer Bank saß. Wie würde ihr Leben von nun an verlaufen und das all dieser Geretteten, die ihre Liebsten verloren hatten? Nie mehr würden sie ihre Stimmen, das Geräusch ihrer Schritte hören. Sie waren in der Nacht des Eisbergs verschwunden. Stephen und all die anderen.

Zwei Offiziere der *Carpathia* traten in den Speisesaal: »Meine Damen und Herren«, verkündete der eine von ihnen, »in knapp einer Stunde werden wir im Hafen von New York anlegen. Unter den gegebenen Umständen werden Ihnen die Zollformalitäten erspart. Die Behörden haben jedoch darum ersucht, daß ihnen Ihr Name und Ihre Anschrift während Ihres Aufenthalts in den Vereinigten Staaten mitgeteilt werden. Ich werde also, zusammen mit Leutnant Evans, die Passagiere einzeln aufrufen. Wenn Sie Ihren Namen hören, treten Sie bitte vor, um das Papier auszufüllen, das der Leutnant Ihnen vorlegt. Geben Sie bitte Ihre Nationalität, Ihren Hauptwohnsitz und, das betrifft die Ausländer, Ihre Anschrift in Amerika an.«

Die abgefertigten Passagiere wurden in eine Ecke des Speisesaals geführt. Denen, die genauere Einzelheiten wissen wollten, sagte der Offizier: »Auf dem Kai erwarten Sie Mitarbeiter der White Star Line, die werden Ihnen weiterhelfen.«

Das Aufnehmen der Formalitäten kam Ida unendlich lang vor. Sie wurde als letzte aufgerufen: »Wilkinson ...«

Während sie die Anschrift ihrer Cousine Katia niederschrieb, hörte sie die beiden Offiziere miteinander reden.

»Sind das jetzt alle?«

»Es fehlen noch zwei Frauen.«

»Und wo sind sie?«

»In der Krankenstation. Sie sind noch nicht bei Bewußtsein.«

»War da nicht auch noch ein junger Mann?«

»Ja, aber man weiß noch nicht, wie er heißt. Es scheint ein Steward zu sein. Der hat weiß Gott Glück gehabt! Man hat ihn zwei Stunden nach dem Untergang aus dem Wasser gefischt. Ins letzte Boot hat man ihn gezogen. Die anderen Insassen glaubten, er sei längst tot. Zum Glück hat ihn der Schiffsarzt untersucht.«

»Wird er davonkommen?«

»Der Arzt meint, ja. Aber er steht noch unter Schock. In seinem Fieberwahn ruft er immer nach derselben Person. Nach einer Ida. Wird wohl seine Frau sein.«

Ida merkte, wie ihr der Stift aus der Hand glitt.

»Entschuldigen Sie, Sir, könnte ich diesen Mann sehen?«

»Unmöglich, Ma'am.«

»Ich heiße Ida.«

Kurz darauf betrat sie in Begleitung von Leutnant Evans die Krankenstation. Sie erkannte ihn sofort. Ein Arzt war gerade dabei, ihn abzuhorchen.

»Stephen!«

Langsam wandte er den Kopf, und sein Gesicht begann zu strahlen. Sie wollte zu ihm stürzen, aber der Arzt hielt sie zurück.

»Ist das Ihr Ehemann?«

»Nein ... Ein Freund ...«

»Er braucht Ruhe. Er wird ins Krankenhaus eingeliefert werden müssen. Er ist noch nicht vollständig bei Bewußtsein. Ein paar Tage wird es wohl noch dauern. Wenn Sie in New York bleiben, setzen Sie sich bitte in Verbindung mit dem Büro der White Star Line. Dort wird man Ihnen das Krankenhaus nennen, in dem er untergebracht ist.«

Mit einer freundlichen, aber entschlossenen Geste legte der Arzt ihr seine Hand auf die Schulter. Als er sie zur Tür führen wollte, bat sie ihn leise: »Ich möchte mich von ihm verabschieden.«

Und sie küßte Stephens Stirn.

»Haben Sie noch persönliche Dinge im Speisesaal abzuholen?« fragte Evans.

Zu bewegt, um zu sprechen, schüttelte Ida nur stumm den Kopf.

»Dann begleite ich Sie jetzt zur Gangway. Die übrigen Passagiere sind schon von Bord gegangen.«

Bald hatte Ida, trunken vor Glück, wieder festen Boden unter den Füßen. Zwei uniformierte Männer fragten sie nach ihrem Namen. Sie führten sie in einen großen Saal, der durch Pflöcke mit Seilen aufgeteilt war. Jede Abteilung war mit einem Schild versehen, auf dem ein Buchstabe stand. Ida wurde zur Abteilung W geleitet.

Katia wartete schon auf sie. Einen Augenblick standen sie da und schauten sich nur an. Dann warf sich Ida in ihre Arme. Sie legte den Kopf auf Katias Schulter, wie sie es auch früher oft getan hatte. Tränen liefen ihr über die Wangen.

Und sie flüsterte: »Er lebt!«

Die Rätsel der Titanic

Wenige Tage nach der Katastrophe berichteten verschiedene Zeitungen, daß Überlebende in den wasserdichten Abteilungen des Schiffes eingeschlossen geblieben sein könnten. Andere behaupteten, daß vielleicht noch Schiffbrüchige auf Wrackteilen im Wasser umhertrieben. Jedenfalls löste die Katastrophe sowohl in Amerika als auch in Europa heftige Emotionen aus. In London und in New York versammelten sich bei Bekanntwerden des Unglücks Zigtausende vor den Büros der White Star Line. Verwandte und Freunde konsultierten die Liste mit den Namen der Überlebenden, die auf großen Tafeln an der Gebäudefassade vermerkt waren.

In den Vereinigten Staaten wurde ein Untersuchungsverfahren eröffnet, bei dem überlebende Passagiere und Besatzungsmitglieder verhört wurden. Dabei ging es um die Schuldfrage. Die Hauptperson allerdings fehlte: Kapitän Smith. Die genauen Umstände seines Todes wurden nie geklärt. Verschiedene Passagiere behaupteten, er habe sich auf der Kommandobrücke durch einen Revolverschuß in den Mund das Leben genommen (was im Fall von Offizier Murdoch übrigens erwiesen ist). Andere versicherten, ihn im eiskalten Wasser gesichtet zu haben; er habe, bevor er in den Fluten verschwand, ein Kind zu retten versucht.

Die Kapitänswitwe bekam von der White Star Line eine Entschädigung von eintausendzweihundertfünfzig Pfund Sterling ausgezahlt, was einem Jahresgehalt ihres Ehemanns entsprach.

Andere Mannschaftsmitglieder oder ihre Familien wurden weniger großzügig behandelt. Die Gesellschaft zahlte ihren Lohn nur bis zum 15. April, zwei Uhr morgens, in Anbetracht der Tatsache, daß ihr Dienst genau zu diesem Zeitpunkt geendet hatte.

Der eigentliche Angeklagte in diesem Verhör war Bruce Ismay, der Präsident der White Star Line. Die Senatoren wunderten sich, daß er sich vom Schiff gerettet hatte, obwohl sich noch Hunderte von Frauen und Kindern an Bord befanden. Von Fragen bedrängt, antwortete er: »Bevor ich ins letzte Rettungsboot stieg, das steuerbords zu Wasser gelassen wurde, habe ich gefragt: ›Sind hier noch Frauen und Kinder?‹ Da niemand antwortete, bin ich eingestiegen.«

Ein besonders wichtiger Punkt bei den Anhörungen war das Thema Geschwindigkeit. War es zu verantworten, mit einundzwanzig Knoten in einer eisberggefährdeten Zone zu fahren? Offizier Lightoller antwortete, daß es seiner Auffassung nach nicht unvernünftig gewesen sei. Außerdem, so fügte er hinzu, hätten in dieser Nacht zwei Männer im Krähennest Wache gehabt.

»Stimmt es, daß diese über kein Fernglas verfügten?« wurde Fleet, einer der Späher, gefragt, der zum Zeitpunkt des Unglücks Dienst hatte. Der Matrose antwortete, daß man ihm tatsächlich, anders als üblich, keines gegeben habe. Glaube er, daß sie den Eisberg früher gesichtet hätten, wenn ihnen ein Fernglas zur Verfügung gestanden hätte? Fleet antwortete, daß seine Sichtweite mit einem Fernglas mindestens zwei Meilen mehr betragen hätte. Außerdem, fügte er hinzu, sei die Nacht sternenklar, wenn auch mondlos, und die See ruhig gewesen. Wegen der ölglatten Wasseroberfläche habe es nicht den üblichen Schaumstreifen gegeben, der schon bei kleineren Wellen am Fuß der Eisberge entstehe.

Die Passagiere, die vor dem Ausschuß erschienen, wiesen auf viele Versäumnisse der Besatzung hin: In ihren Augen sei die Evakuierung des Schiffes äußerst chaotisch verlaufen. Backbords, so berichteten sie, habe Lightoller die Mehrzahl der Boote nur zur Hälfte besetzt zu Wasser gelassen. Dieser hatte in der Tat befürchtet, daß die Davits das Gewicht von sechzig bis siebzig Personen nicht tragen würden. Ihm war unbekannt, daß die Boote auf der Belfaster Werft Harland and Wolff auf ihre Höchstbelastung hin getestet worden waren.

Ein besonders heikler Punkt war die Anzahl der Rettungsboote. Es gab deren zwanzig, die insgesamt eintausendsiebenundvierzig Personen hätten aufnehmen können. Die *Titanic* aber hatte zweitausendzweihundert Menschen an Bord. Trotzdem entsprach die Ausrüstung des Schiffes den Normen, die damals vom englischen Handelsministerium vorgeschrieben wurden. Der erste Plan eines Schiffsbauarchitekten hatte noch die Installation von zweiunddreißig Rettungsbooten vorgesehen. Diese Option wurde jedoch abgelehnt, da so viele Boote die Fläche der Promenadendecks der ersten Klasse um die Hälfte reduziert hätten.

Ebenfalls unter Anklage stand die *Californian*. Das Schiff befand sich acht oder zehn Seemeilen vom Unglücksort entfernt. Seine Maschinen waren gestoppt worden, da der Kapitän eine Kollision mit Eisbergen befürchtete. Übrigens hatte die *Californian* selbst eine Eiswarnung an die *Titanic* gefunkt, die Phillips aber, der mit Arbeit überhäuft war, sich entweder geweigert hatte zu hören – oder aber nicht weitergegeben hat. Um halb zwölf Uhr nachts schaltete der Funker der *Californian* sein Funkgerät für die Nacht aus. Von der Kommandobrücke aus sahen die Offiziere die Notraketen der *Titanic*, hielten sie aber für ein Feuerwerk. Warum wurde daraufhin die Funkverbindung nicht wieder hergestellt? Eine Frage, die unbeantwortet blieb.

War die *Californian* das mysteriöse Schiff, dessen Lichter die Passagiere am Horizont verschwinden sahen? Oder war es nicht vielmehr die *Samson* gewesen, ein norwegisches, fünfhundert Tonnen schweres Schiff, das in den Gewässern vor Neufundland (ohne Genehmigung) auf Robbenfang war? Da es jedoch über kein Funkgerät verfügte, hätte es die Notrufe der *Titanic* nicht hören können.

Viele fragten sich auch, warum die nicht ausgelasteten Rettungsboote nicht an den Unfallort zurückgekehrt waren, um die Ertrinkenden zu retten. Zeugen gaben vor, daß sie wohl die Absicht gehabt hätten, daß aber besonders ängstliche Bootsinsassen protestiert hätten, weil sie fürchteten, ihr Boot könne wegen Überlastung kentern. Sie behaupteten auch, im Augenblick, als der Bug der *Titanic* im Wasser versank, ein Brüllen vernommen zu haben »wie bei einem Fußballspiel«.

Vierundzwanzig Stunden nach dem Unglück entdeckte ein Bergungsschiff, die *Mackay-Bennett*, einen Leichenteppich von hundertneunzig Ertrunkenen, die dicht beieinander auf dem

Wasser trieben. Bis auf ein kleines zweijähriges Kind trugen alle Schwimmwesten. Der Arzt, der die ersten Leichen untersuchte, schätzte, daß die Widerstandsfähigsten mindestens vier Stunden im eisigen Wasser überlebt hatten.

Die endgültige Bilanz des Untergangs der *Titanic* lautete folgendermaßen: siebenhundertfünf Überlebende und mehr als eintausendfünfhundert Tote. Über sechzig Prozent der Erste-Klasse-Passagiere wurden gerettet und nur zwanzig Prozent der dritten Klasse. Von den achthundertfünfundachtzig Besatzungsmitgliedern entkamen zweihundertzwölf – eine Zahl, die Fragen aufwarf.

Die Verhöre der amerikanischen Untersuchungskommission erstreckten sich über knapp vier Wochen. Ein Schuldiger wurde nicht benannt, dafür aber erließ man neue Sicherheitsbestimmungen für Passagierschiffe. Der englische Untersuchungsausschuß unter dem Vorsitz von Lord Mersey kam zu ähnlichen Ergebnissen.

Eine unerwartete Polemik entwickelte sich um den Satz »Kinder und Frauen zuerst«. Die amerikanischen und englischen Frauenrechtlerinnen empörten sich über die ungleiche Behandlung der Geschlechter. Wurde damit nicht wieder einmal die vermeintliche Überlegenheit der Männer bestätigt, die den Frauen das Wahlrecht verweigerten.

Der Untergang der *Titanic* löste noch Jahrzehnte später merkwürdige Geschichten aus. 1940 behauptete eine Mrs. Loraine Kramer, die Tochter der Allisons zu sein, die kleine Loraine, das einzige Kind der ersten Klasse, das den Untergang nicht überlebt hatte. Sie forderte ihr Erbteil, und zum Beweis ihrer Identität beschrieb sie präzise den Schmuck ihrer Mutter und die Familiengepflogenheiten. Später stellte sich heraus, daß diese Betrügerin all ihre Informationen von der ehemaligen Kinderfrau der Allisons hatte, jener Alice Claever, die sie angestellt hatten, ohne zu wissen, daß sie wegen Mordes an ihrem eigenen Kind verurteilt worden war.

Andere Rätsel waren leichter zu lösen: Zwei kleine Jungen, Lolo und Louis, die mit ihrem Vater in der zweiten Klasse unter dem Namen Hoffman reisten, hießen in Wirklichkeit Navratil. Ihr Vater, Michel Navratil, hatte sie entführt, nachdem er beschlossen hatte, seine Frau zu verlassen. Er kam bei dem Schiffsunglück ums Leben. Die internationale Presse schrieb anrührende Artikel über die beiden Waisen und veröffentlichte ihre Fotos. Ihre Mutter in Nizza erkannte die beiden Jungen; sie reiste nach New York und holte sie nach Frankreich zurück.

Zu den berühmtesten Opfern gehörten Colonel John Astor, Benjamin Guggenheim, der ›Kupferkönig‹, William Stead, der nach New York zu einer Friedenskonferenz reisen wollte, Ida und Isidor Straus und alle Musiker. Als man die Leiche des Orchesterleiters fand, war sein Geigenkasten noch an seiner Brust befestigt.

Die Katastrophe löste auf beiden Seiten des Atlantiks eine Welle der Großherzigkeit aus. Es fanden Spendenaktionen statt sowie Benefizkonzerte und -theateraufführungen. Sie beflügelte auch die Fantasie der Künstler, Bühnenautoren und Filmregisseure. Thomas Hardy, Verfasser von *Tess* und *Jude the Obscure*, schrieb zum Gedenken an das verschwundene Schiff ein Gedicht, das mit folgenden Zeilen beginnt:

In der Einsamkeit des Meeres,
Fern von der Eitelkeit des Menschen
Und des Hochmuts des Lebens, das ihn gezeugt hat,
Ruht sie jetzt unbeweglich.

Nach mehreren erfolglosen Expeditionen wurde das Wrack der *Titanic* schließlich am 22. August 1985 von einem französisch-amerikanischen Team unter der gemeinsamen Leitung von Dr. Robert Ballard (von der Woods Hole Oceanographic Institution in Massachusetts) und Jean-Louis Michel (von der französischen ozeanographischen Organisation Ifremer) entdeckt. Der in zwei Teile zerbrochene Schiffsrumpf wurde in viertausend Meter Tiefe, sechshundertfünfzig Kilometer von der Küste Neufundlands entfernt, gefunden ...

MORGAN ROBERTSON

TITAN

VORWORT

Im Jahre 1898 veröffentlichte der 36jährige Morgan Robertson einen kleinen Roman, der von einer großen, aber unglücklichen Liebe handelte. Da aber Liebe und Unglück allein nicht ausreichen, um eine Geschichte zu erzählen, erfand Robertson eine Rahmenhandlung, die es ihm erlaubte, sich auf für ihn sicherem Terrain zu bewegen. Also ging er aufs Wasser, aufs Meer.

Seine Geschichte von der großen, aber unglücklichen Liebe zwischen zwei Menschen, die zueinander nicht kommen können, ist so ein Melodram geworden, eine Schlacht der Gefühle, und ein wenig auch noch ein Zukunftsroman.

Möglicherweise war es sein eigenes Liebesunglück, das er da beschrieb. Vielleicht dachte er sich das Liebesdrama auch nur aus, um die Geschichte einer weitaus größeren Tragödie zu verkaufen. Eines jedoch hatte Robertson wahrscheinlich nicht im Sinn – ein Prophet zu werden. Aber genau das geschah. Vierzehn Jahre später wurde das Buch wieder aufgelegt, denn es war tatsächlich geschehen, was er in seinem Roman *Titan* nur beschrieben hatte: der Untergang der *Titanic*.

Denn Robertson, so plötzlich zu seltsamer Berühmtheit gelangt, hatte 1898 auch die

Geschichte einer Schiffshavarie erzählt, die so sehr dem grauenvollen Szenario auf der *Titanic* ähnelte, daß ein großes Rätselraten über den bis dahin nur kleinen, aber spannenden Roman begann. Wie hatte Morgan Robertson wissen, niederschreiben, beschreiben können, was erst der *Titan* und dann der *Titanic* widerfuhr? Hat er es gewußt, oder hat er nur ein bißchen mit seinem Wissen über die Schiffahrt gespielt?

Diese Geschichte um weiche Herzen, harten Stahl und kaltes Eis wird entwickelt auf der Grundlage fundierter Kenntnisse über die Schiffahrt auf den Weltmeeren, über die Technik des Schiffbaus und auch über die Konkurrenz der Reedereien auf den Transatlantiklinien im ausgehenden 19. Jahrhundert.

Titan, eigentlich mehr eine Kurzgeschichte denn ein Roman, ist dann auch vieles zugleich. Erst einmal ein melodramatischer Liebesroman. Dann ein Zukunftsroman, angereichert mit allen Erfahrungen, die man Ende des vergangenen Jahrhunderts bereits bei Atlantiküberquerungen gemacht hatte, und schließlich auch noch ein durch und durch amerikanischer Roman, in dem die Guten nur zwischenzeitlich mal schwach werden, aber sich eben immer wieder auf das Gute besinnen.

Der Held des Romans, John Rowland, ein gelernter Marineoffizier, der durch den Suff bis zum Matrosen degradiert worden ist, tut sich selbst Schlechtes an: Er läßt sich verkommen. Aber das Gute in ihm wird wiederbelebt, wenn er eine Aufgabe bekommt: ein Kind retten, einer

Frau etwas beweisen, Schurken das Handwerk legen, sich selbst am Leben erhalten. Gegen diesen guten Menschen aus Amerika haben es alle schwer, die nicht Amerikaner sind.

Am bösesten zeichnet Robertson dann auch einen bei Lloyds in London tätigen Schiffsagenten mit dem ganz und gar nicht englischen Nachnamen Meyer. Meyer ist gebürtiger Deutscher, den Robertson in dem englischsprachigen Original des Romans ein Mischmasch aus Deutsch und Englisch sprechen und ihn als Inkarnation des bösen Europäers auftreten läßt, der natürlich unfähig ist, die vielen guten Taten des John Rowland zu begreifen, geschweige denn zu würdigen.

Meyer ist die Alte Welt, Rowland die Neue Welt. Denkt Meyer nur an Geld, Geld und noch einmal Geld, geht das ganze Streben und Trachten des John Rowland nur nach Güte und Liebe.

Und wie es in einem Roman, der Ende des vergangenen Jahrhunderts in den USA geschrieben worden ist, sein muß, hat das Streben nach Liebe schlußendlich die besseren Karten.

Bleibt das Rätsel, warum Robertson in der Beschreibung der *Titan* die *Titanic* vorwegnehmen konnte, warum später als Weissagung galt, was nie als Weissagung aufgeschrieben war, warum Robertson zum Propheten werden konnte, nachdem eine Fiktion durch den Untergang der *Titanic* Wirklichkeit geworden war.

Morgan Robertson kannte sich aus in dem, was er beschrieb. Seine Geschichten, die eher der Möglichkeit verpflichtet waren, durch sie einen schnellen Dollar zu machen als der großen Literatur, haben fast immer etwas mit der Seefahrt zu tun, mit Segelbooten und Dampfschiffen, mit Wracks und Rettungen, mit Gewalt und Mut, mit eisenharten Typen und blutigen Kämpfen. »In der Tat, mein lieber Herr«, schrieb ihm Joseph Conrad, »Sie sind in erster Linie Seemann. Das sieht selbst ein Blinder.«

Morgan Robertson war als Jugendlicher und junger Mann zur See gefahren, er hatte den Untergang der Segelschiffe und das Aufkommen der Dampfschiffe erlebt, und er hatte einen technischen Verstand. Anfang des Jahrhunderts, nach der Besichtigung eines U-Boots, ging er daran, ein Periskop zu entwickeln. Er fand eine Lösung, die offenbar haargenau jener entsprach, die ein Tüftler in der Alten Welt, in Frankreich, knapp vor ihm zu Papier gebracht und als Patent angemeldet hatte, ohne daß Robertson um dessen Bemühungen wußte.

Morgan Robertson, der nur ein Mindestmaß an Schulbildung genossen hatte (der damalige High-School-Abschluß entsprach in etwa unserem Hauptschulabschluß), war Autodidakt mit dem Anspruch aller Autodidakten, auf ihrem Spezialgebiet alles, aber auch wirklich alles zu wissen: nicht nur Kenntnisse zu haben über das, was war und ist, sondern auch über Künftiges. Seine *Titan* ist ein idealer Entwurf in die Zukunft, die *Titanic* ist die materielle Verwirklichung dieses Entwurfs gewesen.

Was mag Robertson empfunden haben, als ihn die Wirklichkeit mit der Havarie der *Titanic* in der

Nacht vom 14. auf den 15. April 1912 einholte? Entsetzen über das Geschehen? Genugtuung über seine Prognose?

Drei Jahre nach dem wirklichen Unglück ist er gestorben. Sehr einsam. Sehr unverstanden? Sehr ungeliebt?

1. KAPITEL

Sie war das größte schwimmende Fahrzeug und das großartigste Werk, das der Mensch je geschaffen hatte. Jede Wissenschaft, jeder Beruf und jedes Handwerk hatte am Bau und der Wartung mitgewirkt. Auf ihrer Brücke standen Offiziere, die der Elite der Royal Navy angehörten und schwierigste Examina zu Fragen der Winde, Gezeiten, Strömungen und der Meeresgeographie abgelegt hatten. Sie waren Seemänner und Wissenschaftler. Auch die Besatzung, die Maschinisten wie die Stewards – letztere vergleichbar mit denen eines erstklassigen Hotels –, erfüllte höchste Ansprüche.

Zwei Orchester und eine Theaterkompagnie waren für die Unterhaltung, ein ganzes Korps von Ärzten für das physische und Kaplane für das geistige Wohl der Passagiere zuständig, und eine gutgeübte Feuerwehrmannschaft konnte nervöse Gäste beruhigen und zudem mit ihren alltäglichen Übungen zur täglichen Unterhaltung beitragen.

Von ihrer hochragenden Brücke aus liefen versteckte Telegrafenkabel zum Bug, zum Maschinenraum im Heck, zum Ausguck auf dem Vordermast und zu allen anderen Teilen des Schiffes, wo Arbeiten zu verrichten waren. Jedes Kabel endete an einem gesonderten Zifferblatt mit beweglichem Anzeiger, der jeden Befehl einfing, der nötig war, den massiven Schiffsrumpf im Dock oder auf See zu bewegen, und so die lauten, rauhen und nervenaufreibenden Rufe der Offiziere und Matrosen überflüssig machte.

Von der Brücke, dem Maschinenraum und einem Dutzend Plätzen auf dem Deck aus konnten zweiundneunzig Türen von neunzehn wasserdichten Abteilungen innerhalb einer halben Minute durch das Umlegen eines Hebels verschlossen werden. Diese Türen schlossen auch bei unbemerktem Eindringen von Wasser automatisch. Und selbst mit neun überfluteten Abteilungen konnte sich das Schiff noch über Wasser halten. Da es aber ein solches Unglück noch nie auf See gegeben hatte, galt das Dampfschiff *Titan* als unsinkbar.

Durch und durch aus Stahl gebaut und allein für den Passagierverkehr gedacht, hatte es keine brennbare Fracht geladen, um eine Zerstörung durch Feuer auszuschließen. Weil der Frachtraum ausgespart war, konnten die Konstrukteure des Schiffs den üblichen flachen Kesselgrund eines Frachtschiffes durch den scharfen, steilen Kiel einer Dampfjacht ersetzen. Das erhöhte zudem die Beweglichkeit des Schiffs auf See.

Die *Titan* war 260 Meter lang, verdrängte 70000 Tonnen und hatte 75000 Pferdestärken. Auf ihrer Probefahrt hatte sie sich trotz unvorhersehbarer Winde, Gezeiten und Strömungen mit einer Geschwindigkeit von 25 Knoten in der Stunde bewegt. Kurz gesagt: Das Schiff war eine schwimmende Stadt, die hinter ihren stählernen Mauern all das aufzuweisen hatte, was die Gefahren und Unbequemlichkeiten einer Atlantikreise zu mindern vermochte. Sie hatte also alles, was das Leben lebenswert macht.

Unzerstörbar wie sie war, hatte sie gerade so viele Rettungsboote, wie es die Regeln vorschrieben – vierundzwanzig Stück an der Zahl. Sie waren sicher verstaut und festgemacht auf dem oberen Deck und boten Platz für fünfhundert Menschen. Das Schiff hatte keine unnützen, unhandlichen Rettungsflöße an Bord, aber weil es die Vorschriften so vorsahen, war jede der dreitausend Schlafkojen der Passagiere, Offiziere und Besatzungsmitglieder mit einer Schwimmweste bestückt. An der Reling hingen ungefähr zwanzig runde Rettungsbojen.

Die Schiffsgesellschaft hatte wegen der Überlegenheit der *Titan* gegenüber anderen Schiffen angeordnet, ein besonderes Navigationssystem, das zwar schon von einigen Kapitänen benutzt wurde, aber noch nicht weit verbreitet war, einzubauen. So konnte die *Titan* winters wie sommers, bei Nebel, Sturm und Sonnenschein auf der nördlichen Route mit voller Kraft fahren. Dafür gab es gute Gründe. Erstens würde, bei voller Kraft voraus, im Fall einer Kollision mit einem anderen Schiff die Kraft des Stoßes auf einen größeren Teil der *Titan* verteilt werden. Die Hauptlast des Aufpralls ginge in einem solchen Fall zu Lasten des anderen Schiffes. Zweitens würde die *Titan*, träfe sie ein anderes Schiff, dieses sicherlich zerstören. Auch bei nur halber

Geschwindigkeit wäre das andere Schiff nach einem solchen Zusammenstoß beschädigt. Führe die *Titan* jedoch mit voller Kraft, teilte sie das andere Fahrzeug entzwei und erlitte dabei einen Schaden, der mit dem Farbpinsel behoben werden könnte. In jedem Fall wäre es das geringere Übel, wenn der kleinere Schiffsrumpf Schaden erleiden würde. Ein dritter Grund für diese Art der Navigation war, daß sich die *Titan* bei voller Geschwindigkeit leichter aus gefährlichen Situationen hinausmanövrieren ließe, und viertens würde bei einer Kollision mit einem Eisberg – der einzige Fall, bei dem das Schiff unterläge – der Schiffsrumpf um einige Fuß weiter hinten beschädigt als bei langsamer Fahrt. Dadurch würden höchstens drei Abteilungen überflutet – kein großer Schaden für das Schiff, da sechs Abteilungen unbeschädigt blieben.

Man ging also davon aus, daß die *Titan*, wenn sich die Schiffsmaschine erst einmal geschmeidig gelaufen hatte, ihre Passagiere dreitausend Meilen entfernt mit der Pünktlichkeit und Regelmäßigkeit einer Eisenbahn an Land setzen wird.

Auf ihrer Jungfernfahrt hatte sie schon Rekorde gebrochen. Aber es war bis zur dritten Rückfahrt nicht gelungen, die Passage zwischen Sandy Hook und Daunt's Rock in weniger als fünf Tagen zurückzulegen. Trotzdem vermuteten die tausend in New York zugestiegenen Passagiere, daß auch dieser Rekord jetzt gebrochen werden sollte.

2. KAPITEL

Acht Schlepper zogen die riesige Schiffsmasse zur Mitte des Stromes und richteten den Bug in Flußrichtung. Dann sprach der Lotse auf der Brücke ein oder zwei Worte, der Erste Offizier blies kurz in die Pfeife und bewegte einen Hebel, die Schlepper sammelten ihre Taue ein und schwenkten ab. Im unteren Teil des Schiffes wurden drei kleine Maschinen gestartet, die wiederum die Drosselklappen dreier anderer, größerer Maschinen öffneten. Drei Schrauben begannen sich zu drehen, und die *Titan* bewegte sich mit einem schwingenden Zittern, das ihren ganzen Rumpf erfaßte, langsam auf die offene See zu.

Östlich von Sandy Hook wurde der Lotse abgesetzt. Jetzt begann die wirkliche Reise. Fünfzig Fuß unter Deck, in einem Inferno von Lärm, Hitze, Licht und Schatten, schafften Kohlenschieber die Kohle von den Bunkern zu den Kesseln, wo sie halbnackte Heizer mit den Gesichtern gefolterter Unholde in die achtzig heißen Münder der Öfen warfen. Im Maschinenraum liefen Arbeiter zwischen dem sich bewegenden, drehenden, glänzenden Stahl hin und her, überblickt von wachsamen Männern, die mit angespannter Aufmerksamkeit auf jedes falsche Geräusch in dem Wirrwarr von Tönen lauschten, wie ein nicht zum Takt passendes Knacken des Stahls, das auf eine gelöste Schraube oder eine lockersitzende Mutter deuten könnte.

Auf Deck setzten die Matrosen die dreieckigen Segel auf den zwei Masten, um das Ihrige für den Rekordbrecher zu tun. Währenddessen verteilten sich die Passagiere auf dem Deck, jeder nach seinem Geschmack und seiner Laune. Einige hatten sich auf den bereitstehenden Liegen niedergelassen, gut versorgt mit Decken, denn obwohl schon April, war die salzige Luft noch kühl. Andere liefen auf dem Deck umher, lauschten im Musikraum dem Orchester, lasen in der Bibliothek oder schrieben. Einige machten sich auf den Weg zu ihren Kojen, seekrank von der leichten Schieflage, die das Schiff hatte.

Um zwölf Uhr mittags waren die Decks leer, und es begann das Putzen, mit dem Matrosen soviel Zeit verbringen. Angeführt von einem sechs Fuß großen Bootsmann, kam eine Gruppe mit Farbeimern und Pinseln achtern auf die Steuerbordseite und verteilte sich an der Reling.

»Davits und Pfosten, Männer – kümmert euch nicht um die Reling«, sagte der Bootsmann. »Meine Damen, Sie rücken am besten Ihre Stühle ein wenig zurück. Rowland, komm da runter, sonst gehst du über Bord. Du wirst noch die ganze Farbe verschütten. Pack deinen Eimer beiseite und hol dir Sandpapier vom Unteroffizier. Arbeite auf der Innenseite, bis du's kapiert hast.«

Der angesprochene Matrose, ein schmächtiger, etwa dreißigjähriger Mann mit schwarzem Bart und gebräunter Haut, die gesunde Konstitution vermuten ließ, aber mit wäßrigen Augen und unsicheren Bewegungen, kam von der Reling herunter und wankte mit seinem Eimer in der Hand vorwärts.

Als er an der Gruppe von Frauen vorbeikam, die der Bootsmann angesprochen hatte, blieb sein Blick an einer jungen Frau mit sonnengebleichtem Haar haften, deren Augen dem Blau des Ozeans glichen und die sich bei seinem Nähern von ihrem Stuhl erhoben hatte. Er wich zur Seite aus, als ob er ihr aus dem Weg gehen wollte, und ging, indem er die Hand zu einem verschämten Gruß anhob, an ihr vorbei. Nicht mehr im Blickfeld des Bootsmannes, lehnte er sich an das Deckshaus und keuchte, während er eine Hand auf seine Brust legte.

»Was ist los?« murmelte er ermüdet vor sich hin. »Whisky-Nerven oder das Zittern einer längst verlorenen Liebe? Fünf Jahre ist es jetzt her, und ein Blick ihrer Augen kann das Blut in meinen Adern gefrieren lassen, den Hunger des Herzens und die Hilflosigkeit, die einen Mann zur Verzweiflung bringt, in Erinnerung rufen.« Er sah auf seine zitternde Hand, die vernarbt und teerbefleckt war, ging weiter und kam mit dem Sandpapier zurück.

Die junge Frau war ähnlich berührt von dieser Begegnung. Ein Ausdruck von Überraschung, vermischt mit Schrecken, hatte sich auf ihrem hübschen, aber eher schwachen Gesicht gezeigt, und ohne seinen zaghaften Gruß zu bemerken, hatte sie sich dem kleinen Kind hinter ihr zugewandt. Sie eilte auf die Salontür zu, in die Bibliothek, wo sie neben einem militärisch aussehenden Herrn in einen Stuhl sank. Der sah von seinem Buch auf und fragte: »Hast du das Seeungeheuer gesehen, Myra, oder den Fliegenden Holländer? Was ist los mit dir?«

»Oh, George, das ist es nicht«, antwortete sie mit beunruhigter Stimme. »John Rowland ist hier, Leutnant Rowland. Ich habe ihn eben gesehen. Er hat sich so verändert und versuchte, mit mir zu sprechen.«

»Deine lästige Flamme von einst? Du weißt, ich habe ihn nie getroffen, und du hast mir nicht viel über ihn erzählt. Gehört er zur 1. Klasse?«

»Nein, es scheint, er ist nur einfacher Matrose. Er arbeitet und trägt alte schmutzige Kleider und hat ein enttäuschtes Gesicht. Er scheint so tief gesunken zu sein. Und das alles seit...«

»Seit du ihn verlassen hast? Nun ja, es ist nicht dein Fehler, meine Liebe. Wenn ein Mann dazu bestimmt ist, geht er vor die Hunde. Wie verletzt ist der Mann? Trauert er, oder hegt er einen Groll gegen dich? Du bist wirklich sehr verstört. Was hat er gesagt?«

»Ich weiß nicht. Er hat nichts gesagt. Ich hatte immer Angst vor ihm. Seit damals bin ich ihm dreimal begegnet. Er hatte jedesmal so einen angsteinflößenden Blick in seinen Augen, und er war so gewalttätig und starrköpfig, damals. Er warf mir vor, ihn getäuscht und mit ihm gespielt zu haben, und sagte etwas über ein unwandelbares Gesetz des Zufalls und eine ausgleichende Gerechtigkeit. Ich verstand das nicht. Erst als er sagte, daß wir all das Leid, was wir anderen zufügen, eines Tages selbst erfahren würden, wußte ich, was er meinte. Dann ging er fort. Seitdem habe ich immer gedacht, er würde Rache nehmen, vielleicht Myra, unser Baby, stehlen.« Die Frau drückte das lächelnde Kind an ihre Brust und redete weiter: »Zuerst mochte ich ihn, bis ich erfuhr, daß er Atheist sei. Weißt du, George, er leugnet tatsächlich die Existenz Gottes, und das vor mir, einer praktizierenden Christin.«

»Er muß gute Nerven gehabt haben«, sagte der Ehemann mit einem Lächeln. »Kannte dich wohl nicht besonders gut, würde ich sagen.«

»Danach schien er mir nie mehr so wie vorher«, erklärte die junge Frau. »Ich habe das Gefühl, in der Gegenwart von etwas Unsauberem zu sein. Trotzdem dachte ich, wie herrlich es sein würde, ihn zu Gott zu bekehren, und versuchte, ihn zu überzeugen, daß Jesus uns fürsorglich liebt. Aber alles, was ich heilig hielt, verspottete er nur. Er sagte, daß er, obwohl er meine gute Meinung schätze, kein Heuchler sein und diese Meinung annehmen wolle, daß er ehrlich mit sich selber und anderen sein und seinem ehrlichen Glauben Ausdruck verleihen will. Als ob jemand ohne die Hilfe Gottes ehrlich sein kann. Eines Tages roch ich Alkohol in seinem Atem. Er roch sonst immer nach Tabak. Ich gab auf. Zu diesem Zeitpunkt brach er aus.«

»Komm mit nach draußen und zeig mir diesen Lump«, sagte der sich erhebende Ehemann. Sie gingen zur Tür, und die junge Frau spähte nach draußen.

»Es ist der letzte Mann, da hinten – dicht

neben der Kabine«, sagte sie, sich umwendend. Der Ehemann trat nach draußen.

»Wie bitte? Der kleine Raufbold, der den Ventilator scheuert? Das ist also Rowland von der Marine! Ist aber ein tiefer Fall. Sollte er nicht zum Offizier aufrücken? Hat sich wohl ordentlich betrunken auf dem Empfang des Präsidenten. Ich glaube, ich habe darüber gelesen.«

»Ich weiß, daß er seine Stellung verloren hat und furchtbar enttäuscht darüber war«, antwortete seine Frau.

»Nun, Myra, der arme Teufel ist jetzt wohl harmlos. Wir haben in wenigen Tagen übergesetzt, und du mußt ihm ja auf diesem weiten Deck nicht unbedingt begegnen. Wenn er nicht all seine Sensibilität verloren hat, dann ist er ebenso peinlich berührt wie du. Komm besser rein, es wird neblig.«

3. KAPITEL

Als die Wache gegen Mitternacht auftauchte, wehte ein bissiger Sturm von Nordosten herauf, der die Geschwindigkeit des Dampfschiffes erhöhte. Auf dem Deck herrschte ein ungemütlicher Wind. Die bewegte See verpaßte der *Titan* aufeinanderfolgende Schläge, jeder verbunden mit einem Zittern zusätzlich zum steten Vibrieren der Maschinen. Durch die Erschütterungen wurden dicke Dampfwolken versprüht, die bis zur Aussichtsplattform reichten und die Fenster des Lotsenhauses auf der Brücke beschlugen. Dem Bombardement dieser Feuchtigkeit hätte gewöhnliches Glas nicht standgehalten. Eine undurchdringliche Nebelbank, in der sich das Schiff seit dem Nachmittag bewegte, umhüllte es feucht. In diesen grauen, weitfliehenden Wall stürmte der Rekordbrecher mit unverminderter Kraft voraus, mit zwei Offizieren an Deck und drei Männern, die ihre Augen und Ohren auf das Äußerste anstrengten, auf Ausguckposten.

Um Viertel nach zwölf kamen zwei Männer am Ende der 26-Meter-Brücke aus der Dunkelheit hervor und riefen dem Ersten Offizier, der gerade das Deck übernommen hatte, die Namen der Männer zu, die sie abgelöst hatten. Zurück am Lotsenhaus, wiederholte der Offizier die Namen einem Quartiermeister, der sie im Logbuch notierte. Dann verschwanden die Männer zu der Wache unter Deck, wo Kaffee auf sie wartete. Nur wenige Momente später erschien eine weitere, tropfnasse Gestalt auf der Brücke und meldete die Ablösung von der Aussichtsplattform.

»Rowland, sagst du?« schrie der Offizier gegen das Heulen des Windes an. »Ist das der Mann, der gestern betrunken an Bord gehoben wurde?«

»Ja, Sir.«

»Ist er immer noch betrunken?«

»Ja, Sir.«

»In Ordnung – das reicht. Tragen Sie Rowland für die Aussichtsplattform ein, Quartiermeister«, sagte der Offizier.

Dann formte er seine Hände zu einem Trichter und brüllte: »Aussichtsplattform, hier.«

»Sir«, kam die Antwort schrill und klar durch den Sturm.

»Halte deine Augen offen und achte auf alles ganz genau.«

»Jawohl, Sir.«

»War wohl ein Kriegsmann, nehme ich an, so wie der antwortet. Die taugen nichts«, murmelte der Offizier. Er nahm wieder seine Position auf der Vorderseite der Brücke ein, wo die hölzerne Reling ein wenig Schutz vor dem rauhen Wind bot, und begann seine Nachtwache, die erst beendet sein würde, wenn der Zweite Offizier ihn vier Stunden später ablösen käme.

Gespräche zwischen den Brückenoffizieren waren, außer, wenn es die Pflichterfüllung erforderte, auf der *Titan* verboten. Sein Wachkamerad, der Dritte Offizier, stand auf der anderen Seite der Großen Brücke und verließ nur zeitweise seine Position, um auf den Kompaß zu schauen. Das schien seine einzige Aufgabe auf See zu sein. Geschützt von einigen der unteren Decksaufbauten, liefen der Bootsmann und die Wache auf und ab und genossen die nur zwei Stunden Atempause, die die Schiffsvorschriften vorsahen. Die Arbeit des Tages war damit beendet, daß die andere Wache hinuntergegangen war und um zwei Uhr mit dem Waschen des Zwischendecks beginnen würde – der Arbeitsbeginn für den nächsten Tag.

Als die erste Glocke geläutet hatte und das Läuten von der Aussichtsplattform wiederholt wurde, gefolgt von einem langgezogenen Ruf »Alles in Ordnung« der Männer auf den Ausguckposten, hatte sich auch der letzte der zweitausend Passagiere in die Kabinen zurückgezogen.

Das Zwischendeck war allein den Wachen überlassen, während sich der Kapitän tief schlafend in seiner Kabine hinter dem Kartenraum aufhielt. Der Kommandeur, der nie kommandierte, außer, wenn das Schiff in Gefahr war, tat ebenfalls seinen Dienst.

Zwei Glocken läuteten. Dann drei. Der Bootsmann und seine Männer zündeten sich eine letzte Zigarette an, als über ihnen ein irritierender Ruf von der Aussichtsplattform kam.

»Etwas voraus, Sir, weiß nicht genau, was.«

Der Erste Offizier rannte zum Telegrafen des Maschinenraumes und griff nach dem Hebel.

»Sag schon, was du siehst«, brüllte er.

»Hart backbord, Sir, Schiff auf Steuerbord-Kurs, genau auf uns zu.«

»Steuer hart backbord«, befahl der Erste Offizier dem Steuermann am Ruder. Der gehorchte. Bisher war von der Brücke aus nichts zu sehen. Die kraftvolle Steuerungsmaschine im Heck stemmte das Steuerruder hinüber, aber bevor die drei Grad auf der Kompaßkarte von der Buglinie passiert werden konnten, zeigten sich in der Dunkelheit und dem Nebel die quadratischen Segel eines tiefgeladenen Schiffes, das vor dem Bug der *Titan* kreuzte. Nicht die Hälfte ihrer Länge entfernt.

»Hölle und Teufel«, knurrte der Erste Offizier.

»Gleichmäßig auf Kurs bleiben, Steuermann«, rief er.

Er bewegte einen Hebel, der die Schotten schloß, und drückte einen Knopf, unter dem ›Kapitänszimmer‹ stand. Dann kauerte er sich nieder, um den Zusammenprall abzuwarten.

Es war nur eine leichte Kollision. Ein kleiner Stoß erschütterte den Bug der *Titan*. Vom vorderen Toppmasten fielen mit Geklapper kleine Spieren, Segel, Blöcke und Taue. Dann, im Dunkel der Steuer- und Backbordseite, schossen zwei dunkle Umrisse vorbei: die Hälften des Schiffes, das sie soeben in zwei Teile geschnitten hatten. Von diesen Schiffshälften, auf denen immer noch ein Licht brannte, konnte man trotz des Durcheinanders von Aufschreien und Rufen die Stimme eines Matrosen hören:

»Möge der Fluch Gottes auf euch und eurem Todesmesser lasten, ihr feigen Mörder.«

Die Reste des Schiffes verschwanden achtern in der Dunkelheit, die Schreie wurden vom Tosen des Windes verschluckt, und die *Titan* ging wieder auf ihren ursprünglichen Kurs. Der Erste Offizier hatte noch nicht den Hebel des Maschinenraumtelegrafen bedient.

Der Bootsmann machte sich auf den Weg zur Treppe, die zur Brücke hinauf führte, um neue Anweisungen einzuholen.

»Stell Männer an den Luken und Türen auf. Schicke jeden, der an Deck kommt, in den Kartenraum. Sag der Wache, sie soll herausfinden, was die Passagiere wissen. Sorge dafür, daß die Wrackreste weggeschafft werden.«

Die Stimme des Offiziers war rauh und angestrengt, als er diese Anweisungen gab, und das »Aye, Aye, Sir« des Bootsmannes war keuchend hervorgebracht.

4. KAPITEL

Der Ausguck der Aussichtsplattform, zwanzig Meter über dem Deck, hatte jedes Detail des Schreckens beobachtet, von dem Moment an, als die oberen Segel des todgeweihten Schiffes über dem Nebel aufgetaucht waren, bis zu dem Augenblick, als das letzte Stück des Wracks von der Wache beiseite geschafft worden war. Als er beim vierten Glockenschlag abgelöst wurde, kletterte er mit wenig Energie in den Beinen hinab. An der Reling kam ihm der Bootsmann entgegen.

»Melde deine Ablösung, Rowland«, sagte er, »und geh hinunter in den Kartenraum.«

Als er auf der Brücke seinen Namen seinem Nachfolger nannte, ergriff der Erste Offizier seine Hand, drückte sie und wiederholte die Anweisungen des Bootsmannes.

Im Kartenraum wartete schon der Kapitän der *Titan*. Blaßgesichtig und angespannt saß er am Tisch und um ihn herum die ganze Wachmannschaft des Decks, mit Ausnahme der Offiziere, der Ausspäher und des Steuermanns. Die Kabinenwachmänner waren da, einige von der Unterdeckswache, unter ihnen Heizer und Kohlenschipper und einige der müßiggängerischen Verwaltungsunteroffiziere. Außerdem Schlachter, die im vorderen Teil des Schiffes schliefen und von der Erschütterung aufgewacht waren.

Drei Handwerksgehilfen standen neben der Tür, hielten Wasserstandsmelder in den Händen, die sie soeben dem Kapitän gezeigt hatten und die trocken waren. Jeder, vom Kapitän abwärts, trug einen Ausdruck des Schreckens und der Erwartung auf dem Gesicht.

Ein Quartiermeister folgte Rowland in den Raum und sagte: »Der Maschinenmeister hat keinen Stoß im Maschinenraum bemerkt, Sir, und es gibt keine Aufregung im Heizraum.«

»Und ihr, Wachmänner, kein Alarm in den Kabinen? Was ist mit dem Zwischendeck? Ist dieser Mann zurück?« fragte der Kapitän. Während er sprach, erschien ein anderer Wachmann.

»Alles schläft im Zwischendeck«, sagte er. Dann kam ein Quartiermeister mit der gleichen Meldung von hinterschiffs zurück.

»Sehr gut«, sagte der Kapitän und erhob sich. »Einer nach dem anderen kommt in mein Büro. Wachmänner zuerst, dann die unteren Offiziere, dann die Männer. Die Quartiermeister bewachen die Tür. Kein Mann geht hinaus, bevor ich ihn gesehen habe.«

Er ging in einen anderen Raum, gefolgt von einem Wachmann, der alsbald wieder hinauskam und mit einem ruhigeren Gesichtsausdruck an Deck ging. Ein anderer ging hinein und kam wieder hinaus, dann wieder ein anderer, und noch einer, bis jeder Mann, außer Rowland, in die heiligen Gefilde vorgedrungen war und diese mit zufriedenerem Gesicht wieder verlassen hatte.

Als Rowland eintrat, wies ihn der Kapitän, der an einem Schreibtisch saß, auf einen Stuhl und fragte nach seinem Namen.

»John Rowland«, antwortete er. Der Kapitän schrieb es auf.

»Sie waren auf der Aussichtsplattform, als diese unglückliche Kollision stattfand?«

»Ja, Sir, und ich meldete das Schiff, sobald ich es sah.«

»Sie sind nicht hier, um getadelt zu werden. Sie sind sich ja wohl darüber im klaren, daß es weder möglich gewesen wäre, dieses furchtbare Unheil zu verhindern, noch hinterher Leben zu retten.«

»Nichts hätte getan werden können, Sir, bei einer Geschwindigkeit von 25 Knoten im dichten Nebel.«

Der Kapitän sah Rowland scharf an und runzelte die Stirn.

»Guter Mann, wir werden hier weder die Geschwindigkeit des Schiffes diskutieren noch die Vorschriften der Gesellschaft. Sie erhalten, wenn Sie in Liverpool bezahlt werden, in dem Büro der Gesellschaft ein an Sie adressiertes Paket mit 100 Pfund in Banknoten. Die bekommen Sie für Ihr Schweigen über diesen Zusammenstoß, dessen Meldung nur eine Bloßstellung der Gesellschaft bedeuten würde und niemandem einen Dienst täte.«

»Ich werde dieses Paket nicht annehmen, Kapitän. Ganz im Gegenteil, Sir, ich werde von diesem Massenmord bei der ersten Gelegenheit berichten.«

Der Kapitän lehnte sich zurück und starrte auf das verbrauchte Gesicht und die zitternde Figur des Matrosen, die mit seiner trotzigen Rede sowenig harmonierten. Unter normalen Umständen hätte er ihn auf Deck geschickt, damit sich die Offiziere um ihn kümmerten. Doch dies waren keine normalen Umstände. In den wäßrigen Augen spiegelten sich Entsetzen und Schrecken und ehrliche Empörung wider. Alle Anzeichen deuteten auf einen gebildeten Mann hin.

Die Konsequenzen, die ihm, dem Kapitän, und der Gesellschaft, für die er arbeitete, drohten, waren so gravierend, daß die Unverschämtheit des Mannes und der Unterschied in den Rängen an Wichtigkeit verloren. Er mußte diesem lästigen Mitwisser entgegentreten, seine Gefühle dämpfen und ihn auf den Boden der Tatsachen zurückbringen – von Mann zu Mann.

»Sind Sie sich darüber im klaren, Rowland«, fragte er ruhig, »daß Sie alleine dastehen und sich in Mißkredit bringen? Daß Sie Ihre Stellung verlieren und sich Feinde schaffen werden?«

»Sogar noch mehr ist mir klar«, antwortete Rowland aufgeregt. »Ich weiß, wieviel Macht Sie als Kapitän haben. Ich weiß, daß Sie von diesem Raum aus anordnen können, mich in Ketten legen zu lassen für jedes Vergehen, das Ihnen paßt. Und ich weiß, daß eine unbezeugte und unbestätigte Eintragung über mich in Ihrem offiziellen Logbuch Beweis genug wäre, mich für das ganze Leben hinter Gitter zu bringen. Aber ich weiß auch etwas über die Regeln der Seefahrt:

daß ich Sie und Ihren Ersten Offizier von meiner Zelle aus an den Galgen bringen kann.«

»Sie irren sich. Weder könnte ich Ihre Verurteilung mit einem Eintrag in das Logbuch veranlassen, noch könnten Sie mich von einem Gefängnis aus schädigen. Was sind Sie, wenn ich fragen darf? Ein ehemaliger Anwalt?«

»Ich machte meinen Abschluß in Annapolis. Ihrem beruflichen Standard entsprechend.«

»Und Sie sind an Washington interessiert?«

»Ganz und gar nicht.«

»Warum nehmen Sie dann diese Haltung ein, die Ihnen in keiner Weise guttun kann, obwohl sie Ihnen sicherlich nicht den Schaden zufügen könnte, von dem Sie sprachen.«

»Ich will Gutes tun. Eine wichtige Tat in meinem unnützen Leben, um in beiden Ländern Gefühle der Wut zu schüren. Um für immer diese sinnlose Zerstörung von Leben und Eigentum um der Geschwindigkeit willen zu beenden. Damit Hunderte von Fischerbooten und Besatzungsmitgliedern, die jährlich überrollt werden, in Zukunft verschont bleiben.«

Beide Männer waren nun aufgestanden, und der Kapitän schritt auf und ab, während Rowland mit blitzenden Augen und geballten Fäusten seine Erklärung abgab.

»Ein Ergebnis, auf das man nur hoffen kann, Rowland«, sagte der Kapitän und blieb vor Rowland stehen. »Aber es liegt nicht in Ihrer und nicht in meiner Kraft, dies zu erreichen. Ist der Betrag, den ich Ihnen nannte, genug? Würden Sie eine Position auf meiner Brücke einnehmen?«

»Ich könnte eine noch höhere einnehmen. Aber Ihre Gesellschaft ist nicht reich genug, mich zu kaufen.«

»Sie scheinen ein Mann ohne Ehrgeiz zu sein, aber Sie müssen doch Wünsche haben.«

»Verpflegung, Kleidung, ein Dach über dem Kopf und Whisky«, sagte Rowland mit Selbstverachtung und einem bitteren Lachen auf den Lippen.

Der Kapitän griff nach einer Karaffe und zwei Gläsern auf einem Tablett und sagte, während er es vor sich stellte: »Hier ist einer Ihrer Wünsche. Schenken Sie ein.« Rowlands Augen leuchteten auf, als er sich ein Glas vollgoß, und der Kapitän fuhr fort: »Ich werde mit Ihnen trinken, Rowland. Darauf, daß wir uns besser verstehen.«

Er trank den Alkohol.

Rowland, der gewartet hatte, erwiderte: »Ich ziehe es vor, alleine zu trinken, Kapitän.«

Er trank den Whisky mit einem Schluck. Das Gesicht des Kapitäns errötete wegen dieses Affronts. Er konnte sich jedoch kontrollieren.

»Gehen Sie jetzt an Deck, Rowland«, sagte er. »Ich werde noch einmal mit Ihnen sprechen, bevor wir den Sund erreichen. Bis dahin bitte ich Sie, ich fordere Sie nicht dazu auf, sondern bitte Sie, keine unnötigen Gespräche über diese Sache mit Ihren Schiffskameraden zu führen.«

Nach der Ablösung beim achten Schlag der Glocke sagte der Kapitän zu seinem Ersten Offizier: »Rowland ist ein gebrochener Mann mit einem von Zeit zu Zeit funktionierenden Gewissen. Aber er ist nicht der Mann, den man kaufen oder einschüchtern könnte. Er weiß zuviel. Wie auch immer, wir haben seinen schwachen Punkt gefunden. Wenn er durchdreht, bevor wir ankommen, ist sein Zeugnis wertlos. Füll ihn ab. Ich erkundige mich beim Schiffsarzt über Drogen.«

Als Rowland beim siebten Schlag der Glocke zum Frühstück erschien, fand er eine rosafarbene Flasche in der Tasche seiner Jacke. Obwohl er sie bemerkte, holte er sie nicht in Gegenwart seiner Wachkameraden hervor.

»Nun, Kapitän«, dachte er, »du bist wirklich der kindischste dumme Lump, der dem Gesetz jemals entkommen ist. Ich werde diesen vergifteten Mutmacher als Beweismittel aufheben.«

Aber er war nicht vergiftet, wie er später feststellte. Es war guter Whisky, einer der besten, der jemals seinen Bauch wärmte. Der Kapitän aber überlegte.

5. KAPITEL

An diesem Morgen ereignete sich ein Zwischenfall, der Rowlands Gedanken weit von den Geschehnissen der vergangenen Nacht wegführte. Ein paar Stunden Sonnenschein hatten die Passagiere an Deck gelockt, und die zwei breiten Promenaden ähnelten in Farbig- und Lebendigkeit den Straßen einer Stadt. Die Wache war beim unvermeidlichen Schrubben.

Rowland säuberte mit Eimer und Schrubber die weiße Farbe auf der Steuerbordreling, die vom hinteren Deckshaus, das einen schmalen Platz am Heck absperrte, nicht zu sehen war. Ein kleines Mädchen rannte lachend in die Absperrung und klammerte sich an seine Beine, während sie vor überschäumender Freude auf und ab hüpfte.

»Ich bin weggelaufen«, sagte sie, »weggelaufen von Mama.«

Nachdem Rowland seine nassen Hände an der Hose abgetrocknet hatte, nahm er das kleine Mädchen auf den Arm und sagte liebevoll: »Also, meine Kleine, du mußt zurück zu Mama gehen. Du bist hier in schlechter Gesellschaft.«

Die unschuldig blickenden Augen lachten ihn an. Dann hielt er sie in scherzender Art und so, wie es nur Junggesellen tun würden, über die

Reling. »Soll ich dich zu den Fischen werfen, Kindchen?« fragte er, während sein Gesicht von einem Lächeln erhellt wurde.

Das Kind gab einen kleinen ängstlichen Schrei von sich. In diesem Moment kam eine junge Frau um die Ecke. Sie sprang wie eine Löwin auf Rowland zu, ergriff das Kind, starrte ihn einen Moment mit weiten Augen an und verschwand dann, um ihn gelähmt, entnervt und schwer atmend zurückzulassen.

»Es ist ihr Kind«, murmelte er. »Das war der Blick einer Mutter. Sie ist verheiratet! Verheiratet!«

Er nahm seine Arbeit wieder auf, sein Gesicht so weiß wie die Farbe, die er schrubbte. So weiß, wie das Gesicht einer gebräunten Matrosenhaut nur werden konnte.

Zehn Minuten später hörte sich der Kapitän in seinem Büro die Beschwerde eines sehr aufgeregten Mannes und dessen Frau an.

»Und Sie sagen, Colonel«, fragte der Kapitän, »daß dieser Mann, Rowland, ein alter Feind von Ihnen ist?«

»Er ist, oder besser, er war einmal ein abgewiesener Verehrer von Misses Selfridge. Das ist alles, was ich von ihm weiß, außer, daß er einmal andeutete, sich rächen zu wollen. Meine Frau ist sich sicher über das, was sie sah, und ich meine, daß dieser Mann eingesperrt gehört.«

»Wissen Sie, Kapitän«, ergänzte die Frau, während sie ihr Kind umarmte, »Sie hätten ihn sehen sollen. Er hätte Myra fast über die Reling geworfen, als ich sie ihm entriß, und er hatte so einen schauderlich lüsternen Blick in den Augen.

Oh, es war gräßlich. Ich tue kein Auge mehr zu auf diesem Schiff. Das weiß ich.«

»Bitte machen Sie sich keine Sorgen, Madam«, sagte der Kapitän. »Ich habe schon etwas über seine Geschichte erfahren. Er ist ein tief gesunkener und gebrochener Marineoffizier. Aber, da er drei Reisen mit uns gesegelt ist, habe ich seinen Arbeitswillen mit seiner Sucht nach Alkohol erklärt, die er ohne Geld nicht befriedigen kann. Wie auch immer, es könnte sein, wie Sie sagen, daß er Sie verfolgt. Kann es ihm möglich gewesen sein herauszufinden, ob Sie mit diesem Schiff fahren würden?«

»Warum nicht«, sagte der Mann, »er muß einige von Misses Selfridges Freunden kennen.«

»Ja, ja«, bestätigte sie eifrig, »ich hörte andere einige Male über ihn sprechen.«

»Dann ist es sicher«, sagte der Kapitän. »Wenn Sie zusagen, Madam, vor den englischen Gerichten gegen ihn auszusagen, dann werde ich ihn sofort wegen versuchten Mordes in Ketten legen lassen.«

»O bitte, tun Sie das, Kapitän«, rief sie, »ich fühle mich hier nicht sicher, solange er frei ist. Natürlich werde ich aussagen.«

»Was immer Sie auch tun, Kapitän«, sagte der Mann, »seien Sie sich sicher, daß ich ihm eine Kugel durch den Kopf schießen werde, falls er wieder zudringlich wird. Dann können Sie auch mich in Ketten legen lassen.«

»Ich werde sehen, daß man sich um Rowland kümmert, Colonel«, antwortete der Kapitän, während er die beiden hinausgeleitete.

Aber da eine Mordanklage nicht immer das beste Mittel ist, einen Mann in Verruf zu bringen, und da der Kapitän nicht glaubte, daß der Mann, der ihm getrotzt hatte, fähig war, ein Kind umzubringen, und da der Vorfall in jedem Fall schwer zu beweisen war und viel Umstände und Ärgerlichkeiten heraufbeschwören würde, ordnete er nicht an, John Rowland einzusperren. Er wies lediglich an, ihn zunächst im Zwischendeck arbeiten zu lassen, fern von den Passagieren.

Rowland, der von seiner plötzlichen Versetzung vom unbehaglichen Schrubben zu einer Arbeit in der ›Etappe‹, bei der er Rettungsbojen im warmen Zwischendeck bemalen mußte, überrascht war, wußte sehr wohl, daß er vom Bootsmann genau beobachtet wurde. So klug, Symptome von Vergiftung vorzutäuschen, was die erwartungsvollen Vorgesetzten befriedigt und ihm mehr Whisky beschert hätte, war er allerdings nicht. Die heilende Seeluft machte seine Augen glänzend, seine Stimme blieb gleichmäßig. Um dies zu beenden, sprachen der Kapitän und der Bootsmann miteinander.

Der Kapitän sagte: »Machen Sie sich keine Sorgen. Es ist kein Gift. Er ist auf halbem Weg ins Verderben, und das wird es nur beschleunigen. Er wird Schlangen, Geister, Gnome, Schiffswracke, Feuer und alles mögliche andere sehen. Es wirkt in drei Stunden. Schütten Sie es einfach in die kleine Trinkflasche, während es hinterschiffs leer ist.«

Am Abend gab es hinterschiffs einen Streit, der aber nicht weiter erwähnenswert gewesen wäre, wenn nicht Rowland mittendrin gestanden hätte. Bei einer Auseinandersetzung wurde ihm der Teepott aus der Hand geschlagen, bevor er drei Schlucke nehmen konnte. Er besorgte sich also eine neue Tasse und beendete sein Abendessen. Danach ging er, ohne sich an den Gesprächen seiner Kameraden zu beteiligen, legte sich in seine Koje und rauchte, bis die Glocke achtmal schlug. Dann ging er mit den anderen nach oben.

6. KAPITEL

*R*owland«, sagte der große Bootsmann, als die Wache an Deck zum Appell antrat, »du übernimmst den Ausguck an der Steuerbordbrücke.«

»Das ist nicht mein Platz, Bootsmann«, sagte Rowland überrascht.

»Anweisung von der Brücke, mach dich auf den Weg.«

Rowland murmelte vor sich hin, wie es Matrosen tun, wenn sie verärgert sind, und gehorchte. Der Mann, den er ablöste, nannte seinen Namen und verschwand. Der Erste Offizier schlenderte die Brücke hinunter, sagte dem Offizier, »Paß gut auf« und kehrte zu seinem Posten zurück. Dann trat Stille ein, und die Einsamkeit einer Nachtwache auf See begann, vom beruhigenden Brummen der Maschinen noch verstärkt und nur von entferntem Lachen und der Musik aus dem Theater unterbrochen. Vom Westen her wehte ein frischer Wind, aber auf dem Deck herrschte fast völlige Ruhe. Der dichte Nebel war so kalt, daß sogar der letzte gesprächige Passagier ins Schiffsinnere geflüchtet war.

Als die Glocke zum drittenmal läutete, um halb zehn, und Rowland den üblichen Ruf »Alles in Ordnung« verkündete, verließ der Erste Offizier seinen Posten und kam auf ihn zu.

»Rowland«, sagte er, als er näher kam, »ich höre, du warst bei der Marine.«

»Woher wissen Sie das, Sir?« fragte Rowland. »Ich spreche eigentlich nie davon.«

»Du hast es dem Kapitän erzählt. Ich nehme an, du hattest in Annapolis den gleichen Lehrplan wie ich am Königlichen Marine-Institut. Was hältst du von Maurys Theorie über die Strömungen?«

»Sie hört sich plausibel an«, sagte Rowland, der, ohne es selbst gemerkt zu haben, das ›Sir‹ weggelassen hatte, »aber ich glaube, daß sie in den meisten Einzelheiten nicht bestätigt wurde.«

»Ja, ich denke auch so. Hast du jemals die Idee verfolgt, daß die Temperatur fallen müßte, wenn man sich einem Eisberg nähert?«

»Nicht mit einem genauen Ergebnis. Aber es scheint nur eine Frage der Berechnung und der Zeit zu sein, die zu kalkulieren ist. Kälte ist negative Hitze und wirkt wie strahlende Energie, die dann in einem bestimmten Verhältnis zur Entfernung abnimmt.«

Der Offizier stand einen Moment da, schaute nach vorne, summte eine Melodie vor sich hin und sagte: »Ja, ich denke auch.« Dann bezog er wieder seinen Posten.

»Der muß wohl einen stahlverkleideten Magen haben«, murmelte er, als er in die Kompaßsäule hineinlugte. »Oder der Bootsmann hat die Tasse des falschen Mannes vergiftet.«

Rowland blickte dem Offizier mit einem zynischen Lächeln auf den Lippen nach. »Ich frage mich«, sagte er zu sich selbst, »warum er hier hinunter kommt, um mit einem wie mir über Navigation zu sprechen. Und warum bin ich hier und nicht an meinem üblichen Platz? Hat das irgend etwas mit der Flasche zu tun?«

Er lief weiter auf und ab am Ende der Brücke und setzte seinen bedrückenden Gedankengang fort, den der Offizier unterbrochen hatte.

Er überlegte: »Wie lange wird Ehrgeiz und Liebe zu meinem Beruf andauern, wenn ich der einzigen Frau meines Lebens begegnet bin, sie erobert und wieder verloren habe? Wie kommt es, daß der Verlust einer einzigen von vielen Millionen Frauen jedes andere Glück im Leben eines Mannes verblassen läßt und es in die Hölle verwandelt? Wen hat sie geheiratet? Irgend jemanden, wahrscheinlich. Irgendeinen Fremden, lange nachdem ich fort war. Einer, der einige Eigenschaften hatte, vielleicht Aussehen und Verstand, die ihr gefielen. Einer, der sie nicht lieben mußte. Seine Chancen waren damit besser. Er trat unbeschwert in mein Paradies ein. Und dann sagen sie uns immer, Gott täte Gutes und daß es einen Himmel gibt, in dem all unseren Wünschen nachgegeben wird, vorausgesetzt, wir glauben daran. Das heißt, wenn es überhaupt einen Wert hat, nach lebenslanger, nie anerkannter Treue, während der ich nichts als ihre Angst und ihre Verachtung erntete, mit ihrer Liebe und der Freundschaft ihrer Seele belohnt zu werden? Liebe ich ihre Seele? Hat sie die Schönheit ihres Gesichtes, ihrer Gestalt und ihrer Körperhaltung? Hat ihre Seele tiefblaue Augen und eine süße melodische Stimme? Hat sie Witz, Grazie und

Charme? Ist sie reich an Mitleid für die Leidenden? Das wären die Dinge, die ich liebte. Ich liebte nicht ihre Seele, falls sie eine hat. Die will ich nicht. Ich will sie. Ich brauche sie.«

Er hielt inne, lehnte sich gegen die Brückenreling, schaute auf den Nebel, der vor ihm lag. Rowland sprach seine Gedanken nun laut aus, und der Erste Offizier, in Hörweite, wandte sich ihm zu, lauschte einen Moment und ging dann zurück.

»Es wirkt«, flüsterte er dem Dritten Offizier zu. Dann drückte er den Knopf, um den Kapitän zu holen, ließ die Dampfpfeife kurz aufheulen, um den Bootsmann zu rufen, und nahm wieder seine Position in Sichtweite des vermeintlich betäubten Ausgucks auf, während der Dritte Offizier das Schiff bewachte.

Der Laut der Dampfpfeife ist ein so gewöhnliches Geräusch auf einem Schiff, daß es niemandem auffällt. Aber diesmal hatte das Geräusch Wirkung auch noch auf jemand anderen außer dem Bootsmann. Eine kleine Person im Nachthemd wachte in einer Kabine unter dem Salon auf und ertastete sich, unbeobachtet von der Wache, mit weitgeöffneten, starrenden Augen den Weg an Deck. Die kleinen, nackten Füße hatten den Eingang zum Zwischendeck erreicht, als der Kapitän und der Bootsmann an der Brücke eintrafen.

»Und sie sprechen«, fuhr Rowland fort, während die drei ihn beobachteten und belauschten, »von wunderbarer Liebe und von der Fürsorge eines erbarmungsvollen Gottes, der alle

Dinge auf Erden kontrolliert, der mir all meine Fehler gegeben hat und mein Vermögen zu lieben und der mir dann die Begegnung mit Myra Gaunt beschert. Gibt es noch Erbarmen für mich? Schuldet der Mensch, der dem Verderben ausgeliefert ist, weil er nicht stark genug ist zu überleben, diesem Gott Dankbarkeit? Nein, das tut er nicht. Wenn ich wirklich annehme, daß Gott existiert, dann denke ich, nein. Und wenn ich davon ausgehe, daß er aufgrund der fehlenden Beweise nicht existiert, dann glaube ich an die Theorie von Ursache und Wirkung, die ausreicht, um das ganze Universum zu erklären. Ein gnadenvoller Gott, ein guter, liebender, fürsorglicher Gott...«

Rowland brach in einen Anfall von seltsam unpassendem Lachen aus, das er plötzlich unterbrach, um seine Hände vor den Magen zu halten und sich dann an seinen Kopf zu fassen.

»Was fehlt mir?« keuchte er. »Ich fühle mich, als ob ich heiße Kohlen geschluckt hätte – und mein Kopf, meine Augen. Ich kann nichts sehen.« Doch der Schmerz verschwand, und das Lachen kam zurück. »Was ist los mit dem Steuerbordanker? Er bewegt sich. Er verändert sich. Es ist ein – was? Was zum Himmel ist das? Am Ende bewegt sich alles, die Anker, die Winde und die Bootskräne, alle leben sie.«

Das, was er sah, wäre für jeden gesunden Verstand ein Anblick des Schreckens gewesen, aber diesen Mann brachte es nur zu immer größerer Fröhlichkeit. Die Geländer unter ihm, die zu den Steven führten, hatten sich erhoben und zu einem schattenhaften Dreieck geformt. Die Winde verwandelte sich in ein erschreckendes, schwarzes und verbotenes Etwas. Die Tonnen am Rand waren große, hervorquellende, dunkle Augen eines Monsters, dessen unzählige Beine sich wie Tentakel aus den Kabelnetzen geformt hatten. Und dieses Etwas krabbelte inmitten des Dreiecks umher. Die Ankerkräne wurden zu vielköpfigen Schlangen, die auf ihren Schwänzen tanzten, und die Anker selber hatten sich zappelnd und windend in riesige Raupen verwandelt, während auf den zwei Lichttürmen immer wieder Gesichter auftauchten, die grinsend auf ihn starrten. Sich an der Reling festhaltend, rannen ihm die Tränen die Wangen herunter, und er lachte bei diesem seltsamen Anblick, sprach jedoch nicht.

Die drei, die sich still genähert hatten, drehten sich um, um zu warten, während sich unter ihnen auf dem Promenadendeck die kleine, weiße Gestalt, wie von dem Lachen angezogen, der Treppe zuwandte, die hinauf zum oberen Deck führte.

Die Wahnvorstellungen verblaßten in einer grauen Nebelmauer, und Rowland, fast wieder klaren Verstandes, murmelte: »Sie haben mir etwas eingeflößt.«

Im nächsten Augenblick aber stand er in einem Garten, der ihm wohl bekannt war. In der Entfernung waren die Lichter eines Hauses zu sehen, und dicht bei ihm stand ein junges Mädchen, das sich von ihm abwendete und weglief, als er nach ihm rief. Mit starker Willensanstrengung brachte er sich zurück in die Gegenwart, auf die Brücke, auf der er stand, und zurück zu seiner Aufgabe, die er zu erfüllen hatte.

»Warum muß mich das all diese Jahre verfolgen«, murmelte er vor sich hin. »Betrunken damals, betrunken seitdem. Sie hätte mich retten können, aber sie hat sich entschieden, mich zu verdammen.«

Er begann, wieder hin und her zu gehen, strauchelte aber und hielt sich an der Reling fest. Währenddessen rückten die drei Beobachter wieder näher, und die kleine, weiße Gestalt erklomm die Treppe zur oberen Brücke.

»Die Stärksten überleben«, redete er weiter, während er in den Nebel starrte. »Ursache und Wirkung. Das erklärt das Universum – und mich.« Er hob seine Hand und sprach laut, wie zu einem unsichtbaren, ihm vertrauten Gegenüber: »Was wird die letzte Wirkung sein? Wo wird am Ende mein verschwendeter Reichtum an Liebe gesammelt, gewogen und belohnt werden? Was wird es wieder gutmachen, und wo werde ich sein? Myra, Myra«, rief er aus. »Weißt du, was du verloren hast? Weißt du in all deiner Güte und Ehrlichkeit und Reinheit, was du getan hast? Weißt du ...«

Der Stoff, auf dem er gestanden hatte, war fort, und es schien, als ob er allein in einem Universum von Grau schweben würde, ganz losgelöst von der Welt. Und in der weiten, grenzenlosen Leere waren weder ein Geräusch noch Leben, noch Veränderung. In seinem Herzen waren weder Angst noch Verwunderung, noch irgendwelche Gefühle, außer einem: ein unsagbares

Verlangen nach einer erfüllten Liebe. Und doch schien es so, als ob er nicht John Rowland war, sondern jemand oder etwas anderes. Denn in diesem Moment sah er sich selbst weit weg, Millionen von Meilen weit weg, wie an dem äußersten Rand der großen Leere. Er hörte sich rufen. Schwach, aber bestimmt und erfüllt mit all der Verzweiflung seines Lebens, rief er: »Myra, Myra.«

Eine Antwort kam, und als er sich der zweiten Stimme zuwandte, wurde er ihrer gewahr, der Frau seines Lebens, auf der anderen Seite des Platzes. Ihre Augen waren voller Zärtlichkeit, und ihre Stimme rief flehend, so wie er es nur aus seinen Träumen kannte:

»Komm zurück«, rief sie, »komm zurück zu mir.« Aber es schien, als ob sich die zwei nicht verstehen könnten, denn wieder hörte er den verzweifelten Ruf: »Myra, Myra, wo bist du?« Und wieder die Antwort: »Komm zurück, komm.«

Dann erschien in der Ferne eine schwache Flamme, die langsam größer wurde. Sie kam näher, und er beobachtete es leidenschaftslos. Als er wieder nach den beiden Ausschau hielt, waren sie verschwunden und an ihrer Stelle zwei Nebelschwaden, die sich in zwei wirbelnde, geheimnisvoll funkelnde Punkte voller Licht und Farbe auflösten, bis sie den ganzen Platz ausfüllten. Das Licht näherte sich, kam auf ihn zu und wurde immer größer.

Er hörte ein peitschendes Geräusch und sah ein unförmiges Etwas, dunkler als die graue Leere. Es wurde größer, je näher es rückte. Ihm schien es, als verkörperten jenes Licht und jene Dunkelheit das Gute und das Böse in seinem Leben, und er wartete gespannt, welches von beiden ihn zuerst erreichen würde. Er war nicht überrascht oder enttäuscht, als er bemerkte, daß die Dunkelheit ihm näher war. Sie kam näher und näher, bis sie ihn an der Seite berührte.

»Na, was haben wir denn hier, Rowland?« sagte eine Stimme.

Sofort verschwanden die beiden wirbelnden Punkte, und das Grau des Universums wurde wieder zu Nebel. Die Flamme des Lichts wurde wieder zum Mond, und die Dunkelheit verwandelte sich in den Ersten Offizier. Die kleine, weiße Gestalt, die soeben an den drei Wächtern vorübergestürzt war, stand zu seinen Füßen. Als ob sie von ihrem Unterbewußtsein vor einer Gefahr gewarnt worden wäre, war sie in ihrem Schlaf auf der Suche nach Sicherheit und Fürsorge zu dem alten Liebhaber ihrer Mutter gekommen, der starke und sogleich schwache, der gefallene, gebrochene, aber würdevolle, der verfolgte, unter Drogen gesetzte, aber auf keinen Fall hilflose John Rowland.

Mit der Promptheit eines Mannes, der im Stehen noch eben gedöst hat und von einer Frage geweckt wird, stammelte Rowland, wegen der nun schwindenden Wirkung der Droge: »Myras Kind, Sir, es schläft.« Er hob das kleine Mädchen, das nun beim Erwachen aufschrie, auf den Arm und wickelte seine Jacke um den kleinen, kalten Körper.

»Wer ist Myra?« fragte der Offizier in einem

rüden Ton, in dem Enttäuschung und Verdruß mitschwangen. »Sie haben doch selber geschlafen.«

Bevor Rowland antworten konnte, kam ein Ruf vom Krähennest.

»Eis!« schrie der Ausguck. »Eis voraus. Eisberg. Genau unter dem Bug.«

Der Erste Offizier rannte mittschiffs, und der Kapitän, der dort geblieben war, lief zum Maschinenraumtelegrafen und benutzte dieses Mal den Hebel. Aber nach fünf Sekunden begann sich der Bug der *Titan* zu erheben, und vor ihnen und auf jeder Seite konnte man durch den Nebel ein Eisfeld sehen, das sich bis zu dreißig Meter hoch über ihre Fahrtrinne neigte. Die Musik im Theater verstummte, und durch das Gewirr von Stimmen und Schreien und das ohrenbetäubende Geräusch, das vom Zusammenprall des Stahls mit dem berstenden Eis herrührte, hörte Rowland die verängstigte Stimme einer Frau, die von den Treppenstufen der Brücke rief:

»Myra, Myra, wo bist du? Komm zurück.«

7. KAPITEL

70 000 Tonnen Masse krachten im Nebel mit einer Geschwindigkeit von gut fünfzehn Metern in der Sekunde gegen einen Eisberg. Wenn das Schiff gegen eine senkrecht stehende Mauer geprallt wäre, hätten Passagiere nur eine leichte Erschütterung des Ungetüms aus biegsamen Platten und Rahmen gespürt. Am Schiff wären die Bugseiten eingedrückt worden, und ein Wachmann wäre ums Leben gekommen. Das Schiff hätte zurückgesetzt und mit dem Bug etwas weiter unter Wasser die Reise langsam fortgesetzt, um später, mit Versicherungsgeldern bezahlt, repariert zu werden. Am Ende wäre mit der Unzerstörbarkeit des Schiffes geworben worden. Aber eine tiefliegende Welle, die vermutlich vom Eisberg stammte, erfaßte die *Titan* und ihren Kiel, der sich in das Eis geschnitten hatte. Mit ihrem großen Gewicht, das nun auf der Steuerbordseite lastete, erhob sich das Schiff aus der See – höher und höher hinaus –, bis am Heck die Schrauben halb freilagen. Dann wurde es von einem Strudel unter der Backbord-Bugseite erfaßt, veränderte seine Lage und stürzte auf die Backbordseite.

Die Bolzen von zwei Öfen und drei Dreifach-Maschinen, die in dieser senkrechten Lage solch einem Gewicht nicht standhalten konnten, rissen, und durch ein Gewirr von Leitern, Schotten und Gittern rutschten die gigantischen Massen Stahl und Eisen auf die Innenseiten des Bugs und verletzten sie an der Stelle, wo auf der Außenseite Massen von Eis lagen. Die Maschinen- und Heizräume füllten sich mit beißendem Rauch. Jeder der hundert dort arbeitenden Männer erlitt einen qualvollen und schnellen Tod.

Inmitten des Brausens von entweichendem Dampf, des Lärm der fast dreitausend ängstlichen menschlichen Stimmen im Inneren des Schiffes, des Pfeifens, das das durch Hundert von offenen Luken hereinströmende Wasser verursachte, fuhr die *Titan* langsam rückwärts und bugsierte sich zurück in die See, wo sie tief auf der Seite liegend trieb. Sie war ein sterbendes Monster, stöhnend vor Schmerz.

Ein fester, pyramidenähnlicher Hügel von Eis, der steuerbord lag, als das Schiff sich aufsetzte, hatte jedes Paar der Davits steuerbord mit sich gerissen, Boote zertrümmert und die Takelage zerrissen. Ein Berg von Wrackteilen, die über das Eis verteilt lagen, war mit den gebrochenen Teilen der Brücke bedeckt. In diesem Inferno, benommen von einem 25 Meter tiefen Fall, kauerte Rowland, der am Kopf aus einer Wunde blutete. An seine Brust gedrückt hielt er das kleine Mädchen, das vor Angst weinte. Er nahm all seinen Willen zusammen, erhob sich und blickte um sich. Aus seinen Augen, die noch verwirrt und unkonzentriert waren durch die Droge, die er zu sich genommen hatte, sah er nicht viel mehr als die dunklen Umrisse des Dampfschiffes im mondweißen Nebel. Trotzdem glaubte er zu erkennen, daß Männer auf den Davits hingen und arbeiteten, und das nächstliegende Boot, Nr. 24, schien in der Takelage zu schaukeln. Dann verdichtete sich der Nebel, und die *Titan* war nicht mehr zu sehen, obwohl ihre Position immer noch durch das Geräusch des aus ihren eisernen Lungen aufsteigenden Dampfes auszumachen war. Der Krach ließ nach einiger Zeit nach. Zurück blieben ein furchterregendes, brummendes Geräusch und das Pfeifen der Luft. Als auch das plötzlich verstummte und die darauffolgende Stille von einem dumpfen Schlag unterbrochen wurde – wie das Zerbersten von einigen Kompartiments des Schiffs –, wußte Rowland, daß das Unglück endgültig war. Die unzerstörbare *Titan* lag, mit Menschen an Bord, denen es unmöglich war, an den senkrechten Wänden hinaufzuklettern, unter der Wasseroberfläche.

Mechanisch, fast wie betäubt, hatte Rowland registriert, was in den letzten Minuten passiert war. Er konnte den Schrecken nicht vollends begreifen. Aber was die Gefahr für die junge Frau anging, deren Stimme er gehört und erkannt hatte, waren seine Gedanken klar. Es war die Frau seiner Träume und die Mutter des Kindes, das er in seinen Armen hielt. Schnell begann er die Wrackteile zu inspizieren. Kein Boot war intakt. Er kroch an den Rand des Wassers und rief mit aller Macht seiner schwachen Stimme nach einem Boot im Nebel, das das Kind retten und nach der Frau an Deck oder unter der Brücke suchen könnte. Er rief den Namen der Frau, ermutigte sie, zu schwimmen, im Wasser zu treten, sich an Wrackteilen festzuhalten und ihm zu antworten, bis er zu ihr kommen könnte. Es kam keine Antwort, und als seine Stimme rauh und nutzlos geworden war, kam er zurück zum Wrackteil. Rowland empfand das schlimmste Gefühl der Trostlosigkeit, das er je in seinem unglücklichen Leben erfahren hatte. Das kleine Mädchen weinte, und er versuchte, es zu trösten.

»Ich will Mama«, schluchzte es.

»Ruhig, meine Kleine, ruhig«, antwortete er erschöpft und traurig, »das will ich auch, mehr als alles andere. Aber ich glaube, unsere Chancen stehen schlecht. Ist dir kalt, meine Kleine? Wir gehen nach drinnen, und ich mache uns ein kleines Haus.«

Er zog seinen Mantel aus und wickelte ihn um die kleine Gestalt, ermahnte sie, keine Angst zu haben, und setzte sie in der Ecke der Brücke ab. Als er dies tat, fiel die Whiskyflasche aus seiner Tasche. Es schien so lange her, daß er sie dort gefunden hatte, und er brauchte eine Weile, um sich zu erinnern, welche Bedeutung sie gehabt hatte. Dann hob er sie hoch, um sie über den Abhang von Eis hinunterzuwerfen, hielt aber inne.

»Ich hebe sie auf«, murmelte er. »In kleinen Dosen mag es unschädlich sein, und wir werden es hier auf dem Eis gebrauchen können.«

Er packte die Flasche in eine Ecke. Dann hob er die Abdeckung eines der beschädigten Boote und hängte sie über die offene Seite am Ende der

Brücke, kroch hinein und legte seinen Mantel um sich und das kleine Mädchen. Er knöpfte das Kleidungsstück zu und legte sich auf den harten Holzfußboden. Sie weinte noch immer, aber gewärmt von seinem Körper, wurde sie bald ruhiger und schlief ein.

In die Ecke gekauert, überließ er sich seinen zermürbenden Gedanken. Zwei Bilder entstanden vor seinem inneren Auge. Das eine war das der jungen Frau, die ihn rief, zurückzukommen. Er klammerte sich daran, wie an ein Orakel. Das andere Bild war das der Frau, leblos, kalt in den Tiefen des Meeres.

Er rechnete ihre Chancen aus. Sie mußte in der Nähe oder auf den Brückenstufen gewesen sein, und das Boot Nr. 24, das in diesem Moment verschwand, direkt neben ihr. Sie könnte hineinklettern und gerettet werden, es sei denn, das Boot wäre überfüllt mit anderen, die aus Luken und Türen entkommen waren. In seinem Geiste verfluchte er diese und wünschte sich, sie wäre die einzige Passagierin des Bootes, das sie in Sicherheit bringen würde.

Die starke Droge, die er genommen hatte, wirkte immer noch. Hinzu kam das rhythmische Rauschen der See auf dem Strand aus Eis und das dumpfe Knacken und Knistern unter ihm und um ihn herum. Die Stimme des Eisbergs überkam ihn schließlich, und er schlief ein, um bei Tageslicht mit steifen und tauben, fast erfrorenen Gliedern zu erwachen.

Die Nacht hindurch, während er schlief, bahnte sich ein Boot mit der Nummer vierundzwanzig, von kräftigen Matrosen und Offizieren gerudert, seinen Weg über die Hauptstraße der Schiffahrt im Frühjahr. Im Heck des Bootes kauerte eine stöhnende, betende Frau, die in einigen Abständen nach ihrem Mann und ihrem Kind schrie und weinte und gar nicht eher Ruhe gab, bis ihr ein Offizier versichert hatte, daß ihr Kind in der sicheren Fürsorge John Rowlands war, eines mutigen und vertrauensvollen Matrosen, der sicherlich im anderen Boot mitgekommen war. Er erzählte ihr natürlich nicht, daß er gesehen hatte, wie Rowland vom Eisberg aus gewinkt hatte, als sie bewußtlos dagelegen hatte, und daß er, falls er das Kind noch immer hatte, verloren war.

8. KAPITEL

Mit einer bösen Vorahnung trank Rowland einen Schluck Alkohol, wickelte das noch schlafende Kind in seinen Mantel und trat hinaus auf das Eis. Der Nebel war fort, und der blaue Himmel erstreckte sich über den Horizont. Kein Schiff war zu sehen. Hinter ihm war Eis, ein Berg von Eis. Er kletterte auf die Erhöhung und hatte freien Blick auf einen hundert Fuß tiefen Abgrund. Zu seiner Linken fiel das Eis ab auf einen steilen Strand, und zu seiner Rechten lagen einige eisige Gipfel, durchsetzt mit Schluchten, Höhlen und glänzenden Wasserfällen, die ihm die Sicht auf den Horizont versperrten. Es war nirgendwo ein Segel oder der Rauch eines Dampfschiffes zu sehen, die ihn hätten ermuntern können, und so folgte er seinen Spuren zurück. Auf halbem Weg sah er, wie sich ein weißes Objekt von den Eisgipfeln her näherte. Seine Augen waren noch nicht wieder in guter Verfassung, und nach einer unsicheren Prüfung begann er zu rennen. Er sah ein mysteriöses weißes Ding, das näher an der Brücke war als er und dieser immer schneller näher kam. Sein Herz hämmerte, und es fühlte sich an, als wolle das Blut in seinen Adern gefrieren.

Rowland erkannte nun, daß es sich bei dem

Objekt um einen Reisenden des weißen Nordens handelte, schlank und hungrig – ein Polarbär, der die Nahrung gerochen hatte und sie nun suchte, schwerfällig trabend mit einem halboffenen, großen, roten Gebiß, aus dem die gelben Zähne blitzten. Rowland hatte außer einem Klappmesser keine Waffen bei sich, aber er zog es aus der Tasche und öffnete es, während er rannte. Nicht für einen Moment zögerte er, sich in eine Situation zu begeben, die für ihn den fast sicheren Tod bedeutete, denn von ihm hing das Leben eines Kindes ab, das ihm mehr bedeutete als sein eigenes Leben. Zu seinem Entsetzen sah er, wie das Kind aus dem Versteck hervorgekrochen kam – genau in dem Moment, als der Bär um die Ecke der Brücke bog.

»Geh zurück, Kleines, geh zurück«, schrie er und stürzte den Hügel hinunter.

Der Bär erreichte das Kind zuerst und schleuderte es mit einem Schlag seiner riesigen Pranke, fast ohne jede Anstrengung, vier Meter weit, wo es regungslos liegenblieb. Als er ihm folgen wollte, stürzte Rowland auf das Ungeheuer zu.

Der Bär stellte sich auf seine Hinterbeine, sank nieder und griff an. Rowland fühlte, wie die Knochen seines linken Armes vom Biß des Eisbären knackten. Aber als er fiel, stieß er die Klinge seines Messers in das zottige Fell. Mit einem bösen Schnappen spuckte der Bär den zerfleischten Arm aus und versetzte dem Mann einen harten Schlag, der ihn weiter beförderte als das Kind. Mit gebrochenen Rippen erhob sich Rowland, und ohne die Schmerzen der Wunde wirklich zu fühlen, wartete er auf den zweiten Schlag. Wieder wurde der verletzte Arm mit den gelben Fängen gepackt, und wieder wurde er zurückgeschleudert. Aber dieses Mal benutzte er sein Messer richtig. Die große Schnauze drückte sich gegen seine Brust, der heiße, stinkende Atem war in seiner Nähe, und neben seiner Schulter blickten die hungrigen Augen in die seinen. Er zielte auf das linke Auge des Monsters und traf es. Die 12 Zentimeter lange Klinge bohrte sich bis auf den Griff in das Gehirn, und das Tier bäumte sich mit einem erschütternden Sprung auf, spreizte seine Pranken, sackte dann in sich zusammen und blieb nach einigen zuckenden Stößen regungslos am Boden liegen.

Rowland hatte das getan, was kein Inuit-Jäger je versucht hätte – er hatte gekämpft und den Tiger des Nordens mit einem Messer getötet.

Es war alles innerhalb einer Minute passiert, aber in dieser Minute war er für ewig verkrüppelt worden. Auch in den Händen der besten Chirurgen würden die gebrochenen Knochen in dem gelähmten Arm nie wieder geheilt werden können, genausowenig wie die zerborstenen Rippen. Und er trieb auf einer Insel aus Eis, die Temperatur nahe dem Gefrierpunkt, noch nicht einmal ausgerüstet mit dem primitiven Werkzeug eines Wilden.

Schmerzerfüllt schleppte er sich zu dem kleinen rotweißen Haufen und hob ihn mit seinem verletzten Arm auf, obwohl ihm das Bücken unaussprechliche Qualen bescherte. Das Kind blutete aus vier tiefen Kratzern, die sich von der

Schulter über den Rücken zogen. Die weichen Knochen des Kindes waren jedoch nicht gebrochen, und die Bewußtlosigkeit rührte allein von dem Aufprall auf das Eis her. Das Mädchen hatte eine große Beule. Um dem Kind helfen zu können, mußte er sich zunächst um sich selber kümmern. Deshalb wickelte er es in seinen Mantel ein und legte es in das Versteck. Dann schnitt er sich aus dem Stoff der Bootsabdeckung ein Stück heraus, um es als Schlinge für seinen Arm zu benutzen. Dann, mit Hilfe seiner Zähne, Finger und des Messers, zog er dem Bären Teile des Fells ab, widerstand jedoch dem Wunsch, eine Pause zu machen, um nicht vor Schmerzen ohnmächtig zu werden. Er schnitt ein warmes dickes Fetteil heraus, das er, nachdem er die Wunden mit frischem Wasser gesäubert hatte, auf dem Rücken des kleinen Mädchens mit Hilfe eines Stoffstücks befestigte.

Dann schnitt er das Flanellfutter seines Mantels heraus und schnitt aus den Ärmelteilen Kleidungsstücke für den kleinen Körper, wickelte den Stoff um ihre Knöchel und band ihn mit Seegarn fest. Den Rest des Futters schlang er um ihre Hüfte und die Arme und wickelte so Stoffstreifen für Stoffstreifen um den Körper, bis er dem einer kleinen Mumie glich, fast so, wie ein Matrose das Eßgeschirr an der Trosse sicherte. Ein Vorgehen, das die Empörung einer jeden Mutter ausgelöst hätte. Aber er war nur ein Mann, der an geistiger und körperlicher Verzweiflung litt.

Als er fertig war, hatte das Kind das Bewußtsein wiedererlangt und beklagte sich über sein

Schicksal mit einem weinerlichen Schrei. Er machte weiter, um nicht von der Kälte starr zu werden. Es gab viel frisches Wasser von dem schmelzenden Eis, das sich in kleinen Bassins sammelte. Der Bär würde Nahrung bieten, aber sie brauchten Feuer, um diese Nahrung zu kochen, sich selbst und ihre gefährlichen Entzündungen warm zu halten und Rauch für eventuell vorbeifahrende Schiffe zu entwickeln. Ohne Rücksicht auf die darin vermengten Drogen trank er aus der Flasche, denn er brauchte etwas, um seinen Geist anzuregen. Rowland dachte, und vielleicht hatte er damit sogar recht, daß eine normale Droge in diesem Zustand gar keine Wirkung zeigen würde.

Dann untersuchte er das Wrackteil. Es würde gutes Kleinholz bieten. In dem Holzhaufen steckte ein stählernes Rettungsboot, das auf der Seite lag. Mit einem Stück Stoff über der einen Seite und einem kleinen Feuer auf der anderen Seite versprach es eine wärmere und bessere Unterkunft als die Brücke. Ein Matrose ohne Streichhölzer war eine Seltenheit, und so zerteilte er die Holzstücke, machte Feuer, hängte die Decke über das Boot und holte das Kind, das nach einem Schluck Wasser bettelte.

Er fand eine Blechtasse, die wahrscheinlich, bevor das Boot auf die Kräne gehievt wurde, vergessen worden war, und gab ihr Wasser, vermischt mit ein paar Tropfen des Whiskys, zu trinken. Dann dachte er an das Frühstück. Er schnitt ein Steak von den Hinterläufen des Bären, briet es, auf ein Stück Holz gespießt, und probierte das süße und hungerstillende Fleisch. Als er versuchte, das Kind zu füttern, mußte er die Arme aus dem Verband lösen und opferte einen weiteren seiner Ärmel, um die bloßen Ärmchen zu bedecken. Die Nahrung beruhigte das Kind, es hörte auf zu weinen, und Rowland legte sich mit ihm in das Innere des warmen Bootes. Vor Ende des Tages war der Whisky ausgetrunken, und er lag in tiefem Fieberwahn. Dem Kind ging es nicht besser.

9. KAPITEL

Er legte in kurzen Abständen Holz nach, kochte Bärenfleisch, fütterte das Kind und versorgte die Wunden. Das ging drei Tage. Sein Leid war unbeschreiblich. Der vor Schmerz pochende Arm war auf die doppelte Größe angeschwollen, seine gebrochenen Rippen ließen es nicht zu, tief einzuatmen. Rowland hatte sich nicht um seine eigenen Verletzungen gekümmert. Vielleicht gewann er diesen Kampf nur durch seine gute körperliche Verfassung, die jahrelange Vergeudung nicht beeinträchtigt hatte. Vielleicht lag es auch an der Eigenschaft des Bärenfleisches oder daran, daß die Wirkung des Whiskys nachgelassen hatte. Am Abend des dritten Tages nahm er das letzte Streichholz, entzündete das Feuer erneut und blickte, geschwächt, aber bei vollem Bewußtsein, über den dunklen Horizont.

Es war kein Schiff zu sehen. Falls in der Zwischenzeit eines vorübergekommen wäre, dann hätte er es nicht gesehen. Zu schwach, um auf die Erhöhung zu klettern, ging er zurück zum Boot, in dem das Kind, erschöpft vom vielen Weinen, schlief. Sein unfachmännischer, aber doch wirkungsvoller Verband, um es vor der Kälte zu schützen und still zu halten, hatte zur Heilung der Wunden beigetragen. Einen Moment lang betrachtete er das kleine, bleiche und verweinte, von ein paar Locken umgebene Gesicht und bückte sich mit Schmerzen hinunter, um es sanft zu küssen. Der Kuß weckte das Kind, und es rief nach seiner Mutter. Er konnte es nicht trösten. Stumm ihr Schicksal verfluchend, ließ er das Mädchen allein und setzte sich ein wenig vom Wrack entfernt nieder.

»Wir werden bestimmt wieder gesund«, überlegte er. »Es sei denn, ich lasse das Feuer ausgehen. Was dann? Wir können nur so lange überleben, wie der Berg existiert, und nicht viel länger, als der Bär als Nahrung reicht. Wir müssen weit abseits der Fahrtrinnen liegen. Das Schiff hatte ungefähr neunhundert Meilen zurückgelegt, als wir den Berg trafen, und die Strömung hier heftet sich an den Nebel, ungefähr Westsüdwest. Aber diese Tiefen haben ihre eigenen Strömungen. Da drüben ist kein Nebel, wir müssen südlich zwischen den Routen sein. Sie werden mit ihren Schiffen diese Route vermeiden, nach dem, was passiert ist, diese geldgierigen Schufte. Verflucht sollen sie sein, verflucht, mit ihren wasserdichten Abteilungen und ihren Logbüchern. Vierundzwanzig Boote für dreitausend Menschen, festgezurrt mit geteerten Tauen. Dreißig Männer, um sie anzulassen, und nicht eine Axt auf dem Bootsdeck und nicht ein Mann ausgerüstet mit einem Messer. Kann sie es geschafft haben? Wenn sie das Boot zu Wasser gelassen haben, dann könnten sie sie von den Treppen geholt und mitgenommen haben. Der Matrose wußte, daß ich ihr Kind hatte – er würde es ihr sagen. Ihr Name mußte auch Myra sein, es war ihre Stimme gewesen, die er in seinem Traum gehört hatte. Es war Haschisch. Warum wollten sie mich betäuben? Aber der Whisky war gut. Es ist alles vorbei, es sei denn, ich komme an Land, aber werde ich das schaffen?«

Der Mond tauchte am stürmischen Horizont über dem Meer auf und überflutete das Eis mit einem aschgrauen Licht, so daß das Eis glitzerte und glänzte. Rowland überkam ob dieses seltsam schönen Anblicks ein erschlagendes Gefühl von Einsamkeit und Unbedeutsamkeit, als ob die Trostlosigkeit, die ihn umgab, größer als er selbst und all seine Ängste, Pläne und Hoffnungen war.

Das Kind hatte sich in den Schlaf geweint, und er ging auf dem Eis auf und ab.

»Dort oben«, sagte er launisch, während er in den sternenbehangenen, vom Mondlicht überfluteten Himmel blickte, »dort oben – irgendwo – ist der Himmel der Christen. Dort oben ist Gott, der Myras Kind hierhergebracht hat. Der Gott, den sie sich von der wilden blutrünstigen Rasse, die ihn erfunden hat, geliehen haben. Und unter uns, ja, irgendwo, ist die Hölle und ihr böser Gott, den sie selbst erfunden haben. Und sie lassen uns wählen – Himmel oder Hölle. So ist es nicht. Nicht so. Das große Geheimnis ist nicht gelöst. Dem menschlichen Herzen ist noch nicht geholfen. Kein guter, gnadenvoller Gott hat eine Welt wie diese geschaffen. Was auch immer die Gründe für die Dinge sind, die passiert sein mögen, es ist unmißverständlich bewiesen, daß Gnade, Güte und Gerechtigkeit in diesem ganzen Gefüge keine Rolle spielen. Und trotzdem sagen sie, daß die Basis aller Religionen der Glaube ist. Ist er das? Oder ist er nur die feige menschliche Angst vor dem Unbekannten, die die Eingeborenenmutter dazu treibt, ihr Baby einem Krokodil vorzuwerfen, die den zivilisierten Bürger dazu bringt, Kirchen zu bauen, die eine Klasse Priester, Kirchenmänner, Medizinmänner hervorbrachte, die alle nur aufgrund ihrer selbstgeschürten Hoffnungen und Ängste leben.

Und Tausende von Menschen beten und geben vor, daß diese Gebete beantwortet werden. Werden sie es? Wurde je ein Flehen der Menschen, das in den Himmel geschickt wurde, auch wirklich erhört? Wer weiß. Sie beten für Regen und Sonnenschein, und beides kommt rechtzeitig. Sie beten für Gesundheit und Erfolg, und sie werden gesund und erfolgreich. Aber dies ist kein wirklicher Beweis. Aber sie sagen, daß sie genau in dem Moment gehört, getröstet und ihre Fragen beantwortet werden. Ist das nicht ein physiologisches Experiment? Wären sie nicht genauso beruhigt, würden sie sich mit Multiplikation oder dem Kompaß beschäftigen?

Millionen haben geglaubt, daß Gebete erhört werden, und diese Millionen haben zu verschiedenen Göttern gebetet. Hatten sie alle recht oder unrecht? Wird ein vorübergehendes Gebet erhört? Kann es nicht sein, daß es ein unsichtbares, unbekanntes Wesen gibt neben der Bibel und dem Koran, das mein Herz kennt, das mich in diesem Moment sieht? Wenn dies der Fall ist, dann, Wesen, gib mir einen Grund, an ihm zu zweifeln. Würde dieses Wesen, wenn es existiert, einen Fehler, für den ich nichts kann, übersehen und mein Gebet anhören, auch auf die Gefahr hin, daß ich mich irre? Kann ein Ungläubiger mit der Anstrengung all seines Geistes so verzweifelt sein, daß er nicht mehr allein dastehen kann und eine sich ihm vorgestellte Kraft um Hilfe anflehen muß? Kann so etwas einem Menschen mit gesundem Verstand passieren – kann mir so etwas passieren?«

Rowland blickte zum dunklen, leeren Horizont. Er war sieben Meilen entfernt, New York neunhundert. Der Mond im Osten über zweihunderttausend und die Sterne über ihm über Millionen von Meilen entfernt. Er war allein mit einem schlafenden Kind, einem toten Bären und der Ungewißheit. Leise ging er zurück zum Boot und sah einen Moment auf die Kleine.

Dann hob er seinen Kopf und flüsterte: »Für dich, Myra.«

Der Atheist sank auf die Knie, hob seine Augen zum Himmel, und mit seiner schwachen Stimme und einer aus Verzweiflung entsprungenen Inbrunst betete er zu Gott, an den er nicht glaubte.

Er bat, das Leben des Kindes in seiner Obhut zu retten, für die Mutter, die die Kleine so sehr brauchte, er bat um Mut und Stärke, um die beiden zusammenzubringen. Aber außer um Hilfe zu beten, um die beiden retten zu können, gedachte er sich selbst keiner Worte. Soviel zu seinem Stolz.

Als er aufstand, tauchte auf der rechten Seite

des Eisstrandes das Klüver einer Bark auf, und einen Moment später sah man das ganze monderleuchtete Tuch vom leichten Westwind getragen und höchstens eine halbe Meile entfernt.

Er sprang zum Feuer, vergaß all seinen Schmerz und legte Holz auf, um mehr Rauch zu produzieren. Aufgeregt winkte er: »Bark, ahoy, Bark, ahoy. Nehmt uns mit.«

Eine tiefe Stimme antwortete über das Wasser.

»Wach auf, Myra«, rief er, als er das Kind aufhob. »Wach auf. Wir gehen fort.«

»Wir gehen zu Mama?« fragte sie, ohne zu weinen.

»Ja, wir gehen zu Mama«, sagte er zu sich selbst. »Falls mein Gebet erhört wurde.«

Fünfzehn Minuten später, als er ein weißes Boot näher kommen sah, murmelte er: »Die Bark war schon da, bevor ich daran dachte zu beten. Wurde mein Gebet erhört? Ist sie in Sicherheit?«

10. KAPITEL

*I*m ersten Stock der Königlichen Londoner Börse befindet sich ein großer Büroraum, vollgestellt mit Schreibtischen, zwischen denen sich eilige und schreiende Makler, Angestellte und Boten bewegen. An den Türen und in den Korridoren, die zu anliegenden Räumen und Büros führen, hängen Anschlagbretter, auf denen täglich in zweifacher Ausführung die Schiffahrtsopfer der Welt festgehalten werden. Am Ende des Büros steht eine erhöhte Plattform, die den wichtigen Angestellten vorbehalten ist. In der Stadt ist dieses Büro bekannt als ›Der Raum‹.

Dementsprechend heißt der Mann, der hier in einem mächtigen Singsang die Namen der Mitglieder, die an der Tür verlangt werden, ebenso verkündet wie die bloßen Einzelheiten auf den Anschlagbrettern, bevor sie zur Verbuchung ausradiert werden, auch nur ›Der Ausrufer‹.

Es ist das Hauptquartier von Lloyds – ein riesiger Zusammenschluß von Wertpapiermaklern und Schiffsleuten. Lloyds entwickelte sich im späten 17. Jahrhundert zu einer so gut ausgestatteten und mächtigen Firma, daß sich Könige und Staatsoberhäupter an sie wandten, um Weltneuheiten zu erfahren. Alle Berichte von Kapitänen und Matrosen, die unter der Flagge von England segeln, werden bei Lloyds für mögliche Arbeitgeber festgehalten, und sei es nur der Vermerk über einen Kampf auf dem Back. Kein Schiff strandet an unbelebten Küsten, ohne daß ein Ausrufer in den Bürozeiten der Schiffsmakler dies innerhalb von dreißig Minuten verkündet.

Einer der Nebenräume ist bekannt als ›Der Kartenraum‹. Hier findet man die neuesten Weltkarten in geordneter Reihenfolge und eine Bibliothek der Seefahrt, in der jedes Detail über alle Häfen, Leuchttürme, Felsen, Untiefen und die Segelrichtungen an jeder Küstenlinie in Karten vermerkt ist.

Die Verläufe der letzten Stürme, die wechselnden Ozeanströmungen und der Verbleib der gesunkenen Schiffe und Eisberge sind hier festgehalten. Jedes Mitglied von Lloyds eignet sich so nach einiger Zeit ein Wissen an, wie es selbst Seemänner nur selten haben.

Ein anderer Raum, ›Der Raum des Kapitäns‹, dient dem Vergnügen und der Erfrischung, während ›Der Nachrichtenraum‹ das Gegenstück dazu bildet. Hier berichtet oder erkundigt man sich nach den letzten Neuigkeiten, etwa über ein verspätetes Schiff.

An dem Tag, als die versammelten Schiffsmakler bei der Nachricht von der Zerstörung der *Titan* in Panik ausbrachen und die Tageszeitungen Europas und Amerikas die wenigen Details, die von den Überlebenden eines in New York angekommenen Rettungsbootes stammten, veröffentlichten, war das Büro überfüllt mit weinenden Frauen und besorgten Männern, die immer wieder nach Neuigkeiten fragten.

Als ein Telegramm mit der Mitteilung von der Rettung des Kapitäns, des Ersten Offiziers, des Bootsmannes, von sieben Matrosen und einer Frau eintraf, erhob ein schwächlicher alter Herr seine Stimme mit einem zitternden Schrei und sagte: »Meine Schwiegertochter ist gerettet, aber wo ist mein Sohn, und wo ist mein Enkelkind?«

Dann lief er davon, kam aber an den darauffolgenden Tagen immer wieder. Als er am zehnten Tag hörte, daß eine weitere Gruppe von Matrosen und Kindern in Gibraltar angekommen war, schüttelte er seinen Kopf und murmelte: »George, George.« Dann verließ er den Raum. Noch in der Nacht, nachdem er dem Konsul von Gibraltar sein Kommen telegrafiert hatte, überquerte er den Kanal.

In den ersten chaotischen Stunden der Untersuchung, in denen Schiffsmakler über die Tische geklettert waren, um von dem Wrack der *Titan* zu hören, löste sich der Lauteste von allen, ein korpulenter Mann mit Hakennase und schwarzen blitzenden Augen, aus der Menge und bahnte sich seinen Weg zum Kapitänszimmer. Dort ließ er sich nach einem Schluck Brandy schwerfällig nieder und stieß einen Seufzer aus, der aus der Tiefe seiner Seele kam.

»Vater Abraham«, brachte er hervor, »diese Sache wird mich ruinieren.«

Andere traten ein, einige, um nur etwas zu trinken, andere, um ihr Mitleid auszusprechen, aber alle, um zu sprechen.

»Schwer getroffen, Meyer?« fragte einer.

»Zehntausend«, antwortete dieser bedrückt.

»Geschieht Ihnen recht«, sagte ein anderer unfreundlich. »Halt mehr Körbe für die Eier bereit. Ich wußte, das würde sich rächen.«

Obwohl Meyers Augen bei diesen Worten aufloderten, sagte er nichts, betrank sich statt dessen und mußte später von einem Angestellten nach Hause begleitet werden. Von diesem Moment an vernachlässigte er sein Geschäft. Abgesehen von einigen Blicken auf die Anschlagbretter, verbrachte er die meiste Zeit im Kapitänszimmer, wo er viel trank und sich über sein Pech beklagte. Am zehnten Tag, als seine Augen schon ganz rot unterlaufen waren, wurden auf dem Anschlagbrett Neuigkeiten verkündet, die von dem zweiten Schiff, das in Gibraltar angekommen war, stammten.

»Rettungsboje der *Royal Age*, London, bei Wrack gefunden, Lat. 45-20, N. Lon. 54-31 W. Schiff *Arctic*, Boston, Kapit. Brandt.«

»Oh, du gütiger Gott«, heulte er auf, als er zum Kapitänszimmer eilte.

»Armer Teufel, armer, alter Idiot«, sagte ein Beobachter. »Er hat die ganze *Royal Age* versichert und den größten Teil der *Titan*. Es wird ihn die Diamanten seiner Frau kosten, um dafür aufzukommen.«

Drei Wochen später wurde Meyer aus seiner Lethargie herausgerissen, als eine Gruppe schimpfender Makler in das Kapitänszimmer gelaufen kam, ihn bei den Schultern packten und zum Anschlagbrett zerrten.

»Lesen Sie das Meyer, lesen Sie es! Was halten Sie davon?«

Mit einiger Mühe las er, während die anderen ihn beobachteten, laut vor: »John Rowland, Matrose auf der *Titan*, mit Kind, Name unbekannt, an Bord der *Peerless*, Bath, in Christiansand, Norwegen. Beide schwer krank. Rowland berichtet von einem entzweigeschnittenen Schiff in der Nacht vor dem Untergang der *Titan*.«

»Was halten Sie davon, Meyer-Royal-Age?« fragte einer.

»Ja«, bekräftigte ein anderer, »ich habe mich schon gewundert. Das einzige Schiff, das nicht gemeldet wurde. Zwei Monate verspätet. Wurde am gleichen Tag fünfzig Meilen östlich des Eisbergs gemeldet.«

»Ganz klar«, sagten andere. »Der Kapitän hat nichts davon erwähnt. Scheint seltsam.«

»Was soll's«, sagte Meyer voller Schmerz und nichts begreifend, »es gibt eine Kollisionsklausel in der Police der *Titan*; ich muß lediglich das Geld an die Dampfschiffgesellschaft zahlen, anstelle der *Royal Age*.«

»Aber warum hat der Offizier es verheimlicht?« schrien sie ihn an. »Warum tut er das, wenn er doch versichert ist?«

»Vielleicht, weil es sich nicht gut macht.«

»Unsinn, Meyer, was ist los mit Ihnen? Sehen Sie sich doch an, wie betrunken Sie sind. Ich stecke mit tausend drin in der Sache, und wenn ich die bezahlen soll, dann will ich auch wissen, wofür. Sie tragen das größte Risiko und haben den Verstand, zu kämpfen. Sie müssen es tun.

Gehen Sie nach Hause, bringen Sie sich in Ordnung und kümmern Sie sich darum. Wir werden Rowland beobachten, bis Sie sich gesammelt haben. Wir stecken gemeinsam in der Sache.«

Sie verfrachteten ihn in ein Taxi, brachten ihn zu einem türkischen Bad und dann nach Hause. Am nächsten Morgen saß er an seinem Schreibtisch, mit klarem Blick und Verstand, und für einige Wochen war er damit beschäftigt, sich wie ein Geschäftsmann zu verhalten.

11. KAPITEL

An einem Morgen, ungefähr zwei Monate, nachdem der Unfall der *Titan* bekannt geworden war, saß Meyer eifrig schreibend an seinem Schreibtisch, als ein alter Herr, der den Tod seines Sohnes beweint hatte, in das Nachrichtenbüro trat und auf einem Stuhl Platz nahm.

»Guten Morgen, Mister Selfridge«, sagte er fast ohne aufzusehen. »Ich nehme an, Sie sind gekommen, um zu sehen, ob die Versicherungssumme ausgezahlt wurde. Die sechzig Tage sind verstrichen.«

»Ja, ja, Mister Meyer«, sagte der alte Herr angestrengt. »Natürlich kann ich als einfacher Aktionär nicht selber in Aktion treten, aber ich bin ein Mitglied hier und dementsprechend etwas beunruhigt. Alles was ich in meinem Leben besaß, sogar mein Sohn und mein Enkelkind, steckten in der *Titan*.«

»Das ist sehr traurig, Mister Selfridge. Sie haben mein tiefstes Mitleid. Ich nehme an, Sie sind der größte Aktionär, ungefähr eintausend, ist das richtig?«

»Ja, ungefähr.«

»Ich bin der größte Versicherer, also wird dies zum größten Teil ein Kampf zwischen Ihnen und mir, Mister Selfridge.«

»Kampf? Wird es denn ein Problem geben?« fragte Selfridge beunruhigt.

»Vielleicht, ich weiß es nicht. Die Makler und die anderen Firmen haben die Sache in meine Hände gegeben, und sie werden nicht zahlen, bis ich nicht die Initiative ergriffen habe. Wir müssen warten, was John Rowland zu sagen hat, der mit einem kleinen Kind vom Eisberg gerettet und nach Christiansand gebracht wurde. Er war bisher zu krank, um das Schiff zu verlassen, das ihn aufgenommen hat, und kommt heute morgen die Themse herauf. Eine Kutsche steht am Pier für ihn bereit, und ich erwarte ihn gegen Mittag in meinem Büro. Dort werden wir dann dieses kleine Geschäft abwickeln, nicht hier.«

»Ein Kind gerettet«, wiederholte der alte Herr. »Mein Gott, es könnte die kleine Myra sein. Sie war nicht in Gibraltar mit den anderen. Es wäre mir egal, das ganze Geld wäre mir egal, wenn sie in Sicherheit wäre. Aber mein Sohn, mein einziger Sohn ist fort. Und Mister Meyer, ich bin ein ruinierter Mann, falls die Versicherungssumme nicht ausgezahlt wird.«

»Und ich bin ruiniert, falls sie ausgezahlt wird«, sagte Meyer, als er sich erhob. »Kommen Sie in mein Büro, Mister Selfridge? Ich nehme an, der Anwalt und Kapitän Bryce sind schon da.«

Selfridge erhob sich ebenfalls und begleitete ihn auf die Straße.

Die zwei Männer, von denen einer bald verarmt sein würde, betraten ein eher spärlich ausgestattetes privates Büro in der Threadneedle

Street, an dessen Schaufenster der Name ›Meyer‹ stand. Sie hatten nicht einmal eine Minute gewartet, als Kapitän Bryce und Mister Austen angemeldet und hereingeführt wurden. Glatt, gutgenährt und mit dem Benehmen von Gentlemen verbeugten sich die beiden in nahezu perfekter Haltung typischer britischer Marineoffiziere vor Selfridge und Meyer. Letzterer stellte die beiden als den Kapitän und den Ersten Offizier der *Titan* vor, und man setzte sich.

Einige Minuten später trat ein gewitzt ausschauender Mann ein, den Meyer als Anwalt der Schiffahrtsgesellschaft bezeichnete, aber nicht vorstellte, denn so waren die Gepflogenheiten des englischen Kastensystems.

»Nun denn, meine Herren«, sagte Meyer, »ich denke, wir können schon einmal anfangen. Mister Thompson, Sie haben die eidesstattliche Erklärung des Kapitäns Bryce?«

»Habe ich«, sagte der Anwalt und holte ein Dokument hervor, auf das Meyer nur einen kurzen Blick warf und es dann zurückgab.

»In dieser Erklärung steht, Kapitän, daß Sie schwören, daß die Reise ohne besondere Zwischenfälle verlief – bis zu dem Zusammenstoß natürlich.«

Als er das erbleichende Gesicht des Kapitäns bemerkte, fuhr er mit einem schmierigen Grinsen fort: »Daß nichts passiert ist, was die *Titan* seeuntauglich hätte machen können.«

»Das ist das, was ich bezeugt habe«, sagte der Kapitän mit einem kleinen Seufzen auf den Lippen.

»Sie sind Teilhaber oder Kapitän?«

»Mir gehören fünf Anteile der Aktien der Firma.«

»Ich habe die Liste der Gesellschaft noch einmal genau studiert«, sagte Meyer. »Jedes Schiff der Gesellschaft ist eine kleine Firma für sich. Wie ich herausgefunden habe, gehören Ihnen zwei Zweiundsechzigstel der *Titan*-Aktien. Das macht Sie dem Gesetz nach zum Teilhaber der *Titan* und somit mitverantwortlich.«

»Was meinen Sie mit mitverantwortlich?« fragte Kapitän Bryce schnell.

Ohne zu antworten, zog Meyer seine schwarzen Augenbrauen hoch, hielt dann inne, um zu horchen, blickte auf seine Uhr und ging zur Tür. Als er sie öffnete, hörte man das Geräusch von Kutschenrädern.

»Hier herein«, rief er zu seinen Angestellten und wandte sich dann dem Kapitän zu.

»Was ich damit meine, Kapitän Bryce?« brauste er auf.

»Ich meine damit, daß Sie in Ihrer eidesstattlichen Erklärung verschwiegen haben, daß Sie mit der *Royal Age* in der Nacht vor der Zerstörung der *Titan* zusammengestoßen sind und sie versenkt haben.«

»Wer sagt das, und woher wollen Sie das wissen?« polterte der Kapitän hervor. »Sie haben nur die Erklärung von Rowland, einem unverantwortlichen Trinker.«

»Der Mann kam betrunken an Bord«, mischte sich nun der Erste Offizier ein, »sein Zustand veränderte sich nicht viel bis zu dem Unfall. Wir haben die *Royal Age* nicht getroffen, und wir sind auch nicht für ihren Untergang verantwortlich.«

»Ja«, eiferte der Kapitän, »einem Mann in einer solchen Verfassung kann sowieso nicht geglaubt werden. Wir hörten sein wirres Reden in der Nacht des Unglücks. Er war auf Patrouille – auf der Brücke. Mister Austen, der Hochbootsmann und ich standen ganz in seiner Nähe.«

Bevor das schmierige Grinsen Meyers dem aufgebrachten Kapitän zu verstehen geben konnte, daß er bereits zuviel gesagt hatte, öffnete sich die Tür, und der blasse, schwache Rowland, dessen linker Ärmel leer von seiner Schulter hing, kam herein. Er stützte sich auf einen sehr männlich aussehenden Riesen mit bronzefarbenem Bart, auf dessen Schulter die kleine Myra saß. Der Riese sagte mit kesser Stimme:

»Nun, ich habe ihn hergebracht, halb tot. Aber warum haben Sie mir noch nicht einmal Zeit gelassen, mein Schiff anzudocken? Ein Matrose kann doch nicht alles tun.«

»Das ist Kapitän Barry von der *Peerless*«, sagte Meyer und schüttelte dessen Hand. »Es ist alles in Ordnung, mein Freund, Sie haben nichts zu verlieren. Und dies ist Mister Rowland, und das ist das kleine Kind. Setzen Sie sich, mein Freund. Ich gratuliere Ihnen zu Ihrer Rettung.«

»Danke«, sagte Rowland schwach, als er sich setzte. »Sie haben mir den Arm abgenommen in Christiansand, und ich lebe noch. So gesehen, bin ich gerettet.«

Kapitän Bryce und Mister Austen starrten blaß und bewegungslos auf den Mann, in dessen abgezehrtem, von Leiden gezeichnetem Gesicht, das eine fast göttliche Weiche des Alters umgab, sie kaum den gebeutelten Matrosen der *Titan* wiedererkannten. Seine Kleidung war, obwohl sie sauber schien, abgegriffen und geflickt.

Selfridge war aufgestanden und starrte ebenfalls, zwar nicht auf Rowland, wohl aber auf das Kind, das auf dem Schoß des großgebauten Kapitäns Barry saß und neugierig umherblickte. Seine Kleidung war einzigartig. Kleid, Schuhe und Hut, zusammengeschustert aus Segeltuch, genäht mit Segelgarn und Segelmachernähten, zwei Stiche pro Zentimeter. Unterwäsche und Rock aus dem alten Stoff eines Flanellhemdes gefertigt. Alles zeugte von der mühevollen Arbeit eines Wachmannes und der liebevollen Unterstützung der Mannschaft der *Peerless*, denn der verkrüppelte Rowland konnte nicht nähen.

Selfridge ging auf das Mädchen zu, besah das hübsche Gesicht näher und fragte: »Wie ist ihr Name?«

»Ihr Vorname ist Myra«, antwortete Rowland. »Daran erinnert sie sich, aber ich kenne ihren Nachnamen nicht, obwohl ich ihre Mutter kannte, noch bevor sie heiratete.«

»Myra, Myra«, wiederholte der alte Herr. »Kennst du mich? Kennst du mich nicht mehr?« Er zitterte sichtlich, als er sich nach vorne beugte, um ihr einen Kuß zu geben. Die kleine Stirn legte sich in Falten, während das Mädchen versuchte, sich zu erinnern, dann klärte sich sein Gesichtsausdruck, und das ganze Gesicht verwandelte sich in ein Lächeln.

»Opa«, sagte es.

»O Gott, ich danke dir«, murmelte Selfridge und nahm sie in seine Arme. »Ich habe meinen Sohn verloren, aber ich habe dieses Kind gefunden, mein Enkelkind.«

»Aber Sir«, sagte Rowland schnell, »Sie sind der Großvater dieses Kindes? Sie sagen, Ihr Sohn ist verloren? War er an Bord der *Titan?* Und die Mutter, ist sie gerettet worden, oder ist sie auch...« Er hielt inne, ohne weitersprechen zu können.

»Die Mutter ist in Sicherheit, in New York. Aber der Vater, mein Sohn, ist noch nicht gefunden worden«, sagte der alte Mann traurig.

Rowlands Kopf senkte sich, und für einen Moment barg er sein Gesicht in seinem Arm auf dem Tisch, an dem er saß. Sein Gesicht sah so alt, verbraucht und erschöpft aus wie das des weißhaarigen Mannes, der vor ihm stand. Aber als er den Kopf wieder anhob, glänzten seine Augen, sein Gesicht leuchtete, und er lächelte wieder in jugendlicher Frische.

»Ich nehme an«, sagte er, »daß Sie ihr telegrafieren werden. Ich habe keinen Groschen zur Zeit, und ich kenne auch nicht ihren Namen.«

»Selfridge ist ihr Name, ganz so wie der meine. Missis Colonel oder Missis George Selfridge. Unsere New Yorker Adresse ist wohlbekannt. Aber ich werde ihr sofort telegrafieren, und glauben Sie mir, das, was wir Ihnen schuldig sind, kann nicht in Geld gemessen werden. Sie werden nicht mehr lange ohne Geld dastehen. Sie sind offensichtlich ein fähiger Mann, und ich genieße

Reichtum und Einfluß.« Rowland verbeugte sich leicht, aber Meyer flüsterte vor sich hin: »Reichtum und Einfluß. Vielleicht nicht.«

»Nun, meine Herren«, fügte er mit lauter Stimme hinzu, »zurück zum Geschäft. Mister Rowland, werden Sie über die Zerstörung der *Royal Age* berichten?«

»War es die *Royal Age?*« fragte Rowland. »Ich segelte einmal auf ihr. Ja, sicherlich.«

Selfridge, der mehr an Myra als an dem bevorstehenden Bericht interessiert war, trug sie hinüber zu dem Stuhl in der Ecke, setzte sich und begann, sie zu herzen und mit ihr zu sprechen, wie es nur Großväter tun. Rowland, der in die Gesichter der Männer, die er hier bloßstellen wollte, gesehen hatte, erzählte, während die Männer die Zähne zusammenpreßten und ihre Fingernägel in die Handflächen gruben, die fürchterliche Geschichte des Zusammenpralls der Schiffes in der ersten Nacht nach Auslaufen aus dem New Yorker Hafen. Er beendete die Geschichte mit der versuchten Bestechung und seiner Ablehnung.

»Nun, meine Herren, was sagen Sie nun?« fragte Meyer und sah sich um.

»Eine Lüge von Anfang bis zum Ende«, wütete Kapitän Bryce.

Rowland erhob sich, wurde aber von dem großen Mann, der ihn begleitet hatte, auf den Stuhl gedrückt. Dieser wandte sich dann Kapitän Bryce zu und sagte ruhig: »Ich sah einen Polarbären, den dieser Mann mit seinen eigenen Händen getötet hat. Ich sah seinen Arm nach diesem

Kampf, und während ich ihn pflegte, um ihn vor dem Tod zu bewahren, hörte ich kein Wort der Beschwerde oder der Klage. Er kann seine eigenen Kämpfe ausfechten, wenn er gesund ist. Wenn er krank ist, kämpfe ich für ihn. Wenn Sie ihn noch einmal in meiner Gegenwart beleidigen, dann schlage ich Ihnen die Zähne aus.«

12. KAPITEL

Der Moment der Stille, in dem die beiden Kapitäne sich in die Augen sahen, wurde von dem Anwalt unterbrochen, der nun sagte:

»Egal, ob diese Geschichte wahr ist oder nicht, es hat sicherlich keinen Einfluß auf die Gültigkeit der Police. Wenn dies passiert ist, geschah es, nachdem die Police in Kraft trat und vor dem Untergang der *Titan*.«

»Aber die Verheimlichung, die Verheimlichung«, schrie Meyer aufgebracht.

»Hat ebenfalls keine Gültigkeit. Wenn der Kapitän etwas verheimlicht hat, so war dies nach dem Unfall und nachdem Ihre Haftung bestätigt wurde. Es war noch nicht einmal Schiffsbetrug. Sie müssen diese Versicherung auszahlen.«

»Ich werde nicht bezahlen. Das werde ich nicht tun. Ich werde Sie vor Gericht bringen.« Meyer stapfte in seiner Aufregung auf und ab, hielt dann aber mit einem triumphierenden Lächeln auf seinem Gesicht inne und zeigte mit seinem Finger auf den Anwalt.

»Und selbst wenn ihre Vertuschung die Police nicht aufzuheben vermag, so wird die Tatsache, daß ein betrunkener Mann an Deck war, als die *Titan* auf den Eisberg traf, genug Beweis sein.

Machen Sie nur, verklagen Sie mich. Ich werde nicht bezahlen. Er war Teilhaber.«

»Sie haben keinen Zeugen für diese Annahme«, sagte der Anwalt.

Meyer blickte in der Gruppe umher, und das Lächeln verschwand von seinem Gesicht.

»Kapitän Bryce hatte unrecht«, sagte Austen. »Dieser Mann war betrunken in New York, wie andere der Mannschaft auch. Aber er war nüchtern und absolut fähig, als er auf dem Ausguck war. Ich diskutierte die Gesetze der Navigation mit ihm, während er in dieser Nacht auf der Brücke war, und was er sagte, klang vernünftig.«

»Aber Sie haben doch eben selber gesagt, daß sich dieser Mann bis zur Kollision in einem Zustand des Deliriums befand«, sagte Meyer.

»Was ich gesagt habe und was ich unter Eid aussagen werde, sind zwei verschiedene Sachen«, sagte der Offizier verzweifelt. »Als wir dieses unglaublichen Verbrechens beschuldigt wurden, hätte ich alles in dieser Aufregung gesagt. Jetzt sage ich, daß John Rowland, wie auch immer sein Zustand in dieser fraglichen Nacht gewesen sein mag, ein nüchterner und verläßlicher Ausguck war, als wir den Zusammenstoß hatten.«

»Danke«, sagte Rowland trocken zum Ersten Offizier und blickte dann in das flehende Gesicht Meyers. »Ich denke, es wird nicht nötig sein, mich vor der Welt als einen Trinker hinzustellen, um so die Gesellschaft und diese Männer zu bestrafen. Schiffsbetrug ist, soviel ich weiß, das unrechtmäßige Verhalten eines Kapitäns oder eines Mitglieds der Crew, welches dem Schiff Schaden oder Verlust zufügt, und es findet nur Anwendung, wenn es sich allein um Angestellte handelt. Habe ich richtig verstanden? War Kapitän Bryce Mitinhaber der *Titan?*«

»Ja«, sagte Meyer. »Er hat Aktienanteile, und wir versichern für den Fall des Schiffsbetruges. Aber dieser Mann könnte sich als Teilhaber nicht darauf berufen.«

»Und eine unrechtmäßige Tat, die das Untergehen des Schiffes bewirkt«, fuhr Rowland fort, »verübt von einem Kapitän, der Teilhaber ist, wird Grund genug sein, die Police zu umgehen?«

»Genau«, sagte Meyer eifrig. »Sie waren betrunken auf dem Ausguck, wie Sie selbst sagten. Sie werden dies beschwören, nicht wahr, mein Freund? Es annulliert die Versicherung. Sie geben das doch zu, Mister Thompson, oder?«

»So ist das Recht«, sagte der Anwalt kühl.

»War Mister Austen auch ein Teilhaber?« fragte Rowland, während er die Ausführungen Meyers ignorierte.

»Einen Anteil, nicht wahr, Mister Austen?« fragte Meyer, während er sich die Hände rieb und lächelte. Austen widersprach nicht, und Rowland fuhr fort:

»Dann haben also der Kapitän und Mister Austen als Teilhaber dadurch, daß sie einen Matrosen fast bis zur Bewußtlosigkeit betäubten und ihn in dieser Verfassung auf einem ihm sonst nicht zugeteilten Ausguck stehen ließen, eine Tat begangen, die die Versicherungspolice des Schiffes annullieren würde.«

»Sie mieser, schäbiger Lügner!« rief Kapitän Bryce. Mit drohender Miene kam er auf Rowland zu. Auf halbem Weg wurde er von dem Schlag einer großen braunen Faust gestoppt, die ihn durch den Raum straucheln ließ, hinüber zu Selfridge und dem Kind, während der große Kapitän Barry die Zahneindrücke auf seinen Knöcheln betrachtete und alle anderen aufsprangen.

»Ich habe Ihnen geraten aufzupassen«, sagte Kapitän Barry. »Behandeln Sie meinen Freund mit Respekt.«

Er sah dem Ersten Offizier geradewegs in die Augen, als ob er auch ihn angreifen wollte. Aber der Herr trat zurück und half dem benommenen Kapitän Bryce auf den Stuhl. Bryce fühlte einen gelockerten Zahn und spuckte Blut auf den Boden. Allmählich wurde ihm bewußt, daß er niedergeschlagen worden war – und das von einem Amerikaner.

Die kleine Myra, unverletzt, aber verängstigt, fing an zu weinen und auf ihre Weise nach Rowland zu rufen, was die anderen verwunderte und den alten Herrn, der versuchte, sie zu trösten, fast empörte.

»Dummie«, rief sie, als sie versuchte, sich loszureißen und zu ihm zu laufen. »Ich will Dummie, Dummie, Dum-mie.«

»Oh, was für ein ungezogenes kleines Mädchen«, witzelte Meyer und sah auf sie herunter. »Wo hast du denn so was gelernt?«

»Es ist mein Spitzname«, sagte Rowland lächelnd. »Sie hat sich das Wort ausgedacht«, erklärte er dem aufgebrachten Selfridge, der noch nicht ganz begriffen hatte, was passiert war. »Ich konnte sie noch nicht dazu bringen, ihn sich abzugewöhnen – und ich kann doch nicht streng mit ihr sein. Geben Sie sie mir, Sir.«

Er setzte sich, und das Kind, das sich zufrieden an ihn lehnte, war sogleich still.

»Nun, mein Freund«, sagte Meyer, »Sie müssen uns von dieser Betäubungsgeschichte erzählen.«

Und während Kapitän Bryce, der in Gedanken an den Schlag, den er soeben erhalten hatte, vor Wut kochte, die Geschichte verfolgte, der Anwalt seinen Stuhl näher rückte und sich Notizen machte, schob Selfridge seinen Stuhl näher zu Myra hin und beachtete die Geschichte nicht.

Rowland berichtete von den Dingen, die passiert waren, bevor das Schiff aufgelaufen war. Er begann damit, wie er die Whiskyflasche in seiner Tasche gefunden hatte, auf den Ausguck der Steuerbordseite der Brücke beordert wurde, anstatt seiner üblichen Aufgabe nachzugehen, und berichtete von dem plötzlichen Interesse des Mister Austen an Fragen der Navigation. Er erzählte von seinen Magenschmerzen, den angsteinflößenden Formen, die er in seinem traumähnlichen Zustand an Deck gesehen hatte, und ließ nur den Teil der Geschichte aus, in dem er der Frau seiner Träume begegnet war. Er sprach weiter von dem schlafwandelnden Kind, vom Zusammenstoß mit dem Eisberg und der darauffolgenden Zerstörung des Schiffes und beendete seine Erzählung, um seinen leeren linken Ärmel zu erklären, mit einem farbigen Bericht über seinen Kampf mit dem Bären.

»Ich reimte mir alles zusammen«, sagte er abschließend. »Ich glaube, ich wurde mit Haschisch betäubt, das einen Mann dazu bringt, seltsame Dinge zu sehen. Ich wurde auf die Brücke geschickt, damit man meinen wirren Ausführungen lauschen konnte, um mich später als unglaubwürdig erscheinenden Zeugen des Schiffsunglücks darzustellen. Aber ich war nur halb betäubt, denn ich verschüttete meine Teetasse beim Abendessen. In dem Tee, glaube ich, war das Haschisch.«

»Sie glauben, Sie wissen alles, oder?« rief Kapitän Bryce dazwischen. »Es war kein Haschisch, es war indischer Hanf. Sie wissen nicht...«

Austen hielt seine Hand vor den Mund des Kapitäns, so daß dieser innehielt.

»Selbst verraten«, sagte Rowland mit einem leisen Lachen.

»Haschisch wird aus indischem Hanf gewonnen.«

»Sie hören, was er sagt«, rief Meyer, sprang auf und blickte jedem einzelnen ins Gesicht. Er stürzte sich auf Kapitän Barry: »Sie hören dieses Geständnis, Kapitän, Sie hörten, wie er indischer Hanf sagte? Ich habe nun einen Zeugen, Mister Thompson. Los, verklagen Sie mich. Sie haben ihn gehört, Kapitän Barry. Sie sind nicht interessiert. Aber Sie sind ein Zeuge. Hören Sie?«

»Ja, das habe ich gehört, dieser schäbige Mörder«, sagte der Kapitän.

Meyer tanzte auf und ab, während der Anwalt, der seine Notizen verstaute, zu Kapitän Bryce sagte: »Sie sind der ärmste Idiot, den ich kenne!« und mit diesen Worten das Büro verließ.

Meyer beruhigte sich, blickte auf die beiden Dampfschiffoffiziere und sagte langsam und bestimmt, indem er ihnen fast den Zeigefinger ins Gesicht bohrte: »England ist ein gutes Land, meine Freunde, ein Land, das Sie vielleicht für einige Zeit verlassen sollten. Es gibt ja noch Kanada, die Vereinigten Staaten, Australien oder Südafrika – alles schöne Länder, in die man mit neuem Namen reisen könnte. Meine Freunde, eure Namen werden an den Anschlagbrettern von Lloyds hängen, und das in weniger als einer halben Stunde, und dann werden Sie nie wieder unter einer englischen Flagge segeln können. Ganz Scotland Yard wird nach Ihnen suchen. Nur meine Tür, die ist offen.«

Schweigend erhoben sie sich, blaß, verschämt und am Boden zerstört, gingen sie durch das Büro zur Tür hinaus auf die Straße.

13. KAPITEL

Selfridge hatte angefangen, sich für die Geschehnisse zu interessieren. Als die zwei Männer gingen, erhob er sich und fragte: »Haben Sie sich geeinigt, Mr. Meyer? Wird die Versicherung bezahlen?«

»Nein«, knurrte der Schiffsmakler in das Ohr des verwirrten Mannes, während er ihm kräftig auf die Schulter schlug. »Es wird nicht bezahlt. Einer von uns wird ruiniert, Mister Selfridge, und das sind Sie. Ich bezahle nicht die Versicherungssumme der *Titan*, noch wird jemand anderes das tun. Ganz im Gegenteil. Ihre Firma muß, da die Kollisionsklausel in der Police mit dem Rest ungültig ist, für die Versicherungssumme aufkommen, die ich an die *Royal-Age*-Besitzer zahlen muß, das heißt, solange nicht Mr. Rowland, der auf dem Ausguck war, beschwören will, daß die Lichter der *Royal Age* aus waren.«

»Das waren sie nicht«, sagte Rowland. »Ihre Lichter waren an. Passen Sie auf, der alte Herr!« schrie er. »Fangen Sie ihn auf.«

Selfridge stolperte auf einen Stuhl zu. Er ergriff ihn, ließ ihn wieder los und fiel, ehe ihn jemand aufhalten konnte, zu Boden, wo er mit aschfahlen Lippen und verdrehten Augen liegenblieb und nach Luft schnappte.

»Herzstillstand«, sagte Rowland, als er neben ihm niederkniete. »Rufen Sie einen Arzt.«

»Rufen Sie einen Arzt«, wiederholte Meyer zu seinen Angestellten im Vorraum. »Und rufen Sie schnell eine Kutsche. Ich will nicht, daß er hier im Büro stirbt.«

Kapitän Barry hob die hilflose Gestalt auf die Couch, und sie beobachteten, wie die Krämpfe langsamer wurden, der Atem kürzer und die Lippen ihre Farbe von Grau zu Blau veränderten. Noch bevor ein Arzt oder eine Kutsche eingetroffen war, war er verstorben.

»Plötzliche Aufregung irgendwelcher Art?« fragte der Arzt. »Heftige Gefühle? Hat er schlechte Nachrichten bekommen?«

»Gute und schlechte«, antwortete der Makler. »Gute, als er erfuhr, daß dieses kleine Mädchen seine Enkelin ist, und schlechte, weil er ein ruinierter Mann ist. Er war der größte Aktionär der *Titan*. Einhunderttausend Pfund an Aktien besaß er, von denen dieses arme kleine Kind nie etwas bekommen wird.«

Meyer sah betrübt aus, während er Myras Kopf streichelte.

Kapitän Barry winkte Rowland herbei, der neben dem am Boden liegenden Körper stand und Meyer betrachtete, auf dessen Gesicht sich Ärger, Freude und vorgetäuschter Schrecken abwechselnd widerspiegelten.

»Moment«, sagte er, während er beobachtete, wie der Arzt den Raum verließ, »ist es nicht so, Mister Meyer, daß Mister Selfridge die *Titan*-Aktien gehörten und daß er ruiniert gewesen wäre, wenn er jetzt noch leben würde und für den Verlust der Versicherungssumme hätte aufkommen müssen?«

»Ja, er wäre ein armer Mann gewesen. Er hatte seine letzten Groschen, einhunderttausend Pfund, investiert. Und wenn noch etwas übrig gewesen wäre, dann würde es für den Teil, den die Gesellschaft an die von mir ebenfalls versicherte *Royal Age* zu zahlen hätte, verwendet werden.«

»Gab es eine Kollisionsklausel in der Police der *Titan*?«

»Ja, die gab es.«

»Und Sie nahmen das Risiko auf sich, wohlwissend, daß sie bei voller Kraft die nördliche Route durch Nebel und Schnee befahren würde?«

»Das habe ich, und so taten es auch andere.«

»Nun, Mister Meyer, dann ist es wohl meine Aufgabe, Ihnen zu sagen, daß die Versicherungssumme bezahlt werden wird, genauso wie alles andere Schadensersatzpflichtige, das die Klausel beinhaltet. Kurz gesagt, ich, der einzige, der es verhindern kann, werde mich weigern auszusagen.«

»Was?«

Meyer ergriff die Lehne seines Stuhles, beugte sich vor und starrte Rowland an.

»Sie werden nicht aussagen? Was meinen Sie damit?«

»Das, was ich bereits sagte, und ich fühle mich nicht verpflichtet, Ihnen die Gründe dafür zu nennen, Mister Meyer.«

»Mein lieber Freund«, sagte der Makler mit

ausgestreckten Händen und näherte sich Rowland, der zurücktrat, Myra an die Hand nahm und zur Tür ging. Meyer verschloß die Tür, zog den Schlüssel aus dem Schloß und sah sie an.

»Oh, du mein guter Gott«, rief er aus. »Was habe ich dir nur angetan? Habe ich Ihre Arztrechnungen nicht bezahlt? Habe ich nicht die Kutsche für Sie bezahlt? Habe ich Sie nicht gut behandelt? Habe ich nicht alles für Sie getan? Ich habe Sie in mein Büro bestellt, Mister Rowland, war ich nicht wie ein Gentleman zu Ihnen?«

»Öffnen Sie die Tür«, sagte Rowland ruhig.

»Ja, öffnen Sie sie«, wiederholte Kapitän Barry, dessen Gesicht sich erhellte bei dem Gedanken, auch etwas tun zu können.

»Öffnen Sie die Tür, oder ich trete sie ein.«

»Aber mein Freund, Sie hörten doch das Geständnis des Kapitäns, Ihnen Drogen zugeführt zu haben. Ein Zeuge reicht, zwei wären noch besser. Aber Sie, mein Freund, Sie schwören doch, daß Sie mich nicht ruinieren werden.«

»Ich halte zu Rowland«, sagte der Kapitän grimmig.

»Ich weiß sowieso nicht mehr, was gesagt wurde, ich habe ein ganz schlechtes Gedächtnis. Gehen Sie weg von der Tür.«

Der Raum war abwechselnd angefüllt von ernstlichen Bemühungen, Flehen und Bitten und dem Knirschen von Zähnen, von den leiseren Schreien Myras und den kurzen Rufen wegen der Tür. Zur Verwunderung der Angestellten vor dem Büro endete der Lärm mit dem krachenden Ausheben der Tür.

Kapitän Barry, Rowland und Myra verließen, gefolgt von heftigen Verwünschungen des Schiffsmaklers, das Büro und erreichten die Straße. Die Kutsche, die sie gebracht hatte, wartete noch.

»Lassen Sie sich drinnen bezahlen«, rief der Kapitän dem Kutscher zu. »Wir nehmen eine andere, Rowland.«

Hinter der nächsten Ecke fanden sie eine Droschke, stiegen ein, und Kapitän Barry gab dem Fahrer die Anweisung: »Bark *Peerless*, Ost-Indien-Pier.«

»Ich denke, ich weiß, was hier gespielt wird, Rowland«, sagte er, als sie losfuhren. »Du willst dieses Kind nicht ruinieren.«

»Ich habe genug«, sagte Rowland schwach, als er sich in den Sitz zurücklehnte, geschwächt von den Aufregungen der letzten Minuten. »Und was die Situation betrifft, in der ich mich befinde, so müssen wir noch weiter zurückgehen als nur bis zu der fraglichen Nacht, in der ich Wache hielt. Der Grund des Schiffsbruchs war doch die volle Geschwindigkeit bei Nebel. Nicht einmal alle Männer zusammen hätten den Eisberg entdecken können. Die Schiffsmakler wußten von der hohen Geschwindigkeit, und trotzdem gingen sie das hohe Risiko ein. Sie sollen bezahlen.«

»Genau, ich stimme dir zu. Aber du mußt aus dem Land verschwinden. Ich kenne mich in solchen Dingen nicht aus, aber es könnte sein, daß sie dich zwingen werden, auszusagen. Auf einem Schiff anheuern kannst du auf jeden Fall nicht mehr. Aber du kannst, so lange du möchtest, mit mir segeln, vergiß das nicht. Ich weiß, daß du erst einmal mit dem Kind übersetzen willst. Bevor ich weitersegle, könnten Monate vergangen sein, bis du nach New York kommst, und dann könntest du sie verlieren, wenn du in Konflikt mit dem englischen Gesetz gerätst. Aber überlaß mir die Sache, hier stehen mächtige Interessen auf dem Spiel.«

Rowland war zu schwach, um zu fragen, was Kapitän Barry vorhatte. Als sie an der Bark ankamen, half ihm sein Freund auf die Couch in der Kabine. Dort verbrachte er, unfähig aufzustehen, den Rest des Tages.

Währenddessen war Kapitän Barry wieder an Land gegangen.

Als er gegen Abend zurückkehrte, sagte er Rowland: »Ich habe deinen Lohn, Rowland, und ich habe dem Anwalt die Quittung unterzeichnet. Er hat ihn aus seiner eigenen Tasche bezahlt. Du hättest von der Gesellschaft fünfzigtausend oder sogar mehr bekommen können, aber ich wußte, du würdest das Geld nicht anrühren, und holte demnach nur deinen Lohn ab. Dir stand noch der eines Monats zu. Hier ist er, amerikanisches Geld, ungefähr siebzehn Dollar.« Er gab Rowland eine Geldrolle.

»Und hier ist noch etwas, Rowland«, fuhr er fort, während er einen Briefumschlag hervorholte. »Als Wiedergutmachung dafür, daß du, durch die Unvorsichtigkeit der Offiziere der Gesellschaft, all deine Kleidung und später sogar deinen Arm verloren hast, bietet dir Mister Thompson dies an.«

Rowland öffnete den Umschlag und holte zwei Erste-Klasse-Tickets von Liverpool nach New York hervor. Sein Gesicht glühte, und er sagte verbittert: »Ich denke, ich kann dem wohl doch nicht entkommen.«

»Nimm sie, alter Mann, nimm sie. Um ehrlich zu sein, ich habe sie schon angenommen, und du und das Kind seid auf dem nächsten Schiff gebucht. Ich habe Thompson außerdem dazu gebracht, deine Arztrechnungen zu bezahlen und diesem Sheeny das Geld zu geben. Es ist keine Erpressung. Ich würde dich selber hinüberbringen, aber von mir würdest du ja nichts annehmen. Du mußt die Kleine rüberbringen. Der alte Herr war Amerikaner und alleine hier. Er hatte noch nicht einmal einen Anwalt. Das Boot legt am Morgen ab, und der Zug fährt in zwei Stunden. Denk an die Mutter, Rowland. Mein Gott, ich würde, wenn ich du wäre, um die ganze Welt fahren, um zu sehen, wie die Mutter das Kleine in ihre Arme schließt. Ich habe selber ein Kind.«

Die Augen des Kapitäns blinzelten heftig, Rowlands Augen glänzten.

»Ja, ich fahre«, sagte er mit einem Lächeln. »Ich nehme die Bestechung an.«

»Gut so. Du wirst stark und gesund sein, wenn ihr ankommt. Und wenn die Mutter dir genug gedankt hat und du anfangen mußt, an dich selber zu denken, dann erinnere dich, daß ich einen Maat brauche und hier einige Zeit auf dich warten werde. Schreib mir an die Adresse von Lloyds, falls du die Koje willst, und ich schicke dir einen Vorschuß, damit du wieder zurückkommst.«

»Dank dir, Kapitän«, sagte Rowland, nahm die Hand des anderen und blickte auf seinen leeren Ärmel. »Aber ich werde nie mehr zur See gehen können. Sogar ein Maat braucht zwei Hände.«

»Reiß dich zusammen, Rowland, ich würde dich mit diesem Verstand sogar ganz ohne Hände nehmen. Es hat mir gutgetan, einen Mann wie dich kennenzulernen. Und, alter Freund, nimm es mir nicht übel, wenn ich dies sage, ja? Es geht mich nichts an, aber du bist ein zu guter Mann, um zu trinken. Du hattest nicht einen Schluck seit zwei Monaten. Wirst du wieder anfangen?«

»Niemals wieder«, sagte Rowland und erhob sich. Ich habe jetzt eine Zukunft, genauso wie ich eine Vergangenheit habe.«

14. KAPITEL

*E*s war am Nachmittag des nächsten Tages, als Rowland in einem Deckstuhl saß, Myra auf dem Schoß, und sich erinnerte, daß er vergessen hatte, Missis Selfridge per Telegramm darüber zu informieren, daß ihr Kind in Sicherheit war. Es sei denn, Mr. Meyer und seine Geschäftspartner hatten bereits die Presse informiert.

»Nun«, überlegte er, »Freude bringt einen nicht um, und ich werde Zeuge sein, wenn ich sie überrasche. Aber wahrscheinlich wird die Geschichte schon vorher in die Zeitungen kommen. Es ist eine zu gute Geschichte, als daß Mister Meyer sie nicht preisgeben würde.«

Aber die Geschichte wurde nicht sofort veröffentlicht. Meyer berief eine Konferenz ein, an der die an der Versicherung der *Titan* beteiligten Makler teilnahmen und bei der beschlossen wurde, über das letzte As im Ärmel zu schweigen und ein wenig Zeit und Geld darauf zu verwenden, andere Zeugen des Schiffbruchs ausfindig zu machen und Kapitän Barry weiter zu bearbeiten. Einige stürmische Treffen mit diesem Koloß überzeugten sie aber von der Nutzlosigkeit weiterer Anstrengungen in dieser Sache, und nachdem sie herausgefunden hatten, daß jedes überlebende Mitglied der Steuerbordwache der *Titan*, so wie auch einige andere, veranlaßt worden war, sich für eine Kap-Reise zu verpflichten, oder auf andere Weise verschwand, gaben sie Rowlands Geschichte an die Öffentlichkeit. So wollten sie zumindest die Presse dazu veranlassen, etwas Licht in die ganze Sache zu bringen. Die Geschichte, die nach wiederholten Berichten von Meyer verschönert worden war, besonders in bezug auf den Bären, wurde in den Tageszeitungen ganz Englands und des Kontinents verbreitet. Sie wurde auch mit dem Namen des Dampfers, auf dem Rowland reiste, nach New York telegrafiert, denn jede seiner Bewegungen war verfolgt worden. Sie erreichte New York aber zu spät, um noch am Tag, an dem Rowland mit Myra auf den Schultern am North River Pier an Land ging, gedruckt zu werden. So stand eine Menge Reporter an der Gangway. Sie sprachen von der Geschichte und fragten ihn nach Details. Rowland weigerte sich, mit ihnen zu reden, entkam durch Seitenstraßen und erreichte schließlich den Broadway. Dort betrat er das Büro der Schiffahrtsgesellschaft und beschaffte sich aus der Passagierliste der *Titan* die Adresse von Missis Selfridge – die Adresse der einzigen Frau, die gerettet worden war. Dann nahm er ein Taxi und stieg neben einem Kaufhaus wieder aus.

»Wir werden bald zu Mama gehen, Myra«, flüsterte er dem Mädchen in das Ohr. »Und du mußt ordentlich aussehen. Mein Aussehen ist egal, aber du bist ein Fifth-Avenue-Baby – eine kleine Aristokratin. Diese alten Kleider passen dort nicht hin.«

Myra hatte das Wort ›Mama‹ vergessen und war mehr an den Geräuschen und dem Leben der Straße interessiert als an der Kleidung, die sie trug. Im Laden fragte Rowland nach der Kinderabteilung, in die er geleitet und in der er von einer jungen Frau bedient wurde.

»Dieses Kind ist einem Schiffbruch entkommen«, sagte er. »Ich habe sechzehneinhalb Dollar, die ich ausgeben kann. Baden, frisieren und kleiden Sie es ein.«

Die junge Frau bückte sich zu dem Kind und küßte es aus lauter Mitgefühl, sagte aber, daß sie für das Geld nicht viel machen könne.

»Tun Sie Ihr Bestes«, sagte Rowland. »Das ist alles, was ich habe. Ich werde warten.«

Eine Stunde später und ohne einen Penny in der Tasche verließ er das Geschäft mit Myra, die nun in ihrem neuen Aufputz hübsch angezogen war. Er wurde an der Ecke von einem Polizisten angehalten, der gesehen hatte, wie er mit dem Kind aus dem Laden gekommen war, und sich zweifelsohne über die seltsame Kombination von Lumpen und Schleifen gewundert hatte.

»Wessen Kind ist das?« fragte er.

»Ich nehme an, das ist die Tochter von Missis Colonel Selfridge«, antwortete Rowland hochmütig – viel zu hochmütig.

»Soso, das nimmst du also an, aber du weißt es nicht. Komm mit in den Laden, Fremder, und wir werden nachsehen, wem du das Kind entführt hast.«

»Recht so, Wachtmeister, ich kann beweisen, wem sie gehört.«

Sie gingen zurück, und der Wachtmeister hielt Rowland am Kragen fest. An der Tür trafen sie auf drei oder vier Personen. Eine von ihnen, eine junge Frau in Schwarz, stieß einen kurzen Schrei aus und sprang auf sie zu. »Myra!« schrie sie. »Geben Sie mir mein Kind – geben Sie es mir.« Sie entriß Rowland das Kind, drückte und küßte es und schluchzte und weinte. Dann, die Menge um sie ganz vergessend, stürzte sie haltlos und ohnmächtig in die Arme eines alten Herrn.

»Sie Lump!« schrie er, während er seinen Stock über Rowlands Kopf schwang. »Wir haben ihn geschnappt, Wachtmeister, sperren Sie den Mann ein. Ich komme mit und erstatte im Namen meiner Tochter Anzeige.«

»Dann hat er das Kind entführt, richtig?« fragte der Polizist.

»Natürlich«, antwortete der alte Herr, während er mit anderen die bewußtlose Mutter in die Kutsche brachte. Sie alle stiegen ein und fuhren los, während Myra, die von einer Frau der Gruppe auf den Armen gehalten wurde, nach Rowland schrie.

»Kommen Sie mit mir«, sagte der Polizist und schlug Rowland einige Male mit seinem Knüppel auf den Kopf, so daß dieser zu Boden ging.

Dann, während die freudige Menge applaudierte, wurde der Mann, der einen Polarbären bekämpft und besiegt hatte, wie ein krankes Tier von einem New Yorker Polizisten durch die Straßen geschleift. Eine solch absurde Situation konnte sich nur in einer zivilisierten Umgebung abspielen.

15. KAPITEL

*I*n New York-Stadt gibt es einige Gegenden, die von einer moralisch reinen Atmosphäre derart durchdrungen sind, die so sensibel auf jede Art menschlicher Missetaten reagiert, daß ihre Bewohner weit entfernt jeglichen Mitleids leben, das sich nicht ausschließlich mit dem geistigen Wohlbefinden der Menschheit befaßt.

In diesen Wohngegenden findet man auch nicht die täglichen Sensationsblätter der Presse.

In derselben Stadt leben auch ehrwürdige Polizeirichter, Mitglieder von Vereinigungen und Clubs, die bis spät in der Nacht aufbleiben und es oft nicht schaffen, am nächsten Morgen rechtzeitig vor der Verhandlung aufzustehen und die Morgenzeitung zu lesen.

Genauso gibt es auch in New York Verleger, die mit nervösem Magen und reizbar bis auf die Knochen rücksichtslos mit ihren Reportern umgehen. Solche Verleger schicken manchmal einen Reporter, der es schuldlos versäumt hatte, eine berühmte Persönlichkeit zu interviewen, zur Strafe in die Polizeigerichte, aus denen es meist nur wenig zu berichten gibt. Am Morgen nach der Verhaftung von John Rowland betraten drei solcher Reporter, die von ihren Verlegern geschickt worden waren, das Gericht, dessen Vorsitzender einer der ebenfalls eben erwähnten spätaufstehenden Richter war.

Im Vorzimmer des Gerichtssaals stand Rowland, zerlumpt und entstellt von den Knüppelschlägen und von der Nacht noch ganz durcheinander, neben anderen Unglücklichen, die mehr oder weniger zu Recht hier waren. Als sein Name aufgerufen wurde, schubste man ihn durch die Tür, an einer Reihe von Polizisten vorbei, von denen ihm jeder noch einen weiteren Stoß verpaßte, auf die Anklagebank, wo ihn der düster blickende Richter schließlich betrachtete. In einer Ecke des Raumes saßen der ältere Herr vom Vortag, die junge Frau mit Myra auf ihrem Schoß und eine Gruppe anderer Frauen, die alle aufgeregt waren und Rowland giftige Blicke zuwarfen. Missis Selfridge, blaß mit unterlaufenen Augen, verschwendete keinen Blick an Rowland. Der Polizist, der Rowland festgenommen hatte, wurde vereidigt und bezeugte, daß er den Gefangenen auf dem Broadway dabei erwischt hatte, wie er sich mit dem Kind, dessen feine Kleidung seine Aufmerksamkeit erregt hatte, von dannen machen wollte. Geringschätzige Blicke wurden auf Rowland geworfen, und leise flüsterte man: »Fein, nun ja.«

Mister Gaunt, der Ankläger, wurde in den Zeugenstand gerufen.

»Dieser Mann, Euer Ehren«, setzte er aufgeregt an, »war einmal ein Gentleman, der des öfteren in meinem Hause verkehrte. Er bat um die Hand meiner Tochter, und da seiner Bitte nicht entsprochen wurde, drohte er mit Rache. Auf dem offenen Atlantik, wohin er als Matrose meiner Tochter gefolgt war, versuchte er, das Kind umzubringen – mein Enkelkind. Aber er wurde dabei ertappt.«

»Moment«, unterbrach ihn der Richter. »Beziehen Sie sich bitte nur auf die gegenwärtig vorliegende Anklage.«

»Ja, Euer Ehren. Da er also ertappt wurde, entführte er die Kleine des Nachts aus ihrem Bett. Fünf Minuten später lief das Schiff auf einen Eisberg, so daß er mit dem Kind entkommen konnte.«

»Waren Sie Zeuge dieser Geschehnisse?«

»Ich war nicht da, Euer Ehren, aber der Erste Offizier kann alles bezeugen.«

»Nehmen Sie wieder Platz, Sir, das reicht. Herr Wachtmeister, wurde diese Tat in New York begangen?«

»Ja, Euer Ehren, ich habe ihn selbst festgenommen.«

»Wem hat er das Kind entführt?«

»Der Frau da drüben.«

»Madam, wenn Sie bitte in den Zeugenstand treten wollen.«

Mit dem Kind auf den Armen wurde Missis Selfridge vereidigt und wiederholte mit zitternder Stimme, was schon ihr Vater gesagt hatte. Da sie eine Frau war und der Richter sich mit Frauen gut auskannte, ließ er sie ihre Version der Geschichte erzählen. Als sie von dem versuchten Mord an der Reling berichtete, wurde ihre Stimme aufgeregter. Dann erzählte sie von dem Versprechen des Kapitäns, den Mann hinter Gitter zu bringen, und dem Einverständnis ihrerseits, gegen ihn auszusagen. Sie berichtete weiter, daß sie von da an nicht mehr ganz so ängstlich gewesen war, ihr Kind dann aber in der Nacht verschwunden sei und später von dem Ersten Offizier gerettet wurde. Dieser hätte bestätigt, ihr Kind in den Armen von Rowland, dem einzigen Mann, der dem Kind etwas zuleide tun könnte, gesehen zu haben. Sie berichtete, wie sie davon erfahren hatte, daß mehrere Matrosen und Kinder von einem Schiff aus dem Mittelmeer aufgelesen worden waren, und von den Detektiven, die meldeten, daß sich der Matrose Rowland in Gibraltar geweigert hatte, das Kind dem Konsul zu übergeben, und mit ihm verschwunden war. Und sie berichtete von ihrer Freude, als sie hörte, daß Myra lebte, und ihrer Angst, sie niemals wiederzusehen, bis sie sie in den Armen dieses Mannes auf dem Broadway entdeckte. An diesem Punkt kamen all die verzweifelten Muttergefühle über sie. Ihre Wangen waren vor Wut errötet, und ihre Augen blitzten zornerfüllt, als sie auf Rowland zeigte: »Und er hat sie verstümmelt, mein Baby gequält. Sie hat tiefe Wunden auf dem Rücken, die, wie der Arzt gestern sagte, von einem scharfen Instrument stammen. Und er muß versucht haben, ihren kleinen Verstand zu verderben. Sie muß schreckliche Dinge erfahren haben, denn er hat ihr beigebracht zu fluchen, und gestern abend, als ich ihr die Geschichte von Elisha und den Bären erzählte, fing sie ganz fürchterlich an zu schreien.«

Sie beendete ihre Zeugenaussage mit einem

hysterischen Zusammenbruch, schluchzte, während sie das Kind ermahnte, nicht das böse Wort zu sagen, denn Myra hatte nun Rowland erblickt und rief ihn bei seinem Spitznamen.

»Welches Schiffsunglück war das, wo war es?« fragte der verwirrte Richter in die Menge.

»Die *Titan*«, antwortete etwa ein halbes Dutzend von Reportern am anderen Ende des Raumes.

»Die *Titan*«, wiederholte der Richter. »Dann wurde dieses Verbrechen auf hoher See begangen, unter der britischen Flagge. Ich verstehe nicht, warum es hier verhandelt wird. Gefangener, haben Sie etwas zu sagen?«

»Nein, Euer Ehren«, sagte Rowland, leise schluchzend.

Der Richter betrachtete das aschfahle Gesicht des zerlumpten Mannes und sagte zum Gerichtsdiener: »Ändern Sie die Anklage in Landstreicherei.«

Der Gerichtsdiener, angestiftet von den Reportern, stand nun neben dem Richter. Er legte die Morgenzeitung vor ihn hin, zeigte auf eine Überschrift und zog sich zurück. Dann wurde die Verhandlung unterbrochen, bis der Richter die Neuigkeiten gelesen hatte. Nach ein paar Minuten hob er den Kopf.

»Gefangener«, sagte er streng, »zeigen Sie Ihren linken Ärmel her.«

Rowland gehorchte mechanisch, und der Ärmel baumelte leer zur Seite. Der Richter nahm es zur Kenntnis und las weiter. Dann faltete er die Zeitung zusammen und sagte: »Sie sind der

Mann, der von dem Eisberg gerettet wurde, nicht wahr?« Der Gefangene nickte.

»Entlassen!« rief der Richter laut und gar nicht den Gepflogenheiten des Gerichtes entsprechend.

»Madam«, fügte er noch mit einem lodernden Flackern in seinen Augen hinzu, »dieser Mann hat lediglich das Leben Ihres Kindes gerettet. Wenn Sie in der Zeitung von seinem Kampf mit dem Polarbären lesen, dann bezweifle ich, daß Sie Ihrem Kind noch mehr Geschichten über Bären erzählen werden. Scharfe Instrumente – also so was.«

Missis Selfridge verließ mit einem eher verwunderten und betrübten Gesichtsausdruck, begleitet von ihrem empörten Vater und ihren Freunden, den Gerichtssaal. Myra rief lauthals nach Rowland, während dieser den Reportern in die Hände fiel. Sie nutzten all ihre Schliche, aber Rowland wollte nicht sprechen. Er entkam nach draußen und war alsbald in der Masse verschwunden. Als später die Abendzeitungen erschienen, konnte nicht mehr berichtet werden als das, was im Gericht geschehen war.

16. KAPITEL

Am Morgen des nächsten Tages fand ein an den Docks herumlungernder einarmiger Mann einen Angelhaken und ein Stückchen Schnur, das er zusammenknotete und so einen Fisch fing. Da er hungrig war und kein Feuer hatte, tauschte er mit dem Koch eines Küstenfahrers den Fisch gegen Essen. Er fing den Tag über noch zwei Fische, von denen er einen verkaufte und den anderen eintauschte. Er schlief an den Docks, bezahlte keine Miete, fischte, tauschte und verkaufte einen Monat lang Fische. Dann konnte er sich einen gebrauchten Anzug kaufen und ging zum Friseur. Wegen seines veränderten Aussehens bekam er bei einem Stauer das Angebot, Frachten zu berechnen, was lukrativer schien als Fischen, und so konnte er sich nach kurzer Zeit einen Hut, ein Paar Schuhe und einen Mantel leisten. Er mietete sich ein Zimmer und schlief in einem Bett.

Es dauerte nicht lange, bis er eine Arbeit fand, bei der er Briefumschläge für einen Versand beschriften mußte. Das bedeutete für ihn eine gute und feste Anstellung. Einige Monate später bat er seinen Arbeitgeber, für ihn eine Anmeldung für eine Staatsdienstprüfung einzureichen. Der Wunsch wurde ihm erfüllt. Er bestand die

Prüfung, und während er auf Antwort wartete, adressierte er weiter Umschläge. Er kaufte sich bessere Kleidung, und es schien ihm nicht schwerzufallen, andere auf diese Weise zu beeindrucken und ihnen das Gefühl zu geben, er sei ein Gentleman. Zwei Jahre nach seiner Prüfung wurde ihm ein lukrativer Posten in der Regierung zugewiesen.

Als er sich am Schreibtisch seines Büros niederließ, sagte er:

»Nun, John Rowland, die Zukunft gehört dir. Du hast lediglich früher darunter gelitten, daß du dem Whisky und den Frauen zuviel Wichtigkeit beigemessen hast.«

Aber er irrte sich, denn sechs Monate später erhielt er folgenden Brief:

»Halte mich nicht für gleichgültig oder undankbar. Ich habe Dich aus der Entfernung beobachtet, während Du gekämpft und Dich auf Deine alten Tugenden zurückbesonnen hast. Du hast gewonnen, und ich bin glücklich, Dir dazu gratulieren zu können. Aber Myra läßt mir keine Ruhe. Sie fragt immer wieder nach Dir, und manchmal weint sie sogar. Ich kann es nicht mehr länger ertragen. Willst Du nicht kommen und Myra besuchen?«

Und er ging, um sie zu sehen. Um Myra zu sehen.

Kalman Tanito
EINE ÜBERSINNLICHE VISION?
ZU MORGAN ROBERTSONS *TITAN*

Mehr als jedes andere Werk über den Untergang der *Titanic* zieht Morgan Robertsons Buch aus dem Jahr 1898 seine Leser in den Bann. Das Werk über den Dampfer *Titan*, das nach dem Untergang der *Titanic* wiederaufgelegt wurde, weist unglaubliche Parallelen zur späteren *Titanic*-Katastrophe auf.

»Morgan war einer der Letzten, der gute Seemannsgeschichten schreiben konnte. Er mußte dazu keine Salzwasser-Atmosphäre erfinden. Morgan hatte alles selbst erlebt, kannte jeden Trick und Dreh eines Schiffes. Und als die Zeit der U-Boote und Kriegsschiffe anbrach, beschäftigte er sich auch mit deren Eigenheiten.«

Diese äußerst schmeichelhafte Einschätzung Robertsons stammt von Arthur T. Vance (in dem Buch *Morgan Robertson The Man*), ein Zeitungsmann und Freund des Autors, der Robertsons Geschichten gerne und oft druckte und von seinem Wissen und Erfahrungsschatz sehr beeindruckt war. Denn bevor Morgan zu schreiben begann, zählte er zu den Menschen, die »mit Schiffen auf dem Meere fuhren und ihren

Handel auf großen Wassern trieben« (Psalm 107,23).

Tatsächlich galt er Anfang dieses Jahrhunderts in den Vereinigten Staaten als einer der besten Erzähler von Seemannsgeschichten, und Max J. Herzberg, Autor von *The Reader's Encyclopedia of American Literature*, geht sogar noch weiter. Für ihn ist Robertson »einer der besten Autoren englischer Seemannsgeschichten«. Kein geringes Kompliment – wenn man bedenkt, daß zu jener Zeit mit Joseph Conrad ein anderer großer Schreiber von Seefahrergeschichten lebte (der Robertsons Werk übrigens sogar öffentlich empfahl). Angesichts Robertsons Talent, packendes Seemannsgarn zu spinnen, ist es natürlich aufregend, jetzt auch seine beste Kurzgeschichte in Händen zu halten.

Titan wurde zum ersten Mal 1898 unter dem englischen Titel *Futility* publiziert und später unter dem Titel *The Wreck of the Titan (Das Wrack der Titan)* neu aufgelegt. Im folgenden soll der historische und biographische Kontext näher beleuchtet werden – insbesondere das Umfeld der Schiffahrt im 20. Jahrhundert und die Parallelen zwischen der *Titanic* und Robertsons fiktiver *Titan*. Die biographischen Daten stammen von einigen Freunden, größtenteils aber aus dem Buch *Morgan Robertson The Man*, das 1915 bei McClure's Magazine erschien und eine Autobiographie des Autors sowie Beiträge einiger Freunde enthält.

*

Morgan Robertson wurde am 30. September 1861 in Oswego, New York, geboren als Sohn eines

Kapitäns, der auf den Großen Seen zu Hause war. Um in die Fußstapfen seines Vaters zu treten, verließ er mit sechzehn Jahren das Elternhaus und fuhr zur See. Zwischen 1877 und 1886 diente er in der Handelsmarine und befuhr nach den Großen Seen die Weltmeere. Dabei brachte er es bis zum Ersten Offizier.

Dann brach Morgan mit dem Seemannsleben und betätigte sich als Juwelier. Tatsächlich kam der Beruf seinen kreativen Neigungen entgegen. Reich wurde er dabei allerdings nicht, und weil er schließlich auch noch Probleme mit den Augen bekam, begann Robertson zu schreiben – inspiriert von einer Kurzgeschichte Rudyard Kiplings.

In seinen romantischen Seefahrergeschichten ließ sich Robertson von eigenen Erfahrungen inspirieren und verarbeitete auch persönliche Erlebnisse. Und obwohl er lediglich einen High-School-Abschluß hatte und selbst an seinen schriftstellerischen Fähigkeiten zweifelte, hatte er sich nach Ansicht eines Freundes »durch Eigenstudium ein besseres Wissen als manch andere Autoren angeeignet, und ein Journalist beschrieb mir Robertsons Sprache als 99 Prozent reines Englisch«. Während seiner literarischen Laufbahn schrieb Robertson mehr als zweihundert Kurzgeschichten, die erst in Zeitschriften und dann in vierzehn Büchern publiziert wurden. In diesen Kurzgeschichten wie *Down to the Sea* verstand er es meisterhaft, Atmosphäre einzufangen und gleichzeitig technische Neuerungen zu beschreiben. Einige seiner Seemannsgeschichten waren authentisch, wie die Finnegan-Geschichten, die von einem Segler und seinem Hang zur Flasche erzählten, und *Sinful Peck*, eine Erzählung, in der die Sprache der Seeleute in einer bewundernswerten Weise eingefangen wird.

Robertson fühlte sich bis zum Ende seines Lebens als Seefahrer. Seine kurze Autobiographie *Gathering No Moss* beginnt mit den Worten »Ich habe zehn Jahre auf See verbracht«, und sie endet mit »Ich bin ein Seemann«. Als Robertson am 14. März 1915 im Hotel Paladin in Atlantic City, New Jersey, starb, fand man ihn in einem Sessel am Fenster mit Blick aufs Meer – das er so sehr geliebt hatte.

Alle, die sich für die Schiffahrt interessieren, werden in Robertsons Kurzgeschichte *Titan* eine kritische Auseinandersetzung mit der Seefahrt und den damaligen Zuständen erkennen. *Titan* kritisiert die unzureichenden Rettungsvorkehrungen, die Politik der Reedereien und die gängige Praxis, Sicherheit zugunsten von Schnelligkeit zu vernachlässigen. Deshalb liegt es nahe, das wirkliche Desaster der *Titanic* mit den fiktiven Beschreibungen der *Titan* zu vergleichen.

»Sie war das größte schwimmende Fahrzeug ..., das der Mensch je geschaffen hatte ... Die *Titan* war 260 Meter lang, verdrängte 70 000 Tonnen und hatte 75 000 Pferdestärken. Auf ihrer Probefahrt hatte sie sich trotz unvorhersehbarer Winde, Gezeiten und Strömungen mit einer Geschwindigkeit von 25 Knoten in der Stunde bewegt.«

So detailliert beschreibt Robertson die *Titan* und deren gigantische Konstruktion. Und wirklich: Sie wäre das größte und schnellste Schiff jener Zeit gewesen. Im Jahr 1895 lag die durchschnittliche Bruttotonnage der Dampfer, die den Atlantik zwischen England und Nordamerika überquerten, bei 5784 Tonnen und ihre Durchschnittsgeschwindigkeit bei 13,81 Knoten. Abgesehen von ihrer unglaublichen Größe und Geschwindigkeit verfügt die *Titan* auch über viele technische Neuerungen: So war das Schiff aus Stahl gebaut (im Jahr 1898 waren Eisen und Holz üblich), es besaß wasserdichte Schotten und drei Schraubenwellen (ein ungewöhnliches Design), darüber hinaus luxuriöse Kabinen und einen großen Komfort. Noch einige Jahre sollten vergehen, bis ein Schiff wie die *Titan* vom Stapel gelassen wurde...

Obwohl es sich bei der *Titan* um Fiktion handelt, hielt sich Robertson bei seiner Beschreibung weitestgehend an die Realität. Eisberge waren für Schiffe eine permanente Bedrohung, vor allem im Frühling, wenn die Berge südwärts drifteten und so die Schiffswege kreuzten. Damals gab es keine Organisation wie die Internationale Eispatrouille, die die Seewege für die Schiffe überwachte, und nur ein paar Dampfer waren mit telegrafischen Einrichtungen ausgestattet. Damit waren die Schiffe vollständig auf ihre eigenen Beobachtungen angewiesen, auf den Wachposten im Krähennest und auf Nachrichten, die von Schiff zu Schiff mit Morselampen weitergegeben wurden. Wegen des harten Wettbewerbs zwischen den verschiedenen Reedereien, so schreibt Robertson, hielten sich viele Kapitäne sowieso nur an die Devise: Augen zu und durch, ungeachtet des Wetters und der Gefahren. Auf diese Weise glaubte man, die gefährlichen Zonen schneller hinter sich zu bringen. Die Folge: Immer wieder verschwanden Schiffe spurlos auf den Meeren.

Robertson schreibt auch, daß sich die *Titan* bei den Rettungsbooten an die gesetzlichen Vorgaben hielt. Doch die waren nicht ausreichend. Für 3000 Passagiere gab es 24 Rettungsboote und damit nur Platz für 500 Insassen. Eine typische Situation für die damalige Zeit: Rettungsboote galten als Transportmittel, um Passagiere im Notfall von einem zum anderen Schiff zu befördern, und da der Ozean zu jener Zeit gut befahren war, mußte das eben genügen. Der ›Merchant Shipping Act‹ aus dem Jahr 1894, der festlegte, wie viele Rettungsboote Schiffe unterschiedlicher Größe mitführen mußten, erfaßte nur Schiffe bis 10 000 Tonnen. Als das Gesetz verabschiedet wurde, hatte man diese Größenordnung für ausreichend gehalten. Doch der Schiffbau schritt so rasch voran, daß das Gesetz binnen Kürze veraltet war – und Schiffe jenseits der magischen Grenze von 10 000 Tonnen nicht genügend Rettungsboote für alle Passagiere an Bord hatten. Es ist ja auch typisch für die menschliche Natur, daß neue Gesetze erst zustande kommen, wenn es bereits zu Katastrophen gekommen ist. So war die Geschichte *Titan* eine Warnung vor möglichen

Katastrophen, die der Seefahrt mit diesem unzureichenden Gesetz drohten – und doch konnte keiner ahnen, daß Robertson das größte Unglück der zivilen Schiffahrt vorhersah...

Die *Titanic*, die neue Herrin der Meere und ganzer Stolz der Reederei White Star Line, sank auf ihrer Jungfernfahrt im Jahr 1912 nach der Kollision mit einem Eisberg. Plötzlich erkannte man Parallelen zwischen Robertsons *Titan* und der *Titanic*, und die Suche nach möglichen Verbindungen zwischen den beiden Schiffsunglücken begann. In Kirchenkreisen war man überzeugt, daß Robertson die Gabe der Vorhersehung besaß und der Roman *Futility* mit Hilfe göttlicher Inspiration zustande gekommen war. Parapsychologen behaupteten, Robertson, der sich für Esoterisches interessierte, habe beim Schreiben seiner Geschichte eine übersinnliche Vision der *Titanic*-Katastrophe gehabt. Die diversen Hypothesen haben nichts mit der Realität zu tun. So kommt denn auch George Behe, der sich mit 135 Vorhersagen rund um die *Titanic*-Katastrophe befaßt hat, in seiner Untersuchung *Titanic, Psychic Forewarnings of a Tragedy* zu dem Schluß, daß es nur einer jener unglaublichen Zufälle war, die sich immer wieder ereignen. Und obwohl es eindeutige Parallelen zwischen beiden Schiffen gibt, lassen sie sich erklären.

Robertson orientierte sich mit seiner Geschichte an den Problemen der damaligen Schiffahrt und folgerte aus der Geschwindigkeit, in der Schiffe gebaut wurden, daß es irgendwann einen

Ozeanriesen wie die *Titanic* geben würde. Und er sah die Größe der Katastrophe voraus, wenn ein solches Schiff, ohne mit genügend Rettungsbooten ausgestattet zu sein, untergehen sollte. Robertson war ein Schriftsteller mit viel Fantasie, daher besteht wenig Grund, *Titan* ins Reich des Übersinnlichen einzuordnen.

Wenn man sich mit dem Leben eines Schriftstellers befaßt, fallen bald Ähnlichkeiten zwischen dem Autor und seinen fiktiven Charakteren auf. Bewußt oder unbewußt tendieren Schriftsteller häufig dazu, den Figuren ihrer Geschichten Eigenschaften zuzuschreiben, die ihnen selbst nicht unähnlich sind, und *Titan* scheint keine Ausnahme zu sein. Mindestens drei Aspekte aus Robertsons Leben finden sich im Helden der Geschichte, John Rowland, wieder: Religion, Alkohol und ›Nutzlosigkeit‹. Jedem einzelnen soll hier nachgegangen werden.

»Schuldet der Mensch, der dem Verderben ausgeliefert ist, weil er nicht stark genug ist zu überleben, diesem Gott Dankbarkeit? Nein, das tut er nicht. Wenn ich wirklich annehme, daß Gott existiert, dann denke ich, nein. Und wenn ich davon ausgehe, daß er aufgrund der fehlenden Beweise nicht existiert, dann glaube ich an die Theorie von Ursache und Wirkung, die ausreicht, um das ganze Universum zu erklären.«

So wird am Anfang des Romans John Rowland als Atheist bzw. Agnostiker dargestellt. Rowland hat gute Gründe für seine Einstellung.

Nicht nur, daß ihm Beweise für die Existenz Gottes fehlen. Er weiß, daß die christlichen Prinzipien von Myra, der Frau, die er geliebt hatte und die er hatte heiraten wollen, am Ende ihrer Beziehung schuld waren. »Er sagte, daß er, obwohl er meine gute Meinung schätze, kein Heuchler sein und diese Meinung annehmen wolle, daß er ehrlich mit sich selber und anderen sein und seinem ehrlichen Glauben Ausdruck verleihen will«, erklärt Myra.

Für Rowland ist Gott die Erfindung einer wilden, blutrünstigen Rasse (der Israeliten), die von den Christen übernommen und ergänzt wurde durch die Idee eines bösen Gottes und einer Hölle. Er glaubt zunächst, daß Religion nicht auf dem Prinzip der Gnade basiere, sondern vielmehr auf Angst vor dem Unbekannten. Erst in einem Moment größter Verzweiflung und wegen des Kindes, das er behüten muß, betet Rowland zum ersten Mal ... und im selben Moment erscheint ein Schiff hinter dem Eisfeld. Aber sein Zweifel bleibt: »Die Bark war schon da, bevor ich daran dachte zu beten. Wurde mein Gebet erhört?«

Man muß zugeben, daß Rowland mit seinen Zweifeln in einem gewissen Maß sogar recht hat. Schließlich mißt sich der gute Charakter nicht allein an Religion, wie Myra das tut. Obwohl Rowland kein Christ ist, besitzt er all die guten Eigenschaften eines solchen. Trinken, seine große Versuchung, kann er im Zaum halten und schließlich aufgeben. Er ist jederzeit bereit, sein Leben für einen anderen Menschen zu opfern, er ist voller Güte und tritt für Gerechtigkeit ein. Deswegen ist

Myras Urteil über ihn ziemlich unfair. Die Rettung aus dem Eisfeld veranlaßt Rowland jedenfalls dazu, seine Gewohnheiten zu ändern. Nicht unbedingt, weil er es für eine religiöse Erfahrung hält, denn er zeigt danach Gott gegenüber keine größere Dankbarkeit als zuvor, und er wird von den anderen so schlecht behandelt wie früher. Später, nachdem er sich mit harter Arbeit seinen Platz in der Gesellschaft erobert hat, beschreibt er, warum in der Vergangenheit immer alles schiefgelaufen war: »Nun, John Rowland, die Zukunft gehört dir. Du hast lediglich früher darunter gelitten, daß du dem Whisky und den Frauen zuviel Wichtigkeit beigemessen hast.«

Es ist immer gefährlich, die Religiosität eines anderen Menschen zu beurteilen. So viele Jahre nach Robertsons Tod können wir deshalb anhand des wenigen Materials nur Vermutungen anstellen, die sich auch als falsch erweisen können. Fest steht, und darin sind sich auch mehrere Freunde einig: Robertson interessierte sich für Phänomene des Übersinnlichen. Ein Freund berichtete von zahlreichen Diskussionen über Hypnose, Telepathie und Unterbewußtsein. Robertson bestand darauf, einen Geistesverwandten im Weltall zu besitzen, die Seele eines toten Menschen, der ihm all die Ideen eingebe, bevor er sie niederschreibe, und ohne diesen Partner nicht arbeiten zu können. Der Okkultismus paßte allerdings nicht besonders in den Rahmen der katholischen Kirche, und die okkultistischen Elemente widersprechen der These, daß Rowland schließlich doch zum christlichen Glauben konvertierte.

Dennoch kann man die Interpretation, daß sein Romanheld John Rowland zum christlichen Glauben kam, nicht völlig von der Hand weisen obwohl ich das für unwahrscheinlich halte.

Während eines Krankenhausaufenthalts hielt eine Krankenschwester Robertsons Hand, und er fühlte eine bislang unbekannte Stärke. Ein Freund Morgan Robertsons spricht in diesem Zusammenhang von der New-Thought-Bewegung. Das ist eine religiös-metaphysische Bewegung, nach deren Überzeugung Krankheit nur psychisch bedingt sei aufgrund falschen Glaubens. Die Heilung, so die Theorie, setze ein, sobald der Patient seinem falschen Glauben abschwört. Zu den Grundlagen der Bewegung gehört auch der Glaube an den Vorrang des Geistes im Universum, an die Vorherrschaft Gottes. Sie negiert außerdem die Existenz des Teufels und glaubt an die guten Grundlagen der menschlichen Natur, an die Möglichkeit, durch die Kraft des Geistes oder mit spirituellen Mitteln zu heilen, und schließlich, daß es allen Menschen möglich wäre ein Leben in Überfluß oder Wohlstand zu führen.

Falls Robertson ein Mitglied dieser Bewegung war und man *Titan* von dieser neuen Warte aus betrachtet, mag der religiöse Hintergrund der Geschichte verständlich werden: Die Idee der Heilung durch Willenskraft erklärt Robertsons Interesse an Esoterik. So finden sich die meisten Überzeugungen der New-Thought-Bewegung auch bei Rowland wieder – er war gut, wurde wohlhabend, und vor allem war seine Krankheit ›nur ein psychisches Problem‹...

Aber letztendlich denke ich, daß es keine allgemeingültige Erklärung gibt, und gerade das trägt zum Reichtum von *Titan* bei: Der Leser kann die Geschichte aus verschiedenen Blickwinkeln betrachten.

»›Was ist los?‹ murmelte er ermüdet vor sich hin. ›Whisky-Nerven oder das Zittern einer längst verlorenen Liebe? Fünf Jahre ist es jetzt her, und ein Blick ihrer Augen kann das Blut in meinen Adern gefrieren lassen, den Hunger des Herzens und die Hilflosigkeit, die einen Mann zur Verzweiflung bringt, in Erinnerung rufen.‹ Er sah auf seine zitternde Hand, die vernarbt und teerbefleckt war, ging weiter und kam mit dem Sandpapier zurück.«

John Rowland, früher Offizier der Navy und Mitglied der Gesellschaft – jetzt schrubbt er das Deck eines Schiffes und wird wegen seiner Abhängigkeit von der Flasche von jedem verachtet. Wie konnte er so tief sinken? Denn er ist von Haus aus gewiß kein Alkoholiker.

Alles begann, als Myra ihn verließ. Sie behauptete, der ausschlaggebende Grund dafür sei seine Trinkerei gewesen. Aber das war wahrscheinlich nur eine Ausrede, um nicht über ihre Abneigung gegen seinen (offensichtlich mystischen) Glauben reden zu müssen. Der Verlust dieser Frau, die er liebt, verletzt Rowland so sehr, daß er im Griff zur Flasche die einzige Möglichkeit sieht, um zu vergessen. Und selbst betrunken bleibt er seinen Prinzipien treu. Als der Betrunkene einem Offizier des Schiffes nach einem Unfall ein Alibi verschaffen soll, setzt er sich für Gerechtigkeit ein.

Schließlich ändert er sein Leben und schwört dem Alkohol mit den Worten ab: »Ich habe jetzt eine Zukunft, genauso wie ich eine Vergangenheit habe.« Aber wahrscheinlich ist damit vor allem Myra, die ihn verschmäht hat, gemeint, deren Liebe er noch einmal zurückgewinnen will.

Alkohol war auch ein Aspekt von Robertsons Leben. Martin Gardner schreibt in seinem Buch *Das Wrack der Titanic. Vorhersehbar?*, daß Robertson zeit seines Lebens ein Problem mit Alkohol hatte. Dennoch finden sich in seiner Autobiographie und in den Erinnerungen seiner Freunde kaum Hinweise darauf, lediglich ab und zu ist vom maßvollen Genuß die Rede. Robertson erklärte denn auch, daß er von dem Gedanken verfolgt werde, eines Tages verrückt zu werden, und daß mäßiges Trinken ihm dabei helfe, nicht daran zu denken. »Alkohol war für mich übrigens nie ein Aufputschmittel, sondern eine Hemmung düsterer Gedanken, vor allem über meinen bevorstehenden Irrsinn, und er gab mir die Kraft, mich auf mein Werk zu konzentrieren«, so schreibt er selbst.

Als er seine Sorgen einmal einem Freund erzählte, arrangierte dieser für ihn eine psychologische Untersuchung in einem Krankenhaus. Am Ende seines Aufenthalts erklärte ihm der Arzt, er sei »der gesündeste Mensch, den wir hier je hatten... Ihre Probleme sind der Whisky und trübe Gedanken. Machen Sie mit beidem Schluß, denn eines bedingt das andere.«

Dies ist in *Morgan Robertson The Man* wahrscheinlich der einzige Hinweis darauf, daß Robertson mehr als mäßig trank. Falls er aber wirklich ein Alkoholiker war, dann ist es kaum verwunderlich, daß er sich selbst in der Figur von Rowland in bemerkenswerter Weise porträtierte. Und genau wie sein fiktiver Held ging er nach der Entlassung aus dem Krankenhaus in einen Saloon, kaufte sich einen Whisky und schüttete ihn weg – einzig und allein, um seine Widerstandskraft zu testen.

Der englische Originaltitel *Futility* (›Nutzlosigkeit‹) ist sinnbildlich gemeint. Rowland hat nur Pech, nichts in seinem Leben verläuft so, wie er es sich wünscht. Sein Versuch, mit Myra friedlich und in Liebe zusammenzuleben, scheitert. Dennoch wird er beschuldigt, ihr Kind entführt zu haben, wird mißverstanden und gedemütigt. Rowland ist einsam und mittellos, zudem einarmig und deshalb ungeeignet für die Arbeit als Seemann. Nur so bekommt der Titel eine tiefere Bedeutung.

Aber Rowland gibt die Hoffnung nicht auf, und als er einsieht, daß sein bisheriges Leben sinnlos gewesen ist, gelingt ihm die Veränderung. Er erkennt, daß sich seine Vergangenheit bisher nur um die vermeintliche Bedeutung von Frauen und Whisky drehte. Mit nie gekanntem Enthusiasmus und Hoffnung widmet er sich fortan einem neuen einfachen Leben: Er ändert sein Aussehen, arbeitet hart, studiert und bleibt nüchtern. Damit erreicht er es schließlich, einen guten

Job bei der Regierung zu bekommen, und obwohl er allein ist, ist er zufrieden. Eines Tages schließlich erobert er das Herz von Myra, jener Frau, die er liebt:

»›Halte mich nicht für gleichgültig oder undankbar. Ich habe Dich aus der Entfernung beobachtet, während Du gekämpft und Dich auf Deine alten Tugenden zurückbesonnen hast. Du hast gewonnen, und ich bin glücklich, Dir dazu gratulieren zu können. Aber Myra läßt mir keine Ruhe. Sie fragt immer wieder nach Dir, und manchmal weint sie sogar. Ich kann es nicht mehr länger ertragen. Willst Du nicht kommen und Myra besuchen‹? Und er ging, um sie zu sehen. Um Myra zu sehen.«

Die letzte Zeile ist doppeldeutig, und der Leser kann wählen, ob Rowland nun seine Frau oder deren Tochter besucht: Beide tragen den gleichen Namen.

Auch Robertsons Versuche blieben lange Zeit vergeblich, zumindest was seine literarische Karriere betrifft. Denn obwohl seine Geschichten ziemlich gut waren und er das auch wußte, konnte er sie nie zu einem guten Preis verkaufen, und so lebten er und seine Frau in ärmlichen Verhältnissen. Erst gegen Ende seines Lebens konnte er sich einen höheren Lebensstandard leisten, weil seine Kurzgeschichten gesammelt bei McClure erschienen. Wenn *Titan* zu einer Zeit geschrieben wurde, in der es Robertson schlechtging und er mittellos war, dann war das um das Jahr 1898. Zu diesem Zeitpunkt kämpfte er noch mit dem Schreiben, und es ist gut möglich, daß er sich selbst schützen wollte, indem er dem Helden Rowland seine Charakterzüge verlieh. Wie dem auch sei: Zwischen beiden Männern bestehen viele Parallelen.

Mit diesem Beitrag kann ich keine endgültigen Antworten geben, sondern nur Interpretationen liefern. Ich habe versucht, die Parallelen zwischen *Titan* und dem historischen Kontext, zwischen dem Helden John Rowland und dem Autor Morgan Robertson aufzuzeigen: Die Tatsache, daß *Titan* aus ganz verschiedenen Blickwinkeln betrachtet werden kann und zu unterschiedlichsten Interpretationen verleitet, macht das Buch so spannend. *Titan* ist nicht nur ›irgendeine‹ Geschichte, die von einem Autor schrill und mit viel Fantasie verfaßt wurde. Angesichts des wachsenden Interesses an alten Schiffen halte ich es auch durchaus für möglich, daß Robertsons Kurzgeschichten neu entdeckt und aufgelegt werden. Das würde ihnen auch am ehesten gerecht. Charles Hanson Towne, Herausgeber von McClure's Magazine, hat über Robertsons Werk viel Wahres gesagt:

»Robertsons Seemannsgeschichten sind bis an den Rand voll mit Handlung, Tränen und Lachen und den schlechten und guten Seiten des Lebens, das er liebte. Deswegen werden diese Geschichten noch dasein, wenn das meiste andere bereits untergegangen ist. Robertson schrieb keine langen Romane – er war ein Autor der kurzen Höhepunkte. Aber wer vergißt gezackte Blitze an einem schwarzen Himmel?«

Parallelen zwischen der *Titan* und der *Titanic*

- Die Länge der Schiffe: *Titanic* 290 Meter, *Titan* 260 Meter.
- Beide Schiffe waren aus Stahl gebaut, hatten drei Schraubenwellen und zwei Masten.
- Beide Schiffe verfügten über ein fortschrittliches System mit wasserdichten Schotten. Die *Titan* hatte 19, die *Titanic* 16.
- Beide Schiffe galten als unsinkbar.
- Beide Schiffe waren die größten Passagierschiffe, die es zu ihrer Zeit gab.
- Beide Schiffe konnten je 3000 Passagiere befördern.
- Bruttotonnage der *Titan* 45 000, der *Titanic* 46 328.
- Beide Schiffe hatten zu wenig Rettungsboote.
- Beide Schiffe traten ihre letzte Fahrt im April an.
- Beide Schiffe stießen mit einem Eisberg zusammen und wurden auf der Steuerbord-Seite beschädigt.
- Die Orte, an denen die Schiffskatastrophen geschahen, waren nur ein paar hundert Meilen voneinander entfernt.
- Beide Schiffe gehörten britischen Reedereien, die ihren Sitz in Liverpool hatten und in New York eine Dependance am Broadway unterhielten.

Wer über die Parallelen zwischen der *Titanic* und der *Titan* liest, mag vielleicht nicht alles glauben und zusätzliche Informationen einholen, bevor er seine Schlußfolgerungen zieht. In diesem Zusammenhang bieten sich auch die Ausführungen in George Behes Buch *Titanic. Die Warnzeichen für eine Tragödie* an.

»Im Lauf der Jahre wurde oft über die vielen Parallelen zwischen der *Titan* und der *Titanic* spekuliert«, schreibt Behe. »Man hat Listen zusammengestellt, die Tonnagen, PS, Geschwindigkeiten und die Umstände der Kollisionen verglichen. Und die vielen Ähnlichkeiten zwischen der fiktiven *Titan* und der realen *Titanic* scheinen auf den ersten Blick unglaublich. Dennoch sind sie ganz verständlich.

Robertson schrieb seine Geschichte über das größte Schiff, das je gebaut wurde. Er wollte nicht, daß seine Geschichte so schnell vom tatsächlichen Schiffsbau überholt wird, wo man immer größere Ozeanriesen konstruierte. Deshalb war er gezwungen, die Dimensionen seines Schiffs weitaus größer zu bemessen als 1898 üblich. Ausgehend von der Länge, konnte er dann die neue Tonnage, die Kapazität und alles andere kalkulieren. Daher ist die physische Ähnlichkeit der beiden Schiffe nicht so erstaunlich. Tatsächlich sah Robertson aber den Gebrauch von Segeln auf künftigen Linienschiffen voraus, und er flocht dieses Detail in seine Geschichte ein – eine Einrichtung, die es auf der *Titanic* übrigens nicht gab.

Robertson arbeitete auch mit anderen vorhersehbaren Parametern. Die laxen Sicherheitsbestimmungen zwangen die Reedereien nicht, auf ihren großen Schiffen entsprechend der Passagierzahl Rettungsboote mitzuführen. Somit bedurfte es hier keiner großen Vorhersehungsgabe. Robertson hatte solche Erfahrungen und Beobachtungen selbst gemacht und projizierte sie auf den extremen, aber durchaus logischen Fall des Unglücks eines monströsen Schiffes, das für all seine Passagiere mit viel zuwenig Rettungsbooten ausgestattet war.

Die wohl größte Parallele zwischen der *Titanic* und Robertsons fiktivem Schiff ist die Wahl des Namens. Hätte Robertson sein Schiff etwa *Monarch* genannt, dann würde dieser Novelle die augenfälligste Parallele zum *Titanic*-Mythos fehlen. Und dennoch scheint die Wahl des Namens nicht so weit hergeholt zu sein. Robertson suchte einen Namen für das größte Schiff der Welt. Ein großartiger Name sollte es sein, der die Größe des Schiffes betonte, seine Stärke, seine Kraft. Da bietet sich eine Reihe von Namen an wie *Herrscher* oder *Kaiser*. Auch ein Name aus der Mythologie käme in Betracht, etwa *Poseidon* oder vielleicht *Neptun*, *Titon*, *Titan*...

Auch wenn in diesem Artikel über die *Titan* und die *Titanic* die Rede davon ist, daß »einige Zeit vergehen sollte, bis ein Schiff dieser Größe geschaffen wurde«, entstand zwischen 1898 (*Titan*) und 1912 (*Titanic*) ein durchaus vergleichbarer Ozeanriese: die *Olympic* (1911). Sie war bereits größer als die fiktive *Titan*. Und es gab weitere große Schiffe, wenn auch unterhalb der 260-Meter-Marke: Cunard's *Mauretania* und *Lusitania* (1907) waren große, schnelle und luxuriöse

Ozeandampfer, ebenso wie das deutsche Dampfschiff *Kaiser Wilhelm* (1903) und die *Kronprinzessin Cäcilie* (1907).

- Die besagte Reise der *Titan* findet im April statt, aber es handelt sich nicht – wie bei der *Titanic* – um ihre Jungfernfahrt.
- Die *Titan* verläßt New York, während sich die *Titanic* auf der Route nach New York befand.
- Die *Titan* verfügt über 75 000 PS, die *Titanic* hatte nur 48 000 PS.
- Die *Titan* ist mit Segeln ausgerüstet, die *Titanic* nicht.
- Die *Titan* besitzt einen Yachtkiel, die *Titanic* nicht.
- Die Crew der *Titan* will unbedingt einen neuen Geschwindigkeitsrekord aufstellen, und selbst als der Dampfer ein Segelschiff rammt, hält er nicht an, um die Überlebenden zu retten. Auf der *Titanic* gab es kein vergleichbares Vorkommnis.
- Die Nacht, in der die *Titan* den Eisberg rammt, liegt im dichten Nebel. Das *Titanic*-Desaster geschah in einer klaren Nacht.
- Außerdem ist im Roman in jener Nacht von Mondschein die Rede, bei der *Titanic* nicht.
- Die *Titan* schlitterte allmählich einen Eisberg hinauf, bis sie fast völlig aus dem Wasser ragt, und während sie hart auf ihre Steuerbordseite fällt, reißen die fallenden Maschinen ein Loch in den Rumpf. Dann rutscht die *Titan* zurück ins Wasser. Dabei werden die Rettungsboote auf der Steuerbordseite zertrümmert. Die *Titanic* riß

sich den Rumpf an einem Eisberg auf. Dabei brachen die Köpfe der Nieten, und es entstand ein großes Leck. Außerdem wurden die Steuerbord-Rettungsboote der *Titanic* nicht zerstört.
- Von den 3000 Passagieren an Bord der *Titan* überlebten nur dreizehn. Auch bei der *Titanic* verloren sehr viele Menschen ihr Leben – 1495. Aber immerhin konnten 712 gerettet werden – somit hatte die Katastrophe ein anderes Ausmaß als bei der *Titan*.
- Schließlich kämpft der Held der Geschichte, John Rowland, auf dem Eisberg gegen einen Eisbären. Das ist Lightoller, dem Zweiten Offizier der *Titanic*, oder irgendeiner anderen Person während der *Titanic*-Katastrophe nicht passiert.

Literatur

Behe, George: *Titanic, Psychic Forewarnings of a Tragedy*, Patrick Stephens 1988

Gardner, Martin: *The Wreck of the Titanic Foretold?* Prometheus Books 1986

Herzberg, Max J.: *The Reader's Encyclopedia of American Literature*, Methuen & Company, 1963

Morgan Robertson The Man McClure's Magazine und Metropolitan Magazine 1915

Ocean Liners of the Past, Olympic and Titanic, Patrick Stephens 1988

Abdruck mit freundlicher Genehmigung von Kalman Tanito. Der Beitrag wurde erstmals veröffentlicht in *The Titanic Commutator – The Official Journal of the Titanic Historical Society, Inc.*, 1994

Stephen King

»Stephen King kultiviert den Schrecken ... ein pures, blankes, ein atemloses Entsetzen.«
SÜDDEUTSCHE ZEITUNG

01/10446

Eine Auswahl:

Der Gesang der Toten
01/6705

Friedhof der Kuscheltiere
01/7627

Christine
01/8325

In einer kleinen Stadt ›Needful Things‹
01/8653

Dolores
01/9047

Das Spiel
01/9518

Die Verurteilten
01/9628

›es‹
01/9903

Das Bild – Rose Madder
01/10020

schlaflos – Insomnia
01/10280

Brennen muß Salem
01/10356

Desperation
01/10446

Langoliers
01/10472

HEYNE-TASCHENBÜCHER

Heinz G. Konsalik

Dramatische Leidenschaft
und menschliche Größe
kennzeichnen die
packenden Romane des
Erfolgsschriftstellers.

Eine Auswahl:

Die braune Rose
01/8665

Mädchen im Moor
01/8737

Kinderstation
01/8855

Stadt der Liebe
01/8899

Das Mädchen und der Zauberer
01/9082

Das einsame Herz
01/9131

Frauenbataillon
01/9290

Im Auftrag des Tigers
01/9775

Der verhängnisvolle Urlaub
01/9906

Zerstörter Traum vom Ruhm
01/10022

Männerstation
01/10427

Das Gift der alten Heimat
01/10578

Die Gutachterin
01/10579

01/10579

HEYNE-TASCHENBÜCHER